中华传世藏书

【图文珍藏版】

中国历史演义小说

刘凯⊙主编

线装书局

目　录

中华传世藏书

中国历史演义小说

目录

3

中华传世藏书

中国历史演义小说

目录

5

中华传世藏书
中国历史演义小说

图文珍藏本

杨家将演义

[明] 熊大木 ◎ 著

导读

　　问世于明代嘉靖年间福建建阳人熊大木的《杨家将演义》，融会了宋元以来广泛流传的各种杨家将故事和传说，小说塑造了一大批杨家将的人物形象，如杨令公、杨六郎、佘太君、穆桂英、杨宣娘、焦赞、孟良等，个性突出，深受人们的喜爱。在杨家将系列小说中，《杨家将演义》堪称定鼎之作。此后出现的各种杨家将的小说戏曲作品，都是在它的基础上进行敷衍、扩充、改编的。小说大胆地饱含激情地塑造了一大批巾帼不让须眉的杨门女将形象，她们武艺超群，性格豪放，聪慧灵秀，叱咤疆场，完全摆脱了封建礼教那一套妇德女训、尊卑等级的枷锁，为平民百姓家喻户晓，津津乐道。在民间甚至有了"杨家府里女胜男"的说法。而书中的杨业、杨延昭、杨文广原型，在《宋史》都有传杨家将捍卫边疆，抗击入侵者的英雄业绩在宋代已经流传。杨业死后六十多年，杨文广还活着的时候，著名文学家欧阳修就写道："父子皆为名将，其智勇号称无敌，至今天下之士，至于里儿野竖，皆能道之。"另一文学家苏辙在出辽国，经过古北口杨无敌庙时，写下"驰驱本为中原用，尝享能令异域尊"的诗句。杨业祖孙三代，执干戈，保国家；镇守边境，屡立战功，前赴后继，气节感人。杨家将英明千古流芳。

叙　述

宋运泰开生圣主，将星明朗应相聚。
边疆建辟敌人降，四海苍生望霖雨。
太原灵气产英豪，慷慨埋沉世所遭。
宝剑利磨新出匣，愤然有志入中朝。
铁甲坚兵曾斩阵，保銮从驾建功勋。
东荡西除群寇服，晋阳声势又相闻。
杨家父子真豪士，万里威风人仰慕。
一旦欣然思远图，八骏齐奔向南路。
太宗重命赐恩深，义士报归崇亦诚。
大战幽州兵败衄，一门忠勇尽亡倾。
六使栖栖依北道，七郎遭矢最堪怜。
真宗命领三关镇，收伏英奇智策深。
汝州发配遂埋藏，魏府铜台羽檄忙。
震撼三军齐救驾，番兵胡浪虎驱羊。
七十二阵真奇绝，杨府英雄兵法熟。
世界闹动天地昏，尽教萧后归邦域。
西番倡乱又扬尘，箛鼓声中马上频。
十二寡妇能效力，乾坤再整靖边庭。
仁宗统御升平盛，蛮王智高兵寇境。
杨府俊英文广出，旌旗直指咸归命。
更有姨娘法术奇，炎月瑞雪降龙池。
天生豪杰真不偶，将与圣明展帝基。
于今去古几千场，荒草寒烟又夕阳。
故国不殊风物异，令人看此垂悲伤。

第一回　北汉主屏逐忠臣
　　　　　呼延赞激烈报仇

　　却说北汉主刘钧听知大宋平定各镇，与群臣议曰："先君与周世仇，宋帝其志不小，今既削平诸国，宁肯与孤自霸一方乎？"谏议大夫呼延廷出奏曰："臣闻宋君英武之主，诸国尽已归降。今陛下一隅之地，何况兵微将寡，岂能相抗？不如修表纳贡，庶免生民之厄，而保河东无虞也。"刘钧犹豫未决，忽枢密副使欧阳昉进曰："呼延廷与宋朝通谋，故令陛下纳降。且晋阳形胜之地，帝王由此而兴，无事则籍民而守，有警则执戈而战，此势在我耳，何必轻事他人乎？乞斩呼延廷以正国法。倘或宋师致讨，臣愿独当之。"钧允奏，令押出呼延廷斩首。国舅赵遂力奏曰："呼延廷之论，忠言也，岂有通谋宋朝之理？主公若辄斩之，使宋君闻知，则征讨有名耳。必欲不用，只宜罢其职而遣之，庶全君臣之义也。"刘钧然其言，下令削去官职，罢归田里。

　　呼延廷谢恩而退，即日收拾行装，带家小直向绛州而去。欧阳昉尚不遂意，深恨呼延廷，欲谋杀之。唤过亲随人张青、李得，谓之曰："汝二人引健军数百人，密追至呼延廷下处，尽杀之。回来吾重赏汝。"张、李允诺，即引健军追赶呼延廷去了。

　　却说呼延廷与一起人行至石山驿，日已晚，歇下鞍马。是夜与夫人对席饮酒，自叙不幸之事。将近三更，忽听驿外喊声大振，火炬连天，人报有劫贼来到。呼延廷大惊，令家人速走。张青、李得部众拥入驿中，将呼延廷老幼尽皆杀了，财宝劫掠而去。时随从人各自逃生，只有妾刘氏抱着幼子，走入厕中，保得性命。至四更，刘氏叹曰："谁想我家遭此劫数，使我母子无依。"放声大哭。忽有一人在后叫曰："小娘子何故号哭？"刘氏星光下泪眼相看，其人近前问曰："汝是谁家女子，独自到此？"刘氏泣曰："妾是本国谏议大夫呼延廷偏室，因回归乡里，至此被强人劫掠，将一家尽皆杀死，只留得妾身同乳子，逃于此间，无计可保，望尊官见怜。"其人听罢，怀愤长吁曰："吾乃河东府两院领给，姓吴名旺。适闻杀汝恩主者却是欧阳昉亲随人张青、李得，假作强人到此。汝宜速抱其子而走，不然一命难保。"道罢而去。

　　刘氏正慌间，忽驿外喊声又起，一伙强人拥入，见刘氏，捉住来见马忠。马忠曰："汝何处女子，抱着孩儿在此？"刘氏曰："妾含冤负屈。"因将一家被害之故备述一番。马忠曰："适夜巡人来报，驿中有官宦被劫。我等正要来夺分金宝，原来有此苦事。汝若肯随

吾回庄，抚养孩儿长成，与汝报此冤仇，可乎？"刘氏曰："妾有莫大之冤，何恤微躯？愿随大王而去。"马忠即引刘氏回至庄上。将近天明，马忠安顿刘氏居处，自与手下复回山寨去了。刘氏密遣人去驿中收殓其主尸首，埋于一处，立意只图报冤，抚养孩儿。

不觉时光似箭，日月如梭。将近七年光景，孩儿已长成矣。马忠与其子取名曰福郎，送往从师学业。其子生的面如铁色，眼若环珠，貌类唐时尉迟敬德。虽是读书，暇时便习兵法。年至十四五，走马射箭，武艺通晓。使一条浑铁枪，有神出鬼没之能。马忠见其雄勇，不胜欢喜，改名曰马赞。

一日，随马忠出庄外，见一起脚夫扛着大石牌来到，上写道"上柱国欧阳昉"数字。马忠见了，愤怒变色。马赞曰："大人见此石牌，何故有不足之意？"忠曰："看着欧阳昉名字，甚有伤吾心也。此人十五年前害却呼延廷一家，吾听得呼延廷有子尚在，我若见他，便与之同去报仇矣。"赞怒曰："可惜孩儿不是呼延廷之子，若然，即日报仇。"忠曰："此事汝母更知其详，可入问之。"赞回庄，入见母亲刘氏，问欧阳昉害呼延廷一家之故。刘氏呜咽洒涕而泣曰："我含此冤恨，今十有五年矣。汝正是呼延廷之子，此父是托养汝者也。"赞闻此言，昏闷在地。马忠径入，仓皇救醒。赞哭曰："孩儿今日辞父母，便去报冤。"忠曰："他是河东权臣，部下军士甚众。如何近得？须用计策图之。汝今后只称我为叔。"赞拜曰："叔叔有何计策教我？永不忘恩！"

忠正思量间，忽报耿忠来相访，马忠即出迎接。入至庄里坐定，令赞相见。耿忠问曰："此位是谁？"马忠曰："义子马赞也。"乃问耿忠来此之故。耿忠曰："适与强人相争，赢得一匹好马，名曰乌龙马。将要送往河东，卖与欧阳丞相，因过尊兄庄上，特来相访。"马忠曰："既贤弟有此好马，不如只卖与小儿，就中更有事理。"耿忠曰："吾与尊兄义虽结契，胜如嫡亲，汝之子即吾侄也，此马便当相送。"马忠大悦，因具酒醴相待。马忠席上因道起呼延廷一家被欧阳昉所害，此子是呼延廷亲生，正欲报仇，不得其策。耿忠听罢，愤然曰："尊兄勿虑，吾有一计，可以杀欧阳昉也。"马忠曰："弟有何策，烦指教之。"耿忠令

赞近前，谓之曰："汝今只将此马送入欧阳昉府中，称作拜见之物。他得此马，定问汝要何官职，须道不愿为官，只愿跟随相公养马，彼必喜而收留。待遇机会处，因而杀之，此冤可报也。"赞拜受其计。是日席散，耿忠辞归山寨。次日，赞拜别马忠、刘氏，上马登程。后人有诗为证：

豪毅英雄胆气粗，轩昂人物世间无。

此行必定冤能报，方表男儿大丈夫。

且说呼延赞离了马家庄，径赴河东，访问欧阳昉府中，令人报知曰："府门下有一壮士，牵匹好马，要来献与相公。"昉听罢，即令唤入。赞至阶下跪曰："小人近贩得骏骑，特来献相公，以为进见之礼。"昉曰："汝何处人氏？"赞曰："祖居马家庄，小人姓马名赞。"昉曰："此马价值几何？"赞曰："价值连城。"昉听得，自思："此人必图做官。"令左右问之。赞曰："不愿为官，只愿服侍相公一年半载，终是名分人也。"昉见赞仪表奇特，又送他这马，不胜之喜，即收留为左右使唤。赞思欲行事，遂尽意奉承，极得昉之欢心。

开宝七年八月中秋佳节，欧阳昉与夫人在后园凉亭上饮酒赏月。怎见得中秋好景？有苏子瞻《水调歌头》词为证：

明月几时有？把酒问青天。不知天上宫阙，今夕是何年？我欲乘风归去，又恐琼楼玉宇，高处不胜寒。起舞弄清影，何似在人间！转朱阁，低绮户，照无眠。不应有恨，何事长向别时圆？人有悲欢离合，月有阴晴圆缺，此事古难全。但愿人长久，千里共婵娟。

欧阳昉饮罢，酒醉，从人扶入书院中，凭几而坐。赞随至院中，自思："此处不下手，待等何时！"正欲拔出短刀，忽窗外有人持灯笼进院，却是管家来请昉安歇。赞即藏刀入鞘，叹曰："此贼尚有余福，须再图之。"

却说赵遂以欧阳昉专政已久，恐惹兵端。一日，奏知北汉主曰："昉有擅杀之罪，陛下若不早除之，为患深矣。"会大将丁贵等力劾其罪。刘钧乃降欧阳昉丞相之职，宣授为团练使。昉耻与赵遂等同列，上疏辞归乡里。北汉主允其请。昉即日收拾行李，领从人离晋阳，望郓州而去。不消一日，已到其家，诸亲眷皆来称贺，昉日日具酒醴相待。

时九月九日，却是昉之生诞，准备筵宴，与夫人畅饮。呼延赞独安外房，闷坐无聊。将近二更时分，出庭外闲行，但见月明如昼，西风拂面。赞因仰天长叹曰："本为父母报仇到此，不遂其志，苍天能无怜及我耶？"言罢，挥泪入房，偃身而卧。忽窗前起一阵怪风，赞睡中见许多人，满身鲜血，向前抱着赞曰："汝父被昉所害，今日可以报仇矣。"赞听得，忽然觉来，只是梦中。正在犹疑间，忽从人来叫："马提辖，相公有事唤汝。"赞藏了利刃，径入书院中，见欧阳昉睡在床上。昉曰："吾饮数杯，宿酒未醒，汝在身旁好生服侍。"赞应诺，因自忖曰："此贼命合休矣！"约近四更，赞走出院外，见四下寂静，正是怒从心上起，恶

向胆边生,腰间取出尖刀,寒光凛凛,杀气腾腾。复入书院,拿住欧阳昉曰:"汝认得呼延廷之子吗?"昉惊得心胆飞裂,连告曰:"饶我一命,家私尽归于汝。"话声未绝,赞即挥刀,刺入咽喉。欧阳昉大痛无声,命归阴府。赞既杀欧阳昉,径入内去,将夫人并至亲男女四十余口尽皆屠了。静轩咏史

诗曰:

气概凌云孰可加? 怀冤必雪震中华。

全家竟戮伸深恨,始信皇天报不差。

赞杀出庭中,见有老妪跪在阶下,告曰:"乞饶残生。"赞曰:"不干汝事,急去收拾金宝与我。"老妪进房中,将缎帛金银装作一车,与赞带回。赞临行以血书四句于门曰:

志气昂昂射斗牛,胸中旧恨一时休。

分明杀却欧阳昉,反作河东切齿仇。

呼延赞写罢,骑了乌龙马,并带宝物,连夜回见其母刘氏,具道杀了欧阳昉一家四十余口,并取得金帛而回。刘氏大喜。次日,与马忠相见,忠问曰:"报得仇否?"赞答曰:"赖叔叔之福,将昉老少一家诛戮殆尽,临行留有字迹四句。"马忠问曰:"字迹如何道?"赞以其诗告之。忠惊曰:"倘汉主得知,则吾家有灭族之祸!汝速宜收拾盘费,直往贺兰山,投耿忠、耿亮二叔叔,以避其难。"赞领命,即日拜别父母而去。

第二回　李建忠力救义士
呼延赞梦神教武

却说呼延赞辞过父母，匆忙上路。正值十月天气，寒风袭面，落叶萧条。赞在路行了数日，望见前面一座恶山。赞思曰："此处必有强人出没。"道未罢，忽山坡后一声鼓响，走出几个强人，拦住去路，问赞索买路钱。赞怒曰："天下之路安得汝卖？胜得我手中利刃，则与汝钱；不然，将汝头来试刀。"小头目大怒，绰刀向前，与赞才交一回，被赞劈死坡下。

内中乖的急上山报知耿忠曰："山下有一壮士经过，小头目问索金银，已被杀死。"耿忠大惊，即上马来看，见赞正与众头目相斗，忠认得是赞，忙喝曰："侄儿不得动手！"赞抬头视之，慌忙下拜。耿忠引赞上山，与耿亮相见毕，忠问所来之由，赞将报仇之事并血书四句一一道知，"今父亲着小侄径投二位叔叔避难，不想有伤部下，望乞赦罪。"忠曰："汝乃误耳，何罪之有？"即令手下摆酒相待。忠因曰："我等屯聚于此，以观时变。汝既来，则为第三位寨主。"赞拱手拜谢。自是赞居寨中，打官劫舍，无有不胜。

一日，赞与耿忠等议曰："河东旁郡多有钱粮，叔叔借我军士三千，往绛州劫掠而回，可应二年之用。"忠笑曰："绛州是张公瑾镇守，此人有万夫不当之勇，若去必遭其擒也。"赞曰："小侄若折一军，情愿偿命。"耿忠见赞如此志气，便与军士三千。

赞即披挂上马，扯起令字旗，上写"河东切齿仇"五字，引着三千兵来到绛州城下，将城围了，大叫："好好将府库钱粮献出，则退；不然，攻入城中，恣意劫掠！"守军报与公瑾知道。公瑾自思："贺兰山有新贼呼延赞，英雄之士，必是此人作乱。"吩咐军士二百人，多设弓弩，埋伏吊桥两边："待吾诱而擒之。"军士得令，自去埋伏，不提。公瑾披挂上马，引五百军出城迎敌。呼延赞跨着乌龙骑，直奔军前，大叫曰："我来别无他意，只问库中借黄金三千两！"公瑾怒曰："强贼急退，尚留残生；不然，擒汝献主，碎尸万段！"赞大怒，舞枪跃马，直取公瑾，公瑾举枪来迎。二人交战三十余合，真如猛虎相斗，不分胜负。公瑾再战佯输，走过吊桥。赞勒马赶过桥去，忽一声鼓响，两边伏兵并起，箭如雨落。赞大惊，急跑马杀回，所部三千喽啰射死一半。公瑾亦不追赶，收兵还入府中。

却说呼延赞不敢回见耿忠，单骑奔小路逃走。将近一更，又被伏路喽啰拿住，正是：才脱虎坑逃得去，又遭机阱捉将来。众喽啰将赞缚上山来见马坤父子。坤问曰："汝乃何人？"赞曰："小人是相国之子，复姓呼延，名赞，走错路途，被大王部下所捉，乞饶性命。"马

坤大怒曰："近闻汝围绛州,将劫府库,尚来瞒我!"即令将陷车囚起,连夜点二百余人,解送呼延赞入绛州请赏。喽啰得令,将赞解出山下。众人相谓曰:"我大王与八寨大王有隙,只恐前面夺了呼延赞,我等如何分说?不如前面借宿一宵,明日早行罢。"前到拦路虎门首,叫声"借宿"。有守门者出来看之,见一伙强人解一陷车来到,守门者曰:"夜已深矣,汝等借宿,休得惊动大王。"众人齐道:"我等自有方便。"即将陷车推入后亭去了。

时有八寨主李建忠,为入西京勾栏内看戏,被官拘察拿住,因于牢中四年,因越狱走回,亦在拦路虎家借宿。步出门外,听见守门人大惊小怪,乃问曰:"汝等相议何事?"守门者曰:"太行山马大王令二百人解呼延赞,与张公瑾请赏。"建忠听罢,自思:"我在西京牢内闻得赞乃英勇之士,因何被他拿了?还当救之。"即提朴刀入亭后,大叫曰:"谁敢监囚赞将军者休走!"众喽啰惊散而去。建忠打开陷车,取出呼延赞,在星光下相见。赞曰:"是谁救我?恩泽难忘!"建忠曰:"我乃第八寨李建忠也,都是一家兄弟!"即赐予衣服。

次日,带赞回新建寨。人报知寨主柳雄玉,雄玉大惊,即出寨迎接,果是真实。雄玉邀入帐中坐定,不胜之喜。因问:"何以得回?"建忠将越狱之事道知。雄玉曰:"自尊兄离寨后,手下单弱,被六寨主罗清每年来讨赁土钱,甚被扰害。"建忠大怒曰:"此贼再来,吾当生擒之!"雄玉因问:"同来此位是谁?"建忠曰:"相国之子呼延赞也。"雄玉曰:"久闻其名,今幸相会。"即令左右设酒庆贺。

三人正饮之间,忽报罗清同五六百人来山下讨半年赁土钱。柳雄玉听得,不敢问。赞觑定建忠曰:"乞借鞍马衣甲,生擒罗清来献,以报哥哥救命之恩。"建忠曰:"吾知贤弟足是其敌也。"即付与鞍马盔甲,点喽啰二百,随赞迎敌。赞披挂齐备,辞二位而出,到山下大叫:"罗寨主来此何干?"清曰:"特来问柳寨主讨半年赁土钱。"赞怒曰:"汝既以兄弟相处,急早退去,免伤和睦;不然,特擒汝入山以献。"清曰:"无端匹夫,与汝何干,而来相撩耶?"即挺枪跃马,直取呼延赞。赞即举枪来迎。二人交战,未及五合,赞轻舒猿臂,将清捉在马上,杀散余众,绑缚罗清上山,来见李建忠。建忠大喜,将清吊在柱上,曰:"待缓缓诛此贼。"令具酒庆贺。

不想罗清败众报与第五寨大王张吉,再点二百人,全装贯带,喝喊连天,来攻新建寨。李建忠与赞正在饮酒,听得山下金鼓不绝,人报五寨主引兵来救罗清。赞怒曰:"待一发擒剿此辈,以除心腹之患!"即辞建忠,引众人出寨。排开阵势,喝问:"前面强贼何人?"张吉认得是赞,乃曰:"好好放出罗寨主还我,饶你性命;如若不从,教你目下受灾!"赞大怒,挺枪直取张吉。张吉抡刀来迎。刚斗二合,被赞一枪刺于马下。众人见杀了主将,各自丢戈抛戟而走。赞乘势追入寨中,将所聚金银尽数劫取,放火焚其山寨而回。建忠、雄玉见赞又胜一阵,大喜曰:"贤弟威风,果不虚言。"仍令座席饮酒。建忠喝左右杀取罗清心肝，作供酒之肴，三位开怀畅饮。不提。

却说败兵走投太行山，见马坤，说知罗清、张吉被赞所诛。马坤大怒曰："不诛此匹夫，何以泄吾愤！"即令长子马华率五百精勇，杀奔新建寨来。逻卒报知李建忠，建忠曰："马坤欺人太甚，吾当出马擒之。"赞曰："不劳尊兄神色，待小将明日定下计策，擒此恶党，以伸其恨！"建忠依其议，下令众人坚守寨栅，明日出战。众人得令，各自整备去了。

呼延赞归至帐中，思量捉马坤之计。俄尔睡去，忽见个火球滚入帐中，赞梦中赶将出去。至一所在，尽是金窗朱户，宫宇巍然。赞直入内，却不见那火球。旁边转过一人曰："主人候将军多时矣。"赞曰："汝主人是谁？"其人曰："请入内便见。"径引赞入殿中。见一员猛将，端然而坐，觑着呼延赞曰："你道天下只你一个会武艺吗？"赞答曰："小人一勇之夫，何足挂齿！"那员将道："且去教场内，吾有事讲论。"赞即随到教场亭上坐下。那将令左右以鞍马军器付与赞，曰："你有甚武艺，请试一遭，与吾观之。"赞允诺上马，将平生所学显出。那将笑曰："此不足为奇。"唤左右牵过自己马来，谓赞曰："吾与君较一阵胜负。"赞自思："适间留一路枪法未使，且与他比较刺之。"乃上马与那将场中比较。二人斗上数合，赞挥起钢枪，被那将转过骅骝，挟下马来，连喝曰："吾弟牢记此一法！"

赞愕然觉来，却是梦中，视身上衣甲尚在。赞思奇异，便唤小卒入，问曰："此处莫非有神庙乎？"小卒曰："离此一望之地，有一座古庙，年深荒废，无人祭赛。"赞于次日带小卒来看其庙，见牌额写道："唐尉迟恭之祠。"步入殿上，见神像与夜间所梦无异。赞曰："怪哉！此乃神力相助也。"即倒身四拜，对神祝曰："若使呼延赞久后发迹，必当重整祠宇，以报神功也。"拜罢，与小卒回见李建忠。建忠曰："贤弟那里得此衣甲？"赞道知夜来所梦之事。建忠喜曰："此乃神灵相助，吾弟当有大富贵之分。"

正讲话间，忽报马华在外搦战。赞辞却建忠，绰枪上马，引众人出寨迎敌。对营马华举鞭指而骂曰："诛不尽的狂奴！好好将罗清放出，免得自家相并。不然，碎汝尸为万段！"赞大笑曰："汝将来与罗清同一处死耶？"华大怒，举枪直取呼延赞。呼延赞约退数步，兵刃相迎。未及两合，被赞挟住枪梢，活活捉住，令人押上山来见李建忠。华之败兵归报马坤曰："小将军被赞活捉而去。"坤大惊曰："此贼真乃雄勇。"即令次子马荣部健勇二百人，前去救取。

赞听知太行山人马又到，列下阵势。马荣横刀于马上，叫曰："好好将吾兄放出，佛眼相看；不然，杀汝片甲不留！"赞怒曰："待擒着汝一同发落。"即挺枪纵骑，冲过阵来，马荣抡刀回战。二人在山坡下斗上二十余合，不分胜负，赞乃佯输，走回本阵。马荣不舍，骤骑急追。转过坳后，赞按住神枪，专待马荣将近，绰起金鞭，喝声："着！"从背上打下。马荣口吐鲜血而走。

　　回到寨中见马坤，说赞英雄难敌。马坤忧闷不已。坤有女金头马氏，见父面带忧色，因问曰："爹爹何故不悦？"坤曰："今被新建寨副贼呼延赞捉去汝长兄，又打伤二哥，思量无人敌之，是以纳闷。"马氏曰："爹爹不须烦恼，待女孩儿前往擒之。"坤曰："此人英雄莫敌，只恐汝胜不得他。"马氏曰："当用奇兵捉之，先埋伏勇壮于山侧，若战不胜，引入伏中，必落圈套。"坤依其言，即与七百人前去对敌。呼延赞知之，当先出马，大叫："来将急令寨主归顺，免遭焚戮；不然，剿汝等无葬身之地！"马氏大怒，舞刀跃马，直杀过来。呼延赞拍马迎之。二人战上三十余合，马氏跑马而走。赞勒马赶上一里地位，见山后隐隐有伏兵之状，遂回马不追。两个各自收军。

　　马氏回见坤曰："呼延赞深知兵法，不能胜之矣。"坤愈不悦。忽小卒来报："山后一彪军马来到，不知是谁。"坤闻知，即令人哨探，回报第一寨主马忠也。坤出帐迎接。马忠与刘氏安下人马，入寨中相见毕。坤曰："久违贤弟，一向消息不闻。"忠曰："怀想大哥多日，今特来相访。"坤令左右设酒醴相待。众人饮至半酣，马忠见坤有忧色，因问："尊兄何故不悦，莫非以小弟来扰乎？"坤曰："贤弟道差矣，吾兄弟即同一家人，岂有厌弃之意？争奈第八寨有新来呼延赞，每与各寨相并，近日捉去吾长子，无人救得，是以纳闷。"忠听罢，乃曰："既如此，不须烦恼，小弟当出力相救。"坤曰："此人亦是劲敌，不可小觑。"忠曰："自有方略降之。"即辞却马坤，与刘氏引本部人马来至山下。

第三回　金头娘征场斗艺　高怀德大战潞州

却说马忠、刘氏来到山下，果见对垒呼延赞全身贯带而出，大呼曰："杀不尽的党类，尚敢来相争耶？"刘氏拍马向前，认得分明，乃喝曰："福郎不得无礼！"赞听罢，猛抬起头来，见是母亲，即丢枪下马，拜伏路旁曰："不肖儿得罪，母亲缘何至此？"刘氏曰："汝起来，去见叔叔。"赞乃随母入军中，见马忠毕。忠曰："闻汝在耿忠寨里，谁知在此相斗。马坤是我结义兄弟，汝即宜前去服罪。"赞曰："前日孩儿擒他长子入山，又打伤马荣，若去相见，恐有不测之祸。"忠曰："有我在，无妨。"赞乃允诺，随马忠入寨中，来见马坤。忠曰："小儿不识尊兄，冒犯罪重，万乞恕宥。"坤惊问其故。忠以赞之本末道知。坤叹曰："不枉相国之子也。"赞向前拜曰："小侄肉眼不识伯伯，全赖扶持，恕小侄之前愆。"坤曰："汝本不知，岂有相怪之理？"即令排筵席庆贺。坤唤马荣等相见。荣见赞，似有赧愧。赞曰："冒伤哥哥，万乞赦宥。"荣亦以礼待之。是日，寨中大吹大擂，众人欢饮。有诗为证：

豪杰相逢不偶然，一时会聚义全坚。

未交扶佐中朝主，先有威声震太原。

马坤因谓忠曰："吾有一事相禀，未审贤弟允否？"忠起曰："尊兄所命，安敢有违？"坤曰："小女金头娘，貌虽丑陋，颇有武艺，若不嫌弃，愿与赞结为百年之欢。"忠拱手谢曰："尊兄若肯怜爱，厚德难忘。"坤即令人道知金头娘。金头娘笑曰："嫁与亦无妨，只不知呼延赞武艺如何？前日交锋，未分胜负；今再与比试，若能胜我，则许从之。"小卒出，告知马坤。马坤曰："小女幼习未除，要与呼延将军比试，亦不碍事。"忠即令赞与马氏相较。赞允诺，披挂上马，出场中。马氏亦贯带而出，二人于教场中再决胜负。

马忠、刘氏、马坤等立于寨门外观望，见二人各举军器，斗上二十余合，胜负不分。马氏自思："赞之枪法极熟，且试他射箭如何。"即勒转马缰，望将台而走。赞思曰："此必欲以箭惊我，待赶去看他如何。"亦骤马紧追之。马氏较其相近，弯弓架箭，一连放三矢，尽被赞闪过。赞曰："偏我不会射箭？"复回马，引马氏赶来，拈弓在手，扣镞而射之，其矢正中马氏头盔。众人喝彩。马忠跑出阵来，叫曰："一家人，休得相并。"二人乃各下马，进入寨中。坤笑曰："赞将军武艺精乎？"马氏低头不答。坤知其意，即令焚香为誓，将马氏嫁与呼延赞。赞拜了父母，称谢马坤。是日，众人尽欢而散。

次日，赞入见坤曰："小婿回山寨见李建忠，送还小将军。"坤大喜，即令人送赞登程。赞归见李、柳二人，备道会着父母及与马氏成亲之事。建忠喜曰："此事皆非偶然也。"赞曰："日前提得马华，当送还之。"建忠曰："如今即是一家，岂有相害之理？"即着人于寨后取出马华。马华疑加谋害，吓得心惊胆战，汗透重裘。建忠曰："兹有喜事相报，幸勿惊疑。"遂把成亲完娶之事一一次序道知。华始变忧为喜，曰："既如此，列位都该请过小寨相会。"建忠曰："将军先请，吾吩咐手下便来也。"马华即辞建忠而去。时柳雄玉不欲行，建忠曰："若不去，恐彼致疑。正当与之相会，以释其旧怨耳。"即日与赞等齐到太行山，令人报知马坤。坤即出寨迎接。众人入帐中，相见毕，建忠曰："如今义同兄弟，患难正当相救，勿使再致相争，有伤和气。"坤大悦，请马忠、刘氏相见。忠曰："小儿多得贤兄救护，恩德不忘。"建忠曰："赞将军终非久淹之人，他日必当大贵。"坤令安排筵席庆贺。

是日众豪杰依次而坐，开怀畅饮。酒至半酣，忽报："山下有五千余军来到，不知是谁。"赞曰："才得安静，又有争闹。"便要点人马迎敌。马坤曰："待吾自去看之。"即引二百人下山探视，却是幽州耶律皇帝殿前名将韩延寿。坤问曰："将军来此何干？"延寿曰："耶律皇帝已殁，今萧太后登宝位。我奉令旨，来取将军回国，共佐新主。"坤曰："既奉令旨，敢不回国？将军且同入山寨，与兄弟等相见，再作商议。"延寿应诺，将人马屯于山下，与坤入山寨。坤令众兄弟出来相见毕，仍整筵席款待延寿。坤席中谓赞等曰："我只因耶律皇帝无道，隐入太行山，今近十五年矣。听得国中已立萧太后为主，有旨来取。寨中约有七千人马，留二千与汝，与吾镇守；吾率五千，带华、荣二人回国。若有书来相召，即便来应。"赞等应诺。次日，坤辞众人，与延寿离太行山。马忠等送出五里路外而别。坤父子带人马自赴幽州，不提。

且说呼延赞同众人回至寨中，招军买马，专待朝廷招安。开宝九年三月，宋太祖闻刘钧严设警令，日夕操练军马，与赵普等议征伐之计。普奏曰："未有可乘之机，陛下尚容再议。"帝意未决。适归德节度使怀德入奏边事，乃言："河东文武不睦，陛下宜乘其乱而图之。"枢密使潘仁美力奏亲征。太祖乃下诏，以潘仁美为监军，高怀德为先锋，统十万精兵，克日离汴京，望潞州征进。

消息传入晋阳，刘钧大惊，即召文武商议。赵遂奏曰："主公勿忧，宋师连年征战，军士怀怨。臣提一旅之众，出潞州迎敌。"刘钧允奏，即以遂为行军都部署，刘雄、黄俊为正副先锋，点兵五万，前御宋师。

赵遂得令，即日部兵来到潞州界下寨，遣人缉探宋兵动静。回报："宋师离潞州二十里驻营，旗鼓相接，声势甚盛。"赵遂得报，次日与刘雄、黄俊引兵杀奔潞州而来。宋前锋高怀德已列下阵势，两军对垒。怀德横枪立马于阵前，北阵中赵遂跃马而出，手捻铜刀，厉声大骂曰："宋将不识时势，敢侵犯边界！"怀德大怒，挺枪跃马，直取赵遂，赵遂抡刀来迎。两军相交，战上十数合，不分胜负。汉先锋刘雄见赵遂胜不得宋将，举方天戟出阵助战。宋将高怀亮怒目睁睛，舞竹节钢鞭来敌。刘雄斗不数合，被怀亮打中头脑而死。赵遂拨回马便走，怀德骤马追杀。潘仁美驱动后军，乘势掩杀。北兵大败，死者无算。高怀德兄弟直赶二十里而回。

赵遂大败一阵，走入泽州驻兵，与黄俊等议曰："宋兵雄猛，宜遣人于晋阳求救，以保此城。"俊曰："事不宜迟，若待宋兵围城，则难为计矣。"遂即差人星夜赴河东，奏知刘钧。刘钧曰："赵遂始出兵辄败，谁可押兵以应之？"丁贵奏曰："此行他将非宋之敌，主公须再召山后杨令公发兵来应，可退宋师。"刘钧依其言，即遣郑添寿为使，赍金宝径诣山后，来见杨令公，递上诏书曰：

北汉主刘钧诏示：近因宋师入境，命赵遂率兵拒御，潞州之战，败走泽城。孤以羽书报知，确有燃眉之急。令公拥重兵于山后，志存忠义，当赴国难。诏书到日，即宜发兵来应，勿负孤望。

杨业得书，与诸将议曰："往年周主下河东，吾父子大胜其军，足为振威矣。今宋师又至，汉主复下诏来召，还当救之。"末子七郎进曰："中原军马甚盛，大人此一回且莫发兵，待宋师将困河东，救之未迟。"王贵曰："小将军言差矣！君命召，不俟驾而行。尝言：'救兵如救火。'若待宋师临城，则成涓涓之势，徒劳无功也。正须亟出兵相援，庶表忠国之志。"杨业然其言，乃令长子渊平守应州，自与王贵部兵，即日赴晋阳，来见刘钧。山呼毕，刘钧以宾礼相待，赐赉甚厚。业拜谢而退。

次日，刘钧设宴于中殿，款待杨业。杨业奏曰："陛下召臣退敌，未能宽慰主忧，何敢受宴？"钧曰："卿之威望，马到成功，何患敌人不灭耶？但饮数杯，明日出兵未迟。"业拜受命。是日刘钧亲赐业金卮，君臣尽欢而散。

次日，业入见刘钧谢宴，因请旨出兵。钧曰："今日卿可部兵前行，若退得宋师，寡人当以重爵酬卿。"业即日辞朝而出，率精兵前到泽州下寨。

第四回　讲和议杨业回兵
迎銮驾豪杰施能

哨马报入宋军中，太祖曰："朕往年随世宗下河东，未得利而回。今彼又来救援，可回军以避其锐。"潘仁美奏曰："杨家兵虽雄，统属不一。臣与诸将当以奇兵胜之，勿劳圣虑。"太祖从其言，乃下令出兵。潘仁美与高怀德、党进、杨光美等商议。怀德曰："杨业武艺，河东有名者。明日交锋，可令萧华打初阵，赵嶷第二阵，吾与弟怀亮第三阵。君监大军相应，此作长围战之，可胜其兵也。"仁美大喜，即分遣而行。

次日平明，鼓罢三通，萧华引军前进，恰与杨业军马相遇。两军对敌，萧华捻枪勒马高叫曰："北将亟早纳降，以免杀伤之厄；不然，长驱而进，踏河东为平地耳！"业提刀纵马，跑出阵前，左有王贵，右有延昭，厉声骂曰："无端匹夫！死在目前，尚敢口出大言哉！"舞刀骤马，直取萧华。华举枪迎敌。两马相交，斗不数合，被杨业一刀斩于马下，宋兵大败而走。业挥动左右赶来，宋阵中一军摆开，乃赵嶷，出马绰斧，来与杨业交锋。战至二十余合，赵嶷亦被杨业一刀，连人带马分为四截，余兵大溃。高怀德闻知大惊，急与怀亮引军马一万来敌。泽州赵遂闻知救兵来到，亦开门以应之。杨业直杀入宋阵中，怀德提枪迎之。两马相交，战有五十余合，不分胜败。杨业抽马复回，怀德骤骑追之。旁边转过杨延昭，截怀德于马下，却得怀亮拼死力战，救援怀德回阵。王贵麾军掩杀，宋兵折去无数。

怀德引军回见潘仁美，说杨业英雄，连斩大将二员。仁美曰："可见主上商议，徐定战杨家之策。"仁美奏知太祖："王师已挫一阵，杨家之兵难敌。"太祖叹曰："莫非天意不欲朕平定河东乎？"即与诸将商议班师。杨光美进曰："杨业之众已与赵遂相并，声势颇振。若今班师而去，倘或敌人赶来，吾军见北兵之盛，不战而溃，反取辱于外国也。为今之计，可遣人与杨业讲和，然后回兵，可无后顾之忧矣。"太祖曰："谁能为使前往？"光美曰："臣愿奉诏而行。"太祖允之，即令文臣草诏，与光美赍往泽州。

见杨业，道知讲和之事。业笑曰："汝主削平诸国，曾亦有讲和者乎？"光美厉声曰："我主英武而承大统，恩威加于诸国，近征逆命，如泰山之压危卵，系颈称臣者不可胜计。今驾下河东，将收功于指日，正不忍生灵肝脑涂地，又以将军名望素重，弗肯相伤。况中原谋臣勇将，拥兵未动，若使闻知河东未下，车驾淹留，激怒齐进，汝晋阳能保无事乎？将军又保常胜耶？"杨业被光美说了一篇，无言可答。王贵曰："机会难得，将军可允其议。

勿使激怒宋人，非河东之利。"业乃回报使者："归奏宋君，吾当即部兵回矣。"光美辞退，再入别营见赵遂，道知通和之由。遂喜曰："宋君吾之尊主也。既有通好之意，安敢不从？"光美辞遂，归见太祖，奏知允和之事。太祖大悦，乃下诏班师。时军中亦因粮尽，闻命无不欢悦。

次日，车驾由潞州回军，行至太行山驻扎。有小卒报入寨中，道知宋太祖下河东，不利而回。呼延赞大悦，与李建忠曰："吾与河东有切齿之仇。今当下山拦住车驾，问求衣甲三千副，弓弩三千张，与吾众人演习。待车驾再下河东，充为先锋，建功绩于大宋，岂不胜于为寇乎？"建忠然其言，即与人马五千。

赞披挂齐备，引人马于山下，排开阵势，阻住去路。哨马报入宋军中："前有贼众阻住去路。"前锋副将潘昭亮出马问曰："谁敢阻拦车驾？"呼延赞答曰："挡住圣驾，不为他事，只求留下衣甲三千副，弓弩三千张，与小将寨中演习。待圣主再下河东，愿充为先锋，以破仇邦。"昭亮怒骂曰："中原多少英雄，要你无名草寇何用？急早退去，尚留残生，不然，擒汝以献！"赞曰："赢得手中枪，便放车驾过去。"昭亮怒激，挺枪跃马，直取呼延赞。赞举枪迎战。交马两合，被赞掣出钢鞭，打死马下。前军报入中军，杨延汉提刀出战呼延赞。呼延赞虚退几步，放延汉杀进。不数合，被赞擒于马上，令手下解入寨中去。

潘仁美闻知其子昭亮被赞所杀，正在忧虑，适党进见曰："前有贼兵阻路，杀伤官军甚众，公安得高枕无忧？倘主上知之，何以回答？"仁美曰："正在思虑，未得其计耳。"进曰："吾当部兵战之。"仁美曰："太尉若肯出力，朝廷之幸也。"党进即披挂上马，跑出阵前曰："无端匹夫！不度车驾在此，敢来寻死耶？"赞曰："小将非是邀驾，欲尽忠于王邦耳。衣甲弓弩小事，何故吝惜不与，动此干戈？"党进大怒，舞刀直取呼延赞。呼延赞举枪迎敌。二人战上数十余合，不分胜负。赞佯输，走入本阵。党进骤马追来，绰起钢刀劈头就砍。赞回身闪过，挽住枪梢，尽力一卷，拖翻下马。众喽啰一齐向前捉了。赞亦令解上山去。

宋军中高怀德听此消息，大惊曰："此处安得有此雄将？"即跑马出阵前，与赞交战。二人斗上五十余合，不分胜负。骑校奏知太祖。太祖亲部侍兵出阵前，见二员虎将鏖战

不止。太祖令杨光美谕旨。光美跨马出阵前曰："二将军且歇，圣上有旨到来。"高怀德遂勒转马缰，呼延赞亦退立于门旗下。光美曰："阻圣驾，将军有何议论？"赞曰："闻宋师征河东不利回军，小将愿借衣甲三千副，弓弩三千张，留在寨中，招募壮士演习。待主上再下河东，充为先锋，以破强敌。此至愿也，敢有他意哉？"光美听罢，曰："将军少待，吾奏知主上计议。"即入军中见太祖，奏知前军阻路之故。太祖曰："朕堂堂中国，何惜三千衣甲弓弩？使彼果能建功，爵禄且不吝也。"即令军政司搬过精细衣甲三千副，坚实弓弩三千张，与光美交割呼延赞。光美领旨，即出阵前，遣军校送衣甲弓弩入赞阵中。赞大悦，因拜受命，引人马径归寨中，与李建忠道知。

建忠曰："既圣旨允赐衣甲弓弩，便当送还擒将，自至驾前谢恩请罪。"赞然其言，请出杨延汉、党太尉，入帐中相见。赞曰："适间冒渎将军，万乞恕宥。"党曰："此是吾辈不能晓达勇士之意而遭擒辱，实为惭愧，何为怪乎？"赞令设酒醴待之。建忠令手下取过黄金二十两，谓延汉曰："适间冲犯二位，聊作压惊之资。乞引小弟诣驾前，见主上一面，死生不忘。"党进曰："若受勇士之礼，何面目以见天子乎？"坚辞不受，遂引建忠、呼延赞至驾前拜见太祖。山呼毕，党进奏知呼延赞本末，因言："二人皆欲尽忠于陛下，乞陛下旌奖之。"太祖曰："朕之诰命未随军行，权封李建忠为保康军团练使，呼延赞为团练副使。朕回汴京之后，即遣使来宣召。"建忠与呼延赞谢恩毕，自回山寨听候。不提。

第五回 宋太祖遗嘱后事
潘仁美计逐英雄

却说宋太祖回至京师，因途中冒冲暑气，养疾宫中，累日不朝。延至冬十月，转加沉重。因遵母后临终遗命，召其弟晋王光义入侍，嘱以后事曰："朕观汝龙行虎步，他日必为太平天子。汝侄德昭，当善遇之。再有三件大事，朕未能全得，汝宜承之：第一件，河东近边之地，不可不取。第二件，太行山呼延赞，当召而用之。第三件，杨家父子，朕爱之，欲召为将。吾观彼国有赵遂，可与此人通好，必诱他来降；且杨家父子只图中原之富贵，可于金水河边造无佞宅以待之，使人通消息于山后，其来必无疑矣。且朕中年在五台山曾许醮愿，盖因国家多事，未曾还得。汝若值朝廷无事之时，可代朕还。数事牢记勿忘。"光义拜而受命。太祖又唤其子德昭曰："为君不易，今传位与叔王，以代汝之劳也。今赐汝金简一把，在朝如有不正之臣，得专诛戮。"德昭曰："君父之命，安敢遗忘！"太祖嘱罢，大声谓晋王曰："好为之！"俄而帝崩，在位十七年，寿五十。后人咏史诗曰：

耿耿陈桥见帝星，宏开宋运际光明。

干戈指处狼烟灭，士马驱来宇宙清。

雪夜访求谋国士，杯酒消释建封臣。

专征一念安天下，四海黎民仰太平。

时漏下四更，宋后人见晋王，愕然亟呼曰："吾母子之命皆托于陛下矣。"晋王泣曰："共保富贵，无忧也。"次日，晋王光义即位，更名炅，是为太宗皇帝。群臣朝贺毕，赠宋后为开宝皇后，迁之西宫，大赦天下。

太宗以即位之初，注意将帅。先朝符彦卿、马全义等皆已物故。一日，谓群臣曰："河东、辽、夏，皆吾故国。先帝临崩之时，以太行山李建忠、呼延赞两名将嘱朕，朕须下诏召之。"杨光美奏曰："李建忠等，先帝曾有封授，正宜宣其入朝，任以帅职。陛下欲下河东，是人必能建功也。"太宗依其奏，即日遣高琼为使，赴太行山召取李建忠等。高琼领命，径诣山寨，传宣诏命曰：

朕初嗣位，注意将帅。乃者河东未下，烽火有警。今特招募雄勇，再议征举。近有太行山李建忠、呼延赞，弓马娴熟，武艺超群，部士精健，不下数千。朕以先帝之遗命，曾有授封，未及诰命。今特遣亲臣高琼赍诏来宣。卿闻命之日，宜即赴阙，勿负朕望。

建忠等得诏，拜受命讫，请高琼入帐中。相见毕，琼曰："主上以二将军之名，遣下官即催赴阙，二公当随诏而行。"建忠曰："既闻君命，岂敢违诏！奈此处与河东隔一带之地，若将军马一同赴阙，彼得乘虚以夺吾寨。今令呼延赞随诏面君，吾暂留于此，专待圣驾下河东，则效命从征，何如？"琼然其言。次日与呼延赞同马氏，部众二千人，辞建忠，离太行山，不日来到汴京。高琼引赞朝见太宗毕。高琼复以建忠留寨之故，一一奏闻。太宗宣赞上殿，见其身躯魁伟，凛凛英风，称羡不已。赞既退，琼又奏曰："新将初到，陛下当以府第处之，庶慰来归之望。"太宗问群臣曰："近城有何壮丽所在？整饰与赞安止。"潘仁美出奏曰："臣访得汴城东郭门有所皇府，原是龙猛寨，唯有此处宏敞，现有壮兵一千看守，此实可居。"帝允奏，即下旨，着呼延赞于皇府安止。赞得旨，次日，引本部与马氏径出东郭门，来到皇府第中，却是一所破房，两庑倒塌，中堂倾圮，庭除深草，屋角蛛丝，全未整理。只有五百守军，皆是些疲癃老弱之辈。赞甚不悦，忧形于色。马氏力劝曰："将军息怒，此不过暂时栖止，待圣上有下河东之举，吾等便离此地耳。"赞依其言，权令军校扫除安顿。次日，下令部军，勿忘戎事，每日出教场操练。

却说潘仁美遣人密探赞之动静，回报："呼延赞自到府中，不以荒残为意，唯日夕整饬戎伍，部下号令严明，皆不敢私自入城扰乱百姓。"仁美闻报，自忖："此人久后必得大位。"欲思逐去之计，乃与心腹刘旺商议。旺曰："此事不难。彼今新到，未得重职，三日后当来参见大人。待其至，生一支节，苦虐之。彼被羞辱，必将逃去矣，安用逐为？"仁美大喜曰："此计甚妙。"即吩咐左右，严设刑具以待。

第四日，人报呼延赞入府参谒。仁美令召入。呼延赞径趋阶前拜曰："小将蒙枢使提携，得入中朝，诚愿尽忠于阙下，以报先帝知遇之大恩也。"仁美半晌不答，乃曰："汝晓得先王留下法例吗？"赞曰："小将初到，不省其由。"仁美曰："先皇誓书：但遇招伏强人下山，皆要决一百杀威棒，以禁其后。汝今亦当如是。"赞听罢，悚然莫应。仁美喝令左右，依法施行。左右得令，将呼延赞推倒于阶下，重责一百。可怜他打得皮开肉绽，鲜血迸流，帐下见者莫不酸鼻。仁美令府门外从人急策之去。

呼延赞回至府中，马氏接着，见其容颜改色，步履差池，惊问何故。赞将被打杀威棒之事说了一遍。马氏曰："既先帝有此法例，亦当顺受，将军只得忍耐。"言罢，暖过醇酒，递与赞饮。赞在饥渴之际，接来便饮。酒杯未放，忽然大叫一声，仆地闷绝。马氏大惊，仓皇失措，百计抚摩，扶救不醒，遂放声号哭曰："吾夫妇本欲尽忠于朝廷，谁想自送其命！"忽旁边转过一老军曰："夫人不要啼哭，小军还能救之。"马氏泣曰："汝若救得醒，胜如重生父母。"老军曰："此是将军被杖之时，必杖上先淬毒药，侵入肌肉，遇热酒即发，故闷绝去矣。待将灵药解之，立地可醒。"马氏曰："既有此药，即求施用，报恩有日。"老军取过丸药,调而灌之。

呼延赞口通药气,渐渐苏醒。众军皆喜。赞问老军:"丸药何此之妙?"老军曰:"小军曾遭仇人毒手,受杖而死,得遇方外道人救醒,因而传得此药。"赞以白金重酬。老军不受,乃曰:"将军居止此处,分明是当朝潘仁美奏陷;适被毒杖,亦必是此人之计。公若不亟去,性命终难保矣!"赞听罢,怒曰:"权臣当国,吾等何以立身?"即下令所部收拾行李,连夜与马氏走归太行山。

侵早已到寨外,小卒报与李建忠。建忠不信,出寨视之,果是赞也。即邀入寨中,问其所归之由。赞将被责之事一一诉知。建忠怒曰:"此贼盖因汝杀其子,故设此谋,将以报怨。今且只守于此,待圣驾复下河东,擒此匹夫,碎尸万段!"赞然其言。建忠令手下摆酒散闷。忽报山下一伙人马来到,不知是谁。建忠即部军出寨相迎,乃是耿忠、耿亮也。建忠喜曰:"正待来请贤兄,不想自至,甚慰吾望。"即邀入帐中相见,列坐而饮。席间耿忠问曰:"近闻贤侄受宣入朝,今日缘何在此?"建忠答曰:"一言难尽。吾弟正随使赴阙,欲尽忠朝廷。不期奸相潘仁美怀着宿怨,屡屡谋害吾弟。"遂将前情诉说一番。耿忠听罢,大怒曰:"贤弟此处有多少人马?"建忠曰:"大约有八千余人。"忠曰:"借我二千,同赞去把怀州城围了,挟其上本,奏知潘仁美之奸,以伸吾侄之冤也。"

建忠依其言,即日分拨二千人马与耿忠、呼延赞等,前至怀州,将城郭围了,城下金鼓之声彻于内外,州人无不惊骇。知州事者张廷臣知之,登城观望,遥见耿忠等扬威耀武,于城下喊叫。廷臣问曰:"汝等来围城池,将有何意?"耿忠曰:"我等不为劫掠而来,特与吾侄洗雪不白之冤。"廷臣不知其故,乃问:"要雪何冤?"忠曰:"前日太行山呼延赞受朝廷之宣命,赴阙面君,被佞臣潘仁美奏陷,又假捏祖制,加杖杀威棒一百,欲了其命,只得潜归山寨自保。今朝廷不知其由,反坐赞有私奔之罪。今特部众逼城,要求州主奏知此事,除去佞臣,吾等皆愿效命于朝廷也。"廷臣谕之曰:"既有此事,汝众人且退,勿惊百姓。我当即具本奏知,定得朝廷复来宣汝,何如?"耿忠乃下令将人马退去,离城二十里安下营寨。

第六回　潘仁美奉诏宣召
呼延赞单骑救驾

却说张廷臣回至府中，写下奏章，遣人星夜赴阙，奏知太宗曰：

臣张廷臣具奏：近有太行山呼延赞，受诏入朝，盖为潘仁美每生计害之，彼不愤逃归。今陛下建位之初，注意边将，且赞豪杰之才，未显其能，辄被大臣构陷，屏逐远方，非陛下亲贤任能之意也。乞将仁美体察的实，复颁诏宣召，使赞欣然从事边陲之功，指日可收，则国家幸甚。

太宗览奏，大怒曰："潘仁美何得擅专杀伐，屏逐忠良乎？"即令右枢密杨光美根穷其事，光美得命，遣人请潘仁美至府中，谓之曰："主上深怒于公，欲究逐呼延赞之事，公有何言？"仁美曰："事由下官所为，全仗枢使善觑，当报厚德。"光美曰："主上之命，岂可私于公？但得公同入面奏，吾自有救公之策。"仁美深谢，即随光美入见太宗。帝问曰："卿追究潘仁美之事，果得实否？"光美奏曰："臣受命究问呼延赞归山之由，实与潘仁美不甚相关。今仁美知罪，随臣面诉其情，乞陛下宽宥之。"太宗闻奏，召仁美于殿前，问之曰："呼延赞，先帝想念之将，朕是以宣之入朝，欲显其能，汝何得屏逐而去？"仁美奏曰："臣以呼延赞之赴阙，心尝怏怏，欲归久矣，非因臣所逐也。臣愿再奉诏入山，宣召赴阙，与臣面证是非。果如赞所言，则甘就斧钺之诛，万死无辞也。"太宗半晌未应。八王进曰："陛下以将帅经心，仁美虽有罪，愿准其请，再往召之。若赞仍奉诏赴命，则可两恕其罪矣。"

太宗然其言，乃下诏付仁美，前召呼延赞。仁美领旨，即日出朝，径诣太行山来，令人报入山寨。呼延赞曰："我遭此贼毒手，性命几丧，恨莫能雪。今乘其来，杀之以伸我仇，饶他不过！"建忠曰："不可，我等正欲立功于朝，岂以小怨而忘大谋？不如承奉圣旨，冀免私奔之罪。"赞从其言，乃与建忠出寨迎接。潘仁美进入帐中，宣读诏书曰：

朕以立国之初，首先召卿，欲以及时重用，何以入朝未经一月，竟任意欲行，径自返骑？且卿文武之才，正当摅忠献策，宁忍怀宝沉埋，自甘久屈乎？再命使来到，即宜赴阙，以补前日私奔之罪。故兹诏示。

建忠拜受命毕，请仁美坐于军中，二人拜谢曰："重劳枢使奉诏至此，有失远迎，望乞恕罪。"仁美见赞，颇有惭色，因答之曰："下官冒触将军，深自追悔。今圣旨复来宣召，即宜赴阙，以慰皇上之望。"建忠大喜，即令盛排筵宴，以待朝使，款留寨中一夜。

次日，仁美催呼延赞下山。赞与建忠商议，建忠曰："仁美当朝大臣，今既领圣旨来召，当随其赴京，以弭旧怨也。"赞然之，即装点衣甲鞍马，同马氏随仁美下山。建忠送出大路而别，自去抽回耿忠等人马。不在话下。

只说呼延赞到京师，朝见太宗，首请逃归之罪。太宗曰："朕以卿未建奇功，暂留皇城居住，候下河东，则当重用于卿。"赞谢恩而退。太宗宣入八王，谓之曰："朕以赞新将，未见其武艺，今欲试观之，汝有何策？"八王奏曰："陛下欲观赞之武艺，此事极易，当效先朝御果园故事，便见其能也。"太宗曰："单雄信之士，军中或可有；小秦王之类，难为其人也。"八王曰："臣愿装作小秦王，使呼延赞为尉迟敬德；惟单雄信，陛下降旨于百万军中选之。"太宗允其奏。因命群臣拣选将帅中谁可为单雄信者。潘仁美终怀毒恨，又欲生计害之，出班奏曰："臣婿杨延汉，弓马娴熟，堪充此职。"太宗允奏，即下命传至军中。延汉受命，自思："此必岳父起害赞之心，特举我充此职，而与其子报仇也。昔我被赞所捉，已蒙不杀之恩，临行又赠黄金。今日若不救他，则为失义人耳。"遂进八王府中，道知其事。

八王大骇曰："汝若不言，几乎弄假成真也。汝且退，我自有方略。"延汉辞出。八王入奏太宗曰："陛下圣旨，议择帅臣，以杨延汉充作单雄信。臣以延汉为赞之仇人，恐有不测，反伤朝廷大体。今当于偏将中另择一人，或纵有微伤，不致成隙。"帝深然之，乃下命再令群臣于偏裨将校中遴选。高怀德奏曰："教练使许怀恩，武艺精通。可充此选。"帝允奏，即令怀恩明日于教场中听候。群臣奉命而退。

次日，教场中旌旗四立，军伍齐备，枪刀出鞘，盔甲鲜明。不移时，太宗圣驾来到，文武各官俯伏而迎，依班序立。只听鼓乐喧天，炮响动地，太宗宣过八王与呼延赞、许怀恩三人入军中，谓之曰："朕本欲试卿之武艺，且欲令军中信服，各宜用心走马，勿徒相伤。"八王等个个受命。太宗因赐呼延赞金鞭一条，赐许怀恩檀枪一柄，赐八王画弓翎箭。三人拜赐出帐外。那八王跨着高头骏马，挥鞭兜辔而走。许怀恩骤马绰枪来追，虚声叫曰："小秦王休走！"八王转过箭垛边，弯弓架箭，觑定许怀恩射来。怀恩眼快，闪过一矢，挺枪径赶。八王再发一矢，又被怀恩躲过。场中军士无不凛然。呼延赞见许怀恩势气渐逼，即划马提鞭，如真敬德一般，在后大叫曰："追将慢走！呼延赞救驾来也！"许怀恩见赞追来，要显出平生手段，欲擒之以献，遂勒回马来敌呼延赞。赞举鞭骤骑，与怀恩交锋。二人在场外战有二十余合，不分胜负。赞自思："我若在此擒他，不见我之威风，待引于御前算之。"即勒马佯输，旋绕教场而走。怀恩激怒曰："不捉此贼，何以明心？"骤马亟追。将近御前，赞转过身，绰起金鞭，将怀恩打落马下。潘仁美等见之，无不失色。时八王复回马见太宗，太宗大悦曰："不枉为先帝所知，赞果真将军也！"亲赐赞黄金一百两，骏马一匹，命于天国寺安止。赞谢恩而退。君臣各散。

　　时值太平兴国元年二月初一日，太宗视朝毕，下命诣太庙行香。时诸臣皆于内前立着起居碑，以防御驾出幸；若无此者，即为冲拦御驾。忽人报知呼延赞："今日太宗驾出行香，各官皆在内前立起居碑，将军何以不为？"赞闻报，正不知其由，欲待披公裳迎候，恰遇圣驾来到。当御前者却是潘仁美，便问："谁冲銮驾？"从军报道："新归将呼延赞也。"仁美大怒曰："诸臣皆立起居碑，彼何得故违朝例？"喝骑尉押赴法场处斩。骑尉得令，即将赞绑缚而去。当下文武皆不敢言。直待太宗行香已回，八王乃归府中，经过法场，见有许多兵卫拥一绑缚犯人。八王问曰："今日圣上行香吉日，何故斩人？"从军报曰："侵早圣驾方出，适新归将呼延赞不省回避，得冲驾之罪，今将处斩。"

　　八王听罢。大惊曰："险些折去一栋梁也！"即近前令人解缚，带赞回府，问其冲驾之由。赞泣曰："臣初下山，不省国例。适圣驾出幸，未立起居碑，得罪当死。若非殿下来救，命在顷刻矣。"八王愤怒，自思："未立起居碑，此乃小节，何以竟至死罪？此必谗佞又要图害之计。"因留赞于府中，径入宫见太宗，奏知其事。太宗曰："朕本不知，须颁旨赦之。"八王曰："正以陛下深居禁庭，纵有冤枉，不能上达。乞降优诏，以安其心。"帝允奏，即日降下圣旨，付与八王，给赞执照。

第七回　北汉主议守河东　呼延赞力擒敌将

却说八王领旨,归至府中,见赞贺曰:"今请得朝廷圣旨一道与君,但谨守法令,自保无虞矣。"赞拜谢而退。不想马氏闻知夫主犯罪处斩,恐有波及,与从人密地逃归寨中去了。赞举眼无亲,嗟叹不已,只得栖止寺中。

却说河东刘钧听知太宗新立,招伏太行山呼延赞为将,乃集文武商议曰:"中原宋太祖在日,以孤境为敌国。今彼新立太宗,河东之忧,其能免乎?"丁贵奏曰:"往年因召杨令公援泽州之围,讲和而回。今军士蓄锐有年,兵甲坚利,陛下可高枕无忧。近年之弊,多因预备不固,使敌兵长驱而来。今宜下令于各边关严设堤防,勿使宋兵轻进,特为长守之计。我逸彼劳,劳而无功,自不敢正视河东矣。"刘钧然其奏,即下令于各州关通知去了。又于晋阳城中深沟高垒而待。

消息传入汴京,太宗会群臣,议征河东之策。杨光美奏曰:"河东预备坚完,未可猝下。陛下欲图之,须乘彼国有隙,然后进兵,则可决其成功。"太宗沉吟未决。曹彬进曰:"以国家兵甲精锐,剪太原之孤垒,如摧枯拉朽,尚何疑焉?"帝闻彬言,意遂决。以潘仁美为北路都招讨使,高怀德为正先锋,呼延赞为副先锋,八王为监军,统十万精兵,克日御驾亲征。

旨命既下,潘仁美等退朝,于教场中分拨军马,呼延赞所部皆以老弱者与之。高怀德进曰:"先锋之职不轻,逢山开路,遇水安桥。今以老弱之兵付赞统领,倘误朝廷大事,则招讨罪将谁任其咎?"仁美默然良久,乃曰:"老弱之兵,将付谁部下耶?"怀德曰:"所言老弱,非尽不堪用者,比斩坚入阵,则有不及。当以此军分统随驾之将,前军皆选精勇,均分与小将、呼延赞统之。"仁美无奈,只得如此。次日,仁美入请御驾起行。太宗以国事付太子少保赵普分理,以郭进为太原石岭关都部署,以断燕、蓟援师。分遣已定,即日车驾离了汴京,望河东征进,但见旌旗闪闪,剑戟层层。

不一日,兵至怀州界。忽哨军报入第一队中,前有伏兵拦路,不知是谁。呼延赞听得,便引所部出军前来看,却是李建忠、耿忠、耿亮、柳雄玉、金头马氏一起。赞执枪下马,立于道旁曰:"哥哥何故不守山寨,来此为何?"建忠曰:"往日马氏回寨中报知,说汝犯罪被戮,我等抱愤多时。今闻御驾来征河东,是以部众挡住去路,要捉害汝之人报仇也。"赞

听罢，乃称感八王殿下相救之由。言未毕，高怀德一军已到，见是赞之兄弟，乃曰："既于此相逢，事非偶然，何不奏知天子，同征河东，以取富贵？"建忠曰："此我等之素志也，愿效命以争先。"高怀德即传奏太宗御前："今有赞之兄弟八员猛将，愿随陛下征进。"太宗大悦曰："此一回取河东必矣。"即宣授建忠等八人为团练使之职，候平定河东回朝，领受诰命。建忠等谢恩而退。有诗为证：

圣主龙飞重俊良，英雄云集岂寻常？

干戈直指风声肃，管取河东献域疆。

次日，大军到天井关下寨。守关将铁枪邵遂，有万夫不当之勇，听得宋兵来到，与部将王文商议迎敌。王文曰："宋师势大，难以交锋，将军只宜坚守，遣人求救于晋阳，待援兵来到，前后击之，可以取胜。"遂曰："日前刘主之命，勿使敌人轻进。今正宜乘其疲乏，一战可破，何待救兵乎？"即部兵五千，出关迎敌。两阵对圆，宋先锋呼延赞挺枪跃马，跑出阵前曰："北将何以不降，自取灭亡之祸？"遂曰："汝今急早退去，犹不失为胜也；不然，教汝等片甲不回！"赞大怒，举枪直取邵遂。邵遂抢刀来迎。两骑相交，二将战上三十余合，不分胜负。赞欲生擒邵遂，乃佯输，走回本阵。遂不舍，骤马追之。赞觑其来近，回转马，大喝一声，将遂活捉于马上。后人有诗赞曰：

兵马南来势气雄，将军志在建奇功。

旌旗展处风云变，敌将身亡顷刻中。

次队高怀德见赞赢了敌将，率兵乘势杀入。北兵大败，死者甚众。王文不敢迎敌，乘骑走投陆亮方而去。宋兵遂袭了天井关。太宗驻军关中，赞缚邵遂以献。太宗曰："留此逆臣亦无用处。"令左右押出斩之，枭首号令讫。

次日，兵到泽州。守将袁希烈闻知宋师已到，与副将吴昌商议曰："宋兵利锐，且呼延赞世之虎将，若与交锋，难保必胜，当用守计，老其师则可。"昌曰："泽州城高池深，军士精勇，战守之计皆不可失。仗小可平生之学，出退宋兵，如其不胜，守亦未迟。"希烈从其言，与兵五千。

吴昌全身贯带，开东门列下阵势。对面宋先锋呼延赞，横枪跨马，立于门旗之下。吴昌曰："我主汉王自守一方，何故穷侵无厌？"赞曰："我大宋以仁义之兵而清六合，唯有河东未下。汝辈如鱼游釜中，死在顷刻，不降何待？"吴昌大怒，舞刀跃马来战。呼延赞举枪迎敌。两骑才交，宋兵鼓勇而进，北军先自扰乱。吴昌势力不敌，跑马望本阵逃走。赞乘势掩之。昌见宋兵雄勇，不敢入城，率众绕出汾涧遁去。赞杀得性激，径骤马追之，大叫："贼将慢走！"昌回头见赞追紧，按住刀，弯弓架箭，一矢放来，被赞闪过。吴昌愈慌，只顾前走，忽连人带马陷于汾涧中。赞部下向前捉住，降其部下二千余人。赞将吴昌解见太宗，太宗令推出斩之，下令急攻城池。

昌之败卒走入城中，报知希烈，希烈大惊曰："不依吾言，果致丧师，如何能退劲敌？"道未毕，其妻张氏，乃绛州张公瑾之女，形貌极丑，人号之为鬼面夫人，却有一身武艺，万夫难近。闻得丈夫之语，近前谓曰："将军休慌，妾有退敌之计。"希烈曰："城中势若烧眉，夫人用何妙策？"张氏曰："宋兵势大，须用智以破之。君明日先部军伍出战，佯输，引敌人入于丛林之中，吾预埋伏射骑于此待之，四下返击，必获全胜。"希烈然其计，下令分遣已定。

次日，部精兵六千出城迎敌。两军摆开，宋将呼延赞首先出马，高叫："败将如何不献城池，尚敢来战耶？"希烈曰："今特擒汝，以报吴昌之仇。"言罢，举斧直冲宋阵。赞跃马举枪交锋。两下呐喊，二人战上二十余合，希烈跑马便走。赞率部将祖兴乘势追之。将近丛林，希烈放起号炮，声彻山川。张氏伏兵齐起，千弩俱发，宋兵死伤者不计其数。赞知中计，急勒马杀回，正遇张氏阻住。二马相交，战不两三合，被张氏刺中左臂，赞负痛冲围而走。祖兴部余众随后杀出，希烈回马追到，将兴一斧劈落马下，宋兵大败。希烈与张氏合兵进击，胜了一阵，乃拔军入城。

赞归至军中，深恨张氏一枪之仇，与马氏议曰："今日之战，不得其利，折去大将祖兴，部下伤损大半。"马氏曰："是谁出战，能胜吾众？"赞曰："袁希烈不足惧。其妻张氏，枪法不在吾下，且有智识，若令婴城而守，则泽州未可猝攻。"马氏曰："此无虑也，彼之伏兵，只用得一番。我亦以计取其城。"赞曰："汝有何计？"马氏曰："且将各营按下，只说因被敌人伤重左臂，不能出战。彼闻此消息，必怠于防守。却令老弱之众罢却戎事，日于汾涧中洗马，似有回军之状。吾与君伏精兵于城东高阜之处瞭望，俟其出兵，通约高将军先战，我等乘虚捣入城中，则泽州唾手可取矣。"赞喜曰："此计足伸我恨！"即密下号令，各营按兵不出。

果然数日间，哨马报知希烈，希烈急请张氏议之。张氏曰："前日匹夫被我伤着一枪，宋军中若无此人，众心必怠。宜乘其虚，出兵扰之。宋师可破矣。"希烈曰："善。"即点下

精兵七千,扬旗鼓噪,出南门冲击。宋师不战而走。希烈自以为得计,驱兵直杀入中坚。高怀德当先抵住交锋。两马才合,后军报道:"宋兵已攻入东门矣!"希烈大惊,即走马杀回。恰遇呼延赞突至,厉声曰:"贼将慢走!"希烈不敢恋战,溃围而走。赞勒马追之。不上半里之遥,赶近前来,绰起金鞭,打落马下而死,尽降其众。有诗为证:

精兵北下势如龙,慷慨英雄几阵中。

敌国未平心激烈,夺旗斩将显威风。

时张氏杀过城东,遇马氏大杀一阵,只剩得数百骑,走奔绛州去了。高怀德兵合,遂取了泽州。赞遣人奏报太宗,太宗大悦,遂命车驾入城驻扎。

第八回　建忠议取接天关
大辽出兵救晋阳

却说翌日大军进抵接天关，守关将陆亮方与王文议曰："宋师长驱而来，当何计以退之？"文曰："关临险固，只可坚守，待宋师粮尽，一鼓可破矣。"亮方然其言，遂按兵不出。宋前锋呼延赞屯扎关下，令部下急攻。关上乱放弓矢木石之类，军士不能近前。赞无计可施，与李建忠议曰："陆亮方坚守此关，将何计取之？"建忠曰："关势危险，难以猝下，若急攻之，徒伤军士无益。为今之计，莫若撤围而待，乘有可取之机。然后进兵，庶不徒费军功也。"赞沉吟半晌，退入军中。又过了数日，赞遣人缉探关前消息，回报："关上守愈坚固，人马不能近。"赞越忧闷。

忽报："营外有一老卒，要见将军。"赞令唤入。老卒至帐前曰："闻将军攻此关不下，特来献策，以成将军功绩。"赞愕然曰："汝有何计，以取此关？当保奏天子，不失汝之富贵。"卒曰："此关地势极高，故名接天关。守将陆亮方不过一勇之夫，进攻亦易。内有王文辅之，此人智谋宏远，用兵得术，若使固守不出，则将军之众虽守一年，亦只如此。将军不知山后有一小径，虽是崎岖，实乃此关私路，现有李太公把截。若将军遣人问之借此而过，直至河东北境，坦然无阻矣。"赞闻之，大悦曰："此天叫汝教吾，实皇上之洪福。"即留老卒于营中，候功成日保奏之。老卒曰："小可不愿升赏。"径辞而去。营军入报："适老卒出外，忽然不见，唯有一阵清风耳。"赞惊讶之，即望空而拜。

次日，遣柳雄玉部兵五千，往李太公关中借路。雄玉部兵径从山后小路直抵关下，遣人通知去了。守将李太公，名荣，有二子，长曰李信，次曰李杰，二人皆有武艺。太公听知宋兵围了接天关，因亦严守此地。忽报："宋将遣人来见太公。"太公令唤入问之。来卒曰："我大宋兵取接天关，关中守备严固，未能猝下。闻此处有路可进河东，特问太公借径。倘能成功，朝廷重加封赠。"太公听罢，笑曰："此处乃是河东咽喉之地，今前关与我相为声势，以拒宋师。若许汝进兵，则是割肉喂人，自取其败也。吾不杀汝，急回报知主将，有勇者早来交锋。"差人惊慌走归，报与柳雄玉，道知不许行进之由。雄玉大怒，部兵关下搦战。忽听关上一声鼓震，却是李信部五百健卒斩关而下。雄玉退步不迭，被信刺死关前。李信大杀宋兵一阵而回。

雄玉部下走归，报知呼延赞，赞大惊曰："图事不成，而损大将。若使敌人两下合兵来

战,何以御之?"即与建忠商议别计。建忠曰:"事可谋其先,乘前关不敢出兵,可令高将军攻之。吾等率兵先取此关,若得此处,则前关亦可下矣。"赞然其计,即遣人报知高怀德出兵,自与建忠率所部来关下搦战。守军报入帐中,李太公与二子商议曰:"宋兵来战,何以退之?"李信曰:"彼众我寡,难以力敌。可遣人于接天关期约,令其来助,方可议战。"太公依其言,即遣人径诣前关知会。陆亮方与王文议曰:"宋师过不得此关,从背路攻击,倘或彼处不保,则我关亦危矣,君当率兵亟往救之。"王文曰:"将军所见极是,小将愿行。"即引精兵二千,前来三镇关相助。李太公得王文来到,不胜之喜,因与商议迎敌。王文曰:"平川之地,利于急战。公但坚守此关,吾与令郎合兵破之。"太公然其言。

过了一宵,次日,王文与李信开关出战。宋将呼延赞亦排下阵势,马上指王文骂曰:"丧败之将,不即献关纳降,尚来寻死耶?"王文笑曰:"宋军知足不辱,今日杀汝片甲不留!"言罢,纵骑舞方天戟来战呼延赞。赞援枪迎之。两下交锋,战未数合,王文佯输而走。赞久知王文善于用兵,要生擒之,骤马追去。一声炮响,关左一彪兵杀出,乃李信也,举枪绕赞之后杀来。赞怒激,赶近前,挥起一枪,将王文拨于马下,部兵竞进捉之。赞再回马与李信交锋。信见王文被捉去,心慌胆怯,不敢久战,即收兵走入关中。赞亦勒军回营。军校解得王文来见,赞亲出帐外,手解其缚,请入座中,谢曰:"适间冒触阁下,望乞恕罪。"文曰:"小可被捉之将,生死系于将军,何故殷勤若是耶?"赞曰:"小将本是河东出身,今归命大朝,尽忠则一也。公有如此胆略,何以屈节于丛棘,投珠于暗地乎?不若同事宋主,以建奇功,留轰烈之名于后世耳。"

王文被赞说了一遍,沉吟半响,乃曰:"良禽择木而栖,贤臣择主而事。文也愧非贤臣,愿从将军帐下,早晚听命。"赞大喜,因问攻取之计。文曰:"事当随机应变,今李信以吾被擒,必死守不出,将军其奈之何?不如先取接天关,然后来攻此处,有何难哉!可令李将军率壮兵埋伏前关下,小可乘今夜冲将军之阵,亮方必出兵来应,将军部兵继我而进,其关立破矣。"赞曰:"此计极妙,只不可走漏消息。"即分遣布置已定。赞先引羸卒来接天关攻击。陆亮方听知宋兵复来,自思:"此必后关难进,故又来攻此地。"乃令部下严兵固守。

将近二更左右,赞令军士点起火炬,呐喊放炮,并力攻击。关上连发矢石抵之。忽东北角王文引兵冲围来到,宋兵大乱。王文直杀至关下,高叫:"宋将战败,关上可出兵接应。"守军听得是王文口气,报知亮方。亮方遂部兵开关接应。忽关旁边转过呼延赞,断北兵为两截,王文乘虚杀回。亮方知事有变,即勒马跑走,被赞一枪刺于马下。李建忠伏兵齐起,杀入关中。北军进退无路,皆弃甲拜降。平明,众将都集,赞不胜之喜,乃谓王文曰:"此一座雄关,非足下妙算,即守一年,亦不能过也。"王文曰:"侥幸成功,何足挂齿。"

赞遣人报捷于太宗。太宗车驾径进接天关，望河东一带之地矣。哨军报入三镇关，李太公大惊曰："宋师真乃神兵也。"即引二子弃关逃入河东去了。

却说绛州守将张公瑾听知宋兵已取接天关，惊疑终日，不知为计。牙将刘炳进曰："兵法云：'多算则胜，少算则不胜，况无算乎？'今宋师势如山岳，长驱而来。前之坚固关隘已被攻破，何况绛州平低之城，健卒扳堞可登，且有数之兵，焉能拒敌？不如投降，以救生灵之厄。"公瑾然其计议，即遣刘炳到宋军中纳降。呼延赞奏知太宗，太宗曰："不战而降，是知时势者也，可允其请。"赞得旨。次日，军马抵绛州城下。公瑾开门迎候。太宗车驾入城中，安抚百姓，下令前锋呼延赞、高怀德等合兵进攻河东。赞等受命，依次而进，不提。

消息传入河东，刘钧闻之，亟集文武商议。丁贵进曰："宋师远来，粮草费竭，宁能久驻乎？陛下一面遣人至大辽萧太后处，乞出兵以扼宋之粮道；一面调集军马，为战守之计。"刘钧从其议，遣人赍书前往大辽求救，一边分遣诸军，严设战具以待。

却说使臣赍文书径诣大辽见萧太后，奏知求救之事。太后与文武商议，左相萧天佑奏曰："河东地控辽界，实唇齿之邦，愿陛下发兵救之。"太后允奏。即命南府宰相耶律沙为都统，冀王敌烈为监军，率兵二万救之。耶律沙得旨，即部兵与使臣出离辽地，到白马岭下寨。哨马报入绛州，太宗闻辽主出兵以援晋阳，怒曰："河东逆命，所当问罪，北番焉敢助逆？"督令诸将先战北兵，后攻晋阳。诸将得令，呼延赞与高怀德、郭进议曰："辽兵乌合而至，公等何计破之？"郭进曰："兵贵先声，使敌人不暇为谋，此取胜之道也。今闻辽众屯于白马岭，离此处四十里程，有横山涧正扼辽兵来路。小将率所部渡水攻之，公等继兵来助，破之必矣。"赞曰："君之所论极是。"即分遣停当，郭进引兵先进。

辽将耶律沙与敌烈议曰："宋兵以急战为利，初来其势必锐。我与君阻横山涧而列阵，待其兵渡将半，出师掩之，敌将可擒矣。"敌烈曰："不然，若使敌人先渡，我众望见其势，皆有怯志也，正宜先其势而逆之，可以成功。"即率所部渡涧来迎。

第九回 郭进大破耶律沙
刘钧敕书召杨业

却说敌烈不听耶律沙之劝，率众渡涧。众未及岸，忽正东金鼓齐鸣，喊声震天，乃郭进军马杀来。敌烈排开军马，两下对圆。郭进舞刀纵骑，大骂曰："北朝待死之寇，尚敢来惹速亡之祸耶？"敌烈亦骂曰："汝中原穷武连年，贪心无厌，是以出师援之。若早退兵，免遭目下之诛！"郭进挥兵冲入，敌烈抡刀迎之，两马相交，战上二十余合。涧左一彪军出，乃呼延赞也，挺枪跃马，纵横冲断其阵。敌烈激怒，力战二将不退。对垒耶律沙望见敌烈势危，急催后军涉涧救之。南阵右侧高怀德之兵又到。两下鏖战，箭下如雨。郭进鼓勇向前，敌烈势力不支，溃围而走。郭进追及之，挥起一刀，斩落于涧中。可怜辽地英雄，化作一场春梦。是时宋兵竞进，北军大败，杀死涧中者不计其数，尸首堆垒，涧水为之不流。耶律沙引败众望小径逃走，呼延赞、高怀德率劲兵追之。耶律沙正危急间，忽山后一支军马杀出，乃辽将耶律斜轸。盖萧太后恐前军有失，故命耶律斜轸屯兵山后，以救不测，恰遇着耶律沙杀败走到。耶律斜轸乃整兵奋力杀退宋兵，保得耶律沙等去了。高怀德等合兵一处，报捷于太宗。太宗大悦，乃下令径趋晋阳。

城中刘钧已闻辽兵大败而去，惊惧无地，乃集群臣商议。右相郭有仪奏曰："宋兵势大，难以迎敌，不如奉表称臣，一则可以免祸，二则救满城百姓。"刘钧默然。中尉宋齐丘奏曰："河东城坚池深，精勇之士不下数十万，若使背城一战，成败未可知也，何以辄屈膝而事他人乎？臣举一将，足以破敌。"刘钧问曰："卿举何人？"齐丘曰："世居幽州人氏，姓马名风。当黄巢作乱之时，闻此人名声，兵不敢入州。使一根铁管枪，与王彦章齐名。今弃武学道，隐居嵩山。此人虽老，尚可用也。陛下若降诏召其为帅，率兵以退宋师，必收万全之功也。"刘钧曰："谁可赍诏召之？"有卷帘将军徐重进曰："臣愿赍诏前往。"钧即下命，遣重前诣嵩山。

徐重来到山前，远远望见一所茅庵。径进庵门，窥见内有一人，身长八尺，黑面银须，端坐于石墩看经。重进前揖曰："此处莫非马将军庄上否？"其人起而问曰："阁下从何而来？"重答曰："小可奉汉主之命，赍诏来宣马道士下山，以退宋兵。"其人曰："贫道就是马风，但我年已老迈，不比往年矣。今既奉诏旨，不敢不权为拜受。"因唤山童，摆设香案，拜受诏旨毕，邀重入庵后，分宾主坐定。乃问之曰："宋君举兵北伐，谁为正将？"重答曰："宋

军惯战之将极多。唯有先锋呼延赞,英雄莫敌,近来攻取关州,皆此人之力也。今有宋中尉举足下能御宋师,特遣下官赍诏来宣。乞承旨下山,以慰我主之望。"马风笑曰:"贫道筋骨衰老,鬓发霜侵,年近九十,大非昔日之比,且弓马久废,何能堪此重任?今山后杨令公拥重兵于应州,何不举之退敌,而来召我耶?公宜亟覆王命,勿误军情。"徐重闻言,不敢再强,只得辞别马风,归见北汉主,把马风口内情辞,如此这般,一一奏上。

刘钧闻说马风弗肯应命,闷闷不悦,与群臣再议退敌之计。丁贵进曰:"事势如此,陛下只得再召杨令公来救国难。"刘钧曰:"杨家屡次出兵应我。往年泽州之盟,与宋师讲和而归,甚称宋之恩德。寡人疑其有通谋情意,故不欲再召之。"贵曰:"陛下以仁义待人,杨家父子实有忠信,宁肯负国耶?"刘钧准奏,复遣使赍敕命,径诣山后,来见杨令公,宣读诏书曰:

孤守晋阳,谨保一城。虽无汤武之德,常慕事大之名。自周世宗,耻仇不绝,屡被侵伐。今宋君继立,复率精兵长围城下,百姓抱死亡之患,城郭有累卵之危。唯尔父子,忠勤效命,诏书到日,即宜引兵赴援,以卫国难。成功之日,当颁重典。故兹诏示。

杨令公得诏,与王贵曰:"宋兵屡侵河东,若不救援,则有违诏之责;若径兴师,则前番与宋议和,岂宜失信?君何以计之?"王贵曰:"将军河东镇臣,主上有难当救,何用执小信而迟疑?"令公然其言,即委王贵领镇应州,自率七子,部精兵三万,前来救应河东。有诗为证:

万马南来势气雄,旌旗闪烁蔽长空。

全凭国士擒龙策,一定封疆顷刻中。

哨马报入宋军中,主帅潘仁美召集诸将议战。高怀德进曰:"杨令公乃劲敌也,自周世宗之朝,每与对敌,未尝得利。今又举兵再至,当以深谋远计战之,不可猝攻也。"呼延赞曰:"小将亦闻杨家父子天下无敌,我先领本部于来路冲击一阵,且观其势如何。"仁美允其议,即令赞前往。赞得令,率马军八千而行。

却说杨令公兵马来到卧龙坡下营,哨骑报入,宋军于十里之外阻住去路。令公笑曰:"敌贼不知兵势,自来取败。"问军中:"谁先出马?"道未毕,第五子杨延德进曰:"不才愿先上阵。"令公许之,即付精兵五千。延德全身贯带,部精兵鼓噪而来。两阵对圆,延德绰斧跨马跑出,高叫曰:"宋将何不速退,将欲自取死亡耶?"赞大怒曰:"无名小将,今日休走!"即挺枪跃马,直取延德,延德舞斧来迎。两骑相交,二将连战四十余合,不分胜负。赞马上自思:"人称杨家父子英雄,果不虚语。"二人欲复斗,马不堪驰。延德曰:"马力困乏,明日再战。"南北乃各收军还营。延德回见令公,告知:"宋将与儿连战四十余合,未决输赢。"令公曰:"近闻宋军有呼延赞,武艺精锐,莫非正是此人?明日吾亲战之。"因下令

征进,离宋营数里下寨。

杨七郎欲建首功,密引部兵三千,潜地出寨,来劫宋营。正值潘仁美与郭进、高怀德等在军中议论兵法,忽然灯爆火灭。仁美曰:"莫非杨家有兵劫寨,天公预使见报?"下令诸军多伏弓弩,以备不虞,不可出兵骚动。高怀德等各按营而守,遵令分遣埋伏。杨七郎自料宋兵无备,引部下喊声攻入。忽营后一声梆响,伏军万弩齐发,箭如雨落。北兵射死者不计其数。七郎急回马,被高怀德、郭进两骑冲出,追杀五里而回。七郎部兵折去大半。

次日,令公知之,大怒曰:"不由军令,致损许多人马,按法当诛!"即令军政司押出七郎,斩首示众。军令才下,牙将张文进曰:"七将军虽有罪,其志总为国也,误致伤折,情理可原,乞令公赦之。"令公曰:"父子虽至亲,法令不敢私,务必斩之。"众将力为劝解,令公怒始稍缓,乃着军政司跣剥七郎,即于帐前捆打四十,血肉淋漓,观者无不凛然。七郎匍匐谢罪而退。令公谓众曰:"吾众初到,未可便与交锋,须待养威数日,审机而战,无有不克。"众将得令,人各坚守不出。

却说宋帅潘仁美听知杨家军马来到,遂撤围迎战,南北对垒立营。一连拒守十数日,各不出兵。仁美遣健卒前去缉探北兵动静,回报:"杨家军马各严整兵器,欲与我大战。"仁美闻报,即下令诸将分营出战。高怀德为左翼,呼延赞为右翼,郭进为前后救应。分遣已定,众将各整备迎战。

次日平明,鼓罢三通,南阵中潘仁美当先出马,上手高怀德,下手呼延赞,三匹马一字摆开。对阵杨业亦部兵出战,金盔银铠,白马红袍,左有延朗,右有延昭,父子将兵,威风赳赳。仁美在门旗下暗暗称奇,出马问曰:"河东逆命之国,特来问罪,公何屡次出兵救之?"令公厉声曰:"汝主据有中原,尚自不足,连年穷师远讨,即不免为贪兵。况向年讲和而退,盟血未干之日,又来侵犯,是何道理?河东唇齿之邦,吾受刘主厚恩,特来救援。汝等急早退师,犹存旧好;若牙缝进半个'不'字,吾驱太原之兵,杀汝片甲不回,那时悔之晚矣!"仁美闻言大怒,问阵中:"谁先出马,擒此匹夫?"言未毕,这壁呼延赞挺枪出马,望杨业刺来。那壁杨延昭一马上前截住厮杀。战到七十余合,不分胜败。忽宋阵中鸣金收兵,原来太宗看见杨家父子,尽是英雄豪杰,心中只要招抚,故此鸣金收军,以待图策招徕,那时河东不难下矣。

第十回 八王进献反间计
光美奉使说杨业

却说是夜太宗回归营中，只是闷闷不悦，无计可施。维时八王揣知上意，因进言曰："陛下闷闷不乐，岂非为无计招降杨家父子耶？"太宗惊问曰："当今有何妙计？"八王顿首进曰："依臣愚计，只可遣人往河东行反间之计，管教杨家父子来归。"太宗喜曰："此计固妙，但恐无人可行。"八王又曰："此行须得杨光美去，事必万全。"是时光美正在旁边，即出班奏曰："臣不才愿往。"太宗大喜，即日给予黄金千两，锦缎千匹，以及珍宝货赂，前往河东，星夜来到赵遂府中。

却说赵遂是刘主宠爱的嬖幸，赵遂所言，钧无不从。光美来到，先赂其左右，引见了赵遂，送了他黄金、锦缎。赵遂本是小人，贪其厚利，便喜不自胜，问光美曰："大人天朝之臣，何意收幸遐陬之老？但有所教，无敢不从。"光美曰："吾主极知大人宠幸于刘主，言无不从敬，故使光美布此诚意。河东、中原原无大仇，所以兴兵，不过欲来讲和。奈有杨业父子，恃其勇悍，专耀兵威，遂使两国和好不成。且彼战不利，则祸移河东；彼战一胜，则拥兵而骄，刘主必大加宠幸，于大人之遇未免少衰矣。我主是以愿乞大人一言，疏之刘主，则彼必勒兵而回。那时却与大人定其和议，使河东、中原永为兄弟之国，则大人之宠益固，不让他人得专其美也。愿乞大人裁之。"赵遂既受了他许多东西，又听见他这番言语，遂有攘功妒能之心，曰："大人放心，赵遂自有区处，管教除了杨业父子。"将光美款待，潜地送回。赵遂自思："得了宋人许多礼物，若不除杨业，他日功成，反让他得专其美，岂不又失了宋人面皮？"于是将些金银，日夜布卖谣言，说杨业受了宋人金珠，约与反兵助宋，同剿河东，等功既成，便与宋朝同分其地。此言一时传播。却又秘密通讯，戒宋人切勿交战，但须逗留十日半月，管教成功。

太宗得此消息，大喜，问光美曰："此事可信否？"光美曰："臣视赵遂小人，只知贪图固宠，又且忌妒杨业，此事可信无疑。陛下只需传谕各营，坚壁勿战，俾遂得以就中取事，疏间杨家父子。伺彼有隙，然后臣奉片言诏谕，管教山后军马入吾彀中。"太宗击节称善，乃下令戒谕军中，各宜坚壁，勿与交战，若其请战，但只听之而已。此令既下，各营果是坚壁不出。刘主见此犹豫，每日只促杨业出阵。杨业奉令布军，日出讨战，奈何宋营人马只是不出，杨业无计可施。又且河东纷纭，说是令公得宋金珠，羁縻欲叛。杨业愈慌，每日只

是督军索战,宋军半分不理,故每日只是空回。

赵遂连夜入见刘钧,说杨业受宋人金珠,要举众降敌。钧大惊曰:"国舅何以得知?"遂曰:"此事臣知已久,往年泽州之围,杨业提兵来援,已与宋人通和而回,臣以国家用人之秋,未敢辄奏。今彼稽延不进,与宋师为观望之计。此反情已露,中外皆知,流言四起,万姓仓皇,非独臣一人知也。"刘钧信其言,因问赵遂拿杨业之计。遂曰:"陛下须降敕,宣其入国议事。预先埋伏甲士于殿下,待其来,投刀为号,齐出擒之,只消二十多人便能成事。"

次日,刘钧遣使径诣北营中宣召。杨业入至殿前,拜见毕,刘拔佩刀,投于阶下。两边伏兵听见刀声,一齐进出,将杨业捉下。业不知其由,大惊曰:"臣无罪,陛下何以捉我?"刘钧怒骂曰:"汝与宋军通谋作叛,尚说无罪?"叱令推出斩之。宋齐丘苦谏曰:"杨业父子忠勤为主,焉有反情?陛下勿信谣言而误大事。"钧曰:"彼有三反之罪,岂是谣言无据?屡日不出兵,一反也;不遣人通知出军,二反也;往年私自受和而归,三反也。有此三反之罪,难以容留。"丁贵保奏曰:"即日宋师临敌,待其出战不胜,斩之未迟。"刘钧依奏,乃赦之,令退宋师。

令公默然而退,回至军中,谓诸子曰:"此必宋人贿赂之计,使汉主疏我父子。顷间若非宋丞相等力奏,险些一命不保。今命杀退宋师,则免我诛戮;不然,仍要正罪。争奈敌兵不出,何以退之?"延德进曰:"大人何用深忧?既汉主信谗,而屏逐我父子,则将人马复回应州,等宋兵攻破河东,那时思我父子,悔之晚矣。"令公曰:"我今本欲尽忠于国,既出兵来援,岂有引退之理?汝众人明日只管出战,再作商议。"延德怀愤而退,与部将密议,欲有归附大朝之意。次日,延嗣、延朗两兄弟出阵搦战,宋营中无一骑来敌者。日晚,延嗣等只得退去。

太宗闻刘钧要诛杨业消息,因与谋臣商议招徕之计。杨光美进曰:"陛下正宜乘此机会,以诱杨家来降也。"太宗曰:"朕正苦未得其策。"光美曰:"臣有一计,不消半月,河东唾手可取，使杨家父子径入我朝也。"太宗欣然曰："卿有何妙策？"光美进前，于太宗耳边连道几句"如此如此"。太宗大悦曰："此事非卿不可行。"

光美欣然领命，径诣杨业寨中，先使人通知杨业。杨业曰："往年正因此人来议和，吾厚待之而去，致汉主疑忌，今又至此，必有说词。"先令健卒二十，伏于帐外，并嘱曰："吾喝一声，即出擒之。"分布已定。须臾，光美昂然入见。杨业端坐帐中不动，两边七子齐齐立开。杨业乃问光美曰："汝来欲何为？"光美曰："特来劝将军归顺天朝也。"业大怒，喝一声，帐下走过二十人，将光美顿时捉缚，喝令斩之。延嗣曰："大人暂息雷霆，审其来语，如有不是，然后斩之。"业曰："汝试说来，若说不通，即请试刀。"光美全无惧色，朗声谓曰："吾闻：良禽相木而栖，贤臣择主而佐。今将军出兵来援河东，本欲竭尽其忠，今猜忌日深，无以自明心迹，事必败矣。我宋主仁德远播，诸镇仰服，只有河东未下，其能久安乎？弃暗投明，古人所贵，愿明公垂察焉。"业听罢，半晌无语，既而曰："吾不杀汝，放汝去，速令勇将来战。"光美不慌不忙，退出帐外，故意拂袖，坠落一密封于军中而去。左右拾得，被延德接着，拆开视之，却是画成图局一张，有无佞宅、梳妆楼、歇马亭、圣旨坊，内写"接待杨家父子之所"，极其美丽。延德将与七郎等细玩。七郎曰："莫说与吾等居住，便得一见，亦甘心也。"延辉曰："且莫露机，看汉主势头如何，若不善待我父子，即反归南朝也。"众人隐下，不与令公知之。

数日，刘钧遣人督战，粮草赏军之物又不给应。令公愈慌，与其子商议，分兵出战。延朗进曰："非我众人不肯尽心，数日军中粮草不敷，众人各无斗志。若使出兵，必先自乱，焉能取胜？不如引退应州，再作计议，如何？"业曰："汝等若有此举，复何面目以见天下丈夫乎？"延德曰："大人不自忖量，军士亦欲激变矣。"业见众议纷纷，且刘钧屡来责罪，只得下令，将军马一夕退回应州去了。

消息报入宋营中，太宗知之，即召群臣商议。杨光美曰："且令诸将暂缓河东之攻，先定计降了杨家父子，何愁河东不下也。今乘其军马已退，再布谣言于应州，称道：北汉主以杨家父子有抗兵私逃之罪，欲结大辽，出兵讨之。彼闻此消息，人怀内惧，陛下再遣人说之，事必成矣。"太宗依其议，即下令军中，布谣言传入山后，不提。

却说杨令公星夜归至镇下，不数日，闻此消息，军士惶惶，统属不一。令公坐卧无计，忧形于色。夫人佘氏问之曰："令公自晋阳归山，何以日夕抱闷？"令公长叹不已，只得将汉主见罪之事告知。夫人曰："曾与众儿子商议否？"令公曰："多有劝我投降，只恐非长策也。"夫人曰："若天朝厚待公父子，归之亦是长策，何必深忧？"令公曰："正不知待我之情何如，若使不及汉主，反受负忠之名，那时进退无及矣。"令公言罢，径出军中。

适五郎延德入问母曰："方才父亲所言何事？"佘氏以令公之语告之。延德曰："事不

偶然，我父子有王佐之才，定乱之武，何所归而不厚哉？"言罢，即以所得宋人绘图展开，与母观之，延德一一指说其详。时有二妹在旁——长曰八娘，年十五；次曰九妹，年十三，闻说如此之富贵，力劝其母谕父归顺大朝。母曰："汝等勿言，待我相机劝之。"

次日，与令公对席而饮。酒至半酣，夫人问曰："妾闻军中日夕怀大辽出兵之忧，此事殊为可虑。令公值此进退不决之地，光景易去，年华日逼，致使功名不建，深为可惜。不如从众孩儿之言，弃河东而归顺大朝，上酬平生之志，下立金石之名，岂不胜幽沉于夷俗，致万古只是一武夫乎？"令公闻言，欣然曰："夫人所论极是，我明日当与众将商议归降。"

令公思忖一夜，次日，出军中召集诸将，定议归顺宋朝之计。牙将王贵进曰："令公此举亦非细事，必先自重，然后人重之。须先遣人通知宋主，待其差大臣勇将赍敕书来到，然后归之，可保全美。"令公然其言，先遣部将张文前诣宋军中，来见太宗，道知令公将归顺大朝之事。太宗召集文武问曰："令公将欲来归，当何以处之？"八王进曰："杨家父子若有此举，陛下难以等闲待他，须于文武班中推选二人，赍诏前往通意，则彼必倾心归顺，无所疑惑。"太宗问："谁可往？"道声未罢，杨光美进曰："文臣牛思进，言词清朗；武臣呼延赞，英气慷慨。此二人若去，事必万全。"太宗允奏，即下诏遣二人赍厚礼诣应州，来见令公。宣读诏书曰：

朕以国家多事之秋，所难得者人才也，是以即位之初，注意边将。兹尔山后应州杨令公父子，文能兴邦，武可定乱，隈屈于窎远之方，舍置于闲散之地，朕甚惜焉。且河东克在目下，君将何归？今特遣亲信文武二臣赍来敕命，道知朕意。尔之父子果有幡然之志，投降我朝，朕将委以重职，使子孙受莫比之富贵，而令公得金石之高名，岂不伟欤？故兹诏示，想宜知悉。

杨令公得诏，拜受命毕，即请牛思进与呼延赞入于帐中，分宾主坐定。牛思进曰："主上以令公倾心归命，特遣小可二人敬来麾下，面定其约。且众人望公之到，如大旱之望云霓，幸勿疑贰。"令公曰："区区守此僻土，上不能尽忠汉主，下不能立功当朝，实为天下所羞。"呼延赞曰："令公道差矣，君有文武全才，效忠为国，志亦勤劳，奈刘钧幸臣用事之日，不欲令公父子建立奇功，致使进退沉滞，而有归大朝之念。此诚天意，使公等立不世之名于我朝，岂偶然哉？"令公见二人理通词顺，甚加敬服。因令左右设酒醴相待，众人尽欢而散。次日，令公与夫人商议归降之事，夫人曰："令公既然有意归顺于天朝，何必再议？"因先令差来二臣复命，再令其子调集边防军马，装载府库金帛，准备起行。后人有诗赞曰：

山川钟秀不徒然，致使英雄产太原。

父子从来归大宋，契丹拱手定三边。

第十一回　小圣感梦取太原
太宗下议征大辽

　　却说牛思进与呼延赞回奏太宗："杨家父子随即率众来降。"太宗谓八王曰："既杨业将来，卿率群臣于中路迎之。"八王领旨，即日率众臣于白马驿中等候。忽报北地旌旗蔽日，尘土遮天，想必杨家军马来到。八王听得，引众人出驿观望。不移时，前哨报入杨令公军中，道知大朝官员驿前迎候。令公即下马前进，见两边百官衣冠侍立门上，击鼓相迎。八王当先施礼曰："奉主公宋君之命，为令公远涉风尘，特遣众臣于中途迎候。"令公初到，未知是谁，犹有倨色。呼延赞恐其失礼，乃近前谓令公曰："此是宋君嫡侄金简八王也。"令公大惊，便拜伏于路旁。八王连忙扶起，与令公同入驿舍。早已安排下相等酒醴，众臣济济，殷勤相劝饮酒。杨家军马驻扎于驿营，宿了一宵。次日，八王与令公并辔而行，前到宋营。近臣奏知太宗，太宗下令宣入。八王引令公朝见，拜伏帐外，稽首请罪。太宗深加慰劳，授杨业边镇团练使之职，统率所部，候班师回京，再议升擢。业受命而退，以带来军马驻于城南，按甲不出。太宗下令，诸将仍前急攻河东。

　　是时刘钧闻报应州反了杨业，归顺大朝，惊得神魂飞落，寝食俱废。宋齐丘与丁贵等只得婴城拒守。宋师连攻数日不下。潘仁美分遣诸将，筑长围攻击，金鼓之声达于内外，城上矢石交下如雨。丁贵等欲舍死抗敌，入见刘钧，乞借兵于大辽，以救国难。刘钧允奏，遣人星夜诣大辽求救，不提。

　　却说太宗以太原久围不下，于二月初三日亲至军前，督战益急，高怀德、呼延赞等分门攻击，城堞皆崩，杀伤甚众。太宗手诏谕汉主出降。使者至城下，守阵军不纳。太宗大怒，与诸将卫士进屯城下，列阵于前。南北军对射，矢集城上如猬毛。是夜，太宗宿于中营，隐几而卧，忽闻报云："夫人至矣。"太宗开眼视之，见三四十黄巾力士，迎着一乘轿来。顺臾，有妇女从轿中出，取过白帖一张，付与太宗。太宗问曰："卿乃何人？"妇人答曰："妾乃河东小圣，今献小计，来见我主。"太宗看纸上写着八个字云："壬癸之兵，可破太原。"太宗看罢，觑那妇人，忽然不见。觉来却是一梦，将近五更。

　　太宗亟召八王、杨光美入营中详梦。光美曰："壬癸属北方，莫非教陛下从北门攻打，可破太原？"太宗然其言。次日，下令诸将急攻北门。是时汉主外援不至，饷道又绝，城中大惧。先夜梦见金龙一条，从北门随水滚入，城尽崩陷，惊觉，天色平明。忽报宋君降手

诏,遣人于城下谕降,终保富贵。刘钧见势倾危,又得此梦,亟召文武诸臣议曰:"吾父子在晋阳二十余年矣,安忍以祸加百姓?若不即降,必有屠城之惨,我心何安?不如投降,以安百姓。"群臣闻之,无不下泪。人报:"国舅赵遂已开北门,领宋师入城矣!"刘钧乃哭入宫中。

潘仁美当先进城,遣人传旨与汉主:"宋君宽仁大量,并无加害之意。"钧始放心,乃遣李勋赍印绶文籍,奉表乞降。太宗下诏许之,车驾进北门城台,设宴奏乐,与从臣于台上酬饮。汉主率官属,缟衣纱帽,待罪台下。太宗赐以裘衣玉带,召使登台。汉主叩头谢罪。太宗曰:"朕以吊民之师至此,岂能加害?但放心无忧也。"汉主谢恩已毕,因请车驾入太原府中。百姓香花灯烛排门迎接。太宗升堂坐定,北汉诸官皆拜降于堂下。太宗宣授刘钧为检校太师、右卫上将军,封彭城郡公,仍领河东。按:北汉刘崇于后周太祖广顺元年据太原称主,统州十二,迄刘钧四世二十九年,至是降宋。太宗凡得州十,县四十,户十三万五千二百二十。如是河东悉定。静轩有诗曰:

投降敌国胆生寒,圣主驱随驾两骖。

总为吊民非好战,马前不信是张堪。

太平兴国四年,太宗下议班师。潘仁美进曰:"河东地控幽州,契丹屡为边患。今陛下车驾在此,军士效命,可乘破竹之势,平定辽东,诚千载一时之功也。"道未罢,杨光美进曰:"河东初定,军士披坚执锐者日久,且粮饷不继。陛下宜回车驾,徐定进取。"是时众论纷纷,太宗未决,走入行宫,召八王、郭进、高怀德一班战将入议其事。先是围太原时,众军或不知太宗所在,军中或欲议立八王,八王不肯。及太原既定后,太宗闻之,故意久不行赏。八王曰:"太原之赏,不及将帅;今又将有大辽之行,军士不堪。莫若依光美之议,班师回京,诚为上计也。"太宗怒曰:"待汝有天下,当自为之。"高怀德曰:"潘招讨所论,欲建边防大计。此去幽州,咫尺程也,若使功成,太平指日而见矣。望陛下从其议。"太宗意乃决。次日下命,以礼部郎中刘保勋知太原府事,车驾离太原,遂伐辽。分遣诸将及杨家兵,望幽州征进。

时值暮春天气,但见:

山桃拥锦,岸柳拖金。时闻村酒出篱香,每见墙花沿路吐。丝鞭袅袅,穿红杏之芳林;骢马驰驰,嘶野桥之绿水。随驾心忙嫌路远,从征意急恨行迟。

大军一路无词,不日来到易州下寨。潘仁美遣人下战书于城中。守易州者乃辽之刺史刘宇,听知宋兵来到,正与牙将郭兴议战守之策。忽报宋营遣人下战书。刘宇得书,回问郭兴曰:"公所见何如?"兴曰:"据小可之见,宋师即日平定河东,乘此胜气来到,安能拒之?不如遣人前诣军中,察彼动静,献城纳降,可保万全也。"刘宇曰:"此行非公不可。"郭兴慨然领命，径赴宋营，见高怀德端坐帐中，兴心甚恐。及入账，怀德问曰："大军临城，汝来见我，有何高论？"兴曰："天兵如雷霆，逆而当者，无不齑粉。今主将特遣小可陈乞降之状，以救一城生灵也。"怀德大喜，即引见潘招讨，道知其由。仁美曰："彼既投降，当令明日开城，迎接车驾。"郭兴拜辞而去。次日，与刘宇开城出降，迎接太宗车驾入府中驻扎。凡得兵二万，粮草一十五万，骏马六百匹。太宗封刘宇官职如旧，下令进取涿州。

守涿州者乃辽判官刘厚德，已知宋兵下了易州，召部下商议。部署詹廷珪进曰："宋君仁明英武，统一有方。不如开城迎降，以图富贵。"厚德闻言，即遣人于宋营中乞降。潘仁美得报，次日护车驾进涿州。厚德拜于堂下请罪，太宗抚而纳之。是时太宗军马出师二十余日，平定二州。后人有诗赞曰：

干戈一指入辽封，敌将开城节使通。

圣主威风千里远，黎民争应道途中。

消息传入幽州，萧太后大惊，亟聚文武商议。左相萧天佑出奏曰："陛下不劳惊虑，臣举二人，可敌宋兵。"萧后问曰："卿举谁人？"天佑曰："大将耶律奚底、耶律沙，智勇足备，若使部兵迎敌，必能成功。"萧太后允奏，即令耶律休哥为监军，耶律奚底、耶律沙为正副先锋，统领五万精兵前行。休哥等得命，部兵出城。南北营寨旗鼓相接，兵势甚盛。哨马报入潘招讨军中，仁美集诸将议战。呼延赞曰："小将先试一阵，以挫辽兵之威。"仁美允之，付与步军八千。高怀德曰："小将前往相助，共建功勋。"仁美亦与军马八千。赞与怀德皆引军去了，分遣已定。

次日，鼓罢三通，列阵于幽州城下，宋军北向，辽军南迎。辽将耶律奚底全身披挂，跃马当先。宋将呼延赞横枪勒马，立于门旗之下，问曰："来者何人？"耶律奚底怒曰："萧太后驾下大将耶律奚底是也。"赞骂曰："辽蛮匹夫！敢来争锋耶？"即跃马举枪，直取奚底。奚底绰斧迎战。两下呐喊，二将战上数合，不分胜负。番将耶律沙一骑飞出，双战呼延赞。呼延赞力敌二将不退。忽宋军中銮铃响处，高怀德纵骑当先，舞枪抵住耶律沙交锋。四匹马踏动征尘，南北军箭矢交射。从早晨战至日午，胜败未决，两下互有相伤。呼延赞扬声曰："马力已乏，明日再战。"乃各收军还营。

第十二回 高怀德幽州大战
宋太宗班师还汴

却说呼延赞与高怀德归至营中,道知辽将英勇,未决胜负。仁美曰:"耶律沙乃辽之骁将,汝等当慎而战之。"赞等退出。仁美入奏太宗曰:"辽兵势锐,今日之战,恐不能取胜,臣甚忧虑。"太宗曰:"朕亲临战阵,与番将一决雌雄。"八王进谏曰:"陛下保重,自有诸将出力,不必亲犯矢石也。"太宗不听,次日,竟下命督诸将来战。

却说耶律休哥正与众将议敌宋兵之计,哨报:"宋兵倾营而来,要与元帅决一胜负。"休哥闻报,谓耶律沙曰:"大将耶律学古屯守燕地,正扼宋师之后,可令其出兵,袭宋兵后阵,吾与诸将整兵于高梁河迎敌。"北兵刚列开阵势,望见宋兵漫川塞野而来。前锋呼延赞跑马出阵,高叫:"番将选勇者来斗!"话声未绝,北阵中耶律沙横刀而出,厉声喝曰:"宋将速退,免受擒戮!"呼延赞挺枪直取耶律沙。耶律沙抢刀来迎。两马相交,连战三十余合,不分胜负。北将耶律奚底飞骑挥斧,从旁攻入。高怀德一马当先抵住。两下金鼓齐鸣,旌旗乱滚。

四将鏖战之间,忽宋军阵后数声炮响,如山崩海涌之势,辽将耶律学古部劲卒冲击而来。宋军正不知何处兵马,先自溃乱,阵脚团结不住。耶律休哥在将台上,望见宋阵已动,出一支生力军马,直冲其中。太宗急下令诸将护驾。潘仁美闻此消息,骤马拼死来战,正遇耶律休哥兵到,交马只一合,将仁美截于马下。郭进看见,一骑抢出,救之而还。是时连营去远,诸将逢着敌手,战之未下,及闻太宗有难,乃各抛弃来救。太宗已单骑杀出围中,落荒望汾坝而走,被耶律休哥部将兀环奴、兀里奚二骑乘势追逼。

南营杨业看见,顾诸子曰:"主上有难,何不救之?"杨延昭匹马当先,喝声:"辽蛮慢走!"兀环奴激怒,抢刀便砍,延昭挺枪迎敌。战不两合,被延昭当胸一枪,刺落马下。杀散追兵,见太宗立于坝上,延昭曰:"陛下之马何在?"太宗曰:"已被乱矢所伤,不堪骑乘。"延昭曰:"可急乘臣马,臣当步战杀出。"太宗恐延昭无马,不能胜敌,乃曰:"卿当乘马而战,吾只乘驴车而走。"延昭曰:"敌兵来得多矣,陛下速上马,宁可伤臣,望勿顾惜。"正在危急之际,适杨七郎单骑杀入,见延昭曰:"宋兵战阵已乱,哥哥何不急保主上而走?"延昭曰:"汝以所乘马与圣上骑,吾当先杀出。"七郎扶太宗上马。延昭怒声如雷,突出重围,正被兀里奚众军拦住。延昭咬牙觑定兀里奚,一枪刺去,正中咽喉而死。绕过西营,

北兵矢石交下,延昭透不得重围,恰遇杨业、高怀德、呼延赞三将冲溃杀来,救出太宗,走奔定州。此处可见杨延昭之勇,后人有诗赞之曰:

斩坚入阵救君王,敌将争迎致灭亡。

未入中朝先建绩,将军名望至今香。

潘仁美收拾残军,但见尸首相叠,血流满野,宋兵折去八九万,丧其资械不可胜计。于是易、涿等州复归于辽。耶律休哥已获全胜,乃收军还幽州,不提。

却说太宗走入定州,众将陆续都到。八王等进前拜谒,帝曰:"今日若非杨业父子力战,朕几一命难保。"八王曰:"陛下百灵相助,贼兵自不能伤。自今还重圣躬,不宜亲冒险地。设使诸将一时不及救应,谁为陛下计哉?"太宗点头以应。即召杨业入帐中,赏以缎帛二十匹,黄金四十两,因谓之曰:"权以赐卿,聊为相信之礼。候班师之日,再议报功。"杨业再拜受命而出。八王奏曰:"运饷不给,军士凋丧,乞陛下班师还京,以慰臣民之望。"太宗从其议,即日下诏班师,以潘仁美为前队,杨业为中队,其余诸将各以所部护驾在后,旨令既下,诸将准备起发定州,望汴京而还。有诗为证:

泽国江山入战图,生民何计乐樵苏?

凭君莫话封侯事,一将功成万骨枯。

大军一路无词,不日归到汴京。文武群臣朝见毕,太宗曰:"朕以幽州之辱,常悬胆以报雪。汝众臣各陈所见,为朕熟筹之。"司徒赵普与参知政事窦偁、郭贽等奏曰:"陛下以甲兵之利,府库之富,何患丑贼不灭哉!但以军士围太原已久,疮痍未复,须待秋高马肥,蓄威养锐,徐图进取,未为晚也。"太宗从其议,下命宴征太原将士于崇元殿,是日君臣尽欢而散。

次目降敕:封杨业为代州刺史兼兵马元帅之职,其长子以下俱封代州团练使。居第于金水河边无佞宅,赐赉甚厚。群臣奏以杨业未立大功,封赐过重。帝曰:"朕以信义处人,岂可有失于臣下?"竟下命。杨业复上表,辞其众子之职。表曰:

臣杨业稽首拜言:窃谓圣明在上,万物同春。臣僻生边鄙,赋性粗率,文不能立国,武不能定乱。蒙陛下覆载之仁,浩荡之德,赐第宅于金水之河,授敕命以代州之任。于此宏恩,使臣虽碎骨捐身,莫能效命于万一。日夜怀惧,惟思报本。臣愚蠢之子,未见寸功于朝廷,而皆得团练使之职。恩命既下,中外骇焉,臣何敢当?乞陛下以赏罚为慎,追还众子之诰,使臣得免滥受之罪,以图尽职。频思致命,不胜幸甚。

太宗览表降旨,准其所请,杨业谢恩而退。是时边警暂息,烽火不闻。太宗日与群臣在宫中讲论治道,计议藩镇将帅,或升或调,皆得其宜。

话分两头。却说耶律休哥自胜宋师以归,颇有张大之志。萧后甚倚为重。正值萧后

设宴以待文武诸臣，耶律休哥进曰："往者以陛下福荫，出军迎敌宋师，臣仗诸将用命，杀之败衄而去。今臣欲乘宋师走归之后，人怀内惧，谨领精兵，直捣汴京，以报围困幽州之辱。乞陛下允臣所请。"萧后曰："以卿所论，诚忠言也。只恐宋师人强马壮，未可进取。"燕王韩匡嗣曰："臣愿与耶律将军同出兵伐宋，审机而进，自有成绩。"太后依奏降旨，以韩匡嗣为监军，耶律休哥为救应，耶律沙为先锋，率精兵十万伐宋。匡嗣等受命，即日兵出幽州，望遂城进发。

时值九月天气，但见寒风落叶秋容淡，鸿雁声悲旅思中。辽兵进发数日，始至遂城西北五十里下寨。守遂城者乃宋将刘廷翰，听得辽兵骤至，与副将崔彦进、李汉琼等议曰："辽人以主上兵败而回，乘此锐气，特来围城。将何以退之？"彦进曰："若与之战，胜败不可知。当用诡计，竖起降旗，诱其入内擒之，可一鼓而成功也。"廷翰曰："此计固妙，但恐其有疑，不纳我等降，如何？"汉琼曰："先以粮饷进之，彼见我情之真，绝无不纳。"廷翰大喜，即遣人入燕营中济饷请降。韩匡嗣曰："汝主来降，将何为信？"差人曰："先献钱粮与元帅，充军饷之用，然后率众纳款。"匡嗣信而允之。耶律休哥进曰："宋军气势不弱，今未交锋而请降，此诱我之计也。元帅宜整军待之，勿信其言。"匡嗣曰："彼以粮饷与我，岂有不真？"遂不听休哥之谏。

次日，兵泊城下。廷翰得差人回报之语，即整点军马，令崔彦进率马军一万，屯城东门，待辽兵入城后，斫破其营。彦进领兵去了。又唤李汉琼领步兵一万，屯城西门，敌人若到，放下闸桥，乘势擒之。汉琼亦领命而行。廷翰分遣已定，自率劲卒密出南门，作救应之兵。

第十三回　李汉琼智胜番将
杨令公大破辽兵

　　却说韩匡嗣遣人缉探动静，回报："宋人大开西门，并无只骑来往。"匡嗣不信，自率轻兵来看，首先进入壕堑，见吊桥装点齐备。燕护骑尉刘雄武进前谏曰："元帅不可轻入，适望城中隐隐似有刀兵之状，若不亟退，堕其计矣！"匡嗣猛省曰："汝之言是也。"即令后军慢进。忽门闸边数声炮响，如天翻地塌之势，李汉琼引步军抽起壕闸，当先杀出。韩匡嗣大惊，勒马便走。汉琼提刀追来，辽将刘雄武奋勇迎敌。二骑相交，战不数合，被汉琼一刀劈于马下。宋兵竞进，辽兵大败，自相践踏，死者不计其数。耶律沙一骑飞来，保救匡嗣，杀向旧营。崔彦进引马军斩坚而入，正遇耶律沙交锋。耶律沙见宋兵势大，不敢恋战，拼死与匡嗣夺围走奔易州，彦进掩兵追击。辽师拔营而逃，遗弃辎重殆尽。刘廷翰从城南绕进，与彦进等合兵追赶。独耶律休哥以中军力战不退。廷翰乃收军还城。休哥引残骑回见匡嗣，言宋兵太甚，一时无策，可亟转幽州，再作商议。匡嗣忧惧无已，只得率众归奏萧后。

　　萧后闻知败兵折将之由，急召耶律休哥问曰："出师未逢大敌，如何便致丧败？"休哥以宋人用诈计相诱奏知，后曰："军中有汝在，何不参其议？"休哥曰："臣亦曾谏，匡嗣以臣所料太过，乃至误遭奸计也。"后大怒，下旨斩韩匡嗣，以正国法。耶律沙等力救曰："匡嗣之罪，本不容辞，念其为先帝之臣，乞陛下赦之。"后怒稍解，乃削其官职，黜退为民；下令耶律休哥为主帅，耶律斜轸为监军，再统十万精兵，伐宋报仇。旨令既下，休哥等克日出师征进。

　　忽哨马报入遂城，刘廷翰集诸将议曰："辽兵乘锐而来，要与我等死战，只宜坚守。一面遣人申报朝廷，待救兵一至，而后议战，则破辽兵如拾草芥耳。"众人遵令，各分门而守，按兵不出。

　　是时汴京已有边报奏入："近日宋、辽鏖战，宋师大胜。"君臣正在议论间，忽奏："辽兵又犯遂城，乞发援兵相济。"太宗闻奏，谓众臣曰："遂城乃幽、燕之咽喉，辽兵既出，势所必争。若使遂城有失，则泽、潞二州亦不可守。谁领兵救之？"杨光美进曰："杨业父子常欲立功，以报陛下。若委之以此任，破辽师必矣。"太宗依其议，即授杨业幽州兵马使，部兵五万，前救遂城。业得命，欣然而行，令长子杨渊平监领余军，自率延德、延昭，克日兵离汴京,望遂城进发。来到赤冈下寨,隔遂城不远,先使人报知城中。刘廷翰知是杨业来救,大喜,召诸将议曰:"杨业世之虎将,辽兵非其敌也。汝等但整饬器械相应。"彦进等各去整备,不提。

却说杨业部父子之兵,于平原旷野排开阵势。忽见一彪军,旌旗蔽日,尘土漫天。杨业出阵视之,一员大将,唇青面黑,耳大眼睁,乃耶律沙也。横刀勒马,上前曰:"来将是谁?先报姓名。"杨业笑曰:"无端逆贼,妄生边衅。今日救死且不暇,尚敢问吾大名哉?"耶律沙顾谓军中曰:"谁先出马,挫宋师一阵?"言未罢,骑将刘黑达应声而出,纵马舞刀,直取杨业。杨业正待亲战,五郎杨延德一骑飞出,抢斧抵住交锋。两下呐喊,二将鏖战。刚刚战到第七个回合,延德卖个破绽,转马绕阵而走。黑达要建首功,骤马追来,马尾相接。延德绰起利斧,回马当面一劈,黑达连头带盔撞翻马下而死。番将耶律胜纵骑提刀,要来报仇,杨延昭挺枪迎战。两马相交,杀做一团。延昭奋枪一刺,耶律胜翻鞍落马,血溅尘埃。正是:阵上番官拼性命,征场宋将显威风。

杨业见二子战胜,驱动后军,冲入北阵。耶律沙舞刀力战,不能抵敌,跑马望中军逃走。杨业一骑左冲右突,如入无人之境。番兵大乱,死者无数。刘廷翰开了西门,引兵抄出。耶律斜轸拔寨走奔瓦桥关。廷翰与杨业合兵进击,杀得番兵尸首相叠,血流成河,得其辎重衣甲极多。

杨业既获全胜,驻师遂城之南,与诸将议曰:"辽将走据瓦桥关,我当乘此锐气,剿灭番兵。"刘廷翰曰:"耶律休哥智勇之将,今既远遁,元帅暂且息兵遂城,审机而进。"杨业曰:"兵贵先声.使敌人不暇为谋,此取胜之道也。公等勿虑,只管进兵。"诸将得令,直杀奔瓦桥关,扬旗鼓噪,列阵于黑水东南,兵势甚盛。

是时耶律休哥等听知宋师长驱而来,与耶律斜轸议曰:"杨家父子真劲敌,杀我将如斩瓜切菜,无人敢当。今来攻围瓦桥关,只可据守,不可与战。待彼粮食将尽,而后战之,可雪前耻矣。"斜轸然其议,下令诸将协力坚守关口,按甲不出。宋师乘势攻击,关上矢石交下,人不能近,惟远远合围而已。

一连攻打十数日,不能成功。杨业亲引数十骑,出关审视地理,远望靠左一带尽是草冈,乃辽将屯粮之所,右边通黑水,番兵皆据岸而营。杨业看了一遭,入军中召刘廷翰议曰:"贼兵坚守不出,其志将待我食尽,而为攻袭之计。乘今北风夜作,寒冬天气,关左草木焦枯,若用火攻之计,可破此关也。"廷翰曰:"令公之论与小将暗合,惟虑耶律休哥测破。"业曰:"吾自有智伏之。"即令军人捉一乡老来问曰:"瓦桥关左侧有小路可入否?"乡老曰:"只有一条樵路,人马不堪行。只今辽兵用木石塞断其处,难以通透。"令公听罢,以酒食赐乡老而去。召过延德,谓曰:"汝引步军五千,卸去戎装,秘密偷出樵路,人各带火

具,候在交兵之际即便举起。"延德领计去了。又唤延昭入曰:"汝带马军五千,乘黄昏直渡黑水,敌贼必出兵半渡来袭,便复登岸而走,吾自有兵应接。"延昭领计而去。杨业复谓刘廷翰曰:"公与崔彦进率所部,待吾儿退走,沿岸接战。敌兵若见关后火起,必先慌乱,可获全胜。"廷翰慨然而行。杨业分遣已定,自引中军在高处瞭望。

却说耶律斜轸见宋兵攻关不下,自与诸将谈论饮酒,遣人缉探宋师动静。回报:"宋师将渡黑水,暗袭燕城。"斜轸笑曰:"人言杨业善用兵,徒有虚名耳。"因遣耶律高领精兵五千,拒岸而守,乘敌半渡逆击之,可破其众。耶律高领兵去了。又遣耶律沙、韩暹部兵一万,袭宋营垒。分拨已定,自与休哥等整兵接应。将近黄昏,杨延昭引兵直趋黑水,众人各携土囊,从下流而渡。未过一半,耶律高即率精兵乘势杀来。延昭军马复奔回南岸。辽将已渡过水,与延昭交锋。延昭且战且走。俄而信炮响亮,两岸箭弩如雨,刘廷翰等斩坚而入,正迎着耶律高交锋。耶律沙与韩暹二骑冲突宋营,喊声如雷,奋勇而进。杨延德步兵已偷过樵径,听得前面金鼓不绝,知是交兵,令部下点起火具。正值夜风骤起,火势迸发,一时满天红焰,番兵守粮者各自奔溃。耶律高见关后火起,急杀回原路,被廷翰赶近前,斩落水中。比及耶律沙已知中计,复引兵来救,杨延昭、刘廷翰等合兵进击,辽兵大败,各抛戈弃甲逃生。杨延德引兵从关后攻出。耶律休哥保斜轸杀奔蓟州,宋师遂乘机夺了瓦桥关。天犹未明,烟焰正炽,杀死番兵无数。次日平明,诸将各上其功。杨业曰:"乘此破竹之势,数节之后,迎刃而解,可进兵围燕城。"廷翰曰:"令公威名已振,辽将已皆胆落。然今粮饷不继,未可深入敌境。"令公然其言,遂驻师于瓦桥关。

却说耶律斜轸又败一阵,不胜愤怒,与众将整兵欲来决一死战。休哥进曰:"胜败乃兵家常事,元帅不必深耻。可奏知主上,得助兵来应。然后宋师可破也。"斜轸从其言,即差人来奏萧后。萧后闻奏屡败,乃大惊曰:"宋师是谁用兵,能如此胜敌?"来军奏曰:"河东山后令公杨业也。"萧后曰:"久闻此老号'杨无敌',名不虚传矣。"即遣大将耶律奚底率兵五万救之。奚底得旨,即日兵出幽州,不提。

第十四回　犒将士赵普辞官
宴群臣宋琪赋诗

却说哨马报入杨业军中，业与众将议曰："既辽兵复出，且缓其战。待我报捷朝廷，粮饷充足，须平定燕、幽，然后班师。"廷翰等然其议。业即遣团练使蔡岳归奏太宗。太宗闻知连胜辽兵，且大军直进燕、幽，心中大悦，因问辽之消息如何。岳曰："辽将不胜其辱，今复益兵来战。杨主帅屯扎瓦桥关。近因粮食不充，未敢进兵，特遣臣赴阙奏知。"太宗与群臣商议，欲亲征大辽。枢密使张齐贤上疏奏曰：

圣人举事，动出万全。百战百胜，不如不战而胜。若重之谨之，戎狄不足吞，燕蓟不足取。自古疆场之难，非尽由戎狄，亦多因边吏扰而致之。若边缘诸塞抚御得人，但使峻垒深沟，蓄力养锐，自逸以处，宁我致人，所谓择卒未如择将，任力不及任人。如是则边鄙宁，而河北之民获休息矣。臣又闻：家六合者，以天下为心。岂止争尺寸之土，乘戎狄之势而已。是故圣人先本而后末，安内以攘外。是知五帝三王，未有不先根本者也。尧舜之道无他，广推恩于天下之民尔。推恩者何？在安而利之。民即安利，则戎狄敛衽而至矣。

疏上，太宗以示赵普、田锡、王禹偁数臣。赵普奏曰："齐贤所陈，当今之急务也。乞陛下召还杨业之兵，敕帅将严设边备，则幽燕不能为中原患矣。"太宗允议，即日下诏遣使，召还伐辽之师，不提。

却说杨业在关中得圣旨来到，与诸将议曰："朝廷既有班师之命，可将将士分作前后而行，以防北兵追袭。"延德进曰："所难得者，机会也。大人连胜辽敌，再假十数日之程，直捣幽、蓟，取其地舆而归，以报朝廷知遇厚恩，岂不美哉？"业曰："吾亦有志如此，奈何君命既下，若不还军，反有违抗之罪，纵建微功，亦不足偿也。"延德乃不复敢言。次日，令刘廷翰等固守遂城，自率所部离了瓦桥关，径望汴京而回。静轩咏史诗曰：

功在垂成诏即行，堪嗟机会竟难凭。

陈家谷口忠勤念，千古令人恨不平。

杨业既至京都，朝见太宗。太宗深加抚慰，赐赉甚厚。因令设宴犒赏征辽将士，君臣尽欢而散。

次日，赵普辞罢丞相之职。帝曰："朕与卿自布衣知遇，且朝廷赖卿扶持，何以辞职为

哉?"普曰:"臣已老迈,不能理繁,乞陛下怜臣枯朽之体,允解政事,则生死而肉骨矣。"太宗见其恳切,遂允其请,罢普为武胜军节度使。普拜受命,即日辞行。帝于长春殿赐宴饯行。酒至半酣,帝于席中谓普曰:"此行只遂卿之志,遇有急事商议,卿闻命之日,当即随使而来,勿负朕望。"普离席领命。帝深有眷恋之意,亲作诗以送之曰:

忠勤王室展宏谟,政事朝堂赖秉扶。

解职暂酬卿所志,休教一念远皇都。

普奉诗而泣曰:"陛下赐臣诗,当勒之于石,与臣朽骨同葬泉下。"太宗闻其言,亦为之动容。君臣各散。赵普至中书省辞僚属宋琪等,因道主上之恩,不胜感慕。琪曰:"主上以公极知之爱,而有眷恋之情。此去不久,当复召也。"普取出御诗,涕泣曰:"此生余年,无由上报,唯愿来世得效犬马之力。"琪慰抚甚至,送之而出。普径赴武胜,不提。

翌日,太宗设朝,群臣朝见。帝谓宰相曰:"普有功国家,朕昔与游,今齿发衰谢,不欲劳以庶务,择善地以处之,因赐诗以道其意。普感激泣下,朕亦为之堕泪。"宋琪对曰:"昨日普至中书省,与臣道及陛下之恩,且言来生愿效犬马之力,今复闻陛下宣谕,君臣始终,可谓两全。"帝然之,以宋琪、李昉知平章事,李穆、吕蒙正、李至参知政事,张齐贤、王沔同金署枢密院事,寇准为枢密直学士。琪等拜受命而退。

是岁改元为雍熙元年。冬十月,太宗想起华山隐士陈抟。抟,亳州真源人,尝举唐长兴中进士不第,遂不复官禄,以山水为乐。因服气辟谷,日饮水数杯而已,历二十余年,乃隐华山云台观。每寝处,多百余日不起,故俗人有"大睡三千,小睡八百"之语。先是,抟乘驴过天津桥,闻太祖克汴,乃大笑堕驴,曰:"天下自此太平矣。"至是,太宗遣使召之赴京。陈抟得诏,随使朝见。太宗待之甚厚,谓宰臣曰:"抟独善其身,不于势利,所谓方外之士也。"乃遣中使送抟至中书省。宋琪等延接殷勤,座中从容问曰:"先生学得玄默修养之道,亦可以教人乎?"抟答曰:"小道山野之人,于时无用,亦不知神仙炼丹之事、吐纳养生之理,非有方术可传。假令白日升天,亦何益于世?今主上龙颜秀异,有天人之表,博达古今,深究治乱,真有道仁圣之主也。正是君臣协心同德、兴化致治之秋。勤行修炼,无出于此。"琪深服其言。次日奏对,以陈抟所言上陈,太宗诏赐号"希夷先生",亲书"华山石室"四字赠之,放还华山。抟再拜受命,即日辞帝而出,自回华山。不提。

却说太宗以边境宁静,与臣民同享太平之盛,因下诏赐京师百姓饮酒三日。其诏曰:

王者赐酺推恩,与众共乐,所以表升平之盛事,契亿兆之欢心。累朝以来,此事久废,盖逢多故,莫举旧章。今四海会同,万民康泰,严禋始毕,庆泽均行。宜令士庶共庆休明,可赐酺三日。

诏旨既下,京都士民无不欢跃。至期,太宗亲自与群臣登丹凤楼,观士民乐饮。自楼

前至朱雀门，设音乐，作山车、旱船往来。御苑至开封县及诸军，乐人排列于通路，音乐齐奏，观者满城，富贵无比。后人有诗断曰：

烽火烟消镇节安，君臣作乐夜深阑。

幽辽未下中原患，忘却当年保治难。

时雍熙二年春二月也。

次日，太宗宴群臣于后苑，召宰相近臣赐酒赏花，谓之曰："春气暄和，品物畅茂，四方无事。朕以天下之乐为乐，宜令侍宴诸臣赋诗赏花。"玉音既下，一人进曰："小臣不才，愿承命赋诗。"乃平章事宋琪也。即展花笺，援笔立书七言八句以进。其诗曰：

圣主飞龙俗美淳，乾坤总是一般春。

四方风泽被休教，万国怀来慕至仁。

浩浩舜恩邦尽戴，巍巍汤惠士皆亲。

微臣有愧无能补，鼓舞升平沐化新。

太宗览诗大悦，命取玉筯赐酒。李昉继进一首曰：

侍班上圣拟疏疏，融煦昭然德意孚。

饱暖四方成底定，供输百姓自无虞。

仰风琛贡来蛮貊，披泽讴歌沸道途。

际遇太平何以报？凤麟为瑞有珍符。

参知政事吕蒙正亦进一律曰：

恩敷喜动万方民，御极龙飞际圣人。

圣治及将休运启，嘉祥日送好音频。

均沾有域皆怀德，一视无邦不遂臣。

盛世愿赓儒馆颂，德音荣对玉墀春。

帝览罢三诗，乃曰："宋平章之诗，词语优游，太平气象也；李昉诗，清丽可爱；吕蒙正诗，品格清高，忠勤度量，皆可为法。然视宋平章气魄绝伦，自与二人不同。"因令中官将三人之诗勒于赏花亭下，以记君臣共乐之胜。中官承命而出。太宗又曰："国家虽值暂安，而武事不可急荒。辽蓟未平，朕日夕为忧。当今在席武臣及诸王，各务走马射箭，以

较武艺。"宋琪曰："陛下所虑甚远，诚社稷之福也。"帝即命军校于后苑隙地立起箭垛，离百步为界。武官分为两列，诸王穿红，将帅穿绿。诏旨既下，各带雕弓长箭，跨鞍立马听候。帝传令曰："能有射中红心者，赏其骏马、锦袍；射不中者，降出藩镇调用。"道声未罢，红袍队里一人，骤马持弓而出，众视之，乃秦王廷美也。勒动其骑，弯弓架箭，指定红心发矢，正中其处，看者暗暗称奇。廷美射中红心，竟跳下马，于太宗御前请命。太宗喜曰："吾侄技擅穿杨，真可御武。"遂赐袍、马，廷美谢恩而退。忽穿绿班中一将，涌身而出曰："小将愿试一箭。"众视之，乃是大将曹彬，纵马开弓，拈弦架箭，一矢正透红心，观者无不叹羡。曹彬亦下马，拜伏于御前。太宗深加抚劳，赐马、袍而退。是日君臣尽欢而散。

　　秦王等既出后苑，暮过楚王元佐门首。元佐，帝长子，少聪慧，貌类帝，帝钟爱之。后发狂疾，时以新瘥不预。闻乐声透于堂中，问左右曰："是谁夜过府门，而乐音透彻？"左右曰："今日圣上宴诸王、武臣于后苑，皆较射为乐。适秦王射胜，赏赍马、袍而出，经过门首，送从之乐音也。"元佐怒曰："他人皆得侍上宴赏，我独不在，是弃我也！"因发愤饮酒。至深夜，放火焚其宫室。城中大惊，官军一时扑救不灭。可惜雕梁画栋，绣阁琼楼，尽成灰烬。次日，太宗知其由，下诏废元佐为庶人，迁于均州安置。旨令已下，元佐怀惭无及，带从人径赴均州，不提。

第十五回　曹彬部兵征大辽　怀德战死岐沟关

却说耶律休哥等以宋师既退，欲报遂城之耻，未得机会，每遣人入汴京缉访，回报宋朝日以赏玩为乐、君臣酣饮之事。休哥闻此消息，入奏萧后曰："臣以出师未得其利，致败衄之罪，诚该万死。且臣职在戎伍，近闻宋朝君臣纵逸欲之乐，不修国政，今将部兵直捣汴京，定其疆界，庶报前日之耻。"后闻奏，乃曰："卿连年出师，不利而还，宋之天下未可即图，须徐议进取。"耶律沙又奏曰："难得者机会，易失者时月。正当乘其无备，一举可以成功。"萧后见众臣意向如此，乃下旨，以耶律休哥为监军，耶律沙为先锋，其下将士各依调遣。休哥得旨，即日辞萧后，率精兵十万，由朔、云等州征进。

消息传入汴京，太宗闻知，怒曰："丑羯奴恣生边衅，朕当亲征之。"因下诏示知。宋琪等奏曰："辽众犯边，帅臣云集，何劳陛下亲冒矢石，以损威重乎？只需遣大将御之足矣。"帝意未决。张齐贤亦力陈："若使车驾再动，则百姓劳苦，乞陛下念之。"帝允奏，乃以曹彬为幽州道行营前马步军水陆都部署，以招讨潘仁美、呼延赞、高怀德等副之，率兵十五万众，征讨大辽。曹彬等得命，分遣诸将，克日入辞太宗。太宗谓曰："潘仁美但先趋云、朔，卿等以十万众声言取幽州，且宜持重缓行，不得贪利。彼闻大兵至，必悉众以救范阳，不暇援山后矣。"彬等受命而出。大军离了汴京，潘仁美、杨业、高怀德率兵三万，由寰州征进，曹彬、呼延赞由新城进发。正值暮春天气，但见：路上残花随马足，原中飞絮点春衫。

且说曹彬部众来到新城五十里下寨。守新城辽将贺斯听得宋兵来到，即引骑出城迎敌。两阵对圆，曹彬盔甲整齐，精神抖擞，立于门旗之下，谓辽将曰："吾主仁明英武，统一天下，为何不速降，以图富贵？"贺斯怒曰："汝无故兵入吾境，赢得手中刀，即便投降。"彬顾谓诸将曰："谁去擒此贼？"一将应声而出，乃呼延赞，挺枪跃马，直取贺斯。贺斯纵骑舞刀来迎。两下呐喊，二将战上三十余合，贺斯力怯，拨回马便走。呼延赞奋勇追上前去，兜背一枪，刺落马下，辽兵遂溃。曹彬驱动后军，乘势取了新城。

次日，兵进飞狐岭。守将吕行德听知宋兵已到，与招安使大鹏翼等计议曰："宋军势大，难以迎敌，不如解甲投降，庶免军士之苦。"鹏翼等曰："宋兵远来，必然疲乏，正好破之，如何便思屈膝？"遂帅所部军马迎敌。远见宋兵漫川塞野而进，鹏翼令军士团住阵脚，当先出马，大骂宋军："贪心无厌，深入吾境，定杀汝片甲不回！"宋军中呼延赞挺枪出战。

大鹏翼抢斧来迎。两马相交,战上五十回合,赞乃佯输,走入阵中。鹏翼骤马赶来,赞冷眼窥其渐近,大喝一声,鹏翼措手不及,被赞捉于马上。宋师涌进,贼兵降者无数。曹彬将鹏翼斩于城下号令。

次日,吕行德举关迎降。宋师又下飞狐岭,长驱直进,围住灵丘。守灵丘辽将胡达引兵迎战。宋将呼延赞跃马厉声出曰:"来将速下马投降,免受诛戮;不然,视前日为例!"达怒曰:"猖狂匹夫!擒汝以献吾主。"即抡刀直冲宋阵,呼延赞举枪交还。二将战上一百回合,不分胜负。赞思:"此贼勇力过人,须以智胜。"即勒回马绕阵而走。胡达拍马追之,转过东垒,赞按下长枪,掣出金鞭,敌将追骑刚到,呼延赞睁睛举鞭,劈脑一声响,胡达一命悠悠,死于鞭下。曹彬驱军掩击,贼兵大败,遂袭了灵丘,得其降卒五千,牛马辎重无算。曹彬谓赞曰:"近来之战,将军功绩居多,吾固不及也。"赞曰:"皆出元帅之妙算,小将何功之有?"彬大服其量。因遣人报捷于太宗。太宗惊曰:"彼安得进兵如是之速耶?"即遣使诣灵丘,令彬待仁美之众,一同进兵,庶能克敌。曹彬得旨,正在沉吟之间,忽报:"潘招讨大军已出雄州,特来与元帅相会。"彬大喜,即遣骑军迎候。翌日,仁美来到灵丘,入见曹彬,道知已克寰、朔等州,降其刺史赵彦章、节度副使赵希贤等数十人。彬曰:"此皆出于招讨致胜之功。今主上有旨,候齐出发,我等当整兵前进。"仁美然其言,即日领军望涿州而行。

却说耶律休哥等兵屯云州,听得宋师已进涿州,下令众军亟进,于涿州城南下寨,与宋营只去五里之地。休哥召耶律沙入,谓曰:"宋师深入吾地,势必跋涉。汝引马军二万,屯于城南,坚壁而守。候其用力稍竭,出劲兵袭之。"耶律沙依令去了。休哥又谓华胜曰:"汝以步兵一万,屯灵丘险地,设伏于林中,以绝宋之粮道。"华胜亦领计而行。休哥分遣已定,夜则令轻骑入宋营掠其单弱,昼则以精锐张其声势。

是时曹彬督诸将于城下搦战,辽兵按营不出。宋师望见辽师精锐,不敢轻进,夜间不胜其扰。一连驻了十数日,军中粮饷不继。遣人打探,回报曰:"近日粮草屡被辽兵所掠,不能前进。"曹彬大惊,与仁美等议曰:"吾众深入敌境,粮草不继,倘被辽帅得知,出兵来袭,是自取其败也。不如撤围退雄州,以待运饷充足,再议进取。"仁美然其言,即下令军马退入雄州,遣人入汴京奏知,以援粮饷。

太宗闻奏,大惊曰:"岂有敌在前,反退军以援刍粮?失策之甚也!"急遣使止曹彬等,令其引兵沿白沟河而进。使者得命,径诣雄州见彬,传示敕命。彬等闻命,与诸将商议进兵。潘仁美曰:"贼势方锐,且地理不熟,莫若据雄州待之,为上计也。"高怀德进曰:"若逗留不行,使敌人知吾粮尽,乘虚来袭,反为失计;不如先声而进,或可得志。"彬见众论纷纷,不得已,乃下令军士各裹粮带食而进。将近涿州,耶律休哥听得宋师骤至,令人道知

耶律沙等,乘虚出兵。又遣耶律呐部兵一万,埋伏巢林待敌。休哥分遣已定,自与耶律奚底引劲卒出岐沟关迎战。

将近日午,宋师行了一日一夜,且兼暑月,人马饥渴。恰遇耶律休哥军马一齐摆开,威势甚壮,宋师颇有惧怯。南将高怀德首先出马,大骂:"辽贼速降,饶你一死!"耶律奚底激怒,纵骑舞斧,直取怀德。怀德举枪来战。两马相交,战将五合,奚底拨马便走,怀德引骑追之。曹彬催动中军而进,耶律休哥接住交锋,且战且走。宋师已入关口,忽巢林一声炮响,耶律呐伏兵齐起,将宋师冲作两截。曹彬大惊,跑马便回,番兵万弩竞发,彬所坐马中流矢而倒。正在危急之际,呼延赞一骑冲到,急叫曰:"主将可随吾杀出。"赞在前,彬在后,拼死杀透重围。时耶律沙之兵抄入潘仁美南营,将仁美围在垓心。高怀亮力战不退。赞保彬走回本阵,见南方杀气连天,谓彬曰:"必是宋师遭围,吾往救之。"即勒马而进。正遇仁美头盔尽落,徒步而来。赞杀散追兵,保仁美而回。怀亮与耶律沙大战,后面无接应军马,被耶律沙赶到关口,一刀斩之。比及高怀德冲围来救,耶律休哥挥动辽兵追杀。怀德血映袍铠,从骑丧折殆尽。耶律呐部兵又到,箭如飞蝗。怀德臂中巨弩,拨矢洒血复战,手斩番兵数十,见势危迫,料不能退,乃思曰:"吾为宋朝大将,莫被敌兵所辱。"遂马上自刎而亡。可怜高怀德兄弟二人竟死于难。静轩读史至此,有诗曰:

血战当年报主忠,斩坚入阵几千重。

英雄功绩今何在?回首沉吟夕照中。

高氏兄弟阵亡之后,耶律休哥等合兵一处,乘势追赶。又值暑雨暴下,宋师无复行伍。呼延赞保着曹彬、潘仁美等走到马河,闻后军报道:"高怀德兄弟二人俱战死阵中。"彬等不胜哀感。忽听战炮连天,耶律休哥追兵杀来。曹彬不敢停留,连夜渡河而走。辽兵已追及,杀死及溺河者不计其数。休哥等以宋师已渡河去,乃收军还营。次日,河中浮尸蔽满,水亦为之不流。岐沟关下委弃盔甲辎重,积如丘山。曹彬等退保新城,计点将士,折去六万余人,遣人入汴上表请罪。太宗闻奏大惊,曰:"此是寡人虑事不周之过矣!"即下诏遣使,召曹彬班师。使臣领旨,到新城宣知。曹彬得旨,以副将米信守新城,自与大队回汴京,朝见太宗,伏于阶下。太宗慰之曰:"不知地势,遭贼兵所算,卿等今后当以是为戒。"彬谢恩而退。帝下诏,令呼延赞屯定州,田重进屯灵丘,以防辽兵再入。赞等领命而去,不在话下。曹彬自以出师无功,闷闷不悦,因上表力辞兵柄。太宗允奏,乃降彬为房州刺史。又追念高怀德之功,官其二子高麟、高凤为代州团练使之职。曹彬既受命,即日赴房州而去,自是闭门读书,不与人事相接。

却说耶律休哥大胜宋师,遣人奏捷于萧后,且请举兵南下。萧后得报大悦,因遣使诣涿州,止之曰:"须候秋高马肥,然后进兵。"休哥等得旨,乃按兵不行。边报传入京师,已知辽兵留镇云州,将为再寇之计。太宗得报,与群臣商议拒御之策。八王进曰:"辽兵势颇猖獗,陛下只需敕边将修理战具,随机剿捕,使敌人疲于奔命,边患息矣。"太宗然之,即下诏传谕近边帅臣,不提。

一日,太宗坐朝元殿,与侍臣议曰:"先帝在日,于五台山许一香愿未酬,临崩之际,嘱朕亲往还之。今值国事少息,将备法驾一行,卿等当为朕料理。"玉音既下,寇准出奏曰:"先帝虽有此命,然事当急其本而缓其末。近来与辽兵战斗连年,士马不宁,且五台山实乃辽之界限,耶律休哥拥重兵于云、朔等州,倘陛下车驾一动,敌人窥知,乘势来阻我众,那时谁为陛下计哉?宁可迟缓数年,候边境安息之时,还之未晚。此时决不可行也。"太宗半晌未应。潘仁美奏曰:"臣举一人,保陛下前往,万无一失。"太宗问所举是谁,仁美曰:"代州刺史杨业长子杨渊平,此人文武兼全,敌人畏惧。若护车驾而行,犹如泰山之安。"太宗大悦,遂下诏,以杨渊平为护驾大将军,带禁军二万,前往五台山。渊平得旨,准备戎伍伺候。不日,太宗车驾离汴京,三军迤逦望太原进发。时值初秋天气,但见:落叶萧萧风乍冷,雁声悲切客情孤。

第十六回　太宗驾幸五台山　渊平战死幽州城

却说太宗车驾既离汴京，一路行来，看看望见五台山不远。寺僧智聪长老率众迎接于龙津驿。车驾来到寺门外，引班官迎太宗进入方丈中龙椅坐定，文武列于两班。帝因下命，着司仪官赍过香礼与寺僧，于供佛案前摆列齐备。群臣随帝诣佛殿中。寺僧敲钟擂鼓，太宗躬下拜祷曰："朕今此来：一者为先帝之愿，今特来赛还；二者为生民臻太平之福，仰仗洪慈；三者乃愿皇图巩固，四海清宁。"帝祝罢，主典僧宣读诰文毕。是夕，太宗宿斋于元和宫。

次日，众臣奏曰："陛下香愿既酬，车驾当即还京，恐有细作不便。"太宗曰："朕深居九重，难得来此，与卿等暂留一日而行。"众臣不敢再奏。太宗遂令寺僧引路，邀侍臣步出寺外，观望景致。果见一座好山，前控幽州，后接太原，端然限界，中耸出一奇峰，层峦叠翠，万峰在目。有诗为证：

拥翠拖蓝叠秀奇，巍然势下别华夷。

分明指处尖峰顶，缥缈云霞接汉齐。

太宗看之不足，因指前一望之地问曰："野草连天，却是何处境？"潘仁美奏曰："此幽州也，古来建都之地，最是好光景。"太宗曰："朕当与文武诸臣前去游玩一回。"八王急奏曰："幽州乃辽主萧后所居之地，陛下若往，是自投机阱也。速宜整车驾还京，免遭耻辱。"太宗曰："昔者唐太宗平定辽东，未尝不亲临战阵。今朕有千军万马在此，岂惧萧后哉！汝众臣但随朕去无虑。"八王再不敢谏。

即日车驾离五台山，前至邠阳城地面。忽见旌旗蔽日，尘雾遮天，哨报："前有番兵拦路。"太宗问："谁可去探视？"一人应声而出，身长七尺，威风凛凛，乃保驾将军杨渊平也，奏曰："臣前去擒取阻兵。"太宗允奏，渊平率马军杀奔前来。番阵旗门开处，一员辽将，生得面如黑铁，眼若流星，使一柄大杆刀，跨一匹赤鬃马，乃耶律奇，高叫："宋人好好退去，饶汝一死；不然，自取擒戮矣！"渊平怒曰："蠢尔番蛮，尚不缩头远避，敢来阻驾寻死耶？"即挺枪跃马，直取番将，番将舞刀来迎。两下呐喊震天，二将战做一块。耶律奇力怯，拨马便走，宋兵乘势赶入，番兵大乱，自相践踏，死者无数。渊平追去五里，回见太宗，奏知杀败番兵之事。太宗大悦，车驾遂进邠阳驻扎。

耶律奇收残军入幽州，奏知萧后："今有宋帝车驾，驻在邠阳，臣被杀败而回。"萧后大惊，因问帝驾何以来此。近臣奏道："前日在五台山还愿，顺便来此游玩。"后曰："往者众臣尚要兴师去伐宋地，今有此机会，何不出去擒之？"言未毕，天庆王耶律尚奏曰："臣愿部兵前往，擒取宋帝以献。"后曰："更得一人助卿为上。"马鞭令公韩延寿进曰："臣愿同往。"后大悦，即与骑军一万前去。耶律尚即日部军出幽州，前抵邠阳城下，围城四匝，水泄不通。

太宗车驾困在邠阳，深自悔恨，因令杨渊平出兵退之。渊平奏曰："辽众初至，其势甚锐，若即下交锋，必不能胜。须停数日，一战可退。"太宗允奏。是时耶律尚亲督番兵于城下紧攻，喊声雷动，城中震骇。太宗登敌楼观望，只见四下番兵乌屯云集，连营数里攻击，谓侍臣曰："如何脱离此处？"潘仁美奏曰："陛下勿忧。今有杨业屯坚兵于代州与幽州连境地方，得一人前往谕救，必能退敌。"太宗问曰："谁可往代州谕救于杨业？"渊平应声而出曰："臣当一往。"太宗即付与敕旨。渊平密藏，披挂上马，开东门杀出。正遇番将刘弼拦住，渊平更不打话，愤怒一枪，刘弼翻鞍落马。渊平乘势杀出重围，径投代州，来见父亲。将敕旨进上，道知："圣上被围邠阳，四面皆是番兵，父亲当尽引代州之众，前去救驾。"令公得旨，遂发兵起行。父子八人离了代州，望邠阳而来。

哨马报入番营，告知天庆王。天庆王集诸将议曰："杨业乃劲敌也，此来救驾，父子必将死战。我众人谁敢抵挡？不如将军马撤退，放他入城，然后复兵围之，不消一个月，将他君臣尽困死于城中。"众然其计，乃下令将军马撤围，退离五里之地。哨骑报入杨业军中。杨业闻此消息，乃曰："番人不战而退，必有谋矣。我众人且入城见驾，徐图脱离之计。"渊平道："父亲所见极明。"即整军马入城中，朝见太宗。太宗大喜曰："不是卿来赴援，敌人安肯退去？朕闻卿名为辽人所畏，信不诬矣。"业奏曰："番人夷狄之性，意不可测，此去必将复兵来困。望陛下即整车驾，臣父子拼死杀出。"太宗曰："朕明日准定回驾。"话声未绝，忽报："番兵长驱复来，仍旧围了城郭。"太宗大惊曰："不出卿之所料。"业奏曰："番兵众盛，车驾难以轻出。待臣审视敌人声势，然后定计破之。"太宗曰："卿当尽心筹度。"业承命而退。

次日，杨业率众子登敌楼观望，见番兵八面分布齐备，军民雄伟，令公叹曰："若此坚兵，吾父子虽能杀得出去，如何能保众文臣无伤？纵使诸葛复生，不能施其计矣。"渊平曰："终不然束手于此而待毙耶？"令公曰："计策虽有，只是难得尽忠之人耳。"渊平笑曰："大人往日常言，要以死报宋君。今吾父子自到宋朝之后，主上设极富贵之第宅相待，思无以报德，今遇患难，若有计可施，不肖情愿舍死向前。"令公喜曰："汝若肯成吾计，可保君臣无虞。我明日奏知主上，即便施行。"渊平全无难色，凛凛然下了敌楼。

翌日，令公朝见太宗，奏曰："臣昨观敌兵甚是利锐，陛下若要脱此灾厄，除非学汉朝纪信救高祖离荥阳之计，诈献降书与番人，在西门迎受；臣保车驾与侍官从东门而出，则可保矣。"太宗曰："此计虽妙，谁肯学纪信所为乎？"令公曰："臣长子渊平愿承此计，乞陛下急作降表，遣人通知番营。若更迟缓，恐事有漏泄不便。"太宗听罢，恻然曰："朕以汝父子侍寡人，未沾大恩，今日何忍损卿之至亲以救孤？非仁者之所为也。"渊平进曰："事已急促，若待城破之日，玉石俱焚，虽留臣之父子，亦无益于事。今若救得陛下出此重围，留万代之名，是臣子当行之事，又何惜焉？"语未毕，守城军来报："南门渐崩，番人将攀堞而上！"渊平曰："陛下快脱下御袍。臣父与六郎延昭、七郎延嗣保车驾出东门。小臣与弟二郎延定、三郎延辉、四郎延朗、五郎延德出西门诈降。不然，君臣难保。"太宗不得已，卸下御袍、龙车、法驾之具，尽付渊平，先遣人赍降书前去。番将天庆王接得宋帝降文，与众人商议。韩延寿曰："宋人遭困出降，此事必实。然不过与其讲和放回，宁有加害之理？亦请回书，与使者复命。"

次日，宋军于城西插起降旗。番众遂远离一望之地，等待宋君出城。太宗急同文武率轻骑出东门，望汴京而走。于是渊平端坐车上，黄旗数面，前遮后拥，隐隐而出。番将天庆主率众将戎伍齐备，于城西旗下高叫："既宋朝天子情愿纳降，请出车驾相见，绝无伤害之意。"渊平在车中听得，令左右揭起罗幔，见番王坐于马上，旁若无人，大怒曰："不诛此贼奴，何以雪吾耻也！"即拈弓搭箭，指定项下射去。一声响处，天庆王应弦而倒。正是：一时主将成何事？顷刻番臣箭下亡。渊平既射死番王，闪出驾外，厉声叫曰："吾乃杨令公之子渊平是也！有勇者来战。"番兵大惊。激怒了韩延寿，下令番兵齐起，捉此匹夫，即挺枪跃马，直杀过宋阵。渊平鞍马未备，迎敌不及，被延寿一枪刺落车下。延定正待来救，耶律奇拍马而出，二将交锋。延定虽勇，部下先溃，被番兵争前涌进，斩断马足，掀翻战场，千军乱踩而死。延辉见势不利，冲出重围而走，不上一里，芦苇草内长钩套索，一齐并起，先把延辉坐马绊倒。延辉身离雕鞍，已遭番兵所屠。延朗知兄被伤，慌忙杀出，背后韩延寿、耶律奇精兵皆至，四下围绕。延朗冲突不透，遂被北众所获，部下骑军战死殆尽。

第十七回 宋太宗议征北番
柴太郡奏保杨业

却说杨延德冲出围中，后面喊声不绝，回望番兵乘虚赶来。延德转过林边，自思："当日在五台山，智聪禅师独遗小匣与我，吩咐遇难则开，今日何不视之？"即由怀中取出抻开，乃剃刀一把，度牒半纸。延德会其意，遂将阔斧去柄，纳于怀中；卸下战袍、头盔，挂于马上；截短头发，轻身走往五台山去了。

却说番军东冲西击，杀至黄昏，始知宋君从东门而去，已离二百里路途矣。韩延寿等懊恨无及，乃收军还幽州，奏知萧后："宋帝用诈降之计，遁出东门。只杀宋将三员，又生擒一将，现在大获全胜而回。"萧后大喜曰："既胜得杨家主帅，宋人已自丧胆，再议征取未迟。"因令解过捉将问曰："汝系宋朝主将，现居何职？"延朗挺身不屈，厉声应曰："误遭汝所擒，今日唯有一死，何多问为？"后怒曰："岂见杀汝一人耶？"令军校押出。延朗全无惧色，顾曰："大丈夫谁怕死？要杀便请开刀，何须怒起？"言罢，慨然就诛。

萧后见其言语激厉，人物丰雅，心中甚不忍，谓萧天佐曰："吾欲饶此人，将琼娥公主招为驸马，卿意以为可否？"天佐曰："招降乃盛德之事，有何不可？"后曰："只恐其不从耳。"天佐曰："若以诚意待他，无有不允。"后乃令天佐谕旨。天佐传旨，告知延朗。延朗沉思半晌，自忖道："吾本被俘，纵就死，亦无益于事。不如应承之，留在他国，或知此处动静，徐图报仇，岂不是机会乎？"乃曰："既娘娘赦我不死，幸矣，何敢当匹配哉？"天佐曰："吾主以公人物仪表，故有是议，何故辞焉？"直以延朗肯允奏知。后遂令解其缚，问取姓名。延朗暗忖："杨氏乃辽人所忌。"即隐名冒奏曰："臣姓木，名易，现居代州教练使之职。"后大喜，令择吉日，备衣冠，与木易成亲，不提。

却说太宗既回汴京，文武朝贺毕。太宗宣杨业于便殿，慰劳之曰："朕脱此难，皆卿父子之力也，然不知渊平等消息如何？"业奏曰："臣长子性刚不屈，必遭其擒。"言未毕，近臣奏入："渊平因射死番帅天庆王，全军皆没。"太宗闻奏，惊叹曰："使良将陷于死地，寡人之过也！"因而下泪。杨业曰："臣曾有誓，当以死报陛下。今数子虽丧于兵革，皆分定也，陛下不必深忧。"太宗抚谕再三，乃遣杨业退出。

次日设朝，与文武议报杨业父子之功。潘仁美奏曰："边境多事，杨业父子忠勤之将，陛下宜授帅臣之任，以显其才。"太宗允奏，即封业为雄州防御使。业将辞行，帝出殿面谕

之曰："卿此行，但为朕专备边事。有召则至，无旨不宜轻离。"业顿首受命而出，到无佞府，吩咐八娘、九妹好生看待母亲，自与六郎、七郎三人前赴雄州，不提。

话分两头。却说耶律休哥等听得宋兵杀败于邠阳。屡遣人奏知萧后，宜乘时进兵，以图中原。萧后因与群臣商议征伐之策。右相萧挞懒奏曰："臣虽不才，愿率兵进取。"萧后曰："卿此去，先问讨取金明池、饮马井、中原旬三处，与我屯军。若允，暂且回兵；不允，则举兵有名矣。"挞懒领旨，即日与大将韩延寿、耶律斜轸部兵二万，从瓜州南下。但见：旌旗闪闪乾坤暗，戈戟层层白日昏。人马到胡燕原下寨。

消息传入汴京，侍臣奏知。太宗怒曰："辽兵累次犯边，朕当御驾亲征，以雪邠阳之耻。"寇准奏曰："陛下车驾才回，岂宜辄动？只需遣将御之，足退其众也。"太宗曰："谁可代朕行者？"准曰："太师潘仁美素知边情，可当此任。"太宗允奏，即下旨，授仁美招讨使之职，部兵前御番兵。仁美得旨，回至府中，不悦。末子潘章问曰："大人今日何故不悦？"仁美曰："主上有防御番兵之命，圣旨又不敢辞。即去亦无妨，只是没有先锋，因此迟疑不决。"章曰："先锋在眼前，大人何不举之？"仁美曰："汝道是谁？"章曰："雄州杨业父子，可充先锋。"仁美悦曰："汝若不言，我几忘矣。"次日侵早，入朝启奏太宗曰："此行缺少先锋，除非雄州召回杨业父子，则可破番兵矣。"太宗允奏，因遣使臣径诣雄州，来见杨业，宣读诏书曰：

朕以国运艰难，乃忠臣义士立功之秋。近日边报，北番大举入寇，军民惊扰，诏命潘仁美为行营招讨使防御之。惟尔杨业，辽人所仰，是宜充行。朕命到日，作急赴阙，计议征进，不得稽延误事。故兹诏示。

杨业得旨，即日率兵就道，入汴京朝见太宗。太宗赐赉甚厚，乃封为行营都统先锋之职。

业受命而出，进府中见令婆，正值令婆与太郡柴夫人在堂中闲话。令公相见毕，令婆曰："老将军因何回朝？"业曰："北番犯边，主上有诏来取，任老将为先锋之职，克日征进，特来见夫人一面。"令婆曰："谁为主帅？"令公曰："潘仁美也。"令婆愀然不悦曰："此人昔

在河东，被公羞辱，尝欲加害于公父子，幸主上神明，彼不能施其谋耳。今号令在其掌握，况长子等五人已各凋零，只有公父子三人在，此去难保无相害之意，令公何不省焉？"业曰："此事吾所素知，然主上之命宁敢有违？"太郡曰："媳明日亲为具奏，求一朝臣保令公而行，彼则不敢生谋矣。"令婆曰："我与太郡同往。"令公大悦，因具酒食相叙。

过了一宵。次日，杨令婆与太郡夫人赴朝。近臣先为奏知，太宗降阶迎接。何以君王若是尊敬令婆？因他手上拿一条龙头杖，上挂一小牌，御书八个字："虽无銮驾，如朕亲行。"是太祖皇帝遗敕所赐，以此敬重之也。太宗接上殿前，命侍官赐二人绣椅坐定，问曰："朕未有命，令婆与太郡夫人趋朝，欲建何议？"太郡先起奏曰："闻陛下命将防御番兵，主帅潘仁美素与杨先锋不睦，此行恐非其利。须念其父子忠勤于国，陛下当善遇之。"太宗曰："此王事耳，他人则不可行，太郡有何良策？"太郡曰："陛下若必欲其行，须于廷臣中举有名望者保之同往，则无虑矣。"太宗曰："此议甚高。"遂下诏，令文武举择谁可保杨业出征者。诏命才下，八王进曰："臣举一人，可保同往。"帝问是谁。八王曰："行营都总管呼延赞，此人忠义一心，可为保官。"帝大悦曰："卿此举甚称其职。"即日下命，着呼延赞保杨业一同出师。令婆与太郡辞帝而出。是日朝罢，杨业闻赞为保官，不胜之喜，复往雄州，调发所部军马征进。

第十八回 呼延赞大战辽兵
李陵碑杨业死节

且说潘仁美大军已离汴京，迤逦望瓜州进发，来到黄龙隘下寨，分立二大营，呼延赞屯东壁，自屯西壁。仁美乃与牙将刘君其、贺国舅、秦昭庆、米教练四人议曰："我深恨杨业父子，怀恨莫伸，此一回欲尽陷之，不想有保官呼延赞在，又难于施计矣。"米教练进曰："太师勿忧，小将有计，先去了呼延赞，然后再除杨家父子，有何难哉？"仁美曰："公有何妙策教我？"米教练曰："对垒即是番兵屯营之所，彼听我军到来，必出索战。太师须下令：先锋未到，当着保官出阵。赞虽雄勇，奈今年纪老迈，不能久战。待他交锋之际，按兵莫救，必被番兵所擒耳。"仁美曰："此计极妙，准定明日行之。"

果然番兵听得宋师到来，率所部围合而来，人马雄壮，声势甚盛。哨马报入仁美营中，仁美遣人请呼延赞入军中，商议曰："番兵长驱索战，先锋军马未到，公有何计退之？"赞曰："兵来将对，水来土掩。既承主命征进，当尽忠所事，与番兵决战，更何待哉！"仁美曰："公先上阵，我率军后应。"赞慨然请行，披挂完全，率所部扬旗鼓噪而出，正遇番将萧挞懒出马。赞厉声骂曰："番兵速退，免受屠戮。不然，殄灭汝等无遗类矣！"挞懒怒曰："老迈之将，养死且不暇，敢来争锋耶？"即舞刀跃马，直取呼延赞。呼延赞举枪迎战。两马相交，二人战上八十余合，番将力怯，拨回马便走。赞骤骑追之。四下番兵散而复聚，赞回头，不见后军接应，恐入深地，乃勒回马，走入林中。一彪军马截出，乃耶律斜轸，叫曰："宋将下马受缚，免遭诛戮！"赞激怒，奋刺斜轸杀出，番兵众盛，透不得重围。赞部下折伤大半，欲从僻路而走，骑校曰："小路恐有埋伏，不如走大路为善。"赞乃杀奔大路。萧挞懒复兵赶来，赞前后受敌。

正在危急之间，忽正东旌旗卷起，鼓震连天，一彪军当先杀出，乃杨业也。策马提刀大叫："番将休走！"挞懒部将贺云龙纵马迎敌。战不数合，杨业手起刀落，斩云龙于马下，番兵大溃。杨业父子冲入中坚，救出呼延赞。杨延昭挺身力战，独当其后，保护赞回营中，卸下盔甲。赞曰："今日若非将军来救，几致丧命。"业曰："小将来迟，致总管惊恐，望乞恕罪。"赞乃令业屯止本营。

次日，人报太师："杨先锋军马正从东杀来，救了总管呼延赞回营。"仁美闻之，愤恨无及。刘君其曰："杨业违令来迟，太师若以军法从事，杀之有名矣。"道未罢，杨业进中

中国历史演义小说 杨家将演义

军参见。仁美问曰："军情之事，汝何得后期而至？"业曰："主上令末将回雄州调集军马，于十三日起程。"仁美怒曰："番兵寇边至紧，汝为先锋，稽延不进，尚以主命来推！"喝令左右拿下处斩。军校顿时将杨业绑缚于辕门。业厉声叫曰："我死不足惜，敌人在境而戮良将，非为国家计也。"道声未罢，时从人已报知东营，呼延赞跑马来到，喝开军校，将绑缚解了，领入帐中，见仁美曰："汝居招讨之职，昨日交兵，坐观胜败，不发一骑相应，若非杨将军奋勇力战，几致败事。今日何得擅自诛之？老将临行，主上亲赐金简一把与我，专保其父子回京。不然，翻转脸皮，先与汝放对！"仁美满面通红，不敢答应。赞邀杨业，抽身出帐中，愤怒而去。

仁美自觉羞惭，半晌无语。米教练进曰："太师勿忧，小将另施一计，去了呼延赞，则杨业死在旦夕矣。"仁美曰："公再有何计？"米教练曰："即日军中缺少粮草，可令呼延赞前去催运。待他离了边境，业再犯令，谁复保哉？"仁美然其计，即发帖书，着令呼延总管前往运粮。差人持帖文到东营，见赞道知。赞得此消息，闷闷不悦。杨业进曰："军粮实乃重事，非总管去，他人不能当是任也。"赞曰："我非不肯前行，只有一件：潘仁美狼子野心，常有害君之意，恐我去后，以非理虐将军，谁能保耶？"杨业曰："小将观番兵亦是劲敌，须等总管到来，然后出战。招讨纵要害我，彼亦无计可施。"赞曰："此去未定几时粮到，君父子坚守东营，待我复来，再议出兵。"杨业应诺。赞即日领轻骑五千，回汴京催粮去了。后人咏史诗曰：

忠勤王命领征师，何事英雄不遇时？

边境未宁良将灭，令人览此重伤悲。

西营潘仁美探知呼延赞已回汴京，不胜之喜，因与众将商议出战。米教练进曰："招讨可发战书于番人，约日交战，徐好定计。"仁美即遣骑将赍战书见番将萧挞懒。萧挞懒得书，怒曰："明日准定交锋。"批回来书，召众将议曰："潘仁美不足惧，杨业父子骁勇莫敌，近闻与主将不睦，正宜乘其隙而图之。离此一望之地，有陈家谷，山势高险，得一人部众埋伏两旁，诱敌人进于谷中，团合围之，必可擒矣。"耶律斜轸应声而出曰："小将愿往。"挞懒曰："君若去，足能办事。"斜轸即引骑军七千余人前行。挞懒又唤过耶律奚底曰："当引马军一万，明日见阵。杨家父子深知战法，须缓缓佯输，引入伏中。号炮一起，截出力战。"奚底领计去了。挞懒分遣已定，着骑军前诣宋营缉探动静。

潘仁美已得回书，与刘君其议曰："明日谁当初阵？"君其曰："杨先锋出战，招讨率兵应之。"仁美召业入帐中，问曰："番将索战，先锋不宜造次。倘有疏虞，堕君之锐气也。"杨业禀曰："明日是十恶大败日，出军不利；且呼延总管催粮未到，番兵势正锐，须待省机而进，则可成功矣。"仁美怒曰："敌兵临寨，何所抵对？倘总管一月不到，尚待一月耶？今若

推延不出，我当申奏朝廷，看汝能逃罪否？"业知事不免，乃曰："番将此来，奇变莫测，他处平坦之地，不足提防，此去陈家谷，山势险峻，恐有埋伏。招讨当发兵于此截战，末将率所部当中而入，庶或克敌。不然，全军难保也。"仁美曰："汝但行，吾自有兵来应。"杨业既退，贺怀浦进曰："既杨先锋要如此行，招讨可遣将于陈家谷相应，庶不误事。"仁美曰："正无机会，今乘此不发兵应之，看他如何设施！"怀浦曰："招讨若是，惟报私怨，不以朝廷为计矣！"仁美不听，起入帐中去了。怀浦曰："竖子必误国事！吾安忍坐视不救？"遂率所部来见杨业，曰："公此行，得非利乎？"业曰："吾非避死，盖时有不利，徒伤士卒而功不立。今招讨责业以不死，当为诸公先行。"怀浦曰："潘招讨之兵难以指望，小将愿与将军同行，庶得相援。"业曰："当与公分左右翼而出。"商议已定。

次日黎明，杨业率二子与贺怀浦列阵于狼牙村，遥见番兵漫山塞野而来，鼓声大震。耶律奚底横斧出马，立于阵前，厉声曰："宋将速降，免动干戈；不然，屠汝等无遗类矣！"杨业激怒，骂曰："背逆蠢蛮，死限临头，犹敢来拒敌天兵耶？"言罢，舞刀跃马，直取奚底，奚底绰斧迎战。两下呐喊，二人战上数合，奚底拨马便走，业骤马追之。杨延昭、贺怀浦催动后军，乘势杀人，番兵各弃戈而遁。奚底见杨业赶来，且战且走。杨业以平野之地，料无伏兵，尽力追击。将近陈家谷口，萧挞懒于山坡上放起号炮。耶律斜轸伏兵并起，番兵四下围绕而来。杨业只料谷口有宋兵来应，回望不见一骑，大惊，复马杀回，已被斜轸截住谷口。番众万弩齐发，箭如雨点，宋军死者不计其数。比及延昭、延嗣二骑拼死冲入，矢石交下，不能得进。耶律奚底回兵抄出东壁，正遇贺怀浦，二骑相交，战不两合，被奚底一斧劈于马下，部众尽被番兵所杀。延昭谓延嗣曰："汝速杀出围中，前往潘招讨处求救。吾杀入谷口，保着爹爹。"延嗣奋勇冲出重围而去。

且说延昭望见谷中杀气连天，知是南军被围，怒声如雷，直杀进谷口。正遇番将陈天寿，交马才一合，将天寿刺落马下，杀散围兵，进入谷中。杨业转战出东壁，遇见延昭来到，急叫曰："番兵众甚，汝宜急走，不可两遭其擒。"延昭泣曰："儿冲开血路，救爹爹出去。"即举枪血战，冲开重围。萧挞懒从旁攻入，将杨业兵断为两处。延昭回望其父未出，欲复杀人，奈部下从军死尽，只得奔往南路，以待救兵。

时杨业与番兵鏖战不已，身上血映袍铠。因登高而望，见四下皆是劲敌，乃长叹曰："本欲立尺寸功以报国，不期竟至于此！吾子存亡未知，若使更被番人所擒，辱莫大焉。"视部下尚有百余人，业谓曰："汝等各有父母妻子，与我俱死无益。可速沿山走回，以报天子。"众泣曰："将军为王事到此，吾辈安忍生还？"遂拥业走出胡原，见一石碑，上刻"李陵碑"三字。业自思曰："汉李陵不忠于国，安用此为哉？顾谓众军曰："吾不能保汝等，此处是我报主之所，众人当自为计。"言罢，抛了金盔，连叫数声："皇天！皇天！实鉴此心！"遂

触碑而死。可惜太原豪杰，今朝一命胡尘。静轩有诗叹曰：

矢尽兵亡战力摧，陈家谷口马难回。

李陵碑下成大节，千古行人为感悲。

杨业既撞李陵碑而死，番兵喊声杀到。业众力战不止，尽皆陷没。番将近前枭了杨业首级。日将晡，萧挞懒乃收军还营。

第十九回　瓜州营七郎遭射
胡原谷六使遇救

却说杨延嗣回瓜州行营，见潘仁美，泣曰："吾父被番兵困于陈家谷，望招讨急发兵救之；不然，生死决矣！"仁美曰："汝父子素号无敌，今始交兵，便来取救耶？军马本有要备，我营难以发遣。"延嗣大惊曰："吾父子为国家计，招讨何以坐观其败乎？"仁美令左右推出帐外。延嗣立地骂曰："无端匹夫！使我若得生还，与汝老贼势不两立！"仁美大怒曰："乳臭竖子，仇恨莫报。今杀伐之权在我，尔径来寻死路耶？"乃令左右缚于高处射之。军校得令，将延嗣系于舟樯之上。众军齐齐发矢，无一箭能着其身者。仁美惊曰："真乃奇异！何从人所射皆不能中？"延嗣听得，自思难免，乃曰："大丈夫就死，亦何惧焉？只虑父兄存亡未卜。"因教射者："可将吾目蔽障，射方能中。"众军依言，遂放下，割其眉肉，垂蔽其眼，然后射之。可怜杨七郎万箭着身，体无完肤，见者无不哀感。后人有诗叹曰：

万马军前建大功，斩坚入阵见英雄。

如何未遂平生志，反致亡躯乱箭中？

潘仁美既射死杨七郎，令将其尸抛于黄河去了。忽报："番兵困住杨业于陈家谷，杨业已死。今枭其首级，杀奔西营来了。"仁美大惊曰："番兵众盛难敌，若不急退，必遭所擒。"即下令拔营起行。刘君其等心胆坠地，连夜走回汴京而去。番兵乘势追杀一阵，宋兵死者大半，委弃辎重、盔甲不计其数。萧挞懒既获全胜，乃屯止蔚州，遣人报捷于萧后，不提。

却说杨延昭部下陈林、柴敢，因交兵乱后，逃匿于芦林中，直待番兵退去，二人乃沿岸而出。忽见上流头浮下一尸，将近岸边，二人细视之，泣曰："此是杨七郎小主官，因何遭乱箭所射？"泣声未止，忽岸侧一骑急跑来到，陈、柴正待走避，骑已近前，乃杨延昭也。因见陈、柴二人，问曰："汝等缘何在此？"陈林曰："战败避于此处，正欲寻访本官消息，不想上流头浮下一尸，却是七郎君，满身是箭，体无完肤，不知被谁所害。"六郎下马，仰天号泣曰："吾父子为国尽忠，何以遭此劫数？此必是问仁美取救兵，言语相激，致被老贼所害。"因令陈、柴捞起尸首，就于岸上埋讫。陈林曰："本官今日要往何处？"延昭曰："汝二人可随处安身。吾密向小路，探听我父消息。若只困在谷中，须漏夜入汴京取救；倘有不测，此仇亦当报也。"陈、柴从其言，三人洒泪而别。

只说杨延昭单骑入谷中，至半途，遇见二樵夫，问曰："此是何地名？"樵夫曰："转过谷之东壁，乃幽州沙漠之地，前去便是胡原。"延昭听罢，轻骑来到其处。只见死尸重叠，皆宋军部号，嗟呀良久。近李陵碑边，一将横倒于地，留下腰绦一条。延昭细视之，乃是其父所系也，因抱尸而泣曰："皇天不佑吾父子，致使丧于兵革，何不幸若是哉？"乃掩泪，将所佩剑掘开沙土埋之，上留断戈为记。复勒马出谷口，已被番将张黑嗒拦住，高叫曰："来将何不下马投降，以免一死！"延昭大怒，挺枪直取番将。二人交锋，战上数合，四下番兵围绕起来，延昭虽勇，寡不敌众。

正在危急之间，忽山后一将杀来，手起一斧，劈黑嗒于马下，杀散番兵，下马来见延昭，乃五郎延德也。兄弟相抱而哭。延德曰："此处贼敌所在，可随我入山中商议。"遂邀六郎到五台山，进方丈中坐定。延昭曰："自与哥哥幽州失散，一向存亡未审，今日如何在此？"延德曰："当日爹爹保銮驾出东门，我同众兄弟与番兵鏖战，势已危迫，自为脱身之计，削发投入五台山为僧。日前望见陈家谷杀气连天，人道辽、宋交锋，自觉心动，因下山观视，不想恰遇吾弟在急难中。"延昭泣诉七郎与父之事。延德不胜悲悼，乃曰："至亲之仇，不可不报！"延昭曰："小弟当于御前雪明父、弟之冤！"是夕，在寺中过了一宵。次早辞延德，自投汴京而行。

消息传入汴京，太宗听知杨业战殁，宋师败衄，急集文武议曰："杨业父子忠勤于国，今闻其死于王事，朕甚悼焉。"八王进曰："近有呼延赞回京催办粮草，对臣言，主帅潘仁美与杨业不睦。臣便虑其败事，今果然矣。陛下当究仁美丧师之由，与后人知所惩戒。"太宗然其奏，因下诏群臣，专究其事。仁美闻此消息，坐卧不安，与刘君其等议曰："今朝廷专要究吾败军之故。人传杨六郎将赴京陈诉其事，倘主上知此情，呼延赞力为之证，我等全族难保矣。"君其曰："事不宜迟，若待举发，百口无以分诉。今乘六郎未到，可密遣入于黄河渡候之，谋死于外，所谓斩草除根，免得萌芽再发。"仁美从之，即遣心腹军人密往黄河渡等候去了。

却说杨延昭自离五台山，望大路进发。到一山林，忽听数声鼓响，走出二十余人，拦住去路，叫曰："若要经过，留下买路钱！"延昭抬头视之，见为首二人，问曰："来者莫非陈林、柴敢乎？"陈、柴听得，即忙近前拜曰："原来是本官也！"遂邀六郎入寨中，道知："自别本官后，夺得此处安居，不想又得相遇。"延昭将父死情由道知，因言要赴京，于御前告明主帅不应救兵之由。陈林曰："喜得本官道出其事。今有潘招讨正防汝告状，特差数十健军，于黄河渡待等捉汝。此间另有一处可赴汴京，当着人送本官从小路而去，方保无虞。"延昭听罢，乃曰："事不偶然，此贼害吾一家，今又来谋我耶！"遂在寨内过了一宵。次日，陈林令手下密送六郎从雄州而去。

话分两头。却说幽州萧后得萧挞懒捷报，决意要图中原。有内官王钦者，本朔州人，自幼入宫侍萧后，为人机巧便佞，番人重之。钦乃密奏曰："中原统一之地，谋臣勇将不可胜数。区区一战之功，安能便取天下哉？臣有一计，不消一年，使中原竟归陛下，宋人缩首无计矣。"后曰："卿有何计，若是之妙？"王钦曰："臣装作南方之人，投为进身之计。若得成事，必知彼处动静、兵数强弱、国之利害，密遣人传报陛下。然后乘其虚困，举兵南下，可收万全之功，何患江山不属陛下哉？"后闻奏大悦曰："若果成事，当以中原重镇封卿。"次日，萧后与群臣计议，左相萧天佑奏曰："王钦此计可行，乞陛下允之。"后因下令即行。王钦准备齐整，来辞萧后。萧后看见，笑曰："卿装作南人，真无异矣。然此去须宜机密。"王钦曰："臣自有方略。"即日辞后出燕京，径望雄州而来。

且说杨延昭望雄州进发，时值五月天气，途中炎热。来到绿芜亭，歇下行杖，正靠栏杆而坐。未片时，遥见一人来到，头戴黑纱巾，身穿绿罗衣，系一条双鞭黄丝绦，着一双八比青麻鞋，恰似儒家装束。将近亭中，延昭迎而揖曰："先生从何而来？"其人答曰："小可朔州人氏，姓王名钦，字招吉。幼读诗书，居于此地。今将往中原，求取进身，不想遇见阁下。动问高姓大名？"延昭不隐，道知本末，且言胸中冤屈之事。招吉听罢，愤然曰："既君父子若此忠义，被人谋害，何不于御前诉雪其冤，而乃徒自伤悲耶？"延昭曰："小可正待赴京诉明，只缘无人会做御状，以此迟疑未决。"招

吉曰："此非难事，既足下有此冤枉，小生当罄其所学，为君作之。"延昭下拜曰："君若肯扶持，真乃万千之幸也。"即邀招吉到馆驿中，备酒醴相待。

席上，延昭诉说平日之事。招吉嗟呀不已，乃问曰："君所陈诉，当以谁为罪首？"延昭曰："招讨潘仁美同部下刘君其、贺国舅皆主谋，害我父子，此数人皆难放过。"招吉然其言，乃誊出状稿，递与延昭视之。果是情辞激切，婉转悲悼。延昭视罢，喜曰："此足以雪我冤矣。"酒阑，招吉辞延昭而去。延昭曰："当与足下于汴京相会。"招吉应诺。二人既别，延昭将状词写正明白，径赴京都。不想缉探人已将此消息报与潘仁美。仁美大惊，乃

召刘君其等商议。君其曰:"先发者制人,后发者制于人。不如进一道表章,奏知杨业父子邀功贪战,几败国事,今延昭又越伍逃走。圣上闻奏,必先诛之。"仁美曰:"此计甚妙。"即日具表奏知朝廷去了。

当日杨延昭来到京师,正值七王元侃行驾出朝。延昭取出御状,拦驾称冤陈告。左右捉住,正待绑缚,七王喝声:"不许动作,且允其告。"侍从即接其状。七王令带入府中。延昭随车驾入寿王府,伏于阶下。七王将口词审过一遍,再将御状纲细视之,内中词语明切,刀笔精利,叹曰:"作此词者,真有治世之才。"因问:"此状出谁之手?"延昭不敢隐,将王钦来由道知。七王喜曰:"孤正要得如此之人,既他来求进身,当取用之。"又问:"此人今在何处?"延昭曰:"寓居汴京东角门龙津驿中。"七王听罢,乃曰:"汝之冤枉,实是国家重事,此处难以决问,可于阙门外击登闻鼓,与圣上知之,则可为理矣。当速去,勿被奸人所觉。"延昭接过御状,拜辞七王,径趋阙门外来。七王自遣入于驿中寻取王钦,不提。

第二十回　六使汴京告御状
　　　　　王钦定计图八王

却说杨延昭来到阙边，击动登闻鼓，声言欲面圣上陈告，被守军捉送提狱官。提狱官审问明白，将状奏请太宗。太宗以状展于御案之上，视曰：

诉冤枉人杨延昭，为毒谋深害、陷没全军、欺君误国事：臣父杨业，生自太原，世仕河东，深荷先帝之垂青，继承皇上之招徕，臣父子心矢忠贞，情甘效死。近因契丹犯边，兵寇瓜州，以潘仁美整防御之师，蒙敕臣父当先锋之职，此正九重宵旰之时，边臣尽瘁之日也。不意潘仁美向怀私怨，包藏祸心，用计遣回保官，致书暗挑敌战，逼孤军而临绝险，假皇命以利词锋。狼牙村兵交马斗，主帅则宴坐高谈，不发一卒相援；陈家谷矢尽力穷，番将则乌屯云集，遂致全军皆陷。臣父杨业，捐躯命于李陵碑下，虽臣节之当然；臣弟延嗣，遭乱箭于西壁营中，何私仇之必报！丧师辱国，由其自坏长城；饰罪蒙奸，思维闭塞言路。破巢不留完卵，遣健卒径阻黄河；剪草不教蔓延，逞巧言章呈魏阙。可怜臣父子八人，忠勤为国，欲图报于陛下，先见陷于帅臣。臣飘流独自，孤苦无依，击延鼓以诉冤，乞天恩而明审。若使臣之父兄有灵，致陛下开日月之明，拘证奸人，断省深冤，使九泉者得以瞑目，臣即死于九泉地下，无所憾矣。

太宗看罢状情，不胜愤激。忽枢密院呈上潘仁美表章，称道杨业父子邀功失机之由。太宗得奏，沉吟半晌曰："潘仁美以杨业有邀功之罪，杨延昭以仁美有陷害之情。各执一词，孰为轻重？"南台御史黄玉奏曰："阃外之事，任在帅臣。若使号令不行，何以办事？于今杨业父子，违令邀功，以致全军陷没，其罪本有；今被番人所屠，而乃诬告主帅，是罔陛下也。死者则止，当以杨延昭押出朝门，明正其罪斩之。"盖黄玉本潘仁美内兄，故力救之。时八王急出，奏曰："杨业父子有功于朝，先帝尚以不次之位待之。今被奸人所陷，陛下宁不为之雪其情哉？此事臣知久矣。乞拘潘仁美于法司衙门，着落有职官与延昭对理，鞠问明白，取自上裁。"太宗依奏，即敕参知政事傅鼎臣鞠问潘仁美一案。

鼎臣领旨，遂开衙府，拘到潘仁美、刘君其、贺国舅、米教练一干人，都在阶下。鼎臣问曰："潘招讨往日同僚相待，今乃君命也，难以容情。果违法律，明招其由，勿使动用刑法。"仁美曰："小可承君命，防御辽兵。彼父子自失机宜，致被陷没，反来诬陷我等。若朝廷不察其详，屈坐帅臣，则后人何敢任是职哉？乞大人明鉴，为申上知。"鼎臣半晌无言，

令左右将一干人拘于狱中，退入后堂。

忽报："潘府黄夫人遣使女来，说有机密事要见大人。"鼎臣令唤入后堂。使女跪在阶下曰："夫人以太师发问于参政台下，没甚孝顺，薄奉黄金一百两、玉带一条，望大人善觑方便，再得重谢。"鼎臣本是好利之徒，见着此物，不胜欢喜，令左右收起，谓使女曰："汝归拜上夫人，不须挂念，参政自有分晓。"使女拜辞而出。不想八王得知鼎臣好财，恐潘家有人通传关节，乃密遣手下在府门缉探，比见使女进府，走报八王。八王随即来到，恰在府门外捉住使女，提着金简，入后堂来。鼎臣见着，吓得面如土色，连忙下阶迎接。八王厉声曰："汝为朝廷显官，何得私受潘府贿赂，要害杨家？"鼎臣曰："小官并无是情，殿下何以出此言？"八王乃令从人将潘府使女跣剥阶下拷讯。使女抵赖不过，只得实招。八王怒曰："傅参政尚能强辩乎？"鼎臣哑口无言，自脱去冠带，伏于阶下请罪。八王令备马，随即入见太宗，奏知其事。太宗惊曰："若非卿有先见之明，险被奸臣卖弄。"因问："鼎臣当拟何罪？"八王曰："私受贿赂，其情尚未行，当得枉法之罪，该拟罢职为民。"太宗允奏，即下旨罢鼎臣官职，发归乡里去了。八王又奏："西台御史李济，忠诚公正，可问仁美一案。"帝允奏，敕命李济承问施行。

李济领旨，开御史台，端坐于堂上，左右军尉威风凛凛，排下刑具之类，见者无不骇然。正是：生死殿前难抵讳，血冤台上不容情。一伏时，狱官解过仁美、延昭等到阶下，审问一遍。仁美力推："杨业自家战死，与我等无干。"李济怒曰："汝为主帅，败衄而回，反以彼自家战死抵讳。杨七郎有何罪，汝用乱箭射之？且傅参政因汝送了前程。今日好好招承，免动刑具；不然，休怪下官酷虐也！"仁美低头不应。李济喝令军校将刘君其、贺国舅、米教练一起推于甬道，极刑拷打。三人受苦不过，只得将陷害杨业并射死七郎情由，逐一供招明白。吏司呈上，李济审案录奏，仍将犯人监禁，候旨发落。李济离了御史台。

次日，以仁美招由奏知太宗。太宗视毕，大怒曰："朕以仁美先帝功臣，屡想容之。今如此侮法，不正其罪，何以激励边将？"因问八王："当何以处治？"八王奏曰："潘仁美该处斩罪。陛下以后妃之故，减二等，罢职为民。刘君其、贺国舅、米教练等，得通谋之罪，亦该处死，减一等，调边远充军。杨延昭有失军机，发问配所。其余干犯随旨发落。"太宗允奏下敕，着李济照旨拟遣。李济领命，于府中将文案覆视，罢黜仁美为外民，刘君其问淄州军，贺国舅问莱州军，米教练问密州军，杨延昭配郑州。拟议已定，将刘君其等决杖讫，依期起行，不在话下。后人咏史诗曰：

党恶害人何所益？试看今日配君其。

皇天有眼应无误，只在斯须与报迟。

次日，李济以发遣仁美一起奏知于上。上谓侍臣曰："往者杨业父子屡立奇功，不期

死于王事,朕甚怏怏,欲将恩典旌之,卿等以为何如?"直学士寇准奏曰:"陛下念及功臣,以慰其后,为社稷计也,有何不可?且杨业父子忠勤为国,人臣所难。今只有延昭一人在世,正当厚恤之,使边将知所观感。"太宗然其议,因遣使臣于郑州取还延昭去了。

忽近臣奏知:"武胜军节度使赵普卒。"太宗闻奏震悼,谓群臣曰:"赵普能断大事,尽忠国家,真社稷臣也。"寇准曰:"诚如陛下所言,臣等多不及也。"按赵普素性深沉,刚毅果断,虽多忌克,而能以天下事为己任,故其度揆,惟义是从,偃武修文,慎罚薄敛,以立弘功于后世,其功大矣。少习吏事,寡学术,太祖劝以读书,遂手不释卷,每归私弟,阖门启箧,取书诵之竟日。及次日监政,处决如流。既卒,家人发箧取书视之,则《论语》二十篇也。尝谓帝曰:"臣有《论语》一部,以半部佐太祖定天下,以半部佐陛下致太平。"普相两朝,未尝为子弟求恩泽,卒年七十一岁,后谥文献公,封韩王。

是时太宗在位既久,未立东宫。冯拯等上疏,乞早定太子。帝怒,贬之于岭南。自是中外无复敢言者。七王知此消息,密与心腹王钦议曰:"君父春秋已迈,未肯立皇太子,廷臣谏者遂遭贬黜,莫非因八王之故,欲以天下还之耶?若果有此意,则我失望矣。"钦曰:"殿下所言正合我意。且主上以遗言为重,必将天下还八王无疑。若不预定其事,噬脐无及。"七王曰:"君有何策教我?"钦曰:"除非谋死八殿下,则大事定矣。"七王曰:"八殿下君父至爱,如何谋得?"钦曰:"臣有一计,不知殿下肯依否?"七王曰:"君试言之。"钦曰:"可召精巧银匠一人入内府来,打造鸳鸯壶一把,能贮两样之酒。当遇春景,百花盛开,特请八王于后苑赏玩。令庖人进食,侍官斟酒。先藏毒酒于外,后放醇酒于中。八王饮之,不消半钟即死于非命矣,有何难哉?"七王听罢,大喜曰:"此计极妙。然事不宜迟,即须行之。"乃遣军尉往城西召胡银匠进府中,打造鸳鸯壶。

不出数日,其工完全,银匠将壶献与七王。七王视之,果是精巧,人不能测,谓王钦曰:"器物已造完备,当在何时行之?"钦曰:"殿下先将匠人诛之,以灭其口。"七王然之,因赏以醇酒,顿时醉倒,七王令左右丢入后苑井中去讫。王钦曰:"殿下当发书于八王府中邀请,明日辄行此事。"七王乃遣内官赍书,径诣八王府中,进上其书曰:

弟元侃以春光明媚,花柳芳妍,适朝廷优暇之际,与兄连日间阔,乞车驾于后苑赏玩片时,庶慰伊弟之怀,以酬春光之盛。

八王得书,着内官覆命,明日准来赴约。内官拜辞,归见七王,道知八殿下许允赴约之故。七王得报,吩咐庖人厨宰,准备筵宴齐整。

次日,八王车驾来到,七王亲出府门迎接。进于堂中坐定,各诉相爱之情。茶罢三钟,七王邀兄入后苑来,只听得乐工歌女,丝竹品奏。八王与七王分宾主对席而坐。七王笑曰:"兄弟之爱,喜乐相同。难得如此春光,今特与兄少尽一日之欢,以慰生平之念。"八

王曰："多蒙雅召，安敢推辞！争奈数日因寒暄失调，腑脏颇觉不安。然而兄弟之情，只得赴命，酒实不敢饮。"七王曰："纵兄不十分饮，今日亦且开怀饮数杯。"一伏时，庖人先进品味。七王因令侍官行酒。侍官提过鸳鸯壶，先斟一金钟，进于八王面前。药酒才入金钟，毒气冲逼，八王本自身子未痊，闻此酒气，掩鼻不迭。忽筵中一阵狂风过处，吹倒金钟，将酒倾翻泻地。但见毫光迸触，侍从皆有惧色。八王即离席，吩咐从人准备车驾，辞七王径回府去了。七王以计不成，懊悔无及。王钦曰："殿下勿忧，八殿下不知王之所为，谅亦无怪，俟再图之。"七王闷闷不悦。

第二十一回　宋名臣辞官解印　萧太后议图中原

却说太宗尝以后事决之赵普。普曰："先帝既误,陛下岂容再误？金匮之盟,未可全执。"于是太宗因有立子之心。至是,偶沾重病不起,召寇准、八王等人嘱后事。太宗曰："先帝以天下付朕,掌理二十二年矣。今当以此位还于八王,庶不违皇太后之命。"八王奏曰："陛下皇子长成,人心所属,谁敢有异议？唯陛下善保龙体。臣决不愿为君,须与七王为正。"太宗良久问寇准曰："卿且言孰可付神器者？"准对曰："陛下为天下择君,谋及妇人中宫,不可也；谋及近臣宰辅,亦不可也。唯陛下择所以副天下望者而立之。"太宗乃曰："既八王不肯为君,当以元侃主社稷。"准拜贺曰："知子莫若父。圣虑既以为可,愿即决定。"太宗又谓八王曰："朕此病莫保,卿善辅汝弟。先帝尝言：'当代代有谗臣,以乱国政。'今赐汝铁券头免死牌十二道,若遇奸臣当国,得专制之。且杨业有子延昭,此人必能定乱,须重用之,勿弃也。"八王拜受讫。俄而帝崩,寿五十九岁,时至道三年三月日也。后人咏史诗曰：

> 混一中原志亦勤,堪称美政化维新。
>
> 苍天若假当年寿,竟使黎民望太平。

太宗笃前人之烈,成未集之勋,混一中原,并包四海,中外宁谧,偃武修文,礼乐文章,焕然可述。时既晏驾于万岁殿,众文武乃立七王元侃即位于福宁殿,是为真宗皇帝。群臣朝贺毕。尊母李氏为皇太后,命中官奉太宗灵柩于偃陵,封王钦为东厅枢密使,谢金吾为枢密副使,进八王爵为诚意王,其余文武升职有差。

次日,参知政事宋琪奏曰："臣蒙先帝之恩,在位已久,无益朝廷,乞陛下允臣解职归乡,不胜感激。"真宗曰："朕初即位,正赖卿等相扶,如何便舍朕而去？"琪曰："朝廷清贵无数,区区微臣,何足念哉？"帝见其意真切,遂准奏。宋琪辞帝而归。越数日,吕蒙正、张齐贤等封章迭至,各称辞官解职,帝俱允之。自是朝廷重事专委枢密使王钦所理。

却说八王趋朝而出,忽一人拦住车驾,喊冤告状。八王问曰："告状者是谁？"其人哭曰："小人胡银匠之子。日前我父被新王召入府中,打造鸳鸯壶,欲以谋害殿下。数日不出,被王枢密恐外人知觉,谋死于府中。小人有冤无处诉,只得投殿下做主。"八王听罢,怒曰："日前斟酒之际,吾意亦猜出几分。当时唯见王钦在旁调度是事,不想起此毒意也。"乃令左右接过状纸，取黄金十两与告状人而去。复命回车驾入朝，正遇着王钦与帝在便殿议事。八王直前奏曰："臣于午门接得一纸冤状，告称王枢密私谋胡银匠。臣已准理，特来奏知陛下。"真宗听罢大惊，乃曰："王枢密常在朕旁，那得有此事？王兄勿听奸人之言。"八王笑曰："谋杀胡银匠，本为臣之故也。臣以忠心待陛下，陛下何用疑心，听信谗言，要害自家骨肉？若非太祖皇帝有灵，社稷何如？臣若有意为君，不到今日矣。"王钦忙进前奏曰："八大王以势压臣，故来于此说词。岂有谋杀人命，往日不告，而待陛下已立大位，敢向午门谤天子耶？"帝未答。八王大怒，抽出金简，望王钦劈面打去。王钦躲避不及，正中鼻准，血流满面而走。八王一直赶去。真宗忙下金阶劝救曰："万事看朕之面，饶他一次。"八王乃住步，指王钦骂曰："汝若再为恶，吾即诛之，今姑缓汝之死！"言罢，愤怒而退。王钦乃伏于帝前请死。真宗曰："八王先君爱臣，朕且让之，何况于汝。今后凡事但宜避之。"王钦顿首辞去。

归至枢密府中，深恨八王，欲思报怨之计，乃修下密书一封，遣心腹人漏夜送入幽州见萧后，奏道："宋朝太宗晏驾，新王即位，朝中无甚良将。若发遣人马入寇，则中原可图。"萧后得奏，与群臣商议。萧天佑奏曰："耶律休哥屯兵云州，屡请举兵伐宋。既宋朝遇丧，正宜乘其无备，一举可以成功。"道声未罢，卷帘将军土金秀出班奏曰："宋君善能用人，边庭帅臣皆是雄虎之将，王钦所言，未见的实，若即举兵南下，难定输赢。臣有一计，能使宋朝献纳山后九州之地，与陛下掌管，不劳兴军动众也。"后曰："卿有何计？"金秀曰："陛下今可遣人赍书一道，与宋朝通知；臣与麻哩招吉、麻哩庆吉部五千骑，于河东界约宋人比试。臣之箭法天下无双，招吉善枪，庆吉善刀。若宋朝知此消息，定选武艺出众者来与臣等放对。果是臣之对手，则迟数年征伐；如对臣等不过，则知宋朝无人。那时陛下御驾亲征，直抵汴京，宋之江山不难夺矣。"萧后闻奏大悦，即遣使臣赍书，径赴汴京，进上真宗。书曰：

幽州君后萧，书奉大宋皇帝陛下：兹者孤闻贵朝有丧事，未及吊慰，负罪负罪。近因通好之议，自古为美。往年兵革不息，民遭荼毒，孤甚悯恻。今特遣驾下小臣三员，于晋阳分界与宋之君臣会猎一番，且讲息兵之由，早定封疆，庶免边衅日生，军士震骇。千载之遇，惟国君留意焉。

真宗得书，与群臣商议。寇准奏曰："观萧后来书，词倨不逊，多是邀陛下观兵之意。逆料北之来将不过试刀箭而已，堂堂天朝，岂无敌手哉？须下圣旨，选文武足充者，与之会猎。"真宗曰："先辈良将已皆老迈，惟杨业父子尚有杨郡马在，先帝曾遣使于郑州调回，至今未见消息。其他帅臣恐不能胜来将也。"准又奏曰："陛下当再遣使于郑州征取。"帝允奏，仍遣中官赍敕旨，径诣郑州寻问，不知下落。郑州太守因言："先帝曾敕取回朝去

了。"中官只得复命,奏知真宗,真宗忧闷累日。八王奏曰:"臣往无佞府察探动静,如何?"帝曰:"此系紧关大事,兄宜用心体问。"

八王即日出朝,来到无佞府,见令婆与太郡夫人,访问杨郡马消息。令婆曰:"六郎犯罪,发配郑州,再不见回来。殿下今日寻访,老妾诚不知也。"八王曰:"新主在位,既有赦文召取,当令投赦入朝,而与国家出力,何必匿隐?"太郡曰:"尚容数日,待令入于郑州跟寻,来见殿下也。"八王会其意,遂辞却令婆,回朝奏知:"实不知郡马下落。"

真宗闻奏,正忧虑间,边臣告急:"辽兵于晋阳屠劫军民,甚为深患,乞陛下早议定夺。"真宗问曰:"文武中谁堪此行者?"寇准奏曰:"禁军教练使贾能,文武足备,可称是职。"帝允奏下敕,以贾能充亲军使,带领骑军一万,同寇准赴晋阳会猎。贾能得旨,辞帝离汴京,望河东进发。

是时无佞府密遣人缉探,得官军起身消息,来报杨令婆。令婆与六郎议曰:"贾教练非辽将之敌,国家新立,我儿只得赴难。"六郎曰:"母亲不说,儿有意久矣。更得一人相助尤妙。"道未罢,八娘、九妹进曰:"我二人陪哥哥同往。"六郎曰:"汝等女流也,如何去得?"八娘曰:"姊姊装作从军而行,人所不觉。"六郎依其言,即日辞令婆,带二妹赴晋阳,不提。

却说辽将土金秀于河东地界立起一大营,朝夕劫掠边民,纵乐饮酒。忽报宋兵将到,金秀听得,即与麻哩招吉等议曰:"我量宋人无杨家父子,则他将不足惧矣。若遇比试之际,当要用心,以慰吾主之望。"招吉曰:"仗平生之所学,务要大胜宋人而归。"金秀下令已定。次日,于平川旷野立起红心,将所部骑军分布齐整。遥望见正南旌旗闪烁,杀气连天,宋兵已到。两阵对圆,对面辽将土金秀全身贯带,立于门旗之下,上首麻哩招吉,下首麻哩庆吉,三匹马齐齐摆开。宋阵中寇准先出,贾能戎装,立于阵后。寇准曰:"汝幽州自为君后,华夷有限,何故屡次犯境,扰我生民?"土金秀答曰:"吾主以宋帝新立,欲与晋阳会猎,将议息兵之盟,宋君如何不自来耶?"寇准厉声曰:"今新天子即位,皇风披振,无不仰服,特与文武论治尚且不暇,宁有隙时与汝等会猎乎?"土金秀语塞。

第二十二回　杨家将晋阳斗武
杨郡马领镇三关

却说左翼麻哩招吉挺枪跃马，跑出阵前，叫曰："宋将有勇者出马比试，勿徒讲口！"道未罢，寇准背后一将应声而出，乃大将贾能，舞枪纵骑，绕出阵来，喝声："吾与汝比试！"两下各按住营寨，金鼓齐鸣。麻哩招吉与贾能在战场中斗上十数合，不分胜败。招吉枪法精熟，贾能终是惧怯。辽将用赚敌之计，佯输走入本阵，贾能拍马追之。未及辕门，被招吉回马一枪，刺落地下。番兵大振，宋兵尽皆失色。招吉欲冲宋阵，宋队中走出一女将，跳上青骢，出与招吉交锋。斗不数合，女将抛起红绦，将招吉绊于马下。宋军一齐向前提住。寇准大喜，便问："女将是谁？"女将下马答曰："妾乃杨令公长女八娘也。"准曰："将门之女，亦劲敌矣！"因令记功官录其名字。

土金秀见折去招吉，大怒，正待出马，麻哩庆吉一骑跑向前曰："杀兄之仇，如何不报！"抡刀要来比试。宋阵中牙将赵彦亦舞刀还战。二人战上数合，赵彦力怯，拨回马便走，麻哩庆吉直逼入中军。宋队中又走出一少年女将，乃九妹也，舞刀跃马，抵住追将。二人斗上二十余合，九妹挥起杆刀，喝一声，劈庆吉于马下。正是：徒恃英雄来斗武，不期鲜血染红尘。九妹既斩了庆吉，下马来见寇准，道知名字。准曰："杨家尚有汝等在，实朝廷之福也。"仍令记录其功。

番将土金秀跃马出曰："谁敢再来比箭？"宋骑将杨文虎出曰："我来与汝较射。"土金秀先拈弓箭走马，指定红心射去，三箭皆中，众人喝彩。文虎亦走马，连放三矢，只有一矢中红心。金秀曰："汝输我二矢，当以捉将还我。"文虎曰："箭法虽输与汝，敢来斗武乎？"金秀怒曰："待斩此匹夫，以与庆吉报仇！"即绰方天戟，便来交战，文虎舞斧迎之。两

马相交，未及数合，文虎左臂被戟所伤，负痛跑马而走。土金秀怒声如雷赶来，宋军中恼了杨六郎，绰枪上马，迎住番将交锋。土金秀力不能敌，回马叫曰："宋将且缓斗武，先与汝比箭。"六郎按住枪笑曰："汝之箭法有甚高处，敢在军前夸大口耶？"因令左右取过硬弓，马上一连三矢，并透红心，观者无不称赞。六郎曰："汝莫想要射，试看能开得此弓否？"从军传递与土金秀开之。金秀接弓在手，睁目咬牙，尽力扳扯，不动半毫。乃惊曰："能开若是硬弓，真神人也。"宋军一连胜却番将，威声甚盛，辽兵垂首丧气，只待要走。寇准出阵前扬言曰："今捉得斗将，且放还汝，归见萧后，休得妄生边患，天兵一至，屠汝辈无遗类矣！"因令解麻哩招吉回北营。土金秀羞惭无地，部军径回大辽去了。后人有诗为证：

气势南来恃勇雄，一时失计斗酣中。

军前自有杨家在，为辅皇朝建大功。

只说寇准召杨郡马入军中，甚加慰劳曰："今日若非将军等助阵，险被番人所辱。可随我入朝，见帝面奏，以封公职。"郡马拜谢。准即日下令拔营回汴京。入见真宗，奏知："已得杨家兄妹等斗胜番兵而回，诚赖陛下之洪福也。"真宗闻奏大悦，下诏宣杨延昭上殿，面谕之曰："卿父子忠勤国家，先帝称羡不已。今尚有汝在，足为边境捍蔽也。"延昭叩首请罪。真宗问准："当封郡马何职？"准曰："高州缺一员节度使，陛下可封此职。"帝允奏，颁旨封杨延昭为高州节度使。六郎得旨，辞曰："臣父子有败兵之罪，蒙陛下赦臣不死，恩亦厚矣，安敢受官爵哉？"帝曰："先帝在日，尚要旌表汝父子，今又有退番将之功，当受实赏，何必辞焉？"郡马力请曰："既陛下赐臣之官，情愿受佳山寨巡检之职，节度使诚不敢当。"真宗曰："卿居节度，则可与同列齐名；巡检卑陋之官，卿何愿为是职？"延昭奏曰："臣为巡检有二便：一者，闻彼处有几员好将，臣欲招而用之；二者，佳山乃三关冲要之地，与幽州隔界，欲往把守，使番人不敢南下，故愿居是职也。"真宗闻罢，大悦曰："卿真忠义臣也。"即允其请，着东厅王枢密发军兵与郡马，赴佳山寨镇守。郡马谢恩而退。

王枢密承旨，到府中拨应军兵三千，尽是老弱不堪战阵之人，付与郡马。郡马怒曰："朝廷以佳山寨近番兵地界，着我镇守，如何尽拨此无用军人随行？"时军中有岳胜，齐州人，武举出身，生得面如傅粉，唇若涂朱，使一柄大刀，有万夫不当之勇，军中号为"花刀岳胜"。因为六郎道众士卒老弱，乃出军前叫曰："将军是将家出身，欺天下无敌。今日敢来比试吗？"六郎曰："我先与汝斗武，然后赛刀。"言罢，绰枪跃马，出辕门搦战。岳胜披挂齐备，提刀纵骑来斗。两下呐喊，二人战上七十余合，不分胜败。六郎叹曰："此人刀法纯熟，勇力过人，真烈丈夫也。"岳胜愈斗愈劲。六郎佯败，跑出赛场。岳胜曰："待擒此匹夫，以抑其夸。"即骤马追之。不想六郎所乘之马走得慌忙，前蹄已失，将六郎掀翻在地。

岳胜挥起钢刀，连盔劈下。忽一声响处，六郎头上现出个白额虎，金睛火尾，突来相斗。岳胜惊惧半晌，即跳下马，扶起六郎曰："小将肉眼不识神人，望本官恕罪。"六郎曰："君可同吾赴佳山寨镇守，共建功勋。"岳胜曰："小将情愿以所部伏事本官。"

六郎得了岳胜，不胜之喜，回无佞府辞令婆、太郡而行。令婆问曰："汝父为代州刺史，汝为佳山巡检，岂不有辱先人乎？"六郎曰："吾非好为此小官，今值国家多事之秋，佳山寨实近番之地界，今儿于此处立功，足可以显能也，何必居清要之职哉？"令婆然其言，即备酒送程。六郎是日领了令婆酒席，宿过一宵，明日望佳山进发。时值二月光景，路上风和日暖，百花竞开。但见：酒旗开处行人喜，芳草丛中去马嘶。六郎众人一路无词。

不日来到佳山寨，原有官军俱来迎接。入帐中，称贺已毕。六郎下令曰："今朝廷以辽兵屡寇边界，此处实控幽州咽喉，汝众人各宜整饬戎伍，谨守烽堠，勿使敌人窥伺。用命者，则有重赏；退缩者，以军法从事。"众人领命而退。

次日，岳胜因出寨闲行，摇见对面一座大高山，树木苍阴，林峦叠翠，乃问土人曰："前面那一座峻岭是何所在？"土人答曰："将军休问那里，说起来胆亦惊破。"岳胜曰："莫非有猛兽乎？"土人曰："比猛兽还狠百倍哩！"因指曰："走过转弯，一山过去，有胡材洞。倚山有可乐洞，洞有寨主，姓孟名良，邓州人氏，使一柄大钺斧，无人敢敌。聚集数百人，专一打官劫舍，那一个敢正视其山！"岳胜听罢，归见本官，道知其事。六郎曰："吾久闻此处有勇士孟良，若得此人归顺，诚壮此寨威风。"岳胜曰："小将轻骑前往哨探一回，徐定擒捉之计。"六郎依其言，即遣岳胜前到可乐洞。正值孟良部下刘超、张盖与众喽啰，各将金银缎匹在洞中赌赛。岳胜拴住马，佩短刀入洞中，大喝一声。刘、张惊疑官军来到，各四散奔走。岳胜近前，一连砍死十数喽啰，尸横倒地，流血惊人。岳胜曰："不如留下姓名，报与他知，好来寻我。"即蘸血大书于壁上曰："寨前列枪刀，洞口布旗帜。杀了你家人，便是杨六使。"岳胜题罢，径上马回佳山寨去了。

却说孟良归至洞中，见杀死十数人，大惊，问手下："是谁到此？"众喽啰对曰："适有少年将军，单骑来到寨中。众人疑是官军，不敢与争，被其乘虚杀死十数人。临去，留血字于壁，大王看之便知端的。"孟良看壁上所题，乃曰："吾闻杨家有名之将，来日与他放对，定报此仇。"

却说岳胜回见六郎，道知杀死部下，并血书题壁之事。六郎曰："孟良若知，必来厮闹。汝等须防备之。"道声未罢，忽报："孟良于寨外讨战。"六郎即与岳胜部众二千，出寨迎敌。遥见孟良生得眉浓眼大，人物雄壮，果是员好将家。六郎马上谓之曰："君有堂堂之貌，何不纳降于我，同把番界，立功朝廷，图名目于后世，岂不胜于为寇哉？"孟良怒曰："汝父子八人弃河东而归中原，今皆作无头之鬼。我在此处，与汝无冤，何故杀我部下，而

来相扰耶？若胜得手中利斧，则降于汝。不然，捉归洞中，取汝心肝烹酒，为从人报仇也！"六郎大怒曰："无端匹夫，辱人太甚！"即挺枪径取孟良。孟良舞斧交还。二人力战四十余合，不分胜负。六郎佯输，绕平原而走。孟良激怒，拍马追之。岳胜当中冲出，又战数合。六郎见岳胜敌住孟良，按住枪，弯弓架箭，射中其马，将孟良掀跌于地。众军一齐向前擒住，押赴寨中，来见六郎。六郎曰："汝已被吾擒，肯降伏否？"孟良曰："汝暗箭伤我坐骑，误遭汝擒，如何伏耶？"六郎笑曰："汝既不伏，吾放汝去，何如？"孟良曰："汝若放我回去，必再整顿部下，与汝决胜负。若能擒吾，方肯伏也。"六郎曰："只今便放汝去，纵能走归天上地下，亦能擒之。"随即放起，令人送出寨外而去。

第二十三回 樵夫诡计捉孟良
六使单骑收焦赞

却说孟良去后，岳胜曰："孟良贼之渠魁，今幸成擒，本官何以放去？"六郎曰："吾与此人连斗数十合，武艺不弱，心甚爱之。且今英雄难得，吾欲他心服，收为部将，非徒捉之而已。汝等试看，孟良不久又被我众所擒也。"岳胜曰："彼今此去，必再整众来战，本官用何计捉之？"六郎曰："孟良勇力虽有，终是寡谋。离此佳山之南五里，皆峻岩峭壁，无路可行。汝引骑军二千，于此埋伏。敌人若进其中，然后绝其回路，吾自有计较在也。"岳胜引军去了。又唤过健军五人，吩咐曰："汝几人先往山谷，装作樵夫。待敌人问路之时，汝等便如此如此答应。"军人各领计而行。

六郎分遣已定。人报："孟良部众于寨外索战。"六郎即披挂上马，出寨高叫曰："今汝用心交锋，若再被擒，更无轻放之理。"孟良曰："此来定报昨日之辱。"言罢，舞斧纵骑，直奔六郎。六郎举枪迎之。二人战上数合，六郎拨回马，望山路而走。孟良怒曰："汝复能以箭射我乎？"径骤马追之。六郎且战且走，赚孟良赶至山谷，故作慌张之状，头盔堕落，因弃马缘山逃奔。

孟良性如火烈，亦下马绰斧赶去，转过山坳，不见了六郎。良惊曰："又中其计矣！"连忙杀出。忽岩石一声鼓响，岳胜伏兵将谷口紧紧把住。孟良见有伏兵，迤逦投西，入山谷，依小径而走。见山岭有四五个樵夫，良问曰："此处还有路透得那里？"樵夫道："岩上却有小路出得胡材涧。"良曰："汝众救得我，愿以金珠相谢。"樵夫曰："本欲相救，但恐将军不从。"良曰："只图有生路，如何不从？"樵夫将麻绳一条垂下，曰："将军把此绳系于腰间，我等齐力吊将上来，将军便可以脱矣。"良心中自忖曰："事急且相随，权从其言，未为不可。"便双手接过绳头，拦腰紧系。众人并力扯至半岩，将绳缠缚大藤，不上不下，停而不动。良叫曰："何故只在半空，不复吊上？"樵夫曰："将军少待，且待吾邀众人来。"孟良听罢，犹疑无定。一伏时，六郎引岳胜等都到岩上，叫孟良曰："此一番在天上捉汝，还不伏乎？"良曰："汝诡计算我，非战败之罪，要杀便杀，决不心服。除非和你大战一场，阵上擒得我时，方才心死，然后归降。"六郎曰："且放你去，必要地下捉汝，毋得再悔！"即令军人依前放下孟良去了。

六郎与岳胜等归至寨中，商议曰："孟良被吾连擒二次，彼今不敢再战，必来劫寨。此

回捉之,看他再有何辞?"岳胜曰:"本官奇谋妙计,非他人所能及,只恐其不来也。"六郎曰:"准定今夜至矣。"因令众人于帐前掘下地坑,深可五六尺,上用浮木辅定。着军士远远埋伏,只留八九人藏于帐前,候敌人中计,即出擒之。众人依令而行,整顿齐备。

是夕六郎独坐于帐中,秉烛观书。将近二更左侧,孟良果部军士悄悄来到佳山寨。遣人缉探,回报寨中军士各安歇去了。孟良喜曰:"今番报其仇矣!"径到寨边,着手下停止于外,自轻骑杀入帐中,见六郎隐几而卧,更无一人。孟良手提巨斧,乘力向前,喝声:"六郎休走!"举斧未落,忽一声响处,孟良连人带马陷入土坑中。帐前健军一齐抢出,用搭钩擒住。孟良带来部下二千余人,被军士围裹将来,不曾走得一个。众人押过孟良,六郎谓之曰:"量君见识出不得我神机,放汝回去,速速招集人马来战。"因令左右放之。孟良曰:"我虽为贼,颇知礼义;只缘顽性未除,蔽却本来羞耻。将军神人也,我安敢不服?情愿倾心以事本官,无他念也。"六郎大喜曰:"君若肯归顺于我,久后终得好名目矣。"

次日平明,孟良禀过六郎,回本寨召集刘超、张盖、管伯、关钧、王琪、孟得、林铁枪、宋铁棒、丘珍、丘谦、陈雄、谢勇、姚铁旗、董铁鼓、郎千、郎万共一十六员头目,都来归顺。六郎于寨中摆设犒军筵席,与岳胜等欢饮。酒至半酣,孟良曰:"离此六十里,有芭蕉山,地势极恶,内聚强人,扰乱山庄,专一劫掠放火,官军无奈他何。为首乃鸦州三元县人氏,姓焦名赞,性好食人,生得面如赤土,眼若铜铃,四肢青筋突起,遍身肌肉,块垒无数,使一柄浑铁飞锤,万夫莫近。若得此人来降,尤为吾党生色。"六郎听罢,欣然起曰:"吾当亲赍空头官诰,招来为将。"孟良曰:"此人至顽,本官不可轻往,须部众而去。"六郎曰:"吾以诚信待人,何以兵为哉?"是日酒散,已交三鼓。

次早,六郎令岳胜等守寨,自引骑军数人,单马来到芭蕉山。将近山隘,隘口坐着一人,形容怪异,似樵夫装束。六郎问曰:"此处是芭蕉山否?"其人起身答曰:"汝是何人,单马来此?"六郎曰:"小可姓杨,名延昭,杨令公第六子也,近授佳山寨巡检。闻此处有焦赞,勇力无双,我特来相招为将。"其人曰:"君要寻焦赞,吾素相识。君可随我来,引汝见之。"六郎喜不自胜,即同其人进入山中,但见石壁巍峨,树林丛杂。将近洞边,其人曰:"汝且停待于此,我先入通报。"六郎允诺。其人进洞中,一伏时,走出数十喽啰,将六郎捆缚了,捉入洞去。见上面坐着一人,正是方才引路者。那人笑曰:"我焦赞未尝请汝,汝自来寻死,复有何词?"六郎颜色不动,厉声应曰:"大丈夫视死如归,凭汝如何处置!"焦赞曰:"吾啖着多少好汉心肝,罕见汝一个乎?"即令手下吊起,亲自下手开剥。正待举刀,忽六郎顶上冒出一道黑气,气中现出自额虎来,咆哮掉尾。焦赞大惊曰:"原来此人乃神将也!"即叫手下放宽吊索,亲解其缚,纳头便拜曰:"小可不识神人,情愿归顺。"六郎曰:"君若肯归于我,不失官职,胜于为寇多矣。"乃取过空头官诰,付与焦赞。焦赞大悦,令手

下都来拜见，吩咐备设筵席相待。六郎正待饮间，忽洞外喊声大振，金鼓不绝，人报入寨中。六郎出洞视之，乃岳胜、孟良一起。众人见着六郎，乃各下马相见，因说从骑回报，本官被贼人所捉，特来救取。六郎道知收服焦赞之事，众人皆悦，入洞中依次序而坐，尽欢畅饮。次日，六郎率众人离芭蕉山，焚其洞巢，径回本寨而来。后人以六郎连收三员勇将，有诗赞曰：

天下英雄角逐秋，一时豪杰总归投。

三关兵马中原盛，威震番庭志气酬。

是时杨六郎招伏三员大将，遣人申报朝廷，欲求定封，以安其下。真宗得奏，与群臣商议。寇准奏曰："延昭既招伏群寇，陛下当允其请。"帝准奏，乃遣使赍敕，加封延昭为镇抚三关都指挥正使，岳胜、孟良、焦赞等共一十八员并授指挥副使。诏旨既下，使臣领命，径诣佳山寨传宣。六使与众人拜受命讫，款待朝使已回，遣人往胜山寨招取陈林、柴敢来到。自是壮勇并集，兵马强盛，于关上扎起杨家金字旗号。从此番人畏服，边患少息。

时值八月中秋佳节，六使在寨中与众将赏月饮酒。怎见得中秋好景？有前人《念奴娇》词为证：

凭高眺远，见长空万里，云无留迹。桂魄飞来光射处，冷浸一天秋碧。玉宇琼楼，乘鸾来去，人在清凉国。江山如画，望中烟树历历。

我醉拍手狂歌，举杯邀月，对影成三客。起舞徘徊风露中，今夕不如何夕。便欲乘月，翩然归去，何用骑鹏翼？水晶宫里，一声吹断横笛。

是夜，酒至半酣，六使于席上谓岳胜等曰："吾父子八人，自归大宋以后，与北番世仇。我父令公因瓜州之战，丧身于胡原谷，当时暂埋骸骨于李陵碑下。每欲遣人取回，葬于先茔，少尽人子之道。奈无心腹之人代我前去，心常怏怏，不知何日得伸此志也。"岳胜曰："本官此意，诚乃大孝至情，争奈番兵阻道，四下皆贼敌，难以亟取，须迟缓数年，则可计较。"六郎因潸然出涕，遂撤席而散。

时孟良因听本官席上所言，自思曰："我蒙三次不杀之恩，今日要人出力，所在无一人敢承其志者。不如乘今夜悄悄偷出营寨，密往胡原谷，取得骸骨而归，少报本官之万一。"孟良准备已定，不与众人知道，径望胡原谷而去。次日平明，寨中不见了孟良，众人报知六使。六使大惊曰："昨日在席上饮酒，今日却缘何不见？"岳胜等："孟良终是贼性，莫非逃奔他处，不与本官知道？"六使曰："我观孟良，其性虽粗，志如金石，既降于我，宁肯私奔他适乎？"众人狐疑未定，六使亦闷闷而已。

第二十四回 孟良智盗骓骦马
岳胜大战萧天佑

却说孟良装作樵人，来到胡原谷，寻觅令公骸骨，全无下落。忽遇一老番卒经过，孟良作番语问曰："此处有杨令公骸骨，今缘何遗失无存？"番人答曰："一月之前，幽州萧娘娘已令人掘取，迁葬于红羊洞去了。"孟良听罢，思忖曰："专来干此功劳，若不得骸骨，亦难以回去。不如径入幽州，徐图计较。"遂假装番人，望幽州而行。数日之间，将近其境，遇见一渔父来到。孟良问曰："汝要入城否？"渔父曰："赶明日献鱼，如何不入城？"孟良曰："献什么鱼？"渔父曰："八月二十四日乃萧娘娘寿诞，例当进献鲜鱼奉贺。今朝是二十三日，明日侵早要进。"孟良昕罢，暗喜曰："中我计矣！"乃曰："我番帅喂马者，亦要入城，当与公同往。"渔父在前，行不断步，孟良抽出利刃，将渔父一刀杀死，撇了尸首，剥下渔人衣服、牙牌穿戴着，提鱼在手，径入城中，守门番军见孟良称说进鱼贺诞者，搜检牙牌是实，径放他进。

次早，萧后设朝，众文武称贺毕，阁门太使奏曰："今有黄河渔父进上鲜鱼，未敢擅入。"萧后下旨，召至金阶下。孟良献上其鱼。后曰："此鱼比往年小，鳞又不新鲜，如何敢进于我？"孟良奏曰："臣每年进者虽大，皆非美味。此鱼极是难得近日于河中网取，养之池内数日，盖因天气乍热，其色不鲜。然滋味实与凡品不同，请万岁试尝之，便见端的。"后喜而笑曰："言之有理，汝且退，须待过却圣节，各员役一同赏赐，然后回家。"孟良喜不自胜，拜辞而出。萧后令有司官排下筵宴，赏赐在廷文武。是日，宫中大吹大擂，丝竹和鸣，君臣尽欢而饮。前人曾有《西江月》词为证：

断送一生惟酒，摒除万事无过。远山横黛蘸秋波，不饮防人笑我。

花病等闲瘦弱，春愁没处遮拦。杯行到手莫留残，不道月斜人散。

群臣夜静乃散。

次日，众官趋朝谢宴毕，忽近臣奏知："今有西凉国进贡中朝骓骦良马一匹，路经幽州地界，被守官夺得送来。"萧后命牵进其马，视之，果是好匹骏骑：碧眼青鬃，毛卷纹红，四蹄立处高有六尺。后曰："此马果然难得。"下命有司用心喂养，以备出入。有司承命牵出，不提。

孟良闻此消息，密往厩中视之，称赞不已，自思："先偷取骸骨，然后计较此马。"径抽

身来到红羊洞中，旷野所在，见一土墩，旁有小碣，上写了"令公冢"。孟良待至昏黑，掘开冢墩，下有石匣安贮。孟良解了包袱，开匣取骨，包藏停当，忙走出洞中。却被番人捉住，搜检包裹，问曰："汝是何人，敢来做此勾当？必是宋朝细作。汝从何处发掘而来？"孟良泣曰："小人不是细作，乃渔父矮张也。日前献鱼上朝庆寿，蒙太后敕旨，留我父子赐宴。吾父因见皇封御酒，多吃了几杯，不料醉死。路途遥远，只得将尸首焚化，带取骸骨归葬。岂有细作敢来此处寻死？"言罢，哭之甚哀。番军信其言，遂放之，令其速走。

孟良得脱，急归至驿中，将骸骨藏好。次日，带些毒药，复来马厩边，见番人正值煮豆喂养。孟良装作番人一般，近槽边撒下毒药，径回去了。其马中着毒药，即时不食。喂养军人报知司官。司官急奏萧后知道。后曰："此马不食，莫非汝等调养失宜之故？"司官奏曰："贵相良马，本难调护，既不食，必有病。乞陛下降圣旨，召募有能医治者，重赏以爵，或得识其性者，用心保护，庶可万全矣。"萧后允奏，即出榜文，召募善能医马之人。

旨令既出，孟良听此消息，思曰："此计若成，带得此马回朝，诚大宋之福力也。"径来揭取榜文。守军捉见萧后。萧后问曰："汝能医治骏马耶？"孟良曰："臣即前日进鱼之人，亦晓医理。不消一二日，管保医好此马。"后曰："汝若医得平复，当封汝重职。"孟良拜命而出。有司引良到厩里看视马病。孟良既到，细看，乃曰："此马中毒已深，当急治其标，然后调其本。"有司然其言。原来孟良所放药末，只是一味麻药。若教中了，即不能开口，便似有病。直至将麻药洗去，撒下香豆，那马立地吃尽。过了一宵，平复如初。司官奏知萧后："其马已平复无恙。"萧后大悦，即宣进孟良，谓曰："医好良马，卿之功也。燕州缺一员总管，就封卿此职。"孟良谢恩，自思："我本为此马之故，费却几多心力。总管非我所愿。"即生一计，奏曰："蒙陛下深恩，赐臣官职。缘此马胜隙初瘥，血脉未固，若不随宜调之，恐又再发，便难疗治。当与臣带往州所，驰骋几日，方保无再发之虞。"太后曰："卿言极有理。"因令将此马与孟良带往燕州而行。孟良得旨，领命辞出，就往驿中取过骸骨，跨马跑出幽州，星夜逃回佳山寨而去。有诗为证：

骕骦良骥带将来，壮士奇谋亦勇哉！

本为忠勤能报主，临行又得令公骸。

逻骑报入幽州，萧后知之，大惊曰："却被奸人所算矣。"即遣萧天佑率轻骑五千追之。萧天佑得旨，部骑出幽州，如风送行云赶来。

却说孟良此时已离幽州二百里程途，望三关不远，回顾后面尘土遮天，旌旗蔽日，知是番人追赶，急走至关口。早有哨军认得孟良，连忙报入寨中知道。六使闻此消息，急令岳胜、焦赞等出兵接应。岳胜部众前来，恰遇孟良走得汗流满面而来，叫曰："后头番兵追紧，汝宜仔细。"岳胜曰："汝先上关，我自抵住敌兵。"孟良径跑马入寨中去了。

岳胜摆开队伍。霎时间，番帅萧天佑挺枪跃马而来，厉声大骂曰："贼人盗我大辽骕骦良骥，好好献还，饶你残生。不然，踏上关来，寸草不留！"岳胜怒曰："番蛮敢来相撩耶？"即舞刀跃马，直取番将。萧天佑举枪还战。二人斗上四十回合，焦赞喊声如雷，率轻骑从旁攻入。番将前后受敌，势力不加，拨马走回，焦赞乘势掩之。北兵大败，自相蹂踏，死者不计其数。岳胜等直追至澶州界，乃收军回营，来见六使，道知杀败番兵之事。六使既见孟良，又闻杀赢番人，大喜，问孟良因何私往幽州，孟良将其本末详细道知。六使拜谢孟良曰："既蒙大德，取还吾考令公之骸，即当与吾母令婆知道，然后安葬先茔，并将此马献与主上请功。"分遣已定，差人带领骕骦，径诣汴京，进见真宗。真宗得此良马，大悦，谓群臣曰："延昭才守三关，近得捷音，收服良将三员；今又夺得良马来献，其功不小，朕当重赏之。"八王奏曰："杨郡马忠勤为国，陛下赏之实当。"帝径遣使臣赍缎匹羊酒，前诣佳山寨，赏赐郡马，不提。

忽近臣奏知："番兵寇打澶州，为边庭患，乞朝廷定夺。"真宗问曰："番兵犯界，当令谁部兵退之？"八王曰："澶州近三关地方，若敕郡马退敌，管教成功。"帝允奏，乃下敕，着杨六郎抵御北兵。使臣领旨，径诣佳山寨宣读。六使得赐缎匹羊酒，尽分俵部下，召诸将议曰："今番兵屯止澶州，近为边患，朝廷敕我等御之。汝众人当用力向前，不宜造次。"孟良进曰："此患是小人惹来，我当率兵迎敌。"六使曰："萧天佑北番名将，汝引兵先行，吾率众相应。"孟良领兵去了。又唤过岳胜，谓曰："汝引马军一千出关，俟战酣力乏，可冲阵击之。"岳胜引众而行。杨六使分遣已定，自领步军二千，随后救应。

飞骑报入番帅军中。萧天佑与耶律第议曰："太后令旨，着我部兵来追贼人，今已走入关中，访得乃是剧贼孟良也，今要来与我放对。汝众人各宜用力，取得骏马复回，主上必有重赏。"耶律第曰："主帅不须挂念，凭我众人之力，务要大功而回。"天佑下令已定。

次日平明，于平川旷野排开阵势。宋兵摇旗鼓噪而来，孟良全身贯带，绰斧立于阵前，高叫曰："番贼不即退去，必来丧其命矣！"萧天佑怒骂："偷马之贼，尚敢来斗耶？"即举枪直奔孟良，孟良舞斧迎之。两下呐喊，二人战上三十余合，不分胜负。番将耶律第提刀纵骑，冲出助站。忽山后一声鼓响，岳胜一军杀出。萧天佑力敌孟良，岳胜战住耶律第，四将鏖战。天佑勒马佯走，孟良不舍，骤马追去，抡巨斧望番将劈面砍落。萧天佑金光灿起，斧不能伤。孟良大惊，跑马走回。番将复马杀来，宋兵披靡，四散逃走。岳胜部下先溃，抛了敌将，与孟良径奔关下。天佑见前面杀气连天，知有伏兵，乃收军还营。孟良回至寨中，见六使，道知萧天佑之事。六使曰："世上有此异事？吾明日亲上阵，便知端的。"着令陈林、柴敢守寨，岳胜率刘超、张盖先战，孟良、焦赞领王琪、孟得等分左右翼而出。众将得令，各整备交锋，不提。

却说萧天佑在军中召部下同议曰："孟良、岳胜英雄之将，且部下皆八寨强徒，都能争斗。若不以智胜之，徒战无益也。离此三十里，有双龙谷，两边山势险峻，只有一条小路，可透雁岭，岭下便是幽州之野。先得一人引步军埋伏于此，赚敌人进入，即出围之，不消半月，皆饿死于谷中矣。"耶律第应声出曰："小将愿往。"天佑曰："汝去最好。"即付步军二千与耶律第前去。又召过黄威显曰："汝率领骑军一千，于雁岭下多张旗帜，候敌人进入谷中，垒断其路。"威显亦领计去了。

第二十五回　五台山孟良借兵
三关寨五郎观象

　　却说萧天佑分遣已定，人报宋将扬声搦战。天佑披挂上马，率番兵列下阵势。对面岳胜舞刀先出，大叫："番将速退，免伤和气；不然，自取灭亡耳！"萧天佑大怒，挺枪直奔岳胜。岳胜抡刀来战。未及数合，孟良、焦赞左右冲出，接住番兵交锋。萧天佑力战数将，佯输而走。六使从旁追及，挺枪刺之，金火进起，枪不能入。六使且惊且疑。岳胜、孟良等催兵而进，被天佑赚到谷口。六使见山势峻恶，停住马曰："众人且慢追赶，恐敌人用埋伏之计。"进退不决。孟良曰："此处我素惯熟，里头乃绝地，只有小路可通雁岭。番将不知路径，走入谷中，正好乘势擒之，如何不进？"六使然其言，率众赶入谷中，不见番将人马。六使惊曰："敌人已有计谋，若不急退，定遭其困。"道未罢，谷口金鼓齐鸣，喊声大振，耶律第伏兵齐出，将南兵尽皆困了。孟良、岳胜等拼死来战，山上矢石交下，宋兵伤者无数。直待寻雁岭杀出，已被番兵垒断路径，山后旌旗乱滚，那一个敢近前？

　　六使与众人困在谷中，无计能脱。焦赞进曰："小将愿部兵冲开谷口，救着本官出去。"六使曰："番兵甚众，如何抵挡？倘伤士卒而无益，不如停待几时，乘势或可走脱。"岳胜曰："寨中不知我等被困，倘若外无救援，内绝粮草，番兵乘疲杀人，岂不坐而待毙？趁今人马尚强，依焦赞之言可也。"六使曰："救援之处本有，奈无人通透。此去五台山一望之地，若得一人前去，报与吾兄杨五郎得知，内外夹攻，则可脱此厄矣。"孟良曰："本官与众人忍耐在此，待我装作番军，偷出山谷，前往五台山求取救兵。"六使曰："汝去须用机密。见了吾兄，求他急而来。"孟良遂解下盔甲，装作番人，辞别六郎，深夜偷出雁岭。恰遇巡营番兵，被孟良一刀斩之，取其铁铃，满营闯去，口内番语不休云："牢把寨，牢把寨，莫教走了杨都大。"又云："牢把险，牢把险，莫教走了杨巡检。"时番兵并无猜疑，任从孟良来往。巡至三更，走出岭外，大踏步望五台山而行。

　　不消一日，孟良来到山门之下，见一侍者，问曰："汝师父在寺中否？"侍者曰："君从何处而来？"孟良曰："杨六使将军差遣，特来见禅师，有急事报知。"侍者闻是杨家将，即引孟良进入方丈中，禀知师父。出来相见毕，五郎问曰："汝来寺中，有何高论？"答曰："小人姓孟名良，近归杨巡检，镇守三关。盖为北番犯边，本官与其交战，不期中了敌人之计，被困于双龙谷，外无救援，粮草且尽，特遣小人来求师父出力相助。"五郎笑曰："我出家之人，

岂可复临阵相杀乎？且戎伍久荒，武艺俱废，纵去亦无益矣。君可往汴京，求救于朝廷，庶不误事。"孟良曰："此去京师，程途遥远，知他几时出兵？望师父念手足之情，亲劳一行，以救众命，便是活佛出世，万勿推辞。"五郎沉吟半晌，乃曰："去则容易，奈我战马已死，少一匹骑骏，难以成行。"良曰："师父若肯相救，小可即往寨中取得马来。"五郎曰："吾所乘骑，最难中意。除非八大王千里风、万里云二马，若得其一，则可前行。"孟良曰："此亦没奈何，小人只得星夜入汴京，问八王借得来用。"五郎曰："若有是马，当胜番兵矣。"

孟良即辞五郎，径往汴京而来。不日到京城，进八王府中拜见，道知借马之由。八王曰："别事皆可，唯此二马，吾看之未饱，岂肯借人临阵哉？不必再说，绝难允许。"孟良闷闷而退，赴无佞府，来见杨令婆，道知六郎被困。令婆洒涕曰："吾夫君率诸子归于朝中，今只有六郎一人能承父志，今又为番兵所困，倘有不测，使我倚靠于谁？"九妹进曰："母亲不必深忧，既哥哥有难，我当同孟良前往救应。"令婆曰："汝去最好。边庭之事，须宜谨慎。"九妹允诺。孟良曰："请小姐先出汴京，于二十里之外等候。小人今夜往八王府中，偷得其马，即来相约。"九妹依其言，先自整备，辞母亲去了。

只说孟良复来八王后花园，蓦地越入。将近黄昏左侧，向御书楼边放起火来。一伏时，烟焰张天，满处通红，军校急报府中。八王大惊，即令人赴救。孟良乘其慌乱，闪入马厩，偷得千里风一匹，从后园门径跑出城。比及救灭火势，中军传说："有一壮士，乘千里风走出东门而去。"八王怒曰："必是孟良用此计较也。"即令牵过万里云，挥鞭赶去。天色已黑，时孟良偷马出得汴京城，不胜之喜，不知八王所乘如腾云雾，顷刻间追至。孟良正行间，听得后面如风过之声。八王骂道："逆贼速留下马还我，饶汝性命！"孟良大惊曰："彼来何速耶？"辄心生一计：将千里风推落泥泽中，自躲入松林里瞭望。适八王追赶近前，见马陷在泽中，笑曰："此贼没奈何，生支节推落泽中。且待从军来到，救起而去。"遂跳下所乘，近前视之。孟良在星光之下张见，即跨上万里云，叫声："八大王休怪，吾借此马，退番兵便送还矣。"言罢，挥鞭勒辔而去。八王悔恨无及。正在懊恼间，后头随军已到，八王道知被孟良诡计骗去万里云。随军曰："殿下勿忧，待其救出杨郡马，必当送还。"八王只得令人救起千里风，复回汴京，不提。

将近平明，孟良恰与九妹相会，说知盗得万里云而来。九妹喜曰："既得此马，君往五台山求五哥出力相救，我先去三关俟候。"孟良允诺，径来五台山见五禅师，告知："借马已到，又与九令妹同来救援。"五郎曰："看你为主，志亦勤劳，当得下山相救。"即点起头陀五六百人，扯起杨家旗号，离了五台山，到三关与九妹等相见。九妹曰："六哥被困日久，乘今便杀人救之。"五郎曰："番兵众盛，待遣人缉探消息，然后出兵。"众人然其言，乃按甲

而待。

消息传入萧天佑军中，天佑召诸将议曰："杨五郎救兵来到，此人雄勇莫敌。吾有一计，可使救援自退，宋兵尽死于谷中矣。"耶律第曰："元帅有何妙策？"天佑曰："今军中捉得一边民，面貌极似六郎。可杀之，以头悬于高杆，只说昨日被番兵所擒，部下诛戮殆尽。彼若见之，必信而退矣。"耶律第曰："此计甚高。"萧天佑即将其人诛之，斩其头，令番兵悬出阵前，传说六郎被杀，今以首级号令。

哨军报入关中，五郎闻此消息，大惊曰："吾弟遭困，为番兵乘虚所杀，此理有之。"即令九妹出关下认之。九妹连忙披挂，来关下视之，先令军人前往通知番帅："若果是杨家首级，即便退兵。"军入于阵前传说。萧天佑得知，令部下献出辕门与视。九妹看时，见面貌颇似六郎，遂号泣不止，遥指番军而骂曰："杀兄之仇，定要报复！"乃回马入关中，报知五郎。五郎叹曰："本为来救吾弟，谁想已遭擒戮，真乃杨门之不幸也！"唯有孟良不信，乃曰："五将军，此事可疑。当日小人离双龙谷之时，本官部下尚有许多人马，既被其杀，岂无一人走漏者乎？此事未可便信。"五郎亦疑信不决。

是夜，秋风微动，月明如昼。五郎披衣出帐外，观望星头，见将星明朗，正照于双龙谷，自思："六郎必然尚在。"次日，谓九妹等曰："我夜观星象，知汝兄无恙。今得一人通知消息才好。"孟良曰："小可复入谷中打探动静。"五郎曰："得汝去极好。"孟良径辞而行。九妹曰："孟良既去，小妹亦往左近访问其事。"五郎曰："汝去须用机密，勿被敌人测破。"九妹曰："自有方略。"即辞却五郎，装作打猎小军，行至天马山，路径丛杂。进入林中，却有番兵无数来到。九妹转出后而走，见着小茅庵。九妹抽身入庵中，恰遇庵主，迎问之曰："汝是何人，独自来此深山？"九妹答曰："实不相瞒，小可是杨家女流，盖为哥哥六郎被番兵所困，今来访问的实。走错路径，却遇番人追逼，特投庵主相救。"庵主曰："此是番邦境界，汝缘何轻进？速卸去弓箭，取道服穿着。"

一时间番兵都赶入庵中，捉住九妹。庵主曰："是我弟子，在此出家，汝等何以捉之？"番兵曰："既是出家，缘何带有弓箭？"庵主笑曰："汝本不知，我居此，不时有猛兽伤人，适才弟子出外打猎而回，弓箭何足为怪？"番兵遂放了手，因曰："汝既能射，必有勇力，若斗得我众人过，则放汝。不然，定要捉去，见我娘娘也。"庵主曰："汝等如何出此言？"番兵曰："近因南朝孟良过界，偷去骗骊御马，今下令各处巡视，恐防南人入界。我等疑他亦是细作，故要比试也。"九妹曰："师父且待我与他比试。"言罢，即出草坪中比斗，番兵无一人能近之者。番兵斗他不过，各自回营去了。庵主曰："且待几日，我令人探问令兄消息，行之未迟。"九妹依允，就留止庵中，不提。

第二十六回　九妹女误陷幽州
杨延德大破番兵

却说巡视番兵回幽州见丞相张华,道知:"天马山庵中有一壮士修行,端的弓马精熟,武艺超群,我等十数人不能近之。"张华听罢,大喜曰:"既有此人,当遣人领诰敕前往,召他来见。"番官领命,赍诰敕复往庵中见庵主,道知其事。庵主与九妹商议曰:"幽州张丞相有诰命来召,汝肯去否?"九妹曰:"既来相召,安敢相辞?"庵主愕然,邀九妹往庵后,谓之曰:"君乃女流,若被他识破机关,命亦难保,如何许其前行?"九妹曰:"蒙庵主相待,足见庵主好心。此去自有方便,内中用事,救得哥哥,亦机会也。"庵主曰:"亦宜谨慎而行。"

即日九妹辞庵主,与番官径赴幽州。进张丞相府,参见毕,张华问曰:"壮士何处人氏?须先通姓名,而后录用。"九妹答曰:"小可祖籍太原人氏,姓胡名元。幼年曾习武举,屡科不第,因弃家居庵修养。昨承钧旨相召,只得赴命。"张华爱其言词清利,人物出众,不胜之喜。乃令人整顿净房一所,与其安置。九妹辞出。张华入后堂与夫人商议,要将月英小姐招胡元为婿,夫人允许。

次日,张华命番官通知胡元。九妹曰:"此事大好,蒙丞相见爱,但今宋兵在境,干戈未息,凭小可生平所学,建立微功,然后允之。"番官回报张丞相。丞相曰:"且看他武艺如何。"即整朝服入奏萧后曰:"臣召募得一壮士,英雄俊伟,要与陛下立功。乞宣授其职,以退宋军。"萧后允奏,下命封胡元为幽州团练使,付兵五千,前助萧天佑。九妹得旨,拜受命讫,领兵辞张丞相,径到澶州来,与萧天佑会合一处,屯扎西营。正遇杨五郎催军索战,九妹披挂上马,跑出阵前,大叫:"宋将速退,免受其戮!"五郎马上认得,大惊曰:"贤妹如何在彼引军相争?"九妹打暗号曰:"五哥诈败,我自有计较。"五郎会其意,舞斧便战,斗不数合,大败而走。九妹追出数里乃回。

哨马报入萧天佑军中:"新收将大胜宋军一阵。"天佑大悦,即遣人请入帐中,商议破宋之策。营里番兵有认得九妹者,密谓天佑曰:"此人前日在宋阵中看六郎首级,元帅须用心提防。"天佑大惊,遂令番众拿下胡元。九妹不知其由,乃曰:"吾有杀退宋军之功,元帅何故拿我?"天佑曰:"汝本南朝杨家之将,敢欺我耶?"不由分辩,将囚车陷了,遣军校解回幽州见萧后,具奏其情。后得奏,乃宣张丞相问之。张华奏曰:"臣亦未知其实,乞发下牢中,待擒得杨家将来,一齐斩首。"太后允奏,遂命将胡元监于狱中。正是:本为成谋全

骨肉,谁知先自受悲辛。

却说消息传入三关,杨五郎闻知其妹有难,亟与众人商议曰:"六郎近闻无事。如今九妹被系狱中,当设计救之。"陈林曰:"将军有何妙计?"五郎曰:"幽州右控西番,实唇齿之邦。吾诈作西番人马,前去相助,萧后必信,从中举事,可救之矣。"陈林曰:"此计极妙!本官先去,吾亦引军于中路相应。"五郎分布已定,扯起西番旗号,部军来到幽州,遣人通报萧后。萧后下命侍臣,宣西番国统兵主帅入见。杨五郎承命,进于金阶,称呼毕。萧后曰:"有劳将军跋涉风尘不易。"五郎曰:"西番国王以娘娘与南军交战,胜负未决,特遣臣部兵相助。"萧后不胜之喜,即令设宴相待,亲举三觞,赐赉甚厚。五郎曰:"军情事紧急,臣明日当出师以退宋敌。"萧后曰:"远来疲乏,尚待数日而行。"五郎谢宴而出,在城南扎营,下令军中:"乘番兵不知提备,今夜杀入皇城。"众军得令,各整备,不提。

是时九妹在狱中,得狱官章奴知其为南人,十分相待,每要放他走脱,未遇机便。九妹因谓章奴曰:"蒙君相待甚厚。我适间占卜六壬课,今日当脱此难,不如与君同奔南朝,当有酬报也。"章奴曰:"我有此心久矣,只缘无人提携。既将军肯带下官同去,今夜可越狱而出。"九妹整点停当。将近黄昏左侧,城南数声炮响,杨五郎引七百头陀杀入城中,如入无人之境。后面马军一涌攻入,四下鼎沸。近臣报入宫中:"反了西番国军马。"萧后大惊,亟令紧闭内城。当下杨五郎先杀入狱中,恰遇杨九妹从狱中杀出。番官各自逃生,那一个敢来争锋?南朝人马蹂踏而进,杀死番兵不计其数。五郎与九妹左冲右突,大闹了幽州城,放火烧着南门,复军杀奔澶州。

萧天佑不知军从何来,部下大乱。耶律第一骑先出,正遇五郎。两马相交,战不两合,被五郎一斧劈落马下。陈林、柴敢部兵夹攻。天佑不敢恋战,弃营逃走。杨五郎骤骑追之,萧天佑回马力战。二人斗上二十余合,五郎挥起利斧,当头劈下,忽金光灿起,不能伤之。五郎曰:"师父曾说番邦萧天佑铜身铁骨,刀斧不能入,留下降龙咒一篇,嘱咐交锋则诵之,待我念动此咒,看是如何。"五郎才刚诵之,忽狂风大作,飞沙走石,半空中降下金甲神人,手执降魔杵大叫:"逆妖好好回去,饶汝万刀之诛!"萧天佑滚落下马。五郎再复一斧,忽声响处,火光满地,不见了萧天佑。一伏时,天地清朗,月色如昼。五郎杀入番营,提兵抄进双龙谷。孟良听得外面金鼓不绝,引众人当先杀出,正遇番将黄威显,一斧砍之。杨六郎等乘势突出,与五郎军马合为一处,杀得番兵四分五裂,尸首堆积,夺其牛马无数。正值四更时分,五郎收军还佳山寨安下。

次日平明,众人相见。六使曰:"若非五哥出力救援,几被番人困杀矣。"五郎曰:"九妹反为北番所困,不施此计较,险些亦难保也。"六郎嗟呀不已。九妹曰:"多得狱官章奴与我杀出狱中,却被乱兵所伤,深感此人,难报其恩。"五郎因问被困之故。九妹将庵中相

救及往番邦之由，一一道知。五郎曰："深山幽谷，亦有此好人。可令人送缎匹往庵中答谢。"是时六郎于寨中广设筵席，犒赏诸将。酒至半酣，五郎曰："贤妹依前回去侍奉母亲，我亦领众转五台山，六弟用心守此三关，继吾父之志。"九妹允诺，酒罢即辞行。六郎亲送兄妹离寨数里之程而别。

不说九妹与五和尚自回。且说六使回至寨中，遣人送万里云还八王。八王笑曰："前日我不借马，非是吝惜，盖试孟良之能耳，今既得此捷胜，马亦无恙，真国家之福也。可令杨六将军下令军中，整饬戎伍，紧守三关，招募英雄，为进取之计。"

话分两头。却说宋真宗闻捷报："杨郡马大胜番兵。"与八王议曰："六使新建奇功，当何以报之？"八王曰："陛下须赐以犒军之礼，候再立功，则升官职。"帝允奏，即遣使臣赍花红缎匹，前诣佳山寨，犒劳六使部下诸将，不提。

是日朝散，王钦归至府中，自思曰："杨家有此英雄，如何能遂吾志？"一时无计，遂请谢金吾来商议。差人去不多时，邀得谢副使到府中，分宾主坐定。茶罢，谢副使起曰："不知枢密见招，有何教诲？"王钦答曰："下官蒙主上顾宠，八殿下屡怀不平。前日下官因公务过无佞府，至滴水天波楼前，不曾下得马，被杨家大辱一番。待奏圣上知之，八殿下又来放对。没奈他何，思量不如辞官归乡，杜门不出，省得吃此烦恼也。"谢金吾笑曰："王大人何以自堕其志？今朝中先朝旧臣已皆凋谢，只有我数人而已。虽八殿下权势尊隆，然不理政事。杨家父子并作无头之鬼，一门唯寡妇耳。先帝在日，重其恩典，起立无佞府、天波楼，以引诱之。当今主上宁以此当事耶？下官试往过之，若彼省改则止；不然，即令手下拆之！"王钦暗喜曰："中我计矣！"复以言激之曰："谢副使休要争闲气，若拆其楼，杨令婆必来相闹；圣上为他做主，我等反受辱矣。"金吾曰："且看下官为之。圣上若问，吾自有计策答奏。"王钦佯意然之，因留酬饮。日晚，金吾辞去，王钦直送出府门而别。

第二十七回 枢密计倾无佞府
金吾拆毁天波楼

却说到了次日,谢金吾摆列队伍,前经无佞宅门首而过。近天波楼边,令手下敲动金鼓,喝道连声,谢金吾端坐马上,过却楼前。正值杨令婆与柴夫人在厅上闲坐,闻府外乐声响亮,令人出府探视。回报:"谢副使径乘马喝道而过。"令婆怒曰:"满朝官宰让得我杨家,谢金吾何等人,特来欺凌?"即令备车马,趋朝来奏于帝,令婆以龙杖而入。真宗降阶而迎,列坐,因问曰:"朕未有宣命,夫人造朝,将奏何事?"令婆起答曰:"妾先夫蒙先帝厚恩,曾赐无佞宅、天波楼等第宅,使臣妾诸子荣耀莫加。宰官经过者,俱下马回避,非是敬老妾,盖重君命也。今者谢金吾,动用鼓乐,不下马而过,分明轻慢陛下,欺侮老妾耳。"真宗闻奏,即宣谢金吾入,责之曰:"先帝遗旨,汝何独违令? 今夫人劾汝轻侮朝廷,该当何罪?"谢金吾奏曰:"臣非敢有慢国法,容奏其故。前日陛下以敕命旌赏杨郡马,臣领敕经过天波楼,亦下马而过,斯时君命反甚轻亵。臣等以为相碍,正欲会同文武具奏,未敢擅进。且其楼离无佞宅一望之地,实当南北要道,遇圣节朝贺之日,由此而过,深为未便。乞陛下毁拆其楼,使朝廷知所尊重,千载盛事也。"金吾奏罢,真宗默然。王钦进奏曰:"谢金吾所陈,极当于理。且无佞宅与天波楼隔越,拆之诚便于事。"真宗曰:"卿等且退,待朕再与文武商议。"令婆闷闷而出。私地,王钦又力奏其事。真宗允旨下敕,就着谢金吾监众拆毁之。旨敕既下,王、谢不胜之喜。

消息传入杨府中,令婆与郡夫人议曰:"不想谢金吾劾奏朝廷,要拆天波楼。王钦亦互同此主意。今圣上允其奏,此贼必来毁拆,若不能做主,深贻夫君羞也。"郡主曰:"待见八殿下商议,再奏圣上,或能挽回天意。"令婆曰:"事不宜迟,太郡当即往。"柴氏径辞令婆,来八王府中。相见毕,柴氏曰:"主上听信谢金吾罔奏,要拆毁天波楼。且此楼创始,乃先帝之命。望殿下念其父子忠勤于国,复奏止息其事,则杨家必深报德矣。"八王曰:"圣旨既下,难以即奏,且此楼不便于天使,主上有意去之。如今之计,谢金吾好利人也,汝归商议,多用金宝,买贿与他,宽容数日,遇有机会,我当奏于主上。"

柴太郡领命辞归,见令婆,道知嘱买之事。令婆曰:"若得此楼不拆,安惜金宝为哉? 只恐谢金吾不肯接受。"太郡曰:"可令心腹付之,无有不接。"令婆然之,即整备黄金四十两,玉带一围,遣人往谢府送去。果然金吾见杨府礼物,便自心动,乃作傲曰:"彼恃朝廷

只在他一家而已，今日亦识谢某乎？"知心人刘宪进曰："既杨家服输，小心于枢密，正做个人情，缓缓拆之。待朝廷意阻，若留得不动，则令婆正有孝敬在后，岂不两全其美？"金吾曰："汝言有理。"遂发下礼物，遣人于杨府回复。令婆闻知，私喜曰："若金吾息此事，圣上必不深较。"乃遣人于八王府中缉探复奏消息。

不想谢金吾所受贿赂已漏于王钦知道，乃力奏真宗亟行是事。真宗得奏，复敕谢金吾作急回报。金吾领旨，不得已，督率人夫，将天波楼上层拆去，尚留中层未拆。八王遣人报知令婆："圣意难回，可星夜往三关与六使商议，则能计较。"令婆得报，忧闷不已。八娘进曰："母亲只得依殿下所言，令六哥回来计较。不然，涓涓之势莫遏，恐后日无佞旗亦难保也。"令婆曰："汝言虽是，谁去报知？"九妹曰："女儿曾识三关路径，愿走一遭。"令婆曰："汝即去便回。"

九妹装点齐备，辞别母亲，望三关而来。时值五月天气，途中喧热，九妹趁早而行。不消一日，到三关寨，见六郎，道知："谢金吾奏主上拆毁天波楼，母亲着兄星夜回去计较。"六使惊曰："朝中文武不谏，八殿下亦坐视耶？"九妹曰："八殿下力谏不允。是他着人来说，要与哥哥商议。"六使忧愤无地，密令九妹入后寨议曰："我镇守此处关隘，职责亦重，朝廷又无诏命，倘被知觉，则有擅离之罪。进退两难，如何处置？"九妹曰："母亲立待，哥哥只得私离数日，待事定之后，仍复回寨。"六使乃唤过岳胜，吩咐曰："母亲有大事商量，着人来召，只得私下三关数日，事定后即便到此。汝与孟良等谨慎边境，遵守号令。待焦赞问我所在，只说往眉山打猎未回，不可漏此风声与知。"岳胜允诺而出。是夜，六使辞岳胜，悄悄离佳山寨，望汴京而来。有诗为证：

> 单马宵征恨不平，君王何以重奸臣？
>
> 谁知祸起萧墙内？诈死埋名不忍闻。

二骑行了半夜，将近乌鸦林，忽一人跳出林外，拦住去路，叫曰："本官吩咐，不与焦赞知之，我已听得多时。"六使大惊曰："汝不守关寨而私来此？"焦赞笑曰："本官亦是私离三关，如何反说我来？小可闻得东京最好光景，平生未睹，今日特来跟本官同走一遭。"六郎曰："汝真恼杀我矣。此来正怕人知，汝心性又急，若到京城，必生出祸患，那时谁任其咎？作急归寨，我回来重赏于汝。"焦赞曰："若不允我去，先到汴京，扬说本官私离三关。"九妹曰："只一个人，哥哥便带他同去，叮咛勿使生事便了。"

六郎依九妹之言，带焦赞一同来到无佞府中，入见令婆，拜礼毕。令婆见六使，汪然泪下曰："汝父子八人投入中朝，于今凋零，只有汝在。先帝敬我杨府，建设第宅相待。今被谢金吾欺虐，奏毁天波楼。若不早为定议，后日无佞宅莫得安矣。"六使曰："母亲勿忧，待不肖密进八殿下府中商议。我父子有死难之功，主上宁肯相忘？"令婆乃令柴太郡等相

见。太郡曰："八王若肯主张是事，决有好消息。"六使然其言。因安顿焦赞在偏房居住，着府中军校防守，勿令出去生事。

时焦赞初到，亦且过得。一连数日，便坐卧不住，与军校议曰："我随本官到此，正待看汴京风景。今着人监守于我，莫若不来，犹得散诞。汝等若肯带我向城中游玩，多买酒食相谢。"军校曰："去且无妨，只恐你生面，被人识破，那时连累着本官也。"赞曰："自有方略，决不与人识破。"军校乃背了六使，开后门与焦赞，出得无佞府，大踏步望汴京而来。果然好一座城郭，有《西江月》词为证：

堪美京师形胜，朱门十万人家。汴京自古最繁华，弦管高歌月夜。市列珠玑锦绣，风流人物豪奢。菁葱云树绕堤沙，真是堪描堪画。

焦赞转过仁和门，但见车马往来，人烟辏集，不觉失口曰："若非本官挟带，安得见此光景？"军校惊曰："汝胆好大！此处乃京城地面，缉访军家无数，闻此消息，谁人来救？"焦赞笑曰："便道一声何妨？"言罢，行到歌管巷，见酒馆中摆列齐整。赞曰："相与进里面，沽饮三杯而去。"军校曰："此间不是我等饮酒处，往城东望高楼饮玩。"日色将晚，军校催促回去。赞曰："难得来此，只在城中寻店安下，明日回去未迟。"从人见他性急，只得依从。

近一更时分，焦赞尚未安歇，乘醉与军校闲走。偶经过谢金吾门首，听得府中乐声嘹亮，歌音不辍。焦赞问曰："此是那个家中？风送歌音，如此清亮。"军校笑曰："速行，休问此处。汝本官正因其人要拆毁滴水天波楼，才下三关。此便是当朝宠臣谢副使府中，想必正在欢饮，乐人吹唱，故有此乐音也。"焦赞初未知谢金吾家，则全然无事；听说是本官对头，便怒从心上起，恶向胆边生，谓军校曰："汝二人只在外面等候，我入府中察访消息便来。"军校吓得浑身酥麻，叫苦曰："汝生出事节，我等定遭连累。可急转店中，明日侵早回去，本官亦弗觉。不然，我先走去报知！"焦赞怒曰："任汝二人去，定要依我行也！"径别了军校，闪进谢府后墙门而去。二军慌忙各自逃奔，不提。

第二十八回　焦赞怒杀谢金吾
八王智救杨郡马

却说焦赞抹过东墙，见不甚高，遂攀援而登，踊身跳于后花园内，密进厨下。家人俱各在堂上服侍谢金吾，只有小使女在灶前烧火。焦赞于皮靴中取出利刃，先将使女杀了，提着死人头，走向堂上。只见谢金吾当席而饮，乐工歌童列于庭侧，径将人头对面掷去。谢金吾吃着一惊，满面是血，即喊："有贼！众人何在？"焦赞踏进前，骂曰："弄权奸佞！今日认得焦赞吗？"言罢，一刀从项下而过，谢金吾头已落地。众人看见，四散逃走。焦赞杀得手活，抢入房中，不分老幼，尽皆屠戮。可怜谢金吾一家并遭焦赞所害。后人有诗为证：

起意陷人终自陷，且看今日谢金吾。

谁怜恃宠当朝相？老幼全家被所屠。

将近三更，焦赞取筵中美味恣食一餐，临行，自思曰："谢金吾一家被我杀死，他是朝廷显官，若知此事，岂不连累地方？不如留下数字，使人知是我杀，庶不祸及他人也。"即蘸鲜血，大书二行于门曰："天上有六丁六甲，地下有金神七煞。若问杀人者是谁？来寻焦七焦八。"题罢，复越墙，打从后墙门而出。待寻二军校，不知走往何处，因在城坳边躲过一夜。次日侵早，逃归杨府去了。

却说巡更捕卒夜来闻说谢副使府中被劫，亟报王钦。钦即进谢府视之，只见杀死一家老幼共一十三口，尸横散地，血污庭阶。检验官录得门上写的杀人凶身名目呈奏。其时闹动汴京军民，真宗得奏大惊，下令着王钦体察此事。王钦奏曰："臣缉问杀死谢金吾一家者，乃杨六郎新招将焦赞。"真宗曰："杨六使镇守三关，何得有部将入城杀人？"王钦曰："前日私下三关，带得焦赞同来，有违国法。乞陛下提处其罪。"真宗允奏，敕禁军捕捉杨六郎与凶身焦赞。旨令既下，禁军四十人领命而行。

是时杨六使在府中，与令婆计议天波楼之事，忽报："昨夜焦赞越墙入府，杀死谢金吾一家老幼一十三口。今朝廷差禁军来捉。"六使大惊曰："狂奴果败吾事！"道未罢，禁军一齐抢进，捉住杨六使。时焦赞在外听得，手执利刃，一直杀入。禁军见其猛恶，那一个敢近前？六使喝声曰："汝生出如此大祸，尚敢来拒捕朝廷乎？好好自缚，同去请罪。"焦赞曰："我平生杀了几多人，稀罕一十三个！我与本官回佳山寨去，看他如何摆布我！"六使

越怒曰："若不依吾言，今日先斩汝头去献。"焦赞乃放下利刃，唯唯而退。禁军正待来捉，六使曰："不要动手，见天子自有分辩。"

六使乃随禁军朝见真宗。真宗问曰："朕无圣旨召卿，何得私下三关？又带部将杀死谢副使一家，当得何罪？"六使奏曰："臣该万死！乞陛下宽一时之戮，容陈冤苦。臣父子有幸蒙朝廷厚恩，虽九泉亦思补报。近因主命有拆毁天波楼之诏，臣母忧虑成疾，只得下关省视即回。部将焦赞，凶顽之徒，不知几时进城。今杀死谢金吾一家，岂必是臣主使哉？乞圣明体究，如果是的，当就藁街之诛，以正朝廷法令也。"真宗闻奏，半晌未答。王钦进奏曰："杀人者的是焦赞无疑，当日本家侍从及乐工亲目所睹，且临去又留下笔迹。乞陛下将六郎、焦赞押赴市曹处斩，庶警后人。"真宗迟疑不决。八王力奏曰："杨六使罪责本有，其情可原，果然部将杀人，念彼有镇三关功绩，从轻发落。"真宗允奏，敕法司衙门拟定杨六使等罪来奏。六使既退，王钦密遣人于法司官处，嘱咐发配六使等于远恶地方居住。时掌刑名官黄玉，最与王钦相得，依其言语，以六使得私下三关之罪，发配在汝州做工，递年进造官酒二百埕，三年功满则回；焦赞以把边之绩，宽其死罪，发问邓州充军，即日起行。黄玉拟议已定，申奏真宗。真宗依拟下敕，并命收殓谢金吾等尸首以葬。近臣领旨宣示，不提。

只说杨六使闻此消息，不胜悲悼，来辞母亲令婆与柴太郡。令婆曰："此我家大不幸也，使老身晚景倚靠谁人？"六使曰："母亲勿忧，多则二三年，便可回来，母子复相见矣。且儿犯罪发配，八殿下必周全天波楼一事。今焦赞杀了谢金吾，亦为朝廷去除一恶。若不是八殿下力奏，险些性命难保。"道未罢，焦赞入见六使曰："闻朝廷问本官配汝州军，正要邀本官回三关寨。我亦不要往邓州发配，我不晓得充什么军！"六使曰："圣旨既下，汝只

得到其地方，候遇有赦，仍转三关。若使再违法令，得罪反重。"不移时，王钦差解军四十人来催杨六使等即行。六使先打发焦赞与解军起身，自辞令婆、太郡，亦离杨府。八娘、九妹直送至十里长亭而别。时焦赞在路等候六使来到，乃曰："我此去，不日走归寨中，报与岳胜哥哥等知道，便来取本官也。"六使曰："休得胡说！我罪不至死，汝亦忍耐过一年半载，便得相逢。"焦赞大笑分别，自与解军投邓州，不提。

只说六使随从一起上路，望汝州进发。正值夏末秋初，凉风透骨，正是：孤雁声中愁莫诉，残蝉树里恨难禁。不日来到汝州，公人将批文投至府中，见太守张济。张济看罢来文，先发回公人，邀六使入后堂，问之曰："闻将军把守三关，番人畏服，因何又犯发配之罪？"六使答曰："一言难尽！"遂将部下焦赞杀死谢金吾之由，道其本末。张济嗟呀不已，乃曰："将军权且忍耐。此去城西有万安驿，冲要所在，可以监造官酒，及时而进。多则一年半载，仍复归朝矣。"六使称谢，辞太守，自去做工，不提。

却说王钦探知杨六使已到配所，请黄玉来府中，商议谋害之计。黄玉曰："此事不难。今圣上以酷税为重，六使监造是职，关系最大。枢使上一道本，劾其有私卖之罪，主上必处之以死刑矣。"王钦大喜曰："此计甚妙！"即具酒醴，与黄玉对席酣饮，二人尽欢而散。次日，王钦果趋朝劾奏："杨六使轻玩国法，到汝州未经一月，将酒酤禁令放弛，私鬻钱价，将为逃反之计。乞陛下早正其罪，免生后患。"真宗闻奏，大怒曰："彼令部下杀死谢金吾一家，朕念其先人有功，姑免其死。今又在配所私卖朝廷之物，难以宽容。"即敕团练正使呼延赞赍旨到汝州，取六郎首级而归。旨令既下，廷臣愕然。八王力奏曰："杨六使忠诚之臣，岂有此事？陛下勿听一时之言而诛英雄也。"帝曰："卿屡为六使作保，前日屠朕爱卿谢金吾一家，亦该处死否？"八王语塞而出。

是日朝散，寇准曰："幸得领敕命者系呼延赞，可令其见汝州太守计较，以罪人貌类六使者，枭取首级来献纳，令放六使逃走。后日遇国有难之际，又好保举也。"八王然其言，乃与呼延赞道知。赞曰："此事老夫自有主张。"呼延赞即日辞众赍旨，径赴汝州。见太守张济，细说斩六使之由。张济惊曰："彼到汝州未久，焉有此事？主上何故徒要轻损豪杰？"赞曰："此是权臣王枢密劾奏其情，圣上激怒之甚，八王力保不允。今廷臣商议，要求太守如此如此方便。"济喜曰："正与下官之意暗合。值今北番强盛，若无此人，边境怎安？"因令去请六使来，说以朝廷之意。六使曰："小人本无是情，既圣旨问我以死，只得承命，与朝廷回报。"济曰："君勿忧，正在商议，要如此脱君之厄。"六使曰："若得太守方便，当图死报！"张济曰："管保郡马无事。"即令狱官伍荣来商议。荣曰："牢中有蔡权，问实死罪，情真罪当，年久当斩。此人面貌与杨将军无异，可将此人斩首以献，主上必允信也。"济令取出蔡权审视，果然相像，吩咐伍荣，多讨酒馔赏之。醉于狱中，伍荣密来枭了

首级，提见张太守。太守曰："事不宜迟。"便交呼延赞赍着首级，星夜赴汴京去了。张太守唤过六使，教其装作客商，逃往远处避难。六使拜谢出府，换着轻快衣服，悄离汝州，径回无佞府，不提。

却说呼延赞单骑回转汴京，正值真宗设朝，进上六使首级。帝亲下看验，只道是实。群臣见者，无不嗟呀。八王恐将首级号令，被人参破，乃进曰："既延昭服罪被诛，乞将此首级发于无佞府，与其家人埋葬，亦见陛下不忘功臣之意。"帝允奏，因发下首级，着禁军领去。禁军得令，径送杨府中来。府中未知前因，只道是实，举家悲哀，将首级遵旨埋葬，不提。

第二十九回　宋君臣魏州看景
王全节铜台交兵

却说六使被斩消息传入佳山寨，岳胜、孟良等闻知，号咷而哭，声震原野。孟良曰："既本官不幸，我众人难以再守，不如散去，各安生理。"岳胜曰："汝言正合我意。"即令刘超、张盖于山下创立本官庙宇，旁塑十八员指挥使，递年祭祀。分遣已定，将寨中所积人各均分，拆毁三关寨。是日，众人四散而去。陈林、柴敢率所部依前往胜山寨居住。岳胜与孟良等反上太行山，称草头天子，部将封为丞相等职，打官劫舍，不在话下。是时焦赞在邓州，听知本官遭戮，亦越狱逃走。

话分两头。却说王钦见六使已死，不胜之喜，自思曰："朝廷无了此人，我志得遂矣。"乃修下密书一封，遣心腹人漏夜送往北番，来见萧后。萧后拆书视之，其书曰：

臣自辞禁中赴南朝，又是数年。每怀报答君后之恩，无由得遂。今臣颇知南朝强弱，所可虑者，惟杨六使而已。今臣略施小计，枭其首级以献，臣目所睹。可乘南朝无备，整点六师，大兴征伐，边防必望风瓦解。若待京城震骇，臣内中自生支节，复有书来奏知。望陛下与二三文武商议，勿失此机会焉。

萧后得书大悦，因以示文武。萧天佐奏曰："王钦来书，道得详细，乞陛下早定伐宋之计，以图中原也。"后然其奏。忽一人进曰："陛下此举虽善，只是难以取胜。"众视之，乃大将军师盖也。后问曰："孤欲举兵伐宋，卿何以见得难胜？"师盖曰："杨家虽亡，中原一统之盛，边帅拥重兵者不下数十万，若径提兵深入，未能即胜。当用计策赚之，令宋兵首尾不能救应，中原唾手可取也。"后曰："愿闻卿之妙计。"师盖曰："魏府铜台，乃晋帝陵寝之所，近来戍兵凋落，武备不修。陛下可遣人整饬园林，开凿玉池，多植奇果名花，诈称天落祥瑞，池水成醇，树叶藏浆。以此特异之事，扬于中原。再使人令王钦就中哄惑，引诱其君来此玩景。然后出劲兵，紧紧困之。陛下亲率精兵，乘虚直捣京城，国中无主，那个敢来争锋？此时取宋天下，有何难哉？"萧后闻之大喜，先发密书，入汴京与王钦知道。再遣能干之人，前去铜台修筑陵寝。一面下令萧天佐等整点军马以待。

不一月间，消息传入汴京，近臣奏知："魏府天降奇瑞，池水成醇酒，叶里贮琼浆，附近边民各移就共饮。"真宗闻奏，问群臣曰："魏府沃野之地。有此奇事？卿等当究的实。"一派武臣皆上表称贺，惟寇准等持疑是事，乃奏曰："魏府晋朝陵寝之所，既有此瑞，何独一

境应之？陛下不可深信。"帝未应。王钦奏曰："若此异事使天下皆然，又不足为瑞矣。今特魏府有之，正是太平符运，千载难逢。陛下当整六师，亲往视之，一者巡抚边民，二者使番人不敢南下。"真宗乃悦曰："卿乃忠言也。"即下诏巡幸魏府。八王谏曰："魏境地接辽界，近来帅臣调遣，城郭荒野。值今戎马在郊之日，陛下车驾一动，北番乘虚而入，那时谁为保守京城乎？万望以社稷为重，勿轻信虚诞之事也。"真宗曰："朕命柴驸马、寇丞相领禁军守京，必保无事。"八王见谏不从，快快而出。翌早，敕旨已降，以呼延赞为保驾大将军，光州节度使王全节、郑州节度使李明为前后扈从。赞等得命，准备起行。

越数日，真宗车驾发离汴京，八王以下文武皆随侍而行。但见：红尘起处兵车盛，白日昏时羽纛多。大军一路无词，不日间来到魏府境界。时冬十一月，朔风竞起，北方寒冻，车驾进入府中驻扎。次日，真宗与群臣登晋之陵寝看景，果见林中树叶包藏有物，玉池中泉水红润。帝命取而尝之，其味似酒，其甘若醴。军校摘下树叶，揭内视之，俱是时造粟浆。八王奏曰："陛下以祥瑞之故而劳动车驾，使边民供给，不堪其苦。今观此亦何祥瑞之有耶？此必番人之计，赚君臣来此。若不亟还，定落其圈套。"真宗亦疑，因下命退回军马。

不想北番已知消息，萧天佐、土金秀等率马步番兵十万，将魏府城郭团团围了。飞骑报至驾前，真宗大惊曰："不依卿等所谏，致被围困，将何以为计？"八王曰："番人预定此策，长驱而来，其势正锐。陛下可敕诸将严守各门，一面遣人星夜往汴京取救兵，待援兵一至，内外夹攻，则可退敌矣。"真宗依奏，即命呼延赞等分门而守。

时宋军于敌楼上望见番兵鸟聚云集，声势甚盛，众皆有惧色。呼延赞按剑而言曰："凡两国相敌，胜负在将，不在兵之多寡。我观番兵虽众，利在急战。明日与其交锋，当尽力而战，必能胜之。"众军得令。次日，赞请旨，与光州节度使王全节分前后出战。旗鼓开处，两阵对圆，番将土金秀跑马先出，指宋将谓曰："汝等已中吾计，何不纳降，以免一死？"呼延赞怒曰："臊狗奴速退，尚可留残生，若使邀阻御驾，直待兵指幽州，寸草不留！"金秀大怒，跃马舞刀，直取宋将，呼延赞举枪交锋。两将鏖战四十余合，番将力怯，拨马而走。呼延赞摧动后军掩杀。番将见赞赶来，挽弓架箭，一矢恰中乘马，呼延赞被掀翻在地。王全节正待救之，番兵围裹将来，将赞活捉而去。全节不敢恋战，跑马杀入城中。萧天佐从旁攻之，宋兵大败，死者不计其数。全节入见真宗，奏知："番兵众盛，已捉去大将呼延赞，臣战败而回。"真宗闻之，忧愤不已。八王曰："事既急矣，陛下可再遣人于沿边帅臣求救。"帝允奏，手诏遣使臣而行。

却说番将捉得呼延赞，用槛车囚下，待遣人解赴幽州。萧天佐与土金秀、耶律庆分门攻击，宋军震骇。八王曰："番人所惧，唯有杨家。陛下可效汉高祖白登故事，以军中勇壮者,假装六使及部下十八员指挥使,城上扯起杨家救援旗号,使假者于城上走马,番人见之,必引兵退去。我军乘势杀出,可脱此难矣。"帝允奏,下令军中并依三关将帅装束,次日平明,扯起杨家救驾旗号。番人见着旗号,报入军中。土金秀惊曰:"杨六郎已死,如何又来救驾?"即率所部来探。一伏时,城上金鼓齐鸣,炮响震天,假装岳胜、孟良、焦赞等,于城上走马。番兵望见,哪知虚实,齐叫:"快走,不然无遗类矣!"萧天佐闻之,拆营而去。王全节与李明开城追击。番兵奔如潮涌,自相践踏,死者无算。宋军直追至数里而回。王钦大怒曰:"北番人真乃乳子!恁的怕着杨家。"亟密遣人报与番帅得知。萧天佐闻之,叹曰:"假者尚如是惧怯,若使真的,不战而败也。"复率众围绕而来,攻打越紧。城中见番兵又至,报知真宗。真宗曰:"此机已被参透,再有何策可退?"八王曰:"朝廷音问不通,那个敢敌北兵?如今不有杨家,臣等亦难为计也。"真宗曰:"悔之无及,朕将率众将亲战番兵,溃围而出。"八王曰:"北兵众盛,陛下徒损威风,必不能出。只得紧守此城,以待救兵。"

番兵一连围困二十余日,城中危急。真宗亲自登城,见北骑周回围绕,水泄不通。八王曰:"陛下要脱此难,除得杨六使来,殄此丑虏,如滚汤泼雪。"帝曰:"那里再得此人?"八王又奏曰:"可出赦书,遍行天下寻之,恐有六使也。"真宗不答,退入府中,自思:"八王所奏可疑。"因召侍臣入内问计。侍臣齐奏:"杨六使消息,八王恐知下落。乞陛下发赦书于汝州究之。"帝允奏,问:"谁赍赦一行?"王全节曰:"臣愿前往。"帝付赦文。次日,令李明送出,开了城门,李明先杀出,正遇番将耶律庆,战败之。全节乘势杀出重围,投汝州而去。李明退入城中坚守。

第三十回 八王赍诏求六使 焦赞大闹陈家庄

却说王全节赍赦文，星夜投进汝州，见太守张济，道知："主上被困魏府，官军战败。今众臣保奏，赦了杨六使前罪，着命部兵救驾。今某赍赦文到此，望太守作急根究其人。"张济曰："六使犯罪，首级已献于朝廷，岂复有六使乎？今着下官根究，从那里寻讨？节使可速回奏，庶不误事。"全节听罢，忧闷不已，乃曰："若不得此人，则主上之难万不能脱，下官亦难回奏。"张济曰："君父有难，臣子何安？节使务要追究，除非到无佞府，可知消息。我汝州绝无是人。"全节无奈，只得离汝州，径赴无佞府，来见令婆，道知圣上赦讨六使救驾之事。令婆曰："吾儿首级埋葬多时矣，那里复有？此或众臣无计可施，设为此言，暂安主上之心。节使可即回奏，勿误军情。"全节怏怏不乐。

次日，全节只得单骑复来魏州，杀开血路，到东门大叫开城。李明听得是王全节声音，即开城杀出，救入城中。全节见真宗，奏知："汝州并无六使消息。臣又投杨府究问，皆道已死多时。"真宗闻奏，长叹曰："堂堂天朝，遇朕有难之际，无一人敢提兵救援。"又问计于群臣。群臣对曰："如此兵势，虽子牙复生，亦无计可施。"真宗纳闷无已，寝食俱废。八王曰："事急矣！臣只得亲往杨府，取讨六使。如果不在，亦召藩镇来援。唯陛下与众将坚守此城。"帝曰："军情重事，兄不宜造次。"八王领命。帝乃令王全节、李明先杀开重围，保出八王而去。二人复杀回城中，不提。

却说八王赍赦文，径赴无佞府，来见杨令婆，说知主上在危急之中，可着六使出来商议救驾。令婆曰："前日王节使来召，老妾不与其知。既殿下亲到，当令出来相见。"因令手下于后园地窖中唤出六使，堂上拜见八王。八王嗟呀良久，乃曰："若非昔日之计，今日那讨郡马！"六使谢曰："多得殿下方便，无恩以报。"八王曰："主上被困魏府，事势已急，今有赦书来到，郡马作急救应。"六使曰："近闻三关之众人各散去，如何能够即救？须待小可前往寨中，招集众人，方可议行。"八王曰："事不宜迟，我进朝中，调拨边师俟候。待君招集众将，一同进兵。"六使允诺。八王既去，六使辞却令婆，前往三关而行。正是：谁教豪杰依然出，直向铜台救驾回。

六使只一人在路，行了数日，先往邓州界访问焦赞消息，并无下落。行到锦江口，见一伙僧家唧唧哝哝而过。六使问曰："汝等要往何处？都有不悦之意。"僧人曰："君岂解其事！此地方有一癫汉，发作时便要打人，官司没奈他何。他口中称，有什么本官被朝廷所诛，但逢僧道，便拿去看经诵偈，那个敢违逆之？昨日来我寺中，着我等去做功果，超度其主，我众人只得赴命。"六使听罢，自思："此必是焦赞。"乃问曰："此人今住何地？"僧人曰："邓州城西泗州堂里便是他居处。"六使曰："我同汝等前往见之。"

僧人引六使到泗州堂，正见焦赞卧在神案上，鼻息如雷。六使视之不差，近前摇醒。焦赞睡中起来，睁开一双怪眼，大声喝道："那个不怕死的，却来相撩老爷？"六使喝曰："焦赞不得无礼！本官在此。"赞听罢大惊，径向前抱住曰："汝是人耶？鬼耶？焦赞超度本官多时矣。"六使笑曰："岂有白日之鬼来见汝乎？此间不是说话处，可随我来。"焦赞放手便拜，众僧人掩笑而散。六使引焦赞出城西桥，道知："主上遇难，今八殿下领赦来召救驾，可速往三关，招集众兄弟同往。"焦赞听罢，大喜曰："我道本官被朝廷所害，撇得众人没主。今日又得相会，真是快活煞我也！"

次日，六使经过汝州，入府拜见太守，道知八王领赦来取救驾之事。张济大喜，亦以王节度来由告知。六使曰："军情紧急，我当往三关招集进兵。"张济然之。六使径辞张济出城，与焦赞望三关而行，路上二人各诉其本末。来到杨家渡，日正当午，遥望水势茫茫，旁无船只。六使等待多时，全没人渡，因令焦赞去问渡船。焦赞允诺，行至上流头，见船夫问曰："劳汝渡过对岸，多奉渡钱。"船夫曰："此渡是杨太保掌管收钱，那个敢私渡？汝要去，可往前面亭上见之。"焦赞听罢，径奔亭中来，见一伙强人在那里赌赛。焦赞近前曰："借用渡船过岸，多奉船钱。"众人抬头，见焦赞生得异样，皆不答言。焦赞又小心问之，众人骂曰："臭狗奴！说什么过渡！"焦赞大怒，伸出一对硬拳，打得众人四分五裂。正待向前打那太保，太保往后走去。

焦赞回见六使，怒气未消。六使曰："汝又去生事来？"焦赞曰："今番好被那伙气也！分明有渡，不肯借我，反出恶言相伤。被我怒激起来，打散众人而去。"六使正没奈何，忽见强人各执短棍赶来。焦赞曰："待结果此贼，以除其害。"径提大朴刀，当中杀来。那伙强人不能抵挡。后面杨太保冲出，与焦赞连斗数合，不分胜败。六使叫曰："不要相斗，愿闻壮士姓名。"杨太保乃抽回利刃，立于原上，焦赞亦住了手。太保曰："我乃邓州人氏，姓杨名继宗，小号太保。且问汝是何人？要过此渡而令手下强取？"六使曰："小可太原杨令公之子六郎也。今主上被难，要往三关招集部下救驾。来到河边无渡，特借一时，壮士何故不允？"太保听罢，放下刀，近前拜曰："久闻大名，未得瞻拜。今日幸见，甚慰平生。"六使扶起。太保即邀六使到庄上，设酒醴相待，乃曰："将军不弃，愿率所部同往魏府救驾。"六使喜曰："太保如肯相从，诚乃美事，有何不可？只待招集众人，便来相约。"太保允诺，是夕留六使宿于庄上。次日，撑船渡过六使登岸，与焦赞望三关而行。时四月天气，途中

酷热，古人有词为证：

　　翠葆参差竹径成，新荷跳雨泪珠倾，曲栏斜转小池亭。

　　风落帘衣归燕急，水摇扇影戏鱼惊，柳梢残日弄微晴。

　　二人行了半日，歇坐于柳荫之下。焦赞曰："本官且停待于此，我往前面问有酒舍，沽一壶聊止饥渴。"六使允之。焦赞径往前来，没处寻酒店。正烦恼间，忽一伙人挑着酒肉而过。焦赞问曰："汝等所挑酒肉肯卖乎？"一人曰："此是赛愿酒肉，如何肯卖？"焦赞曰："赛什么愿？"众人曰："前面有杨六使神庙，威灵显赫，乡村赖之以安，但有祈许者，无不遂意。今日特往酬谢。"焦赞听罢，遂放手，回见六使，道知其事。六使笑曰："那有是理？"焦赞曰："乡人道离此不远，当与本官访视之。"六使依言，径与焦赞行来。

　　果见一座庙宇，创造极是威仪。杨六使步入庙中，见上塑着本身神像，脱然无异。两旁塑一十八员指挥使，香火十分旺相。六使指焦赞谓曰："此像塑汝，真乃相似也。"焦赞笑着道："本官更塑得真。我在邓州发癫打人，这里倒加供养。待先推倒本身，然后去推本官。"言罢，一拳声响，将其塑像推落半边。复走上殿去，把六使神像一连几推，全然不动；乃努力推之，声震而崩，赛愿者各自奔走。庙祝见之，便把哨锣乱敲。一伏时，刘超、张盖带领三百余人，来到庙前。六使认得，喝声曰："汝众人做得好事来！"刘、张大惊，纳头便拜曰："众人都道本官已死，今日缘何到此？"六使说知诈死之事，"今要招集汝等，前往魏州救驾。"刘、张喜曰："既如此，请到寨中商议。"六使令拆毁庙宇，打倒神像，随众人到虎山寨坐定，刘、张设酒醴相待。六使曰："岳胜居止何处？"刘超曰："岳胜与孟良部众反上太行山，称草头天子。"六使叹曰："使我不起，四境如何得宁？"乃吩咐刘、张等："整备枪刀盔甲，在此俟候，待我招了岳、孟，一同征进。"刘、张允诺。

　　六使乃与焦赞望太行山而来。行了一日，红轮西坠，天色渐晚。六使曰："此去皆是山路，想无客店，汝往前村寻问借宿去处。"焦赞允诺，往前一望之地，并无人家；直转过山后，却是个小乡村。焦赞靠前入进庄所中，见一员外在灯光下端坐。焦赞揖曰："远行客商到此日晚，敢扰公公宝庄上借宿一宵，当以重谢。"那人答曰："平时敝庄尽可安歇，今日难以相许，君可往别处投宿。"焦赞曰："天色已黑，万望公公方便。"主翁曰："汝有伴当否？"焦赞曰："只有本主在庄外，共两人而已。"主翁曰："只两人亦无碍，与汝在外房歇息。"焦赞即出，邀六使相见。主翁视六使一貌堂堂，乃问曰："君从何处来？"六使答曰："小可汴京到此，欲往太行山公干。"主翁曰："君若提起太行山，老拙冤怀莫伸。"六使曰："有何苦事？望说与小可知之。"主翁曰："老拙居止此乡，好名重义。此庄都是陈家一姓，离太行山数里之程。今山中有二位草头强人，一名岳胜，一名孟良，号称天子，招聚五六万人，打官劫舍，甚为民害。老拙飘零半世，只生一女，被孟良瞧见，今夜要来入赘，没奈

何,只得允从。不然,一乡之人难保。是此冤枉,无处伸也。"六使笑曰:"公公勿忧,孟良是小可故人,待他来,我自有法退之。"主翁曰:"若得小女不辱,即乃重生父母。"六使辞出外面伺候。

却说主翁吩咐家中安排筵席迎接,将近二更左侧,忽闻金鼓之声,灯炬辉煌,人报孟大王来到。陈长者出庄外迎接。孟良进厅上坐定,从人各列于两边。长者拜曰:"有失远迎,望大王赦宥。"孟良曰:"汝今是我岳丈也,不必施礼。"长者因令家人抬过筵席,并故意令百花娘子来把盏。使女回报:"娘子怀羞,不肯出来。"长者曰:"如今即是将军夫人,怀什么羞?"仍令人催之。孟良听得,不胜欢喜。时六使与焦赞隔窗张视,私笑曰:"若是没王法,凭他横行乡村。今日不遇我来,真被他骗去此女。"焦赞曰:"待我出去打折他一只脚,看他还做得新郎否?"六使曰:"汝先去捉住,我便来矣。"焦赞忍气多时,即踏进厅上,一脚将筵席踢倒,两手将孟良紧紧抱住。孟良不曾提备,动手不得,喝声:"手下何在?"喽啰正待向前,六使厉声骂曰:"不识廉耻之徒!敢如此无礼耶?"焦赞乃拖孟良出座外,指曰:"汝看此位是谁?"孟良灯下认得,连忙拜曰:"本官因何到此?万望赦罪。"六使曰:"可急备鞍马,回寨中商议。"

第三十一回 呼延赞途中遇救 杨郡马大破辽兵

却说杨六使既见孟良，即欲转回山寨，商议救驾。陈长者进前拜曰："将军是谁？愿闻姓名。"六使扶起，将其本末道知。长者大喜曰："久闻盛名，如雷贯耳，今日有缘相遇。"因令百花娘子出来拜谢。六使看见，果是好个女子：淡妆素抹，体态端庄，虽然难比西施女，胜却寻常窈窕娘。焦赞见罢，笑声曰："孟哥哥，你真没造化，撞着我们来到。若迟一日，亦得一宵受用矣。"孟良喝曰："本官在此，休得妄言。"众人各掩口而笑。百花娘子拜罢六使，进入内去。长者亲把杯，递与六使，意甚殷勤。是夕众人依次坐定，尽欢畅饮。天色渐明，杨六使辞长者要行，长者取过白金十两，以为相谢之资。六使固却不受，与众人离了庄所，径望太行山而来。有诗为证：

愁多不忍醉时别，想极还寻静处行。

谁遣同衾又分手？不知行路本无情。

六使行到山下，孟良先遣人入寨通报。岳胜闻此消息，即引数十骑出半山迎接，恰遇六使，拜伏道旁。六使进寨中坐定，从人齐拜贺毕。岳胜再拜曰："只因本官得罪，致各人四散而去。今日复得相聚，是我众人之幸也。"六使曰："前事慢说。今主上被困魏府，情势甚紧，可着急准备救驾。"岳胜曰："主上不以社稷为重，轻信谗佞，要致本官于死地。今幸皇天开眼，留得本官复在，不如只居此处，自称一国之君，图取快乐，何以救驾为哉？"六使曰："我等尽忠报国，留美誉于后世。若占此一方，万代骂名，只是强徒而已。"岳胜不复敢言，因设庆贺筵席。是日寨中大吹大擂，众人酣饮而散。

次日，六郎遣人去招刘超、张盖等来到，只有陈林、柴敢未来。岳胜曰："他二人复归胜山寨屯集，可着人报知。"六使乃遣刘、张前往。不数日，陈、柴亦率所部来到。时帐下岳胜、焦赞、孟良、陈林、柴敢、刘超、张盖、管伯、关钧、王琪、孟得、林铁枪、宋铁棒、丘珍、丘谦、陈雄、谢勇、姚铁旗、董铁鼓、郎千、郎万共二十二员指挥使，部下精壮八万余人。六使曰："此足以胜敌。"遂先令人赴汴京，报知八王，期约进兵；又着人往杨家渡，知会杨太保。六使分遣已定，克日点集部将，旗上大书"杨六使魏府救驾"数字，一声炮响，大军离了太行山，但见枪刀荡荡，剑戟层层。时盛夏天气，南风微起，六使兵马正行之际，忽报一彪军到。六使令人探视，却是杨太保兵至。众人相见，一同进兵。六使于马上见军容可

掬,遂口占一绝云:

复合英豪势更雄,万山风色送行骢。

此行专为安邦国,说与番人亟避锋。

大军将近澶州界,八王亦部兵四万来会,入见六使,不胜之喜。六使曰:"兹行非惟救驾,殄灭丑类,平定幽州,在此一举也。"八王然之,遂驻扎澶州城中。次日,六使召岳胜谓曰:"主上被围已久。汝充前锋亟进,冲开一阵,使番将先挫锐气。"岳胜领命去了。又唤孟良与焦赞曰:"汝二人率刘、张、陈、柴等,各部兵二万,分左右翼,攻入番之中军,须用力战。吾引后军继进,必获全胜。"孟良等亦部兵而行。六使分遣已定,与八王议曰:"臣与殿下率精兵后应,诸将必能成功矣。"八王曰:"郡马真乃举足能定乱也。"六使辞不敢当。

次日,兵行之际,忽正北征尘蔽天,一彪人马来到。岳胜舞刀冲开其阵,番将刘珂不能抵敌,大败而去。宋军夺得囚车,送入六使军中。车内不是别人,乃是保驾将军呼延赞也。六使连忙打开放出,拜曰:"天教相遇,不然,竟遭俘虏矣。"赞曰:"老将被捉之时,屡欲报知主上,来取足下。争奈军情严密,弗能达意。使今日不是郡马相救,几丧残生。"六使大喜,引见八王。八王曰:"此天子洪福也,故使将军遇救。"六使下令诸将兼程进发。是时真宗在魏府,与众臣悬望救援消息,音问不通。城中粮草将尽,臣下皆宰马而食,番兵攻围紧急,势已危急。

却说刘珂败回,见萧天佐,称中朝救驾兵到,抢去了呼延赞。萧天佐大惊,即遣人哨探是那一路救兵。哨马回报曰:"旗上大书杨家部号,来得甚是凶猛。"萧天佐下令各营整兵迎战。分遣未定,前队岳胜军马漫山遍野而来。番将耶律庆列阵先战。岳胜大骂:"天兵已到,丑贼尚不远遁,是欲自促其亡乎?"耶律庆怒曰:"宋朝君臣已困死一半,汝来亦就屠戮耳。"岳胜拍马舞刀,杀进北阵,耶律庆举枪迎之。两马相交,战上数合,番兵围裹将来。孟良、焦赞分左右翼攻入。番将麻哩喇虎举方天戟绕出助战,正迎着孟良,两马交锋。陈林、柴敢率劲兵从旁杀进。是时南北鏖战,金鼓连天。焦赞战得激烈,提利刃横冲北营,如入无人之境,恰遇番将刘珂来到,交马只一合,被赞斩落马下。宋骑竞进,万弩齐发,北兵阵势挫动。萧天佐奋勇来战,杨太保一箭射落马下。土金秀望见,杀出救之而去。耶律庆料不能胜,刺斜杀出。岳胜乘势追近前,一刀挥为两断。麻哩喇虎溃围逃走,被刘超、张盖用绊索缠倒其马,向前捉住。师盖正待来救,被郎千、郎万杀到,将其生擒于马上。孟良直突进东门。敌楼望见城下鏖战,节度使李明、王全节开门接应夹攻。北兵倒旗弃甲,如风卷落叶而走。宋兵长驱追击,杀得尸横遍野,血流成渠。萧天佐与土金秀率残骑垂首丧气,漏夜走回幽州去了。宋兵夺其营寨,掠得牛马辎重无算。

盖此战成功有三机焉:一者,番人攻围已久,志意寝懈;二者,不意六郎尚在,兵势先

夺其心；三者，宋兵新来，锐气正盛，且又攻其弗备也。后人有诗赞曰：

宋运兴隆启圣明，英雄效命发长征。

番人弃甲抛戈遁，方显杨家救驾兵。

时八王单马先入城中，见真宗，称贺曰："赖陛下洪福，已取得杨六使救兵来到，杀得番众兵将败衄而去。"真宗曰："朕脱此难，卿之功也。"因令宣进杨六使，拜伏御前。帝曰："卿因误犯前罪，特悉赦之。今有救驾大功，朕决不负汝。"六使顿首奏曰："机会难得，宜乘陛下车驾在此，威风百倍，臣率所部直捣幽州，取萧后地图以献，永息边患。此千载之盛举，乞准臣奏。"帝曰："卿言甚善，奈车驾久出，壮士疲困，须待回朝议之。"六使退出回营，以所捉番将尽行枭首号令，不提。

次日，帝以代州节度使杨光美为魏州留守，下令各营班师回汴。军士得令，无不欢跃。文武拥护车驾离魏州，望大梁而回。但见：旌旗动处黄龙舞，画角鸣时白昼闻。大军一路无词。不日到汴京，车驾进入皇城。翌日设朝，群臣朝贺毕。真宗以扈从文武久困魏州，各赏赉有差。宣六使入殿前，亲慰甚厚，因谓之曰："三关赖卿以安，烦统所部，仍镇此处，使北番不敢南下，是为社稷捍蔽。"六使奏曰："臣正待再往佳山寨，招募雄勇，以图伐辽之计，未得圣旨。既陛下允臣立功，即便前行。"真宗大悦，加封六使为三关都巡节度使，旨敕一道，斩伐自由。六使拜受命。帝于便殿设宴，犒赏救驾将士，君臣尽欢而散。

六使径来无佞府，拜辞令婆起行。有子杨宗保，年纪一十三岁，欲随父同往三关。六使曰："那佳山寨乃苦寒地方，去则无益，不如侍奉令婆，待汝成人，即来取汝。"宗保乃止。六使辞别府中，与岳胜、孟良等率军马望三关进发。有诗为证：

大将征场得胜回，旌旗云拥后军催。

须知此去存威望，径使皇家诏旨来。

三军一路无词，不日来到佳山寨。六使入旧营中坐定，众人参见毕，乃下令修整营栅，筑造关隘。分遣岳胜等为十二团练，各领所部，整点枪刀衣甲听令。自是三关仍前兴旺，六使每遣逻骑缉探北番消息，与诸将日议征进之计，不提。

第三十二回　萧太后出榜募兵
王全节兵征大辽

　　却说萧天佐自败归之后，萧后日夕忧虑宋朝见伐。一日，与群臣议曰："近日北兵败衄，又听得南朝将为征讨之举。今杨家人雄马壮，倘或部领北征，谁可抵敌？"道未罢，韩延寿奏曰："谚云：'大国有征伐之兵，小国有预备之固。'今大辽宿将老帅已不堪任，乞陛下效选举法例，出下榜文，招募各国雄勇，任以帅职，以备宋人来侵，则为长保之策。"后允奏，着文臣草招募榜文以进。其文曰：

　　北番萧太后为招募英雄，以防国难事：盖闻兵以将为贵，将以才为能。今值大辽多事之秋，戎马相寻，干戈弗息，特出榜文，招募各处豪杰。或有抱谋略于山谷，怀武艺于穷荒，搴旗斩将，攻关取城，不拘一技一能，可辅国定霸者，咸集幽州，孤亲试其才。果能称职，即授重权，尊其爵位。故兹榜示。

　　萧后看罢榜文，即令张挂城门，招取英雄。正是：欲教胜敌杨家将，除是神仙降世来。

　　大中祥符四年，蓬莱山钟、吕二仙适在三岛洞中炼丹围棋，钟离问曰："汝曾忆岳阳楼赏白牡丹之事乎？"洞宾答曰："色欲之心，人皆有之。若敝弟子尚且脱胎换骨，亦被迷恋，况凡夫俗子耶！"钟离曰："此理本然。"又问："黄鹤楼酒舍，汝何留恋半载？此岂仙家之所宜乎？"洞宾曰："弟子存神炼气，此味不能断之。"钟离笑曰："众道友论汝'酒、色二字，犹有余染'，果不虚也。"洞宾自觉愧报，尊敬师长，弗敢与辩。忽然南北起一道杀气，冲入云汉，但见：万丈红光随火入，千条杀气逆烟来。洞宾看罢，唤仙童拨开云雾视之。回报道："却是南朝龙祖与北番龙母相斗，杀气进入于此。"钟离曰："吾以气数推之，尚有二年杀逆未除，只是可怜黎民受其荼毒。"洞宾曰："既师父以气数知之，还是龙母战胜，龙祖战胜？"钟离曰："龙母逆妖之类，走下北番，霸起一国。龙祖应天运而生，以作万民之主，今遭其扰闹，不久当为龙祖所灭。"洞宾曰："二龙争攘，百姓何辜？我仙家以救人为心，师父何不降凡，收龙母以归升，免得为民之患，岂不美哉？"钟离曰："世界纷纷，自有人定。我等只存修养，莫将闲事恼心。"言罢，径入洞中。

　　洞宾见钟离已去，自思："众仙笑我酒色为重，师父指道龙祖为能。我今要亲降凡间，辅佐龙母，灭却南朝，又恐师徒分上有碍。进见番界碧萝山有万年椿木，今成精怪，不如令他脱身降世，以助龙母。"即着仙童唤椿木精来到，洞宾曰："吾今付汝三卷六甲兵书。

上卷观视天文，中卷变化藏机，此二卷汝不必学。只有下一卷，人难得识，内中尽载阴文、迷魂、妖遁之事，教汝熟视。即今北番萧太后出下榜文，招募英勇，欲与南朝交兵。尔可脱身降世，将此卷兵书振佐北番。待灭却宋朝之后，我收汝同入仙道。"椿木精拜曰："小孽下凡，虽可施展，兵书恐不能通耳。"洞宾曰："汝先去揭取榜文，我即亲降凡间，代汝用事。"

椿木精即日拜辞仙主，径变身化作一道金光，震声如雷，走下北番，来到幽州城。正见各处壮勇团立于阙门外看榜，椿木精进前叫声："待我来揭榜！"众视之，其人生得面如黑铁，眼若金珠，身长一丈有余，两臂筋肉突起，貌极奇异。守军以其揭了榜文，引进朝门，来见萧后。萧后视罢，大惊曰："世上竟有此怪貌耶？"因问："壮士何处人氏？"椿木精答曰："小臣祖居碧萝山，姓椿名岩。"萧后曰："汝有甚武艺？"岩曰："兵书战策、一十八般武艺，无有不通。"萧后大悦，即与文武议封官职。萧天佐奏曰："壮士初进，未见其能，陛下权封以中职，候其建立奇功，再议未迟。"后允奏，乃封椿岩为团营都总使。椿岩谢恩而退。

却说宋真宗以魏府之耻，欲图报雪，召集群臣计议。八王奏曰："陛下以一统之盛，幽州一隅封宇，取之不难。争奈士马未集，尚待从容讨之。"帝未应，忽一人出曰："不乘此时进兵，更待何时？"众视之，乃光州节度使王全节，近前奏曰："臣有一计，可使北番拱手纳降。"帝曰："卿有何计？"全节曰："若起中原之兵，急难取胜。乞陛下敕澶州一路、雄州一路、山后一路，此三路乃幽州咽喉，易为粮饷；臣再提一路之师，共四路并进。北番虽有雄勇之将，何能当之？"帝依奏，即敕三路出兵，以王全节为南北招讨使，李明为副使，部兵五万前行。全节得旨，克日领兵离汴京，望幽州进发。时初春天气，风和日暖，但见：路上野花无意采，林中杜鹃动人情。大军来到九龙谷下寨。

消息传入幽州，近臣奏知："南朝起四路兵马而来，声势甚盛。"太后大惊曰："不意其来如此之速！"因问："谁可部兵迎敌？"道未罢，椿岩应声曰："陛下勿忧，臣举一人退宋兵，如摧枯拉朽，取中原犹反掌之易。"太后问曰："卿举何人？"岩曰："臣之师父，姓吕名客，现在宫门外。未敢擅进。若用此人退敌，何患不克？"后即宣进吕客于阶下，视之，见其人物清雅，举止特异，自思："此人必有奇才。"乃问曰："卿要来应募，求进身否？"吕客答曰："臣闻陛下欲与南朝争衡，特来相助一臂之力，取其天下。"后曰："卿要多少人马而行？"吕客曰："宋人善战者多，可用阵图斗之。依臣所论，幽州军马不足调遣，陛下须于五国借兵，可成大事。"后曰："五国是谁？"吕客曰："可修书一封，差使臣往辽西鲜卑国，见国王耶律庆，献送金帛，以结其心，问彼借精兵五万，彼必无推。又修书赍官诰往森罗国，赏赐国王孟天能，令他发五万相助。再遣一使臣往黑水国，许以成功之后，割西羌一带谢之，令助兵五万，必定悦从。又差一使臣赴西夏国，见国王黄柯环，说知中原利害，借兵五万。再着亲臣往长沙国，见国王萧霍王，借兵五万。若得此五国兵来，仗臣平生所学，排下南天七十二阵，使宋君臣见之心胆碎裂，拱手归命矣。"萧后听罢，大悦曰："卿真子牙重出，诸葛复生！"即日封吕客为辅国军师、北都内外兵马正使。吕客谢恩而退。

太后遣下五处使臣，令赍金宝，径诣鲜卑等国而行。当下使臣领旨，分头进发。自是五国得赐赏敕旨，无不悦从。鲜卑国王差黑鞑令公马荣为帅，森罗国王差亢金龙太子为帅，黑水国王差铁头黑太岁为帅，西夏国王差公主黄琼女为帅，长沙国王差驸马苏何庆与公主萧霸贞为帅，各助精兵五万，陆续而来。不消数十日，都集幽州听候。近臣奏知萧后："五国兵马齐到。"后宣进吕客，问曰："五国之兵已到，军师何以调遣？"吕客奏曰："臣此行不是等闲，陛下再召回云州耶律休哥等，蔚州萧挞懒等，起倾国之兵，与臣提调，管取克伏中原。"后允奏，即下敕于云、蔚二州，调回各处军马。以鞑鞑令公韩延寿为监军，都部署土金秀以下并听调遣，统率二十五万精兵，合五国共五十万。随吕军师征进。韩延寿等得旨，出往教场中，操演齐备。越数日，云、蔚二州军马皆到。吕军师同椿岩率五国精兵与北番人马离幽州，浩浩荡荡，望九龙谷而进。此一去，有诗为证：

全凭兴国扶王策，能使英雄显智来。

三千世界风云变，七十天门战阵开。

北番兵马来到九龙谷，于平川旷野下寨，对面便是宋营。次日，吕军师召集诸将，吩咐曰："三月丙申支干相克之日，吾将排阵，各人须要听令。如有后期者，先斩后奏！"韩延寿进曰："军师令旨，谁敢有违？"

第三十三回　吕军师布南天阵
杨六使明下三关

却说吕军师取过阵图一张，吩咐中营骑军五千，离九龙谷一望之地，筑起七十二座将台，每台令五千军守之。另外设立五坛，竖立旗号，按青、黄、赤、白、黑之色，内开甬道七十二路，往来通透。待筑完备，而后提调。骑军得令前去，按阵图筑立。不数日，台坛俱已整齐，甚是完固。回报于吕军师，军师亲往巡视一遍，择定吉日，下令诸将听调。

三通鼓罢，五国军马齐齐摆列。吕军师先令鲜卑国黑靼令公马荣率所部军，列在九龙正南，摆作铁门金锁阵。分一万军，各执长枪，按为铁门，把守将台七座；又分一万军，各执铁箭，按为铁闩，把守将台七座；再分一万军，各执利剑，按为金锁，又把守将台七座。马令公得令，一声炮响，率军排列去了。有诗为证：

画角齐鸣阵势开，铁门坚固巧安排。

对垒敌将若欲破，除是神仙秘诀来。

吕军师又下令，着黑水国铁头太岁率所部军，靠九龙谷左排作青龙阵。分一万军，手执黑旗，按为龙须，把守将台七座；又军一万，分四队，各执宝剑，按为四个龙爪，把守将台七座；又军一万，各执金枪，按为龙鳞之状，把守将台七座。铁头太岁得令，率所部分布去了。有诗为证：

青龙阵势智谋深，百万雄兵亦凛然。

自是中朝豪杰在，敢驰骏马入南天？

吕军师又令长沙国苏何庆，以部下靠九龙谷右排作白虎阵。分一万军，各执宝剑，按为虎牙，把守将台七座；分军一万，手执短枪，按为虎爪，把守将台七座。再令耶律休哥屯军一万，守将台六座于前，按为朱雀阵；耶律奚底屯军一万，守将台六座于后，按为玄武阵，围绕左右，作犄角之势。苏何庆、耶律休哥等各领所部而行。有诗为证：

白虎交加阵势雄，前排朱雀将台中。

后居玄武藏机妙，敌国兵强不易通。

吕军师再遣森罗国金龙太子，以所部军端守将台中座，按作玉皇大帝，坐镇通明殿。令董夫人装作梨山老母，再绕中台分军一万，各穿青、黄、赤、白、黑服色，按为四

斗星君。另选军二十八名，披头散发，绕中台前后，按作二十八宿。又令土金牛装为玄帝，土金秀手执黑旗，排成龟蛇之状，把守二门之北。金龙太子等各得令部兵去了。有诗为证：

玉皇驾下列星君，阵势巍然智压群。

不得仙家亲降世，定教中原两平分。

吕军师又令西夏国黄琼女，以所领女兵，手执宝剑，按为太阴星；萧挞懒率所部，各穿红袍，按为太阳星。仍令黄琼女赤身裸体，立于旗下，手执骷髅骨，遇敌军大哭，按为月孛星之状；耶律沙率所部巡视四方，按东、西、南、北斗，结为长蛇之势。黄琼女等各引兵分布。有诗为证：

战鼓频敲势若雷，东西南北阵门开。

仙家摆作拿龙计，不想英雄识破来。

吕军师又令萧后单阳公主率兵五千，各穿五色袈裟，按为迷魂阵。内杂番僧五百，为迷魂长老。密取七个怀孕妇人，倒埋旗下，遇交锋之际，摄取敌人精神。单阳公主得令，引兵依法而行。有诗为证：

阵阵相连法甚奇，鬼神夜夜魄精迷。

分明一本安邦术，变作天翻地覆机。

吕军师下令耶律呐选五千健僧，手执弥陀珠，按为西天雷音寺诸佛；另以五百和尚分列左右，按为铁罗汉，总居七十二天门之首，以吞敌人威势。耶律呐领命而行。有诗为证：

堂堂阵势列方圆，万马争驰绕将坛。

若使英雄齐角力，尽教圣主定中原。

吕军师排成阵势，着椿岩与韩延寿督战，每阵中并观红旗为号，指挥迎敌。果是仙家妙术，世人莫测。七十二阵，变怪奇异，昼则凄风冷雨，夜则河汉皆迷，好使人惧！正是：不有真仙开妙秘，如何能破鬼神机？

次日，椿岩以师父阵图已完，与韩延寿议曰："今宋兵列营于对垒，可令人下战书与知，看他如何出兵。"延寿然其言，即遣骑军来见宋将王全节。全节批回战书。次日，引李明等出九龙谷平川之地邀战，望见正北一座阵势，如生成世界一般，大惊曰："番家必有奇才在军中，且未可即战。"道未罢，辽帅椿岩、韩延寿二骑飞出，厉声高叫曰："宋将若只斗武艺，即便交锋；如要斗文，试观吾阵！"全节顾李明曰："北兵势锐，若与交战，终是不利；以阵图与言，回兵计议乃可。"明然其言。全节曰："斗战武夫较力之事，不足为奇，待再整阵图来破，方显高低。"椿岩笑曰："任汝去排阵来战，吾不暗算汝矣。"乃收

兵还营。

全节归至军中，谓李明曰："阵势小可颇谙，未见今日之异。当具奏朝廷，速遣将来辨视。"李明曰："事不宜迟，须即行之。"全节乃画成阵势图局，遣骑军星夜赴汴京奏知真宗。

真宗看罢大惊，即遍示文武，无一人识得者。寇准奏曰："臣视阵图，内中变化必多。除是三关召回杨六使，可识此阵，其他边帅恐不能识。"帝允奏，遂遣使臣径赴三关，来见六使。宣读圣旨毕，六使领旨，与诸将议曰："既主上有旨，当得赴命。"因令陈林、柴敢守寨，自率岳胜、孟良等二十二员指挥使，统领三军，离佳山寨，赴京而行。此所谓明下三关也。君恩优渥，将帅威仪，较前兄妹私行，真有天渊之隔矣。有诗为证：

　　万战丛中争六合，千军队里定乾坤。

　　英雄自有平戎策，直指旌旗入阵门。

军马一路无词，不日到京，六使以所部扎于城外。翌日，随班朝见。真宗帝曰："近因北征帅将进番人排下阵势图局，文武皆不能识。朕以卿太原将种，阵图素熟，卿试看此为何阵。"六使承旨，接过阵图视之，奏曰："臣视此阵，必有传授，番邦无人能排此阵者。须容臣亲提士马，临敌境看视，方明其理。"帝允奏，赐六使金卮御酒，即命起行。六使谢恩而退，即率所部，离汴京望九龙谷进发。

哨马报入王全节军中，全节听是杨六使到，不胜之喜，与李明等出营迎接。六使下马，与全节并肩入帐中坐定，二人各叙起居。全节曰："近因小可北征，不想番家于对垒排下阵势，甚是奇绝。今得足下来此，想有定论。"六使曰："主上以阵图视之，小可一时难明。还待出阵前观视，看他变化何如。"全节然其言，令具酒醴相待，夜静乃散。

次日，六使下令出军。岳胜、孟良等披挂齐备，鼓罢三通，宋军鼓噪而进。北将韩延寿亦部兵列于阵前。杨六使端坐马上，高叫曰："北兵休放冷箭，待吾看阵。"延寿认得是杨六使，自思曰："此人将门出身，深识阵法。"下令各营，依红旗指挥，随时变化。番营得令，一声震响，阵图如山岳之势。六使于马上停视良久，谓诸将曰："阵势吾曾排着几番，未曾见此变化。道是八门金锁阵，又多了六十四门；道是迷魂阵，又有玉皇殿。如此丛

杂,如何敢破?只得回军商议。"岳胜等乃收军还营。北兵亦不追赶。六使归军中,与全节议曰:"此阵果是奇绝,小可亦不能测。"全节曰:"君若不识,他人愈难明矣。"六使曰:"可急遣人奏知,请御驾亲征,然后计议。"全节乃差人赴京奏知。真宗闻报,与群臣议曰:"杨家不识其阵,必非小可,朕只得御驾亲征。"八王奏曰:"此一回须用陛下监战,方可成功。"帝意遂决,竟下命寇准监国,大将军呼延赞为保驾,八王为监军,敕沿边帅臣俱各随征听调。旨令既下,诸将俱整备俟候,不提。

次日,车驾离大梁,望幽州进发。正值夏末秋初,但见:旌旗卷舞西风急,斗帐凄凉夜色寒。大军一路无词,不日望九龙谷将近。杨六使、王全节等迎接于五十里之外。真宗下命于正南驻营。众将朝见毕,帝宣六使入御前,问其阵势如何。六使奏曰:"阵势排得奇异,臣亦参不透,正待圣驾来观。"帝允奏,下令明日看阵。六使退出,吩咐各营整备,不提。

第三十四回 宗保遇神授兵法 真宗出榜募医人

却说北番听得宋君亲到，韩延寿与椿岩议曰："宋君车驾亲来，还当具奏，请君后车驾亦来监战，则诸将知所遵命，可建大功。"岩曰："此言正合我意。"延寿即具表，差人入幽州奏知。萧后得奏，与群臣商议。萧天佐奏曰："陛下此行，乃图中原之大计，勿阻其请。"后大悦，因令耶律韩王监国，萧天佐为保驾，耶律学古为监军，即日驾离幽州，大军浩浩荡荡，望九龙谷而来。韩延寿等接驾，奏知宋人不识阵势及宋帝亲征之事。后曰："卿等各宜尽力建功，若得中原，高职寡人不吝也。"延寿拜命而退。萧后立营于正北，分遣诸将翌日见阵。

平明鼓罢三通，正南宋真宗车驾拥出，将佐齐齐摆列前后。对垒萧后亦亲部军而出，遥见黄纛下真宗高坐马上看阵。萧后跨着紫骅骝，立于褐罗旗下，高叫曰："宋君一统天下，尚有不足，屡欲图我山后九郡。今来决一雌雄，若破得此阵，山后尽归宋朝；不然，还要平分天下！"真宗厉声答曰："汝陋夷之地，纵归献于朕，朕亦无用处。量此阵亦不难破！"言罢，抽身还营。萧后亦退。

帝回至帐中，召诸将曰："朕观其阵，变化极多，卿等不能破之，将何为计？"六使奏曰："臣父在日，尝言：'三卷六甲兵书，惟下卷难晓，皆是阴文、妖遁之术。'想此阵必出于下卷。臣母或闻其详，乞陛下召来问之，或可晓其阵。"帝大悦，即遣呼延显赍敕命一道，星夜前去。显领旨，径赴无佞府见杨令婆，宣读圣旨曰：

朕以御驾北征，适因番兵排下一阵，阴阳变化，军中莫测。且番人口出不逊，必欲与朕争衡。朕立意要破此阵。惟夫人久在太原，得先令公之指示，当明其窍，特来宣召。闻命之日，即随使至，以慰朕怀。

令婆拜受旨毕，款待天使，因问阵势之由。显答曰："前日圣上因与萧后对阵，言语颇厉，故来宣取大驾，立待回奏。"令婆曰："明日即行。"呼延显辞出。次日，令婆吩咐柴太郡曰："圣上来宣，只得赴命，勿使宗保知之。"太郡允诺。天使催促起行，令婆整点齐备，与呼延显离杨府，径望幽州而去。

适宗保打猎回来，因问："令婆何往？"太郡曰："入宫中见宋娘娘，有国事商议，数日便回。"宗保怀疑，径进城中探问。遇守北门军校，问曰："曾见令婆过此否？"军校答曰："侵

早与天使赴御营去了。"宗保听罢，亦不回府，勒骑随后赶去。一路问讯，皆道过去已久。看看日色将晚，宗保一直行去，不想走差路径，来到穷僻处，全没人烟。宗保大惊，欲待要再走，林深月黑，莫辨路途。正在慌间，忽见谷中透出一点灯光。宗保随光影近前，见一所大房，似庙宇之状，遂拴了马，连叩数声。里面有人开门，引宗保进入。见一妇人，坐于殿上，两边仪从极是雄伟。杨宗保拜于阶下。妇人问曰："汝乃何人，夜深至此？"宗保道知本末，且言因赶令婆走差路至此。妇人笑曰："汝令婆赴军中看阵，如何识得？"因令左右具饮食，款留宗保。宗保亦不辞，开怀食之。却是红桃七枚，肉馒头五包。食毕，妇人取过兵书一本，付与宗保曰："吾居此间近四百余年，未尝有人至此，今君到来，乃凤缘也。汝将此书下卷熟玩，内有破阵之法，可去辅佐宋主，降伏北番，作将门万代公侯，不失为杨家之子孙矣。"宗保拜而受讫。妇人令左右指教宗保出路。天色渐明，左右曰："此去一直之地，便是大路。"言罢而去。宗保在马上且惊且疑，出得深山，却是大路。问居民："此是何处？"居民指曰："前一座大山，乃红累山，内有擎天圣母庙，多年荒废，基址尚在。"宗保默然曰："凡事不偶，此真乃奇遇也。"遂取出兵书玩之，熟读详味，不胜欢喜。后人有诗赞曰：

英雄何幸有奇逢，一本兵书术窍通。

此去定教扶圣主，将军真可倚崆峒。

却说杨令婆随天使到御营中，朝见真宗。真宗赐慰甚厚，道知北番所布阵图之事。令婆曰："臣妾先夫曾留下兵书一册，未知此阵载得有否，容臣妾与六郎出阵观视。"帝允奏，令婆辞退。次日，率六使及众将登将台观望其阵，但见刀兵隐隐，杀气腾腾，红旗动处，变化无穷。令婆细看良久，取兵书对之，不识出在那款。下得将台，谓六使曰："此阵莫道我等不晓，就是汝父在日，亦未见也。"六使曰："似此如之奈何？"令婆曰："我杨门不识此阵，他人愈难晓矣。"

正在忧闷间，忽报宗保来到。六使怒曰："军伍之中，他来何益？"道未罢，宗保已进账前，见父怒气不息，乃曰："爹爹莫非为阵图不识而烦恼乎？"六使曰："汝勿妄言，好好回去，免受鞭笞！"宗保笑曰："我回去无妨，谁人来破此阵？"令婆闻其言，唤近身边，问曰："汝曾见此阵来？"宗保曰："孙儿颇识阵图，试往观之，自有定论。"令婆遂令岳胜、孟良等保他登将台看阵。岳胜得令，引宗保登将台。瞭望良久，顾谓岳胜曰："此阵排得极巧，只可惜不全，破之甚易。"岳胜、孟良等惊问："御驾前将帅云集，无一人敢正视此阵者，小本官何以识之？"宗保曰："且回军中细说。"众人下了将台。

岳胜入见六使曰："小本官深明阵法，言破之甚易。"六使笑曰："休听他胡语。"岳胜即出。宗保见令婆，道知阵图可破之故。令婆曰："汝既能破，且问此阵何名？"宗保曰：

"说起此阵，非等闲之比。自九龙谷正北布起，直接西南一派，都是按名把守。内有七十二座将台，筑开甬道，路路相透，名为七十二座天门阵。靠右侧黑旗之下，阴阴杳杳，日月无光，乃吞迷敌人之所，埋得孕妇在地，更为惨毒。此一处颇难破之。其外尚有不全处：中台玉皇殿前，缺少天灯七七四十九盏；青龙阵下，少了黄河九曲水；白虎阵上，少了虎眼金锣二面，虎耳黄旗二张；玄武阵上，欠珍珠日月皂旗二面。这几处，待孙儿依法调遣，破之如风扫残云，霎时即消，有何难哉？"令婆大惊曰："吾孙何处得此妙诀？"宗保不隐，将所得兵书之事道知。六使听罢，以手加额曰："此主上之洪福，使汝得此奇遇。"

次日，六使进御营，道知其阵名，且言有不全之处，破亦容易。真宗大悦曰："既卿能识其阵，当以何日进兵？"六使曰："待臣与子宗保商议。"帝允奏。六使回到军中，唤宗保计议。宗保曰："彼以干支相克之日布阵，吾当以干支相生之日出兵。"六使然其言，下令诸将听候。不想真宗驾下王钦，私以阵图不全消息遣人漏夜入番营报知。韩延寿接得，大惊，急入奏萧后。萧后曰："似此如之奈何？"延寿曰："陛下可宣吕军师问之。"后即降敕，宣吕军师入帐中问曰："卿排下其阵，缘何有这几处不全？"吕军师自思："彼军中亦有识此阵者。"乃奏曰："果有未全，待臣按法添起，纵使轩辕复出，亦不能破矣。"后曰："卿宜早设，勿使敌人测破。"吕军师出到场中，下令于玉皇阵上添起红灯，青龙阵上开起黄河，白虎阵内左右建起二面黄旗，当中设立金锣二面，玄武阵上竖起日月旗。分布齐备，已成全阵。正是：只因奸贼通谋计，惹起干戈大会垓。

却说杨六使分遣诸将，并依宗保指挥。择定其日，奏帝出师。帝闻奏，下敕各营并进。宗保复引岳胜等登将台观望，见天门阵布全，无路可入，叫一声苦，跌落台下。岳胜大惊，连忙扶入帐中，报知六使。急令人救醒，问其缘故，宗保曰："不知谁泄了天机，使番人知之。今阵图添设完全，除是真仙下降，乃能破矣！"六使听罢，昏然闷绝。众人近前扶起，不省人事。令婆放声大哭，众将着慌。宗保曰："令婆且慢啼哭，可请八殿下来计议。"令婆乃收泪，叫人请得八王到军中，令婆道知其由。八王曰："既郡马有事，待奏知主上商量。"即辞令婆，入见帝，奏知六使得疾之由。帝惊曰："若使延昭不起，朕之江山奈何？"八王曰："陛下须出榜文，招募名医，先救好延昭，然后议出兵。"帝允奏，即出下榜文，挂于辕门外。

次日，军校来报："有一老翁揭取榜文。"帝宣医人进于御前，问曰："卿何处人氏？"老翁答曰："臣居蓬莱山，姓钟名汉，人称为钟道士。近闻杨将军为阵图得病，臣特来救之，又解破阵之法。"帝见钟道士仪表非俗，自思："此人必有广学。"乃令钟道士往视六使病症。钟道士回奏曰："臣能救治。"帝问曰："卿还用药医、用针灸乎？"钟道士答曰："臣观其症，阴气伤重，只难为二味药品。"帝曰："卿试言之。"道士曰："须要龙母头上发，龙公

项下须。得此二味来,可疗其病。"帝曰:"二味药出于何处?朕使人求之。"道士曰:"龙须不必远取,只在陛下可办。龙母头上发,须问北番萧太后求讨。"帝曰:"萧氏朕之仇人,那里去讨?若有他药代得,愿出重金买办。"道士曰:"偏要此品来,则可下药。"八王奏曰:"延昭部下皆能干之人,陛下出旨道知,或能有人求得者。"帝允奏,令钟道士且退,即着六使部下前去取药。令婆闻旨,与岳胜议曰:"此物可讨,只是难得机密人前去。"岳胜曰:"敢问老夫人有何计策?"令婆曰:"向闻我第四子改名木易,为萧后驸马。若有人通知其由,必能求得。"岳胜曰:"惟孟良最机密,可干此事。"令婆即召孟良,令其前往。

第三十五回　孟良盗走白骥马
宗保佳遇穆桂英

却说孟良慨然允诺，是夜来见钟道士，问要几多。道士曰："汝去足可办事，其发不拘多寡，待求得后，萧后御苑有匹白骥马，可偷回来，与宗保破阵。又有九眼琉璃井，亦在苑中，今青龙阵上九曲水，皆是此井化出，汝密将沙石填塞中一眼，其龙即旱无用，此阵易破也。"孟良领命，即偷出宋营，恰遇焦赞赶来。孟良曰："汝来此何干？"赞曰："因哥哥一个独行，我心不安，特来相陪同行。"良曰："此行要干机密事，如何带得汝去？"焦赞曰："偏哥哥机密而我泄露耶？定要同走一遭！"孟良无奈，只得带他，径到幽州城中安下。次日，良谓赞曰："汝且留住店中，我访驸马消息即回。"赞允诺。良遂装作一番人，入驸马府中见四郎，道知本官染疾，求取药品之事。四郎曰："此间缉探者多，汝暂出，容吾思计求之，过几日来取。"孟良允诺，仍复变形而出。

四郎思忖半夜，心生一计，忽大叫心腹疼痛，不能停止。琼娥公主大惊，急令医官调治，愈称痛苦。公主慌张无计，问曰："驸马此痛不止，要用何药可疗？"驸马曰："我因幼年战力过度，衄血留于心腹。往时得龙须烧灰调服，已好数年，不想今又发矣。"公主曰："龙须中原可有。北番那有讨处？"驸马曰："得娘娘龙发，亦能代之。"公主曰："此则不难。"即遣人前诣军中见萧后，道知取龙发疗驸马之事。萧后曰："既驸马得疾，此而可愈，我安惜哉？"遂剪下其发，付与来人而回。来人将龙发进入府中，驸马取些发烧服之，其病顿瘥。公主大喜。次日，四郎以所剩龙发藏下，恰遇孟良又来，便交付之。孟良接过，径回店中，付与焦赞曰："汝将此物先去，我干事完日，随即还矣。"焦赞允诺，带龙发星夜出幽州去了。

只说孟良蓦地入御苑，向琉璃井边运下沙泥之类，将中眼填实。抽身出到马厩下，正遇喂养番人在彼看守，孟良作番语云："太后有旨，道此马将用，着我牵出教场跨演。"守者曰："请敕旨来看。"孟良身边假造停当，即便取出看验。番人无疑，遂付马与之。孟良骑出教场，勒走一番，近黄昏逃离幽州而去。比及番人得知，随后追赶，已走去五十里程矣。孟良偷得白骥马，走了一夜，回到军中，见钟道士，告知干完三件大事。道士曰："不枉为杨家之部下。"次日，请主上龙须，均以龙发，按方医治六使，一服便瘥。

真宗闻道士医好六使，不胜之喜，宣入帐中，问曰："汝愿官职荣身，还是只图重赏？"

道士对曰："贫道麋鹿之性，不愿官职，亦不愿旌赏。贫道此来，非但调理杨将军，还要与陛下破此阵而去。"真宗曰："卿若能建此功绩，朕当勒名于金石，垂之不朽。"道士曰："此阵变化多端，一件不全，难以攻打。容臣指示宗保行之。"帝允奏，遂以钟道士权授辅国扶运正军师，除御营以下将帅，并依发遣，不必奏闻。道士谢恩而退，来见六使。六使拜谢不已。钟道士曰："尊恙幸得安痊，贫道当与令嗣破此阵图。"六使即唤过宗保，拜钟道士为师。宗保拜毕，道士曰："军中调遣，还要这几人来用。"宗保曰："要着谁人？乞师父指示。"钟道士即令呼延显往太行山，取得金头马氏，率所部来御营听候；又差焦赞往无佞府，召取八娘、九妹并柴太郡；再令岳胜往汾州口外洪都庄上，调回老将王贵；着令孟良往五台山，召杨五郎。分遣已定，呼延显等各领命而行。

却说孟良前往五台山，来见五和尚，道知要破天门阵，乞下山相助之意。五郎曰："前者澶州救吾弟回后，一意皈依佛法，忘却兵事。今日又来相扰乎？"孟良曰："此为国家大事，非由于己。师父可念本官勤劳，勿辞一行。"五郎曰："北番有二逆龙，昔在澶州降伏其一，尚留萧天佐在。除是穆柯寨后门有降龙木二根，得左一根，可伏其人。汝若能求得此木，与我作斧柄，则可成事。不然，去亦无益。"良曰："既师父务要其木，小可只得往求之。"五郎曰："汝去索取此物来，吾当整备俟候。"

孟良即辞五郎，径望穆柯寨来。恰遇寨主，乃定天王穆羽之女，小名穆金花，别名穆桂英，生有勇力，箭艺极精，曾遇神授三口飞刀，百发百中。是日正与部下出猎，射中一鸟，落于孟良面前。良拾得而去。行未数步，忽有五六喽啰赶来，叫声："好好将鸟还我，饶你一死！"孟良听得，停住脚步。喽啰近前，一齐发作，被良打得四分五裂而走。良又行得一望之地，喽啰报与穆桂英，部众追至。良闻后面人马之声，知是贼兵赶来，取出利刃，挺身待之。一伏时，桂英大骂："诛不尽的狂奴，敢来此处相闹耶？"孟良更不答话，舞刀来战。桂英举枪迎之。二人在山脚下连斗四十余合，孟良力怯，退步便走。桂英不赶，与众人把住路口。孟良进退无计，谓喽

啰曰:"吾将射鸟还汝,开路放我过去。"喽啰曰:"汝来错路头,谁不知要过穆柯寨者要留下买路钱,汝若无时,一年也不得过去!"孟良自思有紧急事,只得脱下金盔当买路钱。喽啰报知桂英,桂英令放路与过。

孟良离却此地,径回寨来见六使,道知五本官要斧柄,穆柯寨主难敌,又将金盔买路事诉了一遍。六使曰:"似此如之奈何?"宗保曰:"不肖与孟良同走一遭。"六使曰:"恐汝不是其敌。"宗保曰:"自有方略。"即日引孟良,率军二千,来到寨外索战。穆桂英听得,全身贯带,部众鼓噪而出。宗保曰:"闻汝山后有降龙木二根,乞借左边一根与我,破阵事定之日,自当重谢。"桂英笑曰:"其木确有,赢得手中刀,两根通拿去。"宗保大怒曰:"捉此贱人,自往伐取。"乃挺枪直奔桂英,桂英舞刀来迎。丽骑相交,二人战上三十余合,桂英卖个破绽,拍马便走。宗保乘势追之,转过山坳,一支箭到,宗保坐马已倒。桂英回马杀来,将宗保活捉而去。孟良随后救应,寨上矢石交下,不能进前。良曰:"汝众等勿退,须待思量着计策,救出小本官。"众军依言,遂屯扎关下,不提。

却说穆桂英捉宗保入帐中,令喽啰绑缚之。宗保厉声曰:"不必用苦刑,要杀便杀!"桂英见其人物秀丽,言词慷慨,自思:"若得与我成其夫妇,不枉人生一世。"密着喽啰以是情通之。喽啰道知宗保,宗保自思半晌道:"我要得他降龙木,若不应承,死且难免,莫若允其请,而图大计。"乃曰:"寨主不杀于我,反许成姻,此莫大之恩也,敢不从命?"喽啰以宗保之言回报,桂英大喜,亲扶宗保相见,令左右整备酒醴相待。二人欢悦。

饮至半酣,忽寨外喊声大震,人报宋兵攻击。宗保曰:"既蒙寨主不弃,还请开关与部下知之,以安其心。"桂英依其言,令喽啰开关说知,放孟良入帐中。良见宗保与桂英对席而饮,知是好事,乃曰:"小本官在此快活,众人胆亦惊破!"宗保以寨主相顾之意道知。良曰:"军情事急,当即回去,再得来会。"宗保欲辞桂英而行。桂英曰:"本待留君于寨中,既戎事倥偬,只得允命。"宗保径出寨来,桂英直送至山下,似有不舍之意。宗保曰:"倘遇救应之处,特来相请。"桂英允诺而别。后人有诗赞曰:

甲士南来战阵收,英雄到此喜相投。

非惟免祸成姻偶,从此佳人志愿酬。

宗保率众军回见六使曰:"不肖交锋,误被穆寨主所捉。得蒙不杀,又与孩儿成亲,特来请罪。"六使大怒曰:"我为国难未宁,坐卧不安,汝尚贪私爱而误军情耶?"喝令推出斩之。左右正待捉下,令婆急来救曰:"我孙儿虽犯军令,目下正图大计,还当便宜放之。"六使曰:"遵母所言,权因于军中,待事宁之后问罪。"孟良曰:"本官息怒,小本官此行诚不得

已,特为降龙木之故,望赦其囚。"六使不允,径将宗保囚了。

　　次日,孟良密入军中见宗保曰:"适见钟道士,言小本官该有二十日血光之灾,在此磨折,只得忍耐。"宗保曰:"吾之心事,惟汝知之。穆寨主英雄女流,且军中用得此人,必获大利。汝再往见之,一者求降龙木,二者着他来相助。"孟良允诺,即日径诣穆柯寨见桂英,说知本主特来相请,并要求取降龙木之由。桂英乃曰:"正待着人迎请汝主,我如何离得此地? 速归拜上小本官,再不来时,我部众来斗也。"孟良听罢,愕然曰:"既寨主与小本官成其佳偶,正宜往军中约会,何故出不睦之言?"穆桂英怒曰:"当日我少见识,被汝勾引去,今日又来摇舌,若再说,试我刀利否!"孟良不敢应,退出在外,思忖一计道:"若不用着毒心,彼如何辄肯下山?"至黄昏左侧,孟良密往寨后,放起一把无情火。正值九月天气,夜风骤起,霎时间烟焰冲天,满谷通红,穆柯寨四下延烧。众喽啰大惊,齐来救火。孟良提刀入桂英寨内,将其家小杀去一半。比及得知来赶,却被孟良砍伐降龙木二根,奔往五台山去了。

第三十六回　宗保部众看天阵
真宗筑坛封将帅

却说孟良用火计焚毁穆柯寨，星夜逃往五台山。天色渐明，火势已灭，寨之前后烧得七残八倒。穆桂英怒气填胸，便点部下军士，杀奔宋营，报此仇恨。部将进说曰："此必孟良见寨主不肯下山，故行此计。今山寨凋零，家小抛弃，不如相助宋君，一者佳配完全，二者建功于朝廷，亦良会也，何必自伤和气耶？"桂英沉吟半晌，乃曰："汝言极是。"即命将寨中所积粮草用车装载齐备，扯起穆柯寨金字旗号，率众径赴宋营中来。正是：只因奇计能成绩，引到英雄建大功。

骑军报入六使帐中，道知穆寨主部众来到。六使怒曰："深恨此泼贱，勾引吾儿，致误军事。今日又来相惑耶？"即统部兵五千，出军前大骂："贱人好好退去，万事俱休；若不收军，汝命顷刻！"桂英怒曰："好意来相助，反致凌辱之甚。"遂舞刀跃马，直取六使，六使举枪交战，经数合，不分胜败。桂英欲生致之，佯输而走。六使纵骑来追，一声弦响，射中六使左臂，翻落马下，桂英勒回马捉之。此时岳胜、焦赞等皆不在军中，无人救应。桂英令将六使解回原寨。

忽山坡后旌旗卷起，一彪僧兵截出，乃是杨五郎与孟良来到。桂英列开阵势，孟良拍马近前，望见六使，高叫曰："本官如何被捉？"六使未答。桂英问曰："此是谁人？"孟良曰："正是小本官父亲。"桂英惊曰："险些有伤大伦。"亟下马，着手下解开六使，扶于上坐，拜曰："一时不识大人，万乞赦宥。"六使曰："汝且起来相见。"五郎等都会一处，合兵回至军中。六使令放出宗保。桂英拜见令婆，令婆不胜欢喜曰："此女真乃吾孙之偶也！"因命具酒醴，与五郎等接风。五郎见母，哀感甚切。令婆曰："此吾儿当有佛缘，不必过伤。"五郎收泪谢之。酒至半酣，人报岳胜、呼延显等取调各处军马皆到。六使大喜，即出寨迎接。有王贵、金头马氏、八娘、九妹等，齐入帐中相见毕。六使请王贵上坐，拜曰："有劳叔父驰骋风尘，侄儿之过也。"贵曰："侄以国事用我，安敢以劳为辞？"令婆等都来叙旧，仍令设席相待，众人欢饮而散。

次日，六使入奏真宗曰："臣令调取沿边诸将，已各听候，特请圣旨破阵。"帝曰："卿既以诸将齐备，亦须审机而行，勿使敌人得志而挫动我军锐气。"六使领命退出，与宗保商议进兵。宗保曰："师父昨言，目下未利出师，尚容择日而进。不肖先率诸将，前往探听一

回，徐议破敌。"六使然其言。平明，鼓罢三通，宗保全身贯带，扬旗鼓噪而出。对垒番将
鞑靼令公韩延寿，耀武扬威，跑出阵前，见南阵旗下众将拥着一少年郎君，端坐白骢马上。
延寿认得其马是萧后所乘，大喝一声曰："乳臭匹夫休走！"其声如空中起个霹雳。宗保听
了，翻身落马，众将救起。番帅亦收兵还营。时六使闻此消息，大惊，即引兵来救，众将已
扶宗保入帐中坐定。钟道士进药一丸，吃了始得苏醒。六使问其坠马之故，众将答道：
"被番人厉声一震，不知小将军因何便倒。"六使忧闷无计，乃曰："未与交锋，畏惧若是，倘
临战斗，焉望其成功？"钟道士曰："此非弟子不能战阵，盖因未满年丁，难以拒敌。必须奏
过主上，授以重任，赐其壮年，方能御彼阵势而破辽众也。"六使依其议，奏知真宗，以宗保
年幼，难拒大敌之故。

　　真宗与群臣计议，八王奏曰："陛下欲建不世之功，当有大授之臣。今北兵众盛，不有
韩元帅之职，安能讨服丑虏？乞重封宗保，以破辽众，天下太平立见矣。"帝曰："当封以何
职？"八王曰："陛下须效汉高祖筑坛拜韩信故事，使诸将知所遵令，摧坚斩敌，无不尽命。"
帝允奏，下命军校于正南隙地，筑立三层将台，按着天、地、人；五方竖起五色旗号，按青、
黄、赤、白、黑；礼仪法物俱如汉时所行。不二日，军校筑完坛所回奏。帝斋戒沐浴，择吉
日，率群臣登坛。宣宗保诣御前，焚香告誓毕，帝亲为挂大元帅印，封为吓天霸王、征辽破
阵上将军。宗保领旨谢恩。帝谓众臣曰："朕以宗保年幼，寡人特赐一岁，以作满丁之
数。"八王奏曰："既蒙陛下赐他一岁，群臣亦赠一岁，共凑成一十六岁，过满丁，使出兵有
万倍之威。"帝悦曰："卿见更高。"即如议下敕，差军校捧金牌，送宗保归营。宗保再拜受
命，与军校先行。帝同群臣下坛，仍回御营。

　　翌日，宗保坐中军行事，下令各军听候，请钟道士入帐中商议进兵。钟曰："番兵阵势
甚雄，当先令一人前往探听一遍，然后徐议攻击。"宗保乃问军中："谁敢往视天门阵？"道
未罢，焦赞应声出曰："小将愿往。"宗保曰："汝性急之人，恐有误事。"钟曰："这一回正用
得此人。"宗保允其行。焦赞入营中，与牙将江海议曰："今特往观北阵，君有何计教我？"
海曰："若无萧太后敕旨，如何能进？公既要往，还须假称敕旨而去。"赞曰："敕旨能假，那
里讨着印信？"海曰："此事何难？吾父曾为萧后内官，得其印式。我依样刻出无错，然后
与公前行，决不误事。"

　　赞大喜，即请做假敕文，用了假印信，星夜出到九龙谷。先观铁门金锁阵，见番帅马
荣威风凛凛，立于将台之上，部下把守得如铁桶一般。见焦赞，问曰："汝是谁差到此？"赞
曰："娘娘有敕旨，着我来打探一番。"荣曰："请敕旨来看。"赞辄取示之。荣看罢，令开阵
与视。赞大叫一声，遂过了铁门阵，径到青龙阵。大将铁头太岁厉声曰："此处是何所在，
汝敢来扰乱耶？"赞曰："娘娘有敕旨，差来巡视，何谓扰乱？"太岁见敕，遂开了青龙阵放

入。赞遍观里面，见甬道丛杂，变化不常，但闻四下金鼓之声，心内颇惧。走过白虎阵，恰遇守将苏何庆，喝问："是谁来撞吾阵？"赞道："承娘娘敕令巡视。"苏何庆见旨，开阵与过。赞连忙走到太阴阵，见一起妇人，赤身裸体，台上阴风凛凛，黑雾腾腾，不觉头旋脑乱，几欲昏迷。黄琼女手执骷髅，将焦赞截住。赞喝曰："吾奉娘娘敕旨，巡视天阵，汝何得拦阻？"黄琼女索取敕旨视罢，始得释放。赞从旁路而出，至北营数里之外，乃得萧后屯军所在。此时被韩延寿缉知，亟来追捕。

焦赞连夜走回军中，见宗保，道知阵图奇异，难辨往来，更有太阴阵，妖气逼人，尤难攻打。宗保听罢，请来钟道士商议。钟曰："夜观星象，太阴阵内当有反变。先下令破了此阵，其余可以依次进攻。"宗保曰："太阴阵中有妇人赤身裸体，此主何意？"钟曰："彼按为月孛星，手执骷髅，遇交战，哭声一动则敌将昏迷坠马。今欲破阵，先要擒着此人。"宗保曰："谁人可往？"钟曰："金头马氏前去，必能成功。"宗保即命金头马氏曰："汝部精兵二万，从第九座天门攻入，我自有兵来应。"马氏领兵去讫，宗保又唤过八娘曰："汝部马军一万，靠太阴阵而守，彼有军出来，乘势攻之。"八娘亦领计而行。宗保分遣已定，与钟道士登将台瞭望。

却说金头马氏部兵从第九门呐喊攻入，恰遇黄琼女赤身裸体来敌。马氏骂曰："汝乃一国名将，为西夏王亲生女，部众远来助逆，不为正用，而居下贱之职，披露形体，不识羞耻，而乃扬威来战，纵使成事，亦何面目回见汝主乎？"琼女被骂，无言可答，自觉羞愧，勒马便走。马氏见台上枪刀密布，亦不追赶，与八娘合兵而回。

第三十七回　黄琼女反投宋营
穆桂英破阵救姑

　　却说黄琼女回到帐中，自思："我千里部众而来，受如此耻辱。曾记得幼年邓令公作伐，将我许与山后杨业第六子，因邓令公丧后，停却此姻。今闻宋军中杨六使，即我夫也，不如将所部投降中朝，以寻旧好，助破番兵，报雪此耻矣。"计议已定。次日，密遣部卒送书信投入马氏营来。马氏得书，迟疑未决，来见令婆，道知其事。令婆曰："彼不提起，我几忘之矣，昔在河东，确有是议，盖因邓令公弃世，一向消息不通。"马氏曰："此女昨被我羞辱，今日来降，绝非虚诈，令婆可与六郡马商议。"令婆然其言，入见六使，道知黄琼女要举众归降，且言曾与结姻之事。六使曰："不肖幼年亦闻此说，争奈国家重任在身，非臣子会亲之日，还待殄灭北番之后，然后计议。"令婆曰："汝见差矣，今国家用人之际，彼要来降，欲与汝相认，若阻之，使其生疑，反为不美。今一举两得，有何不可？"六使依其议，即修书与来人回信，约定明日黄昏，内应外合举事。来人接书，回见黄琼女。琼女看毕，心中大喜。次日，将近黄昏，下令众军整点齐备。忽阵外喊声大振，金头马氏率所部攻入太阴阵。黄琼女听知宋兵已到，部众从内杀出，正遇韩延寿部下巡阵大将黑先锋来到，与马氏交兵一合，被斩于阵内，北兵大溃。黄琼女与马氏合兵一处，直杀出北营。比及韩延寿、萧天佐等部兵来追，却已离远了，二人悔恨无及而回。

　　且说金头马氏带黄琼女入军中见令婆，曰："已得黄琼女归降，又胜北番一阵。"令婆大悦，着与六使相见。众人都来贺喜。次日，宗保入禀曰："钟师父指示阵图，解说出入攻打之路，甚是分明，且道第三日甲子，乃是破阵之日。乞大人奏知圣上，亲来监战，则不肖方好调遣。"六使曰："汝自去裁划进兵之计，吾自去奏。"宗保退出，来见钟道士曰："攻阵何者为先？"钟曰："铁门金锁阵乃咽喉之地，正宜先破。次则便破青龙阵。"宗保曰："可差谁往？"钟曰："青龙阵须劳柴太郡，铁门阵必用穆桂英。"宗保曰："桂英可行。吾母柴太郡有孕在身，如何破得此坚阵？"钟曰："正以孕气胜之，管保无事。"宗保依教，来见六使，禀知调遣之事。六使曰："军令彼安敢违？争奈太郡有孕，恐有疏虞，如何是好？"宗保曰："师父道无事，可令孟良助之而行。"六使允言。宗保即下号令，密书破阵计策与之。穆桂英、柴太郡得令，各率精兵三万，一声炮响，二支兵鼓噪而进。

先说穆桂英带领三万人马，吩咐将一万各提火炮火箭之类，候交锋之际，炮箭齐发；二万从九龙谷正北打入，绕出青龙阵后，接应柴太郡之兵。众人依计而行。穆桂英扬声呐喊，分左右攻入铁门金锁阵。恰遇番帅马荣，离将台部众，如天崩地裂而下。桂英虚退阵营一望之地，赚敌将近，两马相交，军器并举。二人战至十数回合，不分胜负。桂英部下各望甬道齐进，铁须爪一时进作，被宋兵放起火箭，尽皆射死。铁闩、铁门一十四门精兵来应，宋兵围绕而进，北军队伍乱窜。桂英奋勇前进，大喝一声，杆刀已下，马荣人头落地。宋兵乘势攻入，杀死番众不计其数，遂破其坚阵。桂英领兵直出青龙阵后，且看柴太郡如何破阵，有诗为证：

　　鼓众麾旗入阵丛，敌兵失算血流红。

　　从来圣主多灵助，致使佳人建大功。

　　却说柴太郡率所部三万，来到青龙阵下，吩咐孟良曰："依计而行，汝引劲卒一万，先夺黄河九曲水，从龙腹杀出。吾引大众打入龙头，绕出后阵，与穆桂英兵合。"孟良领计先行。郡主分拨已定，喊声震天，攻进左阵。守将铁头太岁引所部离将台，厉声叫曰："破阵宋将要来寻死耶？"柴郡主纵骑杀进。两马相交，斗经数合，未分胜负。忽阵后一声炮响，孟良以劲兵从龙腹截出，北兵溃乱。铁头太岁复兵来救，柴太郡乘势进击。龙须、龙爪十四门精卒齐出，柴郡主与孟良前后力战。不觉日色将晡，郡主斗力已乏，冲动胎孕，在马上叫："疼痛难熬！"部下军士无不失色。霎时间育一孩子，遂昏倒阵中。铁头太岁回马杀来。忽阵侧一彪军马，如风雷驱电来到，乃穆桂英也，见郡主危急，努力来救。交马二合，铁头太岁化作一道金光而走，被血气冲破，桂英抛起飞刀，斩于阵中。番兵大乱，却被孟良从后杀到，屠剿大半，只走得一分回去。桂英向前救起郡主，以所生孩儿纳在怀中，遂破其青龙阵。后人有诗为证：

　　战阵才交势已危，桂英于此显雄威。

　　飞刀斩落妖元首，夺取英雄得胜归。

桂英已得全胜，回见六使，详述破阵之事及郡主且得平安。六使大喜，即令郡主入后营歇息，将儿子抱与令婆视之。令婆看罢，喜曰："此儿面貌与兄宗保无异。"遂为取名杨文广，吩咐媪婆好生看养，不提。

却说番帅韩延寿输了二阵，折了人马，急召椿岩商议。岩曰："彼纵能战，决难破我迷魂阵也，他若来时，管教片甲无存！"延寿曰："将军亦须用心提备，宋军中必多精通惯熟之人，万勿轻视。"岩曰："自有机变捉他。"言罢，径与吕军师商议去了。

却说哨马报入宋营："北兵预防其阵，甚是完固。"宗保谓诸将曰："彼势已动，正可依次攻打。"乃请钟道士计议进兵。钟曰："再破白虎阵，其外审机而战。"宗保曰："谁人可去？"钟曰："汝父可建此功。"宗保允诺，入见六使，道知。六使曰："必须先声而进，以励诸将。"宗保退出。

次日，六使全身贯带，率骑军二万，杀奔北营，攻入白虎阵内。番兵喊声大振，势如潮涌。椿岩先登将台，手执红旗麾动。番帅苏何庆遂开白虎阵门，率兵迎敌，恰遇杨六使耀武扬威而到。两马相交，军器并举。二人战到三十余合，何庆佯输，勒马便走，宋兵乘势杀进。忽将台金锣响处，黄旗闪开，陡然变成八卦阵，霸贞公主引精兵围合而来。六使见门路丛杂，进退错乱，被何庆复兵杀回，困于阵中。六使左冲右突，北兵矢石交攻，不能冲出。败军急走报知宗保，宗保大恐曰："此事如之奈何？"即召焦赞谓曰："汝速领兵五千，从旁道攻入，用石锤打损其锣，使虎无眼，则不能视，吾自有兵来应。"焦赞发愤去了。又唤过黄琼女曰："汝部马军五千，从右门攻入，先把黄旗砍倒，使虎无耳，则不能听，其阵必然溃乱。"琼女亦领兵而去。又唤穆桂英曰："汝率劲骑一万，当中杀入，以救吾父。"桂英慨然而行。宗保分遣已定，自率岳胜、孟良等于对阵接应。

且说焦赞听得六使被困，声震如雷，率兵攻入旁道。正遇番将刘珂镇守虎眼，见宋兵杀来，下台迎敌，交马两合，被赞一刀砍死。焦赞杀散余众，将二面金锣打得粉花雪碎，乘势而进。适见黄琼女从右门杀来，一刀劈死张熙，截倒黄旗二面，与赞合兵，抄入白虎阵后。苏何庆见阵势危迫，慌忙来应。穆桂英当先杀入，二人交锋不两合，何庆绕阵而走。桂英拈弓搭箭，一矢正中其项下，何庆跌马而死。霸贞公主见夫有失，急待来救，不提防阵后黄琼女一马杀出，手舞铁鞭，从背脊打下，霸贞口吐鲜血，单马走归本国而去。杨六使闻外面金鼓之声，料是救兵，从内杀出，正遇焦赞屠番兵，就如斩瓜切菜，两下合兵，遂乘势破了白虎阵。有诗为证：

巍然阵势巧安排，谁想英雄测破来？

斩将屠兵成败决，中原诚是有奇才。

六使杀回本阵，宗保等接应而去。

次日升帐，众将都来贺喜。六使曰："彼阵果是奇异，战至半酣，不知去路。若救兵不至，我命几休。"宗保曰："既爹爹破了白虎阵，当乘势攻其玉皇殿，则他阵易破。"六使曰："阵内藏机莫测，须仔细辨认，而后进兵。"宗保曰："孩儿自有分晓。"即请令婆、八娘、九妹进前，谓曰："此一回敢劳婆婆与二位姑娘一往？"令婆曰："此为王事，安敢辞却？"宗保曰："阵内按有梨山老母，婆婆若去，先要擒捉此人，其他易攻。"令婆得计，率八娘、九妹前进。宗保又召王贵曰："叔公可引所部，从正殿打入，接应本阵。"王贵亦领计去了。宗保分遣已定，但等明日南北将交锋。

第三十八回　宗保议攻迷魂阵
五郎降伏萧天佐

　　却说令婆部众，扬旗鼓噪，杀奔玉皇殿。椿岩即下号令，摇动红旗。梨山老母乃董夫人，拍马来迎。两骑相交，兵器并举。二人斗上数合，董夫人勒骑而走，八娘、九妹两翼绕进。忽然阵内金鼓齐鸣，番兵团合而进，将令婆等困于阵内。王贵闻此消息，急引兵杀入前阵来救。恰遇北番巡营帅将韩延寿来到，弯弓架箭，指定王贵心窝射来，王贵应弦而倒，部下马军被番兵杀了一半。败军走回报知宗保，宗保大惊曰："失吾正将，何以立功？"即遣穆桂英部兵五千，前去救应令婆。桂英领计去了。又令杨七姐率步军五千，抄入殿前，破其红灯，则敌人不知变动。七姐亦领计而行。

　　先说穆桂英杀入北阵，望见阵中杀气连天，纵骑突进，正遇董夫人力战八娘，八娘势渐危急。桂英架箭当弦，一矢射中其目，董夫人落马而死。乘势杀散围兵，救出令婆、八娘、九妹，合势杀出。适遇杨七姐破了红灯，绕出通明殿前，与令婆等一同杀回。韩延寿见宋兵大胜，不战而退。宋军乃夺得王贵尸首回寨。宗保等诸将接见，无不哀感。时王贵之妻杜夫人亦在行阵，见夫战死，号泣不止。六使曰："婶母勿忧，当奏闻圣上，旌表叔父之忠，报其功业。"夫人收泪谢之。次日，六使进御营奏知："叔父王贵，为破阵战死，乞陛下旌表之，以励后世。"帝允奏，乃宣杜夫人入帐前，抚慰之曰："王令公，朕之爱臣，今闻战殁，不胜怜惜。今夫人有子三岁，封为无职恩官，候成立之日，许其在朝任事；封汝为贞节夫人，谥赠王贵为忠义成国公，赐金银缎匹十二车。"恩命既下，杜夫人叩谢而退。翌日，辞了令婆，装载所赐，径回洪都庄，不提。

　　却说宗保来见钟道士，再议破阵。钟曰："迷魂阵最为惨毒，乘今破之。"宗保曰："弟子在将台上观望，见北营吕军师善能用兵，恐难胜敌。"钟曰："吾自有攻他计策，不必过虑。"宗保欣然辞退，即下令攻打迷魂阵，召杨五郎，谓曰："此行要烦伯父。"五郎曰："当得效力。"即日率头陀兵五千，喊声杀入迷魂阵。正遇番帅萧天佐阻住，二将交战，经十数合，天佐佯输，放五郎入阵。单阳公主纵马舞刀来迎，不两合，公主拨马而走，五郎驱兵赶入。五百罗汉一齐向前，头陀兵奋勇力战，将五百罗汉诛戮殆尽。耶律呐见宋兵势锐，麾动红旗，忽太阴阵放出一群妖鬼，号哭而来。头陀兵人各昏乱，不能进前。五郎大惊，念动神咒，亟率众走回宋营，报与宗保知道。宗保曰："师父曾言，此阵有妖术，须按法破

之。"乃取天书来看,内载:"要小儿四十九个,各执杨柳枝,打散妖妇三魂七魄。"宗保知其意,即下令备此小儿之数,俱要戎装;唤过五郎,谓曰:"烦伯父领此小儿入阵中红旗台下,割去妖妇骸体,破之必矣。"五郎慨然而行。又唤过孟良曰:"汝部兵二万,打入太阳阵,抄出其后,接应本军。"孟良亦领兵去了。

且说五郎鼓勇当先,复引众攻入迷魂阵来。单阳公主不战而退,引敌人入阵。杨五郎直杀进将台。耶律呐摆动红旗,妖氛迸起。四十九个小儿手执柳条,迎风而进,妖氛辄散,被宋兵割去孕妇尸骸。耶律呐慌乱抛阵逃走,五郎赶近前,一斧劈死,五千佛子溃乱逃奔。头陀兵戒刀齐落,寸草不留。单阳公主措手不及,被宋兵于马上擒住。萧天佐激怒,提兵来救。杨五郎冲出阵前,两马相交,连战二十余合,不分胜负。五郎抽出降龙棒,击中其肩,天佐露出本形,乃是一条黑龙也。五郎绰起月斧,挥为两截,作二处飞去。按天佐头截飞落黄州城,后称火离国王;尾截飞落铁林洞,后作河口军师,又乱中原,不提。

却说是时孟良攻入太阳阵,恰遇番将萧挞懒,交马两合,被孟良一斧砍之,杀散余骑,直冲入后阵,接着杨五郎,一齐杀回,遂破了迷魂、太阳二阵,诛剿番兵不计其数。有诗为证:

迷魂阵上妖氛盛,熊虎军中杀气高。

败北番兵风雾散,成功宋将血连袍。

五郎解过单阳公主,入军中见宗保,道知破阵杀萧天佐之事。宗保大喜曰:"破了此阵,其外不足惧矣。"因令将单阳公主押出斩之。穆桂英劝曰:"看此女容貌端严,且是萧后亲生,不如留他,以为帐下号召。"宗保允言,遂放了公主,提调诸将破阵。唤过呼延赞等,谓曰:"有玉皇殿重兵尚多,汝装赵玄坛,攻打其中。孟良装关元帅,焦赞装殷元帅,岳胜装康元帅,张盖作王元帅,刘超作马元帅,是五人击其左右,破他北方天门阵。"呼延赞等得令,各领兵五千去了。宗保分遣已定,与六使登将台观望。

且说呼延赞等整点齐备,扬旗鼓噪,杀奔玉皇殿来,恰遇金龙太子。两马相交,二人

斗十数合，太子佯输，引入阵中。孟良、焦赞乘势杀入，恰近将台珍珠白凉伞下，杀气隐隐，不敢突入。赞复率众绕过北阵，正遇土金秀将真武旗麾动，岳胜拍马先进，陡然天昏地黑，不辨进路，被土金秀生擒而去，比及焦赞得知去救，四下番兵围合而来。呼延赞见势不利，引众杀出，归见宗保，备述阵势难攻。宗保点视，失去岳胜、孟良。正在忧闷间，人报二将已到，即召入问之。岳胜曰："阵内奇变莫测，一时东西错杂，径被番人擒获，若非孟良扮为胡人来救，几至一命不保。"宗保曰："玉皇殿内有二十八宿，七七四十九盏灯，都是变化之名。"乃唤过孟良，谓曰："汝明日去攻阵，可先偷去玉皇殿前珍珠白凉伞，再着焦赞砍倒二面日月珍珠皂罗旗，吾自有兵来应。"孟良、焦赞领计去了。

宗保入禀六使曰："此一回必得圣驾亲行，敌住玉皇上帝。大人破其右白虎，还须八殿下破其左青龙，不肖自率劲兵破其正殿。"六使可其议，即入御前奏闻真宗。王钦进奏曰："陛下为万乘之主，何必亲劳圣驾？须着诸将前往，如不克敌，罪归主帅。"此盖王钦忌其成功，故进此言以阻之也。真宗欲允其议，八王奏曰："陛下此一番盖为破阵，今遇成败将决之际而有犹豫，何以励诸将士？皇上正宜躬往，使敌人望风而退，社稷之长计也。"帝意遂决，下命准备进兵。

次日，鼓罢三通，孟良与焦赞领兵先入，无人敢当，直杀近玉皇殿侧。孟良夺下珍珠白凉伞，焦赞砍倒日月皂罗旗。正遇番将土金牛、土金秀二人杀到，与宋将两下鏖战，孟良怒激，一斧劈死金牛；焦赞斩了金秀，部下番兵尽被宋军所杀。后队杨六使拍马攻入，先射落四十九盏号灯，其阵遂破。二十八员星官一齐杀出，被孟良、焦赞挥刀尽屠戮之。金龙太子见阵势穿乱，单马逃走。宋帝架起翎箭，一矢射死于阵中。宋军竞进，宗保举发火箭，焚其通明殿，烧死番兵不计其数。孟良等合兵一处，遂破了玉皇殿。有诗为证：

玉皇殿势妙难穷，破识从交克战中。

北众凋残风落叶，君王一箭立奇功。

宗保下令曰："乘此破竹之势，诸将各宜效力。"令孟良攻入朱雀阵，焦赞攻入玄武阵，六使、呼延赞攻入长蛇阵。军令才下，孟良鼓勇当先，部众杀入朱雀阵来。正遇番将耶律休哥挺枪跃马来迎，两骑相交，二人战上数合，不分胜败。忽阵后一声炮响，刘超、张盖从旁攻入，休哥力不能敌，遂弃将台而走。孟良乘势追击，遂破其阵。时焦赞攻进玄武阵，遇耶律奚底，战上十数合，奚底败走，被焦赞赶近前来，一刀斩之，杀散余众，破了玄武阵。杨六使率众将打入长蛇阵，耶律沙见阵势俱乱，不敢迎敌，拖刀绕阵走出。宗保阻住与战，两马相交，未及数合，孟良、焦赞等从后杀来，耶律沙进退无门，拔剑自刎，毙于马上。时宋兵部勇那个不要争功？宗保下令攻入北营。

韩延寿见天门阵破得七残八倒，慌忙问计于吕军师。军师怒曰："汝去，吾自往擒

之。"即率本营劲卒如天崩地裂而来。椿岩作动妖法,霎时日月无光,飞沙走石。宋兵个个两眼蒙昧难开。宗保君臣困于阵内,番兵四合砍进。正在危急之间,钟道士看见,奔向阵前,将袍袖一拂,其风逆转,吹倒番人,天地复明。椿岩望见钟道士,忙报吕军师曰:"钟仙长来矣,师父快走!"道罢,先化一道金光去了。吕洞宾近前,被钟离喝道:"只因闲言相戏,被汝害却许多性命。好好归洞,仍是师徒;不然,罪衍难逭!"洞宾无言可答,乃曰:"弟子今知事有分定,不可逆为,愿随师父回去。"于是钟、吕二仙各驾红云,径转蓬莱,不提。

中华传世藏书

中国历史演义小说

杨家将演义

第三十九回　宋真宗下诏班师
王枢密进用反间

却说萧后正营尚有七姑仙、四门天王未破。宗保下令："八娘、九妹、黄琼女、穆桂英部兵攻其七姑仙，杨五郎部兵攻四门天王。"众将得令，各引兵前进。八娘、桂英杀却番国独姑公主等七人。杨五郎驱众径入，杀死耶律尚、耶律奇等四将。韩延寿知大势已去，入营中报与萧后曰："娘娘速走，四下皆是宋兵！"后惊曰："吕军师何在？"延寿曰："早已遁去，不知所之。"太后听罢，慌张无计，乘一小车，与韩延寿、耶律学古等望山后逃归。杨六使知之，率众将呕追。焦赞奋勇向前，赶上韩延寿，大叫曰："作急纳降，饶汝一死！"延寿回马再战，不两合，被焦赞擒住。孟良等竞进，番兵抛戈弃甲而走，萧后从僻路去了。

此一回，杨宗保大破南台七十二天门阵，杀死番兵四十余万，尸首相叠，血流满野。百年之后，尚有白骨如山，观者无不惨伤。有诗为证：

白骨交加委塞墙，问人云此是征场。

停骖顾望添惆怅，晚带斜晖倍可伤。

宗保既获全胜，即收军还营。次日，坐牙帐，调集各处军马。部卒解进韩延寿。宗保骂曰："汝夸北地第一英雄，今日何以被囚乎？"延寿低头无语。宗保曰："留汝奸贼何用？"因命推出斩之。左右得令，绑出枭首讫。再录诸将破阵功勋，遣人追问钟道士消息，皆言自破北营，竟不知去向。宗保始悟其为汉钟离降世也。吩咐诸将，各依队屯营，以候圣旨，诸将遵令而行。自是军威大振，远近惊骇。

却说杨六使以诸将功绩奏知真宗，真宗曰："候朕班师回京，以议升赏。"六使奏曰："难得者机会，今番人大败而去，陛下车驾长驱直捣幽州，取萧后舆图以归，万世之利矣。"帝曰："今番人既去，军士久战力疲，令憩息以固根本。候回朝之日，再作区处。"六使乃退。

越二日，帝竟下命，澶州三路军仍前退回，令筑坚关于九龙谷，留王全节、李明以所部镇守，其余征边帅臣并随驾班师。旨令既下，军中无不欢跃。平明，驾离九龙谷。杨六使为先队，杨宗保为后队，帝与众臣居中，三军迤逦望京师而来，正是：旌旗动处军声壮，万马嘶时喜气扬。不一日，已望汴京不远，文武迎车驾入禁中。翌日设朝，众文武朝贺毕。帝宣六使至御前，抚慰曰："此举多劳卿父子，朕当论功升赏。"六使曰："皆诸将协力效命，

臣愚父子安敢独受皇恩?"真宗命设宴犒赏征北将士,杨家女将皆预其席。是日,君臣尽欢而散。

次日,六使趋朝谢恩。帝赐黄金甲二副,白马二匹,锦缎一十二车。六使当庭固辞。帝曰:"此微报也,万勿再三推却。其余建功诸将,当计议超擢。"六使乃受命而出。归至无佞府,参见令婆,道及圣上恩典。令婆曰:"吾儿久离三关,当复往镇守,以防番人不测。"六使依命,因令具筵席犒赏部将。宗保、岳胜等二十员战将坐于左席,穆桂英、黄琼女、单阳公主等二十员女将坐于右席,杨令婆、柴太郡、杨六使居中,列位次而坐。是日庖人进食,士卒舞剑,众人开怀而饮。酒至半酣,杨五郎起谓母曰:"不肖佛缘未满,且喜吾弟建立大功,要我在军中无益,今日特辞母、妹,再往五台山出家。"令婆曰:"此乃汝之本性,去住但凭裁度。"于是五郎作别众人,领头陀自回五台山去了,不在话下。是晚,酒阑席罢,诸将皆退。次早,六使趋朝奏帝,欲往三关镇守。帝大悦,降敕允六使前镇三关,杨宗保监禁军巡视京城。个个领命去了。

却说王枢密归至府中,思道:"自入中朝,一十八年,不曾与萧后建功立业。"心生一计;入奏真宗曰:"臣蒙陛下收录,未有寸功。今北番败归以后,谅彼必畏我天威。今乞陛下允其降伏,以杜他日之患。"帝曰:"此言足见卿之忠爱。"即命武军尉周福同枢密赍敕前往番地开读。二人得令,赍了敕文,望幽州进发。行至中途,王钦问于周福曰:"此去道经何处?"福曰:"有二路可进,一从黄河,一从三关寨。"枢密听罢,暗思:"若从三关经过,必被六使所捉,不如生个计较,向黄河经过。"乃谓周福曰:"我尚有紧关文书失落要取,汝代我先往,我即随后便到矣。"福不知是计,即允其言,竟赍札文先自去了。

且说王枢密单骑出黄河,不日已到太原府,镇守官薛文遇出郭迎接。王钦进府中相见毕,文遇问曰:"枢密临此有何公干?"王钦答以往大辽取纳降文书之事,太守可遣备船只应行。文遇曰:"此易事也。"遂调拨红船送过黄河北岸。王钦径望幽州去了。

却说周福带了军马,将近三关地界,被六使逻骑拦住,问曰:"来者是谁?"前军报道:"钦差王枢密往北番公干,汝是何人,敢来阻截?"逻骑曰:"日前八殿下有关防来说,王枢密欲通番,令我们着实提防,今果然矣。"众人一齐下手,报六使捉得细作王枢密到。六使大喜曰:"此贼因我抬举,得至大官,屡要起谋作乱,今日自坠网中,绝难轻放!"众人将周福缚于帐前,两边剑戟如麻,枪刀密布,惊得那周福面如灰土,哑口无言。六使抬头一看,怒曰:"此人不是王枢密,你们众人何得虚报? 通该按律问罪。"周福方敢应行曰:"将军饶命,我乃周福也。"六使问其由,福曰:"蒙圣上遣小官同王枢密往北番讨纳降文书。枢密因失落文书回取,令我先行,而被将军部下所捉。"六使笑曰:"岂有出城而忘文书乎? 此贼必知风,故设是计也。"因令放起,延入帐中相见。六使曰:"汝记得昔日河东交兵,潘仁

美之事乎?"福曰:"小可颇记忆之。"六使曰:"汝乃吾旧知,可不必惊恐。"令具酒醴款待,留寨中一宵。次日,送周福过三关去讫。

却说王枢密已进幽州,先着近臣奏知,次日早朝见萧后。萧后一见王钦,怒气冲冠,拍案骂曰:"奸佞之贼,我欲生啖汝肉,以雪此愤!每想无计能获,今自来寻死!"喝令推出法场,碎尸万段。军校得旨,将王钦绑起。耶律休哥奏曰:"娘娘且息雷霆之怒,彼今复来,必有长议。若待其言不合,斩之未迟。"后怒犹未息。耶律学古奏曰:"王钦如樊笼之鸟,诛之何难?乞娘娘宽其罪戮。"后乃放起,问其来意。钦惊恐半晌,乃曰:"臣自来到南朝,非不尽心,奈未遇机会。今宋天子要娘娘九州图籍,尽归中朝,又欲发兵北上。臣因北番败丧之后,不能迎敌,因请得文书来见,就要内中图事,以报娘娘之恩。"后闻奏,回嗔作喜曰:"卿有何策能图中原乎?"钦曰:"今幸宋廷良将俱各远遣,只有十大文臣在朝。娘娘可覆书,称说王钦官卑,不能达意,须着大臣于九龙飞虎谷,交纳九州图籍。待其来,围而执之。再遣使奏知,挟令宋君中分天下,然后送还。宋君以大臣为重,必允所请,那时徐图进兵,管教成功也。"后曰:"谁人可往宋朝?"钦曰:"臣不惜一行。"后即令草表,着王钦带回。

钦辞朝离了幽州,望京师进发。半路恰遇周福军马,王钦道知见萧后覆命之事。福大喜,即回军,与王钦由黄河归朝。不日到京,朝见真宗,奏曰:"臣领命入北境传旨,萧后欣然愿纳九州图籍。因言此系重事,臣职卑陋,不能成久坚之盟,乞请十大朝官,于九龙飞虎谷交献,特令臣覆命奏知。"真宗闻奏大悦,即下敕,着廷臣准备起行。

第四十回　八殿下三关借兵
众英雄九龙斗武

却说寇准、柴玉、李御史、赵监军等得旨，都来八王府中商议。准曰："此乃奸人之计，若去必有不测。"柴玉曰："圣上所命，岂敢推辞？"八王曰："列位无忧。此行须从三关寨经过，见杨郡马，借军助行，保管无事。"准等大喜而退。次日，十大朝官入辞真宗，真宗曰："卿等此去，为社稷计也，当谨慎行之。"八王等领命出朝，离京望三关进发，先遣哨马报知六使。六使令孟良、焦赞于半路迎候。

不日八王与众人将近梁门关，一彪军马拦路，乃是孟良、焦赞等，马上高叫曰："来者莫非八殿下否？"八王近前曰："是谁拦路？速报与郡马知之。"孟良即下马，伏于路旁曰："蒙本官差遣，令小可谨候多日矣。"八王遂与众官直进三关。又见一彪人马来到，却是六使自来迎接。八王见了六使，不胜之喜，并马入帐中。十大朝官依次坐定。当下摆列酒席齐备，众官举觞而饮。酒至半酣，六使起而问曰："不知殿下与列公到此有何见谕？"八王曰："此来欲与郡马商议一场大计。近因圣上欲定北番，不想奸臣王枢密领旨，往见萧后，特献九州图籍，以息干戈。萧后来文，须用十大朝臣诣九龙飞虎谷，则可坚此议。圣命已下，着我等前往。想此乃王钦奸计，若只我等前去，正犹羊入虎口，岂能保全？今特来借兵助往，以破番人之谋也。"六使答曰："日前下官正待擒此贼，以除后患，不意从黄河渡而去。今既用此诈谋，欲欺本朝大臣，小可当以赴应，务取丑蛮图籍来归。"八王听罢，大喜曰："有君调度，诚圣上之福。"是日，众官尽欢而散。

次日，六使召过孟良、岳胜、焦赞、林铁枪、宋铁棒、姚铁旗、董铁鼓、丘珍、王琪、孟得、陈林、柴敢、郎千、郎万、张盖、刘超、李玉等二十余人，吩咐曰："此行必要动干戈，汝众人须用心保着朝臣前往。"岳胜曰："本官所论虽是，倘北番认得我等，怀疑不来投降，岂不误了大计乎？"六使曰："我有计策教汝：每人担箱子一只，俱装作随侍之人；箱内藏着军器，上面安顿朝冠衣服。又用竹筒两节，上节贮水，下节藏枪棒，番人若问，只说带水来饮。若无事则止，倘有不测，临时机变而用。"岳胜等受计而退。

即日八王辞却六使，与众臣离三关，径望九龙飞虎谷进发。正值初冬天气，寒风拂面，鸿雁声悲。十大朝官于马上见两旁横尸白骨交加，断戟残戈无数，八王叹曰："昔汉、周于此交兵，使黎民肝脑涂地，见者无不惨然。"有诗为证：

両岸犹存战血红，当年豪杰总成空。

行入于此重嗟问，惆怅西风夕照中。

此时消息已传入北番，萧后遣耶律学古为行营总管，率精兵一万，先往等候。学古领命，率兵径赴九龙飞虎谷，于正北下寨。次日，亲往谷中巡视一遭，回军中，谓牙将谢留、张猛曰："我视其处，四下皆绝路，唯东边一片平阳地，堪容五六百人，可于是地摆筵，以待其来，就中图事。"谢留曰："总管此计极高。"道未罢，人报十大朝官已到。耶律学古吩咐军马远远回避，自出军前迎接。八王与学古马上施礼曰："汝主有议，要献九州图籍，将军意下何如？"学古应曰："阵前不是议和所在，明日当于军中定夺。"八王应允而退，于正南安下营垒。

耶律学古回帐中，召谢、张商议曰："吾明日要行楚霸王鸿门会上宴高祖故事，舞剑斗艺，就筵中决个输赢，汝二人宜用心立功。"谢留曰："凭小可平生所学，定成总管此谋。"学古又召太尉韩君弼谓曰："汝领劲兵一万，于谷口埋伏，候有变动，即将宋臣围定。"君弼领计而行。学古分遣已定，一面着人于谷口备办筵席，一面差番卒持书诣宋营，见八王曰："总管有命，请列位大臣明日商议纳降文书，并不得持寸刃相见。"八王得书看毕，亦回书与番卒，不提。寇准进曰："此行若非殿下有先见之明，带得郡马部下同来，绝无善意。"八王曰："今虽赴约，看他如何定议。"众人即散。

次日，耶律学古于谷口等候，遥望尘土扬起，宋臣各跨骑而来。将近面前，学古见无军马相从，心中暗喜，即邀众人进谷中。相见已毕，学古恭请十大朝官依次坐定。八王曰："萧娘娘肯归顺大朝，且不失为一国之主，诚乃苍生之大幸也。"学古笑曰："此意我娘娘本有，且待饮酒，从长计议。"因命番官进食，乐工奏乐。

是日，帐前大吹大擂，南北臣僚相会而饮。时柴驸马坐于左正席，学古颇认得，问曰："此位莫非柴先生否？"柴玉听得，即应声曰："学生正是，将军有何高论？"学古曰："汝记得先年进《番家天字图》入中朝，被公改'天'字作'未'字，萧后发怒而动兵戈？今日又有相会耶！"柴玉曰："汝道差矣。我主上应天顺人，不数年间克伏群雄，遂成一统之盛。惟汝北番，因距中朝太远，未暇征讨，致汝君臣屡生边患，戕扰生民，震动皇威。天阵一破，北骑倒戈而遁，那时我主欲长驱直捣幽州，与汝主面取图籍而归。盖缘我等不忍军民再陷锋镝，竟劝班师。若萧后知顺逆之理，不听狂夫所惑，倾心归顺，犹保一邦；不然，堂堂天朝，士马精强，宁与外境称孤哉？改《天字图》之为，实出我手。事既往矣，何复言乎？"学古被柴玉说了一遍，略有难色。又问于右正席寇准曰："曾记咸平年间进贡锦皮暖帐，被公沉埋不奏，以致兵革相寻，岂大臣为君谋乎？"寇准厉声答曰："我主上论治理政，且无暇日，那里有心玩汝锦帐？今日欲与汝国结和议之盟，索九州图籍来献，何必讲往事乎？"

学古曰："图籍改日交割未迟,且教番官帐前舞剑,劝酒取乐。"八王曰："预言不许带寸刃以随,此又非鸿门宴,何用舞剑为哉?"道未罢,谢留已应声而出,手提长剑,于筵前抽舞。八王见势头不好,即叫："随侍者何在?"孟良激怒向前曰："北兵能会舞剑,大宋岂无壮士耶? 我亦对舞,聊助筵前一观。"言罢,挥过利剑,与谢留两相交舞。

耶律学古见孟良志气昂昂,自思："此人必是将家,不可与之斗。"辄曰："舞剑没甚好处,且射箭为乐。"孟良曰："要走马射,穿杨射,随汝意欲。"谢留曰："走马射柳,人所常见,须奇巧而射。"孟良曰："何谓奇巧?"谢留曰："将一个活人缚在柱上,连射三矢,能避者便为妙手。"孟良听罢,暗笑曰："此贼要暗算我,先须杀之,以挫北番锐气。"乃应曰："那个先射?"谢留曰："我先射。"孟良慨然允诺,自令人缚于柱上,叫曰："任汝连放三矢。"八王等看见,各有惧色。谢留离筵前一望之地,手拈硬弓,一矢放去,被孟良紧紧咬住。第二矢向项下射到,又被孟良一手拨开。谢留惊慌,再放一矢,要射其腹,不想孟良有护心镜,射之不入。十大朝官连声喝彩。众人解去其缚。孟良曰："借汝与我试箭。"谢留无可奈何,亦被缚于柱上。孟良满开雀弓,扣镞射去,故意不中番官。谢留自思："此人只会舞剑,不能射箭。"乃曰："任汝再放二矢。"孟良又放一枝,正中项下。谢留应弦而绝。正是:无能番士徒施勇,今日须教箭下亡。

耶律学古见谢留失手,大怒曰："特要讲和,何得相伤?"喝声："众人擒捉!"只见筵前转过番骑五六百,奋勇踏进。岳胜、焦赞等不胜怒激,各打开箱子、竹节,取出长枪短剑,一齐杀来。耶律学古知有提备,先自走了。众骑被宋兵杀死一半。孟良急保朝官出谷口,忽数声炮响,韩君弼伏兵齐起,将谷口截住。岳胜恐北兵紧困,力战欲出,怎禁得番兵矢石交下,人不能近;后面又是绝路,四下山崖壁立。正是:虎落深坑无计出,龙堕铁网智谋疏。

第四十一回　杨延朗暗助粮草　八娘子大战番兵

却说八王与十大朝官被困于谷中，忧闷无计。寇准曰："当辞朝之际，众人就知有难，如今只得忍耐，徐图脱身之计。"八王曰："今粮草将完，援兵未至，倘番兵乘虚而入，何以当之？"孟良曰："殿下请勿虑。待北兵稍缓提备，小可偷出谷口，回至三关，招取救兵，殄此丑虏。"八王依其议，遂按兵不出。

却说耶律学古困了宋臣，与张猛议曰："我等只要坚守于外，彼虽有霸王之勇，不能出矣。"猛曰："此计极好，但恐中朝知此消息，必有兵来救应。不如乘此机会，奏知娘娘，自提大兵相助，则可成功。"学古曰："君论诚高。"即遣番兵径赴幽州，奏知萧后。萧后闻奏，与群臣商议。耶律休哥进曰："既北兵困却宋臣，此好消息也。娘娘正须发兵应之，以图中原。"后曰："近因丧衄而归，良将已皆凋摧，今无保驾先锋，何以征进？"道未罢，一人应声而出曰："小将不才，愿保娘娘车驾，剿灭宋人而回。"众视之，乃木易驸马也。木易近前奏曰："臣蒙娘娘厚恩，未酬所志，今愿保驾前行。"后大喜曰："日前台官奏道：'幽州当兴，该有辅佐者出。'想应着卿矣。"即下令封木易为保驾先锋，率领女真、西番、沙陀、黑水四国人马共十万前行。木易受命而出。

翌日，萧后车驾离幽州，军马浩浩荡荡，望九龙飞虎谷进发。不日将近，耶律学古半路迎接进军中，拜曰："赖娘娘洪福，将宋朝十大朝臣困于谷中，近闻粮草将尽，不久被擒。臣恐宋朝发兵来救，特请车驾亲行，定取天下之计。"萧后大悦曰："此回若图得十大朝臣，足可洗先年之耻。"遂以军马分作二大营屯扎，耶律学古统女真、西番兵屯正北，木易驸马统沙陀、黑水军马屯西南，作长围之势，以困宋兵。学古等承命退出，自去分遣，不提。

却说木易军马安西南营。是夜微风不动，星斗满天。木易在帐中自思曰："今十大朝臣困于谷中，北番人马若是之盛，彼如何得出？救兵虽来，倘粮草已尽，终难保其脱险。"遂心生一计，修下书信一封，缚于箭头，射入谷内。密遣人出山后，赠他粮草几十车。准备已定，出帐前射进谷中。恰遇孟良拾得，却是一枝响箭。知有缘故，揭开系书一封，连忙递与八王观看。其书曰：

杨延朗顿首拜知八殿下、十大朝臣列位先生前：兹者北兵甚盛，列位且莫辄离，恐伤锋镝无益。不久当有救兵来到，忍耐！忍耐！今有粮草二十车，于九龙谷正南交付，聊作

一月之给，须遣人搬取。此系机密重事，勿误勿泄。

八王看罢，不胜之喜，谓寇准曰："此书杨将军所报，有粮草于山后相济。北番全赖此人主兵，决保我等无事。"寇准曰："既有粮食，当遣人探视。"孟良曰："小将愿往。"八王允行。孟良即率健军十数人，乘夜来山后缉访，果见粮米二十车，孟良悉取至谷内。八王曰："粮食且幸有矣，若无救兵来到，终是险厄，汝辈计将安出？"孟良曰："殿下安心，小可偷出番营，入汴京求救。"八王曰："汝去极好，亦须仔细。"孟良曰："小可自有方便。"即辞八王，从山后走出。行将一里之地，被巡逻骑兵捉住，孟良力斗不胜，径被绑缚，来见木先锋。木易故近前喝之曰："吾差汝回幽州见公主，有紧要事报知，为何被人所捉？"孟良认诈应曰："天色未明，走差路径，致遭其捉。"木易曰："急去，便来回报。"左右连忙解放去了。

孟良走出番营，喜曰："若非杨将军，今日一命难保。"自思："欲往三关报知，必须要申奏朝廷，恐日久误事，莫若去五台山，请杨禅师来援，成功较易。"即抽身径向五台山来，参见杨和尚。和尚问曰："汝缘何作番人装束？"孟良曰："特有一件紧急事告知师父。深恨萧太后用诡计，赚十大朝官，困于九龙飞虎谷，危在旦夕。今奉八殿下命，欲往三关取救兵，自思恐日子缠久，有误大事。五台山去彼咫尺之程，乞师父一行，同扶国难。"杨五郎沉吟半晌，叫声孟良曰："我与汝不是冤家，何故屡次相恼？"孟良曰："小可非为一己之私，亦看本官分上。师父不去，若十大朝臣被害，吾师心上亦难自安。"五郎曰："本待不去，奈八殿下份上，只得率部众前行。"原来五台山近关西地方，出凶顽之徒，但有犯法该死者，逃入寺中为僧，五郎即收用之，故所向无敌也。当日杨和尚点集寺中一千余人，准备起行。孟良曰："师父前往，小可再往三关报知本官，同来救援。"五郎应允。孟良即辞下山，星夜到寨中见六使，道知朝官被困之事。六使曰："我一面兴兵赴援，汝急赍表入京奏闻。"

孟良得令，带表文赴京，奏知真宗。真宗得奏大惊，宣上孟良问曰："朝臣被困几时？"孟良曰："将近一月。得杨延朗以粮食相济，暂保无虞。今三关兵马已发，乞陛下再遣将救应。"真宗问廷臣曰："谁可部兵前行？"道未罢，吓天霸王杨宗保奏曰："臣愿往救。"真宗大悦，遂命老将呼延赞为监军，杨宗保为先锋，点兵五万征进。宗保受命而退，来无佞府辞令婆出师。令婆曰："可着八娘、九妹同行。"宗保曰："得姑娘相助极妙！"是日，众将整点齐备，孟良为前队，宗保中队，呼延赞率大军随后，径望九龙飞虎谷进发。但见：万马丛中军刀壮，三千队里显英雄。

哨马报入萧后军中："宋兵长驱而来。"萧后即召耶律学古等议战。学古奏曰："娘娘勿忧，我这里有四国军马，何惧宋兵哉！待臣吩咐迎战，必能胜敌。"后曰："卿须用心调度，不可造次。"学古领命而出，调来女真国王胡杰、沙陀国大将陈深、西番国驸马王黑虎、

黑水国王王必达,都集帐下,吩咐曰:"明日与宋兵交战,各人皆须努力向前,若能胜敌,娘娘必有重赏。"胡杰进曰:"总管不必烦心,定要杀尽宋兵,方敢休戈息甲。"道声未罢,人报宋兵来到。

耶律学古即部众列阵迎敌。遥见旌旗开处,马上一员勇将,乃是和尚杨五郎,高声骂道:"诛不尽的辽蛮!好好退去,尚留残喘;不然,殄汝为齑粉矣!"耶律学古大怒,谓诸将曰:"谁先挫宋人一阵?"女真国王胡杰应声曰:"待吾斩此匹夫。"即挺枪跃马,直取五郎。五郎舞斧迎战。两下呐喊,二人战上数十合,胡杰力怯,拨马便走,杨五郎驱兵掩之。北阵王黑虎舞方天戟,纵骑从中杀来,将头陀兵分为两段,辽兵围裹而进。王必达提斧拍马,喊声杀来。杨五郎见四下皆是番兵,矢石乱发,冲突不透。

正在危急之间,忽西南征尘荡起,鼓角齐鸣,一彪军马杀出,乃八娘、九妹、杨宗保也。八娘一骑当先,正遇王必达。两马相交,斗经数合,九妹率兵从旁攻入,必达抛戟逃走,九妹乘势追之。将近谷口,一将厉声喝曰:"逆贼早降,免遭屠戮。"乃大将呼延赞,当头拦住,交马两合,必达被擒。宋兵竞进,孟良杀入北营,正值沙陀国陈深突到。两马相交,兵刃才合,孟良大声喝曰:"逆贼休走!"一斧劈落场中。杨宗保见南将连胜番敌,催动后军追击。八娘奋勇争先,迎住胡杰交锋,抛起红绒套索,将杰捉于马上。杨五郎勒马杀回,部下僧兵戒刀斩落王黑虎马脚,掀落阵中,宋兵齐向前擒之。

耶律学古见势崩摧,走入营中报萧后曰:"娘娘速走!宋兵英勇,四国将帅擒剿已尽。"萧后听罢,惊得心胆俱裂,撤营单骑逃走,耶律学古与张猛拼死救护而去。后面杨宗保驱兵追击。萧后正走之间,坡后一军截出,乃杨六使之兵长驱而来。番兵望见,倒戈逃遁。萧后仰天叹曰:"今日是吾当尽,汝众人善自为计。"言罢,欲拔剑自刎。耶律学古曰:"娘娘勿慌,幽州尚有数十万雄兵,犹可克敌,只争咫尺之程,何乃便为自绝之计耶?"张猛曰:"娘娘从僻路逃走,吾去阻住敌兵一阵。"萧后乃止,与耶律学古望邪谷遁去。

第四十二回 杨郡马议取北境
重阳女大闹幽州

却说杨六使鼓勇杀来，张猛纵马再战。未及数合，被六使一枪刺死，部下番兵为三关壮勇屠戮殆尽。宗保军马赶到，合兵一处，会议要乘势赶去。适木易一骑飞到，叫曰："吾弟须调回人马，救取谷中朝臣。幽州精兵尚多，待我杀回，内中取事，一举可定。"六使然其言，即放木易军马杀过，部众攻入谷中。时韩君弼听知北军战败，撤围奔走。孟良拍马当先，正遇着敌将，两骑相交，一斧挥为两截。谷中岳胜、焦赞等乘势杀出，番兵死者不可胜数，遂救了十大朝臣。此一回北兵败衄，折去四国人马共十二万，委弃辎重牛马无算，尸横遍野，血满长川。有诗为证：

北兵败衄尸交横，断戟残戈日半曛。

过客莫言当日事，马蹄余血下荒坟。

杨六使调集诸将，人人各上其功。六使下令，将所擒番将尽皆斩首号令讫。八王等称贺曰："若非郡马救援，非惟朝臣不保，且损圣上威望也。"六使曰："圣上正以殿下被困，忧愁累日，特遣呼将军与小儿部兵救应。已赖洪福，杀得他垂首丧气而去。"八王曰："阃外之事，君命有所不受。萧后屡为边患，可乘破竹之势，直捣幽州，取舆图而归，诚乃大机会也。"六使曰："殿下不言，小可正待禀知。四兄曾道，幽州精兵尚多，彼今内中取事，正宜发兵应之，管教成功也。"八王曰："但凭尊意行之，朝廷重事，我当承受。"六使乃下令唤过岳胜、孟良、焦赞部兵先进，八娘、九妹、杨宗保为前后救应，呼延赞保朝臣为监军。分遣已定，岳胜等率兵长驱而进。

是时萧后走归幽州，忧愤无计。耶律休哥进曰："胜败兵家之常，娘娘不必忧虑。城中粮草有十余年之积，精兵猛将不下数十万。宋军若退则止，倘再来侵扰，当与决一雌雄，成败未可知矣。"后曰："四国之兵丧折殆尽，尚何望克敌哉？不如纳降，以救一方生命。"张丞相曰："娘娘何因此一败而自倒志气哉？大辽自晋朝以来，中原仰惧。今虽一时挫衄，犹足称霸。待宋兵再来，臣等背城一战，管取报仇。"道未罢，人报木易驸马杀回。后宣入，问曰："我正虑驸马被宋人所袭，何以后来？"木易奏曰："臣屯西南营，困住十大朝官，比闻北兵战败，待出兵救之，谷中宋军杀出。那时娘娘车驾已离正营，臣力战宋兵，致在后也。"后曰："宋兵声势何如？"木易奏曰："近听得要来围困幽州，娘娘须提备之。"忽

哨马入报："宋兵云屯雾集,将幽州城围绕三匝,水泄不通,乞娘娘作速定夺。"萧后失色。木易曰："娘娘勿虑,凭臣等一派军将,定将宋兵杀退。"后曰："卿等用心迎战,不宜造次。"木易领命而退。

话分两头。却说河东庄令公有一女,号称重阳女,盖因九月初九日诞生,故取是名。幼有勇力,武艺精通。曾许嫁与杨六使,奈缘兵戈阻道,耽搁亲事。及闻十大朝官被困,就要举兵来救,以寻旧约。当下兵行之际,哨报："杨六使已杀败番兵,攻围幽州未下。"重阳女听罢,大喜曰："得此机会,见夫君必矣。"即率所部诣宋营,令人报知六使。六使猛省曰："此事吾亦记得,值国事倥偬,音问不通。今既部兵来应,还当迎接。"遂令岳胜出军前迎候。重阳女轻身入账相见,六使不胜之喜。二人各诉往事,极尽缱绻。六使曰："戎事未宁,待回见令婆,而后讲礼。"重阳女曰："我初进军,未立功绩,欲乘此机,暗投于萧后,内应外合,以成其事,郡马肯许否?"六使曰："贤妻若能用心,成败在此一举也,有何不可!"重阳女欣然领所部一万,冲开南阵,岳胜、孟良等虚作退遁之状。重阳女直至城下,高叫开城。守城军报入城中："有一女将,杀开南阵,特来救应。"萧后闻报,即与文武登敌楼观望,见旗上大书"河东重阳女",正在城下追杀宋兵。后辄令耶律学古开门接应。重阳女径入城中,参见萧后曰："臣乃太原庄令公之女。刘主深恨宋君见伐,特遣小将相助,共取天下。"后大喜曰："汝主刘钧若肯同心破宋,誓与平分中原。"遂令设宴于殿庭,款待来将。酒至半酣,重阳女起奏曰："宋兵围城紧急,臣率所部擒之,以为初见微功。"后允奏。重阳女谢宴退出。

杨四郎自思："重阳女曾许嫁吾弟为亲,岂有来助番邦之理? 内中必有缘故。"乃奏萧后曰："臣部精兵前助重阳女伐宋。"后曰："得驸马同行尤好。"木易领命,出军中与重阳女商议进兵。重阳女曰："宋兵虽众,破之亦易。驸马出北门先战,我引兵随后继之。"木易笑曰："依你所行,则幽州一战可破矣。"重阳女愕然曰："驸马何出此言?"木易曰："休得相瞒,事同一家。"因将其本末逐一道知。重阳女喜曰："本为郡马成此谋也,得君共济,何患不克!"亦将其来意说如。四郎曰："事宜机密。萧后驾下精勇者多,须除去牙爪,然后方可进兵。"重阳女曰："君有何计去之?"四郎曰："明日出兵,令上万户、下万户、乐义、乐信等见初阵,汝率所部后战。先斩此四人,遂引宋兵乘势杀入,唾手可取此城。"重阳女大然其计,先自准备出兵。木易下令上万户、乐义领兵先战,上万户得令。

次日平明,一声炮响,部兵扬旗而出。恰遇宋将岳胜,喝曰："守死之寇,犹不纳降何待?"上万户骂曰："汝等深入吾地,死在旦夕,尚来夸大言乎?"即舞刀跃马,直取岳胜。岳胜举刀迎之。二骑相交,战不两合,下万户、乐义、乐信从旁攻入。岳胜抵敌不过,拍马退走,番兵乘势而出。重阳女部骑后进,大喝:"辽众慢走!"手起一刀,斩乐信于马下。乐义

大惊，措手不及，岳胜回马，挥为两段。孟良、焦赞率兵掩来，喊声大振。上万户被孟良所杀，下万户为乱骑踏死。重阳女当先杀入，宋军随后继进，幽州城中四下鼎沸。内官报入宫中，萧后听得，自思："吾为一国君后，若被擒获，羞辱无地，不如自尽，以免玷污。"径走入后殿，解下戏龙绦，自缢而死。正是：可怜番国萧君后，今日宫中自缢亡。

是时杨延朗进入禁宫，恰遇琼娥公主走出曰："驸马快走！娘娘已自吊死，四下皆敌兵矣。"延朗曰："公主勿慌，我乃杨令公第四子，诈名木易。蒙汝厚恩，绝无相伤。"公主听罢，即跪告曰："妾之性命，惟君处置。"延朗曰："公主若肯随我回中原，即便同行；不然，难以强请。"公主曰："国破家亡，驸马肯念旧情，带妾同去，岂有不从？"延朗大喜，即令收拾金珠罗翠，装作几车，当先杀出。正遇耶律学古走入殿庭，木易厉声曰："逆贼休走！"学古不知提防，被延朗一刀斩之。耶律休哥听知宋兵入城，削净须发，从后门越城逃走去了。

只说杨六使亲提士卒入城，扫净番兵，杀得尸横街道，血满城壕。日将晡，乃下令禁止屠戮。八王等都进入城中，先问萧后下落，人报自缢死于后殿。八王令解下，停在一边。宗保调集各军，驻营城东。

次日，八王、六使登殿廷，点视宫室。众将解过番国太子二人，捉得番官张华以下臣僚共四十九员，番将三十六员。六使俱令将槛车囚起，以候解京。当下诸将皆集。杨延朗进见八王曰："小可寓居番庭十八年，今日得见殿下，甚觉赧颜矣。"八王抚慰之曰："今日定幽州之功，皆出于将军。归见圣上，当有重封，何谓赧颜哉？"延朗称谢。六使曰："幽州既已平定，还当张挂榜文，谕知各地方，务必悉安，然后班师。"八王然其议，着寇准草榜，传布四方。自是大辽郡邑闻幽州已破，望风归附。

第四十三回　平大辽南将班师　颁官诰大封功臣

却说越数日，八王于宫中大开筵席，犒劳诸将，众人尽欢而饮。延朗进曰："小可有一事禀知，未审殿下允否？"八王曰："将军有何见议？但说无妨。"延朗曰："自居北境，蒙萧后盛意看承。今既死矣，乞将尸骸埋葬，庶报一时知遇之德，使番人不以延朗为负义耳。"八王曰："此将军盛德之事，当从所请。"是日席罢。次日，八王一面申报朝廷，一面下令将萧后尸首以王礼埋葬。有司奉令，盛礼收敛，不提。后人看到此处，有诗赞曰：

盛德于人将德报，杨门豪杰几能同？

片言深仰番庭慕，为筑封茔一念忠。

六使进见，定议班师。八王允言，发遣诸将，分前后队回军，呼延赞等准备起行。寇准与众议留兵镇守幽州。八王曰："留兵有二不便：一者，南北杂处，统属不一，则有掣肘之患；二者，离中原既远，作逆一时不知。莫若回京，徐定防御之策。"寇准然其言，即日大军离幽州，望汴京而回。但见：马上红尘随处起，途中箪食喜相迎。

一路无词，不觉早到皇城。八王先遣人报知捷音。真宗遣文武出郭迎接，正遇八王等军马来到，文臣孙御史当先接见，并辔入城。六使人马屯扎郭外。次早，八王领众臣朝见，进上平定北番表章。真宗览罢，龙颜大悦，抚慰众臣，甚加赞叹。寇准奏曰："诚赖陛下洪福及杨六使父子、兄弟一心为国，今已平定大辽，此乃不世之功，乞加封典，以奖其劳，则国家幸甚。"帝曰："朕深知其功，当得封赠，候颁敕拟议。"八王等拜命而退。

是日，杨六使与延朗回无佞府见令婆。拜毕，延朗不胜哀感，乃曰："思不肖一阵之挫，困辱北境，遂将近一十八年。不想吾母皓发盈头，桑榆景迫。今日幸得相逢，悲喜交集。"令婆曰："歧路无情，人生有此飘零，今既相见，足慰子母之望。可着公主相见。"延朗唤过琼娥公主，入拜令婆。令婆不胜欢喜。延朗曰："此虽一时佳会，十分得赖提携。"令婆曰："姻缘不偶，观此女子，真是吾儿之配也。"因令具席，以为庆贺之设。是日，府中众人依次坐定，欢饮而散。杨五郎仍领众人，自回五台山去了。

却说王枢密见北番已败，恐祸将及，乃假装云游道人，漏夜走出汴京。直待近臣奏入，真宗乃知，大怒曰："此贼屡起反意，朕以故人相待，不忍深罪，今又背朕而走。"亟聚群臣商议。八王奏曰："王钦罪恶滔天，不容于诛。想其出城未远，陛下可令轻骑追捕。"帝

允奏，即敕杨宗保率捕兵追之。

宗保得令，率兵径出北门，问守军："曾有王枢密过去否？"守军曰："适见一道士慌忙出去，莫非是也。"宗保得其实，策马赶来。时枢密走到黄河渡，见艄人，连叫曰："汝若急渡吾登岸，多将金宝相谢。"艄人听得，遂撑船近前。王钦跳下船，艄人举棹而行。才近东岸，忽然狂风逆作，将船仍吹下来。一连如此三次，不能及岸。艄人曰："风势紧急，难以过去，须待风息而行。"王钦愈慌，只得匿在篷下躲避。一伏时，南路征尘荡起，数十骑赶来。杨宗保马上厉声问艄公曰："曾见有一道士过去否？"渡夫未应，王钦低声曰："应他已去多时，我当倾囊谢汝。"渡夫曰："且道汝是谁人，明白告我，当得方便。"王钦不隐，将其本末道知。渡夫听罢，怒曰："此处被汝在朝，年年使胥吏打搅，正要报恨，没寻讨处，今日倒落手中来也！"即将船撑近前，报知宗保。宗保差骑军上船捉之，王钦急忙不能逃脱，径被骑军绑缚到岸。宗保解之而回。正是：善恶到头终有报，只争来早与来迟。

正值真宗设朝，时文武皆集。近臣奏知："已捉得王钦回朝。"帝令军校拿进殿前，面斥之曰："逆贼屡在朕前献谗，寡人优容过多。今若放汝走往他国，又将生患矣。"王钦低头无语，只乞早就刑戮。帝曰："怕汝奸贼不死耶？"因问八王："当何以处之？"八王曰："陛下可设大宴，会集外国使臣，皆得预席。将此贼碎剐凌迟，以助筵前一观，庶使后人知惧。"帝允奏，遂下命，着司官排列筵宴齐备，征召外国诸臣，两边依次坐饮。行刑军校将王钦绑缚于桩上，慢慢割下其肉。席中观者无不凛然。后人有诗断曰：

作恶年深祸亦深，试看今日戮王钦。

苍天报应无私眼，不使登行竟被擒。

王钦受苦难禁，不消数十刀，气已绝矣。帝令抛其尸骸于野，以彰奸臣。因谓八王曰："王钦往者所言，本有欺罔之意，而朕不觉，何也？"八王曰："大诈似忠，以致陛下不觉。

今日王钦受刑，朝野皆为之欢庆矣。"帝然之。

忽报大将呼延赞夜中风症而卒。帝闻报，不胜哀悼，乃曰："赞自入本朝，勤劳王事，未尝一日自安，真为社稷臣也。"因令敕葬，谥赠忠国公。后人有诗赞曰：

愤仇已雪出河东，为国勤劳建大功。

不意将星中夜落，令人千古恨难穷。

天禧元年二月，真宗以平定北番将士未及旌封，特与八王商议。八王奏曰："赏功怀远，帝王盛德之事也。今四方宁息，天下一统，使得谋臣勇将镇抚，诚为社稷长计矣。"帝曰："往者献俘阙下，朕犹未发遣，萧后太子、臣僚，当何以处之？"八王曰："日前班师之际，寇学士等会议，欲留兵镇守，臣以为不便，未敢擅行。今辽人已服，陛下正当兴灭国，继绝世，放他还大辽，仍自镇守，递年只取其进贡，则边境自安，唐虞之治不过如是。"真宗大悦曰："非卿所论，朕不能及此。"遂下敕，赦萧后二太子并所捉臣僚，俱令还国。敕旨既下，番臣大悦，诣阙稽首谢恩。真宗又赐北番太子金织蟒衣各一袭，赏赉甚厚。太子拜受命，即日率臣僚径往回幽州，不提。

翌日，真宗亲拟封旨，宣六使进殿，面谕之曰："卿父子破南天阵，已建大功，朕未及升擢；今又有平定北番之绩，当旌封典，以报汝劳。"六使顿首曰："破阵平北之功，上赖陛下之福，下则军士齐心，臣区区微劳，何敢受赐？"帝曰："卿不必过谦，朕自有定议。"六使拜命而出。是日封旨辄下：授杨六使为代州节度使，兼南北都招讨；杨宗保为阶州节度使，兼京城内外都巡抚；杨延朗以取幽州功，授泰州镇抚节度副使；岳胜授蓟州团练使，孟良授瀛洲团练使，焦赞授莫州团练使，陈林正授檀州都监，柴敢正授顺州都监，刘超正授新州都监，管伯正授妫州都监，关钧正授雷州都监，王琪正授武州都监，孟得正授云州都监，林铁枪正授应州都监，宋铁棒正授寰州都监，丘珍正授朔州都监，丘谦正授雄州都监，陈雄正授蔚州都监，谢勇正授凤州都监，姚铁旗正授寿州都监，董铁鼓正授潞州都监，郎千正授瓜州都监，郎万正授舒州都监，八娘授金花上将军，九妹授银花上将军，渊平妻周氏封忠靖夫人，延嗣妻杜氏封节烈夫人，穆桂英以下十四员女将，俱授诰命副将军，其余有功将士，俱各封赏有差。

第四十四回 六郎议取令公骸 孟良焦赞双丧命

却说次日六使诣殿前谢恩，奏曰："臣部下皆蒙恩命，俱各赴任就职。惟臣老母在堂，乞陛下优容限期，不胜感激。"帝曰："卿既以令婆之故，朕亦不十分催促，须候再议，而后赴任。"六使拜受命，退归府中。岳胜、孟良、焦赞、柴敢等俱在府中俟候。六使召岳胜谓曰："今圣上论功升赏，授汝众人官职，幸值清平，各宜赴镇，以享爵禄，上耀祖宗，下酬所志。不宜造次，而误限期。"岳胜曰："我等赖本官威风，建立微功，今日远舍而去，于心何忍？"六使曰："此君命恩典好事，何必言离别之情？可谕本部军马：愿从临任者，则带之同行；不愿去者，多以金帛赏之，命其回家生业。但赴任之后，各宜摅忠为国，施展其才，不枉为盛世之丈夫。当急行，勿迟疑。"岳胜等听罢，都来拜别，径赴任所。内中有愿从军士，即日同去；不从者，回乡一半。当下只有孟良、焦赞、陈林、柴敢、郎千、郎万六人，候待六使离京，然后起程。孟良曰："今众人已各赴任，尚有三关寨守军未知消息，本官须令人报之。"六使然其言，即着陈林、柴敢、郎千、郎万往三关寨调回守军，并将积聚载归府中。陈林等领命而行，不在话下。

时维九月，云汉湛清。是夜，六使散步于庭下，闲行仰望，星河满天，追忆部下，口占长词一阕云：

惨结秋阴，西风送、丝丝露湿。凝望眼、征鸿几字，暮投沙碛。欲往乡关何处是，水云浩荡连南北。但修眉一抹有无中，遥山色。天涯路，江上客。情已断，头应白。空搔首兴叹，暮年离隔。欲待忘忧除是酒，奈酒行欲尽愁无极。便挽江水入樽罍，浇胸臆。

六使吟罢，入西窗下。正待解衣就枕，忽扃外一阵风过，恍惚见一人立于窗下。六使即起视之，乃其父杨业也。六使大惊，拜曰："大人仙久，何以至此？"业曰："汝起莫拜，我将有事说知。今玉帝怜我忠义，故封为威望之神，已无憾矣。只我骸骨无依，当速令人取而葬埋，勿使旅魂漂泊。"六使曰："十数年前，已遣孟良入幽州取回骸骨安葬了，爹爹又何言此？"业曰："汝岂知萧后诡谲之事？延朗自知，汝今便可详细问之。"言罢，化一阵凄风而去。六使痴呆半晌，似梦非梦，将近三更左侧。

直待天明，入见令婆，道知其事。令婆曰："此乃汝父英灵，特来相告。"六使曰："可问四哥，便知端的。"令婆唤过延朗，问曰："夜来六郎见父，言其骸骨仍在北番，果有是事

否？"延朗惊曰："母亲不言，儿正要商议此事。自被北兵捉去后数日，番骑赍得吾父首级来到。萧后与众臣商议，正怕南人盗取，以假者藏于红羊洞，真者留于望乡台。往年孟良所得，乃是假骸骨。除是台上的，是父真首级矣。今日六弟闻是消息，岂非吾父显灵显迹耶？"令婆曰："今既北番归降，须令人取之而回，有何难哉？"六使曰："若令人取，又是假的矣，盖吾父北番所惧，彼将其为威望之神，岂肯付之与归？不如仍令孟良盗取，则可得也。"延朗曰："汝见甚明。"

六使即召孟良进府中，谓之曰："有一件紧关事，着汝去干，须要用心。"孟良曰："本官差遣，就便赴汤蹈火，岂敢辞哉？"六使曰："吾知汝去，足能成谋。今有令公真骸骨，藏于幽州望乡台，密往盗取而回，乃汝之大功矣。"孟良应声曰："离乱之时，尚能为是，何况一统天下，取之何难？"六使曰："汝言虽是，奈番人防守严密，还当仔细。"孟良曰："番人消不得一斧，本官勿虑。"言罢，慨然而去。

适焦赞听得府中众人唧唧哝哝，似有商议之状，乃问左右曰："本官将有何事？"左右答曰："侵早吩咐孟良前往幽州望乡台，取回令公真骸，欲议举葬也。"焦赞听罢，径出府外，自思曰："孟良屡次为本官办事，我在帐下多年，未有些许之劳。莫若随后赶去，先自取回，岂不是我之功哉？"遂装点齐备，径望幽州赶去，此时杨府无一人知觉。

先说孟良星夜来到幽州城，将近黄昏左侧，装作番人，进于台下。适遇着五六守军，问曰："汝是何人，敢来此走动？其非细作乎？"良曰："日前宋朝天子放北番君臣归境，着我近边戍卒护送。今事宁息，到此消遣一回，何谓细作？"守军信之，遂不提防。日色靠晚，孟良悄悄登台上，果见一香匣，贮着骸骨在焉。良自思曰："往年所盗者，果与此不同，今日所得，必是真矣。"乃解开包袱，并木匣裹之，背下台来。

不想焦赞随后即到，登台中层，手摸着孟良足跟，厉声曰："谁在台上勾当？"孟良慌张之际，莫辨声音，只道番人缉捕到来，左手抽出利斧，望空劈落，正中焦赞头顶，一命须臾。比及孟良走下台来，并无番人动静。孟良自忖道："守军缉捕者岂止一人来乎？此事可疑。"径踏近前，于星光下视之，大惊曰："此莫非焦赞乎？"拨转细视，正是不差。孟良仰天哭曰："特为本官成谋，谁知伤却自家！纵使盗得骸骨，亦难赎此罪矣。"道罢，径出城来，已是二更。恰遇巡警军摇铃到来，孟良捉住曰："汝是那一处巡军？"巡警军惊应曰："我不是番人，乃屯戍老卒，弗能归乡，流落北地，充此巡更之职。"孟良曰："是吾本官之福矣。"乃道："我有一包袱，央汝带往汴城无佞府，见杨六使，必有重谢。"巡军曰："杨将军我素相识，当为带去。"因问："公乃何人？"孟良曰："休问姓名，到府中便有分晓。"即解下包袱，交付巡军，再三致嘱勿误。复来原处，背焦赞出城坳，拔所佩刀，连叫数声："焦赞！焦赞！是吾误汝，当于地下相从也。"遂自刎而亡。可惜三关壮士双亡北地。后人赞孟良曰：

英雄塞下立功时，百战番兵遁莫支。

今日北地归主命，行人到此泪沾衣。

又赞焦赞曰：

匹马南关勇自然，斩坚突阵敢当先。

太平未许英雄见，致使身骸卒北边。

当下巡军接过包袱，半惊半疑，只得藏起。次早，偷出城南，径望汴京去了。

第四十五回　禁宫中八王祈斗
无佞府郡马寿终

却说六使自遣孟良行后，心下怏怏，坐卧不安，忽夜睡至三更，梦见孟良、焦赞满身鲜血而来。二人拜曰："重蒙本官恩德，未能酬答，今日特来相辞。"六使惊曰："汝等何以出此言？"遂伸手扯住孟良。蓦然醒觉，却是梦中。六使犹疑不定。捱至天明，忽府中人报："日前焦赞赶孟良同往幽州去了。"六使听罢，顿足惊曰："焦赞休矣！"左右问其故，六使曰："孟良临行曾言，若遇番人缉捕，须手刃之。彼不知焦赞后去，必误作番人杀之矣。"众尚未信。适巡军走入府中，见六使，拜曰："小人幽州巡更之卒，前夜偶遇一壮士，付我包袱，再三叮嘱送至将军府来。不敢失误，今特献上。"六使令解视之，乃木匣所贮令公骸骨。六使又问："当时曾问其姓名否？"巡军曰："问之不肯言，仓促而去。"六使令左右取过白金十两，赏巡军去讫，乃遣轻骑星夜往幽州缉访。不数日回报："孟良、焦赞二尸俱暴露于幽州城坳，今以沙土壅之而回。"六使仰天叹曰："值戎马扰乱之日，若非二人效力克敌，焉致太平？正好安享，辄自丧亡，伤哉！伤哉！"次日，入奏真宗曰："臣部下孟良、焦赞，为事失误，已死幽州，乞陛下追还官诰。"帝闻奏，甚加悼惜，乃允六使所奏。仍下命，以孟良、焦赞有救驾之功，敕有司为筑封墓，谥赠二人俱为忠诚侯之职。六使谢恩，退回府中。自因二人丧后，怅怅不悦，杜门敛迹，亦无心赴任矣。

却说八王于幽州回军，路感疾气，卧养府中。真宗不时令寇准等问安。八王谓准曰："与先生辈相处数年，不意于此分别。"准曰："殿下偶尔小恙，何足为忧？值今四海清宁，正须燮理朝纲，共睹太平之盛，如何出兹语乎？"八王曰："大数难逃，宁奈彼何哉！"准等既退，入奏帝，请效祈禳北斗之事，以保八王。帝允奏，着令寇准、柴玉主行是事。准领命，去请华真人，建坛于宫禁，依法祈祷二日。真人报寇准曰："坛上天灯长明不灭，八殿下可保无虞。"寇准暗喜。果然醮坛完满，八王病体复瘥。满朝文武上笺称贺。适八王入朝谢恩，真宗亲接上殿，面谕之曰："得卿平复，社稷之幸矣。"八王奏曰："赖陛下福荫，当效犬马之劳。"真宗大悦，命设庆筵，礼待文武。

是日君臣尽欢而饮。日将晡，众臣宴罢，拥送八王出朝，来到东阙下。前导军校报入："有一白额猛虎，从城东冲入，百姓惊骇，今直进东阙下。"八王听罢，出车望之，果见人丛列开，其虎咆哮而进。即令取过雕弓，八王拈弦搭箭，一矢射中虎项，其虎带箭跑走。

众军急赶至金水河边，不见踪迹，回报八王。八王惊疑半晌，回至府中，旧疾复发，再弗能起矣。

却说杨六使忽感重疾，报知令婆。令婆与延朗、宗保、太郡等都来问候。六使谓令婆曰："儿此疾实难自保。"令婆曰："待令医人调理，或可痊安。"六使曰："昨日当昼而寐，偶梦入阙下，适逢八殿下与群臣出朝。殿下发狠，弯弓放矢，正中儿之项下，便觉骨肢损痛，想是命数合尽。母亲善保身体，勿因不肖过伤。"又唤过宗保，谓曰："汝伯延德，善明天文，曾对我言：'国家杀气未除。'汝宜忠勤王事，不可失为杨门之子孙。"宗保拜受命。六使嘱咐已毕，顾谓延朗曰："四哥好好看承母亲，今兄弟中惟兄福而有寿，谨记勿忘。"言罢而卒，寿四十八。静轩有诗赞曰：

慷慨归朝志愿酬，将军正尔得封侯。

于今坟上无情土，野草离离几度秋。

令婆等哀号深切，汴城军民闻者无不下泪。消息传入真宗御前，文武众官亦各悲悼。真宗叹曰："皇天不欲朕致太平而使栋梁先折也。"道未罢，近臣奏知："八殿下听得郡马已卒，愤而加病，夜五更终于正寝。"真宗倍加哀念，为之辍朝二日。

寇准、柴玉等会议，奏请八殿下与杨郡马封谥。柴玉曰："八殿下与杨郡马皆辅国良弼，今既弃世，当表其谥。明日须同众臣奏之。"寇准等商议已定，次早约众人入奏真宗。真宗曰："此寡人之本心也，允卿所奏。"遂追封八王为魏王，谥曰懿；杨延昭为成国公，并命有司俱用王礼葬祭。寇准等既退，有司承命而行。只见功臣将士相继而死，不知清平世界可得长久。

第四十六回 达达国议举伐宋
杨宗保兵征西夏

却说西夏达达国王李穆，缉探大朝已破幽州，与群臣议曰："宋君混一土宇，北番又归中原，今欲乘本国人马精强，以图伐取，卿等以为何如？"左丞柯自仙出班奏曰："谚云：事有可为而为之，则成功易；事有不可为而强为之，悔莫及矣。今宋朝一统之盛，谋臣猛将连藩接境。往者北番自晋、汉以来，每见尊惧；宋君御极，遂致干戈日寻，疲于奔命，竟被宋朝所灭。今西番控弦之众不足以当大朝一郡，倘若兵甲一动，致怒宋君，长驱而来，岂不是惹火烧身，自取其祸哉？主上自宜详审焉。"

道未罢，一将应声而出曰："不因此时进兵而取中原，尚何待耶？"众视之，乃羌氏人氏，姓殷名奇，使二柄大杆刀，有万夫不当之勇，更会呼风唤雨，国人惧之，号为"殷太岁"。部下一将名束天神，亦有妖法，能化四十九个变身，西番号为"黑煞魔君"。是日殷奇力奏正好乘虚伐宋。穆王曰："卿要举兵，有何良策？"奇曰："臣近闻中原将士凋残，杨六使等已皆丧亡；沿边守将武备不修，一闻烽警，人各望风而走。凭臣平日所学，声势及处，先教郡邑瓦解。兵抵皇城，管取一战成功。取宋天下，有何难哉？"穆王大悦，遂封殷奇为征南都总管，牙将束天神为正先锋，汪文、汪虎为副先锋，江蛟为军阵使，共统十万番兵征进。殷奇领命而出，将羌兵操练精熟，克日离西番，望雄州进发。但见旌旗蔽野，杀气凌空。有诗为证：

凄凄杀气遮红日，金鼓声鸣势若雷。

徒恃英雄生怨隙，径教匹马不西回。

殷奇兵行数日，将近雄州，离城正南十里安营。镇守雄州者乃都监丘谦，闻知西番兵至，与牙将邓文议曰："此时西番听得吾之本官已丧，朝中无甚良将，故乘虚入境，来寇中原。今雄州军马单弱，恐难迎敌，似此奈何？"邓文曰："都监勿虑，城中有兵四千，留一半守城，吾同骑尉赵茂率兵二千，出城迎敌。"丘谦曰："贼兵势重，卿等不宜轻觑。"邓文曰："无妨。"即与赵茂披挂完全，率兵扬旗，开城而出。西番殷帅见宋兵出战，排开阵势，马上高叫："宋将着急投降，必有重用。假若执迷，吾今十万羌兵，即将雄州踏为平地！"邓文一马当先，指而骂曰："无端番逆，不知天命。大辽如此之雄，尚遭吾灭；汝西番旦夕不保，还敢妄想中原耶？"殷帅大怒，问："谁先出马，捉此匹夫？"只见左哨下一将应声而出，乃束天神，手执铁斧，纵骑直取邓文。邓文举枪迎战。四下呐喊，二人斗上三十余合，邓文枪法渐乱。赵茂拍马舞刀相助，天神力战二将，全无惧色。殷奇于马上挽起巨弓，一矢射中赵茂，坠马而毙。邓文见赵茂中伤，弃战逃走入城。殷奇挥羌众掩击，宋兵折去一半，遂乘势围了雄州。

邓文下令紧闭城门，入见丘谦，道知西番兵锐，军尉赵茂中矢身亡。丘谦骇曰："彼众我寡，势所不敌。今其困城紧急，可修表，令人入京求救。"邓文曰："事不宜迟。"即时修表，遣骑军夜深出城，星火来到汴京，投文于枢密院。近臣奏知真宗，真宗大惊曰："西番乘虚入寇，实乃大患。"急聚文武商议。柴玉进曰："臣举一人，可御番兵。"帝问是谁，玉曰："三代将门豪杰、金刀杨令公之孙、官授京城内外都巡抚杨宗保也。若用彼部兵前往，破之必矣。"帝大悦曰："卿之所举，实称其职。"即下命封宗保为征西招讨使，呼延显、呼延达为副使，大将周福、刘闵为先锋，发兵五万，前退番兵。

宗保领旨出朝，诣无佞府辞令婆出师。令婆曰："曾忆汝父遗言：国尚有兵革，须尽忠所事。"宗保曰："军情紧急，特辞令婆即行。"令婆吩咐："审机调遣，莫坠先人威风。"宗保允诺，出教场中，催集军马齐备，克日离汴城，望雄州进发。时值十二月天气，朔风寒冻，但见：鸿雁北来声惨切，征人西去怯穷途。宋朝人马浩浩荡荡，直抵焦河口，望雄州只争十五里之远。宗保下寨于崖口，遣人报知城中。

却说番师殷奇闻知消息，吩咐部下大将："宋之援兵，旗上大书'杨宗保'。久闻此人是六使长子，文武双全，当时破南天阵，皆其调遣。今部兵来到，汝等不可轻敌，各宜用心。若能胜之，中原不难取矣。"副先锋汪文、汪虎进曰："不消元帅出阵，小可二人，管教杀退宋兵。"殷奇即付与精兵二万。次日，汪文于平川旷野列阵索战，遥望见宋军鸟飞云集而来。杨宗保马上厉声问曰："封境有定，何故来犯吾地，戕害生灵？"汪虎答曰："雄州近西番之地，为尔侵夺，不得不取。"宗保大怒，顾谓左右曰："谁先出马？"呼延显应声请战，挺枪跃马，直取汪虎。汪虎舞刀交还。二人鏖战三十回合，汪文举枪来助，呼延达绰

斧从旁攻入。汪虎力怯，跑马便走。呼延显激怒追之。杨宗保率后军继进，汪文抛战退遁。宋军竞进，番兵披靡。丘谦在城上望见西番战败，开东门接应，大胜羌兵一阵。宗保亦不追赶，收兵入城。

文、虎率败众回见殷奇，道知宋兵势锐难敌。殷奇怒曰："些许宋人，犹不能胜，尚望取其中原乎？"即欲引兵亲战。束天神曰："元帅稳坐，看小将立退敌兵。"奇曰："汝先见阵，吾亦随后接应。"天神允诺。次日平明，于城下扬威耀武搦战。忽东门一声炮响，呼延显、周福厉声骂曰："悖逆丑贼，不即返兵，剿汝等无遗类矣！"天神大怒，纵马举方天戟，直取周福。周福舞刀迎敌。两骑相交，战不数合，天神佯输，引宋兵入阵，口念邪偈，忽狂风大作，飞沙走石，半空中黑煞魔君无数。周福大惊，回马急走。背后天神复兵杀来，一戟刺于马下。宋兵大败，死者甚众。呼延显慌忙走入城中，抽起吊桥。天神直杀至壕边而回。

呼延显入军中，报知宗保周福战死之由。宗保惊曰："西方竟有如此怪异？谁敢再出兵见阵？"道未罢，刘闵进曰："小将再见阵一番。"宗保允行，即付与精兵一万。

第四十七回　束天神大战宋将
百花女锤打张达

却说次日平明，刘闵率兵扬旗鼓噪而出。对阵束天神大叫曰："杀败之将，今日又来寻死耶？"刘闵怒曰："妖人急退，犹可延生；若执迷不悟，教汝片甲不回！"即舞刀纵马，直冲西阵，束天神举方天戟迎战。二骑才交，天神拨马而走，刘闵乘势追击。未及一望之地，天神作动妖法，日月无光，狂风拔木，空中魔君无数杀来。刘闵大惊，措手不及，被天神回马一戟，刺死阵中。宋兵溃乱，自相践踏，死者不可胜计。天神又胜一阵，率众紧困城池。

宗保又见刘闵战死，愤怒已甚，即下令整兵，务与敌人决战。至次日，亲引呼延显、呼延达，开城出战对垒。束天神排列阵势，上手汪文，下手汪虎。宗保坐于白骥马上，望见番帅生得面如青靛，眼若铜铃，须发似朱染就，甚是可惧。宗保骂曰："逆贼着急回兵，饶汝一死；不然，屠汝辈如齑粉矣！"束天神顾问左右："此人是谁？"汪虎曰："宋之主帅杨宗保也。"天神曰："那个先战，以挫宋人之威？"汪文应声而出，举枪纵骑，直奔宋阵。宗保激怒，舞枪迎敌。两下金鼓齐鸣，喊声大振。战上数合，宗保奋勇一枪，刺汪文落马。汪虎见兄被害，大怒曰："骨肉之仇，如何不报？"举刀跃马，奔出阵来。宗保曰："一发结果此贼。"遂挺枪迎敌。交马数合，宗保佯输而走，汪虎赶来。将近阵侧，宗保挽弓，一矢射去，汪虎应弦而倒。呼延显见主帅连胜，部众一拥冲来。两军混战，杀得天昏日惨，地震山摇，有诗为证：

烈烈旌旗灿若霞，冬冬金鼓急忙挝。

阵前杀气遮天暗，成败斯须属一家。

正斗之间，束天神口念邪咒，顷刻乾坤黑暗，走石飞沙，半空中黑煞魔君各执利刃杀来。宗保惊异，先自退遁。番众乘势掩击，宋兵大败。呼延显力战，与宗保走入城中，束天神部众拥到，呼延达退不及，竟被番人所捉，解进西营，来见元帅殷奇。殷奇吩咐将槛车囚起，下令部众分门攻击。束天神进曰："宋人虽挫一阵，吾众折去大将汪文、汪虎。只一座雄州尚不能下，倘至中原，如何克敌？如今之计，可令人回本国，再着添兵相助，鼓勇南下，庶可成功矣。"殷奇曰："汝言正合我意。"即遣骑部回奏李穆王，乞添兵马助阵。王问曰："近日西南兵势若何？"骑部曰："西番部众虽多，斗死者亦不少。此时宋兵坚守雄

州,师久乏粮,国主若再添兵攻击,破之必矣。"穆王与群臣商议,右丞胡天张奏曰:"臣有一计,使宋兵首尾不能相顾,自然退去。"穆王曰:"卿有何计?"天张曰:"可遣一人直入森罗国借兵相助,许以和亲,彼必悦从。又遣使往黑水国,说以得中原之后,割重镇相谢。若得二国兵出祁州,以袭其后,却令三太子起重兵应之,无有不克矣。"

穆王从其计,即时遣使入森罗国,进上金珠,道知借兵取中原之事。国王孟天能与太子孟辛议曰:"西番求援出兵,还当如何?"辛曰:"西番原乃唇齿之邦,既许以和亲,理合依准。"王曰:"往年因借北番军马,只留得一分回来,只恐宋兵难敌,反惹其祸耳。"辛曰:"今宋朝非往时可比,谋臣勇将已皆凋落,此回发兵相助西番,必可得志。"国王从之,即令孟辛为帅,提兵四万前行。时王长女百花公主勇力过人,武艺精通,奏王要同出兵,王允行。孟辛即日率兵离本国,望祁州征进,不提。

是时黑水国亦从其约,差大将白圣将部兵三万,从祁州来会。却说使臣回奏穆王:"二国各许相助,军马已望祁州进发。"穆王闻奏,大喜曰:"此行定可成功。"便问天张:"谁可再部兵前往?"天张曰:"三太子文武双全,可押兵相济。"穆王允奏,遂令三太子统羌兵四万起行。太子领命,率众离西番,迤逦望雄州而进。但见:红旗开处番兵盛,画角鸣时部落齐。

是时殷元帅每遣逻骑随路哨探,回报:"三太子兵马已到,于正西安下大寨,请元帅前往计议。"殷奇闻报,即诣西营,拜见毕,三太子问其交兵如何。奇曰:"两下征战,互有胜负。正待太子兵到,再议擒斩宋人之策。"太子曰:"森罗、黑水二国已各出兵,从祁山来会。候其来齐,便可决战,务必胜敌。"道未罢,人报二国兵马已到西关下寨。太子即遣人赉羊酒前诣军中赏劳,并令其先出兵以袭雄城。差人送礼物来见二国主帅,道知三太子之命。孟辛受下礼物,吩咐来人:"拜上太子,明日请看我等出兵,先破宋军,而后取城。"差人允诺回复,不提。

哨马报入城中,宗保听得森罗、黑水二国动兵,问帐下:"谁敢当此军马?"呼延显进曰:"小将愿往。"宗保曰:"敌人势大,须着张达助之。"张达领命,宗保即拨兵二万与之。呼延显退出,与张达议曰:"森罗之众利锐,当何以战之?"张达曰:"未知蛮兵虚实,来日见阵,当作三路而进。"显然其议。

次早,呼延显以叶武在左,张达在右,自居其中,三路兵一齐出城。但见皂罗旗下蛮兵漫山遍野而来,主帅孟辛手执铁锤,腰带双刀,高坐于马上。呼延显扬声谓曰:"西番背逆之寇,旦夕不保,汝何故出兵应之?"孟辛怒曰:"宋人杀吾弟金龙太子,今日特来报仇也。"叶武大怒,绰刀纵骑,直捣西阵。孟辛舞锤迎敌。两下呐喊,二人战上五十余合,不分胜负。忽右营一声鼓响,白圣将率所部从中攻入,将宋兵冲断,分作两截。叶武力战孟

辛不下，百花公主举双刀夹击，叶武部众披靡。右边张达奋勇抢枪救护，却被百花公主放起流星锤，打中张达胸臆，一命须臾。番兵竞进，万弩齐发。宋军大败，死者不计其数。呼延显身松体便，回马急走，孟辛等乘势追击，直至城壕而止。有诗为证：

番将狰狞马更雄，勤王效力战酣中。

垓前已丧斯须命，冤耻于今瘗草蓬。

哨马报入殷元帅军中，道知森罗、黑水二国所部大胜宋兵一阵，斩其战将二员。殷奇大喜，与三太子议曰："宋人既败入城，主帅必激怒，再来交锋。久闻杨宗保将门之子，武艺精勇，若只与斗武，难决胜负，当用奇兵胜之，则一战而可成功。"三太子曰："公有何策破之？"奇曰："昨观地势，此处十五里外有座大山，名曰金山笼，只有一条小路可入，两边尽是高山。若先着重兵埋伏于此，引得敌兵进笼中，绝其归路，紧紧困之，不消数十日，使宋人尽为饿鬼，而雄州唾手可得也。"三太子曰："此计虽妙，只恐南人参透不追。"奇曰："宋人未知虚实，可将营寨移于金山脚下。"分遣已定，殷奇等撤围而去，不提。

却说呼延显回见宗保，道知战败，杀死大将张达、叶武二员。宗保大怒曰："不戮此蛮类，何面目见天子？"遂下令各将出兵，欲与西番决战。邓文进曰："适报番兵撤围，移屯金山脚下驻扎，莫非有计？元帅只宜坚守，从长计议，或可胜敌。勿激一时之怒，而忘远虑也。"宗保曰："彼今惟恃一勇之力，有甚见识？诸君但看吾破之。"邓文不敢再言。次日平明，宗保吩咐呼延显见头阵，刘青次阵，邓文在后，以防孟辛之众，丘谦守城。分拨已定，自率轻骑居中。

且说呼延显扬旗鼓噪，杀奔金山，恰遇番将束天神列阵而待。显马上大骂："逆丑早早回兵，万事俱休；不然，屠绝汝等，以为宋人报仇也！"天神大怒曰："黄头孺子，今日休走！"遂纵马举方天戟来战。呼延显挺枪迎之。两马才交，战未两合，刘青率精兵从旁攻入，天神佯输而走，显等乘势追之。殷奇见宋兵入阵，跑马舞刀接战。杨宗保中军已到，怒战殷奇，兵刃才接，奇即勒马望金山小路逃去。

第四十八回　杨宗保困陷金山
周夫人力主救兵

　　却说宋兵各要争功，如潮涌进。邓文在后看见，亟向前谏曰："贼兵不作妖法，见阵辄输，必有埋伏。且此处离城已远，元帅不速回去，定遭其计。"宗保曰："兵贵神速，正宜长驱而进，掩番兵之不备，则鼓可成擒也。纵有伏兵，何足惧哉？"众军听罢，皆勇增百倍。赶近山脚，番人遗下辎重衣甲无数，宋兵不疑，一直追入笼中。日已将晡，俄而听得信炮一声响亮，江蛟伏兵齐起，截住笼口。后军报知宗保，宗保大惊曰："不信忠言，果中其计。"即令众将力战杀出，呼延显、邓文当先而战，山顶番兵木石矢箭一齐乱发，宋军伤死无数，不能得出。待至山后，却是绝路。正是：只因误中奸人计，致使英雄一月灾。

　　宗保与众人被困谷中，心中惶惶。邓文曰："番众坚守谷口，纵有羽翼，难以飞脱，只得忍耐，以图出计。"宗保曰："地理不熟而陷机阱，雄州些许人马，犹虑不保。"文曰："丘都监闻我等被困，彼必坚守，想亦无失。只是此中粮草乏绝，恐无救济。"宗保曰："朝廷倚我为泰山之重，既被番兵所困，诸公可思一良策，以为保全之计。"呼延显曰："今应州军马雄盛，可令人密往求救，方解此厄。"邓文曰："应州贼人往来之地，难以来应；莫若径入汴京奏知，大军一到，足为番众之敌也。"宗保曰："番营严密，但未知谁可前往？"道未罢，一人进曰："小可愿往。"乃是刘青，小名刘昭子，凡事敢为，军中号为"刘大胆"。宗保曰："汝有何计出番营？"刘青曰："元帅不闻孟尝君门下有鸡鸣狗盗之客乎？小可能潜形出去。"宗保大喜，即修下求救文书付之。

　　刘青靠黄昏左侧，秘密出笼口，望见番兵云屯雾集围守，遂变成一青犬，跑出营来。番人只道营中所畜，并无疑防，刘青得出坚壁。日已沉西，正值番众野地聚食。刘青走进粮草寨边，堆积犹如丘山，遂心生一计，取过火石，用硫磺焰硝引着，投于粮草屯里，夜风正作，一伏时，烟焰弥漫，满屯通着。番人望见粮草被火，亟报知主帅来救，四下慌乱。刘青偷一匹快马，星夜往汴京去了。有诗为证：

　　困陷金山战阵摧，刘青勇敢有谋为。

　　先教粮草成烟烬，又得番营骏马回。

　　殷奇令部众救灭其火，粮草已烧去一半，方知宋兵有人出营，追悔无及，因下令晓夜

巡军提防。

且说刘青不数日来到汴京，先报知枢密院。次日，近臣奏知："边庭帅将全军遭困，乞救兵相援。"真宗闻奏，大惊曰："番人是谁主兵，有此奇异？"因宣刘青入殿前问之。刘青奏曰："往日与西番交兵，互有胜负。近来连损大将数员，元帅激怒而战。不意番人预埋伏于金山笼畔，引我军入伏中，遂遭其围困。且雄州声势甚急，我军粮草俱绝，乞陛下早遣援兵，庶不误事。"帝闻奏，乃曰："卿且退，待朕与群臣商议。"刘青谢恩而出。帝问群臣："谁可部兵前行？"柴玉奏曰："沿边帅将只好看守本境，难以调遣。陛下须出榜文于都门，招募新降将中有文武超群者，充先锋之职，统兵前往。"帝允奏，即令学士院草榜张挂各门。不提。

却说刘青投进无佞府，报与令婆，说知宗保被困之事。令婆大惊，问曰："汝曾奏知圣上否？"青曰："已先奏知，然后来见令婆。"令婆曰："主上何日发兵救应？"青曰："柴驸马奏道，朝廷无甚良将，不堪此行，即令出榜文，招募新将，部兵前往。"令婆乃顿足哭曰："救兵如救火。吾孙遭困阵中，度日如年，若待临时招募，得知有人来应募否？若使再延一月，宗保性命休矣！"言罢，号恸不止。

时穆桂英、八娘、九妹等闻知，都出堂上探问因由。令婆收泪，道知宗保全军被困之事。桂英曰："此系朝廷大事，何不令人奏知朝廷，乞发救兵？"令婆曰："国无良将，欲待临时招募，以充此行。我恐稽延误事，故此恼闷耳。"桂英曰："令婆勿忧，小妾当部兵救之。"令婆曰："汝一人如何去得？"八娘、九妹曰："女孩儿二人愿相助同往。"令婆未应。堂前十二寡妇周夫人（杨渊平妻，最有智识）、黄琼女（六使之妻，好使双刀）、单阳公主（萧后之女）、杨七姐（六使之女，尚未纳婚）、杜夫人（杨延嗣之妻，十二妇中唯此一人乃天上麓星降世，幼受九华仙人秘法，会藏兵接刃之术，武艺出众，使三口飞刀，百发百中，杨府内外皆尊敬之）、马赛英（杨延德之妻，善使九股练索）、耿金花（小名耿娘子，延定之妻，好用大刀）、董月娥（杨延辉之妻，目力精锐，乃有百步穿杨之能）、邹兰秀（延定次妻，极善枪法）、孟四娘（太原孟令公养女，为渊平次妻，有力善战，军中呼为孟四娘）、重阳女（亦六使之妻，善使双刀）、杨秋菊（杨宗保之妹，武艺高强，箭法更精）一齐进前请行。周夫人曰："既侄儿有难，凭我等众人武艺，一者为朝廷出力，二者省令婆烦恼，定要救回宗保也。"令婆喜曰："我观汝等并力同心，实堪此行。"即吩咐速准备枪刀衣甲俟候。八娘、九妹等自去整点，不提。

却说令婆次早入朝奏曰："臣妾媳妇等闻宗保被困，各要部兵前往救应，与朝廷建功，乞陛下允臣妾所奏。"帝问群臣，柴玉进曰："臣虑无人应募，正欲请命是事。陛下允其奏，管教成功在即。"帝大悦曰："令婆若能为朕分忧，救回元帅，当勒名金石，以表杨门之功。"令婆谢恩。帝亲赐金卮一对，乃下敕，封杨渊平之妻周氏为上将军之职，部领精兵五万，前往救援。敕旨既下，周夫人等已各整备完全，都出堂上，辞别令婆起行。令婆曰："军情紧急，汝众人当倍道而进。番蛮性顽，若知救兵来到，必要乘势赶来，各宜用心，勿负主上之命。今宗保被困已久，须预遣人报知，以安其心。在此叮咛，各宜牢记。"周夫人领命，即日饮罢饯行酒，一声炮响，十二员女将齐齐出府，各执一样兵器，端坐于马上，英英凛凛，白皂旗下，军威百倍。宋真宗与文武在城楼上观望，顾谓侍臣曰："朕今日视杨家女将出兵，军前锐气，胜如边将远矣。此一回管取克敌。"柴玉曰："诚如陛下所言。"是日君臣各散。

只说周夫人等军马离汴京，以刘青为前哨，浩浩荡荡，望雄州进发。时值二月天气，风和日暖。但见：

马似飞龙乘紫雾，人如猛虎逐长风。

杏花扑鼻行骢稳，野水清流急济中。

宋兵进发数日，望雄州不远，刘青曰："近城便是森罗、黑水二国营寨，夫人只好于此屯驻，徐议交锋。"周夫人然其言，下令吩咐三营：着重阳女、九妹、杨七姐、黄琼女、单阳公主五人率兵二万，屯左壁；杨八娘、杜夫人、马赛英、耿金花四人率兵二万，屯右壁；自与穆桂英、董月娥、邹兰秀、孟四娘部兵一万，屯中壁。吩咐交兵之际，互相救应。重阳女等得令，各部兵分屯，不提。

却说消息传入三太子寨中，三太子曰："若使救兵缓来十日，宋将皆已授首，雄州破在旦夕。"即召殷奇商议迎敌之策。奇曰："哨马报说，宋人皆是女将主兵，此国无良将可知矣。今彼分作三大寨营屯扎，若只攻一处，则两处兵必互相救应。须分兵前后，令孟辛同白圣将先战，审其行兵动静，然后以计破之可也。"三太子然其议，即发帖文报知孟辛等。孟辛得令，欢然允诺，整点军马齐备。

次日天明，于平川旷野列阵邀战。宋左营九妹、杨七姐出迎。红旗开处，九妹马上指敌将而骂曰："胡蛮狗类好好退兵，饶汝一死，不然，诛灭无遗！"孟辛大怒，即骤马舞

铁锤来战。九妹舞刀迎之。两马相交，二人战上数合，孟辛佯输而走，九妹驱兵赶进。百花公主率轻骑从旁截出，与九妹接战数合，百花又败。九妹不舍，勒骑追之。公主较其来近，取出流星锤，转身一放，正中九妹坐马。其马负痛，掀跌九妹于阵中。百花公主正待挥刀砍下，不提防杨七姐一矢射中百花公主左臂，翻落马下，宋兵竞前捉之。孟辛奋力来救，刘青率部军绕进，森罗国兵大败，孟辛单马走投白圣将营中去了。杨九妹等乃收军还营。众人解百花公主入中营见周夫人。夫人曰："且将槛车囚起，以候回京发落。"军校得令，将百花公主槛囚，不提。

忽报黑水国部落索战，周夫人召集二营商议，因问："谁出兵迎敌？"重阳女应声曰："小将愿往。"周夫人曰："更得一人副之为美。"穆桂英进曰："妾身相助出敌。"夫人大悦，付兵一万与二人前往。重阳女得令，部兵与桂英扬旗而出，列阵搦战。

第四十九回　杜娘子大破妖党
马赛英火烧番营

却说重阳女等来到阵前，正遇番将白圣将挺枪纵骑，直冲宋阵。重阳女举双刀奋勇来迎。两马相交，喊声大振。战了数合，白圣将力怯，拨马便走。孟辛怒曰："待捉此将，以为吾妹报仇！"舞锤拍马，当中截战。穆桂英看见，抽矢挽弓，指定敌将射去，正中心窝，孟辛应弦而倒。宋兵乘势杀进，重阳女赶上，把白圣将一刀砍落马下。番兵被杀死一半，其余抛戈弃甲，各走回本国，委弃辎重不计其数。重阳女又胜一阵，周夫人不胜之喜。

消息传入西番营中，三太子大惊曰："不想女将有如此英雄，一连杀胜二国，汝众人谁敢退敌？"束天神进曰："殿下勿慌，小可部兵出战，务斩宋将而回。"三太子允行，即付精兵二万。束天神部兵出阵前，勒马横戟大叫曰："宋将强者来敌，弱者不如早退。"话声未绝，南阵上旌旗开处，一员女将骤马舞刀来迎，威风凛凛，视之，乃耿金花也，正是：逞威惟仗追风马，斩将全凭偃月刀。大骂："番奴速退，免污吾刀！"即纵骑直奔番将。束天神举戟交还。两马相交，二人战到垓心。有诗为证：

征云黯黯乾坤暗，杀气漫漫日月昏。

逆贼敢当豪杰将，还看顷刻定输赢。

二将一来一往，斗不数合，束天神佯败而走，耿金花乘势逼近。天神引得敌兵入阵，念动妖言，狂风拔木，日月无光，半空中魔君无数杀来。金花大惊，勒马回走。宋兵大败一阵，死者无数。天神收军还营。

耿金花走入军中，见周夫人，道知怪异之事。夫人曰："西方常出妖党，有如此之术。谁敢出兵迎敌？"杜夫人进曰："妾身愿往擒此妖人。"穆桂英亦请同行。周夫人大喜曰："汝等若能破此妖术，则功勋可垂万世。"即付兵一万。二人部兵杀出，正遇束天神在阵前扬威索战。杜夫人一骑当先，大骂："妖人休走！"天神笑曰："杀败之将，尚来寻死耶？"即舞戟纵骑，直冲宋阵。杜夫人挺枪迎战。两下呐喊，二人战上数合，天神佯败退走，引杜夫人追来，作起妖法，念几句口号，忽天昏地暗，狂风怒起，空中四十九个黑煞魔君，各执利刃飞下。宋兵惊慌。杜夫人怒曰："汝之邪法，只好惊吓他人，敢在我跟前舞弄？"即诵动九华真人秘诀，一伏时，雷声霹雳，满空尽是火球，将魔君悉皆烧绝，天地复明，宋兵倍勇，如潮而进。天神气势颓败，慌张无计，正待吐气逃走，穆桂英抛起飞刀，斩落阵内，所

部番兵屠戮殆尽。桂英欲乘势攻入番垒，杜夫人曰："且回兵，与主师商议进取。"桂英乃收军还营。

是时败军走报三太子，说知束天神被宋将所杀。三太子闻天神失手，顿足惊曰："天神有如此善战之术，今尚死于宋家女将，正所谓勇将不离阵上亡也，令人何以为计？"殷奇曰："太子勿虑，犹有五垒军马未动，明日保着殿下，与宋人决一胜负，便见端的。"太子依其议，下令部落倾壁而出。

缉探报入宋营中："番人长驱而来，欲与我兵大战。"周夫人听得，聚集女将议曰："胜败在此一举。可先令刘青入金山笼，报知宗保，约定明日从内攻出，方好调遣。"刘青应命去了。周夫人唤过黄琼女曰："汝引步兵一万，与彼交战，引敌人至雄州城下，吾自有兵来应。"黄琼女领计去了。又唤过董月娥曰："汝引马军五千，与邹兰秀于城坳两旁埋伏，信炮一起，乘势杀出。"董月娥与邹兰秀亦领兵而去。又唤过马赛英曰："汝引轻骑五千，各带火具，候交兵之际，焚其营寨。"赛英承命而行。又令杜夫人率后军应之。周夫人分拨已定。

次日，鼓罢三通，宋兵出动。黄琼女勒马阵前索战。西阵殷奇一骑先出，手执利斧，大叫："宋将速退，尚保残生，若来强战，管教你片甲无存！"黄琼女怒曰："汝之狗类已被我军屠戮殆尽，尚夸大言耶？"即舞刀直取番帅。殷奇绰斧迎敌。两下金鼓齐鸣，喊声大振。黄琼女诈败而走，殷奇驱众追来。将近城壕，宋营中信炮并起，董月娥、邹兰秀二支伏兵齐起，万弩俱发，番众溃乱。殷奇知有埋伏，勒马杀回。穆桂英从中杀进，冲开番阵，三太子之众各不相顾。马赛英轻兵已出其阵后，放起烈火。正值东风骤起，霎时间烟焰涨天，满营皆着。番骑报道："宋兵已焚寨壁。"三太子惊得魂飞魄散，弃敌而逃。殷元帅见势不利，口念邪偈，怀中取出聚兽牌，望空敲动。忽一声震烈，四下黑雾中涌出一群猛兽，尽是豺狼虎豹，冲入阵中。宋军个个失色，各回马逃生。杜夫人望见宋阵披靡，即念起真言，满空中火焰齐下，将猛兽烧得四分五裂。番众倒戈弃甲而逃，恰如残云风扫，病叶经霜。殷元帅拼死杀出重围，正走之际，杨秋菊一箭当弦，正射中殷奇左眼，落马而死。

是时金山笼杨宗保等望见火起，刘青引兵杀出。呼延显鼓勇争先，恰遇江蛟，交马只一合，刺于马下，部下番兵杀死大半。穆桂英、黄琼女二骑直进金山脚下，与宗保合兵一处，乘势追赶，杀得番众尸横遍野，血流如川，夺得牛马辎重不计其数。有诗为证：

四面干戈战阵连，杨门勇将定中原。

番人弃甲抛戈遁，正是英雄效力年。

宋军已获全胜，惟呼延达先被番人所杀，周夫人乃收回众军。城中已开门迎接，周夫人以军马屯止城下，自与宗保入府中相会。宗保拜曰："不是姆婶齐心克敌，宗保几至颠

危,此一回足洗困辱矣。"周夫人曰:"圣上闻侄被困,无人押兵赴救,令婆怀忧终日,我等只得前来救应,不意剿尽敌兵也。"宗保曰:"机会难再,此去西番连州城数日程途,莫若乘此破竹之势,直捣其境,擒取国王以献,千载一遇,不可失也。"周夫人曰:"阃外之事,君命有所不受,但可利于国者,行之无妨。吾意正待如此。"即下令进兵,以取连州城。众人得令,各整备起行。次日平明,三军望西番征进。

是时三太子望僻路走回,奏知李穆王:"殷元帅并二国借兵,尽被杨门女将剿灭殆尽,即日人马长驱来取连州。"穆王听罢,神魂飞坠,拍案悔曰:"早不听柯丞相之言,致有今日之祸。"道未罢,传报:"宋兵将连州城团围三匝,水泄不通。"穆王急下令众部落婴城坚守,与文武商议迎敌之计。柯自仙奏曰:"宋兵声势甚盛,我之大将尽皆授首,今日那个敢再战?"王未应,忽珠帘后一人进曰:"小妾愿部众以退宋兵。"众视之,乃王长女金花公主也。穆王曰:"只恐汝不是宋人之敌。"公主曰:"儿幼年曾学武艺,何倒自己志气也?若与交锋,自有方略破之。"王允奏,即付兵二万。公主得命,次日部众开西门出战。

第五十回　杨宗保平定西夏
十二妇得胜回朝

却说金花公主来到城外，正遇宋女将杨九妹，两阵对圆。公主谓曰："宋兵不识时势，深入吾地，着急退去，免遭屠戮。"九妹怒曰："该死之贼，犹不纳降，尚敢来争锋耶？"即舞刀跃马，杀奔番阵。公主举枪迎战，两骑相交，斗经数合，九妹刀法渐乱，败阵而走。公主奋勇追来，城上喊声大振。杨七姐看见公主追逼九妹，紧急弯弓，一矢射去，可怜金花一命归冥。宋兵竞进，番众死者无数，只走得一半入城，报知穆王金花公主被射死阵前。穆王惊惶无计，寝食俱废。

越二日，宋兵攻城危急，武将张荣奏曰："主公勿忧，城中兵马尚有四万，粮草可应一年。且宋兵虽盛，远来粮饷不给。臣愿率所部出也。"王允奏，即令张荣出兵。按张荣，羌落人，极有勇力，使一柄大杆刀，上阵如飞，军中号为"铁臂将"。是日领了主命，次早率众二万，出城迎战。南阵中一员女将，当先出马，乃单阳公主也，大叫："番蛮尚不献城，犹来抗敌耶？"张荣更不答话，舞刀纵骑来迎。两马相交，战未数合，张荣佯输，绕城而走。单阳公主尽力追之，张荣较其来近，转身一刀劈下。公主眼快，侧身躲过，其马跌倒在地。却得杜夫人连忙撤起飞刀，看准张荣砍去，中其左肋，死于马下。番兵被杀死无数，乞降之声震动原野。此真见杨家女将互相救应之能也。有诗为证：

城下英雄势力争，一时失算倒前征。

敌人莫保须臾死，方显杨门互救兵。

却说番众于城上望见张荣战死，报入城中。穆王忧愤无地，欲为自尽之计。左丞柯自仙奏曰："宋君宽仁大度，降者无不膺爵，抗者自取灭戮。今宋兵坚屯城下，成败已分，主公何不遣使纳降，献上图籍，递年惟出贡物，尚不失为一国之主，此则大计也。如何效取儿女之态，自轻沟渎，以取笑于外人乎？乞我主审焉。"穆王沉吟半晌，乃曰："宋运当隆，依卿所奏。"即令城上竖起降旗。

次日，遣人赍纳降文书，诣宋营投进。周夫人正坐帐中，与众人商议西番纳降之事，忽人报："番王遣使来议投降。"杨宗保令唤入。使臣进账前，道知其主纳款之意。宗保犹豫未决。邓文进曰："西番乃遐荒之地，无用所在，众类顽皮，难供使令，元帅正宜允其降，以彰圣上怀柔远人之德也。"周夫人然其议，批回来书，与使臣回奏穆

王。穆王君臣大喜。次日，亲率文武，开城迎接。杨宗保先进，见西番君臣拜伏道旁。宗保敬他一国之主，扶起，并辔入宫中。部落各备香花灯烛迎候。穆王端立于庭阶请罪。宗保曰："吾天子仁爱国君，今既归降，若使倾心无异，必不失旧封矣。"穆王称谢。是日，宫中大开筵宴。周夫人率十二员女将并都尉继入。穆王拜见毕，周夫人慰谕亦厚。众将依次而坐，宫中大吹大擂，番官进食，番妇进乐。众人尽欢而饮，夜深乃散。宗保安营于城里，周夫人等屯扎于城外。

又越数日，旁境皆宁，宗保乃议班师，报于各营知道。众军得令，准备起行。穆王送宗保真犀带二条，珍珠奇异之物无数。宗保只受其带，余物留以进主。乃以阵上所捉将帅送还，唯有百花公主解入中原。是日中军离了连州，西番君臣送出十里之外而别。班师将士分作前后队而回，军威大振，四海钦服。有词一篇为证：

盖闻天时不如地利，地利不如人和。兵乃凶器，战为逆德，圣人又所不谈，尧舜弗忍于用。兹者西番播乱，兵甲扰雄州之境；皇上震怒，旌旗出汴城之师。征云冉冉，杀气腾腾。连环寨垒，如山岳之势；辎重器械，犹鱼鳞之多。金鼓鸣声，车箱匝地。六师奋力以前，三军鼓勇而斗。金山一战，垓下遭围。激烈闺中之寡妇，敢膺阃外之重权。周女帅，运筹算于帷幄；杨七姐，破坚阵于山前。斩将麾旗，独美单阳公主；呼风唤雨，最雄杜氏夫人。马赛英，有争先缚捉之能；耿金花，多救应砍斫之力。运双刀，黄琼女军中独胜；开弓矢，董月娥塞下无双。邹兰秀，枪法取番人之首；重阳女，飞刀枭敌将之头。孟四娘，英雄莫及；杨秋菊，气势超群。穆氏桂英，施百步穿杨之巧；八娘九妹，怀图王霸业之机。天生豪杰，地聚精灵。干戈西指，束天神倒旗丧命；魏貅齐进，殷元帅跌马亡身。屠部落如残云迅扫，斩蛮丑犹病叶辞柯。番王纳款，边境争迎。班师唱杨柳之歌声，回旅敲金鞍之响镫。於戏盛哉！宋运休明，名播万方之威武；杨门奋勇，世称千载之英雄。

行程数日，已望汴京不远。宋之君臣预闻捷音，帝先着柴玉一班文臣出郭迎接。宗

保望柴玉来到,下马候问。柴玉近前,携手上马,并辔入城。

翌日,乃朝见真宗。真宗面慰之曰:"卿为朕远涉风尘,成功不易。"宗保顿首奏曰:"臣赖陛下洪福,平定西番,已取图舆以献:属州十四,县二百,户口一万八千,租赋四百石,珍奇异物三十余车。"帝颜大悦,以所献俘俱发无佞府处置。因谓侍臣曰:"杨门女将,俱有功于朝廷,朕当论功升赏,以旌其忠。"柴玉曰:"此国家之盛典,理合颁行。"帝遂下敕,加封杨宗保上柱国大将军,呼延显等俱封典禁节度使,周夫人封忠国副将军,八娘、九妹等俱封朔运副将军。并令有司于内庭设大宴,犒赏征西将士。诏旨既下,杨宗保等再拜受命。是日,依班列坐,君臣尽欢而散。

次日,宗保谢恩回无佞府,与周夫人等参见令婆。令婆不胜欢喜,遂以百花公主配与杨文广为室,时文广一十五岁也。令婆吩咐设庆贺筵席,与众媳妇解甲。众妇依次坐饮,至夜分乃散。唯有令婆恩典,直待杨文广征服南方,而后受封也。自是四方宁靖,海不扬波,宋室太平可望矣。

中华传世藏书

中国历史演义小说

· 图文珍藏本 ·

英烈传

[明] 徐渭 ◎ 著

导读

　　《英烈传》又名《云合奇踪》《皇明英烈传》《皇明开运英武传》等,章回体小说,全书分为十卷。共八十回。作者为徐渭,徐渭(1521～1593)汉族,山阴(今浙江绍兴)人。初字文清,后改字文长,号天池山人,或署田水月、田丹水、青藤老人、青藤道人、青藤居士、天池渔隐、金垒、金回山人、山阴布衣、白鹇山人、鹅鼻山侬等别号。中国明代文学家、书画家、军事家。本书主要叙元朝末年顺帝失政,朱元璋率兵起义最终推翻元朝统治、建立明政权。其中一些小故事至今仍在民间流传。如贩乌梅、取襄阳、战滁州等。至于那些英雄似的人物如常遇春、胡大海、花云、徐达、李文忠、沐英、朱文正、邓愈、汤和、郭英、朱亮祖等更是家喻户晓、妇孺皆知。

第一回　元顺帝荒淫失政

龙兴虎奋居淮甸，际会风云除伪乱。

手提宝剑定山河，长驱铁马清民患。

杀气遮笼濠泗城，帝星正照凤阳县。

四海英雄逐义兴，万国诸侯连策献。

百战功劳建大勋，千场汗马征凶叛。

血污两浙缚奸吴，尸满三江擒贼汉。

扫荡妖氛天下宁，施张清气乾坤变。

功业皆从翰苑编，贤能都入辞臣赞。

却说从古到今，万千余年变更不一。三皇五帝而后，汉除秦暴，赤手开基，方得十代，有王莽自称皇帝，敢行篡逆，幸有光武中兴。迨及灵、献之朝，又有三分鼎足之事。五代之间，朝君暮仇，甫至唐高祖混一天下，历世二百八十余年，却有朱、李、石、刘、郭，国号梁、唐、晋、汉、周。皇天厌乱，于洛阳夹马营中，生出宋朝太祖来，姓赵名匡胤。那时赤光满室，异香袭人，人叫他做"香孩儿"。大来削平僭国，建都大梁。传至徽、钦二宗，俱被金人所房。

徽宗第九子封为康王。金兵汹涌，直逼到扬子江边。一望长江天堑，无楫无舟。忽有二人牵马一匹，说道："此马可以渡江。"康王见势急，就说："你二人倘果渡得我时，重重赏你！"那二人竟将康王推上马鞍。那马竟往水中，若履平地。康王低着眼，但听得耳边风响，倏忽之间，便过长江。那二人说："陛下此去，尚延宋祚有一百五十余年，但休忘我二人。"便请下马。康王开眼一看，人与马俱是泥做的。正在惊疑，远远望见一带旌旗，俱是来迎王驾的，便即位于应天府。这是叫作"泥马渡康王"故事。

话分两头，却说鞑靼国王曾孙名唤忽必烈，他的母亲梦见火光照腹而生，居于乌桓之地。后来伐乃蛮，蹙西夏，并了赤乌的部落，僭称王号。在斡难河边，破了白登，过了狐岭，直至居庸关，金人因而逃遁。忽必烈遂渡江淮，逼宋主于临安，宋祚以亡，他遂登了宝位，国号大元。传至十世，叫作顺帝。以脱脱为左丞相，撒敦为右丞相。

一日，早朝已毕，帝曰："朕自登基以来，五载于兹，因见朝事纷纷，昼夜不安，未得一

乐。卿等可能致朕一乐乎?"撒敦奏曰:"当今天下,莫非王土;率土之士,莫非王臣。主上位居九五之尊,为万乘之主,身衣锦绣,口饫珍馐,耳听管弦之声,目睹燕齐之色,神仙游客,沉湎酣歌,唯陛下所为,有何不乐? 徒自昼夜劳神!"正是:

春花秋月休辜负,绿鬓朱颜不再来。

顺帝大喜曰:"卿言最当!"左丞相脱脱进言曰:"乞陛下传旨,速诛撒敦,以杜淫乱!"帝曰:"撒敦何罪?"脱脱曰:"昔费仲迷纣王,无忌惑平王,今撒敦诱君败国,罪在不赦! 望陛下听臣讲个'乐'字:昔周文王有灵台之乐,与民同乐,后来便有天下之二;商纣有鹿台之乐,恣酒荒淫,竟遭牧野之诛。陛下若能任贤修德,和气洽于两间,乐莫大焉。倘效近世之乐,必致人心怨离,国祚难保。愿陛下察此!"顺帝听了大喜曰·"宰相之言极是!"令内侍取金十锭、蜀锦十匹赐之。脱脱辞谢:"臣受天禄,当尽心以报国,非图恩利也。"顺帝曰:"昔日唐太宗赐臣,亦无不受,卿何辞焉?"脱脱再拜而受。

撒敦惶恐下殿,自思:"叵耐这厮与俺作对,须要驱除得他,方遂吾意!"正出朝门,恰遇知心好友,现做太尉,叫作哈麻,领着一班女乐,都穿着绝样簇锦团花百寿衣,都带着七星摇曳堕马妆角髻,都履着绒扣锦帮三寸凤头鞋,如芝如兰一阵异品的清香,如柳如花一样动人的袅娜;叮叮咚咚,悠悠扬扬,约有五十余人,进宫里来。两下作揖才罢,哈麻便问:"仁兄颜色不喜,却是为何?"撒敦将前情备细讲说一遍。哈麻劝说道:"且请息怒。后来乘个机会,如此如此。"撒敦说:"若得如教,自当铭刻!"撒敦别过,愤愤回家不题。

且说哈麻带了女乐,转过宫墙,撞见守宫内侍,问道:"爷爷、娘娘今在哪里?"内侍回说:"正在百花台上筵宴哩。"哈麻竟到台前,俯伏说:"臣受厚恩,无可孝顺,今演习一班女乐,进上服御,伏乞鉴臣犬马之劳,留宫听用。"顺帝纳之。哈麻谢恩退出。且说顺帝凡朝散回宫,女乐则盛妆华饰,细乐娇歌,迎接入内,每日如此,不在话下。

一日,顺帝退朝,皇后伯牙吴氏设宴于长乐宫中,随命女乐吹的吹,弹的弹,歌的歌,舞的舞,彩袖殷勤,交杯换盏,作尽温柔旖旎之态,饮至更深方散。是夜,顺帝宿于正宫,

忽梦见满宫皆是蝼蚁毒蜂，令左右扫除不去。只见正南上一人，身着红衣，左肩架日，右肩架月，手执扫帚，将蝼蚁毒蜂尽皆扫净。帝急问曰："尔何人也？"其人不语，即拔剑砍来。帝急避出宫外。红衣人将宫门紧闭。帝速呼左右擒捉，忽然惊醒，乃是南柯一梦。

顺帝冷汗遍体，便问内侍："是什么时候？"近臣奏曰："三更三点。"皇后听得，近前问曰："陛下所梦何事？"顺帝将梦中细事说明。皇后曰："梦由心生，焉知凶吉。陛下来日可宣台官，便知端的。"言未毕，只听得一声响亮，恰似春雷。正是：

天门雷动阳春转，地裂山崩倒太华。

顺帝惊问："何处响亮？"内侍忙去看视，回来奏道："是清德殿塌了一角，地陷一穴。"顺帝听罢，心中暗思："朕方得异梦，今地又陷一穴，大是不祥！"五鼓急出早朝。

众臣朝毕，乃宣台官林志冲上殿："朕夜来得一奇梦，卿可细详，主何吉凶？"志冲曰："请陛下试说，待臣圆之。"帝即言梦中事体。志冲听罢，奏曰："此梦甚是不祥！满宫蝼蚁毒蜂者，乃兵马蜂屯蚁聚也；在禁宫不能扫者，乃朝中无将也；穿红人扫尽者，此人若不姓朱必姓赤也；肩架日月者，乃掌乾坤之人也。昔日秦始皇梦青衣子、赤衣子夺日之验，与此相符。望吾皇修德省身，大赦天下，以弭灾患。"帝闻言不悦，又曰："昨夜清德殿塌了一角，地陷一穴，主何吉凶？"志冲曰："天地不和，阴阳不顺，故致天倾地陷之应。待臣试看，便知吉凶。"

帝即同志冲及群臣往看，只见地穴约长一丈，阔约五尺，穴内黑气冲天。志冲奏曰："陛下可令一人往下探之，看有何物。"脱脱曰："须在狱中取一死囚探之方可。"上即令有司官，取出一杀人囚犯，姓田名丰。上曰："你有杀人之罪，若探穴内无事，便赦汝死。"田丰应旨，手持短刀，坐于筐中，铃索吊下，约深十余丈，俱是黑气。默坐良久，见一石碣，高有尺许，田丰取入筐内。再看四周无物，乃摇动索铃，使众人拽起。

顺帝看时，只见石碣上面现有刻成二十四字：

天苍苍，地茫茫；干戈振，未角芳。

元重改，日月旁；混一统，东南方。

顺帝看罢，问脱脱曰："元重改'莫不是重建年号，天下方能保无事吗？"脱脱奏曰："自古帝王皆有改元之理，如遇不祥，便当改之。此乃上天垂兆，使陛下日新之道也。"帝曰："卿等且散，明日再议。"言毕，一阵风过，地穴自闭。帝见大惧，群臣失色。遂将石碣藏过，赦放田丰，驾退还宫。

翌日设朝，颁诏改元统为至正元年。如此不觉五年。有太尉哈麻及秃鲁帖木儿等，引进西番僧，与帝行房中运气之术——演揲儿法。又进僧伽璘真，善授秘法。顺帝习之，诏以番僧为司徒，伽璘真为大元国师。各取良家女子三四人，谓之"供养"。璘真尝向顺

帝奏曰："陛下尊居九五,富有四海,不过保有现在而已,人生几何?当授此术。"于是顺帝日从其事,广取女子入宫。以宫女一十六人学天魔舞,头垂辫发戴象牙冠,身披缨络大红销金长裙,云肩鹤袖,镶嵌短袄,绶带鞋袜,各执巴剌般器,内一人执铃杵奏乐。又宫女十一人,练垂髻,勒帕,常服,或用唐巾,或用汗衫。所奏乐器,皆用龙笛、凤管、小鼓、筝篆、琵琶、鸾笙、桐琴、响板。以内宦长安迭不花领之。宣扬佛号一遍,则按舞奏乐一回。受持秘密戒者,方许入内,余人不得擅进。如顺帝诸弟八郎,与哈麻、秃鲁帖木儿、老的沙等十人,号为"倚纳",皆有宠任,在顺帝前,相与亵狎,甚至男女裸体。其群僧出入禁中,丑声外闻。皇太子深嫉之,力不能去。

帝又于内苑造龙舟,自制样式,首尾共长二百二尺,阔二丈,前帘棚、穿廊、暖阁,后五殿楼子,龙身并殿宇俱五彩金妆,前有两爪。上用水手一百二十名,紫衫金带,头戴漆纱巾,依舟两旁,各执一篙。自后宫至前宫,山下海内,往来游戏。舟行则龙头眼爪皆动。又制宫漏,约高六七尺,为木柜运水上下。柜上设西方三圣殿,柜腰设玉女捧时刻筹,时至即浮水面上。左右列二金甲神人,一持钟,一持铃,夜则神人按更而击,极其巧妙,皆前朝未有也。又于内苑中起一楼,名曰碧月楼,朝夕与宠妃宴饮于上,纵欲奢淫,不修德政。天怒人怨,干戈四起,盗贼蜂生。天垂异象,妖怪屡生:燕京有鸡化为狗,羊变做牛;江南铜铁自鸣;汴城河冰忽成五彩,花草如画,三日方解;陇西地震百日;会州公廨墙崩,获弩五百余张,长者丈余,短者九尺,人莫能挽;彗星火焰蓬勃,堕地成石,形如狗头;温州乐清江中龙见,有火如毬;山东地震,天雨白毛。各处地方,申奏似雪片的飞来,都被奸臣隐瞒不奏。顺帝那里晓得,只在深宫昏迷酒色,并不知外边灾异若何。

第二回　开浚河毁拆民居

膻秽中原已百秋，蒸黎随处若虔刘。

山青水绿非前代，草白沙黄都废丘。

天上云沉谁见日，人间愁重那抬头。

几时否极还重泰，醉在西江十二楼。

却说屡年之间，顺帝宴安失德，各处灾异多端，人心怨恨，盗贼蜂生，都被丞相撒敦、太尉哈麻，并这些番僧等，遮瞒不奏。顺帝那里晓得，终日只在宫中戏耍不题。

却说颖州地方有个白鹿庄：

树木森阴，河流清浅。春初花早，万红千紫斗芳菲；秋暮枫寒，哀雁悲蛩争嘹亮。到夏来，修竹吾庐，装点出一个不染尘埃的仙境；到冬来，古梅绕屋，安排起几处远离人世的蓬莱。对面忽起山冈，尽道象黄陵古渡，因声声叫冈做"黄陵"；幽村聚集珍奇，每常有白鹿成群，便个个唤庄为"白鹿"。

不知哪里来个官儿，摇摇摆摆，走到林间，说道："真个是天上人间，尘中仙府！"便对跟随的吩咐说："你可查此处是谁人家的，叫他送了我老爷，做个吃酒行乐的所在。"跟随的得令，便到庄内说："你是何人家，做甚勾当？晓得我们贾老爷在此，茶也不送一盏出来！"却见一人身长丈二，眼若铜铃，出来应接道："不要说是'假'老爷，就是真老爷，待怎么？思量什么茶吃，快走！快走！"手持长枪，竟赶出来。那些跟随的扭了这官儿，奔出林中，那人也即回去了。

官儿自言自语说道："我贾鲁的声名，那处不晓得，叵耐这厮如此！略施小计，须结果了这个地方。"不则一日，竟到京师。次日朝见拜毕，帝问："贤卿一路劳苦。"且说："你一向出朝，孤家甚觉寂寞。"又问："一路风景民情何如？"贾鲁便奏说："一路黄河淤塞，漕运不通，因此上民谣都说道：'石人一只眼，不挑黄河天下反。'依臣愚见，须挑开沿河一带，庶应民谣，且通漕运。"顺帝应道："我前日在宫中要开些小池沼，那言官上本说道，民谣汹汹说，'石人一只眼，挑动黄河天下反，不宜兴工劳役。'据你今日说到，是挑的不好了。"贾鲁一向口舌利便，又奏说："陛下若依了言官，不挑黄河，听他淤塞了，这些粮米将从那路而来？南北不通，粮米不济，不反何时！"顺帝说："极有理，极有理！只是当从何处开

浚?"贾鲁说:"臣一路来,正从徐、颍、淮、黄进发,处处该开。至如颍州白鹿庄、黄陵冈,俱被民居占塞,上下四十里,更为阏淤,着急该开。"顺帝即刻传旨,起发河南、河北丁夫七十万人,开浚黄河原路,刻定一月之内完工,阻挠者斩。起驾回宫不题。

却说颍州白鹿庄,日前持枪来赶的,向说是汉高祖三十六代孙,姓刘名福通,一身膂力异常,且又晓得妖术。家中有面镜子,人来聚会焚香,便照他是为官、为吏、庶民、军士的模样出来;倘与他心心不顺,便照出诸般禽兽形象来。又结识一个朋友,叫作韩山童,假称世要大乱,弥勒佛下生,设下了一个白莲会,凡在部下系红巾为号,鼓动这些愚民,如神如鬼敬他。有些小事,便去照镜子问下落。

一日,两人正在庄前供祠,众人说:"如此佛力,哪怕不做皇帝!"只听得锣声连连地响,呼的呼,喝的喝。两人远远认得,却是本州的知州,坐在马上,带领弓兵三百余人,竟投庄里来。知州坐下说:"今奉圣旨,先从白鹿庄与对面黄陵冈开浚黄河,拆去民居!"内有里正禀道:"民谣说,'挑动黄河要反'……"知州说:"这是圣旨,谁敢有违!且旨上说'阻挠者斩',今且便借你的头,斩讫号令示众。"口说得罢,那刽子手竟推这里正到庄前,一刀砍下,献了首级。知州便吩咐将头盛在桶内,沿河四十里,号令前去。

这些弓兵便把刘福通住屋,霎时间拆去。妇女鸡犬,赶得星飞雪花一般。福通低着头,只是捶胸叫苦,思量道:"青天白日,竟起这个霹雳!安排得我无家可归,无地得依,奈何!奈何!"大叫说:"反了罢,反了罢!左右是左右了。肯随我共成大事的,同享富贵;如不肯随我的,听你们日夜开河,受官司苦楚去!"登时,聚集有五六百人,便向前把知州一刀,执头在手,叫道:"胡元混乱中国,今日开河,拆去民居,你们既肯从我,便当进城开狱,放了无罪犯人,收了库中财宝,包你们有个好处。"又往手中把那镜子在水中一照,说:"如心尚有狐疑的,可从河中掘下,有见分晓。"只见左边一伙,也约有五六百人,竟向河中用力齐掘。不曾掘得一尺,只见掘出一个石头人来,身长一丈,须眉口鼻都是完全的,当中凿着一只眼。福通大呼曰:"众位可知道吗?一向谣言'石人一只眼,挑动黄河天下反'。今刚刚在此处掘得石人,这皇帝可不应在此处?你们心上何如?"这些人便合口说道:"敢不从命!"福通便带了众人,竟投州里来。

城中掌军官朵儿只班,因杀了知州,便刻时饬备。一声锣响,即冲出一标人来,两下厮杀。福通虽是力大,手下的兵终是未曾习熟,被官军赶杀十来里。韩山童马略落后,却被官军赶上一刀。福通便率杜遵道、郁文盛、罗文素等,勒马回杀,救得后边的人,竟到亳州立寨。因立山童的儿子韩林为王,国号大宋,建元龙凤。以山童妻杨氏为太皇后,杜遵道、郁文盛为左右丞相,福通与罗文素为平章知枢密院事。招集无籍十万余人,攻破罗山、确阳、真阳、叶县等处,直侵汴梁不题。

且说官军依旧进城，紧闭城门。朵儿只班便星夜申奏京师，备陈事情；一边又具揭帖到中书省丞相处。脱脱见揭，便吩咐见赍本官："明早随我进奏。"

次早，脱脱奏说："近来僭号称王者甚多。昨日接得各府州县报说，贼兵反了共一十四处。"顺帝大惊，问："那十四处？"脱脱说："有颍州刘福通、台州方国珍、闽中陈友定、孟津毛贵、蕲州徐寿辉、徐州芝麻李、童州崔德、池州赵普胜、道州周伯颜、沙南李武、泰州张士诚、四川明玉珍、山东田丰、沔州倪文俊。"顺帝闻奏大惊，说："如之奈何？"脱脱奏："请大兵先讨平徐寿辉、刘福通、张士诚、芝麻李四寇，庶无后患。"帝便说："着罕察帖木儿讨徐寿辉，李思齐讨刘福通，蛮子海牙讨张士诚，张良弼讨芝麻李。先除大寇，后剿小贼。"敕旨既下，脱脱叩头下殿。那四将各点兵五万，择日辞朝，竟离了燕京，各自寻路攻取。

第三回　专朝政群奸致乱

万马驱驰遍九州，征裘汗血几时休？

思深长忆关山别，声断偏随芦荻秋。

路引旌旗风远近，梦随生死话离愁。

何日一澄夷与夏，英雄名镇大刀头。

却说诸官得旨，分讨各处贼兵，谁想皆不能取胜，都带些残兵败甲回来。顺帝见了，日夜忧烦。一日设朝，对文武群臣商议说："即今盗贼蜂生，各处征讨的官兵，没一个奏凯。卿等何策剿除，为朕分忧？古人云：'家贫思贤妻，国乱思良相。'倘或失误，有何面目见祖宗于地下！"只见脱脱叩头奏说："今者群奸扰乱，震恐朝廷，黎庶不安，灾伤时见。臣等不能为国除患，心实耻之。臣愿竭驽骀之力，肃清江淮，以报皇恩。"顺帝闻奏，降座语脱脱曰："丞相若能为朕扫除贼寇，奏凯还京，朕当裂土以酬心膂。但中书省是政事根本，不可一日离左右，贤卿若去，朕将谁依？"脱脱又叩头说："以死报国，乃臣子之事，岂敢忘恩！但微臣此去，全望陛下亲贤远佞，以调天和，以安黎庶。"顺帝便敕脱脱为总兵大元帅，以龚伯遂为先锋，哈喇答为副将，也先帖木儿为行台御史，节制兵马，大小官军俱听脱脱指挥，便宜行事。

脱脱拜辞，即日领兵往南进发，竟到孟津。贼将毛贵率本部五千人纳降。脱脱便驱兵渡黄河，从虎牢关至汴梁正北安营。伪宋韩林的探子报知，便集多官商议，只见杜遵道说："水来土压，兵至将迎。殿下勿忧，臣当领众迎敌。"宋主即令杜遵道、罗文素、郁文盛三将，急统五万人马，与元军相对。遵道勒马横枪，高叫道："送死的出来！"脱脱大怒曰："反国贼子，敢出大言！"就纵马横刀，直取遵道。二将交马，战上五十余合，遵道力怯。拨马便回。脱脱赶上，一刀斩于马下。元兵阵上，催兵奋杀，贼兵溃乱，生擒一千四百余人，斩首一万七千余级。罗文素等领兵入城，坚闭不出。龚伯遂请曰："乘此势攻城，可料必破。"脱脱笑说："我兵千里而来，劳力过多，还当息养，不宜仓促。倘贼兵计穷，冒死血战，不可支矣。"众将唯唯。

时韩林见杀了杜遵道，心甚惊恐，决策于福通。福通曰："脱脱智勇足备，锋不可当，不若且避安丰，再图恢复。"韩林依计，乘夜弃城而走。次早元兵到城搦战，只见城门大

开，城中老幼俱顶香迎接，备言贼兵惧威，弃城引兵逃去等情。脱脱大喜，入城抚民。一宿，明日倍道径抵徐州西门外十里安营。打下战书与芝麻李，说："明日交战。"脱脱到酉刻时候，密唤诸将受计，如此如此，个个依令去讫。

且说芝麻李对众说："元兵远来疲乏，今晚必无准备。我当前行劫寨，尔众随后即来，两势夹攻，必获全胜。"二更时分，果然引兵出城，兵衔枚，马勒辔，直抵元营，悄然无备。芝麻李自喜，领兵并力杀人。细看更无一人，心下大惊，速令退兵。忽见炮响一声，四面伏兵尽起，把芝麻李团团围住，兵卒也不十分来斗，只是没个隙路可逃，贼兵自相残害，约折去大半。及至天明，只见一将传令说："你们可松一条路，放他逃回。"芝麻李听着，又惊又喜，心下转道："我且杀开回路，进城再作计议亦可。"只见元兵果然松开一条路，让芝麻李回城。将到城门，急叫城上："我被元兵混杀一夜，至今方得脱回。快开门，快开门！如迟恐又赶来也。"正叫之时，举头一望，看见兄弟李通的头，号令在城。敌楼边，立着一员大将，紫袍金甲，大喝道："你这贼子，我元丞相已取复此城了，你还不认得！"芝麻李惊得魂飞九霄云外，抱头鼠窜，径走沔阳去了。

天色大明，各将论功行赏，因问："元帅原何晓得来劫寨？先吩咐布列，又原何径离中军，独去取城？"脱脱笑说："此是'乘虚捣将'之法。昔日裴令公元宵夜大张华灯，设宴待客，匹马擒吴元济，正是此样机关，反看便是。他今日以我兵远来，料来疲困，必带雄兵劫寨，城中不过老弱守门耳。我令尔辈四下伏住，等他来时，便围绕混杀一夜。此时我领精兵，乘虚攻取城门，自然唾手可得。"众将又问："围住之时，元帅吩咐不必过杀为何？"脱脱曰："黑夜谁知彼此。我兵只密围数层，虚声叫喊，任他自相残杀，这又是'以逸待劳'。"众将齐声称说："元帅神算！"脱脱抚恤人民，因遣牙将一面奏捷不题。

且说右丞相撒敦与太尉哈麻，闻得脱脱得胜，上表申闻，计较说："脱脱向来威震中外，使我们不得便宜行事，今又成大功，皇帝必加殊眷，我辈却是怎生？"哈麻说："这有何难！趁此奏章未上之时，令台官劾他说：'出师三月，略无寸功，倾国家之财以为己资，半朝廷之官以为己用，乞加废斥，以儆官邪。'这个计策何如？"撒敦说道："此计大妙，大

妙！"遂将进表官幽入密房，除了他的性命。因而上个表章，说得脱脱十分不好。顺帝说："既如此，可救月润察儿为元帅，以枢密雪雪代他为将，先令姚枢持诏赴徐州传示。"不则一日，来到徐州。

脱脱拜受了诏书，便对众将说："朝廷恩旨，释我兵权，即当与诸将分别。诸将可各率所部，听新元帅节制。"只见哈喇答向前说："元帅此行，我辈必死他人之手，不如今日先死丞相之前，以酬相许夙志！"言罢，拔剑自刎而死。众将抚恸如雷，将哈喇答以礼殡葬。脱脱单马竟赴淮安安置。未及半月，台臣又劾脱脱贬谪太轻，该徙云南。脱脱叹曰："我不死，朝中也不肯放过我，不如一死，以遏众奸。"遂服鸩而死。

却说刘福通、芝麻李闻说脱脱身故，各统兵攻复前据城池。元军阵上那里杀得他过。数日间，刘福通与芝麻李自相杀并，一箭射死了芝麻李，复了徐州，贼将毛贵仍归部下。正是：

昏君信佞忠良死，群鬼贪残社稷墟。

第四回　真明主应瑞濠梁

凤阳城里帝星明，照彻中原万里程。

边边烟息胡尘远，处处云开瑞霭生。

三台喜得薇垣拱，万派欣从东海清。

自是乾坤多气色，直须箫管乐升平。

却说丞相脱脱受了多少谗言，以身殉国。那时四海纷争，八方扰攘，刘福通并了芝麻李一部人马，又收了毛贵一党贼众，纵横汹涌，官兵莫挡。这也慢题。

且说淮西濠州，就是而今叫作凤阳府，好一座城池。离城有一个地方，名唤作钟离东乡、钟离西乡，这就是当初钟离得道成仙的去处。那里有个皇觉寺，原先是唐高祖创造的：

中间大雄宝殿，光晃晃，金装成三世菩提；两边插翅回廊，影摇摇，彩画出蓬莱仙境。当门塑一个韦驮尊天，秀秀媚媚，却似活移来一个金孩儿。见了他，那个不欢天喜地？两侧装四个金刚力士，古古怪怪，又像才坐定一班铁甲汉。猛抬头，人人自胆破心惊！钟声半彻云霄，舞动起多少回鸾翔凤；佛号忽来天碧，醒觉了万千愚汉蒙夫。挨的挨，挤的挤，都到罗汉堂前，明数出前生今世；争了争，嚷了嚷，齐向观音阁上，暗投诚意想心思。也有的肩盒抬攒，逐男趁女，污俗了一片清净佛场，知宾的也难管青红皂白；也有的打斋设供，祈神祷佛，澄澈了一点如来道念，大众们那里晓水火雷风。

且说那寺中住持的长老，唤作高彬，法名昙云。这个长老，真是宿世种得了智果，今世又悟了大乘。一日冬景凄凉，彤云密布，洒下一天好雪。昙云长老吩咐大众说："今日是腊月廿四，经里面说，天下的灶君同天下的土地，今夜上天奏知人间善恶。我今早入定时节，见本寺伽蓝叫我也走一遭。我如今放了晚参，我自进房，你们或有事故，不可来惊动我。"嘱咐已毕，竟到房中打坐了。只觉顶门中一道毫光，直透重霄。本寺伽蓝，早已在天门边恭候着长老。

二人交下手，竟至九天门下。恰好玉皇登座，三官玄圣并一切神祇，都一一讲礼毕，长老也随众神施了礼，立在一边。只听得玉皇说："方今世间混乱，黎庶遭殃，这些魑魅，将如何驱遣？"忽然走出一个大臣，口称说："臣是明年戊辰年值年太岁。臣看来连年战

伐，只因下界未生圣主，明岁辰年，应该真龙出世，混一乾坤，肃清世界。且今月今日，是天下土地、灶君申奏人间善恶，乞陛下细察，几世修行阴德的，付他圣胎，以便生降。特此奏闻。"玉皇说道："朕也在此思量，但原先历代皇帝降世，都是星宿。即如盘古分开天地以来，那伏羲是虹之精，神农是荧惑星，颛顼是瑶光星，神尧是赤龙之瑞，大舜是乌燕之祥，大禹是水德星，成汤是高禖星，文王是巨门星，汉的高帝是尾星，唐的高祖是金星，宋的太祖是三天门下修文史。如今果要统一天下，定须星宿中下去走一遭。你们那个肯去，宜直奏来。"问而又问，这些星宿都不做一声。

玉皇恼道："而今下界如此昏蒙，你们难道忍得不管？我如今问了四五次，也只不作声，却是为何？虽然是堕入尘中，也须即还天上，何故十分推阻？"正说间，只见左边的金童并那右边的玉女，两下一笑，把那日月掌扇，混做一处，却像个明字一般。玉皇便道："你二人何故如此笑？我如今就着你二人脱生下世，一个做皇帝，一个做皇后，二人不许推阻。明年九月间，着送生太君，便送下去罢。"那金童、玉女哪里肯应。玉皇又说："你恐怕下去吃苦吗？我便再拨些星宿辅弼你二人。你二人下去，便如方才扇子一般，号了'大明'罢，不得违误！"

只见本寺伽蓝轻轻地对长老说："我寺中也觉有些彩色……"说犹未了，那些诸方的土地及各家灶君，一一过堂，递了人间善恶的细单。玉皇便说，"今据戊辰太岁奏章说，明岁该生圣主，以定天下。我已嘱咐金童、玉女下生人世。但非世德的人家，哪能容此圣胎，你们可从世间万中选千，千中选百，百中选十，送到我案前，再行定夺。"吩咐了，那天下各省、各府、各县的城隍，同那天下各省、各府、各县、各里的土地，都出到九天门外，议来议去。

不多时，有天下都城隍，手中持着十个摺子，奏称："陛下吩咐拣选仁厚人家，万千中选成十个，特送案前。"玉皇登时叫取那衡善平施的秤来，当殿明秤，十家内更是谁人最重。只见一代一代较过，只有一家修了三十六世，仁德无比。玉皇却将摺子拆开，口中传说："可宣金陵郡滁州城隍进来听旨。"那城隍就案前俯伏了。玉皇嘱咐道："汝可依旨行事去。"便递这摺子与他，城隍叩头领讫。玉皇排驾回宫。

长老也出了天门，与伽蓝拱手而别，回光到自己身上，却听得殿上正打三更五点。长老开眼，见佛前琉璃灯内火光，急下禅床，拜了菩萨，说："而今天下得一统了，但贫僧方才不曾看得那摺子，姓张姓李，谁是真龙，这是当面错过了，也不必提。但方才本寺伽蓝说'连我寺中有些彩色'，不知是何主意？待我再打坐去细细问他，便知端的。"长老从新入定，去见伽蓝，问说，"方才摺子内所开谁氏之子，想明神定知他的下落。"伽蓝对说："此去尚有半年之期，恐天机不可预泄。"长老唯唯。只见左边顺风耳跪了报称："滁州城隍有使

者到门,奉迎议事,立等神车。"伽蓝便起身别了长老,出门不题。

时光荏苒,不觉又是戊辰中秋之夕。忽报山门下十分大火,长老急急出望,四下寂然,并无火焰。长老道:"甚是古怪!"便独自从回廊下过伽蓝殿,到山门前来。只见伽蓝说:"真命天子来也,师父当救之。"长老迅步而往,唯见一男人同一妇女,睡在山门下。长老因叫行者推醒,问他来历。那人说:"我姓名朱世珍,祖居金陵朱家巷人。因元兵下江南,便徙居江北长虹县,后又徙滁州,也略略蓄些资财。昨因失火,家业一空,有三子:朱镇、朱镗、朱剑,又皆失散。今欲与妻陈氏,同上盱眙,投女婿李贞,织席生理。至此天晚,且妻子怀孕,不便行动,打搅禅门,望师父方便。"

长老看朱公相貌不常,所妊的莫不是真主?因问:"怀娠人行路不便,不如就此邻近赁一间房子,与公居住,何如?"朱公道:"好!"次日,长老到东乡刘大秀家赁一间房子,与朱公住了,因此又与些资本过活。三个失散的儿子,也仍旧完聚了。但未知所生男女何如。正是:

今夜月明人尽望,不知瑞气落谁家?

第五回　牧牛童成群聚会

草昧英雄起，讴歌历数归。

风尘三尺剑，社稷一戎衣。

翼亮真文德，丕承戢武威。

圣图天广大，宗祀日光辉。

陵寝盘空曲，熊黑守翠微。

再窥松柏路，还见五陵飞。

却说昙云长老赁下房子，与朱公夫妇安顿，又借些资本与他生意。不止一日，却是九月时候，不暖不寒，风清日朗，真好天色。长老心中转道："去年腊月廿四晚，入定之时，分明听得是九月间真主诞生。前月，伽蓝分明嘱咐好生救护天子。这几时不曾往朱公处探望，不知曾生得是男是女。我且出山门走一遭。"

将到伽蓝殿边，忽见一人走来，长老把眼看了看，这人生得：

一双碧眼，两道修眉。一双碧眼光炯炯，上逼层霄；两道修眉虚飘飘，下过脐底。颧骨棱棱，真个是烟霞色相；丰神烨烨，偶然来地上神仙。行如风送残云，立似不动泰山。

那人却对长老说："我有丸药儿，可送去与前日那租房子住的朱公家下生产时用。"长老明知他是仙人，便将手接了说："晓得。"只见清风一阵，那人就不见了。长老竟把丸药送与朱公说："早晚婆婆生产可用。"朱公接药，说道："难得到此，素斋了去。"朱公便进内说："打点素斋，供养长老。"长老自在门首。

不多时，只见得一村人，是老是少，都说："天上的日头，何故比往日异样光彩？"长老同众人抬头齐看，但闻天上八音齐振，诸鸟飞绕，五色云中，恍如十来个天娥彩女，抱着个孩儿，连白光一条，自东南方从空飞下，到朱公家里来。众人正要进内，只见朱公门首，两条黄龙绕柱，里面大火冲天，烟尘陡乱。众人没一个抬得头，开得眼，各自回家而去。长老也慌张起来。却好朱公出来说："蒙师父送药来，我家婆婆便将去咽下，不觉异香遍体。方才幸得生下一个孩儿，甚是光彩，且满屋都觉香馥侵人。"长老说："此时正是未牌，这命极贵，须到佛前寄名。"朱公许诺。长老回寺去了不题。

却说朱公自去河中取水沐浴，忽见红罗浮来，遂取做衣与孩子穿之，故所居地方，名

曰"红罗巷"，古迹至今犹存。

且说生下的孩子，即是太祖。三日内不住啼哭，举家不安。朱公只得走到寺中伽蓝殿内，祈神保佑。长老对朱公说："此事也非等闲，谅非药饵可愈，公可急回安顿。"长老正送朱公出门，只见路上走过一个道人，头顶铁冠，大叫道："你们有稀奇的病，不论大小可治。"长老便同朱公问说："有个孩子，生下方才三日，只是啼哭，你可医得吗？"那道人说："我已晓得他哭了，故远远特来见他，我若见他，包你他便不哭。"朱公听说，便辞了长老，即同道人至家，抱出新生孩子来见道人。那道人把手一摇，口里嘱咐说："莫叫莫叫，何不当初莫笑。前路非遥，日月并行便到，那时还你个呵呵笑。"拱手而别，出门去了。朱公抱了孩子进去，正要出来款待道人，四下里找寻不见。次后，朱家的孩子再也不哭，真是奇异。

一日两，两日三，早已是满月儿、百禄儿、拿周儿。朱公将孩子送到皇觉寺中佛前忏悔，保佑易长易大，因取个佛名，叫作朱元龙，字曰廷瑞。三岁、五岁，也时常到寺中戏耍，不觉长成十一岁了。朱公夫妇家中，忍饥受饿，难以度日，将三个大儿子俱雇与人家佣工去了，只有小儿子元龙在家。一日，邻舍汪婆走来，向朱公道："何不将元龙雇与刘大秀家牧牛，强似在家忍饿。"朱公思想道："也罢。"遂烦汪婆与刘大秀说明。太祖道："我这个人岂肯与他人牧牛！"父母再三哄劝，他方肯。母亲同汪婆送至刘家。

且说太祖在刘家，一日一日，渐渐熟了，每日与众孩子玩耍。将土垒成高台，内有两三个大的，要做皇帝玩耍，坐在上面。太祖下拜，只见大孩子骨碌碌跌的头青脸肿。又一个孩子说："等我上去坐着，你们来拜。"太祖同众孩子又拜，这个孩子将身扑地，更跌得狠些。众人吓得皆不敢上台。太祖说："等我上去。"众孩子朝上来拜，太祖端然正坐，一些不动。众孩子只得听他使令，每日玩耍不题。

一日，皇觉寺做道场，太祖扯下些纸旛做旗，合众孩子手执五方站立，又将所牧之牛，分成五对，排下阵图，吆喝一声，那牛跟定众孩子旗旛串走，总不错乱。忽一日，太祖心生一计，将小牛杀了一只，同众孩子洗剥干净，将一罈子盛了，架在山坡，寻些柴草煨烂，与众孩子食之。先将牛尾割下，插在石缝内，恐怕刘大秀找牛，只说牛钻入石缝内去了。到晚归家，刘大秀果然查牛，少了一只。太祖回道："因有一小牛钻入石缝去了，故少一只。"大秀不信，便说："同你看去。"二人来至石边，太祖默嘱山神、土地快来保护，果见一牛尾乱动。大秀将手一扯，微闻似觉牛叫之声，大秀只得信了。后又瞒大秀宰了一只，也如前法。大秀又来看视，心中甚异，忽闻见太祖身上膻气，暗地把众孩子一拷，方知是太祖杀牛吃了。大秀无可奈何，随将太祖打发回家。

光阴似箭，不觉已是元顺帝至正甲申六月，太祖时已十七岁。谁想天灾流行，疫疠大

作，一月之间，朱公夫妻并长子朱镇，俱不幸辞世。家贫也备不得齐整棺木，只得草率将就，同两个阿哥，抬到九龙岗下，正将掘土埋葬，倏忽之间，大风暴起，走石飞沙，轰雷闪电，霖雨倾盆。太祖同那两个阿哥，开了眼闭不得，闭了眼开不得。但听得空中说："玉皇昨夜宣旨，唤本府城隍、当境土地，押令我们四大龙神，将朱皇帝的父母，埋葬在神龙穴内，土封三尺。我们须要即刻完工，不得违旨。"太祖弟兄三人，只得在树林丛蔚中躲雨。未及一刻，天清日出，三人走出林来，到原放棺木地方，俱不见了，但见土石壅盖巍然一座大坟。三人拜泣回家。

长嫂孟氏同侄儿朱文正，仍到长虹县地方过活。二兄、三兄亦各自赘出。太祖独自无依。邻舍汪婆对太祖说："如今年荒米贵，无处栖身。你父母向日曾将你寄拜寺内，不如权且为僧，何如？"太祖听说，答应道："也是，也是。"自是托身皇觉寺内。不意昙云长老未及两月，也一夕升天去了。寺中众僧曰："因朱元龙，长者最是受重，他就十分没礼。"一日，将山门关上，不与太祖寺内睡觉。太祖仰天叹息。只见银河耿耿，玉露清清，遂口吟一绝：

天为罗帐地为毡，日月星辰伴我眠。

夜间不敢长伸脚，恐踏山河社稷穿。

吟罢，惊动了伽蓝。伽蓝心中转说："他原是玉皇金童，目下应该如此困苦。前者初生时，大哭不绝，玉皇唤我转召铁冠道人安慰他。但今受此迍邅，倘或道念不坚，圣躬有些啾唧，也是我们保护不周。不若权叫梦神打动他的睡魔，托与一梦，以安他的志气。"

此时太祖不觉身体困倦，席地和衣而寝。眼中但见西北天上，群鸟争飞，忽见仙鹤一只，从东南飞来，啄开众鸟，顷刻仙鹤也就不见了。只有西北角起一个朱红色的高台，周回栏槛上边立着两个像，金刚一般，口中念念有词。再上有带幞头抹额的两行立着，中间三尊天神，竟似三清上帝，美貌长髯，看着太祖。却有几个紫衣羽士，送到绛红袍一领，太

祖将身来穿,只见云生五彩。紫衣者说:"此文理真人之衣。"旁边又一道士,把剑一口,跪送将来,口中称说:"好异相,好异相!"因拱手而别。

太祖醒来,却是南柯一梦,细思量甚是奇怪。次早起来,却有新当家的长老嘱咐说:"此去麻湖约三十余里,湖边野树成林,任人采取。尔辈可各轮派取柴,以供寺用。如违,逐出山门,别处去吃饭。"轮到太祖,正是大风大雨,彼此不相照顾,却又上得路迟,走到湖边,早已野林中萤火相照,四下更无人声,只有虫鸣草韵。太祖只得走下湖中砍取。哪知淤泥深深浅浅,不觉将身陷入大泽中,自分必遭淹溺。忽听得湖内有人云:"皇帝被陷了,我们快去保护,庶免罪戾。"太祖只见身边许多蓬头、赤发、圆睛、獠牙、绿脸的人,近前来说:"待小鬼们扶你上岸。岸上,柴我们众鬼也替皇帝砍了,将柴也送至寺内。"太祖把身子一跳,早已不在泽中,也不是麻湖,竟是皇觉寺山门首了。太祖挑着一担柴,进香积厨来,前殿上鼓已三鼓,众僧却已睡熟。

第六回　伽蓝殿暗卜行藏

柳满春江花满川,轻歌曼舞绕樽前。

不谈陈迹愁芳草,且听新歌欢客筵。

旺气映将山海立,帝星光惹地天旋。

濠州八面威风振,紫阁黄扉勒简编。

且说太祖陷入湖中,诸般的鬼怪,也有来搀脚的,也有来扶手的,也有将肩帮衬着太祖的,也有直在水底下将背脊垫着太祖的,也有在岸上替太祖砍柴的,也有在路上替太祖挑担的。不多时,已送到寺边门首,说:"我们自去,皇帝请进内方便。"那时觉有三更左右,太祖进内就睡不题。

却说这些秃子说:"向来昙云师父在时,只说他后来发迹,不意今朝至此不回,多分淹没湖中了。"说说笑笑,各自归房。次日天明,当家长老叫行者起早烧汤做饭。那行者蓦来蓦去,都是柴堆塞的,那里寻个进厨房的路头。口中不说,心中想道:"昨日临睡时,空空一个灶房,这柴那得许多? 便是朱行者一个去湖中樵柴,怎么便有这山堆海积的柴草?"只得叫动大众挑的挑,抬的抬,出洁了半日,方才清得条走路。太祖起来,自家也看得呆了,心中想:"若是如此看来,莫不是我果有天子之份? 但今日没有一个可与计议的,我不如走到伽蓝殿中,问个终身的吉凶,料想明神也有分晓。"将身竟到伽蓝殿来,却有珓经在侧,太祖一一诉出心事,问说:"如我云游在外,另有好处,别创个庵院,不受这些腌脏闲气,可还我三个阴珓;如我不戴禅冠,另做生意,将就做得个财主,可还我三个阳珓;如我趁此天下扰乱,去投奔他人,受得一官半职,可还我三个圣珓。"将珓望空掷下,那珓不仰不伏,三次都立着在地。

太祖便打动做皇帝的念头,密密向神诉说:"今我三样祷告,明神一件也不依,莫不是许我做皇帝吗? 如我果有此分,明神可再还我三个立珓。"望空再掷,只见又是三个立珓。太祖又祷告说:"这福分非同小可,且无一人帮扶,赤手空拳,如何图得大事? 倘或做到不伶不俐,倒不如一个愚妇愚夫。再告明神示以万全。如或果成大事,当再是三个立珓。"哪知掷去,又是三个立珓。太祖便深深拜倒在地,许说:"我若此去,一如神鉴,我当重新庙宇,再整金身……"拜告未已,只见这些秃子走来埋怨说:"你把这柴乱堆乱塞,倒要我

们替你清楚,你独自在此耍子!"太祖也只做不听得,竟到房中,收拾了随身衣服,出了寺门,别了邻舍汪妈妈,竟投盱眙县,寻姊夫李贞。

路上不止一日,来到盱眙,见了姊姊。姊姊说道:"此处屡经荒旱,家业艰难,那能留得你住。你不若竟往滁州去投娘舅郭光卿,寻个生计,庶是久长。"太祖应诺。姊姊因安排些酒果相待,不意外边走进一个孩儿来:

燕额虎头,蛾眉凤眼。丰仪秀爽,面如涂粉口如朱;骨骼清莹,耳若垂珠鼻若柱。光朗朗一个声音,恍惚鹤鸣天表;瑞溶溶全身体度,俨然凤舞高岗。不长不短,竟是观音面前的善财;半瘦半肥,真像张仙抱来的龙种。

后人想象他的神色,口占四句道:

灵分归妹产岐阳,英武文明是凤章。

自美宁馨人世少,应知日兔是星房。

太祖便问:"此是谁家的小官?"姊姊说道:"此便是外甥李文忠。"便叫文忠:"你可拜了舅舅。"太祖十分欢喜,问他年纪。说道:"今年十岁。"席中说笑,甚是相投,当晚酒散。

次日,太祖取路上了滁州。见了娘舅郭光卿,叙起寒温,太祖将父母兄弟的苦楚,诉说一遍。那郭光卿说:"你今来此,正好相伴我儿子读书。"次日,竟进馆中。太祖性甚聪慧,郭氏五子因遂恶之,假以别事哄至空房,欲绝太祖饭食。郭氏因有育女马氏,私将面饼饲之。一日,忽被郭氏窥视,遂纳怀中,马氏胸前因有饼烙腐痕,此事不在话下。

光阴迅速,太祖却已十八岁了。郭光卿取十几车梅子,同太祖上金陵贩卖。进至和州时,值夏初天气,路上炎热,光卿说:"你可将车先行,我歇息片时便来。"太祖推车赶路不题。

却说光卿两年前曾与一个光棍争执到官,那光棍理亏输了,便出入衙门,做了一个听差的公人,今却同一伙公差,在途中撞着。那光棍睁开两眼叫道:"'仇人相见,分外眼红',郭光卿,今日那里走,且吃我一拳!"光卿喝道:"你这厮还不学好,犹敢如此无礼!"那汉子劈面打来,光卿把手一伸。那汉子见光卿把手格开,又赶过一拳。光卿也只不来抵敌,把身子一闪。那汉子想是虚张的气力,眼中对日头昏花,一跤跌倒,却好跌在一块尖角的大头石上,来得凶,跌得重,一个头撞得粉碎,呜呼哀哉,伏惟尚飨。那些伙计叫道:"你何故打杀了公差?且送到官司,再作道理。"光卿逞出平生武艺,打开一条路,连夜奔逃去了。

太祖将车向前,等待多时,不见光卿。转来寻觅。路上人汹汹,只说前面有一个人打杀了,那凶身逃走了。太祖心下思量:"大分是母舅做出这事了……"话未说完,来至三叉路口,正在沉吟,忽见一阵风过,半云半雾来了五个异人。太祖吃惊。内一人道:"那推车的不必狐疑，跟随我去，包获大利。"太祖大着胆便问道："你五位何方人氏？"那人说："吾非人也。奉敕一路散灾，此病非乌梅不可救。吾乃是五显神也。"说罢前行。

太祖只得将梅子自上金陵贩卖。只见那柳荫之下，又立着有四五个人，或是舞刀的，或是弄枪的，或是耍棍的，演了一回，又坐息一回。太祖见他们四五个，一个个都好手段，便将车子推在一边，把眼睛注定来看。那些人又各演示了一回。从中一个人叫道："好口渴也！那得茶吃一口也好。"却有一个便指着车子说："你可望梅止渴么。"太祖便从车中取百十个梅子，送与四五个吃，说道："途中少尽寸情。"那些人哪里肯受。太祖说："四海之内皆兄弟也，便收了罢。"再三送去，他们勉强收了。就将梅子匀匀的分做五处，各人逊受一处，便问太祖行径。太祖一一直说。这也是天结的缘，该在此处相逢。

太祖也问他们姓名，只见一个年纪最小的，便指着说："这一个是我们邓大哥，单名唤邓愈，从来舞得好长枪。人因称他有四句口号：'丈八龙蛇绕法身，追风赶月邓天真。有朝遇主成鸿烈，月燕腾空危宿精。'"又指一个道："这是我们汤大哥，单名叫做汤和，自幼儿惯舞两把阔斧。人也有四句口号称赞他说：'抖擞精神谁敢当，双轮月斧煞光芒。功名姓字标彝鼎，昂宿鸡神汤大郎。'"侧身扯过一个说："这个是我们郭大哥，单名郭英。七八岁儿看见五台山和尚在此抄化，那和尚使一条花棍，如风如电一般，郭六哥便从他学这棍法。而今力量甚大，用熟一条铁棍，哪里敢近他。人也有四句口号儿称赞：'通天猿臂水参星，想是汾阳复耀灵。一棍平成天地烈，喜看到处勤勋名。'"

一伙儿正说得好，忽起一阵怪风。那风拔树扬沙，对面不识去路。这四五个人都扯了太祖说："我们且到家里一避恶风，待等过了，你推车上路何如？"太祖说："邂逅之间，岂敢打搅。"这四五个人说："不必过谦。"只见那后生先把太祖的梅车，已是推去了，口叫说："你们同到我家来。"正是：

　　燕赵悲歌士，相逢剧孟家。

第七回　贩乌梅风留龙驾

列宿乘风载酒来，水边曲榭石边台。

英雄志合三生座，鱼水情投数举杯。

竹影聚窗疑凤下，飓风吼树偃龙回。

知君各抱凌霄志，此地天教会俊才。

却说那后生趁着大风，先把太祖的梅车，如飞似水推着，口里叫道："你们都到我家权避一回，再作区处。"这些众人，也把太祖扯了就走。

不上十里，就到那后生家里。后生便将车子推进，叫道："阿哥，我邀得义兄弟们到家避风，又有一个客人也到此，你可出来相见。"只见里面走出一个人来，那后生说："这是家兄。"太祖因与众人一一分宾主坐了。那后生说道："方才大风，路上不曾通得姓名完备。"因指着郭英肩上一个说："他也姓郭，便是郭大哥同宗，双名郭子兴。专使得一把点铁钢叉，一向在神策营十八万禁军中做个教师，因见世道不宁，回家保护。这些人也有几句赞他说：'手叉独立逞英雄，俨似神虺吐舌时。万马争先谁抵敌，翼星化下火蛇儿。'我小可姓吴名祯，家兄名良，原是庐州合肥人。家兄也能使两条铁鞭，鞭约三十余斤。人见他运得百般闪烁，固也有几句口号：'双鞭挺竖如羊角，转电乘风人莫觉。想从天降鬼金羊，生向人间摇海岳。'"

太祖便问："长兄方才在柳荫下，也逞威风，幸得注目。看这两把长剑，每把也约有八尺余长，长兄舞得如花轮儿一般，空中只见剑不见身。这方法从那里学来？真是奇怪罕有，毕竟也有人赞叹，愿闻，愿闻！"吴祯说："小可年轻力少，哪能如得这几位义兄，所以人也没有题咏。"只见邓愈对太祖说："这个义弟的剑法，向者从云中看见两条白龙相斗，别人都躲过了，不敢看他：他偏看得十分清楚，自后便把剑来舞动。几次有侠客在此较量，再没有一个胜得他的。人人都说道：'此是鬼神所授。'便也有几句诗赞他：'剑术非从人世有，恍若双龙触双首。天生名世翼真君，井星木犴符阳九。舞动光芒跃跃飞，上清霄汉扫邪辉。转斗回星凭肘腋，八方随处壮神威。'"

太祖应声说："果是列位的武艺高强，这些吟咏的都一一名称其实。但而今混乱世界，只恐怕埋没了列位英雄。"四五个都说："正是如此。前者望气的，说'金陵有天子

气',我辈正在此打探,约同去投纳,至今未有下落。只见昨日有一个道人,戴着个铁冠在此叫来叫去说:'明日真命天子从此经过,你们好汉须要识得,不要当面错过。'我们兄弟所以今日清晨在此候了,直至如今,更不见有人来往。"

正说时,只见吴良、吴祯托出一盘酒饭来,扯开桌子说:"且请酌三杯。"太祖便起身告辞。吴良兄弟说:"哪有此理!今日相逢,也是前生缘分,况外面恶风甚紧,略请少停,待风寂好行。"这些义兄弟也说:"借花献佛,尊客还请坐。"太祖只得坐了。酒至数巡,风越大了,天色渐渐将晚。吴祯开口说:"尊客今日不如在此荒宿一宵,明早风息方才可行。"太祖说:"在此搅扰,已觉难当,况说住宿。"众人又一齐说:"即今日色又将西落,此处直过五六十里,方有人家。我们众兄弟都各将一壶一格来,以伸寸敬,便明早去罢。"

太祖见他们十分殷勤,且想此去若无人家,何处歇脚,便说:"既然承教,岂敢过辞,但是十分打搅。"说话之间,这些兄弟们,不多时,俱各整顿七八品果肴来,罗列了四五桌,攒头聚面,都来恭敬着太祖。太祖一一酬饮了十数杯,不觉微醉,便说:"酒力不堪,少容憩息片时,再起来奉扰。"吴祯便举烛照着太祖,转弯抹角,到一个清净的书房,说:"请少息,顷间便来再请。"便反手关了房门去了。太祖抬头一看,真是清香爽朗,竟成别一洞天,和衣睡倒不题。

却说汤和开口对弟兄说:"列位看这梅子客人生得何如?"众人都说:"此人相貌异常,后来必有好处。"汤和点头说:"昨日的道人也来得稀奇,莫不应在此人身上?"正说间,只见外面多人簇拥进来说:"吴家后面书房火起了!"众人流水跑到后面,看不见响动,止见一片红光罩着书房,多人也都散了。汤和说:"此事不必疑矣。我们六弟兄,不如乘此夜间,请他出来,拜从他,为后日张本何如?"六个人一齐走到书房。太祖也恰好醒来。六人纳头便拜。太祖措手不及,流水扶将起来。他六个把心事细说了一遍。太祖说:"我也有志于此。"因说起投母舅郭光卿事情。是夜连太祖七个,都在书房中歇了。

次早,天清气爽,太祖作谢了众人起身。他们六个说:"我们都送一程。"路途上说说笑笑,众兄弟轮流把梅车推赶,将近下午,已到金陵。金陵地方,遍行瘟疫,乌梅汤服之即愈,因此梅子太贵,不多时都尽行发完,已获大利。太祖对六个说:"我欲往武当进香,送君千里,终须一别,列位且各回家,待我转来,再作区处。"众人说:"我们也都往武当走一遭。"

是日登船渡江,不几日,同到武当。烧了香,回到店中,与六弟兄买酒。正吃间,忽有人来说:"滁州陈也先在此戏台上比试。"太祖说:"我们也去看看。"只见陈也先身长丈八,状貌堂堂,在戏台上说:"我年年在此演武,天下的英雄不敢有比试的。倘赢得我的,输银一千两。"太祖大怒,便涌身跳上台来,说:"我便与你比比何如?"两人交手,各使了几

路有名的拳法。也先欺着太祖身材小巧,趁着太祖将身一低,便一跳,将两脚立在太祖肩膀上,喝彩道:"这个唤作'金鸡独立形'。"众人也喝彩。太祖趁势却把肩膀一缩,把两手扭紧了也先的脚,在台上旋了百十遭,喝了声"咤"!把也先从台上空中丢下来,叫说:"这个唤作'大鹏搅海势'。"众人喊笑如雷。也先怀羞,连呼步兵数百人,一齐涌过动手。太祖跳下台,望东便走。也先随后飞也赶来。只见邓愈、汤和在左边,郭子兴、吴良在右边,两边迎着喊杀;吴祯、郭英又保着太祖先走。也先并数百步兵,力怯而逃。四人也不追赶,天晚走进一个玄帝庙后殿歇息。一更左右,只听得前边草殿鼓乐喧天,太祖同众探望,却正是陈也先饮酒散闷。太祖大怒,四下放火来,焚了这草殿。也先逃去了不题。

太祖正睡间,只见一个青衣童子,同两个金甲将军说:"请陛下上殿说话。"太祖看时,却正是北极玄天上帝。上下宾主而坐。玄帝说:"早来承君赐香,多感多谢。"太祖也不作声。玄帝又说:"去此以后,正是皇帝发迹之年,小神当效力保护。但今日为陈也先,皇帝烧毁了小神修行草殿,今后不便安身,奈何,奈何?"太祖对说:"他日我得一统山河,四海升平,即当造一座金殿(即武当山今金殿是也),供奉神圣。"茶罢而别。醒来却是一梦。

次日,太祖与众人离了武当,径回金陵。只见途中一人,口里问说:"足下莫非武当山台上比试的豪杰吗?"太祖便应说:"不敢。"那人即同三个人拦路就拜。太祖慌忙扶起,问他来见缘由。正是:

不惜流膏助仙鼎,愿将桢干捧明君。

第八回　郭光卿起义滁阳

宝剑金鳌敢自韬，同来结义着征袍。

只缘明主称龙见，难避时人识凤毛。

冠服进贤声振日，箭横大羽气临涛。

只今歌管欢无极，谩吐新词醉浊醪。

却说太祖同众人路取金陵而回，却有一个人领着三个，闻说是武当山比试的朱公子，拦路便拜。太祖连忙扶起，看那人一表身材，年纪止约有十五六岁，便问："尊姓大名？"那人对说："小可姓花名云。从小儿学得一条标枪，也要图些事业。因足下台上本事，且一毫没有矜夸之色，后来必大有为，因同这三个结义兄弟华云龙、顾时、赵继祖来投，伏乞不拒。"太祖不胜之喜，领四个见了邓、汤等众，共到滁州。只见娘舅郭光卿已在家中，甚比常时不同。

太祖便问说："娘舅何以遽然显赫？"光卿对说："自那日坏了公人，不敢回家，径到淮中安丰，投顺了红巾刘福通。他见我形表异常，因与兵一万，掠淮西一带郡县。谁知兵到濠州，守将孙德崖闻风投降，我因进城招募豪杰，如今恰好回来看看家眷。不知贤甥身边，为何也有这多人归附？"太祖也一一把事情说了一遍，因劝娘舅，何不去了红巾，自立王号。光卿依了太祖，自称做滁阳王，令部下去了红巾，以太祖为神策上将军。便把所育的女儿、原姓马氏配与太祖。太祖因感马氏怀饼前情，遂而允诺。又立一个招贤馆，令太祖招集天下英雄。

却说刘福通闻了这个消息，便着人来问，何以去了红巾，称了王号？太祖对来人说："方今天下豪杰四起，各据一方，不必相问。若日后你们有厄，我当与你解围，以报起兵之谊。"那人回复不题。

太祖在馆，日夕招纳四方英隽。却已是至正十三年，忽一日，两个人走进馆来拜说："小可是定远人，姓丁名德兴；这个濠州人，姓赵名德胜。闻明公声名，愿归麾下。"太祖看那丁德兴：

面如黑枣，眼若金铃。穿一领皂罗袍，立在旁，却是光黑漆的庭柱；挂一条生铁棍，靠在后，浑如久不扫的烟囱。真个是黑夜叉来人间布令，铁哥哥到世上追魂。

太祖因唤他做黑丁。

那个赵德胜膂力异常，魁梧出众，马上使一条花槊，运动如飞，百发百中，奋勇当先。太祖也命他为前锋。丁德兴又对太祖说："我们定远有一个唤作李善长，此人足智多谋，潜心博古。当初他的母亲怀着他时，梦见一个绯袍的神说道：'不久该真龙出世，我特把洞明左辅星君为汝之子，长来做第一位文臣辅佐。'他后边生下此子，聪明异人。因有几句口号称赞他：

头角生来异，聪明分外奇。

一清兰蕙色，无量运筹知。

博学称文府，宏裁裕武规。

洞明来辅世，真是帝王师。

"又有兄弟二人，一个唤作冯国用，一个唤作冯国胜。他两人一母所生。那母亲怀国用时，梦见孛星坠入怀中，因而生产。后来怀那国胜，晚来忽入围中闲步，却见一个文麞，颈上挂一条柳圈，只顾在他母亲的面前走来走去，将至日暮，竟便撞入她怀内，再不见了，便不觉肚痛。生出这国胜来，身上毫毛都似文麞的颜色，从幼只喜欢柳树，人就说他必是柳士獐下降。他弟兄武艺高强，人也有称赞他的诗句：

好个大兄冯国用，水孛呈祥应世重。

小兄国胜柳獐精，更是奇豪兄弟兵。

德门积荫还几许，天产麒麟双与汝。

伯氏吹篪仲氏篪，忽朝天上声名驰。

双星耿耿拱北极，方是男儿得志时。

明公若好贤礼士，德兴当去招他。"

太祖说："我一向闻李公的名，正愁无门可去通个信息，你当去走一遭。若冯家兄弟同来更好。"德兴出馆而去。不一日，请他们三个到馆中，见了太祖。太祖下阶迎接。说话之间，句句奇拔。冯家兄弟，亦各英伟，因说："果然名下无虚。"遂拜善长为参谋；冯家兄弟俱托腹心之任。

正说话间，只见外甥李文忠、侄儿朱文正，领着三个人进来。太祖历历说了别来的事务，便指道："这三位是谁？"文忠等说："我们路上正走，不意撞着他父子二人。父亲唤作耿再成，令郎唤作耿炳文，俱膂力超人。路中商量无人引进，故我们因带他来。这位姓孙名炎，字伯容，金陵句容人。一足虽跛，无书不读，善于诗歌，向有文学之名，今亦愿在府中做个幕宾。"

太祖大笑道："今日之会，叔侄、甥舅、文学、干戈都为毕集，亦是大快事！"席间便问李善长说:"我欲立一员大将,统设军机,未知何人可用?"李善长云:"昔汉高祖问萧何说:'谁人可将?'萧何对说:'周勃敦厚少智,灌婴爱欲不明,樊哙勇而无才,王陵气小不大。凡为大将者,仁、智、信、勇、严,缺一不可。国君好贤,贤才必至。'高祖因聘募天下豪杰,不上两月,韩信弃楚投汉,遂设坛拜他为天下掌兵都元帅,后来抚有汉祚。今欲求大将,庶几一人可当此任。"太祖问说:"是谁?"善长说:"濠州城外永丰县,有一人姓徐名达,字国显,祖籍凤阳人,精通韬略,名振乡关。母亲生他之夕,合乡老小望见北斗右弼星,先竟从他家瓦上坠下,豁喇喇如霹雳一声,满空中如火的焰焰不息,不移时便生他下来。如今也约有二十余岁。他们徐寿辉、刘福通、张士诚,时常遣人来请。他说彼辈非可辅之人,坚意守己,待时而出,常说'帝星自在本郡,我岂远适他人!'若得此人,大事可成。"太祖说:"烦公就与我招他何如?"李善长说:"昔汤聘伊尹,文王访吕尚,汉得张良,光武求子陵,蜀主三顾诸葛,苻坚任王猛,此乃下贤之效,还是明公自去迎他才是。"

太祖次日,因去对滁阳王说道:"麾下虽有数万甲兵,惜无大将。今李善长荐举徐达,特请命欲与李善长亲去请他。"滁阳王依允。太祖即同善长策马去请。未知来否。正是:

欲图一统山河业,先觅麒麟阁上人。

第九回　访徐达礼贤下士

上客相过鹊乱喧，萍踪初合契无言。

神龙一代名偏重，附凤千年道自尊。

熏琴谡弄楼中调，瑶剑应寒滁上魂。

从此台星多庙算，真堪杯酒定乾坤。

却说太祖同李善长辞了滁阳王，前至永丰乡。太祖遂屯了军，传令不许扰动居民。两人竟自下马，步入村中。探到徐达门首，忽听得门内将剑弹了几下，作歌曰：

万丈英豪气，怀抱凌云志。

田野埋祥麟，盐车困良骥。

何年龙虎逢，甚日风云际？

文种枉奇才，卞和屈真器。

挥戈定太平，仗剑施忠义。

蛟龙潜浅池，虎豹居闲地。

伤哉不通时，未遇真明帝。

善长便向太祖说："此歌就是徐达声音。"太祖喜曰："未见其面，先听其声。只这歌中的意思，便知是个贤才。"善长扣门良久，只见徐达自来开门。太祖看了，果然仪表非常：又温良，又轩昂，又谨密，又奇伟。

三人共入草堂，讲礼分宾坐了。茶罢一巡，徐达问说："二公何人，怎事下顾？"善长叙出原因。徐达俯谢说："既蒙光召，焉敢不往。但未卜欲某何用？"太祖曰："群雄竞起，四海流离，特请公共救生灵。"徐达便说："欲救生灵，还须扫净群雄，统一天下。但今元势尚盛，诸雄割据，亦都富强，以濠州一郡之兵，欲成六合一统之业，不亦难乎？"太祖说："昔周得太公而纣灭，汉得韩信而楚亡。得贤公辈，仗剑诛奸，且俟有德者，以系民望，何虑其难！"徐达笑曰："从来定天下者，在德不在强。明公能以仁德为心，德天下，不以嗜杀为本，天下足可平也。"便安顿了家属，与太祖、李善长，三人并马竟至礼宾馆中。

太祖细问战攻之术，徐达说："临阵发谋，宜随机转变，岂有定着？但上胜以仁，中胜以智，下胜以勇，仁、智、勇三事，为将者缺一不可。"太祖又问："为国者有小而致大，有大

而反亡者,何故?"徐达说:"合天理,应人心,爱众恤物,敬老尊贤,人自乐而从之,虽小而可致大;倘奢淫暴虐,或柔而无断,或刚而少仁,或愚昧不明,或好杀不改,未有不亡者也。"太祖大喜。自后与李善长、徐达同眠共寝。次日引见滁阳王,王授以镇抚之职。

数日后,滁阳王以太祖为元帅,徐达为副将,赵德胜统前军,邓愈统后军,耿再成统左军,冯国用统右军,李善长为参谋,耿炳文为前部先锋,冯国胜为五军统制,李文忠为谋计使,率兵七万,攻打滁、泗二州。

刻日起兵,至泗州界上安营,议取泗州之计。大夫孙炎上前说:"泗州张天佑是不才故人,其人刚直忠厚,与我甚契,愿往泗州,说他来降。"太祖吩咐大夫用心做事。孙炎辞了出帐,径入泗州城来见天佑。

两人叙礼毕,天佑问说:"仁兄何来?"孙炎说:"某因放志漂流,近投滁阳王帐下。他馆中有个朱明公,才德英明,文武兼备,龙行虎步,必大有为。今提兵取泗州。炎知足下守此,特来相告。倘肯归附,足见达权。"天佑说:"我也慕他是一世之英,有人君之度,但我受元爵禄,背之不忠。"孙炎说:"今元顺帝以胡元而居中国,淫欲不仁,退贤任佞。君弃暗投明,有何不可?"天佑思量了一会,说:"遵命,遵命!"即列仪仗鼓乐,出城迎降。

孙炎先到营中,具说前事,便引天佑到帐中相见。太祖说:"将军来归,真是达权知机之士。"遂授中军校尉。太祖引兵入城,抚恤了百姓,即留天佑守城。

次日起兵向滁州,以花云为先锋。那先锋怎生打扮,但见:

头顶一个晃朗朗金盔,身披一领密郯郯银铠,腰边系一条蛮狮锦带,心前扣一个盘龙金环。弓鞘斜挂鱼囊,革铮铮弦鸣五色;箭羽横装象袋,钢铄铄镞聚三棱。坐下千里马,白若飞霜;衬着九云裘,花如映日。手中绾七八条标枪,运将来哪管你心窝手腕;袋里藏六七升铁弹,抛将去决中着脑后胸前。鸣一声,似霹雳卷风沙;舞几回,都锋芒飞剑戟。

正是:

花貌却如观自在,追魂胜过大阎罗。

单骑在前,恰遇着贼兵数千在路。那时花云盼着后军未到,便抖擞精神,保了太祖,横冲直撞,如入无人之地。惊得那数千贼兵,没一个敢争先抵挡。后人看到此处,赞叹不休,有诗为证:

滁州界上显鸿功,谁似东丘花令公?

士貉萃灵天佑顺,万人头上逞英雄。

贼兵溃散,花云因于滁州北门外屯兵。元将平章陈也先横刀直杀过来,后军左哨统制将军郭英,却好迎敌。战了五十余合,不分胜负。元阵上又闪出他儿子陈兆先与姚节、高来助阵,早有汤和、邓愈、冯国胜、赵德胜一齐冲杀。只听得东南角上,一支兵呐喊如

雷,红旗招灼,绣带飞翻。为首一将坐在马上,竟有五尺余高,生得面如铁片,须似钢针,坐骑赶日黑枣骝,肩担偃月宣花斧,从元兵阵后冲杀出来。此是何人来助?

室火猪星忒赞力,倏忽搏风生羽翼。

霹空闪出辅明君,自是鸿勋开九域。

杀气横将云汉回,腥膻胆落几成灰。

柳拂旌旗刀映日,迄今麟阁象崔嵬。

元兵三面受敌,陈也先大败,不敢入城,竟弃了滁州向北路而走。

太祖鸣金收军,驻扎城外。只见那员大将,身长九尺,步到营前下拜。太祖急将手扶起问说:"将军何人?"那将说:"小可姓胡名大海,字通甫,泗州虹县人。因芝麻李乱,自集义兵,护持乡里。闻元帅德名,故来助阵纳降。"太祖便授他军前统制。

是日,元将张玉献出城投降。太祖入城抚民,将兵次于滁州,仍分兵取铁佛冈寨,攻三江河口,破了张家堡,收了全椒并大柳诸寨,因分兵围六合。裨将赵德胜为流矢中了左股,血染征袍,昏晕数次。太祖亲为敷药调治。随令耿再成同守瓦果垒。元兵急来攻打,太祖逐日设计备敌。探知事势稍缓,欲暂回滁州,早有哨马来报说:"元人又集大兵来攻滁州。"耿再成对太祖说:"他兵聚集而来,其势盛大,如此如此,何如?"太祖说:"甚好。"依计而行。众将得令,各自整点军马行事。耿再成率了本部人马,自来应敌。未知胜负何如。正是:

大将营中旗一竖,敌人唯有胆心寒。

第十回　定滁州神武威扬

铁马连城起战楼，征云杀气拥貔貅。

肇生圣主开淮甸，分念英雄萃泗州。

夜半鹃啼锋锷惨，深秋雁唳大刀头。

乾坤鼎沸从今靖，山自清兮水自流。

却说诸将各自得令，四下安顿去讫。将军耿再成率了部伍，结束上马。来到阵前一望，只见那元兵浩浩荡荡，如云如雾的来。打头一员大将，挂着先锋旗号，不通名姓，直杀过来。

耿再成见他雄勇，便也不打话，两马相交，战上二十余合，不分胜负。再成便沿河勒马而走。那个先锋乘机率了元兵，一齐赶来。再成看元兵紧赶便紧走，慢赶便慢走。约将二十里地面，只见那柳上插着红旗一面，趁风长摇，再成勒转马来，大喝一声说："元兵阵上来送死也！"喝声未已，火炮一声响亮，左边冲出一标白衣、白甲、白旗、白号，当先一员大将汤和，左边邓愈、右边冯胜的人马出来；右边冲出那皂衣、皂甲、皂旗、皂号，当先一员大将胡大海，左边赵德胜、右边赵继祖的人马出来，把元兵截做三段。

那先锋看势头不好，急叫回军，那军那里回得及。正惊之间，只见后面城中又有赤衣、赤甲、赤旗、赤号，当先一员大将徐达，左有耿炳文、右有姚忠，鼓噪而出，杀得那元军血染成河，尸横遍野。那再成挺出凤昔威风，驾着那追云的黑马，向前把先锋一刀，取了首级。有诗为证：

杀气横空下大荒，海天雄思两茫茫。

血痕染就芙蓉水，骸枕堆成薜荔墙。

树列旌旗千里目，江开剑戟九回肠。

应知日鼠虚星现，处处旗开战胜场。

元兵大败，滁州因得安驻军粮。太祖一面差人报知滁阳王，会守滁州不题。

却说铁冠道人已知太祖驻兵滁州，一日竟进账前说："道人善相，将军要相吗？"太祖因记前者柳荫中邓愈六人说到过的道人戴个铁冠等话，便迎他入账，问道："道人高姓道号？"道人说："我姓张字景和，江西方外之士。将军若昕我，我替你说；你若不听我，说也

无用。"太祖说："君子问凶不问吉，正要师父直讲。"道人说："声音洪亮，贵不可言，但四围滞气，如云行月出之状。所喜者，准头黄明，贯于天庭。直待神采焕发，如风扫荫翳，便是受命之日；然期也不远，应在千日之内。但边头驿马有惊气，南行遇敌，切须戒惧。"太祖说："师父肯在此军中，时时看看气色，以知休咎何如？"道人说："我虽云游天下，却也时常可来。你既有盛情，我便在此也得。"自后道人常在军中聚会。

且说滁阳王得了捷报，便留那都督孙德崖驻扎濠州，即日自率兵到滁州，因命设宴与太祖称贺，且与众官计功行赏。次日，设计攻取和州。却命张天佑、耿再成、赵继祖、姚忠四将，领兵三千，为游击先锋前进。四将得令，望和州进发，直抵北门搦战。城中元将也先帖木儿急领兵三万迎敌，直取再成。再成舞刀，斗上五十余合，终是元兵势大，两翼冲杀，朱兵奔溃。姚忠接刃复战，恨后队不继，被元兵所杀。日暮，幸天佑等兵至，又大杀一场，元兵方才败走。再成等收兵屯于黄泥镇，损了大将姚忠，折去兵一千余众。两人忧闷，说："必须元帅兵来，方好取胜。"

且说滁阳王闻再成等败绩，因命太祖率徐达、李善长及骁勇数千人，来到黄泥镇。二人见了太祖，备细说了一番，伏地请死。太祖大怒说："元兵既盛，只当坚守，取兵救应，何乃轻敌，以此败误！"喝令斩首示众。李善长说："罪固当诛，但今用人之际，望且姑容这番，待他将功赎罪。"二将叩谢出帐。

太祖甚是忧恼。徐达向太祖身边说："如此如此，不怕和州不得。此事还须耿再成走一遭。"太祖即召再成同继祖上帐。徐达便各与缄帖一纸，再三叮咛说："用心做事。"再成等领计而行。徐达复唤邓愈、汤和、郭英、胡大海，领兵二万，去大道深林中埋伏，如此行事。分遣已定，又对太祖说："末将自当领兵一万，当先索战，元帅宜与众将二万兵殿后。"

次日两军对阵，元阵中也先帖木儿出马，说："若不急退，当以姚忠为例！"徐达说："大兵压境，尔还不识贤愚，尚自夸诩！"二人举刀对杀，元阵上张国升、秃坚帖木儿混兵直杀过来。徐达觑空转马便走，元兵随后赶来。未及廿里，只见元兵探马飞报说："我们被赵继祖劫了寨，火烧了营帐。"那也先倒戈急走，只见两边伏兵并起，汤和、邓愈、郭英、胡大海夹击而来，后面太祖领了大军又直来攻杀。也先不敢回营，竟领兵奔至和州城边。却见城上都是赤色旗帜，敌楼上徐达大叫说："也先帖木儿，我已取此城，以报前仇，你还来怎么？"此是徐达先着耿再成，假作元兵，待也先帖木儿出战，乘夜赚开了城门，取了和州。正是：

计就月中擒玉兔，谋成日里捉金乌。

那也先望南逃命而走。太祖的兵正在追赶，只见当先闪出一彪兵来，勒马横枪，问说："来将何人？"也先帖木儿说："吾乃元兵，被朱兵十分追急，若将军救我，当有重报。"

那将军大喊一声，将身一纵，在马上活捉了也先帖木儿，绑缚直到太祖军前，下马便拜道："小可濠州怀远人，姓常名遇春，向闻将军仁义，特来相投。特擒元将为进见之礼。"

太祖举眼一望，真个是：

豹头猨眼，燕额虎须。挺一把六十斤大刀，舞得如风似电；驾一匹捕日乌骓马，杀来直撞横冲。惹动了杀人心，万马千军浑如切菜；奋起那英雄志，铜墙铁壁倒若摧枯。黑着一片铁扇脸，咤一声，那愁霸陵桥不断；矗起两只铜铃眼，眨几眨，忧甚虎牢关难过。飞而食肉，世罕有封侯万里威仪；义而有谋，天生成拓靖乾坤品格。

称赞难穷，有诗为证：

悬崖峭壁倚天空，随处将军身可通。

气爽明霞千嶂紫，威追斜日复天中。

池寒夜吐蛟龙气，林响时疑虎豹丛。

忠武挺生天有意，至今人美亢金龙。

太祖说："得足下弃暗投明，三生之幸也！"喝令斩了也先帖木儿，屯兵城外，单车入城抚恤。合城百姓，欢天喜地。正是：

滁和有福仁先到，神武多谋世莫知。

是日，军中筵宴称贺。滁阳王传令，加太祖神策将军之职。

第十一回　兴隆会吴祯保驾

雄心侠骨美巍峨，随处英名难折磨。

奸生会上浮醽碌，剑跃筵前有太阿。

留恋一觞咸自在，徘徊对舞气如何？

从今还想单刀会，绝胜云长驾小艇。

却说滁阳王立太祖为神策将军，太祖便为各帅之主。掌文的有李善长、孙炎等，掌武的有徐达、胡大海、常遇春、花云、邓愈、汤和、李文忠等，共约三十余人。却又有定远人茅成、台山人仇成来投麾下。太祖总兵和阳，与张天佑等议筑和阳城郭，以为守备之计，分限丈数，刻日完工，分兵拒守。因集众将，议授常遇春总兵之职。

遇春叩头谢说："小将初至，未有寸功，不敢受爵，乞命为先锋，前部开路，庶或可以自效。"太祖正欲首允，忽帐下一人叫说："我来数月，尚不得为先锋，他有何能，敢来压众！"太祖急看，却是胡大海。遇春怒说："主帅有命，乃敢僭越！你欺我无能，敢来比试否？"两人各欲相逞。太祖说："君等皆我手足，今欲相争，便似我手足交击，有何利益？"因命胡大海为左先锋，常遇春为右先锋，待后得头功的为正先锋。两人各拜谢去。一边令人到滁州报捷不题。

此时正是新秋节候，和阳亦喜无事。后人因有新秋诗一绝：

金风飒飒动新凉，边塞征人怯路长。

深院夜分人不寐，独看梧影转危墙。

一日，忽报濠州守备孙德崖领兵到来。太祖惊疑，与徐达说："濠州不得擅离，他来何意？多是欲分据和阳耳，不然必是濠城失守，故来归附。且容入城，再当计之。"顷刻间，德崖进城，太祖与众将迎接。叙礼毕，因问："何事到来？"德崖说："缘无粮草，特来就食。"太祖便问："如此，今令何人守之？"德崖说："空城无用，守他何益？"太祖暗念："濠城是吾等本土，如若失守，取之甚难。德崖此行，是通穴鼠了。"因他同起义兵，且自忍耐。

却好滁阳王驾到，太祖将取和州缘由，备说一遍。王看见旁边立着孙德崖，大惊问说："你何不守濠州，却在此处？"德崖跪说："为乏粮，到此就食。"王大怒，说："濠州是吾乡土，安得轻舍！"喝令推出斩首。太祖与李善长说："德崖之罪，虽当斩首，还望念故乡旧

谊，饶他这次，仍令去守濠州，以赎前愆。"滁阳王即刻与兵一万，前去镇守，吩咐："有失，决不饶恕！"德崖领命去讫。

却说滁阳王未及半月，偶因惊疑成疾，太祖日伺汤药，十分狼狈。因召太祖及李善长、徐达等至榻前，说："某生民间，因见元纲解坠，群盗蜂生，吾夺臂一呼，得尔等贤能，共保濠、梁，希成大业，救民涂炭。不意遇此笃疾，我死不足惜，所恨群雄未除，天下未定耳！朱将军仁文英武，厚德宽洪，尔等可共谋翊运，以定天下。"太祖顿首说："愚昧不堪承大王之志，然敢不竭尽股肱，以报厚恩。"少顷目瞑。后人因有诗咏道：

和州境上见星飞，濠郡江边掩义旗。

冈上空垂千树柳，年年春半子规啼。

太祖命军中都易服举哀，哀声动地，葬于和阳城白马岗上。众人因议立太祖为王。太祖说："我等受滁阳王大恩，今尚有子在，可共立为王，亦见你我不背之心。"众人都道："是。"遂立王子为和阳王，改和州为和阳郡，受符节统摄。王即日封太祖为开基侯、兵马大元帅，徐达为副。众官加爵有差。

却说孙德崖对儿子孙和说："滁阳既殁，兵权该统于我，今朱君辈外挟公义，立他的儿子，阴窃他的威权，甚可恼恨，我当率兵以正其罪。"孙和说："朱公如此，亦为有名。况他们一班智勇足备，若与争长，恐难得胜。不如在营中设起筵宴，名曰'兴隆会'，假贺新王，请他赴会，席上须逼他引兵来归。倘若见拒，就席中拿住。朱君一擒，权必归父王矣。"德崖大喜，即修书遣人入和州来请。

太祖正与诸将议事，却报德崖有书来到，即拆开，口念道："都统孙德崖端肃书奉硕德朱公台下：兹者恭遇新王嗣位，继统得人，下情不胜忻忭。特于营中设宴，名曰'兴隆'，欲与公共庆雍熙。翌日扫营敬候。再拜。"太祖与李善长说："此必德崖欲统众军，以我辈立其子，故设酒以挟我耳。不去，则彼益疑；若去，须不堕其计才好。"徐达说："主帅极料得着。此会犹范增鸿门设宴之意，须文武兼济的辅从，方保

无虞。"道未罢，帐前常遇春、胡大海俱愿随往。太祖俱不许。吴祯说："不才单刀随主帅走一遭。"太祖曰："公便可去。"胡大海愤愤不平。太祖说："刀砧各用，鼎鬶不同，吾择所宜而使之。"

次日，太祖单骑独前，吴祯一身随后，径至德崖营前。德崖见太祖并无甲士相随，心中大喜，说："这遭中吾计了！"密令吴通说："你须如此如此……"便即出营迎朱公。就席把盏，酒至数巡，德崖因说："滁阳已薨，兵权无统，以义论之，应属不才掌管，故借此酒相烦。"太祖说："先王有子继统，兵权还该彼掌握。今都统既欲掌时，某回城启知和阳王，即当请任此事。"德崖大喜。孙和思量："朱君才智过人，此言必诈。"把眼觑着吴通。吴通持杯、剑在手，说道："小将有杯、剑二件，系周穆时西域献来，名'昆吾割玉剑'、'夜光常满杯'。此剑切玉如泥；这杯为白玉之精，向天比明，水注便满，香美且甘，称曰'灵人之器'。小将愿持杯为寿，舞剑佐欢。"说罢，便将杯献在太祖面前，拔剑就舞，渐渐逼近太祖。

吴祯看他势头不好，掣开腰剑，大叫道："我剑也不弱！"便飞舞过来，一剑砍去，把吴通砍做两段。旁边吕天寿见杀了吴通，也拔剑砍来。那吴祯将身一跳，跳上二三人高，把那剑从空而下，吕天寿的头早已滚下来。吴祯杀了二人，即一手提了剑，一手抠了德崖腰带叫说："德崖，你何故如此无礼，设计害我主帅？即须亲送主帅出营，万事全休；不然，以吴、吕二人为例！"德崖惊得魂飞云表，神散天边，便说："将军休怒，即刻送主帅策骑先行。"吴祯约太祖去远，才放了德崖的手，说："暂且放你回去。"即追马保着太祖而行。后人有诗赞叹：

兴隆会上凛如霜，此处吴祯忒逞强。
剑光寒逼奸雄胆，杯计春生酬劲觞。
寨空匹马嘶归路，岸远单戈引夕阳。
从此山河知有定，雄名应与海天长。

第十二回　孙德崖计败身亡

天津桥下阳春水，毕竟东流向溟海。

人生聚会良苦难，天作机关又谁待？

三星五云翊圣真，神谋鬼算功崔巍。

试排佳宴聆新说，忘却谯楼鼓数催。

却说德崖自知计败，便率精锐数千，四下里从小路追赶。早有李善长传令胡大海前来策应，恰好撞着德崖，便大叫道："德崖那里走？"德崖措手不及，被大海砍做肉酱，造次中逃走了孙和。

大海、吴祯保了太祖入和阳，众等迎接入帐，都说："主帅受了惊恐。"太祖因说："若非吴祯，几乎不保。"备说了会上事情。众将皆称吴祯真是虎将。太祖赐吴祯白金三百两，大海白金一百两。大海不受，但曰："主帅向曾有说，得首功者为正先锋。今日诛了德崖，望主帅不食前言。"太祖沉吟不语。徐达说："君虽诛了德崖，尚未为克敌之大，若常将军今日去亦能成功。"众人都说："徐元帅说的极是。"大海方受了赏。

话分两头。却说巢湖水军头领俞廷玉，有三个儿子：长名通海，次名通源，第三的名通渊。他三个俱膂力异常，在水中过得八九个昼夜。未生他们时，他父亲似梦非梦看见一个老儿：

银髻鹤发，炯眼童颜。身穿着绛色五爪龙袍，脚端着彩绣无忧珠履。戴一顶道扇诸葛巾，绾一个拂尘龙须帚。虚飘飘忽到庭前，瑞霭霭香盈院内。

指向廷玉说："我是滁州城隍，奉玉帝圣旨，将轸水蚓、璧水貐、箕水豹三个水星，五年之内接连降生你家，辅佐真龙出世。"便从袖内取出三个弹子大一般的物件，放在掌中，红光烛天，递与廷玉的妈妈，叫将水一碗就吞下去，拱手而别。那妈妈果然不出五年，连生他三个儿子。

大的通海，惯耍一个流星锤，索长三丈，转转折折，当着他粉身碎骨。人便有四句口号：

一个金锤忒煞精，飞来飞去耀星明。

忽朝水底轰雷振，搅得蛟龙梦不成。

那次子通源，使一条铁锏，铮铮有声。小时忽下江中洗澡，陡然云雨四合，水中只见癞头鼋开了大口，竟来吞他。他手中更无别物，却打一个没头坛，直至水底，摸着四五尺长一块条石，他便担在肩背上，一步步踏上水来。那癞头鼋正横开四爪抢到面前。通源叱咤一声，将那石竟砍过去，谁知那鼋的头颈，仰得壁直，凑着石上顽锋，竟做两段，满江中都是血水。岸上人不知通源在水中与鼋交战，只见满江通红，惊得没做理会。歇了半个时辰，通源慢慢地将鼋从水中拖到沙边，便把身跳上了岸，拿条索子缚了鼋脚，叫岸上人拽鼋上去。那岸上张三、李四、王二、沈六等十来个，那里拽得动？通源说："你们好自在货儿，只好吃安耽饭，这些儿便拽不起！"从新自来把那鼋如拾芥一般提上岸去。那些闲汉说："俞二官人活的都砍了，我们死的都牵不动，却也可笑。"便也有个吴歌儿歌他：

江中忽起一条鼋，闪烁风雷云雨翻，却遇通源水底石，魂在天边血在江。鼋也鼋，冤也冤，我们十来个扛勿动，被他一人一手便来牵。真个是：璧水㺄星来出世，天旋地转气轩轩。

还有那第三个通渊，越发了得，每手用一把折叠韭边刀，那刀角开来，二丈之内，令人亻身不得。曾到江边金龙四大王庙中赛神，那庙前路台上，原铸有铁炉一鼎，有等闲不过的说："这等东西，又无关纽，又无把柄，有人捧得动，输与银子十两。"那通渊时止一十四岁，心里想道："这些儿担不动，恰像终日舞灯草过日子！"走到庙中，虔诚完了神愿，正好出来台上烧纸，只见十五六个好汉来抬那炉，都也抬不动。

通渊竟要来拿，看了他们行径，仔细思量，又恐怕掇不动时，反被耻笑。毕竟有斤两数目铸在上面，近前看得分明。又走过去想道："只是一千斤，该托也托得起。"便走到后殿，先把别样试试看。抬头一望，却有两个大石狮子，在后边甬道上石栏杆边。悄悄地脱下道袍，趁人不见，把左边狮子一托，便托在左手里，颠上几颠，说道："约有千斤还多些。"轻轻地便安在地下。再将右边狮子也托一托看，正托在右手上估斤估两，未及放手，只见一个人大叫道："前殿二三十人弄不得一个香炉，这俞三官十四五岁，一个儿把石狮子颠来颠去，你们好不差煞！"道犹未了，这些闲汉都赶来看。

通渊只不作声，把那狮子连忙放在地下，穿上道袍，望山门外走去。这些人说："我们有眼不识泰山。俞三官你何故不做个把式我们看看。"那些人拦了又阻，阻了又挡，恰好父亲俞廷玉走到，说："三儿，你何故被这些人阻拦？"通渊说："我自在后殿把石狮子托托耍子，不知他们何意拦阻？"那些人便向他父亲备说了缘故。廷玉便开口说："既如此，你便掇掇把他们看看何妨。"通渊被父亲劝不过，只得走向殿前，把只手托了铁香炉，便下路台。那些人喝彩，如雷似震。通渊却又托上路台。如此三遍，轻轻地放在台下便走。

却说管庙的长老埋怨众人说："俞三官又去了，这炉又不放在台上，如之奈何？"那些

人说："不打紧，我们几十人包抬齐整还你。"呐喊一声，齐将手来抬，谁知地下是糊泥，这炉越抬越陷下去了，几十人说："求求张良，拜拜韩信，还须到俞宅劳小官人走一遭。"这些众人说说笑笑走到俞宅，见了俞妈妈，说了缘故。妈妈笑说："这个小官倒会耍人，劳你们远远地走来接他。方才他到后园舞刀去了，你们可到后面见他，他决然肯去。"众人来到后园恳求。通渊只是个笑，也不应他们，大步到庙，仍将手托起香炉，依旧放端正了。惊动得合州县人，那个不敬他。人也编个歌儿喝彩他说：

俞家又生个小熊罴呀，忐也稀奇呀，忐也稀奇。手托千斤奇打希，希打奇。甚差池呀，忐也稀奇呀，忐也稀奇。显灵说是个箕水豹呀，忐也稀奇呀，忐也稀奇。佛前狮子希打奇，奇打希，任施为呀，忐也稀奇呀，忐也稀奇。

他父亲做个头领，并三个儿子，率副将廖永安、廖永忠、张德兴、桑世杰、华高、赵庸、赵鉴等，初投个师巫彭祖。后来彭祖被元兵所杀，泸州左君弼便以书招降廷玉等一班水军。廷玉等谅君弼不是远大之器，不肯投纳。君弼因统兵来攻，廷玉等累战不利，受困在湖中，因集众将图个保全之计。俞通海说："今江淮豪杰甚多，不如择德者附他。他庶或来救，不为奸邪所害。"廖永忠便说："徐寿辉、张士诚、刘福通、陈友定、方国珍、明玉珍、周伯颜、田丰、李武、霍武，皆是比肩分据的。"赵庸说："此辈俱贪欲嗜杀，鼠窃狗偷之徒，怎得成事！我说一人，你们肯从吗？"不知此人是谁？正是：

知君多意气，仗剑且相投。

第十三回　牛渚渡元兵大败

谁言水火煞无情，也去当场望圣明。

援危初振巢湖旅，德意还看宁海行。

水涨危桥舟忽过，火腾烈焰艘须倾。

应知天上真龙出，是处纵横神鬼惊。

却说俞廷玉问诸将谁处可投，廖永忠数出多人，俱是贪财好色的，那里是英雄出世之主？赵庸说："我闻和阳朱公仁德无双，英才盖世，且将勇兵强。若是投他，他必来救应，方解此危。诸公以为何如？"众人齐声道："好！"因作书遣人求救不题。

且说太祖一日与诸将会议，说："此处虽得暂驻，然居群雄肘腋，非用武之场，必择胜地，方可攻守。"冯国用说："我看金陵乃龙盘虎踞，真圣王之都，愿先取金陵，以固根本。"太祖对说："我意亦欲如此，但济大江，必需舟楫，且钱粮不济，奈何？"正商议间，忽报巢湖俞廷玉等遣人来见。太祖拆开看时，书中说道：

巢湖首将俞廷玉，并男通海、通源、通渊，禅将廖永忠、永安、张德兴、桑世杰、华高、赵庸、赵䧏等，书呈朱主帅台下：玉等向集湖滨，久闻仁德，冀居麾下。不意左君弼累以书招，恨玉不从，率兵围困。廷玉等敢奉尺书，上干天威，倘振一旅，以全万人。所有战舰千余，水兵万数，资储器械，毕献辕门，以凭挥令。誓当捐躯报答，伏惟台亮。

太祖得书，与诸将会议。李善长说："向闻他们为水军骁骑，今危急来归，若以兵去援，必效死力。且借之以取金陵，此所以天资主帅也。"太祖因召使者到账下，问他姓名。使者答说："姓韩名成。"太祖说："即日发兵，汝可为向导。"留李善长、李文忠等守和阳，总理军务，自率徐达、胡大海、赵德胜等，领兵四万，直抵桐城，进巢湖口。左君弼因太祖兵到逃去。

俞廷玉迎太祖入寨，备陈归顺无由，蒙提师远救，恩实再生。太祖慰恤倍至，驻兵三日。忽报左君弼勾引池州城赵普胜，一支兵截住桐城闸，一支兵截住黄墩闸。又引元将蛮子海牙，领兵十万，扎住江口，势不可当。太祖大惊，因上水寨，登敌楼观看。果见兵寨数里，旌旗蔽天，金鼓雷振。太祖顾徐达曰："此君弼调虎离山之计，引我入湖，顿兵围绕，奈何，奈何！"胡大海说："主帅勿忧。主帅可领众将压阵，臣愿当先。只此斧，可破贼兵之

围。"太祖说："不然,贼兵势重,你我纵可冲阵而出,部下兵卒何辜,还宜再计良策。"徐达说："必须一人密从水中上和阳,调取救兵,内外夹攻,方能出去。"只见韩成说："裨将愿往。"太祖即修书付与,吩咐速来,毋得误事。

韩成出了水寨,抄巢湖口入江,从牛渚渡河,在水中行三日夜,方得上岸,直抵和阳。见了和阳王,递了太祖的书。李善长说："即须发兵去救!"传令邓愈为正元帅,汤和为副帅,郭英为参谋,常遇春为先锋,耿炳文为掠阵使,吴良、吴祯、花云、华云龙、耿再成、陆仲亨,皆随军听用,率兵五万前进。其余将佐,与朱文刚、朱文逊、朱文英,率兵保守和阳。

众将领兵至江口,恰与蛮子海牙对阵。邓愈列阵向前,蛮子海牙急令番将二十员迎敌。尚未及前,先锋常遇春挺枪奋击,元兵阵上就如摧枯拉朽,那个敢当!邓愈等催兵拼杀,蛮子海牙大败,遂过了牛渚渡。各部将士,都去收拾元兵所弃马匹、器械、粮草、辎重。只有汤和,使帐下兵卒,只砍沿岸一带芦苇、茭草,用绳索一一缚成细束,共约有千余担。常遇春问说："要他何用?"汤和对说："夜间亦可备明。"

那时拘集船只,共计一千有余。邓愈便令分为五队:邓愈居中,汤和居左,郭英居右,耿炳文压后,常遇春当先,齐往巢湖进发。探子哨知信息,报与赵普胜,普胜遂与左君弼说："你可领兵当俞廷玉辈内冲,我当领兵拒常遇春等外患。"君弼自整齐船只,截住桐城闸不题。

普胜领了大舡五百只,排开阵势,遇春便挺枪来杀,两下交兵,正是:

浪叠千层龙喷海,风生万壑虎吟山。

却恨那普胜的战舡高大,又从上流乱把石炮打来,苗叶枪替那箭,如雨点的飞来飞去。朱兵舡小,又无遮蔽,不能前进。常先锋正在烦恼,只见汤和领着十数只中样大的舡,舡上皆把牛皮张定,那些箭石虽然来得猛密,粘着软皮,都下水去了。每舡上用水手五十人,齐把那芦苇、茭草点着,恰遇西北风吹得十分紧急,汤和便叫众军放火。

那赵普胜的舡,都是篾篓、竹篷引火之物,朱兵火箭、火炮,飞星放去,便烧起来。风又大,火又紧,咭咭喇喇,把那舡二百余只,不过两个时辰,焚毁殆尽。这边众将乘火奋击,贼兵大乱。那普胜只得驾小舡向西北上逃走。常遇春恰从上流赶来,大喝一声,把他的兄弟赵全胜,一刀砍落水内。普胜拼命地摇舡,径投蕲州徐寿辉去了。

邓愈叫鸣金收军,共获战船七百余只,刀杖、器械不计其数。邓愈说："今日之捷,是汤鼎臣居首(鼎臣是汤和表字)。"汤和拱手说："此是朱主帅天威,众将虎力,与和何干?"常遇春说："我早来见汤公,命军束草,只说备明,岂知有此大用。公何不早言之?"汤和说道："机谋少泄,恐反不成。"众将都称善。邓愈说："兵贵神速,乘此长驱,俾左君弼无备,一鼓可擒也。"便都即刻解舟,顺流而下。

此时太祖被困日久，苦无出围之计，只见哨子来报，汤和等连破海牙、普胜等寨，已将至桐城闸了。太祖大喜，即同众将登楼观望，果然西北上大队人马杀来。太祖吩咐说："我们便可里面冲杀出去。"当下徐达、赵德胜、胡大海，共领兵五万，大小舡约二千零四十余只，列成队伍，竟冲出来。喜得左君弼船大，不利进退，赵德胜便以小舡对战，操纵如飞。廖永安又绕出其后，两下夹击，君弼大败。永安直迫至雍家城下。奈贼党萧罗，率众舍命而来，箭石如飞蝗雪片。那永安鼻中，中了冷箭，便叫云："大小三军，更宜努力！"将身跳出舡头，死力督战，便活捉了萧罗过舡，敌人不战而逃。

却说邓愈所统大兵，未得入江，太祖舡只尚拥溪内，彼此都无策可施。恰好大雨连落十日，看那水势滔天，廖永安喜说："乘势越山可渡。"中间有一条大涧，断开山岭，山脊上有浔阳桥，这些小舡，尽皆过涧。太祖所坐战舰，正忧难过，意欲弃舟另坐别舡，永安呐喊一声说："圣天子百神护卫，桥神自有效灵。"只见那舡，倏忽间，乌云绕转如飞，从涧里穿过，一毫不差些许，遂入大江，与汤和等相会。

太祖备说了被困的事，且慰劳诸将远征，吩咐筵宴称庆，就与新来诸将相叙。

第十四回　常遇春采石擒王

凭临秋色石崔嵬，独上雄呼猛似雷。

水阔鱼龙应变化，江空星月任徘徊。

任将杀气随潮滚，还喜赓歌倾玉罍。

自兹江海朝宗后，何处桑田复草莱。

却说太祖出得湖口，与水陆众将聚毕。自此大将、步将、骑将、先锋将、水将，都已云集。便留步军一万，战舡五百，与俞通海、廖永安二将，在牛渚渡扎营操演，其余将士尽随至和阳。正是：

鞭敲金镫响，齐唱凯歌还。

不一日，来至和阳，因欲提兵过江，取金陵为建都之计。和阳王依议，乃留朱文正、朱文逊、朱文刚、朱文英、赵继祖、顾时、金朝兴、吴复等，统兵一万，保守和阳，其余人马俱随太祖，即日引舟东下，向江口进发。恰喜江风大顺，征帆饱拽，顷刻到牛渚渡。

俞、廖二将迎接说："蛮子海牙扎兵南岸采石矶，阻截要路，势甚猖獗，与之奈何？"徐达说："兵贵神速，乘此顺风明月驰行，猝然而至，彼必措手不及。"遂分兵舡为三路：太祖居中队，领战舡七百只，郭英为先锋；徐达居左队，也领战舡七百只，胡大海为先锋；李善长居右队，也领战舡七百只，常遇春为先锋。偃旗息鼓。那时月明风顺，水溜江深，这舡如飞也驰骤，比至五更，竟到采石矶。

元兵哨马报知蛮子海牙，他便挈兵而待。那矶上刀枪麻列，旗帜云屯，水上战舡如织，两军相去不及三丈，便摆开阵势。郭英领长枪手，奋勇争先。将及上矶，谁想上面矢石星飞，雨洒将来，士卒多伤，不能前进。

太祖传令胡大海、常遇春说："二公先锋定在今日，有先登采石矶者，即为正先锋。"大海大喜，意在必克，率众向前。谁想岸上炮弩较先更急，大海力不能支。遇春乘快舡后至，便领防牌、神枪手，奋力冲至矶下。元兵见朱兵近岸，炮箭如飞蝗的来，防牌也不得遮，神枪也无可用，众将亦欲退后。遇春大喝道："取不得采石矶，誓不旋师！"便舍舟提牌，挺枪先登。

那矶在水面上，约高二丈有余。矶上元将老星卜喇，正用长矛戳下。遇春便用左手

拿定防牌，护了矢石，把右手便捏住矛杆，就势大叫一声，从空直跳而上，就撇了防牌，将枪刺了老星卜喇。三队军士，看见遇春登岸，各催兵鼓噪而登。元兵披靡奔走，死者不可胜数。蛮子海牙收些残兵，退驻西南方山。

太祖就于采石矶安营。众将各个献功，太祖便说："常将军奋勇争先、万将莫敌，攻克采石矶，特拜为正先锋。"遇春叩谢，惟胡大海有不平之色。太祖又说："此举非崇奖遇春，正以激励诸将。"大海气方平妥。

是夕，屯兵矶上。正值新秋，月色如昼。众将各归本账，惟徐达、李善长、冯国用、孙炎，在麾下共玩明月。太祖对众官说："清风明月，真好良宵，恨无佳句以酬之。吾欲勉强一律，诸公勿哂。"众等说："愿闻佳句。"太祖遂微吟一首，李善长执笔书之：

> 素月澄清斗转移，银河一派彻东西。
> 风随鼓角争先应，鸟避旌旗不歌啼。
> 志若明蟾清绝翳，心同碧海静无私。
> 雄师夜宿同英武，气概森森采石矶。

太祖诗毕，徐达躬身说："小将不才，愿和一律：

> 气吐虹霓志不移，长驱甲士扫东西。
> 金戈渡水月还正，铁马升关鸡不啼。
> 常忆君恩图委质，只全公道不容私。
> 安民共剪群雄乱，管取乾坤稳似矶。"

冯国用说："小将亦有一律：

> 节同宸极岂差移，水渐东流月渐西。
> 细柳功成劳主敬，逍遥名震止儿啼。
> 银河有水难施渡，玉鉴无尘不染私。
> 壮士勤王怀宝剑，肯随慵懒伴渔矶！"

李善长说："谫陋微才，亦图继响：

> 水月澄清山不移，任教万物转东西。
> 春来槐柳黄莺语，秋后梧桐杜宇啼。
> 金屋荣华应有定，玉堂编纂信无私。
> 今宵幸际明良会，月下赓歌采石矶。"

孙炎亦说："樗蒲之资，亦敢效颦：

> 怀抱忠贞岂变移，平生志贯斗牛西。
> 笔挥花月妖狐泣，剑击山溪虎豹啼。

报国赤心应有节，悬空旭日自无私。

清风一扫烟尘净，万里山河稳若矶。"

太祖评说："徐元帅气魄雄壮，真是将才；冯将军英武尚气，可见忠良；孙大夫见尽节效忠之忱，皆不如李公清肃谨厚，有调和鼎鼐之气。"李善长说："主帅包罗一统，含容万物，即此诗可知。此诗俯视诸诗，不啻天渊。"是夕尽欢而散。

次早拔寨，直抵太平城下。郡将吴升闻知，便开西门纳降。太祖说："久闻汝是江左名贤，今日相谐，犹恨晚也。"即擢为总管。吴升俯伏谢恩说："主帅如果恤民抚士，何征不服！"太祖遂命善长揭榜通衢，严禁将士剽掠，城中肃清，便进城抚恤士民。

恰有元平章李习率众来见。习本汉人，博通经术，看得元纲不振，特来投见。太祖说："太平谁是贤才？"李习对说："有一人姓郭名景祥。又一人姓陶名安，字立敬，少年敏悟，才分罗罂。他年少时，邻近有个土地庙，前通大河，后接深巷，神明极显灵。那庙祝先一夜梦见土地对他说：'明旦河中有一件异样的事：其中有一人是紫炁星下降，不久便当辅佐真主，安邦立国，你可十分恭敬，便留他在庙中攻书，不可有误。'次日，庙祝绝早走来，呆呆的等到日中，也无人来，也无异样的事。庙祝对众僧说：'大分是个春梦。'正说间，只望见对岸十数个小孩儿，止约有十来岁，在那大树下趁着晴明，猜三角五，翻筋斗叠灰堆耍子。不知那处，忽然从河中溜过一株紫皮大树来，那树叉叉桠桠，一些枝叶也不曾去。这十数个孩子，便把一条竹竿，到河边搭住那树。那树在水中，如解人意，竟贴岸边来。这些孩子都把身坐在上面。有一个略大些的，把那竹竿从水中撑来撑去，正如舡中坐定，说说笑笑，拢了又开，开了又拢，那样有十数次。

"只见一个孩子，在树上立起身来说：'偏你会撑，我也会撑撑耍子。'那大些的孩子说：'使得，使得。我正撑得没力气哩，让你耍耍。'那孩子接过竹竿在手便撑，方撑得到河当中，倏忽间，四边黑云陡合，大雨倾盆。那孩子慌了，流水的拼命要撑拢来，冤家的竹竿陷在泥中，再拔不起。顷间，那树头动尾摆起来，竟如活龙在水中游去游来，吟唬有声不止。那雨越落得大，把十数个孩子都荡在水中，没了性命。只有一个穿着一领紫色袍，绾

住了树枝,任他颠颠倒倒,只不放手,竟随风浪过庙岸边来,大叫救人。这些僧人,立在山门屋下望见,便往雨丛中赶去,扯得他上岸。转眼之间,那树也不见了。庙祝暗思道:'昨日神明嘱咐,是这位了。'便问说:'你是那村,小官姓甚名谁,因何到此玩耍?'那人便对说:'我姓陶名安,是对河陶家村里住。'自后,庙祝便留他在庙读书,近来果是知今达古。那徐寿辉、张士诚等,皆慕他的名,遣人来请,他也不屈节轻仕。"太祖说:"我也素闻他名字,你便可同孙炎去请来。"

第十五回　陈也先投降行刺

天生真主下尘阡，自是当机一着先。

狐鼠任从怀鬼算，蛟龙究竟获天全。

旄头纵朗曾何济，紫极生辉正独悬。

江水茫茫魂渺渺，欣看勋绩勒燕然。

却说李习荐了陶安，太祖便叫同孙炎去请。二人叫探子探得陶安在村中开馆，便径到馆中来访。三人叙礼毕，备说太祖礼贤下士的虚怀。陶安便整衣巾，同二人来帐中参见。太祖见陶安儒雅，大是欢喜。

陶安见太祖龙姿凤采，也自羡得所主，便说："方今豪杰并争，屠城攻邑，然只志在子女玉帛，曾无救民之心。明公率众渡江，神威不杀，此应天顺人之师，天下不难平也。"太祖因问："欲取金陵，何如？"陶安说："金陵古帝王之都，虎踞龙盘，限以长江天堑，据此形胜，以临四方，何向不克！此天以助明公也。"遂拜陶安为参军都事。

次日，太祖与诸将计议，起兵攻取金陵。忽报元将陈也先领兵十万，分水陆来犯太平，报滁州之仇。太祖命徐达等防御。徐达出帐，吩咐常遇春、汤和二将，先领一支兵往南门攻他水军，自家便与邓愈、胡大海等将，率兵五万出城北门，挡他陆路。

两军对圆，徐达正欲亲战，只见胡大海挺斧径奔阵前，与也先对战，未分胜败。忽听元兵阵上大叫："待吾斩此贼，与父亲报仇！"大海看时，恰是孙德崖儿子、前日逃走的孙和。大海更放出平生气力，独来战他两将。只见陈也先二子陈兆先、陈明先及韩国忠、陈陶荣四人，又来夹战。我阵中早有华云龙、郭英、邓愈、花云，向前敌住。恰有常遇春、汤和已攻破了水寨，领着部兵，绕出其后。贼兵见势头不好，矢石交集。汤和被矢中了右臂，却杀气益厉。贼兵各弃甲而走。胡大海赶上，把孙和一斧砍倒。陈明先措手不及，被郭英刺死于马下，踏做肉泥。华云龙飞剑斩了陶荣。死者不计其数。陈也先单骑望西逃走，被遇春截住去路。也先便下马拜降。只有陈兆先与韩国忠，引残兵奔回方山寨不题。

徐达命鸣金收军入城，众将恰拥也先来见太祖。也先连连叩首说："愿饶革命！"太祖便授也先千户之职。冯国用密言曰："神将看此人蛇头鼠耳，乃无义之相，不可留于肘腋之间，还当斩首，以除奸患。"太祖然其言，又思斩降诛服，于义所非，次日乃宰牛马与也先

歃血。也先誓云："若背再生之恩，当受千刀之惨。"太祖仍令统其所部。自此，也先虽有异图，然冯国用时时防备，竟不能为害。

一日，太祖遣徐达为元帅，华云龙为副将，郭英为先锋，领兵三万，攻取溧阳等处。那也先见众将俱各分遣，便乘机带了利剑，蓦夜潜入帐中。看那守帐军卒，又皆酣睡。太祖正在胡床，眠来睡去，再也睡不着，忽觉耳中说："可快起来，可快起来！"虚空似被人扶起一般。心中正起鹘突，只见得帐门外呀的一声响，太祖便跳将起来，闪在一处。也先便仗剑砍中床干，知太祖已不在床，遂缘帐乱刺。

太祖恰欲出来，又恨无寸铁在手，正急间，恰听帐外人马驰骤，正是冯国胜、冯国用夜哨巡来。太祖大呼："有刺客在帐！"二将急入擒获。也先这贼早已从帐后潜逃在外，径投他儿子兆先去了。国用等遍帐寻觅不得，便说："此必是陈也先，主帅可传令召他人帐议事。"众军回报，已不见了。国用便说："裨将向谓此贼是无义之徒，今敢如此，誓当杀之以报主帅！"

至晓，太祖正欲暂而歇息，待徐达等众兵回时，方图南进，忽江岸巡卒来报，蛮子海牙领兵十万，连营采石矶，挡住江口。陈兆先领兵五万挡住方山路。朱兵南北不通，粮草断截。太祖大惊说："我将士渡江，其父母妻孥，皆在淮西，今元兵阻路，是绝我咽喉之地。当用何计破之？"李善长说："他二人连兵来寇，若攻其一处，彼必互相救应，便难取胜。可传令着汤和、李文忠、胡大海、廖永安、冯国用等，领兵二万，去攻方山。裨将与众将保主帅领兵攻采石矶。"太祖允议，遂分兵与汤和等去讫。

太祖说："采石虽离不远，先须设奇兵以胜之。"常遇春便向太祖耳边密密的说了几句话，太祖点头说："好，好，好！"便传令唤耿炳文、陆仲亨、廖永忠、俞通海入帐听令。四将受令，各自依计而行。

只见常遇春率精锐三万，径抵采石矶。哨见元兵尽地而来，蛮子海牙横戟早先出马。遇春骤马对海牙说："你不记昔日牛渚、采石之败乎？还来怎么？"海牙也不打话，舞戟直取遇春。二将战未数合，遇春把身横困在马上便走。海牙只道戟刺伤了遇春，负痛而逃，便望南催兵，只顾赶来。约近十里地面，遇春把号带一拈，忽树林中炮响连天，金鼓大振。海牙急令后兵速退。道未罢，只见耿炳文、陆仲亨在左边杀来；俞通海、廖永忠在右边杀来；常遇春复转马来直捣中间；太祖又引大兵团团布住，似铜墙铁壁一般。

海牙前后受敌，势力难支，逃到东，东无去路；回到北，北是迷途。

正是：

金盔晃晃，背在肩头，好似道人的药葫芦；铜甲铃铃，挂着几片，一如打鱼的破线网。丈八长矛，只剩得半条没头的画棍，只好打草惊蛇；满筒铁箭，唯留得一个滑溜的竹管，止

堪盛酱盛盐。雕弓半折,将来弹不动棉花;护镜亏残,拿去照不成脸嘴。

只得突围走至江滨,浮舟逃走。遇春、邓愈合兵追赶,更喜顺风,便令将薪草灌了松油,致炮于其中,乘风放火,烈烈的趁着风,嗖嗖地吹着火,把那海牙的水师舟筏,一时烧尽。

廖永忠、王铭等生擒吴长官辈头目十一人,溺死者不计其数。海牙正乘着小船脱走,忽见上流大舡三十来只,也无旗号,向东而来。海牙只道是本军,大叫:"救应,救应!"只见船上一个将军,锦袍金甲,拈了弓,搭上箭,一箭射来,那海牙应弦而倒。将那残兵杀死殆尽。

自此之后,元人再不敢有扼江之战。后人看此,有一篇古风喝彩:

凉风嘘碧海,薄雾喷长天,莽苍江色何茫然。岷峨之流奔腾,急走几千里,嵯峨战船凌江烟。江烟乍开杀气起,离魂愁魄彻波底。剑上斑斑血溅衣,旌旗拂拂霞浮水。夹岸鼓金声不停,恍惚水底蛟龙惊。犟奴错认援兵集,谁测阎罗江上迎。左手开弓右挟矢,飞来胸前才一指,蓦然倒地渺无知,任是英雄今已矣。挺戈纵杀日为昏,直欲旋乾且转坤。试究根苗谁者子?星日乌精沐氏孙。沐家孙子真奇杰,北清胡尘南靖粤。但愿山河带砺券书新,永俾金瓯无少缺。

太祖便令鸣金收军,诸将多自献功。只见那将也收舡拢来,合兵一处。太祖看来恰是谁?

第十六回　定金陵黎庶安康

江东城上起霜风，义胆雄张转载中。

湖海几年筹石画，明廷此日纪鸿功。

笳吹夜月军门静，剑倚天秋虏障空。

麟阁丹青知不负，捷音应奏紫薇宫。

却说常遇春大破了蛮子海牙，那海牙正坐小船向北而走，只见战船三十余只忽从东下，一个将军把海牙一箭射死，便同常遇春收兵江口，即向太祖前拜倒说："朱文英适领兵哨江，凑遇海牙船到，把箭射死了，特来献首级。"

太祖大喜，升常遇春行军总管之职。回兵太平府，吩咐与众将筵宴。筵上唤过朱文英来说："你本是凤阳定远人，沐光之子，沐正之孙，因尔父与我交厚，不幸早亡，母亲亦随丧，就将尔寄养于我。彼时尔方十岁，不觉已是九年。今尔英勇善武，与国建功，吾不忍没尔之姓，可仍复姓沐。异日立大功，成大用，可与尔祖父有光。"因赐名沐英。英再拜叩首谢了不题。

却说汤和等引兵进攻方山寨，扎寨才定，只见那刺贼也先，挺了枪，飞也似杀出来。我阵上廖永安见了他，怒从心上起，便骂说："你这不忠不义的贼！主帅待你不薄，你却忍行此刺害之事。湛湛青天，昭昭神爽，你今日必遭千刀万剐，还有何面目来战！"两马搅做一块，一上一下，一来一往，战上三十余合。永安起个念头说："我若再在此与他战，他阵上必然有帮手杀出来，我怎的独捉他？不如放个破绽，那厮决奋力来赶，我恰好来挡他。"便往北路而走，那也先纵马赶来。

不上三里之地，永安大叫一声说："你来得好！"把那马一带，挺着长枪，突地转来。后人有诗一篇，称说永安好计：

执戟回看势转雄，高牙大纛拥黑熊。

祇因反噬亏臣谊，为奋英豪誓国忠。

宝锷光摇三尺电，丹心气映九霄虹。

都道胃星文雄显，只怜早世反穹窿。

那也先却把身一扭，避那枪头，谁知身子一侧，侧下马来，凑巧脚镫缠住了一只脚，被

马横扭倒扯。永安一枪正中红心，手下的兵卒，向前乱砍，直受了那千刀之报。陈兆先因率众而降。汤和领了兆先来到太祖帐前说："望主帅天地好生，不记伊父昔日之罪，以安归降之心。"太祖便说："天下有福的，虽百计害之不得，况古人云'罪人不孥'，今兆先既诚心款服，吾岂念旧恶哉！即可令他入见。"

兆先进帐，叩头说："臣系叛臣也先之子，愿受诛戮。"太祖又说："大丈夫存心至公，何思报复。尔果同心协力，以救生民，他日功成，富贵与共。"即授千军长左军掠阵头目。便命冯国用选精锐五百，听其挥使。五百人多疑惧不安。太祖熟看军情，是日即唤兆先同五百人上宿护卫，旧军尽退在外，独留国用伴卧榻前。太祖解甲熟睡达旦，五百个人人安心，都道是天地父母之量。

次日，徐达等攻取溧阳等县，全军而回。太祖便议取金陵之计。那金陵地方，元朝叫文臣达鲁花赤福寿同武将平原指挥曹良臣把守。二人闻兵至，曹良臣对福寿说："和阳兵来，势如破竹。公为文臣，可坚壁固守。我当率兵死战，以保此城。我闻兵法云：'军行百里，不战自疲。'彼今远来，今夜可乘其不备，先去劫寨，必获大胜。"福寿说："此计大妙！只待晚来依计而行。"

却说太祖兵至城下，在北门外安营。那元将却不出兵。太祖谓徐达曰："彼必度吾疲惫，今夜决来劫营，须宜预备。"徐达对说："主帅所见与达暗合。即令各军士在远处埋伏，止留一个空营，敌人一至，放炮为号。"吩咐已定。

那曹良臣果然更深时分，领二万兵出凤台门，衔枚疾走，直至营前。只听得营鼓频敲，那些军士俱拦路熟睡。良臣大喜，即领兵并力杀入营来。谁知"地上插旗惟伏兔，营中点鼓是赢羊"，却是一个空寨。良臣知中了计，急令退兵。忽听帐外一声炮响，四下伏兵并起，把良臣二万人困在核心。徐达便令旗牌官执了令旗，四下大叫："劫营元将，不必冲阵，今和阳朱主帅率精兵二十余万，围得似铁壁铜墙，若冲阵时，徒伤士卒。我朱主帅圣仁神武，宽厚聪明，若降的自有重用。尔等众士，各宜自思！"

良臣正在犹豫，那些头目便说："昔蛮子海牙有舟师二十万，三战皆亡；陈也先有雄兵十五万，一战而毙。料今日势必不赢，望元帅开一生路，乘机就机，以活二万之命。"良臣便命小卒对说："和阳兵且待到天明，当得投降。"太祖与徐达说："彼欲迟迟，恐是诈语。"徐达说："我军紧困，虽诈何为？"

顷之，东方渐白，徐达单马向军前说道："元将可速投降，免受伤杀。"良臣问说："公是何人？"徐达说："我是主帅帐前副元帅徐达。"良臣说："我也闻朱主帅名誉，人皆以圣主称之，若得一见，果如所誉，便当率众投降。"太祖闻说，即至阵前，免胄示之。良臣见太祖龙眉凤眼，禹背汤肩，便丢了手中长矛，率众拜降说："久慕仁德，多缘迷谬，归顺无阶。今

幸宽宥，当效死力，以谢不杀之恩。"太祖急便将部下士卒，散与各将调遣，乘胜引兵围困金陵城。

福寿见良臣被困，因率兵登城死守。徐达等四面围拢，城上矢石如雨的下来，那里近得前。一连围了半个多月，不能遽取。常遇春率精锐架起云梯，向凤台门急攻。冯国用又领兵协助，城内便不能支。遇春挺枪先登，三军乘势而入。福寿却向北拜了四拜，哭说："吾为国家重臣，不能固守，城存与存，城亡与亡。"言讫，遂拔剑自刎而死。

太祖进城，便谕官吏父老曰："元失其政，所在纷扰，兵戈并起，生民涂炭。吾率众为民除乱，汝等宜各安职业，毋怀疑惧。"当日吏民大悦，便相庆慰，就改为应天府。共得兵士五十万。因立天兴建康翊天元帅府。怜福寿死得忠义，以礼殡葬，敕封凤台城隍，至今香火不绝。仍优恤其妻子。即遣使迎和阳王迁都金陵。

不一日，王到金陵，太祖率将士朝觐。见毕，王大悦。奉太祖为吴国公，得专征伐。置江南行中书省，把主帅总事。以李善长为参议官，郭景祥、陶安为郎中，分房掌事。置左、右、前、后、中翼元帅府，进李善长左丞相，徐达总督军马行军大元帅，常遇春前军元帅，李文忠后军元帅，邓愈左军元帅，汤和右军元帅，胡大海提点总管使。张彪、华云龙、唐胜宗、陆仲亨、陈兆先、王玉、陈本等，各副元帅。

太祖既掌征伐，日命诸将统兵，以征不服。一日，问曹良臣说："金陵人物之地，公等守此土，当为我举之。"良臣说："自今乾坤鼎沸，盗贼如麻，凡豪杰艺勇，皆挺身以就群雄，那贤达之士，又韬光以观世变。此处却不闻得。只知有一个人，小将曾闻得他。不知国公心下如何？"

第十七回 古佛寺周颠指示

山中石壁壁中天，个里关头玄又玄。

传来秘教由黄石，点破真机有老颠。

热心一片援迷女，报主多情陋白猿。

宝筏玄津从世出，何须更觅渡头船。

却说太祖新受王命，拜为吴国公，便问曹良臣说："金陵有甚贤才，我当去礼请他。"良臣说："却是未闻有人，只有一人姓宋名濂，又不是金陵人，却是金华人。一向闻得他是帝王之佐，国公何不去请他来，一议天下大事？"太祖说："我耳中也闻得有此人，但不知何人可去请他？"只见帐下孙炎对说："卑职愿往。"太祖嘱咐孙炎去请，不题。

却说处州有青田县，那县城外南边有一座高山，俗名红罗山，妙不可言。怎见得他妙处？但见：

层冈叠嶂，峻石危峰。陡绝的是峭壁悬崖，逶迤的是岩流涧脉。蓊翳树色，一湾未了一湾迎；潺骤泉声，几派欲残几派起。青黄赤白黑，点缀出嫩叶枯枝；角徵羽宫商，唱和那惊湍细滴。时看云雾锁山腰，端为那插天的高峻；常觉风雷起巇足，须知是绝地的深幽。雨过翠微，数不尽青螺万点；日摇颓葛，错认作金帐频移。

只因这山岩穴多端，便藏那妖精不一。闻说那个山中常有毒气千万条出来，或装作妇人去骗男子，或装作男子去骗妇人。人人都说道有个白猿作怪，甚是没奈何他。

恰有元朝的太保刘秉忠，他的孙子名基，表字伯温，中了元朝进士，做高邮县丞。将及牛年，猛思如今英雄四起，这个官那里是结果的事业，便去了官职回乡。每日手把《春秋》，到此山只拣那幽僻去处，铺花裀，扫竹径，对山而坐，观玩不辍。将近年余，忽一日，崖边豁地响一声，如若重门洞开，只够一人侧身而进。那伯温看了半晌，便将书丢下，大步跨入空谷中。却有人大喝说："里面毒气难当，你们不可乱走！"伯温乘着高兴，只顾走进。洞中黑暗暗的，也有几处竟是一坑水，也有几处竟如螺蛳缠。

伯温去了一会，正在心焦，转弯抹角，却透出一点天光来。伯温大喜，说："毕竟有个下落。"又走数百步，只见日色当空，天光清朗，有石室如方丈大一个所在。石室上看有七个大字道："此石为刘基所破。"伯温心知此是天意，令我收此宝藏。却将大石一捶便裂，

只见毫光万道，一个石函中，有抄写的兵书四卷，伯温便仰天拜谢，将书怀在袖中。正走，猛听一壁厢豁喇一声，古藤上跳出一只白猿，望了伯温，张开了口，扯开了脚，竟扑将来。伯温便答道："畜生，天的宝贝原说与我刘基，你待怎么？"

那猿便敛形拜伏在地，说："自汉张子房得黄石公秘传，后来辟谷嵩山，半路之中，将书收藏在内，便命六丁六甲，拘本山通灵神物管守。丁甲大神在云头上一望，看见小猿，颇有些灵气，便拘我到留侯面前。那留侯却把手来打一个圆圈，我在此便只好到山下山上走走动动，再不得出外一耍。今日天意将此书付与先生，辅主救民，要我在此无用，望先生方便，破开圆圈，把小猿宽松些也好！"伯温便对说："天书我虽收得，其中方法，竟不会看他，待我回家细看，待其中有破开圆圈方法，我方好放得你。目下我如何会得？"那白猿只是苦苦哀求说："先生，你此时不放我去，何时再得进来？我前者被留侯拘来时，曾问他说：'何年放我？'他便说：'留着，留着，遇刘方放着。'今日遇着'刘'，便须遇着'放'。先生只是可怜见，宽松小猿，待我游行洒落，遍看锦绣江山。"

伯温看他哀求不过，便要从袖中扯出天书来看。谁想袖儿小，书儿大，只扯得一本出来。将手翻开，恰是落末一本，凑巧簿面上写着拘收白猿，管守天书事情。看到后面，果有打破圈箍放猿的神法。伯温心中也要试验一番，却又不解此中咒语，将他当书而读，看了又念，念了又看，不一歇便把宽他的法读完。只见那白猿朝了伯温拜了几拜，竟从山后就跳出去了。伯温也不顾他，扯开了脚复原路而回，转过头来，那石壁依然合了。伯温路上自惊自疑。方到家中，只听得人说，山上有白光一条，光中灿灿的，恰如白猿一个，奔到淮西那路去了。

伯温虽得此书，其中旨趣尚未深晓。因历游名山佛寺，访求异人提醒。闻说建昌有个周颠，年十四岁得了颠疾，便乞食于南昌。及到长成，举措诡怪，人莫能识。每当见人，便大叫："告天平！告天平！"人也解不出。今在淮西濠州山寺。伯温心下转道："一向观望天象，帝星恰照彼处。今日此行。正好探听。"遂收拾了琴剑书箱，安顿了家中老少，次日起身。

不一日，来到濠州，打听周颠下落，人都说在西山古佛寺藏身。伯温便往寺中，见那周颠，身倚胡床，口中念念的看着一本醒醒踱踱、没头没脑的书。伯温近前便拜，说："请教请教！"那周颠那里来睬，伯温随诉道："小可不辞跋涉而来，全望先生指教！"周颠见他志诚，便把那看的书递与伯温，说："你拿去读，十日内背得出，便可教你；不然，且去，不必来见。"

伯温接过书来一看，见与前石匣中所得的大同小异。是日就在寺中读了一夜，明早俱觉溜口儿背得，于是携书入见。周颠便说："尔天才也。"因一一讲论，未及半月，尽数通

彻。伯温欲辞而行，周颠说："此术是帝王之佐，值今乱离，勿可蹉过。且回西湖，自有分晓。"

伯温别了周颠，进到濠州城，束装起程，便与店家告别。只见店小二见了伯温，浪浊浊自言自语，一些也不对付着伯温。伯温焦躁说："你这小二官好没分晓，我在此打搅了一番，自然算房钱、饭钱、酒钱还你，你何须唧唧哝哝，不瞅不睬。"店小二道："客官，不是小人不来支值，但只为我主人孔文秀，有个女儿，年方一十五岁，近来为个妖怪所迷，每夜狂言乱语。今日接个医人来，他说犯了危疾，只在早晚。因此怀虑，冲撞了相公。"

刘伯温问说："什么妖精，如此作怪？我也略晓得些法术，快对你主人说，我当为你灭除。"店小二不胜之喜，连忙进去与主人报知。顷间，孔文秀出来，见了伯温，备诉了妖精事情，因说："相公果若救得小可，便当以小女为赠。"伯温说："除灾祛患，君子本心，何以言谢？"便叫文秀领了，到女儿房中，看他光景如何，以便相救。文秀把手携了伯温，径到女儿床前，揭起了帐子。伯温轻轻叫道："可取个灯来，待我仔细观看，便知下落。"正是：

伊谁错认梨花梦，唤起闲愁断送春。

你道却是如何？

第十八回　刘伯温法遣猿还

岩壑千重路转偏，春荫漠漠带炊烟。

因投野店还呼酒，笑问名山数举鞭。

笼鸟对人喧曙色，桃花临水弄新妍。

多情为访天台客，月在中天酒在船。

话说文秀的女儿，被妖怪迷住，日夜昏沉。恰听得伯温说有除妖之术，不胜之喜，便领了伯温到女儿房中，观看什么模样。那文秀说："我女儿日间亦是清醒，但到得晚间，便是十分迷闷。相公日间看，恐尚未分明，还到晚间方见明白。"伯温说："不妨不妨。"揭开帐来，但见：

春山云半嚲，秋月雨偏催。闷到无言，苦恹恹，恍似经霜败叶；愁来吐气，昏迷迷，浑如烟锁垂条。若明若暗的衷肠，对人难吐；如醉如痴的弱态，只自寻思。花销千点泪，回云断雨总成愁；香散一天春，怕夜羞明都幻梦。扶不起海棠娇睡，衬不上芍药红残。

那伯温看了一会，竟出房来，对文秀说："今夜可将你女儿另移在别处去睡，至夜来令爱房中，自有区处。"文秀得了言语，急急安排静室，移女儿到别处去睡。将及一更左右，伯温恰到房里，睡在床中，把剑一口，紧紧放在身边。房门上早已贴了灵符，念了法咒，吩咐众人，都各安心去睡，不必在此惊动搅扰。房中止点一盏琉璃灯，也不大明大暗。

约莫二更，只听帘栊响处，妖怪方才入门，那符上"豁喇"一声，真似霹雳空中传令号，太华顶上折冈峰。这妖恰已倒在地上。伯温近前一看，就是前者红罗山上用法解放的白猿。伯温便问："你如何直来到此？"那白猿叩头谢了前日释放之恩，便说："近因外城锺离东乡皇觉寺内有个真命天子，因此各处神祇都去护卫，我那日便敢斗胆在云中翻筋斗过来，不意撞着恩主，望恩主宽恕！"伯温便吩咐说："我前日为好把你宽松些，谁知你到此昏迷妇女，还该办我此剑，姑念你保守天书分上，放汝转去。以后只许你在山林泉石之间，采取些松榛果实，决不许扰害人家。"白猿拜领而去。

伯温次早将此事说与文秀，文秀便说："将女儿为赠。"伯温固辞而去。欲径到皇觉寺来寻访真主，却又想天时未至，因此取路向青田而行。

道过西湖，凑与原相契结的宇文凉、鲁道源、宋濂、赵天泽遇着，便载酒同游西湖。举

头忽见西北角上，云色异常，映耀山水。道源等分韵题诗为庆，独伯温纵饮不顾，指了云气对着众人说："此真天子出世王气，应在金陵。不出十年，我当为辅。兄辈宜识之。"众人唯唯，到晚分袂而别。

自此暑往寒来，春消秋息，伯温在家中只是耕田凿井，与老母妻儿隐居在丘壑之内。不觉光阴已是十年之期，那些张士诚、方国珍、徐寿辉、刘福通，时常用金帛来聘他，伯温想此辈俱非帝王之器，皆力辞不赴。

话分两头，却说大夫孙炎领了太祖的军令，来到金华探访宋濂。那
宋濂：

清洁自高，居止不定：也有时挈同侪寻山问水，也有时偕知己看竹栽花。也有时冒雪夜行，如剡溪访戴；也有时乘风长往，如步兵入山。心上经纶，倏忽间潜天潜地；手中指点，霎时里惊鬼惊神。胸中书富五车，笔下文堪千古。

人都称他为"斗文"宋先生。却为何称他做个"斗文"？只因他父亲当初极好风水，用了许多心思，选择一块地面葬他乃祖。那术人说道："这形势分明是金牛开口，葬后必生聪慧文章之杰，卓越百世。"开葬之夜，恰见一道毫光，正冲到那北斗口内。再掘下三尺，一个东西像麒麟、白泽光景，直奔出来，也不撞人，也不声响，一直径往宋公住的屋子里藏躲。内中有好事的，便跟了他走入屋子里来寻，那里得有？

不及一年，生下这宋濂时，四边邻舍但闻得他家似龙吟虎啸，震响了一夜。后来长成到四五岁，便能日诵万言。偶一日，门前有一个和尚走过，说道："贫僧善相。"他的父亲领宋濂出来，问说："师父，此子何如？"那和尚道："此是斗文獬生身，手心中必有文理。"众人方去认看，果见他手心中文理宛然，成"斗文"二字。因他大来文声大震，所以都称他"斗文"宋先生。因作长歌为之称赞：

短剑在匣中，秋水莲花芒；

芒色佳且好，岂为人所防。

所贵金玉姿，含辉有章光；

谅哉宋公子，璠瑜映明堂。

熏风动九夏，鸣音来锵锵。

至宝吐洪亮，不特华泽芳。

沉思不能寐，揽裳看斗光。

那大夫孙炎，到了宋濂家边，谁想紧闭着门，门上大书说："若有知己来寻，当至台州安平乡相会。"孙炎便转过马头，向台州安平乡进发。不一日，来到安平乡林莽村，远远望见三个人携手而行，俱戴一顶四角斜镶东坡巾，都着一领大袖沉香色布六幅摺子道衣，腰

间各系一条熟经皂丝绦，脚下都套一只白布袜，踹着的是棕结三耳麻鞋。后面又有一个山童，绾一个双丫髻，随常打扮，肩挑着一担琴剑衣包，自自在在的对面走来。

孙炎望见举动不是个村夫俗子行相，心中想道："三人之中，或是宋濂在内，也未可知。"便把马拴在柳树荫之下，叫从军跟了走来，自家便把巾帻整一整，走向前施礼道："来者莫不是宋濂先生朋友吗？"那三人也齐齐行一个礼。其中一个问说："尊公要问那宋濂为何？"孙炎看三个虽是衣冠中人，还不知心事怎么，便说："小生久慕宋先生大名，特来拜谒请教，不意昨到金华，他府上门首大书说：'可到台州安平乡来寻。'故复来此。远望三位丰采迥异，此处又是安平乡，故造次动问。"

那人便道："小生就是宋濂，但从来未识尊面，不知高姓大名？今此田野之中，又不是迎待之境，奈何奈何！"只见那二人说："尊驾远来，我们虽要出外访友，然此去敝斋不远，便且转去奉陪，再作区处。"孙炎就同三个分宾主前后而走。那二人也吩咐山童先去打扫等候。但见：

东风芳草径泥香，佳景追游到夕阳。

兴引紫丝牵步障，春怜新柳拂行觞。

夺将花色同人面，望去山光对女墙。

歌吹自喧人意爽，安平相遘且徜徉。

未及半刻，已到书斋。四人推逊，进退讲礼。正是：

有缘千里能相会，一口不开也解愁。

第十九回　应征聘任人虚己

客来寒夜话头频，路远神孚曲米春。

点检松风汤老嫩，安排旌节礼殷勤。

酒七碗来交四人，直将鼎鼐和盐梅。

而今麟阁为图画，都是同心倒角巾。

话说孙炎随三人走到村居，分席而坐。宋濂开口问道："行旌从何而来？高姓大名？不知来寻在下有何见教？"孙炎便说："在下姓孙名炎，今在和阳朱某吴国公帐前。我国公为因元将曹良臣以金陵来降，且荐先生为一代文章之杰，故着在下奉迎，且多多致意。说凡有同道之朋，不妨为国举荐，以除祸乱。"宋濂便起身对说："不肖村野庸才，何劳天使屈降。有失迎候，得罪，得罪！"

孙炎因问二位朋友名姓。宋濂说："这位姓章名溢，处州龙泉人；这位姓叶名琛，处州丽水人。因道合相亲，今同避乱在此居住。"茶罢数巡，孙炎又道起吴国公礼贤下士，虚己任人，特来征聘的事情，且欲三位同往的意思。宋濂因说："我有契士姓刘名基，处州青田人。他常说淮、泗之间，有帝王气。今日我三人正欲到彼处，相邀同到金陵，以为行止。谁意天作之合，足下且领国公令旨远来，又说不妨广求俊彦。既然如此，相烦与我同去迎他何如？"孙炎听得刘基名字，不觉顿足，大声叫道："伯温大名，我国公朝夕念念在口。今先生既与相好，便宜同去迎他。"当日晚筵散罢。

次日，宋濂仍旧收拾了自己琴书，打点起身，因与孙炎说："此去尚有二三日路程，在下当与先生同到伯温处迎了同来。章、叶二兄，可在此慢慢收拾，待三五日后，亦可起身，同在杭州西湖上净慈寺前旧宿酒店相会。"嘱咐已毕，孙炎叫从人备了两匹马，叫人挑了宋先生行李，一半往青田进路，一半留此村中，准备薪水，等待章、叶二先生收拾行李同家眷，择日起身，一路小心服侍，不许违误；如违，以军法治罪。章、叶二人在家整备行李等项不题。

却说孙炎同宋濂来请刘基。一路光景，但见：

簇簇青山，湾湾流水。林间几席，半邀云汉半邀风；村水帆樯，上入溪滩下入海。点缀的是水面金光，恰像龙鳞片片；黯淡的是山头翠色，宛如螺黛重重。月上不觉夕阳昏，

归来哑哑乌鸦，为报征车且安止；星散正看朝色好，出谷嘤嘤黄鸟，频催行客起登程。马上说同心，止不住颠头播脑；途中契道义，顿忘却水远山长。

正是：

青山不断带江流，一片春云过雨收。

迷却桃花千万树，君来何异武陵游。

孙炎因问宋濂，章、叶二公何以与足下相善，及年岁履历。宋濂对说："章兄生时，其父梦见一个雄狐，顶着一个月光在头上，长足阔步从门内走来。伊父便将手拽他出来，那狐公然不睬，一直径走到卧榻前，伏了不动。伊父大叫而醒，恰好撞着他夫人生出这儿子来。他父亲以为不祥，将儿接过手来，一直往门外去，竟把他丢在水中。谁想这叶兄的父亲，先五日前，路中撞见一个带铁冠的道人对他说：'叶公，叶公，此去龙泉地方，五日之内，有个心月狐星精，托化在姓章的家内。他父亲得了奇梦，要溺死他，你可前去救他性命。将及廿年，你的儿子，当与他同时辅佐真主。宜急急前去，做了这个阴德。'这叶兄令尊，是个极行方便的善人，又问那道人说：'救这孩子，虽在五日之间，还遇什么光景，是我们救援的时候？'那道人思量了半晌说：'你倒是个细心人，我也不枉托你。此去第五日的夜间，如溪中水溢，便是他父亲溺儿子时，你们便可救应。'大笑一声，道人不知哪里去了。

"这叶公依言而去。至第五日的夜间，果然黑暗中有一个人，抱出一个孩子，往水中一丢。只见溪水平空的如怒涛惊湍一般，径涌溢起来，那孩儿顺流流到船边。叶公慌忙捞起来，谁想果是一个男子。候得天明，走到岸边探问：'此处有姓章的人家吗？'只见有人说：'前面竹林中便是。'叶公抱了孩儿，径投章处，备说缘由。那章公、章婆方肯收留，以溪水溢保全，因取名唤作章溢。后来长成，便从事叶公。章兄下笔，恰有一种清新不染的神骨。文学之士，都有诗美他：

水从上天来，树有桃花开。

试看万物各依种，那见蕙草生蒿莱？

章家竹外傍溪坯，不用远寻黄河水。

年年春涨溪拍天，忽夜溪头涌狂澜。

恐儿误死漩涡内，不生爷手生客船。

心月狐宿狐若死，九尾文光应谁是？

天心岂为人心去，翰苑辉煌匡圣主。

"那个章公款待了叶公数日，叶公作别而行。到家尚有二三十里之程，只听得老老小小都说：'从来不曾闻有此等异事！'叶公因人说得高兴，却也挨身入在人丛中去听。只听说如何便变做了个孩儿。叶公便问说：'老兄们，什么异事在此谈笑？'中间有好事的便

说：'你还不晓吗？前日，我们此处周围约五十里人家，将近日暮时，只听得地下轰轰地响，倏忽见西北角上冲出一条红间绿的虹来。那虹闪闪烁烁，半天里游来游去，不住的往来，如此约有一个时辰。正人人来看时，只见云中忽有一人叫说："计都星化作虹霓，且向丽水叶家村去投胎哩。"隐约时，那虹头竟到丽水叶家村，竟生下一个小官人来，头角甚是异样，故我们在此喝彩。'

"叶公口里不说，心下思量说：'我荆妻倒怀孕该生，莫不应在此吗？'便别了众人，三脚两步竟奔到家里来。果是叶公婆婆从那时生下孩儿。叶公不胜之喜，思量孔子注述《六经》，有赤虹化为黄玉，上有刻文，便成至圣；李特的妻罗氏，梦大虹绕身，生下次子，后来为巴蜀的王侯。虹实为霓龙之精，种种虹化，俱是祥瑞。及至长大，因教叶兄肆力于文章。那叶兄的文字，果然有万丈云霄气概。人也有一个调儿赞他：

老稚声频，街坊簇拥，争看平地双虹愤。天边往往来来，软陡腾翻，长空那假鞍和辔。青红如线锁天腰，精芒似燕从中坠，下地钟向叶家人瑞，奇姿峻骨多才伎。真个笔洒花飞，墨酣云润，驰骋珊瑚臂。人间都道计都星，圣明文章作鼓吹。

他两人真是一代文宗。在下私心慕之，故与结纳，已有五七年了。"

正说话间，军校报说："已到青田县界。"宋濂同孙炎吩咐军校都住在村外。二人只带了几个小心的人，投村里来。宋濂指与孙炎道："正东上，草色苍翠，竹径迷离。流水一湾，绕出几檐屋角；青山数面，刚遮半亩墙头。篱茶菊多情，映漾出百般清韵；坛后牛羊几个，牵引那一段幽衷。那便是伯温家下了。"

两个悄悄地走到篱边，但闻得一阵香风，里面便鼓琴作歌：

壮士宏兮贯射白云，才略全兮可秉钧衡。

世事乱兮群雄四起，时岁歉兮百姓饥贫。

帝星耀兮瑞临建业，王气起兮定在金陵。

龙蛇混兮无人辨，贤愚淆兮谁知音！

歌声方绝，便闻内中道："俄有异风拂席，主有才人相访。待我开门去看来。"两人便

把门叩响。

　　刘基正好来迎,见了宋濂,叙了十年前西湖望气之事:"久不相见,不知甚风吹得来。"宋濂便指孙炎说了姓名,因说出吴国公延请的情节。他就问吴国公的德性何如。孙炎一一回报了。又问道:"我刘基向闻江淮狂夫,姓孙名炎,不知便是行台吗?"孙炎俯躬道:"正是在下。"三人秉烛而谈,自从晌午,直说到半夜,始去就寝。

第二十回　栋梁材同佐贤良

新提千骑向东方，剑客黄金尽解装。

桃叶初明珠勒马，梨花半壮绿沉枪。

拍天涛拥军声合，驾海云扶阵色扬。

莫叹书生无燕颔，斗来金印出明光。

那刘基与宋濂、孙炎说了半夜，次早起来，刘基到母亲面前说前事，母亲便说："我也闻朱公是个英杰，我儿此去也好。"刘基便整顿衣装，对孙炎说："即日起行。"孙炎吩咐军校将车马完备，离青田县迤逦向东北进发。语不絮烦，早到杭州西湖湖南净慈禅寺。章溢、叶琛挈领家眷并行李，已候等多时。军校们也合作一处同往。正是：

一使不辞鞍马苦，四贤同做栋梁材。

在路五六日，已至金陵。次早来到太祖帐前谒见。太祖遂易了衣服，率李善长多官出迎，请入帐中，分宾而坐。太祖从容问及四人目下的治道急务。酒筵谈论，直至天晓。因授刘基太史令，宋濂资善大夫，章溢、叶琛俱国子监博士。四人叩头而退。

太祖对诸将说："今常州府及宜兴、广德、宁国、镇江等处，正是金陵股肱，若不即取，诚为手足之患。"遂着大元帅徐达，挂印征讨。郭英为前部先锋，廖永安为左副将，俞通海为右副将，张德胜统前军，丁德兴统后军，冯国用统左军，赵德胜统右军，领兵五万，征取各郡。徐达等受命出朝，择日起程。

临行之日，太祖出郊戒众将说："尔等当体上天不忍之心，严戒将士，城下之日，毋得焚掠杀戮，有犯令者处以军法。"达等顿首受命，率兵前进。一路上，但见：

军威凛似严霜，兵器炳于皎日。五方旗按着金木水火土，相克相生；八卦带分在东西南北中，随方随色。一字儿排来队伍，整整齐齐，那个敢挨挨挤挤；枒叉儿扎住团营，朗朗疏疏，谁人敢嚷嚷喧喧？弓上了弦，刀出了鞘，分明活阎罗列着法场；鼓鸣则进，金鸣则退，那辨八臂神传来军令。黄旗一展三军动，画鼓轻敲万队行。

大兵过了扬子江，至镇江府地面，徐达下令安营，为攻城之计。

却说把守镇江府城，乃是张士诚所募骁将邓清，并副将赵忠二人。他闻金陵兵至，便议迎敌事务。那赵忠说："我闻和阳兵势最大，所至无敌；且朱公厚德宽人，真命世之英，

非吴王可比。况镇江为金陵右臂，彼所力争。今我兵微弱，战守两难，奈何，奈何！我的主意，不如开城投降，一来可救百姓的伤残，二来顺天命之所归，三来我们还有个出头的日子。"

邓清听了，大喝道："你受吴王大恩，不思图报，敌兵一至，便要投降，乃是狗彘之行！"赵忠又说："我岂不知'食人之食，当忠人之事'？但张士诚贪饕不仁，绝难成事。何如趁此机会，弃暗投明。"邓清愈怒，即抽刀向前，说："先斩此贼，方破敌兵！"赵忠也持刀相迎。两个战到数合，邓清力怯，便向后堂脱走。赵忠见左右俱有不平之色，恐事生不测，急忙也跑出衙门，恰遇着养子王鼎，备言前事。

王鼎说："事既如此，若不速避，祸必及身。"他二人因到家，载母挈妻，策马东向而走。邓清闻报，即聚军民一千余人赶来，适遇徐达兵到，赵忠径望军中投拜，说："镇江副将赵忠，因劝邓清纳降，彼执迷不悟，反来赶杀，乞元帅救我家属入营，我便当转杀此贼，以为进见之功。"

徐达心中私喜，便与赵忠附耳说了两三句话道："如此如此……"赵忠得令而去。徐达即催兵前进，与邓清迎敌。我阵上赵德胜跃马横冲，径取邓清。邓清见德胜威猛，不战而走。众兵掩击直逼至城下。邓清正要进城，只见赵忠在城上大呼："反贼邓清何往？"清知事势紧急，进退无门，遂下马乞降。

原来徐达吩咐赵忠，趁两军相敌之时，你可赚入城门，先夺了城门，以截邓清归路，所以赵忠先在城上。徐达入城，抚恤了士卒，安慰了百姓，捷报太祖。太祖加徐达为枢密院同金之职，率数万人攻打常州。太祖对徐达说："我查张士诚系泰州白驹场人，原是盐场中经纪牙侩，因夹带私盐，官府拿究，癸巳年六月间，聚众起兵，便陷入泰兴，据了高邮州，今称吴王，国号大周，改元大祐。前者又遣士德，将五万兵渡海，攻陷平江、松江一带，与常州、湖州诸路，地广兵强，实是劲敌。况渠奸诈百出，交必有变，邻必有猜。尔今率三军攻毘陵，倘有说客，勿令擅言，便阻了诡诈之弊，营垒可坐困也。"

徐达等领命而出，即合兵七万，号称十万，径往常州进发。数日间，来到常州南门外安营。先锋郭英便率兵三千出战。那把守常州的，正是吴将统军都督吕珍。原来吕珍有谋智，有胆力，善使一条画戟，年纪约有三十五六，正直公平，抚民恤士，每常只是长声的叹息。人问他，便说："此身已受了他的爵禄，虽死也是臣子分内事；但恨当时不择所主，将身误托耳！常常闻得金陵朱公声息，便道好个仁义之主，天下大分归统于他了。然也是天数，怎奈何他。只是今日，吾当完吾事体。"探子报说："朱兵攻取常州。"他便纵马挺戟来战。与郭英战到三十余合，彼此心中俱暗暗喝彩。只见营中右哨中张德胜持了一管枪，奋力冲将出来，三将搅做一团。吕珍见两拳敌不得四手，便将马跑出圈子外边，叫说：

"将军，天色已晚，晚来乘着错误，伤人性命，不见高强。你我俱各记兵多少，来日拼个胜负，方是好汉。"郭英便也鸣金收军。

次日，吕珍全身结束，出到城边，早有郭英、张德胜二将迎住，自早又杀到末牌，不见胜败。朱阵上便麾动大军，赶杀过去。吕珍急走入城，坚闭不出，一面修表，唤过儿子吕功，前往苏州求取接应兵马不题。

且说吕功抄路往湖州旧馆县，由皂林地方转到苏州。次日，张士诚临朝，文武百官依班行礼毕，吕功出奏常州被困一事。士城大怒，说："彼真不知分量，我姑苏控甲百万，勇将二千，彼取金陵，我不与争便了，反来夺我镇江，今又困我常州，是何道理！"即召大元帅李伯昇，领兵十万来援。又吩咐说："若得胜时，便可长驱收复镇江，破取金陵以擒朱某。"

伯昇得令，叩首将出，只见王弟张士德在阶中大喝一声道："何劳元帅动兵！乞将兵三万与臣，去救常州，决当斩徐达首级，入建康掳和阳王，归报我主。万祈允臣之奏！"士诚闻奏大喜，说："得弟一行，何惧敌兵哉！"便拜士德为元帅，张虎为先锋，张鹤飞为参谋，率兵五万，前往常州救应。又遣吕约乘势领兵二万，攻打宜兴，以分徐达之势。"夜不收"打探事情的实，报与徐达得知。

第二十一回　王参军生擒士德

手麾湖海卷旌旄，一世功名百世高。

吁嗟天际倾虚宿，争美名家有凤毛。

楚山日映寒鸦散，吴水春晴战马豪。

九泉莫讶灵先陨，敌手还从太白挑。

却说吴王张士诚，他有兄弟二人：一个唤作士信，一个唤作士德。那士信足智多谋，熟于兵法，人号为"小张良"，使有一条铁鞭，神惊鬼怕；那士德勇猛过人，雄冠千军，人号为"小张飞"，用得一条长枪，追风逐电，因辅士诚，夺了苏州，奄有嘉、湖、杭及松、常、镇三郡地方。又有五个养子，叫作张龙、张虎、张彪、张豹、张虬，在手下练习军士，人因号做"姑苏五俊"。那士诚因吕珍叫儿子吕功来救，便吩咐说："王弟既然肯往，便当拜为先锋，带了张虎、张鹤飞及三万人马前进。"又召吕约乘势领兵攻宜兴，以分徐达兵势。

徐达得了信，便对耿再成说："宜兴地界，乃常州股肱，士诚以我所必争，故特分兵来攻，以弱我势。你可领兵悉力据守，一失尺寸，则全军败亡，千万小心在意！"君用得令，临行对徐达说："自从不才从公于起义之日，得元帅视如骨肉，自谓肝胆，惟天可知。今日拜别，决当万死以报国家。倘有不虞，亦尽臣子马革裹尸之志，惟元帅谅此忠贞！"徐达听了，对说："此行将军自宜努力，生死原各听之于天，你我一心，自是可表。谅不久即能完聚。"二人洒泪而别。

君用率了兵，即日奔赴宜兴，与吴兵对垒安营，自相持抗。原来君用极善抚士卒，如有甘苦，与众同受；至于号令之际，又极严明，一毫不许苟且。适有后军一队，是新收义兵，就令原来头目郑金院统领。那郑金院只好酒吃，是日，轮当夜巡，郑金院带酒来与众饮。这些众军，虽支持了半夜，恰到四更时分，铃柝也不鸣，更鼓也错乱。君用梦里惊醒起来，却见营中巡逻的，俱东倒西歪，熟睡不醒。

君用查是郑金院，便驰使唤渠入账，说："军中设夜巡，是以百人之劳，致千人之逸。你今玩事如此，设或有敌兵乘夜劫寨，或有刺客乘夜肆奸，军国大事去矣。且记你这颗首级在头上。"发军政司重责四十棍，穿了耳箭，以警众军。郑金院明知自家不是，然痛楚难熬，且对人前似无光彩。次日夜间，乃领了新归一队义兵，径到吕约处投降，备说受苦一

事，且将营中事体，一一诉知。

再成正在帐中，忽听得探子报说此事，不觉即怒起来，便不戴头盔，不穿重铠，飞马去赶捉他。只见吕约阵中，密扎扎的木栅绕住，再成却乘势砍破了木栅，摄入营中，无不以一当百，杀的吕约军中没一个敢来抵挡。吕约恰待要走，早有夜巡铁甲士卒走到，并力来助战。被贼一枪，正破伤了再成额角。再成犹然死杀不休，东冲西突，杀透重围，正到本营，只见头上血流如注。再成晓得甚是沉重，便血晕中，潦草写了札子，封好报太祖。又写一封书，寄予徐达元帅，卒于营寝。正是：

赤心未遂身先死，长使英雄泪满襟。

太祖接报，痛悼不已，便令渠子耿炳文袭职，统领兵卒，镇守宜兴不题。

且说士德领兵望常州进发，不数日，来到常州东界古槐滩下寨。徐达闻知，对众将说："我闻士德勇而无谋，与之相战，未必全胜。"即传令郭英、张德胜二人，"如此如此"；再唤赵德胜、王玉二人到账听令。二人到账前，徐达吩咐各带所统人马，并付字纸一封，前出本营二十里外拆封看字，便知分晓。

徐达自领兵十万，东路迎敌。恰遇士德军到，两阵对圆。前锋廖永安跃马出战，士德势力不支，落荒便走。永安独马追赶了十里地面，所恨兵卒都在后边。士德恰见永安势孤，因勒马转来，环环的把永安围在里面，便叫放箭。那箭如雨的飞来，永安把这枪如飞轮的一般，在马上遮隔了一会，慌忙中，不意一箭径射透了后腿，永安奋出平生本事冲突而出。士德恰杀过来。徐达见士德兵卒渐近，亦不恋战，便望后阵而走。

那士德紧紧追来，径过紫云山崖，转过山坡，却不见了徐达。众人都道："将军休赶，恐有伏兵在后！"士德回说："彼势已穷，尚何有埋伏！放心赶去。"正赶之间，只见赵德胜当先截战，未及四五合，却又弃甲而走。士德大叫："快留下首级了去！"德胜也不回话，把马连打几下，如飞的逃走一般。早已是甘露地方，一声炮响，王玉部的兵卒都在草中齐喝一声说："倒了，倒了！"

原来徐达昨日付与王玉字一纸，上写："伏甘露，掘深坑，擒士德，如违者斩！"因此王玉连夜传令众军，掘成大坑，约五十余亩，二丈余深，上将竹箪虚铺，盖了浮土。那士德只认徐达与德胜真输，谁想赶到此间，连人和马都跌下坑里去。真个是：

汩汩的惟听水响，混混里只见泥淳。满身锦绣，都被腌脏，那认青黄赤白；全副躯骸，尽遭龌龊，难辨口鼻须眉。起初时扑地一声，也不知马跌了人，也不知人跌了马；到后来浑沦一滚，那里管人离却马，那里管马离却人。护心宝镜，浑如黄豆团带在胸中；耀日金盔，却如黑嵌葫挂从脑后。水漫了箭羽弓衣，显不出劲弓利镞；泥糊了金鞍玉勒，摇不响锡鸾和铃。

正是：

昔日湖波淹七将，今朝泥水陷张王。

两侧边却把挠钩扎住，活捉了士德上岸，捆缚在囚车中，送到帐前。那张虎与吕约死战得脱，引了些残兵，屯住在牛塘口。

却说张士诚恐兄弟士德未能取胜，随后便遣堂弟张九六率兵二万来援。那九六身长八尺，腰大十围，惯舞两把双刀，骁勇无比。兵马将到常州，就闻得士德被擒的信息，即刻督兵到常州东门十里外下营。次早出阵，大叫道："好好还我御弟，方为上策，不然贪得无厌，命都难保！"朱阵上冯国用奋先迎敌，战才数合，被九六一刀，正砍着马脚，国用连忙下马，弃敌而走。九六横兵杀入，早有诸将挡住。

徐达即令鸣金收军。沉想了半晌，却对冯国用、王玉说："九六骁勇难当，二公可各引兵，即去牛塘谷边两旁林子中埋伏，待白鸽飞起为号，便宜发动，并力夹攻。今日他挥兵杀来，我伺便鸣金收兵，他必信我们气怯，不如乘此退三十里屯扎，彼必连夜追赶。我当且战且走，诱至谷中，好便宜行事。"是时，日尚未西，二人统兵，各自分理去讫。顷刻，徐达传令众军："即刻拔寨退三十里屯扎。要有心忙意乱光景，倘或迟误，枭首示众。"令下，诸部士卒，俱各狐奔鼠窜退去。

只见探子探得移营，竟去报与九六知道。九六大喜道："我谅徐达怎的敢来对敌。今彼移营，不去追赶，更待何时！"即叫备马过来，领兵催杀。

第二十二回　徐元帅被困牛塘

几载谈天碣石宫，苍茫拥节向吴中。

金陵共识艰危策，铜柱还标战伐功。

幽谷春深飞彩鹢，百蛮天尽跃花骢。

征旗满眼何时息，车染朱殷草染红。

却说徐达引兵退三十里屯扎，那张九六果然引兵赶来。徐达且战且走，将到牛塘谷边，是时恰有申牌时分。徐达见九六赶得渐近，便回身说："张公，张公，得放手时须放手，你何逼迫得紧？"那九六睁开双眼，飞马的抢上来。徐达又飞马而走。九六大喝道："徐达，你何不下马投降！"徐达也应说："你且看是什么所在，要我投降！"正说之间，恰把手伸入怀中，把一条白带扯出来一抖，恰早是一双白鸽，带了铃儿，旺旺的直飞上半天。

那张九六恰把头向天去看，只听一声炮响，左边冯国用，右边王玉，两岸里杀将出来，把九六军马截做两处。徐达见伏兵齐出，便回转马来，并力来战。九六身被数枪，尚不跌倒，负痛而走。才得半里，被王玉拈弓搭箭，叫声道："着了！"正中九六左目，翻身堕下马来，众军就活捉了，缚在马上，同入帐中。来将一一依次献功。便令把张士德、张九六二人，各处监锢，不许疏纵；仍令移兵屯扎旧处，即遣人赴捷金陵。

太祖得了捷报，说："士德是士诚谋主，九六是士诚牙将，今皆被擒，士诚事可知也。"乃诏徐达等促兵攻城，复谕廖永忠、常遇春攻取池州不题。

却说张虎、吕约收了残兵，走入牛塘谷，计点人马，折了二万。张虎放声大哭，说："我国自兴师以来，未有如此之败！急需遣人求救，待得兵来，再作区处。"星夜写表驰奏。士诚见表，顿足切齿说："孤与朱家，真不共戴天之仇。卿等有能为孤报仇者，决当裂土分王，同享富贵！"

只见士信上前，说道："向者二人皆恃勇无谋，故致丧败。臣愿竭驽骀之力，擒徐达，取金陵，以雪二人之冤。"士诚便令其子张虬为先锋，士信为元帅，吕升祖为副将，赵得时为五军都提点，统兵十万，来救常州。临行，士诚命设酒郊外祖饯。士诚且谓之曰："孤与卿等兄弟三人，于白驹场起义，以至今日，威镇江南，无人敢敌。今彼纠集党类，据有金陵，侵我镇江，困我常州，杀我之弟，此仇痛入骨髓，卿当用力剿除，以报此恨！"士信叩头

受命。当日兵出苏州,倍道而行,不一日,来到牛塘地方。

张虎引兵来接,备称朱兵骁勇多智。士信说:"不足为虑。"引兵屯住谷口。士信骑在马上,把谷口前后左右仔细一望,只见:

两边山势巍峨,一片平阳旷荡。峻绝处,便老猿长臂,无可攀援;衍野间,纵万马齐奔,未知底极。乱石巉岩,忽露一条石窦,往常见雾锁云迷;怪峰森列,倏开小洞逦迤,此内惟猿啼虎啸。深长八九里,这边唤不应那边;宽绰千百步,此岸看不见彼岸。缪缪风送草声,险恶山峦,这境界未许神仙来炼性;潺潺涧流泉响,横行水脉,那地面庶几鬼魅可潜形。只有丽日中天,堪见一时光彩;倘或雨云坠地,恍如长夜昏迷。

士信看了一看,便对张虎、张虬说:"只此一处,便可生擒徐达了。"就分五万兵与他两人,依计而行。士信自领兵至常州地界,与徐达对阵。

徐达便令郭英、张德胜领兵十万,困住常州,自与赵德胜、俞通海、赵忠、邓清领兵十万,与士信迎敌。那士信纵马横枪,直取徐达。徐达也举枪相交,战了十数合,未分胜败。他阵上吕升祖、赵得时前来冲击,我阵上赵德胜、俞通海恰好接应,杀得士信阵中大溃而走。徐达率众争先,诸军也奋力追杀。追到牛塘谷,方到谷中,被那士信发动伏兵,阻住了东谷口,张虬抗住了西谷口,两壁厢崖上矢石如雨而来。徐达便令三军:"勿得惊乱,是吾欺敌,中彼诡计了。你们且暂屯守,另图计策。"正在沉吟,只见后军报来:"邓清乘势劫了粮草,往投士信去了。"徐达听了大惊,说:"粮草乃兵马生死所关,邓清这贼直是这般狠恶,誓当擒获,以报此仇!"计点粮草,尚可支持半月。徐达对众将说:"半月之内,救兵必到,尔辈皆宜放心。"因下令掘下深壕,中间填土成冈,约高十丈,一来防士信引太湖水浸灌之患,二来据此高冈,亦可深望四山行径,以图出路,不题。

却说郭英、张德胜探知徐达被困一事,便议说:"我辈若撤兵往救,吕珍乘势必蹑其后,况围或未解,反遭其毒。我等还须紧困常州,以抗张虬、吕珍夹攻之患。星夜着人往金陵求救,方保无虞。不然,徐元帅粮草一绝,三军命休矣。"因遣张天祐持表,急忙趋金陵求救。

太祖得报大惊,凑遇常遇春、廖永忠等取了池州,留赵忠镇守,引全军来到。太祖喜见眉睫说:"常将军回来,徐元帅无虞矣!"即令遇春为元帅,吴良为先锋,领兵五万行南路去救西谷口;汤和为元帅,胡大海为先锋,领兵五万行北路去救东谷口。即日兼程进发,两日光景,便到常州,与郭英、张德胜兵相合。遇春备问消息,郭英便说:"徐元帅受困已十九日了。前日张虬领兵来救常州,我与他相持了数日,彼乃密约城中吕珍,夜来劫寨,内外夹攻,力不能支,因退兵在此。"遇春说:"既如此,须先救牛塘谷,后攻常州。"便令兵直抵两谷口安营。即令郭英、张德胜领兵先抄谷后埋伏,只待我军交战时,便往张虬寨

中，用火烧劫辎重、粮草。

却说张虬见常州困解，仍令吕珍守城，复回兵与张虎守住谷口。闻知遇春来救，对张虎说："此来必有勇将，吾兄可与邓清守谷口，只我引兵去救，若都去，恐挫锐气。"张虎只得依议。张虬便领兵出营，正与遇春相对。两个斗了四五十合，不见胜败，却被郭英、张德胜发动伏兵，断绝了他后头粮草。张虎恰待来战，被郭英一枪刺死。屯守的兵，四下奔溃。

那张虬正与遇春相持，只听后军报道，被朱兵焚了辎重，杀了张虎，心下慌张，殆欲脱逃而走，谁想遇春手到鞭落，重伤了肩背，负痛死命地奔回。吴兵杀死了不计其数。徐达在谷中间闻得外面锣鸣鼓振，杀气横天，晓得救兵已至，又引兵杀出来。徐达见了遇春，深谢脱难之恩。遇春对说："以元帅之德器，天必保佑，断不沦于贼人之手；况主公天命有在，你我皆朝廷股肱乎？"是时，汤和也杀败了士信的兵，转回于东谷口相会。只见胡大海、吴良、吴祯、耿炳文、俞通海、赵德胜、丁德兴、赵忠、张德胜等将，俱各引兵来集，内中只不见郭英，徐达百般忧烦起来。

第二十三回　胡大海活捉吴将

河桥细柳蔚晶晶，偏动征人梦里情。

壮士含丹因许国，狂且送死枉谈兵。

依微睊睆来旌色，隐跃长庚启剑精。

柳自青青魂自远，只今唯有鹧鸪鸣。

且说诸将各领兵到谷口会齐，内中只不见了郭英。徐达烦忧道："郭先锋不见，多没于乱军之中了。但一来是主公爱将，二来又为不才解围，吾辈不能救取，有何面目归见主上？"因唤过本部士卒细问，都云不知下落，便教四下访觅。

正忧闷间，只见探子报说："郭先锋活捉一个人在马上，远远望见从东边来了。"徐达听罢，便同众将出营去望。俄顷时，见郭英捉了邓清到账前下马，与众将施礼。徐达好生欢喜，问说："将军从何处活捉邓清来？我辈不见了将军，甚是着忙。今不惟得将军，且得这贼子，忧愤俱释，诚生平大快事！"

原来郭英枪刺了张虎，那邓清见势头不好，竟脱身而逃。郭英便单骑追至旧馆桥，生擒了才回，故乱军中不知下落。徐达便指邓清骂道："昔者兵败投降，吾不忍杀你，使为将帅。今反夺了我的粮草，致我重困半月，如此不仁不义之贼，更有何说！"叫刽子手取张士德一同斩讫报来。左右得令，不移时报说："二犯斩讫。"

徐达次日分兵围困常州。吕珍自思兵士疲惫已极，孤城必定难守，不若领兵东走湖州，再图恢复，胜败还未可知。徐达看吕珍在城久无动静，谅他必走，即令胡大海、常遇春，附耳说了两句话。二将得令而去。因命兵士们只从南、北、西三面攻打，东边一门势力独宽纵些。那吕珍到晚向城上观看，但见东门士卒偃甲而睡，便率兵往东冲出。正及冲开，忽闻火炮震天，左有常遇春，右有胡大海，各领伏兵，截住去路。两兵夹击，斩首三千余级。吕珍只得匹马仍复进城，坚拒不出。徐达仍令四围紧困不题。

且说张士信、张虬、吕升祖、赵得时将拾残兵，屯住旧馆桥太湖边，遣使求救。吴王张士诚得报大惊，便思："既然难与争长，不若且以书给之，骗他退兵，再作防御。"遂遣人将书到金陵求和。其书曰：

向者窃伏淮东，甘分草野。以元政日弛，民心思乱，乘时举兵，遂有泰州、高邮等地，

东连海埂。今春据姑苏，若无名号，何以服众；南面称孤，势所使然。乃二贤以神武之资，起兵淮右，跨有江东。金陵乃帝王之都，用武之国，可为建大业之贺。向获詹、李二将，礼遇未遣，继蒙通好，理暗未明。文稽行李，先遣儒士杨宪问好，士诚留之不遣。故公今逼我毗陵，咎实自贻，夫复何说！然省已知过，愿与请和，以解围困。当岁输粮三十万石，黄金五百两，白金三百斤，以为犒军之费。各守封疆，不胜感仰！

太祖得书，便命移檄报之曰：

春三月取镇江，抵奔牛垒城，彼时来降，继复叛去，咸尔之谋。约我逋逃之人，拘我通好之使，子之兴师，亦岂得已。既许给军粮，中更爽约，原其所自，咎将谁归？今若果能再坚前盟，分给粮五十万石，归我使者，则常州之师可罢，而争端绝矣。

士诚正与诸将商议，忽元帅李伯升奏说："此贪兵也。兵贪者败。且今两次败绩，皆因我将逞勇少谋，实非彼之能为。况贪得无厌，如依其议，彼将终何底止？乞殿下假臣以兵，必能成功。"士诚大喜，说："元帅之言最当。"即日拜伯升为元帅，汤雄为先锋，领五万人马去救应。伯升受旨，次日率兵往常州进发，前至旧馆，与士信等相见，备细问了前事。伯升笑说："来日当与大王擒之。"即同士信等起兵至古槐滩安营。

徐达对众将说："李伯升乃吴国名将，未可轻敌。"因令汤和、胡大海、郭英、张德胜四将，仍困常州。令常遇春、俞通海领兵一万，抄径路到牛塘谷口埋伏。令赵德胜、廖永忠领兵一万，去劫他的老营；令邓愈、华高领兵一万，冲左右哨。分遣已定，其余众将，俱随大部向东迎敌。

列阵才完，那士信帐中，汤雄持槊出战，丁德兴拍马来应。斗到二十余合，德兴力怯而走。伯升、士信各驱兵赶来，邓愈、华高便分兵直冲他左右两哨。吴兵溃乱。徐达因统大部人马，直追至古槐滩。伯升急急回营。早被赵德胜、廖永忠杀入老营，就将火四散放起，烈焰冲天，吴兵鸦飞雀乱的逃走。伯升与士信死战得脱，幸遇张虬，兵合作一处同行。方过牛塘，当先两员大将，正是常遇春、俞通海，发伏兵到那里等候斯杀。吴兵死的如山堆一般，那记得数。

遇春急赶着汤雄来战。又遇华云龙领一支兵，攻广德州得胜而回，路经旧馆桥，见遇

春与汤雄鏖战，便大叫道："常将军，待小将来捉此贼！"汤雄就把枪去刺云龙，云龙奋剑砍来，把枪杆砍做两段。汤雄一惊，将身坠下马来，被云龙舒开快手，活捉在马上。贼兵奔溃。后面徐达又率兵追击，杀得尸横原野，血染河流，委弃的粮草辎重、盔甲、器械上万万数。张士信、李伯升仅以身免，率得几百残兵，逃向苏州去讫。

那吕珍探知援兵已散，思量独力难支，便开门冲阵逃走。郭英驰兵拦住，珍奋力接战。恰有遇春追兵又来，两力夹攻。珍且战且走，竟抄小路，望杭州路回苏州不题。常州城池方得底定。大约两兵相持，共将五个月，吕珍以一身挡之。虽是士诚的臣，其功德著在毗陵者不浅。徐达等乃率兵入常州，一面便出榜安抚百姓，大开仓廒，给予士民，以苏重困。便令汤和率本部兵镇守城池。徐达与常遇春分兵往宜兴一带地方安辑，并剿捕未降群寇。

却说耿炳文承太祖钧旨，去攻长兴。那长兴守将，却是士诚骁将赵打虎，单使一条铁棍约五十来斤，在马上使得天花乱坠，百步之内，人没有敢近得他。闻得炳文领兵来攻，他便点选铁甲军三千人马，出来迎战。恰好炳文也披挂上马，但见他：

浑身缟练，遍体素丝。戴一顶五云捧日的银盔，水磨得如电光闪烁；着一件双狮戏毯的银铠，素净的如月色清明。手抡画戟，浑如白练飞空；腰系雕弓，俨似素蟾初吐。坐着追风骤日的白龙驹，四脚奔腾，晃晃长天雪洒；佩着吹毛饮血的纯钢剑，七星照耀，飕飕背地风生。只因他父丧三年，因此上一身皓白。韬戈不动，人只道太白星临；奋猛当场，方晓得无常显世。

两边射定了阵脚，此时恰好辰分，这场厮杀，实是惊人。

第二十四回　赵打虎险受灾殃

吴门萧瑟雁行秋，王粲从军事远游。

侠客临期怀匕首，故人把袂问刀头。

龙沙旌闪风尘断，鹿塞笳鸣烟水愁。

搔首乾坤俱涕泪，古来国土自封侯。

那赵打虎见了耿将军出阵来战，便叫道："对阵耿将军，你也识得我的才技，我也晓得你是英雄，今日各为其主而来，不必提起。但或是混杀一番，也不见真正手段。你我都吩咐不许放冷箭，只是两人刀对刀，枪对枪，那时方见高低，就死也甘心的。"耿炳文道："这个正好。"两马相交，斗了一百余合，自从辰牌直杀到未刻。天色将昏，那赵打虎便道："耿将军，明日再战才是。"耿炳文回道："顺从你说。"两人各回本阵去了。

且说赵打虎来到阵中，对众将说："我的刀枪并矛戟的手法，都是天下第一手，谁想这耿家儿子都一一相合。倘得他做个接手，也是天生一对。只可惜他落在别国，倒在此处做了对头。奈何，奈何！"闷闷不悦，这也不题。

却说耿炳文自回帐中，沉想那打虎，人传他吴国第一好汉，我看来真个高强，不知谁人教导得此手法。明日将何策胜得他？正在没个理会，只见军中整顿出晚厨，炳文也连啜了几杯闷酒，却有一阵冷风，把炳文吹得十分股栗。灯烛都吹灭了，恍惚之间，忽有一个人来叫道："炳文，炳文，我是你父亲。前日因你受了主公钧旨，来此攻取长兴，我便随在你剑匣中。今日打虎这厮，好生手段。明日他必仍来搦战，便可对他说：'昨日马战，今日当步战。'他的气力也不弱于你，待到日中，你可与他较拳，此时方可赢得；倘他逃去，你也不须追赶他。"炳文见了父亲，不觉大哭起来，却被夜巡的锣声惊醒，却是南柯一梦。在胡床上翻来覆去，不得睡着。只听得鸡声嘹亮，东方渐明，炳文坐起身来，吩咐军中一鼓造饭，二鼓披挂，三鼓摆列。

不移时，赵打虎果到阵前搦战。炳文一如梦中父亲教说的话，对打虎说："今日步战何如？"打虎听得大喜道："我的步法，那个不称赞的，这孩子反要步战，眼见这机关，落在我彀中了。"便应道："甚好，甚好！"两人各下了马，整顿了衣服，一东一西，一来一往，又约斗了六十余合，日且将中，那打虎便叫道："我与你弄拳好吗？"原来这打虎当初是五台山

披剃的长老，学了少林拳法，走遍天下十三省，五湖四海在处闻名。因见了天下多少事，便蓄了头发，投归张士诚，图做些大事。他见马战、步战俱赢不得炳文，必然是尽拿出平生本事，方可捉他。谁知炳文梦中先已提破，便应道："这也使得。"

两人便丢下了器械，正要当场，只见打虎说："将军且慢着，待我换了鞋子好舞。"炳文口中不语，心下思量："鞋儿是甚结作，怎么反着鞋儿？鞋中必有缘故。我只紧紧提防他便了。"两个各自做了一个门户，交肩打背，也约较了三十余围。那打虎把手一张，只见炳文便把身来一闪，那打虎便使一个飞脚过来，炳文心里原是提防，恰抢过把那脚一拽，打虎势来得凶，一脚便立不住，仆地便倒。炳文就拖了他脚，奋起平生本事，把他墩来墩去，不下三五十墩，叫声："叱！"把打虎丢了八九丈高，虚空中坠下来，跌得打虎弹弹口开，半响动不得。

阵中兵卒一齐呐喊，扛抬了回阵去。炳文飞跳上马，横冲直撞，杀入阵来。那打虎负痛在车子上，只教"奔走到湖州去罢"！阵下也有几个能事的，且战且走，保了打虎前去不题。炳文鸣金收军进城。看到此处，雄心顿生，不觉把酒赞叹他一回：

南山有乔北山梓，翩翩交战驰帝里。
天风忽堕老乔倾，杰气英英萃厥子。
长兴鼓振奋熊黑，马战未已步战随。
梨花乱落天边雪，芙蓉挥洒星日移。
吴儿恶薄少林法，再请双拳两相搏。
本图夔足舞高冈，谁道商阳沉海若。
乘空掷上还下来，半入青云半入垓。
天上木狼奎灿烂，赵家打虎苦徘徊。
奎木狼星武庄子，骏业鸿功堪济美。
千年万年应不死，瑶耿耿光照青史。

炳文收军进城，便安慰了士民。恰有水军守将李福、答失蛮等，都领义兵及本部五百余人，至阶前纳降，炳文也一一调拨安置讫。正待宽下战甲，谁想那打虎脚上的鞋子，原拽他时投入衣中，今却抖将出来。炳文拿了一看，那鞋上恰是两块钢铁包成。炳文对众校道："早是有心提防着他，不然那飞脚起来，岂不伤了性命！所以这贼人要换鞋子，可恨，可恨！"一面叫写文书申捷不题。

且说吴良同郭天禄得令来取江阴，那张士诚闻知兵到，便据秦望山以拒朱兵，恰被总管王忽雷奋先力战。适值风雨大作，我师便直上秦望山，杀得吴兵四处奔散。次日，便从山上放起火炮，直打入江阴城中，因而火箭各处射将进去，那城中四散烈焰的烧将起来。

西门城上因近山边，人难蹲立，朱兵便布起云梯，径杀进城，开了西门。张士诚慌忙先逃走了。遂以耿炳文守长兴，吴良守江阴。

捷到金陵，太祖不胜之喜，便对李善长、刘基，宋濂诸人说："常州既得，失了士诚左翼，江阴、长兴又为我有，塞住士诚一半后路。"正在府中商议乘势攻取事情，忽内使到阶前跪说："我王有命，奏请国公赴宴，顷间便着二位王弟躬迎，先此奉达。"太祖回声说："晓得了，就来。"那内使出府去讫，只见李善长、刘基、宋濂诸人过来说："和阳王今日请国公赴宴，却是为何，国公可知道否？"

太祖心中因他们来问，便说道："诸公以为此行何如？"李善长说："素闻和阳王有忌国公之心，今早闻说，置毒酒中，奉迎车驾。正欲报知，不意适来以国事相商，乞国公察之。"太祖听说，便云："多谢指教，我自有处置。"府上早报说："二位王弟到来，奉迎国公行驾。"太祖请进来相见，叙礼毕，便携手偕行，吩咐值日将官，只在府中俟候，不必迎送，更无难色。

两位王弟心中暗喜说："此行堕吾计了。怕老朱一人到宫，难道逃脱了不成。"一路上把虚言叙说了数句。将至半途，太祖忽从马上仰天颠头，自语了一会，若有所见的光景，便勒住马骂二王说："尔等既怀恶意，吾何往哉！"二王假意连声问道："却是何为？"太祖说："适见天神说'你辈今日之宴，以毒酒饮我，必不可去。'吾决不行矣。"二王惊得遍身流汗，下马拱立道："岂敢，岂敢！"遂逡巡而去。他两人自去回复和阳王，说"如此如此……"三个木呆了一歇，说："天神可见常护卫他的。"自此之后，再不敢萌动半星儿歹意，这也不题。

且说太祖取路而回，却见一个潭中水甚清漪可爱。太祖便下了马，将手到潭洗濯，偶见花蛇五条，游来游去，只向太祖手边停着。这也却是为何？

第二十五回　张德胜宁国大战

杀气横空下赤霄，风尘卷地翠华遥。

龙呈潭水留巾帻，灵跃中天上斗杓。

剑血岁添崖傍草，旗风时拥海边潮。

喜看宁国城边杰，仍佩皇家紫绶貂。

却说太祖正在潭中洗手，只见五条花蛇儿，攒聚到手边来。太祖暗祝说："若天命在予，还当一心依附于我。"便除下头上巾帻，将五条蛇儿盛在巾内，恰喜他蜿蜿蜒蜒，聚做一处不动。太祖正仔细观看，那些值日将官，并李善长、刘基、宋濂一行人，骑着马向前来迎。太祖连忙将巾帻仍戴在头上，路中备细说了前事，倏忽间已到府门。太祖偕众上堂，解去衣冠，另换便服。忽天空中雷雨大作，霹雳交加，望那巾帻中烨烨有光，顷间白龙五条，从内飞腾而去。诸将的心，益加畏服。以后如遇交战，巾里跃跃有声，这也不题。

未及半晌，仍见天清月明，便同李善长、刘基、宋濂等晚膳。杯箸方列，太祖便举箸向刘基说："先生能诗，可为我做斑竹箸诗一首？"刘基应声吟道：

一对湘江玉细攒，湘君曾洒泪斑斑。

太祖颦蹙说："未免措大风味。"基续韵云：

汉家四百年天下，尽在张良一借间。

太祖大笑。酒至数巡，却下阶净手，看见阶前菊花，太祖又说："我也乘兴做黄菊诗一首。"遂吟与众人听道：

百花发时我不发，我若发时都吓杀。

要与西风战一场，满身披上黄金甲。

诸人敬服，称赞说："真是帝王气概！"后来天兵俘士诚，殪友谅，克元帝，大约都在八九月间，亦是此诗为之谶兆。当夜尽欢而罢。次早商议出兵攻讨之事，不题。

话分两头。却说元顺帝一日视朝，文武百官朝见礼毕，顺帝对群臣说："目今大江南北，盗贼蜂起，江淮之地，十去其五；河南、河北，或复或失，不得安宁。欲待命将出征，争奈钱粮缺少，满朝卿等，将何以处置？"只见有御史大夫伍十八上前奏说："今京师周围，虽设二十四营，军士疲弱，实可寒心，急宜选择精勇，以卫京师。若安民，莫先足食。还宜降

发帑钱,措置农具。命总兵官于河南、河北,克复州郡,且耕且战,方合古者寓兵于农之意。又当委选廉能之人,副府、州、县官之职,庶几军民得所,天下事尚可图复。"言方毕,武德将军万户平章事朱亮祖出班奏说:"此法极善,但可行于治平的时节。方今事属急迫,还望速开府库,以济饥荒,方止得饥民思乱之事。"

顺帝说:"若救济饥民,开发府库,使内帑告竭,何以为国?"亮祖复奏说:"今郡县贪官酷吏,刻剥民脂;况以赋税日增,天灾四至,民生因为饥饿所苦,民贫则为盗贼,干戈焉得不起? 望陛下听臣之言,不然恐倾危立至矣。"顺帝听了,颜色有些不喜。右丞相撒敦便迎旨奏曰:"方今民顽,不肯纳税,倘或再发内帑,军国之需,何以供之? 此乃误国之言。"顺帝因贬朱亮祖做宁国守御,排驾回宫。

亮祖出朝,收拾行李家属出京,取路向宁国府进发。不一日,来到该管地方,吏民人等迎接了,不免有许多新官到任,参上司,拜宾客,公堂宴庆的行仪,亮祖一一的打发完事,便问民间疾苦,千方百计,抚恤军民。

时值深秋光景,忽一日乘兴独步后园,见空阶明月,四径清风,徘徊于篱菊之下,作歌曰:

秋风急兮寒露滴,秋月圆兮寒蝉泣。

思乡梦与角声长,去国心同砧韵促。

气贯虹霓恨逐波,时乎奸党奈如何。

空将满腹英雄志,弹剑当空付与歌。

歌罢,纵步走过竹林边,只见一个人也对了明月,在那里口吟道:

银烛辉辉四海圆,几人得志几人闲。

未思范老违天禄,欲效韩侯握将权。

节义有谁怀抱日,忠良若个手擎天?

茫茫大块沉鱼鳖,何处堪容鲁仲连?

朱亮祖听罢大惊,思量绝非以下人品,便向前问说:"壮士何人?"那人望见便拜,回复道:"小人是此处馆夫,姓康名茂才,字寿卿,蕲水县人。不知大人在此,有失回避。"亮祖就对他说:"你既有此奇才,何为甘心下贱? 明日当以公礼见我,我当重用。"

茂才别了亮祖,自思:"我仕元做到江西参政,累建奇功,升为参知政事,见世务不好,因而归隐。那徐寿辉闻我贤名,数使人来迎我,我看他不足有为,潜匿到此。近闻金陵朱公是命世之英,只是未有机会投纳,幸闻徐达早晚来攻取宁国,我因托做馆夫,献城投降。你区区一个守御,如何重用得我!"便连夜逃脱而走。

且说亮祖次日早起,叫人去召馆夫,只见驿司报说:"此人昨日夜间,不知何意,偷了

匹马,连夜逃去,尚未拿获哩。"亮祖沉思:"茂才是个有才无德的人。"便对驿司说:"你可令人慢慢地访问,再来回复。"

正说话间,探子报道:"金陵朱公命常遇春领兵来攻宁国,兵马已将至城下了。"亮祖便率兵一万,勒马横枪,出到阵前。朱阵上常遇春恰好迎敌。两个战了五十余合,亮祖佯败退走,遇春却骤马赶来,被亮祖一枪刺着左腿,遇春负痛还营。赵德胜因提刀接战,力量不加,返骑而走,倒被亮祖获去士卒七千余人。明日,亮祖复出城来战。骁将郭英持枪直刺过来,也战有六十多合。郭英也觉难敌,恰待转身,那亮祖惹得火性冲天,便勒马直追上来。早有张德胜、赵德胜、耿炳文、杨璟四员虎将,并力斗住。郭英便抄兵转来,五个人领了精骑,把亮祖铁桶的围将拢来。

那亮祖身敌五将,横来倒去,竟不在他心上。又战有两个时辰,恰好唐胜宗、陆仲亨,领了伏兵截他后路,见他们五个未即得胜,放马跑入重围喊杀。七个人似流星赶月一般,密攒攒不放些儿宽松。亮祖纵马杀回本阵,方透重围,冤家的马一脚踏空,便蹶倒在地。亮祖正跳出马外,却望城内早有一将砍倒了几个把门的军校,纵马杀将出来,引入朱军,都登城上摆列,心中正慌,谁知一支箭飕地过来,恰中了左臂腕肘之上。诸将奋力赶来,把亮祖活捉了马上,余军大败。

常遇春领兵入城,一面抚恤军民,一面请过开城投降的壮士,优礼相见;哪知就是康茂才。亮祖看见了茂才,便骂道:"你这卖国之贼,身为馆夫,也受君上升斗之给,怎么潜开城门投献!"大喝一声,把绑缚的绳索条条挣断,便要夺刀来杀茂才。却幸得绊脚索尚不曾脱,众将慌忙带住。郭英连捶了三铁简,亮祖方才不得近前。

常遇春喝令左右拥过亮祖到阶,大怒骂道:"匹夫无知,敢以枪来刺我,幸有护甲,不致重伤。今日被拿,更有何说?"亮祖对说:"二国交锋,岂避生死!今事既如此,便杀我足矣,又何必与你言。"遇春听了益加气恼,叫左右快推出去斩首。亮祖回身说:"大丈夫要杀就杀,何必发怒。况既到你阶前,任你凌辱,虽怒何为?"大步地向外面而走。遇春见他勇壮,心中一时转念说:"有如此不怕死的好男子,真也罕见。"便对诸将说:"不知亮祖可肯降否?"

第二十六回　释亮祖望风归降

昨日城楼鼓角频，今朝意气转相亲。

清樽细菊堪销夜，匕首胡霜且共论。

九月衣裳同在客，千江烽火远愁人。

凭君莫洒忧时泪，帝座中天色正新。

那常遇春看了朱亮祖慷慨就死，便转念道："有如此好汉！"因对众将说："昔日张翼德释严颜，后来有收蜀之功；我欲释彼，以取江西如何？"众将曰："元帅既然惜才，有何不可。"遇春急命且宽亮祖转来，就下账解了缚索，问说："朱公肯为我用否？"亮祖回说："生则尽力，死则死耳。"遇春急唤取上等衣冠来，与亮祖穿戴了，就说："将军智勇无双，英雄盖世，请上座指教，以开茅塞。"

饮酒间，却把江南、江北攻取州郡的事情访问。亮祖初次也谦让了一会，后见遇春虚心，便说："江南、江北十分地面，群雄已分据八九，若欲攻打，还由马驮沙清山县而入。今马驮沙一带，俱属某管辖，料用一纸文书可定之。"本日极欢而罢。次早，亮祖打发各处文书，写出"主公德化，一一招降"去讫。却有徐达领兵与遇春相会。遇春便领亮祖相见，商议攻取各处城池。就把取宁国、收亮祖事情，申报金陵不题。

且说张士诚见朱兵克取镇江、常州、广德、江阴、宜兴、长兴等处，心中甚是惊恐；欲与亲战，又恐不利，统集多官计较。恰有丞相李伯升奏说："自古倡霸业者，国先灭亡。今朱某占据金陵，天下群雄皆怀不平。殿下可以书交结田丰、方国珍、陈友定、徐寿辉、刘福通，约同起兵讨伐，成功之日，分土为王，群雄必来合应；再一面修表到元朝纳款，许以岁纳金币若干，元必纳受，那时即显暴金陵僭窃之罪，要他兴兵来攻。然后我国乘他虚惫，一鼓而取之，失去州郡，可复得矣。"士诚大喜，因修书遣使，各处构兵去讫。

且说顺帝一日坐朝，恰有飞报说："朱亮祖失守了宁国，亦投附了金陵，且勾引马驮沙、池州、潜山等处一带，亦皆投顺。"正在烦恼，忽报张士诚遣使奉表到来，即命宣入，拆开看曰：

浙西张士诚死罪上言：臣窜伏东南，岂敢征图，实谋全命。恒思前事，疾首痛心。臣今一洗旧汗，愿承新命。敬具明珠一斗、象牙二只修献。再启：东西盗贼蜂屯，若金陵朱

某，尤为罪首：据名都，夺上郡，诱纳逃亡，事难缕悉。伏愿大张神武，命将征凶，臣愿先驱以清肘腋，不胜战栗之至。

顺帝看罢，与众官参议。

只见淮王帖木儿说：“此乃士诚挟诈之计。臣闻士诚为金陵所困，不过欲陛下代彼报仇耳。我兵一动，彼必乘力去取金陵，不如将计就计，许以发兵，便征他军粮一百万石。一来不费军资，二来且示朝廷不被其诈，方一举两全也。”帝又说：“不起士诚疑心吗？”帖木儿再奏：“今士诚已僭称吴王，陛下可赐以龙袍、玉带、玉印敕为吴王，使他威镇群雄，他必倾心不疑，乐输粮米矣。”帝允奏，即命指挥毛守郎赍诏及什物，同吴使到苏州，册立士诚为吴王。

毛守郎衔命出京，不一日来到鄂郡，又名武昌，即三江夏口。当先一彪人马，十分雄猛，为首的高叫说：“来者何人？”毛守郎说了前情。那人说：“我是江州蕲王徐寿辉大元帅陈友谅。吾主正欲即皇帝位，龙袍等物，可将就与我。”毛守郎不应。友谅纵马向前，把守郎一刀斩讫。正是：

奸臣用计才舒手，天使无心却没头。

众军士见杀了守郎，就将什物送与友谅。友谅回到江州，入城见了徐寿辉，具言得龙袍、带印之事。寿辉大喜，便聚群臣共议称号改元。明日为始，称曰天完国治平元年。以赵普胜为太师，封陈友谅为汉国公，倪文俊为蕲黄公，以刘彦弘为丞相。诏到所属州郡。

话不絮烦。却说冬尽春来，正是元至正十八年戊戌之岁，春正月，和阳王病不视朝，未及十日，以病薨于金陵。太祖哀恸，便率群臣发丧成服，择日葬于聚宝山中。李善长、刘基、徐达，表请太祖早正大位，以为生民之主。太祖笑说：“诸公专意尊我，足见盛心。但今止得一隅之地，尚未知天心何归，岂可妄自尊大。倘或不谨，以致名辱事败，反遗后羞。唯愿齐心协力，共成大事，访有德者立之未迟。”十分坚拒不肯，众人因也不敢强。

次日，刘基启说：“金华、处州、婺州一带，皆金陵肘腋之患，即望主公留心！”太祖便着徐达，南取婺州。刘基说：“徐元帅见镇宁国、常州等处，若令前去，恐奸雄乘机窃发，还得主公亲征为是。”太祖传令，以常遇春为左元帅，李文忠为右元帅，刘基为参谋，胡大海为先锋，郭英统前军，冯胜统中军，华云龙统后军，耿炳文统左军，领兵十万，择日起行。留李善长、邓愈等权守金陵，录军国重事。

不一日，到金华城南十里安营。刘基说：“此城是浙东大藩，通瓯引越，真为重地。然最是坚固，须计取之。常元帅可领兵三千北门外搦战，胡先锋领兵一万攻西门，待他兵出，当乘机取之，可必得也。”二将得令讫。

却说守将乃元总管胡深，字仲渊，处州龙泉人。颖拔绝伦，倜傥好施。彼若周人的急，便倾囊倒箧，也是情愿。闻知兵至，与副将刘震、蒋英、李福等议说："金陵兵极强盛，三公可坚壁而守，待我迎敌，看他动静，方以计退之。"即率兵五千出战。

两将通下名姓，战到三十余合，胡深一枪捅来，正中遇春坐马的胸膛，那马便倒。遇春就跳下马步战，也有三十余合。忽听得哨子报来："胡大海已乘机取城，刘震等俱各投降了。"胡深闻言大惊，勒马领兵向南而走。遇春追杀，元军大溃。

收兵回城，具言步战一事。太祖甚加慰劳，因说："向闻胡深智勇，军师何策得他来归？"刘基说："且再处，且再处。"次日，令胡大海与降将刘震、蒋英、李福等，领兵一万，镇守金华。便引兵南抵诸暨地界。元将董蒙不战而降。南行七十里，向东经通衢州；又东七十里就是钱塘江。江东杭州，即张士诚之地。太祖来看，此是四通八达之地，下令胡大海儿子胡德济坚筑城池，以为诸处州郡保障，便率兵南至樊岭。

只见那岭四围陡绝，险不可登，乃是处州。元将石抹宜孙与参将林彬祖、陈仲真、陈安，将军胡深、张明鉴，列营七座，如星联棋布，阻塞要路。遇春同副将缪美玉，率精锐争先而行，谁想矢石雨点的来，不能进取。刘基说："此未可以力争。"令遇春领兵向南砦搦战，引出胡深说话。

不移时，胡深果出来相敌。刘基向前说："胡将军，良鸟相木而栖，贤臣择主而佐。我主公文明仁德，真天授之英，何不改图以保富贵？"胡深曰："公系儒生，焉知军务！切勿劳作说客。"刘基便说："我固儒生，公亦善战，然排兵列阵，恐尚未能深晓。我布一阵，公能打得吗？"胡深对说："使得，使得！"刘基便附常遇春耳边说了几句话，遇春恰把令箭转来转去，倏忽间，阵势已定，就请胡深打阵。

胡深走上云梯，细细看了一会，却走将下来。不知说些什么，且听下回分解。

第二十七回　取樊岭招贤纳士

沧浪遥连雉堞明，登临计定枉罗营。

千山见日天犹夜，万国浮空水自平。

不问千军坚绝顶，但图方略拓金城。

归来正值传飞捷，露布催书倚马缨。

话说胡深走下梯来，暗想他居中一面黄旗，四方各按着生克摆列旗帜，便出阵说："此是'蜃化蛟虬太乙混沌阵'。不许放箭，我自来打。"令军士鼓噪而进。胡深骤马直冲中央，要夺那黄色旗号。谁想这日是木克土的干支，刘基先叫遇春当中，登时掘下深坑，约有五十余步，浮盖泥土在上。胡深势来得紧，竟跌入坑中，被挠钩手活缚了，送与刘基。刘基即忙喝退军士，亲解了缚索，便拜倒地下说："望乞恕罪！"胡深木呆了一时，也不作声。即唤军士推过步车来，刘基携了胡深的手上车，同到太祖帐前。太祖便令叶琛以宾礼邀入。常遇春也驰马追杀了余兵回来。

顷间，胡深谒见太祖。太祖慌忙把手扶起，说："今日相逢，三生之幸！当富贵共之。"胡深应道："愿展末才，少酬大德。"太祖即令设宴款待。酒至数巡，刘基说："不必久延，今晚便劳胡将军，可取回樊岭。"就附胡深耳边，说了几句话，胡深慨然前往。即令郭英、康茂才、沐英、朱亮祖、郭子兴、耿炳文六将，各领兵一千随往。

时约三更，胡深却向岭上高叫："岭上守卒，我是胡元帅，早吃他用计捉去，幸得走脱，你们休放矢石。"元兵听是元帅声音，果然寂寂的不响。胡深领了兵径上岭来，杀散守岭士卒。朱亮祖、沐英、郭英等六路分兵驰到。六营人用火炮攻打，登时六寨火起。宜孙等并力来战，那能抵挡？宜孙领了部兵，望温州去了。林彬祖见势头不好，也投温州去讫。六将据在岭北待至天明，大军齐到，便过岭直抵处州城边。城中守将，乃是李祐之、贺德仁二人，料来难守，开门纳款。太祖入城，吩咐军校不许惊动士民。次日，下令着耿炳文镇守，即率兵南攻婺州。

不数日，来到地界。太祖看了地势，命在梅花岭安营。传令着邓愈、王弼、康茂才、孙虎，率兵取岭。守岭元将叫作帖木儿不花闻知，下岭搦战。自早到晚，因不见胜败，邓愈把令旗一招，恰见茂才先去攻岭北，王弼去攻岭南，三道并进，遂拔了老寨。不花早被众

军拿住，送到帐前斩讫。

太祖安营岭上，恰有胡大海领乌江儒士王宗显来见。太祖问取婺州方略，宗显说："城内吴世猷与显旧相识，待我进城，打探事情虚实何如？"太祖说："极妙，极妙！"宗显装起行李，只说来探望亲戚，入得城来，径到吴家安下。因知城中守将，各自生心，即别了吴世猷，径到账中备说底细。太祖许说："若得婺城，当命汝为知府。"

次日，令金朝兴率领锐卒骂战，再令茅成驻节皋亭山接应。茅成得令前去。元将前锋是李眉长，出兵迎敌，战未数合，那眉长转身不快，恰被金朝兴擒住。胡大海率领缪美玉趁势追杀。谁想石抹宜孙闻知大兵来，便率兵从狮子岭抄路来援。太祖就着胡大海、胡保舍分兵梅花岭边，截着救兵；却令郭英引兵一万，扣城索战。守将是僧住、同签帖木烈思、都事宁安庆、李相。那僧住同诸将计议说："彼兵乘胜而来，暂且坚守，待其少倦，方分兵三路应之。可先在瓮城中掘了陷坑，我领兵出北门与战，佯败入城，他必追赶，待至城门，以炮火齐击，必然跌入坑内。将军辈宜各领兵三千出东、西二门截杀，定可取胜。"分布已定。

歇了数日，早有郭英纵兵赶来，看见城门大开，争先而入，都落在坑内，四壁木石弓弩，如雨般下来。郭英急退，又有两个大将截住去路，郭英冲阵而走，二将追杀了许多地面，方收兵回去。郭英收了残兵，来见太祖。太祖惊说："行兵多年，尚然不识虚实，损将折士，罪过不小！"刘基向前说："乞主公宽宥，待彼将功赎罪。"便密付一纸，递与郭英，说："乘今夜再取婺州。"郭英接过封札在手，却存想道："白日里尚不能成功，黑夜如何施展？"然不敢不去。

此时乃是正月下旬，天气正黑，郭英只是领了兵，奔到婺州城边，只带一个火种，便拆开军师封札来看。内中说，可竟到东南角登城。便领兵马，依令而行，走至其处，却见城角损坏不完。郭英便分兵五千与部将于光，令他南门外接应，只亲率兵三千，从缺处悬石而上。那士卒因地方偏僻，全不提防，都醋醋地大睡。英便轻步捷至南门，守将徐定仓促无备，遂降。却唤徐定开门，引于光五千兵杀进城来，径到府前。

李相因与帖木烈思不和，大开府治，以纳朱兵。僧住急与宁安庆、帖木烈思等，率兵夺门而走。却有胡大海、朱亮祖、金朝兴引兵截住。僧住身被数枪，且战且走，回看三百残兵，更不剩一个。便谓宁安庆等说："受王爵禄，不能分忧，要此身何为！"遂拔剑自刎。安庆、烈思随下马拜降。

太祖领兵入城，抚谕了军民，以王宗显为知府。宁越既定，命诸将取浙中各郡，且对诸将说："克城以武，安民须用仁。吾师入建康，秋毫无犯，今新取婺州，民苟少苏，庶各郡望风而归。吾闻诸将皆不妄杀，喜不自胜。盖师行如烈火，火烈而民必避。倘为将者，以

不杀为心，非惟利国家，己亦必蒙厚福。尔等从吾言，则事不难就，大功可成。"诸将拜受钧旨。便召宁安庆、李相、徐定问说："婺州是浙之名郡，必有贤才，尔等可为召来。"

徐定说："此地有个文士，姓王名袆，系金华义乌人。其祖父名唤延泽，一日见一个小猴儿，烈焰焰生一身火毛，背上负一种五色灵芝，径奔入他庭子里来。他祖父也不惊动他。只见那猴子把那种灵芝，去泥地上掘开个坑儿，做好了种在地上，便用前爪在泥上画了六个大字，却将身在灵芝边跳来跳去。一会儿竟从地里钻将下去，也不见了。他祖父急走前来看，恰是'觜火猴来降生'六个大字，甚是明朗。傍晚光阴，媳妇生下这个王袆来。自幼生的奇异，人皆以为芝秀之兆。有诗赠他：

芝色含英爽，虚亭敞夕曛。

觜精天上合，猿啸下方闻。

灵著千秋业，情耽一壑云。

何人为招隐，闲寂想征君。

他见了元朝政事日非，便隐于青严山，近因饥馑，从居婺州。又一个武士，唤作薛显，原是沛县人，勇略出群，曾做易州参将。他也见世事不好，弃职归山，然而家贫，因以枪刀弓矢教人，今流寓在此。倘主公欲见，当为主公请来。"太祖说："招贤下士，吾之本愿。你可急急去走一遭。"徐定出帐前去。宁安庆因进婺州户口文册，共二万七千户，计十二万二千五百余口。

明日，徐定请了王袆、薛显二人，早至帐下。太祖令文武官将，迎入帐中。太祖见二人超脱，因细问治平攻取之策，二人对答如流。太祖心中大喜，授王袆奏议大夫，薛显帐前挥使大夫。自是太祖在婺州，半月时光，各处州郡，都望风归顺。乃遣胡深镇婺州，耿炳文镇处州，其子耿天壁守衢州，王恺守诸暨，胡大海守金华，其子胡德济守新城。

分拨已定，遂率大队人马，向金陵而回。但见：

旌旗全卷竿头，剑戟深藏匣底。片片云霞邀旺气，村的俏的，老的小的，争看有道圣人；村村苍翠把清车，来的去的，远的近的，喜见太平天子。日照花明，几处名香迎马首；风吹帐起，一天星宿卫宸区。

不多日子，却便到了金陵。

第二十八回　诛寿辉友谅称王

阴风吹火火欲燃，老枭夜啸白昼眠。

山头月出狐狸去，竹径归来天未曙。

黑松密处秋萤雨，烟野闻声辨乡语。

有声无首知是谁，寒风莫射刀伤处。

开门悬蠡稀行旅，半是生人半是鬼。

犹道能言似昨时，白日牵人说兵事。

高幡影卧西陵渡，召鬼不至毗卢怒。

大江流水枉隔侬，凭将咒力攀浓雾。

中流灯火密如萤，饥魂未食阴风鸣。

髑髅避月樱残黍，幡底飒然人发竖。

谁言堕地永为厉，圣明功德不可议。

那太祖领了大队人马，自婺州回至金陵，原守文武官僚，出城迎接庆贺不题。

且说江州徐寿辉，有手下陈友谅夺得龙袍、玉带什物，献于寿辉，择日改了国号，即了天子之位。常虑安庆府为江州左胁之地，不可不取。屡屡遣兵命将，皆不得利，寿辉甚是恼怒。一日早朝已毕，遂遣陈友谅为大元帅，统领十万兵马，驻小孤山。都督倪文俊统领精锐五万，夹攻安庆。

那安庆府城元将姓余名阙，字廷心。世家威武，父亲在泸州做官，遂居住在泸州。元统元年，举进士及第，除授湖广平章，真个是文武全才，元朝第一员臣子。把那徐寿辉部下攻打的军马七战七败。闻知陈友谅领兵来攻，便纵步提戈，当先出马，与那先锋赵普胜战到八十余合，不分胜败。天晚回兵，将及二更，恰有祝英又领兵二十万来接应。陈友谅便叫赵普胜攻东门，倪文俊攻南门，祝英攻北门，自统大兵攻西门，四面如蚁的重重裹来。

余阙见西门势头更急，心知寡不敌众，便督敢死士三千，出城与友谅对战。从古说得好："一人拼命，万将莫当。"那余阙到友谅阵中，奋起生平气力，这些随来的精勇，个个拼死杀来，真个是摧枯拉朽，直撞横冲，杀得友谅远走二十里之地。正好厮赶，恰听得倪文俊攻破了南门，余阙大惊，把头回看，但见城内火焰冲天，便勒马回兵来救。那友谅也随

骑追来,赵普胜、祝英又杀入城。随行兵将,俱各逃散,余阙独马单枪,与贼横杀,身中了十余枪。路至清水塘边,以刀自刎,死于塘内。其妻蒋氏,及妾耶律氏,抱了儿子德臣、女儿安安、外甥福童皆在官署中投水而死。那余阙死时,年才五十有六,著有《五经余氏注疏》,至今学士尊为指南。葬在南门外。后来太祖一统登基,特悯其忠,立庙于忠烈坊,岁时致祭,这也不赘。

且说陈友谅既取了安庆,留旗将丁普郎镇守,自领兵回到江州,朝见徐寿辉,备说安庆已取,留兵镇守一节。寿辉大喜,正将赏功,只见倪文俊出班大喊如雷,说:“取攻安庆,全是微臣之功,不干友谅之力!”寿辉变色,问说:“怎见是卿之功?”文俊奏说:“友谅攻打西门,被余阙领敢死之士三千,出城大战,友谅奔走二十里外。臣率士卒奋勇先登,众所共知,怎说得是友谅的功绩?”寿辉大怒,对友谅说:“你为元帅,不能对敌,败走且欲冒领军功,欲学晋时王浑乎?”

友谅说:“初时四面攻打,余阙只是固守城池,我们兵马谁敢先登。后来余阙因臣攻西门势急,只得引兵出战。臣假作佯输,哄他来追,文俊方得领兵入城。设奇指示,皆臣之功。”寿辉便叱说:“休得再来胡说!本当治以军法,姑念旧功免死。”即刻令左右拘拿印绶,不许与共军国事,惟令朝参。友谅此时真个是:

地裂无处遮丑面,鬼门难进免羞惭。

闲住在家,甚为恼恨。

原有张定边、陈英杰两人与友谅相善,俱有万夫不当之勇,同来彼此依附,往来极密的。一日,友谅接两人到家,说:“寿辉昔日蕲黄起兵,今日据有荆襄地面,坐享富贵,皆我出万死一生之力。今一旦削我兵权,安置私第,真是无义之徒,令人可恼!”定边对说:“事有何难!今宅中家兵有五百余人,明早可令暗藏利器,伏于朝外,只唤二人带剑随行。元帅佯言上殿奏事,寿辉必无所备。元帅便可挺剑行事,我二人就乘机杀了倪文俊,号令满朝文武,事可顷刻而成。”友谅大喜说:“若得成事,富贵同之。”两人别去不题。友谅便令家兵准备器械。

次日早晨,友谅便把家兵五百,暗暗的四散,列于朝门外,只引力士二人跟随。依班行礼毕,便挺身上殿,说:“昔日蕲黄起义,直到如今,无限大功,皆我一身死力成事。今朝何故忘我的功劳,夺了我的兵权?”寿辉大怒,喝令左右擒获。友谅便把剑砍了寿辉。倪文俊急夺武士铁挝,还击友谅,早被张定边在后一剑杀死;遂同陈英杰按剑高叫说:“徐寿辉不仁不义,不足为吾等之主。陈元帅英武盖世,才德兼备,我等宜共立为帝,享有大宝。倘有不服者,当以文俊为例!”群臣那个敢再声张?

定边即令扛去了寿辉、文俊尸首,率群臣下殿呼拜万岁。友谅说:“今日非我忍为此

不仁之事,但寿辉负我恩德,吾故仗义行诛。今张元帅扶我为主,卿等俱宜协力同心,辅成大事,所有富贵,我当照功行赏。"群臣听命。当日,友谅立妻杨氏为皇后,长子陈理为太子,以杨从政为大丞相,张定边为江国公,兼掌兵马大元帅,陈英杰为武国公,封普胜为勇德侯,各兼平章政事。胡美、祝英、康泰三人守淇都。建都江州,国号汉。帝颁诏所属州郡,退朝回宫不题。

却说陈友谅原是沔阳人,渔家之子。大来做个县吏,嫌出身不大,因弃去了职业,学些棍棒。会徐寿辉起兵,便慨然从之。尝为倪文俊所辱,只是领兵为元帅与文俊争功,便弑了寿辉,害了文俊,自立为汉帝。此时正是至正十九年十二月初旬的事务。

次日设朝,勇德侯赵普胜出班奏说:"今有池州地界,实为我国藩篱,近被金陵窃据,我国未可安枕,望我王起兵攻之。"友谅准奏,即令普胜为元帅,率兵五万,攻打池州,择日起兵。友谅对普胜说:"金陵人多智勇,猝难取胜,可扬言攻取安庆,使其无备,庶可一鼓而下。"普胜领命,因率兵从南路来寇池州。不一日,到城下安营。

朱兵镇守池州,向是张德胜、赵忠二人。闻得汉兵猝至,便议道:"此明是袭我无备耳。"赵忠说:"元帅可设备坚守,我当领兵对敌。"次日率兵一千出城,赵忠奋勇先驰,部卒都死力争赴。贼众大败。赵忠乘势追逐,约有五十余里,不意马仆,被贼兵捉去。阵上刘友仁急来救时,又被贼兵万弩俱发,当心一箭,死于阵中。

那普胜便引兵围困了池州,攻打甚急。张德胜在城上,把那飞弩、石炮掷将下来。贼兵虽是中伤,然众寡莫御。正没理处,只见正西角上,一路人马飞尘的赶来,摆开阵势。德胜把眼细看,却是俞通海取了黄桥、通州一路,得胜回兵来援。那通海水陆并驰,士卒勇敢,普胜只得弃舟而遁。通海也因升了金书枢密院事,便与张德胜稍稍叙了一些心事,即日向金陵而回。

且说普胜途中闻知俞通海撤兵回来,仍引兵来攻打。张德胜出兵对敌。普胜败走。德胜飞也来追,不妨普胜标箭正中左腿,德胜负痛奔回,四下里被普胜紧紧围住。却有养子张兴祖对德胜商议说:"如此重围,急需金陵求援,方可解脱。不然粮草一日不支,是为釜中鱼矣。"德胜说:"是。这般铁桶,谁能出去?"兴祖说:"今夜二更,父亲可选精锐三百,儿当舍命前往。"德胜依计,草一奏章,至夜付与兴祖,领兵冲出而去。果然杀透了重围。普胜因见他所部军卒甚骁勇,也不敢十分来追。此行却是如何?

第二十九回　太平城花云死节

鹿塞戈铤血未干，汉吴烽火报长安。

拟擒逆虏先开幕，谁想英雄已泪弹。

明日慢随青羽动，悲风转与皂雕寒。

一灵莫讶功难遂，多少才官倚剑看。

那张兴祖领了三百铁骑，连夜杀透重围，离了池州地面，那里有晓起夜眠，浑忘却饥餐渴饮。在路方行一日两夜，已至潜山地界，正遇常遇春领兵巡行，兴祖便具诉危困的事情。遇春说："我已知之，特来相救。"因对兴祖说："吾闻汝有智勇，汝须如此先行……。"兴祖受计去讫。便令郭英、俞通海、朱亮祖、康茂才，前去四下埋伏。

次日，兴祖过了九华山，径到池州与普胜对阵逆战。普胜便来迎敌。未及数合，兴祖勒马就走，普胜料无伏兵，乘势赶来。约及五十余里，日已将西，恰到九华山谷，兴祖便把马转入谷中。普胜心中想道："这黄头孺儿，恰不是送死吗？到了谷中，怕他走到那里？"便纵马正赶得紧，只听得一声炮响，两岸上木石、箭弩、铳炮，如飞蝗云集下来。

普胜急待回转，那一彪兵马，旌旗掩日，尘土蔽天，却是常元帅旗号，只得挺枪来战。未及数合，遇春把旗幡招动，左有郭英，右有俞通海、廖永忠，前又有朱亮祖、赵庸，后边有康茂才、张兴祖，四面大攻，贼兵大败，斩首二万余级，活捉的也有五千余人。普胜单身只马，躲在茂林中。次日收集残兵，只有一千余人，低头叹气说："今日折兵败北，有何面目去见汉王！况汉王立心猜忌，一见回去，彼必不容，不如且走汉阳，使人求救，再作计议。"便使人来陈友谅殿前，备奏前事。

友谅大怒，正欲唤取殿前刑官，械送普胜回朝取决，那张定边向前轻声奏言："普胜奸诈多端，膂力出众，今驻兵求援，是欲观陛下何意耳。若以怒激，他必引兵投降别去，是又生一敌也。主公当以好言语慰之耳。"友谅允奏，因遣人到普胜帐前说："元帅之功，吾已素知。若池州地面，在所必欲，即日率兵亲征，元帅可引兵来会。"普胜得报大喜，便率兵驰会江州。

友谅见了普胜，大喝道："败兵挫锐，罪将谁归！左右快推出，斩讫报来！"普胜悔恨无及。友谅既杀了普胜，因对众人说："池州之仇，决当亲征报复。"因令太子陈理守国，以张

定边为先锋，陈英杰为副将，张强为参谋，选精兵三十万，战船五千只，刻日离江州，水陆并行，向池州进发。

不一日，来至采石矶。太平府守将却是花云，并都督朱文逊、佥事许瑗，更深夜静，不提防汉兵直抵矶下，鼓噪而前，惊慌无措。花云、朱文逊急急引兵出迎，力战不利，便奔回太平。友谅便乘胜追至城下，四面紧围。花云与王鼎、朱文逊分门拒守。

是月十九日，贼将陈英杰舟师直泊城南，士卒缘舟攀尾而上。那王鼎百计力拒，可恨汉兵强盛难支，且战且骂，中枪而死。友谅兵奔杀入城。花云闻西南城陷，急同朱文逊来救，却遇张定边、陈英杰、张强三将，一齐攻逼，云等力不能支，都被钩索缚住。云妻郜氏闻夫被擒，便抱了三岁儿子花炜，拜辞了家庙，对家人说："吾夫忠义，必死贼手，吾岂可一身独存！花氏止此一儿，汝等宜善视之，勿令绝嗣！"言毕投水而死。侍女孙氏大哭，径抱了花炜逃难去了不题。

且说友谅进城，直登堂上，定边拥两将来到阶前。友谅吩咐先将朱文逊斩讫，捆了花云说："你还欲生乎，欲死乎？"花云对了天叫说："城陷身亡，古之常事。你这弑君之贼，谁贪你的富贵，还要多言。今贼缚我，若我主知之，必砍贼为肉脍！"言罢，大喊一声，把身一跳，那些麻绳尽皆挣断，夺了阶下人手中的刀，便向前来，又杀了五六人。张定边等一齐奋力拿住，友谅便令缚在厅墙之上，着众军乱箭射来。花云至死骂不绝口，是年方得二十九岁。

友谅传令安营。夜至三更，在帐中寝睡不安，只见阴风透骨，冷气侵人，恍惚中，忽听得两个人自远而近，渐渐前来，高声说："友谅，友谅，你这逆贼，快快偿我命来！"友谅近前一看，恰就是朱文逊与花云，各带血伤，缠住着友谅不放。友谅大惊，狠力挣脱，却欲回避，早被花云一箭，正中着左边眼睛，贯脑而倒，大叫一声，醒来乃是一梦。友谅自知不祥，次早对了诸将说知，心中正是闷闷不乐。

忽报张士诚统兵十五万来取金陵，现在攻打常州。张定边近前奏说："此乃上天假殿下取金陵之便也。两虎相斗，必有一伤，殿下但默观动静；若士诚克了常州，乘胜而进，则金陵必当东南之患，我兵乘虚捣境径入，金陵唾手可得矣。今即遣一使，前往吴国通和，然后会同发兵，必成大事。"友谅大喜，遂唤中军参谋王若水，统领了健兵数人，前往苏州进发。

行有三百余里，忽见当先一队人马，为首一将高叫："来者何人？"若水对曰："我乃汉王驾下参谋王若水，使吴通和，望乞借路。"那将军大怒，近前大喝一声，竟把若水捉住。若水连声叫道："将军饶命！将军饶命！"那将军说："我与汤和元帅镇守常州，因不曾与那友谅逆贼交锋，怎么你们悄地犯我太平，把我花、朱二将军乱箭射死？今又来与那士诚通

好，合兵来攻我们。我华云龙将军天下闻名，谁人不晓。你却要我假道，且同你去见主公，再作区处。"原来汤和因士诚围打常州，特着华云龙引五百人冲阵，往金陵求援，恰遇着王若水，便捉了解送金陵不题。

且说探子打听来情，报与太祖。太祖悉知了底里，就集众将商议说："我兵虽有三十万，胡大海等镇守湖广分去了五万；耿炳文等镇守江阴，分去了五万；常遇春等救援池州，又分去了五万；今在帐下，不过十万有余。彼汉兵三十万，吴兵十五万，合谋来战，如何拒敌？"俞廷玉说："友谅兵善水战，深入我境，金陵必危。不若且降，再图后计。"赵德胜说："不可，不可！主公德被八方，名高天下，岂可称臣逆贼！今锺山险峻，夜观天象，旺气正成，不若权奔钟山，且为固守，再从别议。"薛显上前说："此亦不可。金陵根本重地，若弃而为贼有，岂可轻易复得，是与宋时帝昺航海无异也。今城中尚有强兵十万余人，协心出战，未必不胜，岂可议降议迁！"

众论纷纷，莫知所是；只有刘基俯首不言。太祖问说："先生何独默默？"刘基说："主公可先斩议降与奔钟山的，然后贼可破耳。古道：'后举者胜。'宜伏兵示隙以击之。取威制敌，以成王业，正在此际。"太祖叹说："先生真不在卧龙之下。"即日取金印拜为军师。刘基力辞，太祖说："方今苍生无主，贼子猖狂，金陵危在旦夕，正赖先生出奇调度，何仍固推？"刘基方肯受命。恰好华云龙入见，备说张士诚分兵三路攻打：吕珍引兵五万围江阴，李伯升引兵五万困长兴，张士诚引兵五万困常州。特奉汤元帅之令，来求救兵。太祖说："我已遣徐元帅提兵往救，想此时也到了。"云龙又备说途中遇着王若水事务。太祖大怒，令武士推若水出帐斩之，便召指挥康茂才入帐听令。

不一会，茂才向前领旨。太祖对茂才说："陈友谅将寇金陵，吾意欲其速到，向闻汝与友谅称为旧好，可修书一封，遣人诈降，约为内应，令彼分兵三道而来。倘得胜时，列尔功为第一。"茂才便说："养子康玉向曾服侍友谅，令彼赍书前往，彼必不疑。"太祖大喜，茂才领命而出。

第三十回　康茂才夜换桥梁

帐中杯酒且相欢,指顾山川阵里看。

飞檄大江伸王气,谈兵幕府美儒冠。

天回睥睨征帆出,潮起鱼龙金甲寒。

共羡帷中多庙算,彩云随日满长安。

那康茂才领了太祖军令,即到本账修起一封书来,付与康玉,叫他小心前去不题。

却说李善长见太祖如此传令,便问说:"太祖方以寇来为忧,今反诱渠早至,却是为何?"太祖说:"大凡御敌,促则变小,久则患深。倘二贼合并来攻,吾决难支。今如此计诱他,友谅必贪得,连夜前来,我自有计破之;士诚闻风胆落矣。"善长极口称妙。

再说康玉赍了书,径到友谅营前,见了守营士卒,备细说有密事上奏汉王。守卒报知。友谅认得是康玉,便惊问说:"你今随尔主在金陵,欲报何事?"康玉不说,假为左右顾盼之状。友谅知他意思,即令诸人退出帐外,止留张定边、陈英杰二人在旁。康玉见人已退,遂在怀中取书递与友谅。友谅拆开读曰:

负罪康茂才顿首,奉启汉王殿下:尝思昔日之恩,难忘顷刻。今闻师取金陵,虽金陵有兵三十万,然诸将分兵各去镇守,已去十分之八。城中所存仅万,半属老羸,人人惊恐。今主公令臣据守东北门江中大桥,乞殿下乘此虚空,即晚亲来攻取,当献门以报先年恩德。倘迟多日,恐常遇春、胡大海等兵还,势难即得。特此奉文,千万台照。

友谅见书大喜,便问:"江东桥是木是石?"康玉说:"是木的。"友谅说:"你可即回报与主人,吾今半夜领兵到桥边,以呼老康为号。万勿有误。事成之日,富贵同之。"因赏康玉金银各一大锭。康玉叩首而归。

张定边说:"此书莫非有诈吗?"友谅说:"茂才与我道义至交,必无有诈。今夜止留陈英杰守营,卿等随孤,领兵二十五万,潜取金陵。"吩咐已定,只待晚来行事。

且说康玉回见太祖,具言前事。太祖拍手说:"入吾掌中矣。"李善长进奏:"此事尚未万全,若友谅引三十万精锐,径过江东桥,来攻清德门,亦是危事。据臣愚昧,不若即刻将桥换砌铁石,使友谅到此,顿起疑心,不敢前进。又于桥西设二桂榛,他望见营,必来劫寨。及至寨中,一无所有,令彼惊疑奔溃,然后四围用火攻击,可得全胜。"太祖大喜,即令

李善长如法布置,仍听军师刘基调遣。

刘基便登将台,把五万旗号,按方运动,发了三声号,擂了三通鼓,诸将都到台下听令。刘基传下军令:"今夜厮杀,不比等闲,助主公混一中原,廓清妖秽,踏平山海,俱是今日打这一战;尔得显亲扬名,封妻荫子,带砺山河,也俱在今日。施拓手段,稍不小心,有违军令,决当斩首不饶!"诸将一一跪说:"愿领钧旨。"便令冯胜、冯国用、丁德兴、赵德胜四将,领兵二千,埋伏江东桥,据虎口城诸处险隘,只等待友谅阵中马乱,便用神枪、硬弩、火炮等物,一齐击杀,任他奔走,不得阻拦,都只在后追赶。再令华高、曹良臣、茅成、孙兴祖、顾时、陆仲亨、王志、郑遇春、薛显、周德兴、吴复、金朝兴十二员将佐,领兵二万,在正中深处埋伏,西对龙江,汉兵若败,他必沿江北走,便可率兵从东攻杀。又令邓愈领兵三万,待友谅兵来,便去劫他老营,截他归路。又令李文忠领兵二万,即刻抄龙江境入大洋,将汉兵所有船只,尽行拘掠,止留破船三百只,于江岸边待他败兵奔渡。

太祖听令,便在台下称说:"此举宜令片甲不存,军师何以留船与渡?"刘基说:"兵法上说:'陷之死地,必有生路。'昔者项羽渡河,破釜沉舟,以破章邯;韩信背水列阵,以破赵军,俱是此法。倘汉兵二十万逃奔采石,无舟可渡,彼必还兵死战,胜败又不可知。唯留此破船,待他争先逃渡,若至江心,我军奋力追赶,破船十无一存,始为全胜。"分拨已定,诸将各自听令行事不题。

却说陈友谅亲督元帅张定边及精锐二十万,待到酉牌时候,都向东南进发,偃旗息鼓,倍道而行,将及半夜,方到江东桥。友谅便问:"桥是何如?"只听前哨报说:"是铁石造成的。"友谅惊说:"康玉分明说是木头的,何故反是铁石?可再探到前面还有木桥否?"那哨子上前探着长久,回报说:"此桥长二十步,尽是铁石砻砌,上前去探,更无木桥。"

友谅心疑,便自领兵前行数百余步,只见营鼓频敲,友谅喜曰:"此必茂才扎下营寨。"即令张志雄领兵前往,密呼"老康"以为内应。谁想志雄前至寨口,隔栅遥望,营中并无一个士卒,只是悬羊驾犬,击鼓如雷。领兵急回阻住,备说前事,不可前往,必有伏兵在彼,勿堕奸计。友谅大惊说:"吾被茂才诱矣!"下令急回兵北走。众军心惊胆碎,兵溃争先。

看官看到此,想说:"若是友谅果有智量,且按兵不动,列阵先迎,虽有伏兵,见如此强盛,也决不敢轻犯。"谁知智不及此,只是鼠窜狼奔,那里挡得住?此时正值暑热,太祖穿着紫衣玉甲,张着黄罗大盖,与军师登城,坐敌楼中细望。众将见友谅兵马奔溃,渴欲出战。军师且下令说:"红日虽升,大雨立至。诸将且宜饱食,当乘势而击……"说话未完,果然风雨蔽天而来。

太祖便击鼓为号,只听得信炮震天,伏兵并起。冯胜、冯国用、赵德胜、丁德兴四将,把那火器追击,驱兵投来。友谅阵中,惟要各逃性命,人上踏人的逃走。张定边见事危

急,高叫说:"三军休恐,当并力攻出!"这些军士那里听令。四将因他高叫,心中转说:"军令亦要如此,也分兵两翼而攻,容贼兵夺路而走。只是随后追杀。"友谅急奔走本营。

那本营已被邓愈杀入,四围放火,黑焰迷天,十万之师,都皆逃散。友谅领了残兵,只得沿大江岸边奔走。正行之际,当先一路兵截住,为首大将正是康茂才,高叫:"友谅可速来,老康等候多时了。"友谅听了大怒而骂,便叫:"众将若能擒此,富贵同之。"张定边拍马来迎,赵德胜便横前抵住,从中大叫麾军奋击。定边力不能支,勒马转走。茂才乘胜追来,活缚将士共二万余人。张志雄、梁铉、俞国兴,遂解甲投降。

友谅引兵突围北走,约有二十余里,忽见旌旗盖天,四下金鼓齐鸣,当先摆着华高、曹良臣、茅成、孙兴祖等十二员大将,从东驱兵抢杀过来。友谅不敢恋战,便与张定边斜刺杀出,恰遇着李文忠、俞通渊拘掠友谅战船方回,路至慈湖,又是一番麈战,擒他副将张世方、陈玉等五人。

此时友谅军人已死大半,约剩十万有零,沿岸奔走,自分到江边另作区处。那想从江一望,楼船战舰十无一全。访问舟人,说李文忠带了精锐焚掠船尽。友谅仰天捶胸忿叫说:"早不听杨从政之言,竟至于此。"腰间拔开宝剑,将要自刎,那张定边忙来抱定,劝说:"古来圣人,俱遭颠沛。臣愿殿下忍一时之小忿,图后日之大功,未为晚也。"友谅只得上马再行,料得来路已远,再无伏兵,庶可从容而行。那想采石矶边,扎驻大营,正是常遇春、沐英、郭子兴、廖永忠、朱亮祖、俞通海、张德胜,倍道从僻路在此阻截,杀得友谅单骑而奔。恰又遇着周显兵到,大杀一阵,活捉了贼将僧家奴等一十五人。只有张德胜深入贼队,面中流矢而死。友谅慌忙同张定边逃走,幸得陈英杰领残兵亦至采石,合作一处,止见破船二三百只,泊在江岸。

第三十一回　不惹庵太祖留句

闻说金陵多智奇,善能谈笑解重围。

采石矶头愁蔽日,钟山顶上瑞呈辉。

塞鸿唶唶还江右,列宿低徊拥紫微。

汉阳到处春光好,惹得龙车旧日辉。

却说友谅同张定边逃窜,幸得陈英杰领了残兵,亦到采石矶边,合作一块,只有破船二三百只,泊在岸边。友谅且忧且喜,说:"还有一线之活路。"那些军士争先而渡。

不移时,常遇春等将一齐赶杀,将这硬弩、强弓、喷筒、鸟枪,飞也似的打将过来。比到江心,这些破船一半沉没。常遇春鸣金收军,共计斩首一十四万三千余级,生擒二万八千七百余人,所获辎重、粮草、盔甲、金鼓、兵器、牛、羊、马匹不可胜数。复取了太平城,引兵回到金陵。恰好徐达同华云龙率兵去救常州,与士诚连战得胜。士诚见势头不利,便退兵去打江阴。徐达等随救江阴。正在交兵,忽报友谅大败亏输。士诚心胆俱破,连夜奔遁回姑苏去了。徐达等也班师回到金陵。太祖不胜之喜,相与设宴庆贺,诸将各论功行赏有差。

此时已是暮秋天气,营中无事,太祖吩咐李善长及翰林院,都各做起文书,分驰各处镇守将吏:俱宜趁间修造兵器、甲胄,练习部下士卒;至于牧民州府,俱要小心循抚百姓;秋收之后,及时种麦、种豆、栽桑、插竹,尽力田亩,毋得扰害民生,以养天和;至于远近税粮,俱因兵戈扰攘,一概蠲免;或有罪过人犯,非是十分难赦的,俱各放释还家,并不许连累妻孥,羁縻日月。文书一到,大家小户,那个不以手加额,祝赞早平天下,这也不必赘题。

忽一日,太祖心下转道:"太平府地方,近为伪汉友谅所陷,至今百姓,未知生理若何?"便带了十来个知心将佐,潜出府中,私行打探。却到一个庵院寄宿,把眼一看,匾额上写着"不惹庵"。迅步走将进去,只见一个老僧,问说:"客官何来,尊居那里?"太祖也不来应那老僧。又问说:"尊官何以不说去处、姓名,莫不是做些什么反事吗?"太祖看见桌间有笔砚在上,便题诗一首:

杀尽江南百万兵,腰间宝剑血犹腥。

山僧不识英雄汉，只顾哓哓问姓名。

写完就走。恰有一个癫狂的疯子，一步步也走进来，替那小沙弥们一齐争饭吃。太祖近前一看，却就是周颠。太祖因问说："你这几时在何处，不来见我？"他见了太祖，佯痴佯舞，口叫"告天平"。一会便塌塌的只是拜。在庵中石砌甬道上，把手画一个箍圈，对了太祖说："你打破一桶。"太祖一向心知他的灵异，便叫随行的一二人，扯了他竟出庵来，把马匹与他坐了，径回金陵而去。那周颠日日也在帐中闲耍，太祖也不十分理论。只见一日间，他突突的说："主公，你见张三丰与冷谦吗？"太祖也不答应，他也不再烦。

谁想满城中画鼓齐敲，红灯高挂，早报道元至正二十一年岁次辛丑元旦之日。太祖三更时分，拜了天地、神明、宗庙、社稷，与百官文武宴赏，却有刘基上一通表章，道：

伏维殿下仁著万方，德施四海，如雨露之咸沾，似风雷而并震。窃念伪汉陈友谅，盗国弑君，乃纠伪吴张士诚，残害良善，如兹恶逆，不共戴天。望统熊虎之师，扫清妖孽之寇，先侵左患，后劫右狭。况观天时，有全胜之机。惟赖宸衷，奋神威之用，冒渎威严，不胜惶恐。谨奉表以闻。

太祖看了表章，对刘基说："所言正合吾意。"因命徐达掌中军为大元帅，常遇春左副元帅，邓愈右副元帅，郭英为前部先锋，沐英为五军都督点使，赵德胜统前军，廖永忠统后军，冯国用统左军，冯胜统右军，其余将帅俞通海、丁德兴、华高、曹良臣、茅成、孙兴祖、唐胜宗、陆仲亨、周德兴、华云龙、顾时、朱亮祖、陈德、费聚、王志、郑遇春、康茂才、赵庸、杨璟、张兴祖、薛显、俞通源、俞通渊、吴复、金朝兴、仇成、张龙、王弼、叶升等，皆随驾亲征调用。止留丞相李善长、军师刘基、学士宋濂等，率领后军，镇守金陵。

择日大军进发，刘基等率群臣饯送，便对太祖说："此行径逆大江而上，从安庆水道越小孤山，直抵江州，以袭友谅之不备。彼若迎战，即当发陆兵围之。彼若败走，弃江西而奔，主公不必追袭，惟尽收江西州郡，然后取之未迟。"太祖说："军师所论最是，孤不敢忘。"宋濂因仿《渔家傲》一阙以饯，词曰：

红日光辉万物秀，春风披拂乾坤垢。英雄豪气凌云透，雄抖擞，长驱虎士除残寇。圣明诛乱将民救，万万仁心天地厚。旌旗指处群雄朽，须进酒，玉阶遥献南山寿。

太祖大喜，即命李善长草记其事，刻时起兵。刘基等送至江岸而别，自去不题。

太祖不日兵至采石矶，令军士登舟逆流而上。太祖见江水澄清，洪涛巨浪，风帆如箭，乃作《江流赋》以遣怀，命叶琛笔记。赋曰：

长江荡荡，绿水悠悠。举目遥观，共长天而斗色；低头近觑，同融日以争光。岸边绿苇，滴溜溜风摆旌旗；堤下青蒲，孤耸耸露依剑刃。白蘋州上，有一攒一簇白沙鸥；红蓼滩前，有一往一来红足雁。中间富贵，飘飘荷叶弄青钱；内里繁华，展展莲花倾玉盏。雾雪

中，响沸沸化龙金鲤；晴波内，骨喇喇通圣玄龟。遥纳千流，总三台之职；远尊大海，位太宰之权。东南形胜，为吴越之藩篱；西北胸襟，雄楚淮之保障。晋残东渡，能随五马化为龙；汉末南争，善使三雄决二虎。到春来，暖融融鸥浴鱼翻；到夏来，碧森森芰生荷放。秋叶逐红随浪走，冬水映白趁波流。东去西来万里长，滔滔不尽古今忙。流水水流流入海，浪翻翻浪浪翻江。碧荷荷碧碧烟罩，紫花花紫紫云盘。白鸥鸥白白鸥波，红蓼蓼红红蓼滩。采莲莲采采莲去，行棹棹行行棹还。烟树生烟烟绕树，渡船来渡渡人船。汨汨无边浴寒日，明明四际倒青山。几番铁骑腾长浪，数次金戈照急澜。嗟哉跨江，欲会猎曹瞒；厄乎浮水，争投鞭苻坚。炎炎纵火称公瑾，浩浩驱兵赞谢玄。英雄挥泪伤时往，豪侠持戈惜目前。王濬乘威焚铁锁，祖生慷慨叩舡船。

赋犹未已，俄报兵至安庆。

太祖因留郭英、邓愈，分兵一万攻取安庆，自率大兵，径过鄱阳湖口，前至小孤山。却有一员大将：

身长八尺，阔面长须。一双隐豹的瞳人，两道卧蚕的眉宇。不激不随，又似化成王，又似阎罗王；能强能弱，既如佩着韦，又如佩道弦。提起青龙偃月刀，晃晃娘娘，扫净寰中妖孽；跨着赤兔追风马，腾腾烈烈，拓平海内山川。真是人世奇男，原说天边灵宿。

这个将军，你道是谁？就是陈友谅授他做前将军平章指挥使，姓傅双名友德的便是。当初祖上住在宿州，后来移居颍州，今又徙砀山，傅善人的儿子。他祖上自来好施善行阴德。一日间，门首忽有一个道人，浑身遍体都是金箔来装成的光彩，轰动了一街两岸的人都来看他。傅善人也走出来看看，便问："师父何来，尊名大号？"——求教。那道人说："我贫道两脚踏地，只手擎天，大千世界，那个不是这庐？今方从山西平阳地方过来。族姓姓张，人都称我为张金箔。"这善人又问说："怎么称师父为金箔？其中必有缘故。"那道人又笑了一声，便道："你定要打破砂锅问到底。"便脱下了衲褛，叫唤众人，说："你们午间如若未有饭米的，日来未有柴烧的，家中或有老父、老母、幼女、稚男，没有财物结果的，或有官私横事，没有使费的，都走到我身边来，揭取些金箔用用也得。"仔细叫唤了一遍。

第三十二回　张金箔法显街坊

一时灵宿诞生齐，都向金瓯名字题。

飞剑江西开雨露，挥鞭海外卷虹霓。

喜看良将归真主，笑却奸雄过武溪。

江汉至今春自在，谁解当年费鼓鼙。

那张金箔叫唤："人间若没有钱钞使用、无可奈何的，便到我身边来揭取些金箔，去用用也得。"只见那些人一个也不动手来取。那道人又唤道："还有东来西去、一时没了盘费的，贫穷落难、一时病死没有殡殓的，都可来取些用用。"又叫道："如有稀奇古怪、百计难医的病症，也可取些去吃，包得你们都好。"如此叫喊了三四遍。那些人都来把他脸上的、或身上的、或腿上的金箔，都来揭取下来。也有重二分的，也有重半分的，也有重一钱的。揭了起去，也不见有一些疤痕，仍旧见有金箔生将出来。

这些人把金箔放到火中一煎，恰是十成的宝贝，真正好去买卖东西，做正果实用。那善人便向前道："师父，你的功德真是无量，但不知缘何有厚有薄，不同的分量？"那张金箔又道："这是我因物平分，称他的行事，给付与他的。孔子也曾说：'周急不继富。'怎么可滥予他？"傅善人便说："请师父到我家素斋了去。"那道人说："我也要到你家中一看耍子。"这些街上人来取金的，成千成万，一会儿也都把些去了。

那道人穿了衲褐，便同善人走入家里来。袖中取出一个小鸟儿，鸦鸦的叫，对善人说："这是毕月乌精。我见你家良善，今日远远地特送与你，晚来自有分晓。公可收取在卧房床帐之内。"善人接了上手，好好地走进卧房，把鸟儿放在帐子内。正好走得出来，见这些取金箔的人，拈香顶烛，一齐拥将进来说："我们二三十年不好的病，吃这金子下去，没有一个不好。"还有那揭去买柴籴米的，侍养爹娘、儿女的，了结官司的，殡送的，都进来把张椅子掇在厅前中心，众人正好礼拜。一阵风过，那道人也不见了。众人说："从来不曾见这样神异！"个个四散不提。

且说傅善人见众人各自回去，走进房中，对了婆婆说了神异，便也同去看帐中鸟儿。那鸟儿驯驯伏伏，也不飞，也不叫，停在帐杆柱上，一眼儿只看着他夫妻两个。他二人看

了一会，笑笑说说道："不知这师父将他送与我们何意？"善人对说："且到夜来再处。"转过身到外边，吩咐司香的，烧佛前午香。只见丫鬟翠儿说："外面钱太医因院君将产，着人送保生丹在此。"善人说："可多多致谢他。"丫鬟便出去回复，不在话下。

看看红日西沉，银蟾东起，不觉又是黄昏时节。那院君说身子甚是不安，却要上床来睡。谁想这鸟儿不住地叫了两声，在帐内飞来飞去，忽地跌在席上，骨碌碌地在席边滚做一团。那院君急把手来捉他，一道清光径从口中直灌进去，吃了一惊。那鸟便不知何处去了。将近半夜，生下傅友德来，甚是奇伟。

将及天明，那张金箔直到傅善人堂中叫了"恭喜"，便说："不出三十年，令郎自当辅佐真主，建立奇功。"别了自去。那友德长成，果然灵异不常。有诗赞曰：

上客云霄意气全，知天福荫在心田。

何须买卜君平宅，已有征符金箔仙。

毕月乌从玄冥合，丰神迥异世间贤。

峥嵘既具如龙剑，咫尺风云自有缘。

那友德见元纲不整，便从山东李善之起兵，剽掠西蜀；后来善之败，便下武昌从了友谅。前日友谅为朱兵败于龙江，因使友德把守小孤山。他明知友谅所为不正，特来投降。太祖见了他，心中暗喜，便问说："既为汉将，何以复来？"友德拜说："良禽相木而栖，贤臣择君而事。昔陈平弃楚，叔宝投唐，皆有缘故。闻殿下神明英武，圣德宽宏，愿竭驽骀，万望不拒。"太祖便授帐前都指挥，即日领兵直抵九江五里外安营不题。

且说友谅自龙江败回，懊悔自家远出的不是，因是只守原据地方。只道自不来惹人，人也不来惹他，只与诸嫔妃每日在宫内饮酒欢歌的快乐。一闻天兵突到，以为从天而下，惊得魂不附体，急召张定边议敌。那定边说："金陵将士足智多谋，前者三十万兵入龙江，被他一鼓而败。今孤城弱卒，怎能抵挡！倘先困吾城，进退无路了。以今之计，不如暂幸武昌，以图后举。"友谅依计，即刻传旨，令眷属收拾细软宝贝，轻装快辇，率近臣今夜开北门，径走武昌权避。

次日，太祖列阵，叫探子去下战书。探子回报："城门大开，城中父老皆出城迎伏道左说：'汉王昨夜挈官潜遁去了。'"太祖大喜，便率将佐数员，及文官几人，入城安抚百姓，收获友谅华盖、日月旗扇等物。其余军卒，并不许骚扰地方。次日留黄胜、章溢镇守，即统大部进至饶州。守将李梦庚，开门十里外迎接。因把兵马直趋南昌府，守将王交任也出城投降。

太祖分拨叶琛、赵继祖守南昌，陶安、陈木明等守饶州。陶安向前说："自从主公车驾往还，皆得朝夕依附，今承命守饶州，遂未能日侍主公颜色，奈何，奈何！"太祖说："如此重

地,非公不可抚理。"因作诗一首,以赠陶安:

匡庐石穴甚幽深,水怪无端盈彭蠡。

鳄鱼因韩去远岸,陶安鄱阳即治理。

陶安拜谢,自去料理府事。

只见袁州欧普祥、龙泉彭时中、吉安曾方中等,俱献表纳款。又有康茂才前承军令,引兵直下蕲黄、兴国、沔阳、黄梅、瑞州等处。谁想各郡闻知大驾亲征,没一处不闻风来降。是日,茂才领兵而回,却尽有江西之地,也进账复命。

太祖正在欢喜,却有探子报来说:"南昌府原任汉将祝宗、康太二人,同谋杀了知府叶琛、守将赵继祖,复据了城池,甚是毒害无理。"太祖闻报大怒,便遣徐达率邓愈、赵德胜,领兵一万,即刻攻复。临行吩咐:"不五日间,大部人马也到,尔等宜尽心征捕,无得走了逆贼。"那徐达星夜兼程而往。不一日,来到南昌,四下里把兵围住,就布起云梯。顷刻间,军卒奋勇上城,把祝宗、康太二人捉住,落了囚车。

次日太祖恰好也统兵来到,徐达等出城迎接了,便械送囚犯到太祖面前。太祖吩咐军中设祭,遥望叶、赵二灵所葬之处,将祝宗、康太斩首致献讫。因对诸将说:"南昌为楚重镇,又是西南藩服,今得其地,是陈氏断左臂,而士诚亦为胆寒。"即遣朱文正、邓愈等镇守南昌,自回金陵不题。

且说原先太祖下了处州,有苗将贺仁德、李祐之投降,太祖因命耿炳文暂离长兴来此镇守。后来长兴一带地方,被士诚搅扰,便着孙炎知府事,以元帅朱文刚、王道童等协力抚治。耿炳文仍去守长兴。那贺仁德、李祐之二人,每怀忌心,只恐镇守金华胡大海来援,因是未取动手。乃密交金华苗将刘震、蒋英、李福,约定彼此各杀守臣,共据其地,以图富贵。刘震等允计,便召集苗蛮数百,只乘空隙儿下手。

适值二月初九,李祐之、贺仁德阴谋乘元帅朱文刚、王道童与知府孙炎在衙设宴,暗率苗兵千余围定。一声锣响,杀将进来。文刚即提剑上马接战,大骂道:"国家何负于汝,汝乃反耶! 若不急降,砍汝万段!"李祐之运枪来战,文刚连断其槊。他见势难抵敌,便把手招动,苗兵乱来攒住。文刚转剑杀出,不提防贺仁德从后心一枪,坠马而死。王道童亦遇害。仁德便把孙炎夫妻二人,幽拘在暗室中,逼他投服。孙炎自思不久救兵便到,就哄他说:"若不杀我,即成汝谋。"李祐之看他终是不屈的心事,因对贺仁德说:"到晚再处,何如?"

第三十三回　胡大海被刺殒命

倚剑长戈落晓霜，只今留得姓名扬。

水流江汉忠魂在，莲长浦塘义骨香。

有死莫愁英杰少，能生堪羡水云娘。

死生天纵忠贞性，总是高岗仪凤翔。

且说李祐之见孙炎终有不屈的光景，恐留着他反贻后患，约莫黄昏时候，将酒一斗，雁一支，送与孙炎，说："以此与公永诀。"孙炎拔剑割雁肉来吃，且举卮酌酒，仰天叹了数声，说："大丈夫为鼠辈所擒，不及一见明公，在此永诀；然我一义男，万古之下，芳名自存。恨这贼奴，天兵到来，凌迟碎剐。但笑肉臭，狗都不要吃他。"苗兵大怒，瞋目而视。

孙炎饮酒自乐，便持剑在手，喝令士卒向前罗跪，吩咐说："我且死，这身上紫绮裘乃主公所赐，不得毁乱我衣裳。"左盼妻儿王氏，且已先缢而亡，遂自刎死。贺仁德、李祐之因据有其城。千户朱绚潜夜驰赴金华，报知胡大海。大海大怒，急命刘震、蒋英、李福等，点兵前去，拿获逆贼。那刘震向前说："此贼全仗标枪，元帅往战，须备弩箭才好。"大海便入帐中，独背自备弩箭。蒋英从背后把剑直刺透大海前心，一时身死。次子关住、郎中王恺、总管张诚俱遇害。

恰有大海长子胡德济，在诸暨闻变，便奔到李文忠帐前，诉说前事。文忠即刻点兵攻复，路至兰溪，苗贼弃城而走。德济奋马力追，言不共戴天，以报父仇。恰好追到一个去处，上临斗星，下晌深溪。刘震、蒋英、李福三贼见无去路，也冒死杀来。德济眼到手落，一刀削去，把李福腰斩做两段。刘震正待持枪来刺，那刀头一转，把枪头砍将下来。德济大叫："贼奴休走！"刘震人和马跌下深坑，被朱兵乱刀杀死。蒋英自知无用，连忙跳下马来投降。德济说："杀我父亲，正是你这贼子，不杀你待何时！"也一刀砍下头来，转马回报文忠不题。

却说千户朱绚，见刘震等三贼刺死了胡大海，便独马奔出金华，仍潜身到处州地面，纠集向来所与将士，约有五六百人，来攻处州。那贺仁德、李祐之齐马杀出，被朱绚背城而战，径据了城门，不放二贼回城。那二贼只得奔走刘山。朱绚吩咐将士百人，守住四门，前领众军追杀。贺仁德且战且走，恰喜为马所冲，被众士活捉了过来。李祐之见捉了

仁德,心下自慌,枪法都乱,急急落荒而逃。朱绚拈弓搭箭,一箭正中祐之咽喉而死。收军回城,把仁德斩首号令,差使报捷金陵。

太祖闻报,深羡胡德济为父报仇,朱绚独自恢复,实是难得,各令赏金百两,银五千两,嘉赏功勋,升受有差。因命耿天壁镇守处州。且对军师刘基说:"自随我征战以来,攻城守隘,死于国事者,皆忠义之臣,不可不封奖,以励众士。"即唤工作局设庙于金陵城,塑耿再成、胡大海、廖永安、张德胜、桑世杰、花云、朱文逊、朱文刚、孙炎、叶琛、赵继祖等像,论功追封,岁时祭祀不题。

却说花云的婢女孙氏,见主婆郜氏身死,便抱了三岁幼儿花炜逃难。谁想被友谅部下百户王元所据。元见孙氏美色,强纳为妾。孙度不从,必与此儿同被杀害,因不得已许之。后来友谅侵龙江,差王元往江州运粮。因挈孙氏与妻李氏同往。花儿昼夜啼哭,妻李氏甚恶之,欲置之死。孙氏跪泣说:"万望夫人怜悯勿杀,妾当丢在草野中,把人抱去,也是夫人天地之心。"李氏听了,吩咐说:"抱了去,可就来。"

孙氏出门,抱至江边,拜告了天地,说:"花云是个忠义好汉,死节而亡。天如怜念忠魂,俾其有后,顷刻之间,当有舟师救渡;倘或该绝,妾身当抱此儿,共赴江水,葬于鱼鳖腹中……"言未了,只见芦苇中簌簌的响,有一个人似渔翁打扮,出来备问其故。渔翁嗟叹不已,便说:"我当为你哺育此儿。"因引孙氏到家中。孙氏细细看了所在,识认了东西四至,便身中取出金镮一支、银钏一支与渔翁,说:"此物权为收养之资,后日相逢,当出镮钏配合为记。"再三叮咛,洒泪而别。仍归王元家中,服侍正室李氏。

至次年辛丑,太祖举兵伐汉,友谅见势大难敌,竟弃江州奔走武昌。王元也随军前去,唯留妻与妾孙氏在家。孙氏闻太祖驻扎江州,因往渔家索此儿以献太祖。不意渔翁无子,且爱他聪秀,决不肯还。孙氏只得仍归,号哭了七日七夜,因正妻李氏怒骂而止。后复往渔翁家索之,凑巧渔翁往江捕鱼,其妻亦送饭,反锁此儿在屋子里。孙氏撬开房门,竟负此儿而逃。奔至城中,谁想太祖大驾已去江州。孙氏进退无路,又恐渔翁来寻,只得向夜到江渚边深草内歇了一夜。次早,出江口买舟过江,又遇陈友谅南昌兵败,争船而渡,造次中,孙氏并花儿俱被推落水中。

孙氏落水,紧抱花儿不放,出没波浪中。忽见水上有大木如围一条,溜将过来。孙氏大喜,遂挈儿攀木而坐,漂来漂去,倏入一个莲渚间,内外上下俱有荷叶遮蔽。孙氏、花儿射闪不出,因摘莲子充饥。凡在浅渚坐木上,已经八日,得不死。孙氏默祈天神保护。时已夜半,忽闻岸上有人说话,孙氏高声求救。只见月明中,一老翁驾了小船,行入渚中。细问来历,因引孙氏并儿上船,且说:"既是忠臣之裔,我当送至金陵,船中你勿惊慌。"孙氏与儿并坐船内,耳边但闻得如疾风暴雨,眼里只见这船或旋上顶,或涉江滩。

顷刻之时,老者曰:"天色方明,金陵已到,我当送你进城。"进得城中,正遇着李善长路间判断公事。吏人将此事报知说:"有太平城花云侍儿抱小儿来见。"善长急便唤到面前,那老者具说了一遍。善长叹说其异,就引孙氏等来见太祖。太祖把花炜坐在膝间,谓众官说:"我不意花将军尚有此儿,真是将种!"因唤老者入问名姓,并赐以金帛。那老儿放开喉咙,口念了四句道:

我是雷公之弟,神能通彻天地。

怒追不孝不仁,喜救有仁有义。

一阵风过,竟不知何在。太祖说:"花将军殉身报国,孙氏困苦救儿,忠义一门,理宜神明荫庇。"诏封孙氏为贤德夫人,花炜袭父都指挥之职,待年至十六,相材任用;选给官房一所与住,月给米禄优养。

光阴无几,又是元至正二十三年,岁次癸卯,三月天气,那陈友谅逃至武昌,建筑宫阙、都城、朝市、宗庙。时当初一,友谅视朝,诸文武百官,山呼拜舞礼毕。因宣江国公张定边向前,问说:"金陵恃强,侵我江西,此仇不可不复。寡人也日夜在心。前者下诏,命卿等招军买马,不知到今共得几何?"定边对说:"主公虽失江西,而江北、两淮、蕲黄等处地方,粮储不少。即今诸路年谷不登,人民饥馑,闻殿下招兵,俱来就食。群雄小寇来投伏者,计有六十万余人。"

友谅又说:"军兵虽足,这些盔甲、器械、舟船、艨艟,恐未能悉备停当。"定边说:"臣同陈英杰百计经营,幸已周备了。"友谅又问说:"粮草济得事吗?"定边把手指计算了一番,说道:"以臣计,料也有二百三十余万,尽可支持。"友谅大喜,说:"既如此,便可发兵收复江西,并下金陵,以报前仇。"言未毕,只见丞相杨从政出班启事说:"若论此仇,不可不复,奈金陵君臣智勇足备,不可轻敌。以臣愚昧,细思吴王张士诚,他与朱家久是不共之仇,且兼三吴粮多将众。今主公既欲收复地方,攻打金陵,臣有一计在此。"

第三十四回　张虬飞锤取二将

藻井雕薨驻彩霞，安丰一失便无家。

凄凉夜月楼前舞，零落春风苑外花。

残曙不留吴汉草，夕阳空映殿庭鸦。

可怜河水滔滔逝，谁识人间有岁华。

却有丞相杨从政说道："今主公欲收复江西，攻取白下，莫若修一封书，遣一个能言之士，往吴国连和。说以利害，使彼愤怒发兵，与朱家作对。主公再令二人，一往浙东说方国珍，一往闽广说陈友定，一同发兵攻打金陵，则朱兵必当东南之敌。主公然后统了大军，前驱而进，那时收金陵在反掌之间矣。"友谅听了大喜，说："此计最妙！"遂遣邱士亨往苏州，孙景庄往温州，刘汶往福建，刻日起程。正是春和景色，却有《蝶恋花》一阕：

欲减罗衣寒未去，不卷珠帘，人在深深处。红杏枝头花几许，啼痕还恨清明雨。昼日深沉香一缕，宿酒醒时，恼破春情绪。江水潺潺清可喜，紫燕黄莺来往语。

且说邱士亨不日间已至姑苏，竟到朝门外俟候。却有近臣启知，因引他入见。士诚问了些闲话，便拆书观看，念道：

寓武昌汉王陈友谅，书奉大吴王殿下：伏为元纲解组，天下纷纭，必有英才，后成功业。兹有金陵朱某，窃形胜之地，聚无籍之徒，侵吴四郡，夺我江西，心诚恨之，时图恢复。伏念旧好，共成其势，两力夹攻，必可瓦解。两分其地，各复其仇，利莫大焉。特令人会约，乞赐明旨。依期进兵，万勿渝信。友谅顿首再拜。

士诚得书大喜，因对士亨说："孤受朱家之耻，日夜饮恨，力不能前。若得尔主同力来攻，孤之至愿。"因重赏士亨，约期起兵，令之回国不题。

次日，士诚便同元帅李伯升、御弟张士信、副帅吕珍，商议乘汉兵夹攻，即当亲征，以复故土。只见丞相李伯升启说："汉王从江下攻金陵，舟师甚便。我若先投其锋，彼必与我相迎，那时汉兵乘虚而入，是于汉有益，于吴有损。以臣愚计，可先领兵，从牛渚渡江攻采石、太平、龙江等处，只约汉兵攻池州西路，则金陵之师，必悉力以拒一敌，此时殿下统大兵，乘虚直捣金陵，力必成擒矣。"又说："宋主韩林近处安丰，亦我之肘腋。以兵攻之，彼必不胜，决请救于金陵。是我得安丰，且分金陵之力也。"士诚听计说："极妙，极妙！"遂

宣吕珍、张虬、李定、李宁四将，领兵十万，攻取安丰："卿等宜戮力同心，攻复旧壤，平定宋地，并取金陵，遂有淮东，俱当割地封王，以酬功赏。"四人领命，竟取路望安丰而来。

宋主韩林闻说吴兵骤至，大怒，急宣刘福通计议。福通说："主上勿忧。"便引罗文素、郁文盛、王显忠、韩咬儿，率兵二万迎敌。吴兵阵上，早有张虬领兵一万，到城下搦战。这边罗文素等四将，力战张虬。张虬力不少怯，斗上四十余合。却说罗文素、郁文盛二将，并马转过东来，那张虬一锤飞去，连中二人面孔，都翻空下马，被乱枪刺杀。韩咬儿见势不好，持鞭赶来，张虬也转过一锤，脑盖打得粉碎。王显忠急要逃回，张虬纵马奔到，大喝道："休走！"轻舒猿臂，把显忠活捉了在马上。刘福通因此弃阵逃回。吴兵拥杀过来，十亡八九。

韩林传令紧闭城门再处。便同福通商议，说："吾闻金陵朱公，兵强将勇，仁义存心，若往彼去求救，必不见拒。"便修表，遣太尉汪全从水间浮出，抄河路十五里，方得上岸，星夜奔赴金陵。果然好个王都气概，曾有《古轮台》一篇，称赞好处：

色鲜妍，韶华难拟又难言。江翻玉浪如匹练，素蟾舒展。见虎踞龙盘，翠微开，螺髻双悬。有多少五陵才俊，裘马翩翩。耐不住在花柳前，瑞霭中天。真好个宸京畿甸，西枕衡华，东临淮泗，长江天堑，处处酒旗翻。清怀远，夕阳烟里笑歌填。

正值太祖升帐，早有近臣上前启说："北宋韩林有使臣到此。"太祖召见了，便拆书来看，道：

北宋王韩林顿首再拜上金陵吴国公朱殿下麾前：切念公威震海内，德溥四方，林本欲助手足之形，佐张皇之势，只因奸党阻梗。今有汉贼窥伺江西，吴寇攻扰，望苏倒悬之急。林虽无用，亦当图报。势在旦夕，悬拜垂仁不宣。

太祖看书既毕，令汪全馆驿筵宴。便对众将说："今吴困安丰，韩林求救，此事如何？"军师刘基说："此正士诚'假途灭虢'之计，欲图我金陵耳。安丰是淮西藩蔽，若有疏失，则淮西不安。彼得淮西，必来取江南。汉兵又从江西夹攻，则我有纷争之祸矣。"

太祖听得，细思了一会，便问："似此奈何？"刘基说："凡有病，须医未定之先。主公可同常遇春领兵先救安丰。便遣人往江西调徐达兵来，随后策应，庶几淮西、江南两保无虞。"太祖又说："我离金陵，吴兵必来后袭；徐达离江西，汉兵必来攻扰，是内外交患了。"刘基说："臣以李善长、汤和、耿炳文、吴良、吴祯领兵十万，镇住金陵、常州、长兴、江阴一带地面，便足拒抗吴师。江西有邓愈、朱文正，领兵五万，亦可抗友谅。主公此去，若定淮西，然后或破汉或破吴，但灭得一国，大事可成矣。"太祖称善。便令汪全先回，教宋王坚守城池，自领三军即日来救。汪全拜谢先去。次日令常遇春、李文忠领兵十万征进，留世子朱标权理朝政。刘军师同李丞相协掌军国重事；再传檄与汤和、邓愈知道，须严整军

不一日,进泗州界上,传令安营。忽汪全驰至,泣拜说:"臣未到安丰,中途闻知吕珍、张虬攻破城池,把臣主并刘福通尽皆杀害,据有安丰了。"太祖闻说大怒,下令诸将勇力攻取,擒拿二贼,与宋王报仇。又对汪全说:"尔主灭,你亦无所归,不若留我麾下,复为旧职。"汪全拜谢受职。即日兵至安丰正南七里安营。

且说吕珍、张虬得了安丰,不胜之喜,终日饮酒为乐。忽报朱兵来救,二人大惊。吕珍说:"金陵兵未可轻敌,今夜可令部将尹义,先将金帛、辎重送赴泰州,明日我辈方领兵对敌。胜了不必说起,若是不胜,便弃城仍奔泰州,以图后举。"张虬说:"极妙!"当夜收拾起细软货物,付尹义押赴泰州去讫。

次日分兵五万,张虬镇后,吕珍当先。旗门开处,早有常遇春横枪在马上杀来。吕珍与遇春战有许久,吕珍力怯便走。遇春追赶约有十数里,猛听一声炮响,却是张虬领伏兵五万突出,把遇春三千兵困在垓心。遇春大怒,奋勇喊杀如雷。恰好太祖大队人马也到,遇春望见我军旗号,催兵在内冲杀,三入阵中,三拔旗帜,吴兵大败。吕珍、张虬领兵径奔泰州去了。

太祖鸣金收军。入城抚民方罢,忽有哨子报说:"左君弼领兵来取安丰。"太祖对诸将说:"我方欲乘此取庐州,叵奈这贼又来攻扰,是自取其祸了。"即令众将披挂上马迎杀。只见左哨上郭英挺枪直取君弼。战未数合,后阵上常遇春、傅友德、李文忠、廖永忠、朱亮祖、冯胜、冯国用、康茂才、薛显一齐拥杀过来。君弼舍命急走。忽撞一彪军马又杀将来,正是徐达,自江西得胜领兵而回,当先阻住。君弼无心恋战,领残兵奔入庐州城,坚闭不出。我军四面围打。徐达收军参见了太祖,备说主公威福,江西已定,今蒙军令特来庐州策应军情。太祖因与徐达计议攻取城池不题。

第三十五回　朱文正南昌固守

威风飒飒满旌杆，绿草参差剑戟团。

一片丹衷安地角，六韬兵甲破天奸。

云笼彭蠡青霄霭，月照长江碧水寒。

千古英雄谁不美？芳声遗入简编看。

太祖与徐达合兵一处，日夜计取庐州不题。

且说伪汉陈友谅一日设朝，张定边出班奏说："近闻金陵朱某领兵十万去救安丰，杀败了张虬、吕珍，不意左君弼来助，亦遭困败。追至庐州，坚闭不出。徐达亦往庐州接应，日夜攻打。即今金陵与江西南地皆虚，主公正好乘隙以图报复。"友谅说："朱家即空国远战，卿等可倾兵直捣其境，先取江西，后克了江南，金陵便可图了。"因令丞相杨从政权军国重事；皇后杨氏权朝政；自与太子陈理、张定边、陈英杰等，率水陆军兵共六十万，战船五千只，刻日自武昌进发，竟过鄱阳湖登岸，至南昌府离城十里安营。

却说南昌正是太祖侄子朱文正，同左军元帅邓愈、赵德胜把守，闻知友谅兵到，便商议说："此是知我主公远在淮东，故乘虚入境，来取江西耳。但城中兵少，恐难克敌，似此奈何？"德胜对文正说："将军且勿忧，如今只留一千兵守城，待小将同张子明、夏茂诚率兵一千出城迎敌。"朱文正说："虽然如此，贼兵势重，未可轻视。"德胜说："不妨。"便领兵出阵来战。

汉兵阵上，早有张定边儿子张子昂纵马相对，却被德胜一枪刺死马下。那阵中有金指挥急来抵敌，又被德胜飞箭射倒，斩了首级。德胜便把子昂的头悬在枪杆上面，高叫说："再来战者，当以为例！"定边看见

儿子的头，放声大哭，便举刀上马，奔出阵上。与德胜战到三十余合，不分胜败。陈友谅见定边势力不加，便催兵混杀过来。德胜阵上张子明等四将，一齐挡住。那德胜奋勇争先，以一当百，杀的汉兵大败而奔。德胜也不追赶，收兵入城。

朱文正说："今日元帅虎威，足破贼兵之胆。但势终难敌，彼必复来困城，还宜修表，令人急往庐州求救，庶保无失。"即遣百户刘和赍表前去。谁想刘和出城未及数里，竟被贼兵拿住。刘和见事败，便将表章扯得粉碎，把口一顿的嚼做糊泥一般，只字也看不出，就跳入江中而死。友谅心知此是求援，便夜间把南昌四面围住，叫城中将士，可速来投降，共图富贵。

邓愈等厉声大骂道："弑君之贼，还不知天命！贼巢不守，反来图谋江西，是自取败亡了。"因令众将分派各门把守，昼夜提防。那友谅用云梯百计攻击。邓营将士却用炮石等项，飞打过去，无不中伤。

时已月余，文正等计算说："刘和去久不回，大都途中为贼兵所害，还须命人再行方好。"只见张子明向前说："待末将驾着小船，乘夜越关而出，必然无害。"文正便修表，把子明赍发，依计向夜而行。谁想友谅围住南昌，又分遣知院蒋必胜、饶鼎臣等，将兵一万，攻打吉安。那吉安守将明道，与参政粹中、亲军指挥万中，两情不睦。那明道因潜通必胜，约期来城中，火起为号。万中迎战被杀。粹中见势便走，又被仇家黄如润所执，便与知府朱华、同知刘济、赵天麟，一齐解送至友谅帐前。友谅杀了，号令于南昌城下。文正等安然不理。

是日，攻城益急。指挥赵显统锐卒开门奋战，杀了汉平章刘进昭、枢密使赵祥。又有谢成首冒矢石，竟活捉他骁将三人，贼兵方退。惟是赵德胜夜里巡至东门，被贼一箭，正中腰眼，深入六寸。德胜负痛拔出，血冒如注，因摩腹叹曰："吾自壮从军，屡伤矢石，其害无过于此。大丈夫死便死，但恨不能从主上扫清中原，勋垂竹帛耳。"言讫遂卒。文正等同三军大恸失声，即具棺椁殡殓。益加小心坚守。

却说张子明潜夜驾小船，越水关，晓夜兼行了九日，方抵牛渚渡登岸。又经四个日头，得到庐州，即见太祖，上表求救。太祖说："这贼乘虚取我江西，大为可恶！"因问："兵势若何？"子明说："彼兵虽多，然斗死者亦不少。此时江水日涸，贼之巨舰皆不利用；况师久乏粮，大兵一至，必可破矣。"太祖因嘱咐子明先回，说："但坚守一月，吾当取之。"

子明辞了出帐，还至湖口，恰被友谅巡兵捉住。送到友谅帐前，子明略无惧色。友谅便说："你招得文正来降，必有重用。"子明暗想道："若不假计，必致误了军国大事，不如顺口儿应承，且到城下再做区处。"便应道："这个尽使得。"友谅大喜，就封为亲军万户侯之职。子明拜谢，便说："待我去招他来降。"走至城边，大叫说："前蒙元帅令小官到庐州上

表,主公吩咐道:'元帅谨守城池,目下例统大兵自来。'不期回至湖口,为汉兵所获。友谅要我招元帅来降,我特佯许脱身,来见元帅,告知此情。我今必然死于贼人之手,望元帅尽忠报国,与主公平定天下!"言讫下马撞阶而死。友谅大怒,说:"吾被这厮所诱了!"令左右枭子明首级,悬于南昌城外不题。

却说太祖闻南昌被围,因还金陵,集诸将商议说:"我欲救江西,犹恐吕珍、张虬、左君弼袭我之后;又闻张士诚起兵二十万,侵犯常州四郡,汤和等与战又不见胜。似此二路兵来,如何设法应敌?"众将都说:"江西离此尚远,今苏湖一带地方民众肥饶,宜先攻打,待士诚平复,尽力去攻友谅,庶金陵无肘腋之患。"惟刘基说道:"士诚自守弹丸,今虽侵犯东南,有李丞相、汤鼎臣、耿炳文等,连兵拒守,包得不妨。若吕珍、张虬、左君弼等,乘虚袭后,可留一将,领兵五万,驻于淮西,则三贼亦不足惧。恐友谅居上流,且名号不正,宜先除灭陈氏,后除士诚,如囊中物矣。"

太祖存省了一会,便说:"陈友谅剽轻而志骄,便好生事;张士诚狡懦而器小,便无远图;若先攻士诚,友谅必空国袭我金陵了。攻取自有先后,军师所见极妙。"因令常遇春、李文忠,发兵十万,再起淮西水兵十万,同救江西,攻取友谅。刻日从牛渚渡入大江,逆流而西。

此时正是至正二十三年癸卯秋七月中旬景色,太祖乘黄舟中,行船中却有王祎、宋濂、常遇春、李文忠等在侧。太祖叹说:"秋江入目,忽起壮怀。卿等可作一词,以记秋江之景。"王祎援笔而就。太祖接来一看,只见写道:

芦花飘白絮,枫叶落红英。霜凋嫩荽,又青又赤点清波;露滴残荷,半白半黄浮水面。渔舟横荡,商韵彻青宵;画舫轻摇,网珠罗碧水。又若万点寒云,归鸦飞落暮池塘;一团练雪,野鹭低栖平渚上。岸畔黄花金兽眼,树头红叶火龙鳞。

太祖看毕,赞曰:"真写出秋江景色,极佳!极妙!"宋濂亦赋诗一首道:

清水秋天晚,孤鸿落照斜。

一航风樯稳,迅速到天涯。

太祖大悦,说:"浙东才士大集,不相颉颃。学问之博,王祎不如宋濂;才思之宏,宋濂不如王祎;各成其妙。"两人俱赐帛五匹。

却说前路人马已抵鄱阳,湖口上早有探马报与陈友谅得知。友谅便宣张定边及帐内多官计议迎敌。张定边沉思半响,便上前奏说:"臣已有计在此。"不知如何?

第三十六回　韩成将义死鄱阳

风漾鄱阳落照斜，旌旗无色士无家。

忠魂气贯天虹烂，烈士名高秋水赊。

两地干戈何日静，一营鼓角暮云遮。

天将完节钟牛宿，伐鼓鸣球大道嘉。

那张定边因友谅会集多官共议迎敌，上前奏道：“可先驱船据住水口，彼若败时，则南昌不攻自破；不然彼得进湖，与邓愈等里应外合，必难取胜。”陈友谅说：“此见极是。”急传令取南昌兵及战舡，入鄱阳湖，向东迎敌。两家对阵在康郎山下。

朱营阵上，徐达当先奋杀，把那先锋的大船拥住，杀得船上一个也不留，共计一千五百零七颗首级，乃鸣金而回。太祖说：“此是徐将军首功。但我细思，金陵虽有李善长众人保守，还须将军震慑。”因命徐达回守不题。

次日，常遇春把船相连，列成大阵搦战。汉将张定边率兵来敌。遇春看得眼清，弯弓一箭，正中定边左臂。又有俞通海将火器一齐迸发，烧毁了汉船二十余只，军声大振。定边便叫移舡，把寨退保鞋山。遇春急把令旗招动，扼守上流一带，把定湖口。那俞通海、廖永忠、朱亮祖等，又把小样战船，飞也来接应。定边不战而走，汉卒又死了上千。

到了明日，友谅把那战船，洋洋荡荡一齐摆开，说：“今日决个雌雄！”太祖阵上也拨将分头迎战，自辰至酉，贼众那里抵挡得住？却见朱亮祖跳到一只小船来，因带了七八只一样儿飞舡，载了芦荻，置了火药，趁着上风，把火毨毨噪噪的直放下来。那些贼船烟焰障天，湖水都沸。友谅的兄弟友贵，与平章陈新开，及军卒万余人，尽皆溺死，贼大败。友谅见势力不支，将船急退。

那廖永忠奋力把舡赶来，见船上一个穿黄袍的，军士们尽说正是友谅，永忠悬空一跳，竟跳过那船上去，只一枪刺落水中。仔细看时，却不是友谅，而是友谅的兄弟友直。原来友谅兄弟三人，遇着厮杀，便都一样打扮，混来混去，使军中厮认不定，倘有疏虞，以便逃脱。此正是老奸巨猾处，然也是他的天命未尽，故得如此。

太祖鸣金收军，在江边水陆驻扎，众将依次献功。太祖说：“今日之战，虽是得胜，未为万全。尚赖诸卿协力设谋，获此老贼，以绝江西脑后之患。若有奇计者，望各敷陈。”俞

通海说："我们兄弟，今夜当倾兵暗劫贼营，使他大小士卒，不得安静。来日索战，却好取胜，此亦以逸驭劳之法。"只见廖永忠也要同去。

太祖便令点兵五百，战船十只，嘱咐俞通海等小心前去。约定二更左侧。将船悄悄地径到友谅寨边。那些贼兵屡日劳碌，都各鼾鼾的熟睡。朱兵发声大喊，一齐杀人。贼兵都在梦中，惊得慌慌张张，那辨彼此？朱兵东冲西突，直进直退。那贼人只道千军万马杀入寨来，草木皆兵。混杀了一夜，天色将明，转舡而走。

陈友仁纵舡赶来，忽见前面却有三十只船，把俞通海等十只尽皆放过，拦阻去路。为首一将，白袍银甲，手执铁棍，正是郭英，向前接应。陈友仁见了郭英大怒，直把船逼将过来，却被郭英隔船打将过去，把友仁一个躯骸，连船打得粉碎。贼兵大败逃回。郭英便同俞通海合兵一处，来到帐中，备说了一番。太祖说："昔日甘宁以百骑劫曹营，今日将军以十船闯汉寨，郭将军又除他手足，其功大矣。"

且说友谅被混杀了一夜，折了二千军马，心中纳闷，没个理会处。却有参谋张和燮起说："臣有一计，可将五千战船，铁索拎为一百号，篷、窗、橹、舵尽用牛马的皮缝为垂帐，以避炮箭。外边即于康郎山中砍取大树，做了排栅，周围列在水中，非特昼不能攻，亦且夜不能劫。"友谅听了大喜，即令张和燮督理制造。

不数日间，俱已编拎停当。友谅看了，赞道："真个是铁壁银山之寨，朱兵除非从天而来。"因着张和燮把守水寨，自同陈英杰领了三千号船，出江来战。太祖见了友谅，劝说："陈公，陈公，胜负已分，可以退兵回去。"友谅对说："胜败兵家之常，今日此战，誓必提你。"那陈英杰便统船冲来。只见常遇春早已迎敌，金鼓大振，鏖战了三个多时辰，遇春将船连杀人去。

却恨太祖坐的船略觉矮小，西风正来得紧，友谅的船从上而下，把太祖的船压在下流。众将奋力攻打，炮石一齐发作，俱被马牛皮帐遮隔了，不能透入。顷刻间，太祖的船被风一刮，竟搁在浅沙滩上。众将船只又皆刮散，一时不能聚合。那陈英杰见船搁在马家渡口，便把旗来一招，这些军船团团围绕，似蚁聚一般。

太祖船上，只有杨璟、张温、丁普郎、胡美、王彬、韩成、吴复、金朝兴等八将，及士卒三百余人，左右冲击，那里杀得出？陈英杰高叫说："朱公若不投降，更待何时？"太祖对众叹息说："自起义以来，未尝挫折，今日如此，岂非天数！"杨璟等劝解说："昔汉高有滩水之难，光武有滹沱之厄，主公且请宽心。"太祖说："孤舟被围，势不能动，虽有神鬼，亦奚能为。"

正说之间，却见韩成向前，说："臣闻杀身成仁，舍生取义，是臣子理之当然。昔者纪信诳楚，而活高祖于荥阳。臣愿代死，以报厚恩。敢请主公袍服冠履，与臣更换，待臣设

言，以退贼兵。主公便可乘机与众将逃脱。"太祖含泪说："吾岂忍卿之死，以全吾生？"正踌躇间，那英杰把船渐放近来围逼，连叫："投降！免致杀害。"太祖只得一边脱下衣冠，与韩成更换，因问："有何嘱咐？"韩成说："一身为国，岂复念家。"太祖洒泪，将韩成送出船来。

韩成在舡头上高叫说："陈元帅，我与尔善无所伤，何相逼之甚？今我既被围困，奈何以我一人之命，竟把阖船士卒死于无辜？你若放我将校得生，吾当投水自殉。"只听得陈英杰说："你是吾王对头，自难容情，余军岂有杀害之理。"韩成又说："休要失信。"英杰只要太祖投水，便说："大丈夫岂敢食言。"韩成说："既如此，便死也罢。"就将身跳入湖中。后人却有古风一篇，追赠韩成道：

> 征云惨惨从天合，杀气凌空声唵嗒。
>
> 貔貅百万吼如雷，巨舰艨艟环几匝。
>
> 须臾水泊尸作丛，岸上鹃啼血泪红。
>
> 古来多少英雄死，谁似韩成代主忠。
>
> 人道天命既有主，韩公不死谁敢取。
>
> 不知无死不成忠，主圣臣忠垂万古。
>
> 此时生死勘最真，舍却一身活万身。
>
> 圣人不死人人识，韩公非是痴迷人。
>
> 而今湖水涨鄱阳，铁马金戈谁富强。
>
> 唯有忠魂千古在，不逐寒流去渺茫。

原来韩成是虹县人，生出来甚是壮异，头上有两个肉角，竖起如指。忽有个僧在韩家门首抄化，对了他邻舍说："他家生有孩儿，恰是金牛星下降也。生得奇，死也死得奇。"正说间，他父亲恰好抱韩成出来。众人因把老僧的说话，说与他父亲知道。他父亲便问那僧说："师父何处来？请问法名大号。"那僧说："小僧贱名谦牧，一向在小有山修行。好位令郎，生死都是奇异的。"那父亲说："他头上生此肉角，甚是不宜样，却是怎么好？"那谦牧对说："你嫌憎他吗？"将手向小儿顶上一摩，那肉角竟折倒在头上。谦牧也就迅步去了。后来，这角随年纪长大，盘盘的生在头上，再也不竖起来。及至韩成从太祖干了许多功业，替死鄱阳，方知生死果是奇异，那谦牧说话有灵有准。

第三十七回　丁普郎假投友谅

血战鄱阳云雾迷，艨艟漂泊几东西。

白羽光摇惊宿鸟，素旌影动闪长霓。

棹短棹长湖里路，乍鸣乍咽帐中鼙。

落日渔翁垂钓罢，只听湖畔子规啼。

却说韩成替太祖投入湖中，那陈英杰对众将说："尔主既死，何不归顺汉王，以图富贵。"杨璟说："我们村野鄙夫，久为战争所苦，每每不欲从军，乞将军高鉴！"两边正把言语相持，忽听得上流呐喊连天，百余只战船冲将下来，剑戟排空，却是常遇春、朱亮祖闻得太祖被困，急来救应。

英杰奋力来攻，那亮祖跳上汉船，横杀了十余人。陈英杰认说太祖既殁，想他成不得大事，因而转船自去。遇春、亮祖救得太祖船出，都来拜伏请罪。太祖说："这是数该如此，但若得早来半个时辰，免得忠臣枉死耳。"便具说韩成的事。乃命诸军移舡罂子口及左蠡子边，横截湖西口，且将书与友谅道：

方今之势，干戈四起，以安疆土，是为上策。两国纷争，民不聊生，策之下也。曩者公犯池州，吾不为嫌，且还所俘士卒，欲与公为从约之举，各安一方，以俟天命也。公复不谅，与我先仇。我是有江州之役，遂复蕲黄之地，因举龙兴等十郡。今犹不悔，复起兵端，二困于淇都，两败于康山。杀其弟、侄，残其兵将，损数万之命，无尺寸之功，此逆于悖人之极也。以公平日之强，宜当亲决一战，何徐徐随后，若听吾之指挥，毋乃非丈夫乎？公早决之。

友谅得书不答。

太祖因韩成替死一节，也只是心中不忍，时时长吁短叹。只见帐外报说："周颠在外，大步地跨进来了。"太祖便说："你这颠子，近从哪里来？"他也不做一声。太祖又问说："我今在此征友谅，此事何如？"周颠大叫说："好，好！"太祖说："他如今已称伪皇帝，恐我难以收功。"周颠仰天看了一会，把手摇着说："上面没他的，上面没他的。"便把挂的拐儿高举，向前做一个奋勇必胜的形状。太祖便留他在帐中歇宿。

当晚，俞通海对众商议道："湖水有深有浅，不便回还，不若移船入江，据敌上流。彼

舟一人，必然擒住。"方欲依议而行，那陈英杰复来搦战。太祖大怒说："谁与我擒此助虐之贼，以报马家渡口之仇？"恰有杨璟、丁普郎，向前迎杀。陈英杰望见了太祖，方知昨日为韩成所诱。两边冲杀多时，只见俞通海、廖永忠、赵庸、朱亮祖、郭英、沐英六将，各驾着船，内载芦草、火器，杀将上来，且战且进。

谁想那贼连着巨舰拥蔽而行，船上枪戟如麻，以拒朱军。太祖看六将杀了进去，一个多时辰再不见踪影，太祖捶胸顿足，叫说："可惜！六员虎将陷于汉贼阵中。"正没个区处，忽然间，看友谅后船，腾空焰焰的烧起来。但见：

江水澄清翻作赤，湖波荡漾变成红。

不多时，那六员虎将驾着大船，势如游龙，绕出在贼船之后，杀奔而出。朱军阵上看见，勇气百倍，督战益力，摇旗呐喊，震动天地。风又急，火又猛，杀的贼兵大败。友谅见势头不好，便急令众船，投西走脱。方得数里，早有张兴祖红袍金甲，手执画戟拦住大路，大喝道："友谅弑贼，走到哪里去！"一戟直刺入脑上，倒船而死。兴祖便跳过船来，割下首级，仔细一认，却是友谅次子陈达，不是正身。鸣金而还。

太祖依着俞通海屯兵江中，水陆结寨，安妥了诸将，各自次第献功。太祖对着众将说："适闻六将深入贼中，久无声息，我不胜凄怆，幸得已成大事。今日之功，六将居雄。"因命酒相庆。席上复作书，着人传与友谅。中间大都以"何苦自相吞并，伤残弟、侄，勿作欺人之寇"相劝，及要友谅"却去帝号，以待真主"等意。友谅复不答。

太祖发了书去，便与众将计议攻取之术。恰好军师从金陵来见太祖。太祖便问军师与张士诚交战胜负的事体。刘基对说："李善长并汤和、耿炳文、吴祯、吴良等，连兵累败了张士诚三阵，他如今退兵在太湖里安营。此乃鼠窃之贼，不足计虑。夜观天象，西北上杀气，甚是不祥。当应一国之主，想来陈友谅合当覆亡。然中天紫微垣亦有微灾，因不放心，特来相探。"太祖把船搁住沙上，韩成替死的事细细说了一番，就问："目今陈友谅有五百号战船，每一号计船五十只，兼领雄兵六十余万。联栅结寨，实是难破，奈何，奈何！"刘基听了结寨的光景，便笑道："孙子有云：'陆地安营，其兵怕风；水地安营，其兵怕火。上冈者恐受其围，下冈者恐被其陷。'今水上联船结寨，正取祸之道，岂是良策。有计在此，令六十万雄兵，片甲不回。"

太祖听罢大喜，便问："计将安出？"刘基说："此须选那金木两犯的日时，以火相攻，必然决胜。"太祖又说："两三次俱把火攻，但贼寨深大，四面尽有排栅铁索穿缚，外面的火焉能透到里头？"刘基又说："主公有友谅部下来投降的将校否？"太祖说："尽有，尽有。"刘基说："便令唤来。"不移时，却有许多，都来听令。刘基因对他们道："公等来降，皆是弃假求真，识时务的好汉。今主公欲破贼兵水寨，要用公等里应外合。此事甚不轻易，必须赤

心报国者，方能成就这功劳。若不愿行的，亦听各人心事，不敢相强。"说罢，却有丁普郎三十人，把身向前说："向受主公厚恩，愿以死报！"

刘基定睛一看，便对丁普郎道："丁公，丁公，我细推你今世原是娄金狗星宿降生。来日是壬戌日，戌为金狗，是你归根复命的日辰。且你记得令堂生你，皇觉寺伽蓝托梦的话吗？"那普郎连声应道："晓得，晓得。自当赤心向前。"原来普郎生的日子，也是个壬戌日。三日之前，他母亲梦见一个神明，将个盒子托着一个金狗儿，嘱咐道："此是天上娄星，该下生转助真主，特借你的身孕产他。"他母亲便问说："尊神在何处显异？"那神道说："我是皇觉寺伽蓝，去此有一千余里路程。"便口中念出八句诗，说："此是你儿子一生光景，你可记着。"念道：

> 湖影荡星槎，忠魂秋夜赊。
>
> 水寒添楚色，火阵舞昏鸦。
>
> 此夜娄星降，他年功绩夸。
>
> 天衢应不远，壬戌死生家。

那伽蓝拂袖而去。过了两日，即是壬戌，果然生下他来。后来长成，他母亲因念与普郎记识，普郎时常对账中知己、兄弟说过，为此刘基也晓得这事，因提醒他。便嘱咐说："你们今夜可去诈降友谅，明夜只看外面火起，却从内放火为应。"众将听计，说："举火不难，只怕友谅不信，有误军国大事。"刘基便附普郎的耳朵说了两声，各人便整理随身要用物件，到晚驾一只战船，径抵康郎山下。正是友谅与张定边、陈英杰帐中饮酒，哨子报说："有丁普郎等来见。"

友谅唤至帐下，说："尔等既降朱家，今夜来此，有何议论？"普郎对说："前守孤城安庆，力不能敌，一时无奈，所以诈降。今晚得便，故率众逃回，望主公容纳。"友谅说："你必为朱家细作，假意来降。左右们，可尽行捉下，斩讫回报！"只见三十五人，齐声叫道："我等特来献功，主公反生疑忌。"友谅便问："你等来献何功？"普郎说道："我等听他定计，叫常遇春来日领一万雄兵，抄路往康郎山袭取水寨，所以冒险来报，指望封赏，反要杀害，此冤那个得知。"友谅听了，大惊道："不说不知，几乎杀了好人。"因唤三十五个都入帐中，赐与酒食。

第三十八回　遣四将埋伏禁江

湖光潋滟接天浮，堠火相看不自犹。

计展乾坤秋色黯，兵藏生克水声啾。

昔年曾借寒曹魄，今日重看灭汉仇。

莫说飔飔徒噫气，至今红蓼尚悲秋。

丁普郎等三十五人，说起常遇春要劫水寨一节，友谅惊得木呆，说道："早是你们来报消息，我可预备接应。"便赐予多人酒食。只见张定边、陈英杰在侧边道："不可收用。"那友谅回复："他是旧臣，何必多疑。"因与商议常遇春来夺水寨，何计御敌。张定边说："主公且莫惊扰，待臣领兵三万，将康郎山小径截住了遇春来路。主公若破得朱兵，便引大队人马，随后夹攻，定然得胜。"友谅听罢，便令张定边点兵三万，驾着船三百只，辞去把截不题。

次日，太祖升帐，思量刘基所议水战火攻，是兵家之常，但未知今日制变之法何如？吩咐军中整顿，特请军师行事。只听得辕门之下，画鼓齐鸣，擂了大鼓一通，四下里巡风角哨的，都去报知。诸将官在本账整齐披挂结束。却有一刻时光，四角上军中鼓乐喧天。太祖大帐前，九紧九慢又发了一通鼓。只见诸将官如云如雨，似蚁似蜂，但各手执了刀枪，腰挎了宝剑，东西南北，一一的依排立在行营门外，只待军师升坛布令。

又有半刻时光，传说太祖帐内，把云板轻敲了五声，帐外便接应号子三声，画角三声，粗乐细乐各吹打了两套。早有里班的军卒，把那五军的旗牌，唱名的点单，并要用的什物，俱一一的摆列在坛上朱红桌子高处。恰好军师高足大步的出来，与太祖分宾行礼讫。太祖便说："今日特请军师登坛遣兵调将，破敌除残，末将敬率偏裨，听令于法坛之下。"军师与太祖拱一拱手，竟步步登上坛来。便有五军提点使同那五军参谋使，先进帐中，向军师行了个礼，分立在坛下两边。

只听得鼓儿咚咚的响，提点使将五色旗号，个个麾动。那些将官一一地走到坛前，按方而立。提点使又将五色旗旖总来一展，那些将官又一一鱼贯而行，序立在坛边，向军师总行了礼。那提点使即将一色素带，飘飘摇摇在坛中展了一回，那些将官便一一左右分班，不先不后，序立在两行。走过五军参谋使来，禀道："众将已齐，请军师法旨。"军师随

吩咐说："主公一统之策，全在今朝，众将官俱宜悉心尽力，无落吾事；有功者赏，违令者诛。"那些将官俱说："敬听令。"

军师便将红旗一面在手，唤过俞通海为南队先锋，俞通渊为副，带领华高、曹良臣、茅成、王弼、孙兴祖、唐胜宗、陆仲亨七将，率兵一万，驾船二百只，都是红旗红甲，头戴冲天彪炽赤色金盔，手执铁焰火燃八龙吐烈枪，按着南方丙丁火，往南路进发。待夜分风起时，各将水栅锯开，攻打汉贼西边水寨。这是火克金。

又将青旗一面在手，唤过康茂才为东队先锋，俞通源为副，带领周德兴、李新、顾时、陈德、费聚、王志、叶升七将，率兵一万，驾船二百只，都是青旗青甲，头戴太乙蛟飞翠点紫金盔，手执点铜钢叶方天戟，按着东方甲乙木，往东路进发，待夜分风起时，只看木栅砍开去处，竟冲入水寨军中，砍倒汉贼将旗，从中相帮放火。这是木克土。

又将黑旗一面在手，唤过廖永忠为北队先锋，郭子兴为副，带领郑遇春、赵庸、杨璟、胡美、薛显、蔡迁、陆聚七将，率兵一万，驾船二百只，都是黑旗黑甲，头戴玄都豹翼黑色金盔，手执水纹钢链九龙取水枪，按着北方壬癸水，往北路进发，待夜分风起时，各将木栅砍开，攻打汉贼南边水寨。这是水克火。

又将白旗一面在手，唤过傅友德为西队先锋，丁德兴为副，带领韩正、王彬、梅思祖、吴复、金朝兴、仇成、张龙七将，率兵一万，驾船二百只，都是白旗白甲，头戴太白龙蟠珠衔金盔，手执蛟腾出海熟铁点钢叉，按着西方庚辛金，往西路进发，待夜分风起时，各将木栅砍开，攻打汉贼东边水寨。这是金克木。

又将黄旗一面在手，唤过冯国用为中队先锋，华云龙为副，带领陈恒、张赫、谢成、胡海、张温、曹兴、张翠七将，率兵一万，驾船二百余只，都是黄旗黄甲，头戴地平雉翅五色彩金盔，手执十二节四方铜点龙吞铜，按着中央戊巳土，往中路进发，待夜分风起时，各将木栅砍开，攻打汉贼北边水寨。这是土克水。

再调常遇春、郭英、朱亮祖、沐英四将，各领战船三百只，水兵一万左右，参差埋伏禁江小口两旁，若友谅逃出火阵，必走禁江小口，四将奋力截杀，擒获友谅，务成大功。又调李文忠同冯胜，领兵十万，驾船随着太祖，把住鄱阳湖口，不许友谅的兵一个逃脱。复唤周武、朱受、张钰、庄龄四将，即刻领兵一千，小路驰到湖口西北角上，架筑木台一座，高二十四丈，按着二十四气；大十二围，按着十二个月；四边柱脚上下一百单八，按着三十六天罡、七十二地煞；层台之上，整备香烛、素净祭品。分遣已定，诸将个个领计，出帐施行。

军师下得坛，便同太祖驾着赤龙舟，沿岸而走。忽然周颠说也要附舟前去。太祖吩咐水手，可扶颠子上船。止恨烈日中天，一些风也不生，大船那里行得动。周颠在船上大叫道："只管行，只管行！倘是没胆气行，风也便不来。"太祖便令众军，着力牵挽。行未二

三里,那风果然迅猛的来。倏忽之间,便至湖口,却望见江豚在白浪中鼓舞。周颠做出一个不忍看的模样来。太祖取笑,问说:"为着甚的?"那颠子便对说:"主损士卒。"太祖听了大怒,即令众人扶出在船上,推他下水去。将有一个时辰,他复同这些士卒到船里来。太祖因问:"何不溺死了他?"这些众人说:"把他投在水中十来次,他仍旧好好的起来,怎么溺得他死?"周颠却把衣裳整一整,把头也摩一摩,倒像远去的形状,恰到太祖面前,伸直了头颈说:"你杀了我罢。"太祖说:"我也不杀你,姑饶你去。"颠子便在船中一跳,跳在水里去了不题。

此时却已日坠西山,月生东岭,太祖便同军师登岸。那四将已把木台依法筑成。太祖上台看了一回,但见浮云一点也不生,河汉澄清,新秋荐爽,日间的风,又是寂了。却问军师:"怎的得个风?"刘基回说:"但请放心,自当借来助阵。"就一边唤四将作速摆列行仪。军师整肃衣冠,登台礼请。但见:

手开天门,脚踹地户。仗一口七星剑,恍恍精摇碧落;喷一口九龙水,淋淋气肃空寞。念动灵符,早有天风、姤水风、井山风、蛊雷风、恒地风、升火风、鼎风、地观泽风大过,应八卦逐位请来;捻成宝诀,就是猎叶风、落梅风、祛尘风、拔扈风、君子风、小人风、郑公风、少女风,按时事无方不到。忽暗暗,阴霾四起,喝令巽二哥动地摇山;陡尘尘,黄雾奔腾,顿叫大八姨飏沙走石。月朗星稀,做不出绕枝三匝;斗斜云卷,持得上九万鹏程。惊舞了天鸡,葛玄公把手指不住;惊动些黄雀,汉文帝有台也避不来。真个是:解落三秋叶,能开二月花;过江千尺浪,入竹万竿斜。

这个大风,从来也不曾有,便吹得那人人股栗,个个心寒。陈友谅水寨中,摇摇拽拽,那里有一息儿定。此时却是二更有余,三更将近时分,诸将军士恰待怎的?

第三十九回　陈友谅鄱阳大战

荡漾清波客思哀，石尤处处打船回。

一时秋色鏖兵尽，万古悲风岁祀开。

烽火无情聊对酒，忠贞有志壮湖隈。

而今草色春光满，羌笛胡笳莫漫催。

却说大风陡地的发将起来，刮得那友谅寨中，刺骨透的寒冷。那些军士也不提防，况是虎吼龙吟的声响，朱军水上往来砍关截栅，他帐中一些也不知觉。俞通海等五支人马，四面团团的围绕，三军奋力向前，劈开寨栅，却放起火铳火炮，只是从里攻击。不移时，四面聒聒噪噪，烈烈腾腾，延烧起来。

丁普郎等见外面火光，知是大兵已到，遂在柴场内也放火烧将出来。内外火势冲天。早又有康茂才等七将，竟冲杀中心，砍倒了将旗，四下里放流星火箭，只是喊杀。陈友谅在帐中方才惊醒，急唤太子陈理并陈英杰细问，谁想火势已在面前，对面不知出路。陈英杰说："势不可救，主公可速奔康郎山，投张定边陆营权避。"

陈友谅依议急出，登山涉水而逃，耳边但闻喊斗之声，震动山谷。此时丁普郎三十五人，肆行冲击，忽被一阵黑风烟贯将来，把众人一卷，都被烧死。止剩普郎舍身杀出，又被逃兵互相残杀，把普郎身上刺了十余枪，头虽落地，犹手执利刃。次日，朱军收拾烧残器皿，见普郎直立不仆，说与太祖，太祖隆礼埋葬康郎山下不题。

且说友谅君臣父子三人走至张定边寨中，备言火烧一节。定边说："此皆是诈降之计，然亦是主公合有此厄。如今他必乘势来追，决不可在此屯扎，不若竟抄禁江小口，奔回武昌，再作计议。"友谅传令即行。回看康郎山，火势正猛，顿足大哭，说："可惜五十余万雄兵，俱丧于此！"

比及天明，渐近禁江小口。张定边向前笑道："刘伯温之计，尚未为奇，倘此处伏兵一支，吾辈岂有生路！此正主公洪福，天命有归……"道未罢，忽听炮响连天，两岸伏兵并起。左有郭英、朱亮祖，右有常遇春、沐英，四将截住去路。陈友谅慌忙无措，急令张定边催兵迎敌。

且说太祖正与军师刘基同坐黄龙船上，细看将卒搏战。那刘基忽然跳起，大呼一声，双手把太祖抱了，跳在另一只船内。太祖一时间见他模样，也不知何故。只听刘基连声叫说："难星过了。"太祖回头一看，适才坐的龙船，被火炮打得粉碎。我阵上挥兵勇杀，自早晨直至酉牌，转战益力，军声呼啸，湖水尽赤，汉兵大败。友谅看事势穷促，即与长子陈理，同陈英杰、张定边另抢了一只船，径往北边奔走。谁想狂风当面刮来，把友谅这只船盘盘旋旋，倒像缚住的，那里行得动？

黑风里，友谅却见徐寿辉、倪文俊、花云、朱文逊、王鼎等，立在面前讨命。友谅昏昏迷迷，也竟不晓是南是北，恰有常遇春又来追着。友谅的船且战且走，未及数里，那郭英、朱亮祖又截住了来杀。两船将近，张定边拈弓搭箭，正射着郭英左臂。那郭英熬着疼痛，拔出了箭头，也不顾血染素袍，便也一箭，中着陈友谅的左眼，透出后颅，登时而死。

朱亮祖看见射死了友谅，便俘了次子善儿，及平章姚天祥、陈荣、肃寿、吴才等，共军士十万有余。常遇春独夺有贼船五千七百余只。那湖中浮尸蠢动，约有四十五里。所获辎重、衣甲、器械，山堆的一般。太祖鸣金收军，驻在江岸。众将各个献功，唯有郭英不说起射死友谅的事。朱亮祖见他不说，因对太祖细说："郭英一箭射杀友谅，此功极大。"太祖大喜，称赞说："郭英一箭，胜百万甲兵，有此大功，又不自逞，人所难及。"先令人取黄金百两，略酬今日不施逞的大事。当日聚会水陆诸将，筵宴庆赏。大小三军，俱各在本账宰杀马牛，分给酒食犒赏。

次日，太祖旋师，再入鄱阳湖里来。只见康郎山边，尸首交横，血骨狼藉，不觉泪下潜潜，对众将士说："我当初从滁阳王起义，今日如此大战，幸得诸将成功，却不见了滁阳王；二来丁普郎等三十五人，并军士三百名，为我立功，一旦身死，忠臣义士，实可怜悯；三来友谅领雄兵六十万，与我交锋，为主者思量大位为天子，为臣者思量富贵作公侯，今者一旦主死臣亡，三军覆没，尸骨山堆海积，血水汪洋，令我不忍目视。"刘基等启说："昔在殷者为顽民，在周者为顺民，彼不顺主公，是自取其死，非人所能害之。"太祖说："这也说得是。但如陈兆先是逆贼也先之子，克盖前愆，更可伤心。"因命康郎山下建立忠臣庙，春秋二祭。追赠三十六人的官爵，以韩成为首：

韩成高阳侯。丁普郎济阳郡侯。陈兆先颍天侯。宋贵京兆郡侯。王胜代原郡侯。李信陇西郡侯。姜润定远侯。王咬柱太原郡侯。王凤显罗山县侯。李志高陇西侯。程国胜安定郡侯。常惟德怀远侯。王德合淝县侯。张志雄清河侯。文贵汝南郡侯。俞泉下邳郡侯。刘义彭城郡侯。陈弼颍川郡侯。后明梁山县子。朱鼎合淝县子。王清盱眙县子。陈冲巢县子。王喜先定远县子。汪泽庐江县子。丁官含山县子。逯德山汝阳县子。罗世荣随县子。史德胜安定县子。徐公辅东海县子。裴轸永定县子。郑兴表随县男。常德胜寿春县男。华昌虹县男。王仁曹城县男。王理五河郡男。曹信含山县男。

随死军士三百人，各依姓名，赠为武毅将军，正百户，子孙世袭。

说话间，船已出蠡湖口。上岸，太祖令余兵俱随常遇春屯扎湖口，止同刘基领兵三万，向南昌而行。早有朱文正、邓愈等将出城迎接。太祖备称："汉共攻围三月不克，俱是尔等防御之密。"即命取黄金三百两、白金一千两、彩缎一百匹，给赐众将。文正因启拒战死事之臣，共一十三人，乞赐褒崇，以慰九泉。太祖便问："赵德胜为我股肱之将，何以遇害？"邓愈便历历把前事说了一遍。太祖说："可惜忠良，俱被战死。"吩咐邓愈，照依康郎山，于南昌府城中建庙致祀。恰有宋濂在旁又说："前日叶琛死王事于豫章，亦宜列位并祀为是。"太祖说："我正有此意。你们中书省可议追赠的官爵来。"因定豫章忠臣庙共祀十四人，以赵德胜为首：

赵德胜梁国公。李继先陇西侯。刘济彭城郡侯。许圭高阳郡侯。赵国昭天水侯。朱潜吉安郡侯。牛海龙山西侯。张子明忠节侯。张德寒山千户。徐明合肥县男。夏茂成总官使。叶思成深直侯。赵天麟天水伯。叶琛南阳郡侯。

太祖定了追赠的官爵，便对宋濂等说："你们还可做一篇祭文，令祝史于致祭时，朗诵一遍，且同绢帛焚化与他。"宋濂承命，草成祭文，传与祀官不题。

且说当晚，太祖在帐中晚膳才罢，却见明月如洗，夜色清和，正是孟冬望日。徘徊月下，忽有金甲二神，随着两个青衣童子，走入账来，说："臣系武当山北极真君座下符使。大圣有命致意大明皇帝。顷刻大圣即当进账说话，万勿严拒。"太祖听了，便吩咐大开重门，奉延真君圣驾。早有香风缥缈而来，抬头一看，真君已在面前。太祖急急迎进，分宾而坐。未及开口，只见真君就说："自从前者皇帝来武当赐香以后，未及再晤，今伪汉友谅已亡，其子不久归附，潇湘之上，荆楚而南，不数年间，亦当尽入版图。小神今特奉迎。若草庵见毁一节，成功之后，万惟留心。"太祖接应道："今者友谅虽死，其子陈理又立，本宜乘胜而往，但彼国士卒伤亡已多，一时穷迫，恐无完卵，于心惨然。进退正在犹豫，望神圣指教。"真君对说："这也是劫数应该，何以过虑。"风过处，拱手而别，却是睡中一梦。

第四十回　朱太祖误入庐山

物在人亡无见期，闲庭系马不胜悲。

窗前绿竹生空地，门外青山似旧时。

怅望青天鸣坠叶，巑岏枯柳宿寒鸱。

忆君泪落东流水，岁岁花开知为谁。

却说太祖梦中分明见武当山玄天上帝，自来接驾不题。次早起来，聚集诸将，商议兴兵伐北之事，却令军师刘基仍回金陵，与李善长等划策，攻取东吴。刘基方要起身，太祖恰也送出帐外。

此时正是晌午时节，只见红日当中，有一道黑光从中相荡。太祖仔细看了一会，对刘基说："莫非闽广之地有小灾吗？"刘基说："此不主小灾，还主东南方有折损一员大将之惨。主公可遣使晓谕东南守御将帅，谨慎防御，以严天戒。"遂辞了太祖，竟回金陵不题。

太祖便作书，往谕东南守将胡深、方靖、胡德济、耿天壁等，各须谨慎军情。四下遣使去讫，因对朱文正说："汝可谨守南昌，吾当先下湖广，次定浙西，然后还建康。"文正等应命。即日，太祖领兵离南昌，至湖边，常遇春接入水寨，吩咐检点军士，共有一十六万。太祖下令诸将，各统本部军卒，悉上武昌，待凯旋之日，一总封赏。言罢，大兵顺流而下，竟过潇湘。太祖乘兴作诗：

马渡沙头苜蓿香，片云片雨过潇湘。

东风吹醒英雄梦，不是咸阳是洛阳。

不一日，竟抵武昌郡岳州府。原来此城三面皆水，唯北边是陆路，太祖便令正北安营。即令廖永安、康茂才，于江中联舟为长寨，绝他出入救援之路。

却说张定边在鄱阳大败，便夜里把小船装载友谅尸骸，并长子陈理，奔回武昌，发丧成服。因立陈理即了皇帝的位，建元德寿。恰有探子报知，那陈理听了大惊，即与张定边计议。张定边说："臣荷先王之恩，自当死报。"乃率兵二万，屯于高冠山。那山极其峻伟，朱师仰面而攻，甚难措办，彼此相持有半月。

太祖愤怒，亦无可奈何。因对众将说："来朝敢有奋勇先登者，吾当隆以上赏。"只见阵中傅友德当先直上，面上中了一箭，镞出脑后，胁下复中一箭。友德呼噪愈力，颜色不

变。郭子兴看友德猛力争登，相与夹攻。被贼一刀伤了左手，犹然洒血驰去，斩获甚多，贼兵遂四散而走。我们军士便据了此山，俯瞰城中，毫忽都见。鸣金收军，太祖亲为友德敷调疮药，赞叹说："便是关、张骁勇，亦只如此！"太祖遂率兵环攻保安门。

恰说陈英杰见朱兵攻门甚急，便启奏陈理说："昔关羽以单刀斩颜良于百万军中，张飞以一骑挡曹兵百万于霸陵之左。臣虽不才，愿以死报主公，冲入敌营，斩那朱某首级回来。"陈理说："他那里有雄兵二十万，勇将千员，不可轻去。"英杰回说："彼处方才安营，各将决然都在本账整顿，队伍骤然冲入，必可成功。"陈理说："纵使成功，恐亦难出敌人之手。"英杰仰天叹息说："若杀得朱君，志愿毕矣，虽死何惜！"便纵马持刀直入辕门。

太祖方才坐定在胡床上，只见英杰径至帐中，太祖大惊，只有郭英在帐，便叫："郭英为我杀贼！"那英杰径对太祖刺将过来。郭英奋叫直入，手起一枪，把英杰登时搠死，将剑枭了首级。太祖即解所御赤帻袍，赐予郭英，说："真是唐之尉迟敬德！"郭英便说："即今可将这贼首级，招陈理来降。"太祖听计。

郭英带了首级，走至辕门，看着众将说："因何不守营，让贼人肆志冲入？犹幸有我在，以救主公。你们合当斩首示众！"这些军士，齐齐跪倒道："果是不小心。奈贼人一时杀了七八人，凶勇得紧，不能阻挡。且营帐未定，都各自去整理，因此疏忽，望将军宽宥！"郭英吩咐："姑恕你们的死，发令军政司，各打六十，以惩后来。"道罢，匹马单枪，径直前向武昌北门而走。

陈理同张定边正在城楼上遥望，只见一将提着首级，飞马而来。二人大喜，只说是英杰手到功成。忽然转念道："陈将军去时，却是紫袍金甲，今缘何是白袍银铠？"便同众人仔细认识，方晓得是郭英。渐渐地来至城下，大叫："尔等犬羊之徒，焉敢冲虎狼而戏蛟龙乎？吾今掷还陈英杰首级，汝等若知时势，可速投降，不失富贵。"便将英杰首级从马上一丢，直丢进城里来。又说："我郭将军且回去，你们可今夜细思量。"把马勒转而去。

太祖说道："郭英此去，陈理等必然寒心，然尚在犹豫未决。"便唤编修罗复仁，再到城下极口备陈利害。那陈理回到殿中，对众人说："欲降，则失了先君之业；欲不降，则兵粮俱乏，如之奈何！"却闪过杨从政来说："昔日秦王子婴归汉，汉且全之。今闻朱公仁德，倘是去降，非唯保身，亦可免及九族、黎民之厄。"陈理回看张定边，那定边道："社稷已危，有负前王之托，唯死而已。"遂拔剑自刎。陈理放声大哭，说："定边、英杰，是先王托他辅助寡人骁将，今皆身死，孤将何恃！杨丞相可草表投降。"一面吩咐将张定边尸骸，及陈英杰首级，俱以礼葬于城外，即进宫中见母亲杨氏，具言纳降一事。杨氏说："吾不能为孟昶之母。"一头撞柱而死。

次日，陈理率群臣换了缟素，拜辞家庙及友谅的灵，开北门径到太祖帐中。太祖看

见,甚是不忍,令人解其缚。陈理向前伏首请罪。蒙主上放释了,便步随车驾入城。凡府库储积,俱令陈理恣意自取;不杀戮一人;所积仓粮,下令给散远近百姓,以舒饥困。百姓大悦。

太祖升殿,陈理复叩头阶下。太祖说:"待我还到金陵,授你官职。"陈理拜谢。太祖即令陈理发檄与湖广未附州县。不数日,尽行纳款。因立湖广行中书省,以杨璟为参知政事,且籍户口、田地、赋税,并记友谅原留宫殿什物器皿,太祖一一细看。后籍上却写友谅镂金床一张,太祖笑说:"此与孟昶七宝溺器何异,如此奢侈,焉得不亡?"即命毁去。此时却是至正二十四年,岁甲辰二月光景。太祖留军镇守,仍领兵望金陵而回。复入江西至南昌,朱文正、邓愈等,迎接称贺平定武昌一事不题。

且说太祖步出营前散步,但见四面山水清幽可爱,正是:

依依柳绿,灼灼桃红。

奇花异草,翠柏青松。

正观之时,忽听莺声鸟语,心中不舍,只是信步行去,耳畔微闻钟声。太祖定睛一望,方见一所古寺,周围水绕,寺前又有座石桥。太祖缓缓行至桥上,但见雪浪腾空,波涛汹涌。太祖惊惧,站立不住,只得走过桥去。已到寺前,山门口上悬一匾,写着"古雷音寺"四字。太祖说道:"此处边叫古雷音寺……"话说未完,一阵怪风响过,跳出一只吊睛白额锦毛花斑虎,真好厉害!太祖猛然一见,早已跌在崖石边,口内说道:"吾命休矣!"只见寺中忙走出一个老僧来,形容古怪,须眉皓然,手执竹杖,口内大喝:"孽畜,休得无理!"那虎俯伏崖边不动。老僧走近前来,用手扶起,便说道:"不知陛下驾临,有失迎候,被这恶畜惊了圣躬,实老僧之罪也。"太祖起来,整顿衣冠,看老僧举止异常,乃开口道:"偶然闲步,得瞻慈容,更劳驱逐恶畜,诚万幸也。"老僧又道:"陛下连日运筹帷幄,因便至此,请方丈一茶,小尽山僧微意。"

太祖欲待不去,看见景致清幽,心中羡慕;欲待竟去,犹恐久坐耽迟,碍于长行。正在沉吟,和尚又道:"陛下不必迟疑,请献过茶,即送驾返,决不相羁。"太祖遂举步走进山门。但见松柏森森,云连屋宇。又走到一重门首,恰似王母瑶池,真非人世。不觉已至大殿槛外。太祖抬头一看,正是:

黄金殿宇,白玉楼台。一带平坡,尽是玛瑙砌就;两边阶级,犹如宝石嵌成。碧槛外,万朵金莲腾瑞色;宝殿上,千枝玉树放光明。白玉瓶,内插九曲珊瑚树;矮铜鼎,中焚八宝紫真氲。一对青金榻,两扇白玉屏。珍珠亭,熠熠宝光连白日;琉璃塔,腾腾瑞气接青云。三尊古佛,指破有为有相;十八罗汉,渗透无灭无生。香风细细菩提树,花雨纷纷紫竹林。

老僧引太祖进殿,众僧参见,俱道:"陛下享人间富贵,一朝帝王,今到敝寺,山荒径

僻,多有亵尊之罪。"太祖道:"今来宝刹,乃人间未见之珍,天上罕有之物,令人目眩神摇,不知身在何世。"众僧云:"请陛下一观。此处虽系山径荒凉,也是难得到的。"太祖微笑,抬头四下观看,真是一尘不染,万虑俱消。只见十数众僧人,身披袈裟,手敲钟鼓,诵经礼忏。太祖看毕,将头点了点,道:"诚心如此!"

老僧引着太祖,行至方丈。老僧躬身,奉请太祖上坐,老僧下席相陪。少顷,小沙弥捧上茶来。须臾茶罢,又摆素斋。老僧说道:"山中无物为敬,多有亵渎。"太祖连称:"不敢,后当报答高情。"食毕,老僧随向袖中取出一个缘簿来,面上写着"万善同归"四字。双手递与太祖,又口中说道:"愿主上早发慈悲之心。"太祖接过缘簿,揭开一看,俱列历代帝王名讳:第一位是汉文帝,喜施马蹄金一万;第二位却是梁武帝,愿施雪花银一万;第三位便是唐玄宗,乐施宝和珍六斤;第四位是傅大士,施财一万;第五位却是吕蒙正,乐助白金二万;第六位宋仁宗,乐输银二万;第七位晁元相,喜助黄金二百两;第八位则天后,发生乐施七千金。

老僧在旁便说:"如今正起黄金宝殿,尚少一位不得完成,望陛下发念。"太祖心中想道:"行兵军需,尚且不足,那有许多金银布施。"没奈何,提笔写道:"朱元璋助银五千两。"老僧接过缘簿,深深一揖,再三致谢,送缘簿回房。太祖自思道:"那簿上如何有前朝的人,想是历代留下来的,亦未可知。"又说道:"和尚不是好惹的,见面就要化缘。我本无心到此,被他将茶果诓住,写上许多银子。若我日后登了大位,当杜此贪僧,灭尽佛教。"猛想起道:"我在此游了一会,何不留题,也不枉来此一场。"遂题于碧玉门上:

手握乾坤杀伐机,威名远镇楚江西。

青锋起处妖氛净。铁马鸣时夜月移。

有志扫除平乱世,无心参悟学菩提。

阴阴古木空留意,三啸长歌过虎溪。

太祖题毕,老僧出来看见诗句,变色说道:"我这里是清净极乐之乡,无生无灭之地。

今主上杀伐太重,昨火烧汉兵六十万,江东大战,又伤军卒二十多万,虽然天意,亦当体念民生;贵贱虽殊,痛痒则一。尧舜率天下以仁,而民从之;桀纣率天下以暴,而民不从。仁与不仁,其理迥别,僧愿陛下行仁。适才以缘示之,陛下即动嗔念,今吟诗又动杀心。陛下即有天下,易得之,亦易失之。"遂叫沙弥洗去字迹。太祖自觉惭愧,即便辞回。

老僧道:"此地山路险峻,虎狼且多,吾当远送。"二人同行,来至桥上,只见那虎仍然俯伏崖边。太祖看见大惧。老僧道:"陛下勿怕,此乃家兽耳……"话未说完,老僧又道:"请看军兵乘舟来寻主上了。"太祖举眼忙看,老僧将手往下一推,"扑通"一声,跌下河去。太祖大叫:"死也!"急忙睁眼看时,已在自家营前。众将一见,甚是欢喜,向前问道:"陛下何处去来?吾等水陆寻了三日,今幸得见天颜。"太祖说:"我才去了半日,如何便是三天?"太祖遂把闲游事体,细细说了一遍,众将称异。当晚即在营内治酒贺喜,饮至更深方散,各归寝处。前人有诗云:

> 庐山高万丈,原为不接天。

> 一朝云雾起,天与地相连。

此段即是太祖误入庐山也,不题。

却说次日,太祖出城取路而回。不一日,便至金陵。李善长、刘基、李文忠率文武迎于城外,即上表劝登帝位,不允。次日,复同百官劝进,因择三月朔日,即登王位,升奉天殿,群臣相参称贺。次日,太祖告庙,建百司官属,并赐平汉功臣,论功行赏。封陈理为归德侯,又顾李文忠问说:"卿等与吴兵交战,胜负如何?"文忠说:"臣与汤和合兵,大败士诚,追至湖州旧馆而回。士诚却从杭州过钱塘江,侵婺州等处。后闻殿下大破陈友谅,进克武昌,士诚大惧,连夜领兵仍还苏州。"太祖大笑说:"此真穴中鼠矣。这且慢题,但我近日闻陈友定为元把守汀州,今却甚是跋扈,逼胁元福建省平章燕只不花,此事你们得知否?"

第四十一回　熊天瑞受降复叛

古庙深山草木荒，凄风落日黯行藏。

足知天上罗睺显，谁解人间烈士芒。

石火电光原是梦，月阴泡影总无常。

世人欲识因缘事，火自明兮鹤自翔。

太祖说："陈友定为元把守汀州，闻近来甚是贪残，迫胁元臣，骚扰郡县。我欲遣兵剿灭这厮，你们多官意下如何？"众官都说："殿下不忍生民涂炭，此举极好。"因命朱亮祖率师五千前伐友定，攻取蒲城、建阳、崇安等县。亮祖刻日领兵，望汀州进发不题。

却有江西守将朱文正等檄文来报说："伪汉陈友谅旧将熊天瑞，向守赣州、南雄、南安、韶州等郡，复负临江之固，不肯来降，望乞兴兵攻讨。"太祖看罢大怒，说："熊天瑞既已请降，受了厚赏，今复背初言，据我地方，理宜讨罪，以安百姓。"便令常遇春总兵、陆仲亨为副，领师一万，协同南昌邓愈，合兵南下赣州。遇春等得令前去。

话分两头。却说陈友定前者见陈友谅攻陷汀州，便起义兵替元朝出力，复了汀州地面。那元顺帝便敕他镇守汀州，十分隆礼他。他一朝威权在手，因迫胁福建平章燕只不花，把他管的军卒，俱纠集在自己部下。近地州县所有仓库，俱搬运到自己家里来。至于一应官僚，悉要听他驱使，稍不如意，辄行诛戮。威震闽中，正是十分强梁。却闻得金陵兴师攻讨，便与手下骁将王遂、彭时兴、汪大成、叶凤计议说："金陵将帅，是难惹他的，我们如何迎敌？"那彭时兴思量了一会，说道："此去城东二十五里地面，有座鹤鸣山。这山四面陡绝，两头只有一条出路，又是巨石巉岩，路口只可以一人一马来往。谷里相传有一个火神庙，甚是利害，若有人在谷中略有响处，惊动了火神，就是青天白日之下，他放出火骡、火马、火龙、火鼠、火犬、火牛，不论你多少人，俱登时烈火奔腾，活烧熟来吃了。那地方上人，若要在谷中或砍伐些柴草，或牧养些牛马，俱要本日投诚，先献了三牲福礼，又于春、秋二祀，将童男、童女祭献，一年之间方才免祸。如今金陵兵来，必从这山外大道经过。我们可先遣精锐，每山口埋伏，却于牢中取出该死的罪犯五六十人，假插将军旗号，径在山外大道搦战。若战得他过，便可将功折罪；若战他不过，就可谷中而走，引他进来，那时只消供火神一餐之饱。更不然，两边伏兵困住他在里面，多则半月，少则十日，命必

休矣。此计如何?"

那陈友定听了,拍手大叫道:"大奇,大妙! 依计而行。"正说话间,恰报朱亮祖大军,已将到鹤鸣山左近。友定便吩咐叶风领兵一千,埋伏山东口子,汪大成领兵一千,埋伏山西口子,只待炮响,两边伏兵齐攻紧把,不许放朱兵一个出。王遂、彭时兴领游兵三千,不时在山中前后提防接应。自己领兵五千,镇守汀州。发出该死罪犯百名,打起先锋旗号,在山外大路截战。若是势力不加,便往山谷中逃匿,引诱朱兵追赶。众人得令去讫。

那朱亮祖一路上率了五千人马,果是:

旗开八字,马列双行。一对对整整齐齐,一个个精精猛猛。闽内用严,闽外用宽,真是利用张弛;望星而止,望星而行,恰好庶几凤夜。晓得的,说是东征西讨,丝毫不犯的王师;不晓得的,只道神喜人欢,春秋祭赛的佛会。

却有古诗形容得他:

朝进东门营,暮上河阳桥。

落日照大旗,马鸣风萧萧。

平沙列万幕,部伍各见招。

中天悬明月,令严夜寂寥。

悲笳数声动,壮士惨不骄。

借问大将谁。便是霍嫖姚。

前军报道:"却是汀州鹤鸣山下。前边金鼓齐鸣,想是有敌人截战。"亮祖把弓刀整了一整,当先迎敌。只见这些贼,也不打话,竟杀过来。亮祖手起刀落,连杀了三十余人,心下思量:"这一伙人,刀也不会拿一拿,分明是伙毛贼,我不如活捉几个,问他下落。"杀近前来,把一个竟活捉了,带在马后。这些贼看了,都拍马而走,竟望鹤鸣山谷里进去。

亮祖也纵马赶来,方才全军进得谷里,只听一声炮响,两下伏兵俱起;东有叶风,西有汪大成,密密层层,将两头山口把定。亮祖便传令,且下了马另思计议。便带过那活捉的人问道:"是什么去处? 有何去路? 你若说个明白便放了你。"那人备细把火神庙吃人利害的事,并我们一班俱是死罪犯人,假拽旗号,引入谷中的缘由告诉了一番。亮祖说道:"既然如此,你们众兵俱不可声响,且各队埋锅造饭,众军都可饱餐了,便着三百精兵,随我步行,前后探望些出门入户的路头;一边整齐洁净祭品,待我到庙中祝告,也看这神是什么光景,何以如此行凶。"吩咐才罢,只见那犯人指道:"山顶上红焰焰的火骡、火马等物,不是怪精来了吗? 将军可自打点应付他。"

亮祖便叫三军一齐都跳上马,不要心惊,就如上阵,也迎他一回,再做计较。方说得完,看他殿中烈烈红红,赤赤炽炽,杀奔一阵,火焰、牛、马、龙、蛇等物出来,中间拥着一个

绯袍、金冠、红发、赤脸的妖神,骑着一条火龙,竟向朱军阵上赶来。亮祖定着睛光,将自己号箭,拈弓搭箭,把那冲锋的火马一箭,正中着马的左膛,那马仆地便倒。这个妖神吩咐队下小鬼,把那箭拔了来看,是什么人如此无礼。小鬼得令,把箭拔来。细看了朱亮祖三字,那神便说:"我道是谁,快回殿中去罢。"

原来上阵的箭,恐怕人来争功,那箭上都刻着某人的名字。这个火神,所以晓得是亮祖。顷刻之间,山色仍旧清霁。亮祖也下了征鞍,对众军说:"这箭虽是退了这阵火神,但不知还是祸还是福,我们还须上山,到殿中探望一番。祭品倘或齐整,即可随用。众军还须各带利器,以备

不测。"众人听了,俱说耳朵里也不得闻,眼睛里也不曾见,都要跟随了元帅上山,到庙上探望。

亮祖当先,大步地走,行有一里多路,却是山腰光景,造有一个亭子,匾额上写着"天上罗睺"四字。自此直上,俱是大块的火石砌成,约有一丈多阔路道。两边都是松柏的皮,却又似榴树的叶。指着这树间那捉来的人,他说:"这树向来传说是无烟木,火中烧着,只有焰却无烟,因此人唤他做'无烟'。"

亮祖又走了百十步,早有一阵的风来,都是硫黄焰硝气味,却闻着腥秽之气难当。那人便说:"这风都叫作火风。这腥臭便是时常有人不晓得的,来冲撞了神明,便烧杀他吃了。那山涧中白骨如麻,都是神道所享用的。"亮祖也不回答,他只是放开了脚走。

又约有半里地面,却又是三间大一个亭子,四周把砖子封砌,匾额上题着"蚩尤"二字,只一条路上去。那封砌的砖上大写道:"来往人各宜自保,忽得上山,恐触神怒。"那人便立住了脚,对亮祖说:"元帅,到此是了。我们每当地方上祭献,也只摆列在此亭子内,若是上面,不可去了。"亮祖说:"岂有此理!上面现有通衢大路,怎么我们便上去不得?"那人说:"元帅,那亭子上现写着,不可上去了,小人怎敢抵挡!"亮祖也只是走,那些随行的军校,也都随从了来。

又约有半里路途,只见万木周遮,一亭巍立。亭的前后左右,俱生有四块万仞插天的

石壁,只有一条小路从旁可走。远远地却听的木鱼响声。亮祖心中自喜,便在亭子中立了,对那罪人说:"你道没有人上山,原何木鱼声嗒嗒地响?"那人也不敢答应。亮祖再将身走上路来,恰好一个道人,戴着个铁冠儿,身上穿一领黄色道袍,手中拄一条万年藤的拐杖,背上背四五个药葫芦,一步步走将下来,见了亮祖,拱一拱手说:"将军你要上山,可往这条路去。"亮祖正要问他说话,他把手一指,转眼间却不见了。

第四十二回　罗睺星魂返天堂

登山欲识罗睺主，谁解罗睺本自身。

不死不生都是幻，谁空谁色总何因。

豁开石窦窥无我，劈破重崖觉有神。

堪笑奸豪不识势，自提傀儡度秋春。

却说朱亮祖山上见了铁冠道人，正要问他火神光景，那道人把手一指，转眼间却不见了。转过山湾，已是罗睺神庙。朱亮祖去到殿中，这些军从却把祭品摆列端正。亮祖便虔诚拜了四拜，口中祷告一会，又拜了四拜。军士们将纸马焚化毕。亮祖在殿中细看多时，更不见有些凶险，唯有这些军士，只在背后说了又笑，笑了又说，不住的聒絮。亮祖因而问道："为何如此说笑？"军士们那一个敢开声，却有活捉的犯人对着说："他们军士看见庙塑的神灵，像元帅面貌，一些儿也不异样，不要说这些丰仪光彩，就是这须髯也倒像看了元帅塑的，所以如此说笑。"

亮祖也不回言，只思量怎么打开敌人，出得这个山的口子。不觉得那双脚迅步走到庙殿边，一个黑丛丛树林里。亮祖抬头一看，却是石壁峻岩，中间恰好一条石径。亮祖再去张一张，只听得里面说道："快请进来！快请进来！"亮祖因而放胆，跨脚走进石径里去。转转折折，上面都是顽石生成，只有一个洞口，倒影天光，便不十分昏暗。如此转有二三十折，恰见一块石床，四面更无别物。床上睡着一个神明，与那殿上塑的神道，一毫没有二相。亮祖口中不语，心下思量说："要知此神在此山中显灵作怪，今趁他睡着，不如刺死了他，也除地方一害。"怒从心上起，恶向胆边生，把手掣出腰间宝剑，正要向前下手，只听豁喇喇响了一声，山石中裂开一条毫光石壁上写道：

朱亮祖兮朱亮祖，今世今生就是我。

暂借尔体翼皇明，须知我灵成正果。

天上罗睺耀耀明，舒之不竭三昧火。

六十余年蜕化神，己未花黄封道左。

北靖胡尘西靖戎，尔尔我我随之可。

——铁道冠人谨题

亮祖看了一番，心中想道："有这等事！怪不得从来军士说，殿上神明像我。可见我

这身子,就是罗睺神蜕化的。方才路上遇见的道人,戴着铁冠,想就是题诗点化我来。不免向我前身,也拜他几拜。"才拜得完,只见一片白光,石壁也不见了。亮祖转身,仍取旧路而出。

这些军士着了一惊,禀道:"元帅不知往哪里进去了,众军人正没寻处,元帅却仍在这里。"亮祖说:"我也不知不觉走进一个所在去,你们等有多少时节?"众军说道:"将有一个时辰。但下山路远,求元帅早起身回去。"亮祖应道:"说的是。"便将身走出前殿,辞了神祇,竟下山来。只听山下东西谷口边,呐喊摇旗,不住的虚张声势。亮祖在山腰望了半晌,没个理会。顷见红日西沉,亮祖也慢慢步入帐中。这些军士进了晚膳,各向队中去讫。

亮祖独对烛光,检阅兵书,看他冲开山谷的计策。忽见招招摇摇一阵风过,日间到山上祭的神道,金盔绯甲,已到面前。亮祖急起身迎接,分宾而坐。那神便道:"将军此身,今日谅已知道了。六十年后,仍当还归此地。但今日被友定困住,将军何以解围?"亮祖说道:"此行为王事而来,不意悟彻我本来面目。今日之困,更望神主显大法力,与我主上扫除残雪,廓拓封疆。"那神明道:"这个不难。此东西山口,一向怪他狭隘昏迷,有害生民来往,但我这点灵光,又托付在将军阳世用事,因此不得上玉帝座前,奏令六丁、六甲神将,开豁这条门路。今将军既在此,又被围困,今夜可即付我灵光上天奉闻;奏回之时,仍还与将军幻体。明日三更,我当率领丁壮、卒鬼、神将,东、西、南路用火喷开,将军即可分兵,乘火攻杀出去。"亮祖说:"这个极好!但我近到山中,闻神祇用火射人,春秋必须童男、童女祭献,此事恐伤上帝好生之心。"那神明对说:"此是将军本性上事。将军蜕生时,该除多少凶顽,多一个也多不得,一个也少不得。只因带来这分火性,自然勇猛难消。既然如此说,今夜转奏天庭,把将军烈火按住,竟做个水旱有祷必灵的神道何如?"亮祖大喜说:"如此便好。"分手而别。

亮祖便上胡床,恰如死的一般,睡熟在床上。直至五更,天色将曙,那神道从天庭奏事而回,旋入帐中,嘱咐亮祖说:"我一一依昨晚所说奏请,玉皇都依允了。灵光仍付将军,将军可醒来,吩咐三军,晚来攻出重围。相逢有日,前途保重!"亮祖醒来,梳洗了,仍领军士上山,焚香拜谢。到得日暮,着急下山,吩咐今夜三更攻打不题。

却说陈友定在汀州府中,那王遂等四将,把引诱朱军入山口子上,铁墙围住消息,报与友定得知。友定十分欢喜,大开筵宴庆贺。且打发许多酒食,送到王遂等四入帐中说:"功成之日,另行升赏,今日且各请小宴。"这四将也会齐在山前一个幽雅所在,呼卢浮白的快活。

亮祖却吩咐三军上山,砍取柴竹,缚成火把五六百个,待夜以山上神光为号。神火一

动,军中便点着火把,协力乘火杀出口子。众军得令,各处整理齐备。恰好二更左右,帐中军士,果然望见山上殿中火光烛天,那些火马、火骡、火鼠、火鸡、火龙、火牛等件,一些也不见,只有东西两路,都是执着斧、锤、锯、錾的牛头马面,每边约有一二百个,竟奔下来。朱军一齐点起火把,神兵在前,朱兵在后,从东西山口,悄悄直杀出来。谁想神兵奔到石岭,把口子上的军士都压死在石头下面。杀到大路,那神明把手与亮祖一拱说:"此处便有幽明之隔,不得同事,趁此静夜无备,将军可逾山而上,径到城中,攻取城池。那友定恶贯未盈,尚得逃脱,不必穷追了。"这火神自回山去讫。

亮祖听言,因令三军直登前岭。谁想这城依山而筑,东南角上果是依山作城。军士衔枚疾走,下得岭来,已在城中,正是友定府墙。三军便团团围住,亮祖当中杀入。友定在梦中走将起来,只得在茅厕墙上,跳出逃走,径向建宁而去。亮祖待至天明,安抚了远近百姓,便将檄文前往浦城、建阳、崇安等处招谕。不止一日,三处俱有耆老、里甲带了文书,投递纳降。亮祖自领全军,竟回金陵奏复。

且说陈友定从厕中跳墙而逃,恐大路上或有军马追赶,也向东南角上登山逾岭,径寻鹤鸣山一路行走。手下只带有一二百精壮。走过山口,但见东西两路两千个士卒,都不是刀剑所伤,尽是石头压死的。至如王遂、彭时兴、朱凤、汪大成四将,竟像石栏圈一个,把四将头颈箍死在内。友定摇着头,伸着舌说:"这朱亮祖甚是作怪,怎能运动这些石片下来攻打,稀奇,稀奇!"回看山口,又是堂堂大路,与前日光景一些也不同。叹息了一回,寻思元朝建宁守将阮德柔,甚是相好,不如且去投他,做些事业,报复前仇,也还未迟。一路之间,提起朱亮祖三字,便胆战心寒说:"纵有神工鬼力,哪有这等奇异。"说话之间,已到建宁地方。友定走进德柔府中,将石压军士,失去蒲城等县事情,与德柔细说一遍。那德柔也惊得木呆,半日做不得声。且看后来若何。

第四十三回　损大将日现黑子

江山牢落路烟迷，剑气纵横夜欲低。

岭下卷旗鸱顾影，湖边移寨鸟惊啼。

碧梧秋老霜梢泪，宫树秋深露草凄。

为应日中摩黑子，狻猊百战夕阳西。

且说元将阮德柔把守建宁，却有陈友定从汀州逃脱来见。那德柔听了朱亮祖劈开石壁，杀伤军士稀奇的事情，便说："仁兄此来，我当为你报仇。此地离处州界限不远，我如今点兵四万屯住锦江，复领一支兵绕出处州山背，便当一鼓攻破城池。"友定接应道："绝好，绝好！"就整顿军马起行不题。

却说处州镇守大将姓胡名深，字仲渊，此人沉毅有守，智勇双全，且又评论时文，高出流辈。大小三军，没一个不畏之如神，亲之如父，真是个浙东一方保障。探子报知信息，他便上了弓弦，出了刀鞘，统领铁甲军三千，上马出城迎敌。正遇友定兵到，两边射住了阵脚。那友定看了胡深不多人马，便纵马直杀过来。胡深就把大刀抵住，你东我西，你来我往，战上五十余合。胡深阵上兵十分精猛，各自寻个对手相杀，杀得友定阵中旗倒盔歪，十停之中，留有五停。友定大是忘魂丧胆。天色已晚，两家收兵，明日再战。友定自回本阵去讫。

胡深领兵入得城来，恰好儿子胡祯迎着说："今日之战，虽荷主上洪福得胜，但父亲何以不着孩儿出阵，决要自战，此意何如？"胡深说道："你不晓得，那友定因输与朱亮祖了，又失了若干地方，此行依仗阮德柔，以图报复。其势必劲，其谋必深，你们少年人那识行兵神妙。但我今日虽然得胜，此贼明日必是另有诡计接应我师。我前日接主公密扎，吩咐说：'日中有黑子，主东南主将不利。'我连日坐卧不安，心神若失，不意此贼搅扰界限，倘或有疏失，我当万死以报主公。尔为我子，更宜戮力为国家尽忠，为父亲争气。"言毕，不觉泪下。胡祯慌忙答应道："父亲放心，料然必胜。"军中把酒已罢。

次日，黎明时候，胡深传令军中造饭，结束齐整，三千铁甲军没一个被半点伤痕。正要上马，只见走过儿子胡祯来说："父亲今日可令末将当先搦战，稍稍替你气力，父亲可督中军压阵。"胡深笑道："孩儿不须挂心。我今日若不出阵，那友定便说我气力不加，反吃

贼人笑侮。你可领屯兵镇守城池。"吩咐才罢，便跳上马，把身子一扭，那马飞也似当先去了。

刚刚排列阵势完成，早有陈友定前来大叫道："胡将军可出来相对，决个胜负。"胡深听了便说："陈元帅你为何迷而不悟？你阵上甲兵四万，昨晚点数不上二万有零；我兵三千，公然全军而返。昨日之战，已见分明，元帅何不顺天来归？我主公仁圣英明，群臣乐为之用，不日四海自当混一。昔日窦融归汉，至今称为英雄。元帅请自三思，何苦伤残士卒！"友定听了一会，也不回报，驱兵径向阵中杀入。

胡深大怒，领动三千铁甲，直入重围，把那贼人寨栅登时砍倒，杀到核心。那二万余人，又去了十分之四。友定大惧，勒马向建宁路上逃走。胡深纵马赶来，约有二十余里。看看较近，那友定心下转说："前者被朱亮祖出奇兵夺去了建阳、崇安、汀州等地，无可容身，幸有阮德柔肯分兵与我报仇，今又剩得残兵万余，虽然回去，何面目见江东父老。谅他后面又无接应兵马，不如拼死与他再战。"

这也是胡深命合当休，上应天象。那友定大喊一声，转马来杀。胡深也道："你正该就死。"两马正将凑头对敌，谁想胡深坐的马，被那旌旗一动，日光径射过来，只道是什么东西，把双脚一跳，凑巧前脚踏上嵌着一把长草，那草披披离离带着后蹄一绊，绊倒在地。胡深虽便跳下马来，却被贼兵挠钩搭住不放。众军便活缚了过去。三千铁兵直冲过来救应，那友定奋力杀奔前来，无可下手，三千铁甲军士只得含泪逃回，报胡祯得知。

那友定见军士四散，便纵马先回建宁城中，见了阮德柔说："捉得大将胡深到来。"德柔大喜，就请友定暂回本馆解甲安息，待众军解到胡深，方请公堂筵宴庆赏。友定回至本馆，未及半刻，众军把胡深解到。友定便下阶，解去了缚说："且请上堂讲话。"胡深听得上堂，便开言说："既然被擒，愿得一死，倘如释放，便当与公同事圣明，不枉了君明臣良大理。"说了又说，劝了又劝。友定心中甚是尊爱。

不想元帅阮德柔处，屡次打发人来请赴筵宴，因友定听了胡深言语，不见发付，只是沉吟，便不敢上堂相亲。谁想德柔这贼，坐在自己堂中，正要十分施逞快活，怎奈二三十替差来接的人，都不来回复，忍耐不住，便放开脚步，走到馆前门首，大喝道："陈将军，把这胡深一刀两断便了，何必待他说张说李，终不然放了他不成？"友定慌忙下堂迎接。那德柔已到堂前，喝令众军把胡深斩讫报来，连友定也没做理会。顷间，军士献了首级，德柔自同友定到府中筵宴。

话分两头。那胡深儿子胡祯，在城上自早盼望到晚，杳无消息，自要领兵出城接应，又恐孤城失守。正在狐疑，不觉心惊肉跳起来，胡祯心上不安，却有一种口里说不出的光景。隔不多一会，铁甲军士到来，诉说马绊被捉事情。胡祯放声大哭，哀动三军，晕死了

半日方醒。次日，即申发文书，知会四面接应；一面备将事务上表奏闻太祖，申请急调将官把守，不在话下。

却说朱亮祖承命攻取汀州等处，得胜而回，不一日来到金陵。次日入朝朝见，行礼毕，出班将前事一一面奏。太祖不胜欢喜，便令御马监将自己所乘骏马，并库中金银、彩缎及表里赐予亮祖，亮祖拜谢出朝。

只见殿中走过一个使臣，将表章托在手内，口里报道："臣处州府镇守胡深子胡祯，遣来奏闻的表章。"太祖听了"胡深子胡祯"五字，吃了一惊，便问："胡元帅好吗？"那使臣不敢接应，只是两眼中汪汪，泪下如雨。太祖慌忙把表章读看，方知胡深被害，便对宋濂说："胡将军文武全才，吾方倚重，不意竟为友定这贼所害！"即追赠缙云伯，遣使到处州致祭，就荫长子胡祯处州卫，用为将军指挥佥事之职。正在调遣间，恰好徐达领兵也回见太祖。太祖见了，问说吕珍消息。徐达回奏说："吕闻主公取了湖广，因遁迹苏州。那左君弼来攻牛渚渡，幸托主公洪庇，被臣连败六阵，追至庐州。君弼复弃庐州，北走陈州。臣即俘其老母、妻子，解送军前。"

太祖令将君弼家属，择深大宫舍寄寓，支倾官俸，优恤隆眷。即对徐达说："前者军师刘基，在豫章别我时，曾言日中有黑子相荡，主损东南方大将之象。今胡深与陈友定相持，马蹶被缚，不屈而死，大可痛怜。我今思量，向年廖永安领兵往救常州，被吕珍所获，后来我兵活捉张九六，他要将永安来换，彼时不知主何意思，不与他换，至今守义不屈，被其羁禁。你可吩咐中书写诰文与他，遥授光禄大夫程国江淮行省平章事楚国公，以表孤家不忘远臣至意。"徐达领命而出。

第四十四回　常遇春收伏荆襄

冻云垂垂雪欲堕，忽然温诏移江右。

憔悴寒衣春顿生，相语皇仁天地厚。

屠苏酒透一星春，因窥仇敌识君臣。

恭良原是天然性，为笑愚痴昧本真。

悔彼从头多反复，更有吴儿多踯躅。

二十余万乌合兵，何似周亲建大蠢。

数行铁骑捣中坚，里外声呼声震天。

东御伪周南靖楚，几人勋烈勒凌烟。

李岐阳璟常忠武，武顺邓王历可数。

只怜罗睺亦星精，永嘉功绩谁究取？

青史编编久更新，疆场血战苦和辛。

应知爱屋怜乌者，宁置鸿功付鬼怜。

携壶醉客听新声，化日春深天地清。

那思今日歌吹地，多少英雄干得成。

话说太祖因胡深不屈身死，转展念及廖永安陷于张士诚，守义有年，遥授官爵，命中书写诰与他家内，以励忠贞。早有细作报与士诚得知，且说太祖加称吴王封号等事。士诚因自称为帝，改国号为大周，改年号为天祐。立长子张龙为皇太子，以次子张豹、张彪、张虹总理军国重事；以大元帅李伯升领兵十万，把守湖州；以潘原明领兵五万，把守杭州，阻塞钱塘江口；以万户平章尹义，驻守太湖。封弟张士信为姑苏王，李伯清为右丞相。一面还请命于元朝。而今他也晓得元朝遮护他不得，且做事还有妨碍，尽把监制他的元臣一一逼胁身死，放情自纵。每常只有提防朱家兵马、征伐浙右意思，这也慢题。

且说常遇春同邓愈领兵进攻赣州，贼将熊天瑞从东门外十里列阵迎敌，相持日久，胜负未分。太祖乃遣左司郎中汪广洋前往参谋，因谕遇春等说："天瑞困守孤城，犹之笼禽阱兽，谅难逃脱。但恐破城之日，杀伤过多，尔等须以保全生民为心：一则可为国家使用，二则可为未附者戒，三则不妄诛杀，子孙昌盛，汉时邓禹可以为法。前者友谅既败，生降

诸军,或逃归者,至今军为我用,民为我使。后克武昌,严禁军士入城,故得全一郡之命。苟得郡而无民,虽有何益?"广洋来到军中,传与上命。

当时暮冬天气,西江近赣诸地,颇苦严寒,闻有天命来谕保全民命的话头,便觉阳和春色,一时照临,都如挟纩一般。遇春见天瑞拒守益坚,因命军中深掘沟池,广立栅闸,周匝围绕,以防四面救援,且绝城中往来信息。日复一日,已是元至正二十五年,岁在乙巳正月元旦。常遇春等领诸军,在赣州东向金陵称臣祝寿,呼声动地。

那天瑞在城上遥望了一会,对那些军士说:"朱家真好臣子,真好礼义,似此光景,颇有一统规模。但未识朱公德量何如? 前闻使者到军中传谕,不许妄杀,未知果否?"自言自语下城调遣军士把守。此时春气已动,朱军倍加精锐。又将半月,天瑞自揣力不能支,只得写了降书,开门送至遇春寨内。遇春细看来情,并问来人心事,已知天瑞困迫。因对来人说:"前者我王驾到江西,你将军已是投降,收了我主许多赏赉。不意复生反心,劳我师旅。今日本当不受纳降,但我何苦为你将军一人之头,带累许多无辜之众。你如今可回去报知说,叫他再自清夜细思,不可造次做事。倘或目下势迫而降,后来仍如今日叛逆,天兵所到,决不容情。"那人得令回城,备讲了这一番话。

次日,天瑞亲到军门负荆纳款。遇春因传令诸军,不许搅动村居百姓,各守队伍,倘有一军妄入民居者,则足示众。号令已毕,止率从者十人进城,点查户籍,释放了无罪良民,将存有仓储,尽行给散远近人民,以济骚扰之苦。一面申奏金陵,一面传檄南安、南雄、韶州等郡,曲谕主上德意,诸处望风而降。因令原守韶州同金张秉彝,仍守韶州;指挥王玙守南雄;自己总领三军,不一日回至金陵。

太祖临御戟门颂赏犒劳,即对遇春说:"闻将军破敌不杀,足称仁者之师。曹彬之下江南,何以如此? 此天赐将军以隆我国家也,余深有赖焉。又思安陆及襄阳一带地方,正是江西肩背,不可不取,烦将军一行。"遇春拜谢赏赉,衔新命即日出城,往荆楚进发不题。

且说伪周张士诚、元帅李伯升,见朱兵往江西一带征取,湖州谅来无事,悄地率众二十万,星夜兼程而进,竟把诸全新城围住。主将胡德济坚守,即遣使往李文忠处求救。文忠得报,便率兵来援,未至新城十里。土名龙潭地方,文忠因传令前军据险安营搦战。德济知文忠已到,遣人间道对文忠说:"众寡不敌,姑宜少待大兵,一齐攻杀,方保无虞。"文忠与来使说:"以众论,则我非彼敌;以谋论,则彼非我敌。昔谢玄以八千人破苻坚八十万雄兵,若未与战,便遽退避,则彼势益炽,纵有大军到来,难为攻矣。莫若与之一战,死中求生,正在今日。"遂下令说:"彼众而骄,我寡而锐,可一战而擒。擒彼之后,轻重车马任汝等所取,尔辈当戮力齐心厮杀。"

明日,两军相对,文忠仰天大叫道:"朝廷大事,在此一举。敢自爱其身,以后三军

哉!"即横槊上鞍,领了数十铁骑,乘高而下,直捣伯升阵后,冲开中军,一把刀登时砍倒二十余人。因督众乘势四下赶杀,贼兵大溃,自相蹂躏。胡德济在城,闻知文忠力战,因率城中将士,鼓噪而出,声震山谷,旌旗蔽天,莫不以一当百,斩首万级,血流成河,溪水尽赤。

伯升却要望东而逃,又遇左翼指挥朱亮祖,恰向前杀来,把老营四下放火腾烧,活捉了同金韩谦、元帅周遇、萧山等六百余人,散卒军士七千余众,马一千八百余匹,弃去的辎重、铠甲、器械,山堆阜积,众军士搬运了五六日,尚不能了。李伯升领了残兵万余,保了伪周五太子,星夜从苏州而去。文忠仍领兵镇守旧地。

话分两头。却说太祖命元帅常遇春往取安陆、襄阳,复调江西行省左丞邓愈为湖广平章政事,领兵接应。因使人谕知邓愈:"凡得州郡,汝宜驻兵抚辑降附。近闻元将王保,现集兵汝宁,他的行径如筑堤壅水,唯恐漏泄。尔至荆南,倘能爱恤军民,则人心之归,犹水之就下。是穿其堤防,使所聚之水都漏泄也。用力少而成功多,正在今日,尔宜敬之。"

邓愈奉命来至遇春营前,那遇春正与安陆守将任亮血战。看那任亮甚是骁勇,两将斗到五十余合,未见胜败。邓愈大叫道:"常将军,待末将为公活擒此贼!"声未绝,手中展开锦索向天一撒,把那任亮活捉到马上去了。一个辔头急勒,往自家寨中跑回,就唤三军把任亮陷在囚车,解送金陵候旨发落。遇春见邓愈捉了任亮,便纵马入城,抚谕了百姓,着令沔阳卫指挥吴复住城把守。

次日,发兵前至襄阳。只见城门大开,百姓们都扶老携幼,一路上跪了迎接,备说镇守之将,闻风逃遁。遇春便吩咐后兵传言,请平章邓愈进城安辑人民,出榜晓谕,自己总领兵马追击元将五十余里,因俘士卒五千余众,获马七百余匹,粮一千余石。正要转身回军,恰有元金院张德山、罗明,跪在马前,将谷城一带地方,与元思州宣抚并湖广行省左丞田仁厚等,将所守镇远、吉州军民二府,婺州及常宁等十县,龙泉、瑞溪、沿河等三十四州,尽行降附。遇春即令军中取过马匹与三人骑了,同至襄阳城中。早有平章邓愈在府中整备筵宴,邀入相聚,一面将得胜纳降事务备做表章,申奏金陵。内并请改宣抚司为司南镇西等处宣慰使司,仍以仁厚为宣慰使。

第四十五回　击登闻断明冤枉

宝刀映漾大场中，健儿对舞将军雄。

翻身上马力虓虎，弯弓殪児走黑熊。

归来天上云霓赫，赓歌臣主欢无致。

崇文宣武圣明时，犹异奸僧萌恶孽。

东邻有女貌如花，忘却无家欲有家。

豆蔻孤香强作合，葡萄一醉日披查。

墙上桃花应有主，任彼癫狂自还失。

一贞注定子和夫，九重善听能起死。

昭揭纲常如日星，燕子衔泥垒旧亭。

寄语菩提宗教者，六根清净本来经。

却说常、邓二将军统领攻取荆、襄之地，恰有张德山、罗明、田仁厚三人望风而来，归有许多地面。因一面申文保留仁厚为宣慰使，又备说元将任亮虽被擒获，然壮毅可用。太祖俱允奏，以田仁厚镇抚荆南，仍授宣慰之职；释任亮为指挥金事；敕令邓愈为湖广行省平章，镇守襄阳；常遇春暂领兵回金陵，听遣征讨。

是时，江西、湖广皆平。太祖因令集多官计议，说道："张士诚主谋，惟是弟张士德及部将史椿，今只委托张士信做事。我看士信惟贪酒色，用的是王敬夫、叶德新、蔡彦夫，这三个都是谄佞小人。我时常自恃，诸事无不经心，尚且被人瞒我。这张九四终年不出门，理事岂有不被人瞒过的事情？又闻得外面市谣说：'张王做事业，只凭王蔡叶。一朝西风起，干别。'如此光景，倘不及时芟除，小民何忍受凌辱？"因吩咐将士："明日请行检阅战，胜者受上赏；其有被伤而不退却者，亦是勇敢之士，受中赏。"诸将帅领命退朝，整点各部军马去讫。

次日五更，太祖出宫，排驾竟到演武场中坐下，即谓起居注官詹同，从旁登记今日比试胜负于簿子上，以便赏罚。大小三军，个个抖擞精神，逐队、逐伍、逐哨、逐营，刀对刀，枪对枪，射对射，舞对舞，马军对马军，步卒对步卒，十八般武艺，从大至小，件件比试过了。又命火药局装起火铳、火炮、火箭、鸟嘴、喷筒等项，都一一试过。自黎明至天晚，太

祖照簿上所记胜负，各行赏罚有差。

排驾回宫，昏暗中远远望见一人倚墙而立，太祖指向巡御兵马指挥说："那人为谁？"指挥即刻捕获到驾前，讯问籍贯、姓氏。那人回说："小臣攸州人氏，姓彭双名友信。县官以臣文学，赍发来此，今早方到。闻吾王选拔将士，不敢奏闻。适见驾回，遍走民家回避，以面生不熟，无人许臣进门，因此倚墙而立。"主上听他语言清亮，且举动从容，抬头看见天边云霓灿然，因说："我方才登驾，以云霓为题，得诗二句。你既有文学，可能和吗？"友信奏说："臣愿闻温旨。"太祖便吟道：

谁把青红线两条，和云和雨系天腰？

友信接应答曰：

玉皇知有銮舆出，万里长空驾彩桥。

太祖大喜，随命明早入朝进见。

次早，钟声方歇，太祖密着内臣出朝，探视友信来否，却见友信整冠肃裳已到多时。太祖视朝礼毕，对侍臣说："此有学有行之士，我欲任为翰林编修，众卿以为何如？"延臣齐声应道："极当，极当！"友信拜谢才罢，只听朝门外鼓声咚咚的响，原来太祖欲通天下民情及世间冤枉，倘无人替他申理，便任自身到朝挝击此鼓，名曰"登闻鼓"。如有大小官军，阻遏来人者，处斩。此分明是当初治水的禹王鼓，诏求谏的美意。太祖听了，便宣击鼓的进来。

不多时，恰是一个极美极洁的妇人，年纪只有二十余岁，飘飘冉冉走向殿前，叩了几个头，跪着诉说："小妇人周氏，是扬子江边渔户。父亲将我嫁与李郎，贴近金山寺，亦以捕鱼为业。嫁方两年，生下一个孩儿，时常间有邻家江妈妈送我些胭脂、花粉，小妇人也时常把些东西回答，因此来往甚是亲密。一日间，李郎在外生理，往来长江不回，小妇人因邀江妈妈到家相伴同睡，谁想江妈妈暗将僧鞋一双藏在床下。次早，他竟回家，恰好李郎走到，往看床边，见有僧鞋，疑是妇人与和尚通奸。任我立誓分辩，只是不听，逐我回到娘家。彼时拜别之际，也曾占诗一首，剖白衷情。

那诗记得说：

去燕有归期，去妇有别离。

妾有堂堂夫，妾有呱呱儿。

撇了夫与子，出门将何之？

有声空鸣咽，有泪徒涟洏。

百病皆有药，此病竟难医。

丈夫心反复，曾不记当时；

山盟与海誓，瞬息竟更移。

吁嗟一女妇，方寸有天知！

李郎也只做不闻，只得长别。自此将及半年，有个新还俗的僧人叫作惠明，原是金山寺和尚，托媒来说，要娶妇人。父亲做主，便嫁了他。前晚酒中说出，当年江妈妈时常送些花粉、胭脂。及藏僧鞋的事务，原来都是这和尚的奸谋，因此把妇人夫妻拆散。后诉本地知县，谁想他央人情，不准呈词。这段冤屈，全仗皇上审理！"

太祖听了大怒，即唤殿前校尉，星驰拿捉奸僧、江妈妈及本地知县，与金山合寺僧众，到殿鞫问。不一日，人犯齐到，一一都如妇人所言。登时，命将惠明凌迟处死，那偷寒送暖的江妈妈坐主媒枭首，同房十二个僧人坐知情罪枷打，知县遏绝民情，收监究问，其余寺僧，俱发边远充军，这妇人仍着原夫李郎领回，永为夫妇。发断去讫。

暑往寒来，不觉又是孟冬天气。太祖对徐达、常遇春说："今日操练已精，幸得资粮颇足，公等宜率马、步、舟师，一齐进取淮东。首取淮安，便攻泰州一带，庶几剪去士诚东北股肱之地。股肱一失，心腹自亡。"二将领命辞朝，择日率兵二十万，向淮东一路进发。

且说士诚知朱军攻取风声，便召满朝文武商议。恰有四子张虬向前奏说："臣意金陵兵马，本欲先取淮安，后攻泰州，我处不如遣舟师进薄淮安，次于范蔡港口，以疑彼师，使他进退两难，彼此分势，日久师老，不战自退矣。"士诚听了，称说："极是，极是！"即令张虬带领舟师，依计而行；一面又遣人驰赴泰州，令守将史彦忠小心御敌不题。

太祖在金陵，探子报知士诚如此行兵信息，因作书谕徐达，曰：

贼兵驻扎范蔡，不敢阵于上流，分明是欲分我兵势耳，非真有决机乘胜之谋也。宜遣廖永忠等，率舟师御之。大军切勿轻动，待他徘徊江上，听其自老，乘其怠慢，攻之必克矣。泰州既克，则江北瓦解，不卜可知。

徐达接谕，即率兵驰赴，由淮安至泰州界上安营。

泰州史彦忠早已知风，便对众人商议说："金陵兵势极大，若与对敌，必不得利。以我

见识，城中粮饷甚多，只宜固守。一面使人往姑苏，求取救兵接应，方可迎敌。”众人合口都说：“元帅高见。”史彦忠即修表，遣人至苏州求救，因分遣将士固守城池。

朱军直抵城下，每日令人高叫搦战，彦忠只是坚闭不出。徐达因传令，在正南上七里外安营。众将都来议围城攻击之策。徐达说：“吾知此城极是坚固，更且兵多粮广，若攻之必不能克，徒伤士卒之命。莫若乘机另生计较。”因令众将每日遣小卒在城下百般毁骂，激他出来迎敌。那彦忠这厮，决然不来，一连相持了半月。

徐达见诸军全然无事，传令冯胜帅所部军马一万，进攻高邮去了。过了七八日，又令孙兴祖领兵一万，把守海安去讫。因对常遇春、汤和、沐英、朱亮祖、郭英等说：“细看彦忠，乃东吴善守之将，趁此严冬，人将过岁，吾有方略在此，只是事机宜密，诸公不宜漏泄秘计。”便附众人的耳边说了几句，语道：“何如，何如？”诸将：“甚妙，甚妙！”

翌日，徐达传令：“诸军在此，以客为家，今彦忠既不出战，亦宜听之；军中自宜趁此年华除夜元旦，各图欢庆。”下令已毕，大帐中设一个大宴会，会集诸将，高歌畅饮，扮戏娱情，一连的热闹了七八日。

第四十六回　幸濠州共沐恩光

问君兴废事何如,成败犹如一局棋。

转眼请看青发少,回头不觉白眉垂。

秋声鹤唳愁应惨,春老莺啼苦自知。

伤乱也思归去好,一蓑烟雨酒堪炊。

那徐达见史彦忠坚守不战,因设计策,令军中也不搦战,趁着三阳佳节,解甲休兵,大吹大擂,一连如此七八个日头。早有细作看了这般光景,就报与彦忠知道。

彦忠大笑说:"如此村鄙,岂堪大将!今彼既然自骄自肆,上下各无斗志,不如乘机破之,何必定要外边来援,方才迎敌。"彦忠又恐未必的实,即唤过儿子史义说:"我欲令汝往探虚实,汝可将书一封,假以投降献城为名,细观动静,事成之日,重重奏请升赏。"史义得令,赍了降书,径到徐达营前,着令士卒报入。那些士卒也不禁止。

史义直入营中,但闻得笙歌聒耳,嬉戏的妆生妆旦,抹粉涂朱,在堂中扮演杂剧。那个徐达元帅,与这些众将沉酣狼藉,略无纪度。史义在旁,细看了一会,也没有人来查说姓张姓李,又是半晌,走到桌子边,摸出书来投递。徐达蒙眬醉眼问说:"你是何人?"史义对说:"小人是史彦忠帐下将书来的。"徐达慢慢地拆开,念说:

泰州守将万户侯史彦忠端肃书奉大德总戎徐公麾下:伏念彦忠久思圣泽,愿沃仁风。昨闻师临敝邑,即欲衔命投降,奈吴有监使,未得隙便。今监使已回,谨献户归降,乞保余生,为一卒幸也。特此先容,余当面禀。

徐达看书大喜,便以酒与史义吃,问说:"主帅几时来降?"史义权对说:"明日即来。"徐达即传令军中说:"泰州已降,可设宴庆贺。明日可增多筵席十桌。至如带来军士,且到临时宰杀牛、马犒赏。"史义即时出得营来,又听得帐里鼓吹声歌,不住交作,喜不自胜。即刻回到泰州,备说三军的榜样。彦忠大喜说:"今夜不杀徐达,永不为大丈夫!"

是日.正是元至正二十六年,丙午正月之人日。约莫一更左右,彦忠率兵一万出泰州南城,悄悄地驰至徐达营前。但闻营中更鼓频敲,便引兵直向营侧。只见士卒满地的熟睡不醒。彦忠因吩咐将卒说:"尔等不必杀死士卒,径杀徐达,方为大功。"帐中灯烛微明,遥见徐达隐几而卧。彦忠遂令三军奋力杀入。谁想方踏进营中,即都落在坑中。坑深四

丈,三面都是两头尖的铁钉、狼牙、虎爪,陷入即死。仔细一看,都是草人。

彦忠大惊,倒戈退步而走。忽听得一声炮响,伏兵尽起,东、南、北三面密密丛丛的军校,杀将拢来,只有西面兵马少些。彦忠便令军士投西而走。徐达传令,即将火炮、火铳、火箭、长枪手,一齐追来。面前皆是大沟,阔有二丈零,深有三丈零。伪周兵马堕死者不计其数,止约剩有百余士卒,彦忠只得踏着浮尸而走。

此时天色已明,彦忠悔恨为朱兵所诱,且行且怨。只见当先一兵阻住,为首大将却是汤和,高叫说:"不如早降,免得身死!"彦忠大怒,纵马来战。汤和便举刀相迎。未及数合,彦忠勒马而逃。汤和因乘势追杀。将到泰州城边,唯见城上摇摇曳曳,曜日遮云,都是金陵常元帅旗号。吊桥边旗杆上,早将史义首级悬在高头。彦忠自度力不能支,拔剑自刎而死。

徐达带领数十人,进城安抚人民。其余军士,不得乱离部伍。次日,发兵一万,前往高邮助冯胜攻打。那高邮守将俞中,被冯胜日夜督战,正在危急,俄闻泰州又破,且益雄兵万余,齐来攻打,因此也奉表出降不题。

且说太祖一日说:"濠州是吾家乡里,今被士诚窃据,是吾虽有国而实无家。前者,命韩政率顾时领兵攻取,谁想守将李济治兵拒敌。复着龚希鲁去说萧把都,亦且观望未决。因发兵打西门,那李济拒守愈坚,残伤士卒,难以下手。"徐达既取泰州,太祖因驰书与韩政、顾时,命以云梯,炮石,四面合齐攻打,誓在必克。李济力不能支,遂出城纳款。太祖得了捷报大喜,说:"吾今有国有家矣。"即日起程,驾幸濠州,拜谒陵墓。礼毕,便与诸父老排筵欢叙。因令修城浚池,着顾时驻扎。驾留五日,仍转金陵而去。濠州既降,淮东遂失左臂,于是淮安伪周守将梅思祖,徐州、宿州守将陆聚,皆望风来归。

却说朱军孙兴祖前领徐达将令,把守海安。那兴祖方屯扎得十余里,士诚的兵果然来寇海口。兴祖便率兵奋力攻杀,活擒将士四百余人,杀死约两千余众。士诚的兵遂连夜逃遁而去。孙兴祖即进攻通州。那通州守将吴魁,严兵相拒。兴祖向东城外五里安营,便排开阵势,单刀纵马杀来。他阵中米尔忠、张大元、虎布武、李通,一齐接应。兴祖统兵大呼,声震天地,河水若立,把四将一齐杀死。斩首数百级。吴魁连忙奔入城中,紧闭了不敢出战。兴祖也暂领兵而回。

却说徐达见淮安等处投降,便统兵渡江过了常州,从长兴大路进发,径到太湖,贴着湖州岸上安营。早有伪周守将尹义,练着战船一千余只,在东岸截住去路。哨子探知来报,徐达思量,太湖是东吴咽喉之地,正宜固守,即遣郭英驰入长兴,取船二千只,同耿炳文调水军在湖边驻扎。次日,即领兵径泛太湖。郭英得令,遂向长兴进发。明日黎明,已同耿炳文到军前来会。

徐达见了炳文，便道："自从将军镇守长兴，备御多方，贼人远逃，毫不敢犯，真非他人所及！"炳文回说："卑职效劳，是臣子分内之事，末将愧无才能，但心中可尽，不敢不为耳。"徐达因问郭英说："昨劳先锋料理船只，可曾完备吗？"郭英道："已有船三千只，整备湖口了。"徐达便别耿、郭二位，领兵直至太湖，望东南而行。但见绿水潺潺，清波渺渺，南接洞庭，东连沧海，西注钱塘，北通扬子，五湖之景，此为第一。徐达回顾湖景，因对众将说："湖光浩荡，长天一色，吾恨无才，不足以写其妙。聊作《春湖歌》一首，念与诸公请教：

紫气参差烟雾绕，清波荡漾连蓬岛。

湖中落日映金盘，水上风生飞翠鸟。

芦舞银花白蒂轻，荷生翠点青钱小。

洪涛滚滚连天涯，雪浪滔滔周海表。

睍睆黄莺诉景和，呢喃燕子啼春老。

鱼龙吹浪水云腥，川浸朝宗烟月晓。

岸边游士唤闲舟，船上渔翁拖短桡。

南越凭依作障篱，东吴依藉为屏保。

千团星月玉珠帘，万里烟霞瑞霭好。

胜景繁华第一奇，轻帆破浪奸邪扫。"

歌毕，众将俱称嘉美。满湖中但见旌旗蔽日，金鼓喧天。远望东岸，一派号旗林林的布立得齐整。岸下战艘蜂屯，正是伪周虎将尹义屯扎的水寨。

他兵望见朱师将至，便摆开船只，头顶着尾，尾傍着头，一字儿摆开，飘飘荡荡，恰好有十里之路。每船上只见头上立着二人，艄上立着一人，中间舱内亦只立着五六人，也不呐喊摇旗，鸣金击鼓，俱都是一把长枪在手，直冲前来。常遇春与众将看了，大笑说："这都是个打鱼的把式，说什么舟师！"惟是主将徐达，望见如此形势，急传令三军："且宜慎重，万勿轻敌。我看他们必有诡计。"吩咐未完，谁想他军看见如此光景，便纵船杀入。约有兵船五百余号，后船略不相接。只见小船上号炮一声，那些头尾相接的船，飞也似围将拢来。

第四十七回　薛将军收周擒将

梦里输赢总未真，劝君何事枉劳神。

每教好事成虚事，恰羡神人常胜人。

耿耿帝星天有定，茫茫尘事世谁均？

算来都是黄河水，尽向东头溟海倾。

话说我们水军，前船杀进约有五百余只，那后船不继。谁想伪周的小船上一声号炮，那些一字儿摆来的兵船，便都飞也似围将拢来。起初每船上只不过有六七个人在上，不知而今平白里倒有七十余人。画角一声，重重叠叠，如蜂如蚁地围住。朱军的船在内，前后分做两段。只是虚声呐喊，却也不近前厮杀。

且说常遇春、王铭、俞通源、薛显四员虎将，分头杀出，但是我军将到，他们军士便都跳在水中去了。我船略开，他们仍旧跳上船来。遇春传令说："他既然如此，不过欲老我师耳。但是我军粮草不继，如此三日，则枵腹了，何以当劲兵？我们的船且集在一处，再做计较。"说还未已，只见船上都说道："不好了，不好了！船底被他们凿破，滚起水来了。"诸军都去舱中补塞。未及半晌，那些水军纷纷的在水上，如履平地而来，把在外的船，提起铁锤，只是乱打。顷刻间，朱军溺死的已是一千余众。

常遇春等看了无计可施，遥看三面俱隔芦荡，约有二十余里。芦荡之外，仍是无边水面，要望外边援军，他又尽将巨舰在十里之外，重重遮隔，声息无闻。遇春仰天叹说："不意此身沉没在此。"薛显说："常元帅，你且慢着心焦。这场事务，须从万死一生中寻个计策。我们且把船都一齐荡开，不可攒做一处。倘若他四下以火相攻，比那凿穿船底尤其是利害。我有一策，就唤众军收捞已坏的船只，尽将舱板打开，止留船底，将铁链缚成，铺浮水面。每片约长十丈，阔二十五丈。板多则负重。每板上立四十人，各执火铳、火炮、火箭等物，趁他巨舰挨挤水面之时，今夜以火攻向前去。其余不坏船只，紧随火器厮杀，必能杀开重围。"

俞通源听了，摇头说："不可，不可。我军驾着船板而行，仰视艨艟巨舰，多有二三丈之高，一时难得上去，且风又不便，二者毫无掩蔽，则重伤必多。此计未妥。我仔细思量，尹义守此，不过十万之师，他如今驾着大船，当湖心截住前后，则诸军必然罄尽的都在水

面。把守岸上陆兵，见我们前后不应，必不准备。不如今夜将船分半，竟抵彼岸，直劫他岸兵。这个叫作'不入虎穴，焉得虎子'，兵法上亦是一策。"

常遇春听了便说："二位的议论都好，我如今都用。但只与二位都相反的：薛将军说将船底链拢去向后边放火，俞将军虑及以下攻上，且无掩蔽，重伤必多。我如今尽将好船带领火器，到他拦阻的船边放火攻杀，便有遮隔，也无俯仰之苦。俞将军说将船直抵彼岸，乘其无备，劫他岸兵，我们又苦无船可渡。薛将军将船底链拢渡去，此正如破釜沉舟，置之死地而复生的计策，使他两下救应不及。二位以为何如？"众人都说："极妙，极妙！"便令众将将打坏的船，不可装载的，尽行拆散，把铁链如法连成一片。如今反将底面向天，以防钉脚触伤士卒，及到岸边，仍旧翻转，面子向天，防他水兵被火，逃脱上岸，一时触伤脚底，难以向前。又令在船诸军，整理火器等件。俞通源、薛显领兵攻打水寨。自同王铭引兵攻劫岸兵。只待夜间分头行事。军中急忙料理，不觉红日西沉，但见湖中清风徐来，水光接天，万籁无声，一碧万顷。可惜只为王事在身，无心盼睐烟光景色。

却说主帅徐达在军中听得一声炮响，看见尹义阵上的船，飞也围绕，把朱兵截做两段。倏忽之间，大船云集，而似铜墙铁壁，拦阻在湖心内。自知陷他奸计，急令朱军慢施橹棹，且集诸将细议攻打。令传得下，诸将会齐到船，都说："起初之际，更不见有一只大船，只是几处芦苇荡边有些捕鱼的，我们因此也都放心，谁知落他圈套！"

正说话间，那些被溺死的军士，飘飘荡荡，竟如雪片似的流到船边，心中甚是不忍。欲要打探，更无去路。又不见里面一些响动。俞通海、俞通渊因有兄弟通源截住在内，不觉放声地哭将起来。众军汹汹茫茫，也没有个理会。徐达此时待将转回湖口，又思前军无人接应；待将杀回前去，那船上只是把喷筒、鸟嘴、火炮、火铳，不住地打过来。刀枪剑戟密密的摆列船上，不让你近得。

徐达只是口中不住地叹气，看看傍晚，无计可施，但只吩咐各船上夜间小心巡哨，静听里面，恐有声闻，以便救应。众将得令。但听得伪周船上，鸣锣击鼓，画角长鸣，四下里分头巡更用哨，已是初更左右。唯见月色朦胧，星火黯淡，朱军外边船上，侧耳听声，更不见有一毫动静。将近二更，只见水面上刮起波纹，早有软浪打到船头。徐达独坐舱中，闻得风声，愈加烦恼。

且说里面被围，水师俞通源、薛显传令，凡是好船，都撑转船头，仍寻原路而行。恰好趁着顺风，倏忽间，都顶尹义大船的舵上，只待常遇春等船板渡军到岸，以放炮为号，一边放火杀出，一边上岸杀人。且喜他的船上，都料如此布列，万无一失，俱各放心安睡。起初，敲更鼓的，与那提铃、喝号的，虽是严明，挨至三更，都各鼾鼾的熟睡。我们在船板上渡水的军，虽遇了风，幸无篷扇，止得一片光板，奋力撑持，已到彼岸。遇春便令将船板尽

行翻转，塞满岸边，即衔枚疾走，不及一里，已是尹义陆寨，更没有一人巡视。遇春就唤从寨边四下放起号炮，火光烛天，直杀进寨里去。此时只有伪周副将石清在寨把守，梦里惊觉，不知此兵从何而降，盔甲都穿不及。遇春带领虎将王铭，横冲直撞，喊杀连天，没有一个敢来抵应，便把石清擒住不题。

且表俞通源、薛显，因风顺船到得早，便令齐将火炮、火铳、火箭及芦苇惹火之物，轻轻着水军抓上各船艄上，设法准备。正在措置得好，只听信炮一声响，便同时发作起来。火又猛，风又大，尹义听得喊声从后面响，便披衣跳出舱来。哪知火光彻天，一时链拢的船一只也放不开，只得向小船中逃走。外面徐达船上，看见敌船上火起，不住地喊杀，也杀将进来。不上一个时辰，将三千敌船烧毁悉尽，没有一个军士逃脱的。真好一场厮杀！但见：

万道红光，满天烟障。远望似片片云霞，罩着湖中绿水；近觑像条条锦绣，映将水面清波。三江夏口，那数妙计周郎；骊山顶头，不美美人褒姒。起初间烈焰焰一丛不散，便浮梁御器厂闪烁惊人；到后来虚飘飘万点移开，便深秋萤火虫焰光满目。沸水腾川，不让昔咸阳三月；炊人囊骨，谁说道鬼火神灯。真是丙丁烘得千千里，蛩火烧残万万魂。

尹义落得小船逃走，回看一眼，伤心顿足道：“真可怜！真可惜！只说要围他，谁知反被其害。”正在跌足不暇，又被沐英、朱亮祖将小船杀近前来。约到岸边，满岸口都是船板，钉头向天，恰要提步而走，早有朱亮祖追上，一槌打落水里，活捉了过来。天已黎明，水陆三军一齐会集。徐达便令鸣金收军。

第四十八回　杀巡哨假击锣梆

白月雄未倾，袍马朱殷好。

蝇母识残腥，野火烧龙船。

湖水远莫浇，烟障毒人倒。

望之远若迎，少焉忽如扫。

阴风噫大块，蚩尤煮长潦。

怪沫一何繁，水与火相噪。

机械狎鬼神，去来遮晻昽。

何地无恢奇，焉能尽相告。

且说常遇春一支前行的船只，都被尹义贼船围住，幸得水陆分攻，前后接应，将及天明，一齐会集。徐达传令鸣金收军，与常遇春、俞通源、薛显、王铭等相见，真如再生兄弟，梦里重逢，不胜之喜。便唤军士把尹义、石清枭首。随集众船，直走湖州的昆山崖边屯扎。与伪周的兵水陆鏖战，在崖边立阵，伪周兵马大败。遂率三军直至湖州城下。

丞相张士信闻得警急，因率境内精兵十万，径往旧馆地方，以击朱军之背。常遇春探知此信，便对徐达说："贼兵此计，是欲使我前后受敌。既来困我的兵，又来分我的势，不可不虑。不如待末将同朱亮祖、王铭拣选健士三千，径从大金港而入，结营东阡，复抗敌人之背。因令军士负土填壅港口，绝其归路，此计何如？"徐达说："所见极是。常将军依此而行。"遇春得令，随即领兵前往东阡屯驻。

士信阵上，早有先锋徐义出马迎敌。遇春一边摆开阵势，一边召诸军向前说："今日士信有兵十万，我兵仅止三千，尔等切须努力尽心，成功当有上赏，我绝不敢食言。"便令军中将酒过来。遇春酹酒在手，对众将说："敢有面不带矢，身不被伤者，有如此酒！"便持刀跃马，当先而出。见了徐义，也不打话，把刀乱砍将来，就如剖瓜切菜。那三千人因而纵马杀去，杀得士信阵上人人胆战，个个心寒，只躲跑得快，躲得过的为高。徐义引得残兵数百，向树林中伏了半夜，方才逃脱得去。遇春一领绿色征袍及那一匹追风白马，都染得浑身血迹。东阡前后地面五里，东倒西歪，都是死尸堆积。

天晚而回，士信连晚申奏士诚说："金陵兵势汹涌，望御驾亲征。"士诚从来听信士信

的说话，即刻带领五太子、吕珍、朱暹等，再益兵五万，驾了赤龙船，列阵于乌龙镇上，相去朱师不远。

遇春召过副将王铭说："我闻五太子虽是短小，其实精悍，力敌万人，人都说他平地能跃起三丈。又吕珍气力，亦是超距上人。今又益兵五万前来，我兵三千，明日何以抵敌？我今细思，士诚星火驾此大舟而来，其兵必疲，不如今夜乘其困惫，着速领水军驾小船百只，各带火器，傍近大船，四散放火攻杀。他见势头不好，必然登岸而逃。我于南北东三面，但从树林中插旗挂灯，令十数人虚声呐喊。他见西路无人，必然望西奔走，我同朱将军领二千精兵，左右参差犄角，发伏击之纵，待他来时，分兵而出，或不能成擒，彼必因而丧胆矣。"

王铭领命，将近初更，先驾着一只小船前往。恰好士诚水寨中有五六个一队的，在岸上巡哨过来。王铭向前，把一个敲锣的一把扭住说："你且莫叫，若叫一声，便杀了你！你本身姓甚名谁？派在那边巡哨？"那人便说："我姓王，排行第七，因叫作王七星。派在前寨巡风，一连六个。"王铭一一问了仔细，便都向前一刀杀了，就把号衣剥下，交与面貌相似的六人，依照巡哨的打扮，登时叫从军把六人尸首，丢在远地河中。

正好收拾停当，只见一伙儿六个，又慢慢地提铃击梆走将过来。王铭叫道："阿哥，我王七星早在镇上抢有熟牛肉一包，我们伙计丘大元又抢有白酒一大坛，今日辛辛苦苦，到晚上却要享受了去，到船艄上睡睡，不意又派令巡哨。阿哥们可怜儿见，替我略在此巡哨一回，待我兄弟们走到船吃些儿来，也不枉了同伙同事。"其中有两个便说："这个有何不可？但我们也要吃钟儿酒，嚼块儿肉，方肯替代替代。"王铭便接应说："这个酒，这个肉，又不是真金白银买的，左右是首饰货偷来的。俗云：'首饰买的，将来结交兄弟。'有何不可，就请下船。"

走至半路光景，中间一个说："我们两处巡哨人都走了来，倘有失误，明早吃军政司棍子。王七哥，你可先同他们伙中四位去吃了些，再来换我们。公私两尽何如？"王铭应道："好，好，好！"一头走，一头问他们是张三李四的名号。倏忽间将近船边，王铭先跳上船，把后脚将岸一蹬，那船忽地里离岸有二三丈。王铭便把篙子在手，撑将拢来，说道："兄长，逐位儿下来，船小不堪重载。"舱中早有一个知心的持刀在手。王铭先把手接着一个下船，便将身故意一推，推那人跌进舱里。那人叫一声："啊呀！"就不见响。王铭因而再把手接一个下舱，接连四个，都如此做作。谁知那人叫了一声，都被舱中摩诃了。

王铭即时收拾起四人尸首，把他号衣也与朱军士四个穿着。又到岸上来叫两个吃酒。那两人也被朱军如前头方法结果了性命。王铭侧耳听着，已是二更一点，即唤从军招呼众船，到来行事。

中华传世藏书 中国历史演义小说 英烈传

325

正说之间，又有南边巡哨的六人走来。王铭把嘴一拱。只见我军两个扭结他两个厮打，说："怎么今日早晨没有饭分与我吃？"那两个说："我何曾认得你！"扭来扭去，四个扭做一团，一滚直滚落河岸边去。朱军便掣出刀来，一刀砍了，口里叫说："你便诈死，我明日与你哨长处讲理。"扒上岸来，那四个人都被王铭一般把来如此了。三处巡哨的，此时却已都是朱军，敲锣击梆，走来走去。

不上半会，望见朱船如蚁的过来。王铭便在岸上叫一声说："张千户，偏你护驾来迟，主爷发恼，方才被我们遮过也。如今你这百只小船不可在外，分投里面去支值，省得再误事，招惹军政司计较。"那小船上便接应说："岸上招呼的莫不是羽林卫右哨王七哥吗？"王铭应道："我正是，正是。"那人叫声："多谢回护，明日店中相谢。"便领了小船儿，只望大船边撑进去。

那船上人只道果是护驾的官军，又是王七星在岸上打话，那里来提防着他，任他分头往来傍贴。再停半会，将近三更左侧，王铭在岸上越发敲得响朗，便对船上说道："船上官长，你们趁我们精神时节，众位略略睡会儿，若到四更左右，我招呼你们苏醒，那时待我们也偷些懒儿何如？"船上人说："这等甚好，你们却要小心！"王铭说："这个敢替你取笔要了哩。"那船上因此也都去熟睡了。

王铭便叫众人说："此时不动手，更待何时？"那小船上人，便即四下放起火来。王铭看那火势已猛，四下都难救了，便唤众人驾的小船，一一放开，在岸上大喊道："船中有火，可起来，可起来！"方叫得完，那些船上的人惊跳起来。士诚龙舟上已是烈火腾空，自家带来的火具，见火一齐发作。五太子见势头不好，便从烟尘里抢得士诚出来，便登岸而走。吕珍、朱暹紧身随着。众官军约莫烧死了大半。逃得性命的，昏昏花花也不晓得东西南北。

王铭假意向前跪说："王爷还向西路而去，庶于姑苏近路。"便又指南边、东边、北边三处说："他们三路兵又赶来了。"众人也说："陛下还是从西路去才是。"士诚说："这巡军报说得有理，明日可到军前请赏。"王铭一路走，一路喝道："小人是左哨王七星，望王爷抬

举。"未及半里，望着一个水缺，故意一跌，直跌到河边来，大叫："疼杀我也！"看那士诚并残军已去的远，才跳上来，一望那水寨正聒聒噪噪，火势极其猛烈。恰好朱船一只摇来，王铭跳上船头，自回营而去。那五太子保着士诚只向西路而行，说道："远望朱兵，都从南北与东西追赶，偏独不晓得我们从此逃脱，是天赐一条便路，以宽我主之忧。"

第四十九回　张士诚被围西脱

立马征云拥塞回，萧条西望没鸿来。

忽惊赤帝侵为祟，还叹泥涂气作灰。

苏台不映薇垣色，夹介宁堪佩剑才。

转眼霸图谁在也，披发狂歌徒自哀。

那士诚从水上逃脱，因王铭假说，果然望西而走。且看见朱军东、南、北三方旗摇火烧，越发不敢向别路去。只见：

途路间高高低低，也分不出是泥是石；黑暗地挨挨错错，又那辨得谁君谁臣。一心要走苏州，恰恨水远山遥，不曾会得缩地法；转念还思水寨，猛可天昏地黑，谁人解有反风。虽船底便是波涛，救不得上边烈焰。说什么水火既济，本性原无尔我。突地的竟成仇敌，那里是四海一家。乌龙镇上驻不得赤龙舟，搅得翻江镇海；大全港中做不得周全事，空教拔地摇山。

真个是：

日暮帆重征，海阔渺无度。

炎炎势作雄，虎吼从风去。

千里始此行，一夕即驻步。

回睇虎丘岭，昏蒙障烟雾。

此时天色已是黎明，正说于今正好放心前行，谁想丛林中远远望见士诚带领残兵而来，一声炮响，撞出了一彪人马来。当先一员大将正是朱亮祖，在前阻住。士诚看了，慌做一堆说："如此残兵，何能对垒？"五太子走过前来说："臣受厚恩，当以死报。我等一面与朱军迎敌，当命吕珍、朱暹竟从荒野之内，保驾而走，庶可万全。"众人都道："有理，有理。"

太子自领兵万数，路上摆开，叫道："谁人敢来阻驾，可晓得五太子吗？"朱亮祖便持刀冲出阵来说："五太子，你好不识天时！若同你父投降，还有后半生受用；不然，恐到后来，悔之无及！"五太子听了大怒，直抡刀乱砍。亮祖也因而抵着，来来往往，约有二十余合。那五太子虽然勇悍，然夜来被火惊呆了，且一心只要保护着士诚，那里有心贪战？

亮祖明知伪周阵上，只有他与吕珍略略较可，我如今不放他宽转，便听士诚落荒而去，叫常遇春在前，必然捉住。因此只是引诱他相杀。古来说得好："一身做不得两件事，一时丢不得两条心。"那五太子没了心思，刀法渐渐的乱了。亮祖心里转道："杀死了他也不为难，倒不如活捉了这贼，走向前面，把士诚看了寒心，恰有许多妙处。"便纵马向前而去。五太子只道亮祖竟去追赶士诚，也纵马赶来。亮祖轻轻放下大刀，带转马头喝道："那里走！"这一声，真个似地塌天倾，山崩雷震，惊得五太子一个寒噤，便向前劈手的活捉过来，唤军士把铁索团团的捆缚。

那太子身原矮小，团拢来竟像一个大牛粪堆，落了囚车，向前慢慢的行。只听后面叫一声："朱将军，你捉的是何人？"亮祖转身来看，恰是王铭，打发水军船往河里自回，他率精锐一百人，径从陆路帮捉士诚等众。亮祖说："你正来得好，前面望见烟尘陡乱，必然是常将军发动伏兵，挡住士诚不放。我如今与你分为左右二翼前去救应，杀得个干净，心上也爽利些。"将及二里，果见吕珍、朱暹同遇春，三个搅做一团，在一个狭隘路口，不放士诚过去。

看官看到此处，必认为既有遇春与二个抵敌，又有亮祖、王铭杀来，不要说一个士诚，便十个士诚，走到哪里去？谁想士诚的性命还未该绝，忽地里起一阵狂风，飞沙走石的卷来。恰好遇春、朱暹两个的马，一齐滚下田坡里去。那坡底有一丈余深，泥泞坑坎，一时难得起来。吕珍便领残兵，保了士诚，飞也过这个路口去了。那些军士也都趁势逃脱而行。那两个在坡中光拳的厮打。亮祖即同王铭另寻一条下坞的小路，走向前来，轻舒猿臂，把朱暹捉住，陷在囚车上，即急与常遇春另换上随身衣服。整顿上马。遥望士诚的残军，已离有十余里，追之料已来不及，因率兵往湖州，与徐达相会。那张士信闻知士诚兵败，也舍了旧馆地面，领残兵而回。

却说湖州正是伪周虎将李伯升，领着十万雄兵镇守，闻知朱兵攻打，他便引兵迎敌。阵上常遇春当先出马，叫道："李将军何不早献城池，以图重用？"伯升回道："你不守地方，犯我境界，丧亡就在眼前，为何反说大话！"遇春听他说这个话，便如胸膛胀破的气将起来，手起鞭落，打着伯升后心，那伯升负痛而走。遇春驱兵追杀过来，死者不计其数，降的也有万余人。伯升星夜申奏苏州求救，即紧闭了城门，不敢出战。徐达乘势便令军士将湖州围住。

不上两日，丞相李伯清接着湖州求救文书，即转奏士诚说："金陵的兵围困湖州甚急，望早定退兵之策……"说犹未了，只见张士信过来说："臣愿领大兵前往，以保湖州。"李伯清说："朱兵将勇粮多，今若与战，恐未必胜。以臣愚见，不若径往建康，说以利害，使两国休兵，庶为长策。"士诚听计便说："此事即宜贤卿一往。"仍遣士信为元帅，吕珍为副，张虬

为先锋，领兵十万，前往湖州救应，一面打发伯清到金陵讲和不题。

且说太祖见士诚遣兵调将，都去救援湖州，因对军师刘基商议说："不如趁着此时，攻取浙江一带地方何如？"刘基道："好！"即传敕速到金华，命李文忠总水陆军兵，向临安、富春一路进发，全收江北地面。军师刘基致书说："元帅此行不数日间，即当获一伪周细作，元帅可以正理折之。"文忠领旨，取路前行，分遣指挥朱亮祖、耿天璧前攻桐庐。

那守帅戴元，闻知亮祖来到，摇头伸舌，对军士说道："就是与陈友定交兵，运石劈死士卒的朱将军。我们何苦送死。"便率众出降。文忠在中军闻报，随着亮祖同耿天璧及指挥袁洪、孙虎进克富阳。那富阳县治，前面大江，后枕峻岭，右有鹤山，插出江口，石骨峻嶒，朝夕当潮水浸射，再下又有大岭头，又有扶山头，都是山高水深，易于把守。至如左边有鹿山，绕住水口；再上十里，有长山弄；再三十里，有清水港，重重围绕，真个是"一夫当关，万人莫敌"的去处。

朱亮祖得了将令，因对三人说："此行不是轻耍，我们须把水陆二军，都屯扎在幽静所在，且先向前打探他出门入户的路径，并看我军埋伏好接应的所在，才可进攻。"便令天璧、袁洪二人，带领惯事的十余人，驾着小舟，扮作长江上打鱼的渔户，往前面打探水路及沿江并对岸动静，自己便同孙虎带领惯事的十余人，手持钢叉、戈箭，穿上虎、豹、麋鹿等样皮袄，扮作捕野兽的猎户，径往后面山上寻取小径，探望陆路关隘及城中消息。再打个报子知会文忠，水陆军马逗留慢行。且吩咐本部水陆官军，亦不许擅离队伍，如违，访出处斩！

且说耿天璧、袁洪同十数人坐着六只小船，带了捕鱼罩网，依着萧山岸边捕鱼地方一带，慢慢地放过富阳扶山头来。一望渺茫，再没有一个船只往来。但见大岭头左右，战船约有二百余只，屯在江里。那六只船或前或后，乘流头撒着渔网，后船艄敲着渔梆，肛肛荡荡，竟贴拢岸边而来。

只见兵船上几个人在舱里伸出头来，看了一看，叫道："这是什么太平时节，你们大胆在此提鱼哩！"那渔船的人便应道："船上长官，我们岂不知死活？就是诸暨县里大老爷不知要办什么筵宴，发出官票来，要鲥鱼二十尾，每尾俱要八斤重一样儿大的。我们禀知：'江上防守得严，一时没处捉得。'他便大恼，把我们各打三十大板，克期定要。"

第五十回　弄妖法虎豹豺狼

烽烟信报在钱塘,匕首胡霜振碧琅。

检点榔桃傍彼岸,安排机弩隐高冈。

江上潮声增壮色,匣中剑气曜青芒。

纵君九尾妖狐孽,未许张韩相颉颃。

话说那兵船上看见打鱼的船儿,渐渐傍来,便道:"你船上捉鱼的,铁做的头,敢在此来往!"那些船上一齐应道:"长官们,我们也只为官差,没奈何在此辛辛苦苦。你们不信,臀腿打得稀烂在这里。"才说完,一个人便脱下裤子来,两腿上血淋淋的怕人。那些官军便都道:"可怜!可恨!就似我们县里瘟官,一样不通人情的。"只见一个打鱼的说:"你们县官一向闻将说好,怎么你们也说这话儿?"恰有一个说:"好,好,好!只恐干事不了。我们这个李天禄,终日克减军粮,如今却要我们当风抵浪,可惜只是朱兵不来,若来啊,我们趁伙儿散了,还在这里不成!"那打鱼的摇着船,也笑道:"长官,长官,怕众人不是你一人的心哩。"那人又应道:"这个倒是人人的真情,怕他做甚!"渔船上因唱个吴歌道:

崚嶒石壁倚江干,水阔鱼龙卧晚烟。

夕阳万树依严岸,秋影千帆接远天。

接远天,接远天,寒云落雁渡沙边。

耳中听说心中语,说道无缘也有缘。

一边摇,一边唱,渐到鹤山嘴子上,又望见一丛兵船,大大小小也有二百余只,恰一般如此,懈懈的不甚提防。那六只渔船儿摆来摆去,不住在东西打听实落消息。

只见一个官儿,远远的骑着匹马,前面有数十对弓兵,俱执着枪棒或火器的。又有两个人,背着两面水牌,牌上写许多名字,一声高一声低的喝将到来,在水兵船边坐下。这些船上官兵都披挂了盔甲,手执器械,在船边立着。赵甲、钱乙、孙丙、李丁逐名的点过去。一船完了,又是一船。看看点完了,只听那官口里吩咐道:"主将有令,建康朱兵不日到来,你们须要仔细把守!岸上人不许下船,船上人不许上岸。江上船只不许一个往来,恐有奸细。若是岸上有些疏失,罪坐陆兵;若是江上有些疏失,罪坐水兵。杀得朱兵一个,赏银十两;杀得十个,赏银百两,官升三级。前者,或有粮饷扣除,今尽行补足外,又每

名加给行粮银每日二钱。尔等须要努力同心，务在必胜。"吩咐才完，人人觉奋勇十倍。

那官儿正欲起身，忽指着这渔船说："那些船决不许一个拢来！你们可吩咐，火速转回；倘若不从，拿来枭首示众！那渔船听得了，便也慌怕依他，撑过鹤山去了。"渐到江心，六只船商议："这看了起初光景，甚觉容易，及至号令，便大不同。我们且把船荡去，看鹿山头边施为怎么，才好计较行事。"说说笑笑，因指一个说："你方才腿上的血，那里得来？"那军士应说："这就是方才杀来吃饭的鸡血。"十来个拍手大笑。不觉得船到鹿山嘴上，早见那船上远远望见我们的船，便都立在船上摇着旗，弯着弓问道："那船做什么的？"这渔船上因他问，便流手将网撒到江里去。这些水兵看是捉鱼的，方才个个下舱去了。众人打个暗号，仍旧放开到江心里来，说："日间大都如此了，夜间再放过船去探听。"

话不絮烦。且说亮祖同孙虎带了些人，径寻富阳后山小路而行。由程伊川的衣冠墓，上鹿山麦阪岭，又过了十来个山头。天色向晚，路径错杂。远远望见一个坡里盖着几间茅屋，一点灯光射将出来。亮祖便领众人向前叩门，只见一个六十多岁的老儿在门里盘问说："是那一个？"亮祖便应说："我们是桐庐猎户张十七；因赶个野兽儿在这近边，夜来不便做事，特到府上讨扰一宵，明日奉酬东西。万望老官做主。"那老儿摇得头落说道："客官别处方便，我这里一来逼窄，二来寒舍偶有小事。三来前面不上半里就有客店，何不到那边倒稳便。"才说得完，就走进去了。

亮祖因叫人去前后树林里探望，更没有一个人家可以借宿，只得再来叩门。那里面任你是叫，再不来睬你。惹得孙虎火性起来，跑到后门边，恰有一只犬子，猹猹的叫，便抽出朴刀一刀，说："你家里人一毫不晓事体。我们奉了上司明文，到此要虎胆合药，限定时日，不许有违。在山砍山，到水渡水。方才明明的赶个大虫到你后园，你这人家怎么如此大胆，竟关了门不许我们来捉。今日既不开门，只恐明日禀知了上司，叫你这老儿活不活，死不死的苦哩。"别叫几个军汉，假意在后门树林中不住的叫喊。又爬到树上，故意截些竹、木，在屋上草里乱丢下来。顷刻之间，又砍了一堆茅草，贴近他的房儿，便把取火的石头敲了几下，那火烘烘的着将起来。

里面只道延烧屋子，慌忙开了后门来救。那些众军，一个作恶，一个做好，早把身子捱进他家里去。那老儿见势头不好，只得张起灯来，开前门接入。亮祖等一伙人进里面来坐。亮祖到堂前与老儿施了个礼，便道："老大休怪，前后没处安身，因此兄弟们行此造次的事。"那老儿道："小哥们休要发恼。我这里地名叫作塔前。近处有个姓宋的，专会行妖术，兄弟四人，俱能剪纸为马，撒豆成兵。平常间只在村坊上，或邻近地方卖些符法。敬重他的，他便趁机骗些财帛或是酒食；倘或不敬重他，他便或在人家门首边，或灶头边，或厅堂边，做下些妖法，使你日夜家中不得安稳，待人去请求他，他便开了大口，要多少谢

仪，方才替你收拾回去。因此，人都叫他做宋菩萨，或称为宋殿下。今者我们县官，为建康朱兵杀来，因此礼请这宋殿下，要他在军中作法救护。他说一句话儿，官吏无不奉行。我们近邻与他有口舌的，他就乘机报复。今早又叫县官行牌来说：'朱兵既取桐庐，谅不日要来攻打，必有细作到来探听虚实，须要严行保甲，不许容留一个来历不明的人。'因在下原与他有些小隙，今见小哥们一伙人，又不是这本县居民，倘有些山高水低，必然落在他圈套里，所以方才不敢应命。"亮祖说："我们只道为着甚的，原来如此。请老人家宽心，宽心！"那老儿叫伴当关好了前后门，便告辞进去了。亮祖因吩咐从人做了晚膳，各取出被席来睡了。

次早起来，吃些早膳，仍旧猎人打扮，别了老儿上山，取小路而行。爬山过岭，约有十余里，恰有树木参差，郁丛丛的都是苍松翠柏，地上都是矮蓬蓬生的竹条荆棘。真个是上不见天，下不见地。亮祖把眼细细一望，正是官衙后边，所以荫养这些草木。亮祖便对孙虎说："你可记着此处。"孙虎应道："得令。"

正待要走过去，只见摇旗呐喊，火炮连声，亮祖吃了一惊。原来县官在那里操演军士。亮祖因而立住了脚，细细的看他光景，马军步兵共来也不上五千之数。未及半个时辰，却见一连三四个弟兄，都一般披了发，叉了剑，口中念念有词，喝声道："如律令！"只见一个药葫芦，早有许多盔甲、军马，分着青、黄、赤、白、黑五方旗号杀将出来。又一个把药葫芦一倾，却是许多虎、豹、狮、象，张牙露爪，在演武场中扑来扑去，把这军士赶得没处安身，那县官也没做理会。且看下回分解。

第五十一回　朱亮祖连剿六叛

军中倏忽显神情，况是孙吴若再生。

江寨烟尘侵暝色，吴关鼓角动人情。

一代功名归上将，无端妖孽往相迎。

何时海静波恬也，南北欣看共月明。

却说那四个人，起初一个从葫芦内放出许多兵马，在场中厮杀。又一个放出花花斑斑一阵的虎、豹、狮、象，径来扑人，这些人东奔西走，不住的逃避。正在没可奈何，恰又从中一个，把手一伸，将头发一抖，那头发便冲出万道火光，直射将来，这些人马走兽，都在火中奔窜。谁想走过人来，把剑一指，陡地扬沙走石，大雨倾盆，那火也渐渐没了，人马走兽也都不见了。须臾间，依然天晴日朗，雨散云收，演武场上打了得胜鼓回军。

亮祖看了一番，同众人取旧路而回，径到鹿山嘴上，远望江中，恰好六只渔船也趁着月色摇上来。众人立在岸边，打着暗号，都落了船。回到本寨，便商议道："明日耿天璧可领兵四千，驾船百只，往对岸而行，待我陆兵交战时，以百子炮为号，炮声响处，便将船直杀过来；再令袁洪带领水军一千，往来江上接应；孙虎今夜更深时候，率领短刀手，带着防牌，仍到山边小路，直至县治背后树林里埋伏，也待百子炮响，竟在山后杀出，放火烧他衙署。"亮祖自领岸兵，到大路上攻打。水陆兵马，俱带牛、羊、狗血，装贮竹筒，倘遇妖人，便一齐喷去；一边着人火速催赶元帅李文忠大队人马到来督阵。

分调已毕，次日黎明，拔寨而进。探子报知李天禄，天禄即请宋家兄弟四人，在阵后相机作法对战，自领岸上人马，一直来抵敌。两马相交，那天禄战了不上两合，便往本阵而走，亮祖督率三军奔杀过去。只见天禄过去，有许多人马，分着青、黄、赤、白、黑旗甲，并那些虎、豹、狮、象等兽，喊叫咆哮的乱杀出来。亮祖已知他是妖术，急令三军把马头掇转，团团的驻扎在一处，其余步兵，依着马军向外面立，一个栳栳间着一个钢叉，一个滚牌间着一个鸟嘴，并一个长枪，五个一排，五个一排，周围的扎着，听他横冲直撞，只把牛、马、猪、狗等血喷去，不许乱动。众人得令。但见这些妖物，撞着血腥便飘飘化作纸儿飞去。

那宋家兄弟看大军不退，便把妖火放来攻杀。朱兵也看得破，全然不怕。亮祖便着

三军叫道:"你这宋贼妖法,我们阵中个个晓得,不必再来施逞。"李天禄因此舍命而逃。未及半里,只听得一声百子炮响,震得:

天柱折了西北,地角陷了东南。蛟龙在海底惊得头摇,猛虎在林间忙将尾摆。

亮祖乘势紧紧地追来。将到鹤山嘴边,早有孙虎在山后,领着群刀手奋杀出来。四下里杀人官衙,把火炽炽的放着,军马杀伤大半,些妖人幸得逃脱。天禄便舍命逃到江口,跳下船来。那船上人欣欣地说:"元帅可将身钻进舱中,免得建康军看见了来赶。"天禄把头一低,正要进舱,被这舡头上人将手来反绑了,说道:"你这贼,可不认得耿将军,竟来虎头上搔痒。船上军人可把来捆了,解送营里去。"正好捉得上岸。恰有李文忠大军已到,朱亮祖、耿天璧、孙虎、袁洪等人到帐中,文忠对亮祖说:"桐庐、富阳是杭州东南要路,将军一鼓而下,功绩非轻。明日将军可合兵进围余杭,然后议取杭州。"当日驻扎富阳,寨中筵宴不题。

且说伪周丞相李伯清承命到金陵讲和,晓得湖州有兵阻隔,行路不便,乃抄杭州望钱塘而去。渡江来到富阳,当先遇着一彪哨马,伯清知是朱军,急下路而走,却被哨军捉住,送到文忠帐下。原来伯清约会通使金陵,太祖命文忠陪他饮酒过,因此识面,便问道:"你莫不是东吴丞相李伯清吗?"伯清低着头应说:"不敢。"文忠便令解去绑缚,问道:"何故私行过江?"伯清说:"不敢相瞒:只因徐元帅围困湖州,故奉主命讲和,以息兵争。"文忠对说:"此意虽美,但大势所在,丞相知之乎? 据丞相说,今日尔主与我主,品孰优劣?"伯清说:"俱是英雄。"文忠便道:"品既相同,吾恐一穴不容二虎,英雄不容并立。昔日友谅势十倍于尔主,友谅既灭,天心可知。尔主今日来顺,方不失为达变之智。奈何兵连祸结,累年战争。今吾主上告天地,有灭周之心,因令徐元帅行北路,我行南路,尔国之亡,且在旦夕,犹欲讲和,是以杯水救燎原,势必不得已。"

伯清低着头,沉吟无语。文忠讽他说:"足下亦称浙西哲士,请审所主何如? 不然他日就擒,恐悔无及。"伯清长叹一声,说道:"背主不仁,事败不智!"却把头向石上一撞而死。文忠笑说:"这猾贼,汝待欲降,谁肯容你降。"便令左右扛去尸首,埋于荒郊之下。因思前日军师有书来说,伪周细作来见,不知军师何以先晓得? 真罕稀,真罕稀。正与亮祖等说话间,只听辕门外击了大鼓四声,大门上便接有花鼓四声,二门上也击有云板四声。文忠说:"不知何处下文书?"因同众将到账前,着令中军官领来究问。

没多一会,那中军官领一个人禀说:"余杭守将谢五等,全城归顺,特着人来下文书。"文忠看了,犒赏来人,去讫。却报诸暨谢再兴,同子谢清、谢浚、谢洧、谢洪、谢洋,领兵五万,连营阻住钱塘江口,水军不得直下。文忠大怒,骂道:"再兴曾为主公部将,今复叛降士诚,又来阻路,若不擒此贼,永不渡江!"遂折箭而誓,即刻令大军登舟东渡。

只见贼军戟剑如林，朱军难于直上。文忠传令战舡列为长阵，用那神枪、弓弩，间着铳炮，飞去冲击，岸兵大溃。文忠因同亮祖等挺戈先登。他长子谢清、末子谢洋，跃马横刀砍来。亮祖也不及排列阵势，向前直杀过去，手起刀落，把谢清一劈劈做两开。那谢洪、谢浚见势不好，帮着谢洋来杀。文忠拈弓搭箭，叫声道："倒了！"便把谢洪当心杀死在马下。再兴便挺戈同三个儿子前来报仇，朱军阵上朱亮祖领兵翼着左边，耿天璧领兵翼着右边，文忠率着中军，大队混杀。再兴恃着有力，大呼到阵中，又被文忠一枪刺入左膛，坠下马来，军中砍做肉酱。

谢洋正要来救，遇着天璧，战了四十余合，自知气力不加，恰待要走，被朱军一刀砍断马脚，翻筋斗跌下来，颈骨跌做两段。众军乱踹，骨头也不知几处。谢洧方与亮祖迎敌，那谢浚也赶来夹攻。谁知谢浚一枪，这枪头恰套着亮祖刀环里，亮祖奋力来搅，因把枪杆搅断。谢洧连忙转身，把亮祖一戟，那亮祖一手正接着戟的叉口，趁势把戟一扯，那戟早夺将过来，便大喝一声，把刀砍去，这谢浚腰斩而死。谢洧把马勒转，飞走逃命，亮祖一箭正中着后心。众兵勇气百倍，杀得伪周军士百不留一。

文忠传令收军，就于诸暨抚士民。一宿，次日起兵，径至杭州，向北十里安营。正集诸将商议攻打之策，只听外面有人来报。

第五十二回　潘原明献策来降

弱柳青槐拂地垂，吴山佳气遍楼台。

地襟湖海东南胜，湖带烟波日夜回。

秋草征夫烽堠赤，夕阳归鸟戍声哀。

皂林泽国频搔首，一叶梧桐一叶灰。

且说李文忠率领大兵，驻扎在杭州江上，向北十里安营。正集诸将商议，道这个城池周围四十里：

南面凤凰，东吞潮汐，西钟湖泽，北枕超山。在宋南渡，奠为京师；从古临安，称为巨美。豪华佳丽，只这湖光十里，数不尽春月秋花，荷风岭雪；纷纭杂沓，只那褚堂一带，说不了做买做卖，计寮论多。或有说坡仙管领三万六千场，惟是歌台舞榭，谁知浚湖筑堰，这功德在万岁千秋；或有说钱王筑起三三九浙塘，射着素车白马，那解顺天而存，这恩施正家尸户祝。天目生来两乳长，真个像龙飞凤舞。隔岸越山吴地尽，恰好个水绕山围。但只因满眼韶华，便做了十室九空。半升米，过一冬。又况是浮沙江涨，便没个真心实意。虎打哄，闹里钻。幸得烟火百万家，半是通情达理。纵是顽残三二日，要非元恶渠魁。

文忠因说："此城粮多将广，况是守将潘原明。向闻他是个识时势、爱士民的汉子，甚难下手，奈何，奈何！"只听得外边有伪周员外郎方彝，奉主帅潘原明来书献城纳降。文忠便令容他进见。

方彝走进辕门，但见剑戟森森，弓刀整肃，远望着里面，文忠凛然端坐，阶前如狼如虎的将官，排立两行，就如追魂夺魄的一般，甚是畏惧，踏踏地走至帐中。

文忠开口说："大军未及对阵，而员外远来，得无以计缓我吗？"方彝对道："大人奉命伐叛，所过地方，不犯秋毫，杭州虽是孤城，然有生齿百万；我主将实是择所托而来，安有他意。"文忠看他果是真心，便引入帐内欢笑款待。因命他规划入城次第，明早即着回去。那原明便封了府库，把军马、钱粮的数目，一一登籍明白，且提了苗将蒋英、刘震贼党，带出城来叩见文忠。

文忠当晚便宿在城内，下令如有军人敢离队伍、擅入民居者，斩！恰好一个才走民

家，借锅煮饭，文忠登时磔杀示众。城中帖然，更不知有变革事务。当日申奉金陵。太祖以原明全城归降，百姓不受锋镝，仍授浙江行省平章。随令军中悬胡大海画像，把蒋、刘党众，剜其心血致祭，且下平伪周榜文云：

吴王令旨：晏安失德，尝闻王者伐罪救民，往古昭然；非富天下也，为救民也。近睹有元，生居深宫，臣操威福，官以贿求，罪以情免。羞贫优富，举亲劾仇。添设冗官，又改钞法。役民数十万，湮塞黄河，死者枕于道途，哀声闻于天下。不幸小民复信弥勒为真有，冀治世而复苏。聚党烧香，根蟠汝、颍，蔓延河、洛。焚烧城郭，杀戮士民。元以天下之势而讨之，愈见猖獗。是以有志之士，乘势而起。或假元世为名，或托香车为号，由是天下瓦解土崩。

予本濠梁之民，初列行伍，渐至提兵。见妖言必不成功，度元运莫能济事，赖天地宗祖之灵，仗将相之力，一鼓而有江左，再战而定浙东。彭蠡交兵，陈氏授首，兄弟父子，面缚舆榇，既待之不死，又爵以列侯。士位于朝，民休于野。荆、襄、湖、广，尽入版图，虽化理未臻，而政令颇具。

惟兹姑苏张士诚，私贩盐货，行劫江湖，首聚凶徒，负固海岛，其罪一也；恐海隅一区，难抗天下，诈降于元，坑其监使，二也；厥后掩袭浙西，兵不满万，地无千里，僭号改元，三也；初寇我兵，已擒其亲弟，再犯浙省，又捣其近郊，乃复不悛，首尾畏缩，四也；诈谋害杨左丞，五也；占据浙江，十年不贡，六也；知元纲已坠，僭立丞相、大夫，七也；诱我叛将，掠我边人，八也。凡此八罪，理宜征讨，以靖天下，以济斯民。

爰命左相国徐达，总率马步舟师，分道并进，歼厥渠魁，胁从罔治。凡逋逃臣民、被陷军士，悔悟来归，咸宥其罪；凡尔张氏臣僚，识势知时，或全城附顺，或弃刀投降，各爵赐赉，予所不吝；凡尔百姓，果能安业不动，即为良民。旧有田舍，仍前为生，依额纳粮，以供军储，更无苛取。使尔等永保乡里，以全家室，此兴兵之故也。

敢有千百相聚，抗拒王师者，即当剿灭，且徙宗族于五溪、两广，以御边戍。凡予之言，信如皎日。咨尔臣庶，毋或自疑。

这榜文一下，海宇内外，人人都生个欢喜心。

且说张士信领兵十万，来救湖州，却在正东地方皂林屯扎。探马报知，徐达因对众将说："士信是伪周骁将，伯升又坚城固守，倘或他约日内外夹攻，势恐难敌。众将内敢有东迎士信的兵么……"说犹未已，只见常遇春说："我去，我去！"徐达便对他道："将军肯去，此贼必擒。但士信狡猾之徒，切须谨慎。"遂令遇春同郭英、沐英、廖永忠、俞通海、丁德兴、康茂才、赵庸等，领兵七万，离了大营前去。

遇春因唤赵庸、康茂才领兵一万，抄着湖边小路，径入大全港，过皂林，约在战日，劫

他老营。郭英、沐英领兵二万,到前面大路边埋伏,只看二龙取水流星炮为号,便发伏奋力夹攻。廖永忠领兵二万,自去搦战,可佯输诱他追赶。分拨已定,廖永忠因领兵前去皂林,摆开阵势。

且说那伪周阵上,早有一将,身穿铠甲,坐骑乌骓,便勒兵向前说:"来者何人? 可晓得丞相张士信手段,不是当耍的!"永忠就说:"想吾兄永安,为你士德所杀;士德虽亡,恨正切齿。吾今上为朝廷,下图报复,何必多言!"便举刀直向士信杀去,战才数合,忽闻喊声大起,左边张虬,右边吕珍,两翼冲击出来。永忠随回马而走。

士信的兵奔杀将来,约有十里之地,只听一声炮响,常遇春领着大队人马,高叫:"张士信何以不降,还来相敌!"士信便独战了遇春。张虬、吕珍夹攻着永忠。又战数合,恰好哨马报说:"我们老营却被朱兵劫了。"士信回头一望,果然本营四下里烘天焰日的大火,烧毁殆尽,急回救取。

常遇春、廖永忠驱兵逼来,谁想速的一声,一个流星钻在半天,遥遥的分做两条龙一般下来。早有沐英在左,郭英在右,深林中突然挡住了相杀。此时士信人马杀死大半,士信也没可奈何,幸得张虬、吕珍拼命保护。恰又有康茂才、赵庸两将劫寨而回,大叫道:"张士信,你的老营已是块空地,要走到哪里去!"挺着枪径抢过来。士信只得单骑冲出重围而走。丁德兴、廖永忠紧上追着,只不放宽。

那士信又不见了帮手,便向壶中取了枝箭,将身扭过,正要拈弓射来,不妨前边是个大坑,连人和马跌将下去。军中就把挠钩钩定,活缚到阵里来。常遇春即日拔寨,仍回湖州。恰好徐达升帐,即与遇春相见。那些军士已将囚车解入送来。徐达看了士信说:"你兄弟何不早降? 自遭其祸。"士信回报说:"昔日原与你为唇齿之邦,今日你等来取湖州,是你等先解好成仇。皇天不佑,将我堕马,岂真汝等之力?"徐达命把士信枭首不题。

第五十三回　连环敌徐达用计

多难相同感慨同，漫将杯酒话英雄。

无端世事干戈扰，不尽奸谋烟水中。

三吴刁斗低残照，一片愁魂乱渡风。

连环最妙孙吴法，未许痴儿解素衷。

那张士信被军士捉住，解送到帐前来，徐达吩咐推出斩首。

却说吕珍、张虬领了残兵东走，只得在旧馆驻扎，即日修了表文，令万户徐义前往苏州求救。士诚见了放声大哭，说："吾两弟一兄，皆死于仇人之手。李伯清到金陵已久，生死又未可知。杭州潘原明，又以城投降金陵，使我束手无策，奈何，奈何！"徐义便说："今事在危急，何不召募天下勇将，以当大敌？"士诚叹息了几声，说："仓促之间，缘何即有？"

只见殿前都尉韩敬之向前，奏道："重赏之下，必有勇夫。臣举二人，可以退敌，不知殿下用否？"士诚便道："此时正是燃眉之急，岂不用他。但不知卿所举何人？"韩敬之说："臣闻临江有兄弟二人：一个叫金镇远，身长丈二，膀阔三围，就是个巨无霸，一只手能举五百斤；一个叫纪世雄，身长丈二，腰大体肥，浑似个邓天王，臂力万斤。他二人一母二父，因此各姓。只为世乱，没人晓得他，所以潜居草野，以武艺教人过活。"士诚听了，便着韩敬之到临江召来二人。参见已毕，士诚见了，果是奇异，不胜之喜，就说："今徐达围困湖州甚急，汝能与我迎敌吗？"二人答道："若论文章，臣不能强；若论相杀，臣敢当先。"士诚叫取金花、御酒过来，便授二人同金先锋之职，若得胜时，世袭公侯。两人叩头拜谢。

次日，正是黄道吉辰，敕令世子张熊权朝，张彪挂元帅印，张豹副元帅，随驾亲征。率兵二十万，取路望旧馆进发。吕珍、张虬闻士诚驾到，出城迎接，备把常遇春用埋伏之计擒了士信，不能取胜的话，说了一遍。士诚说："今后发兵，必须审度虚实停当，才可进战。"总来同旧馆兵六万，共合二十六万。翌日起行，直抵皂林。

那徐达在帐，探子将士诚亲领兵三十万，来救湖州，已抵皂林的事报知了。因对众将曰："士诚倾国而来，其计必然穷蹙，众将军须努力此战，东南混一之机，全决于此。可留汤元帅分兵七万，与耿先锋、吴将军等，牢困湖州。我自己与诸将领兵十三万，东破士诚，如此方无前后腹心之忧。"众将齐声道："此真万全之术。"即日，徐达起兵东行，与士诚兵

隔五里,扎驻大寨。

士诚闻知兵至,便排阵迎敌,左右诸将簇拥着士诚出马。徐达认是士诚当先,也自己披挂了出来,说道:"衣甲在身,乞恕不恭之罪。"士诚就将鞭指说:"孤与尔主,各居一天,何故屡相攻杀?"徐达说:"天命归一,群雄莫争。昔唐太宗不许窦建德三分鼎足,宋太祖不容卧榻之中他人鼾睡。今元世衰亡,英雄竞立,不及十年,吾主公翦灭殆尽。天命人心,已自可知。足下若能洞悉时务,真心纳款,谅不失为潘王之贵,何自苦乃尔!"士诚大怒说:"天下有孤及元,岂得便成一统,汝等徒生这妄想心耳!"徐达便道:"足下不听好言,恐贻后悔。"言毕,两马俱回本阵。

那士诚左哨上,恰有新先锋金镇远,突阵杀来,常遇春便纵马迎敌,未分胜负。沐英见遇春不能赢他,因奋勇大呼,出来助战。金镇远就舞刀直取沐英,被沐英手起一锤,正中着镇远左臂,这把刀便拿不得,直坠下来。遇春就把枪刺中左胁,坠马而死。敌兵大溃。徐达因把大旗麾展,这些大队军士追杀过来,赶得士诚守不住皂林,只得拔寨十五里外屯扎。

天晚收军,士诚闷闷不悦,对纪世雄道:"今日之战,先锋金镇远败没,又折兵六万有余,将何处置?"世雄说:"朱兵智巧勇力,谋出万全,恐非一战便能得胜。今日他追杀十余里,战既得胜,必军心疏略一分,我们不如同众将暗去劫营,这是乘其不备,必可生擒徐达矣。"士诚听计,便令众将整备劫营不题。

且说徐达回到帐中说:"今日士诚虽败,其锋尚未尽颓,明日还宜相机度势,使他只轮不返,方才丧他的志气。"正说间,忽见帐前黑风骤起,吹得烟尘陡乱,树木摧摇。徐达看了风色,对众将说:"此风不按时气,主有贼兵劫营。今夜与明日之战,非同小可,当用'八方连环阵'抵阵,擒拿这厮。尔等急宜造饭饱餐,到营听令。"诸将昕了吩咐,即刻来到各营,蓐马饷军。

没有半个时辰,早听得大帐中擂鼓一通,催趱各营将军披挂起身。又没有一顿茶时,恰又把画角吹了七声,那些军将都齐齐排列在辕门之下。只见云板五下,主帅徐达升了中军帐。五军提点使,已把名字逐一在二门上挨次点将进来。诸将鱼贯而行,都一一排列在阶前左右。元帅便道:"东西二吴,势无并立。从古帝王之兴,全赖各世之士;今日我主上高爵厚禄,优恤我辈,全赖我辈舍生拼死,受怕担惊。我辈所以血战心劳,虽是报国心坚,也指望个砺山带河,封妻荫子。今日诸将军宜各尽乃心力,以成大功;倘若有违,吾法无赦!"诸将齐齐应声道:"是,谨听令!"

元帅便将令箭一支,唤俞通海、俞通渊、俞通源三将向前,着领水兵三万,即刻抄小路到大全港口,闸住上流,待吴兵半渡,只听连珠七声炮响,将闸边四下掘开,决水冲入,溺

死吴军。又将令箭一支，唤郭英、沐英二将向前，着领兵马二万，即刻到士诚老营埋伏，且先分军一队，假装西吴探子，径到士诚营中报说，纪世雄前去劫营，被朱兵大败，现今徐达乘势追杀将来。待彼拔寨而起，便发伏兵追击。又将令箭八支，唤康茂才、朱亮祖、廖永忠、赵庸、丁德兴、张兴祖、华云龙、曹良臣八将向前，着每将各领兵马五千，分着方向，到旧馆要路上埋伏，但听轰天雷八声响亮，八方虎将应声齐起，团团围杀。又将令箭一支，唤常遇春同左哨薛显、右哨郭子兴向前，着领马步军校三万，前至白沙岛，截住士诚去路。自家带领大队人马，纷纷的拔寨，乘夜便往西北而行，待他追赶。调遣已定，众将个个领了号箭，分头自去不题。

将近一更光景，那张士诚犹恐徐达账中有备，因使纪世雄率兵三万为前队，张虬率兵三万为中队，吕珍率兵三万为后队；一队被害，二队救应。世雄等领命出营。约莫二更，将至徐达寨边，但听营中鸦飞雀乱的扰攘，世雄便先令哨子去探虚实。没有半晌，那探子报说："朱兵想是因我兵来，俱向西北逃窜，更无理会。"世雄大喜，便催兵追杀。

比及五更，只见大全港中，徐达带了甲兵如蜂似蚁的，在港中争渡。世雄在马上把眼一看，那水极深处，也不满二尺。便道："不杀徐达报仇，不是大丈夫！催动后军，过河冲击，夺得头功者，即时奉闻，加官重赏。"三万军士，个个争先。此时已是黎明，军士正在半港，猛听连珠炮六七个，振天炮响，徐达的军便把闸口掘开，河水骤涌起来，横冲三十里地面。世雄的兵进退无路，溺死者二万有余。纪世雄也做了怦怦气胀的水鬼。其余爬得上岸，被众军活捉的，也约八千有零。

第五十四回　俞通海削平太仓

秋来愁绪日冥冥，吴峤风光自草亭。

入塞战尘天外黑，隔车草色眼中青。

驱驰岁月真何假，肮脏江湖梦独醒。

南北乱离忧不细，汉家谁问董生经。

话说纪世雄三万军马都没于河水之内，或有识水的，挣得上岸，亦被朱军捉住。主帅徐达，因收兵在河口安营。

那士诚见世雄等三队人马去了，半夜不见回来，正在疑惑。恰见一队哨马，约有五十余人，径撞而来，报说："大王爷，祸事到了，还不晓得？"士诚连忙问说："祸从何来？事在哪里？"那哨子就在马上指道："纪世雄三万人兵，俱被河水淹死，一个也不留。现今徐达乘势赶来，径要活捉大王，大王可急急拔寨而行，还且自在哩。"便闻哨马紧紧地一路叫喊道："快快逃命！快快逃命去了！"士诚听罢，惊得魂不附体，即令三军望苏州进发。这些军士只恐朱兵追及，哪里肯依行逐队，争先奔溃而走。

未及一里，忽地一声炮响，左边郭英，右边沐英，两处伏兵冲击过来。幸有张彪、张豹分身迎敌。士诚在车中吩咐："且战且走，不可恋战！"那张彪、张豹也只要脱离苦难，谁想战未数合，郭英、沐英就放条生路，拨马向前而去。半空中如雷震一般，轰天炮响，不住的震了七八声：正东上康茂才，正西上朱亮祖，正南上廖永忠，正北上赵庸，东南上丁德兴，西南上张兴祖，东北上华云龙，西北上曹良臣，各带精兵五千，团团的杀将拢来，把士诚铜墙似盘绕在内。张彪、张豹拼死的杀条血路逃走。八员虎将，死命也追杀不放。

约有五里地面，正是白沙岛边，常遇春又在柳荫深处杀将过来，挡住去路，大叫道："张士诚，此时不降，更待何时！"吓得士诚：

胆破心惊，手摇脚战。一张脸无些血色，浑如已朽的骷髅；两只眼没个精芒，径似调神的巫使。一个降祸祟太岁，领着八大龙神，哪怕野狐精从天脱去；四对追灵魂魔王，随着阎浮天子，便是罗刹鬼何地奔逃。正是任他走上焰摩天，脚下腾云须赶上。

那士诚终是苏州人，毕竟乖巧，便将黄袍玉带并头上巾帻，都脱下来，扎起一个草人，将前样服色穿戴了，缚在六龙盘绕的香车锦帐之内。自己随换了小军衣服，跨上一匹摄

云捕影的乌骓，与张彪、张豹打个暗号，趁个眼慢，带领一队人马飞也似逃走。那张彪、张豹假意儿保着龙车厮杀，约莫士诚相去已远，又望见一彪人马，恰正是吕珍、张虬赶来救主。他俩人便卖个破绽，一道烟也落荒，寻着士诚，一路而行。

追来九个将军，哪知这个缘由？只望着龙车儿围困过来。就是吕珍、张虬也不解此事，死命保着。看看天晚，恰好郭子兴、薛显又分两翼喊杀向前，把眼在车中一望，见是草人，便叫道："列位将军，只捉了吕珍、张虬去罢，这士诚多是去远了。"众人才知堕了奸计。

常遇春因对吕、张两人说："二位何不揣度时势？我主公英明仁武，统一有机，二位何执迷如此？"吕珍应声说："元帅所言亦是，但服降者降服其心。昔日吕布辕门射戟，心服纪灵，如元帅也有射戟的手段，吾辈即当纳降。"遇春笑道："这事何难。"便令人三百步外立一戟，连发三矢，三中其眼。吕珍、张虬大惊，下马拜说："真天神也！吾辈敢竭驽骀之用，情愿率兵六万投纳。"遇春大喜，便令军政司计收器械、盔甲。因着俞通渊领步下兵三千，押送新降士卒，前至金陵，请太祖令旨，或令为民，或分编各队，即日起行。

遇春检点降兵去了，便登账请张虬、吕珍进见。吕珍说："败降之卒，愿受抗逆之罪。"遇春笑道："何罪之有？东汉岑彭初佐王莽，与光武大战，光武几受其危。后知天命在于光武，因弃邪归正，名列云台。前后事体，略不相仿。但今日之降，在吕将军可留，若张将军乃吴世子，我当择日送还姑苏。"张虬说："元帅勿疑，自当尽力图报。"遇春回说："假如着将军去攻姑苏，岂有子弑父之理？吾岂不爱将军雄杰，但天理人情上，难以相款。"

张虬听罢，对天叹息了数声，便说："吾听常公之言，反为不忠不孝之人矣，有何面目再生人世乎！"登时自刎而死。遇春假意吃惊说："将军为何如此？是我之罪也！"传令军中，具上号棺椁葬于旧馆兰水桥下。因留胡济美统本部兵，屯扎旧馆。仍令大队回至湖州，见了徐达，具将前事说过一遍。

徐达说："元帅处分极是。至如先令六万降军，散回金陵，把张虬进退无路，更是高见。"遇春便对徐达商议："湖州久不能下，以卑职拙见，乘此长胜之势，即令吕珍往说何如？"吕珍向前说："自思不知顺逆，悔恨归降之晚。元帅所命，决当尽心。"徐达大喜，便着沐英、康茂才领兵一千，护送吕珍直至湖州城下。

李伯升闻得消息，急上城问说："吕将军何因到此？"吕珍回复："自元帅受困，主公两次亲来救接，前者被火攻，今者又被水溺，折兵共约二十万，暂且遁回。今姑苏士卒与粮饷俱已空虚，士信与张虬皆已身死。我见常遇春射戟神手，因也拜降，特来告知元帅。想是西吴亡在旦夕，元帅可早顺天命，开门纳款，庶不失为达人哲士。"李伯升听罢，沉吟半响，狐疑未决。吕珍又道："元帅岂不闻韩信弃楚归汉，敬德弃周降唐？见权而作，方是正理。"伯升便道："是，是，是。"遂率左丞张天麟等，同吕珍到帐前纳降。

徐达见了，设宴相待。次日带领侍从十余人，入城安抚，便留华高领兵二万，镇守湖州等处，已毕，一边申奏金陵，一边令华云龙率本部取嘉兴，一边令俞通海率本部攻太仓，一边仍率兵二十余万，径向苏州进发。兵过无锡，那守将莫天祐坚闭不出。常遇春即欲攻打，徐达说："若攻城，非数日不能下，况苏州离此不上百里，士诚得知，必生异谋，反为不便。不如长驱先破苏州，则此城不攻自下。"遇春依计，遂过无锡，径到苏州城外安营不题。

且说张彪、张豹，看见吕珍、张虬接应，便一道烟落荒寻小路而走，赶着士诚，一齐登路。计点人马，止约二万有零。渐到苏州，太子张龙早有哨马报知逃窜信息，便发兵出城五十里保驾。进得城门，真个是父子重逢，君臣再会，忧喜交集。

次日坐朝，士诚正聚群臣议救湖州之危，只见哨子报道："李伯升把湖州，吕珍把旧馆，俱降建康。张虬自刎而死。今徐达亲领雄兵二十万，虎将五十员，在正北十里外安营搦战。"士诚闻报，不觉两行泪下说："四子张虬，膂力超群，同五太子一般精悍，今两弟沦亡，两儿继丧；若吕珍向称万人之敌，又到彼麾下，此事怎了！"恰有平章陶存议启说："今朱兵强盛，所至郡县，莫敢当锋。以臣愚见，不若献玺出降，庶免刀兵之苦，不然天时已迫，必非人力能支……"言未已，只见一人大骂道："辱国反贼，长他人志气，灭自己威风，此事断然不可！"士诚定睛来看，恰正是三王子张彪，如此发怒。士诚便问："吾儿，你的意下何如？"

第五十五回　张豹排八门阵法

木落城头风怒号，姑苏形胜自周遭。

碧天星朗沧溟阔，诡计云开象纬高。

月断层楼书雁字，梦淹南国有渔舠。

登临一笑成今古，弹剑酣歌愧尔曹。

却说三王子张彪，听了陶存议的说话，大恼道："吾父王威镇江淮数年，岂可一旦称臣于孺子，贻笑于后世？城中尚有铁甲五十万，战船五千艘，粮积十年，民多富足，乃不思固守，却欲投降，甚非远图。况此地离太仓不远，万一不胜，还有航海海遁一着，以为后图。臣意正宜死战是为上策。"士诚与太子张龙俱说："最是！最是！"便开库取出金银财宝，置在殿中，谕群臣中有勇敢当先、舍身保国者，随意所取，待退敌之后，列土封王，同享富贵。

当下就有都尉赵珏、平章白勇、万户杨清、指挥吴镇、千户黄辙、总管万平世、统制李献、金院郑禄八人，公然上殿分取宝物，向前启说："臣等各愿领兵一万，为主公分忧。"士诚便敕张豹为总督元帅，张龙为左先锋，张彪为右先锋，八个新领兵的，俱带本身职役，阵前听令。

张豹当日簪了两朵金花，饮了三杯御酒，挂了大红剪绒葡萄锦一匹，跨着雪白腾空战马，大吹大擂，径到演武场中军厅坐下。众多将官自小至大，一一依军中施礼毕，张豹便吩咐说："今日之战，国家存亡，在此一举！唯不曾卧薪尝胆，因此须破釜沉舟。凡我三军，各宜努力！我如今排下一个太乙混形，三垣布政，九星五转的阵法。你们俱要按着日辰，认着方向，明着生克，击父则子应，击首则尾应，击中则父子首尾皆应。却又变化无端，便是鬼神莫测。尔等宜小心听令而行！"

那张豹便着军政司，将青色令旗一面招动，千户黄辙一营军马向前。吩咐本营驻扎正东方，俱青旗、青甲，坐着青骢马，上按北斗贪狼星镇寨。如遇甲午三日、庚午三日、戊午三日，正应休门，须出兵对阵。论相生，该正北上文曲星、正南上廉直星救应。将白色令旗一面招动，都尉赵珏一营军马向前。吩咐本营驻扎正西方，俱白旗、白甲，坐着银鬃马，上按北斗破军星镇寨。如遇癸卯三日、己卯三日，正应休门，须出兵对阵。论相生，该东北上巨门星、正北上文曲星救应。将黑色令旗一面招动，指挥吴镇一营军马向前。吩

咐本营驻扎正北方,俱黑旗、黑甲,坐着乌色骓,上按北斗文曲星镇寨。如遇甲子三日、戊子三日、壬子三日,正应休门,须出兵对阵。论相生,该正东上贪狼星、正西上破军星救应。将红色令旗一面招动,万户杨清一营军马向前。吩咐本营驻扎正南方,俱红旗、红甲,坐着火色骝,上按北斗廉直星镇寨。如遇乙酉三日、己酉三日,正应休门,须出兵对阵。论相生,该东北上巨门星、正东上贪狼星救应。将黑间白色令旗一面招动,总管万平世一营军马向前。吩咐本营驻扎西北方,俱白镶黑色旗、白镶黑色甲,坐着黑间白点子马,上按北斗武曲星镇寨。如遇庚子三日、丙子三日,正应休门,宜出兵对阵。论相生,该西南上禄存星、东北上巨门星救应。将黑间青色令旗一面招动,平章白勇一营军马向前。吩咐本营驻扎东北方,俱青镶黑色旗、青镶黑色甲,坐着青骢马,上按北斗巨门星镇寨。如遇丙午三日、壬午三日,正应休门,宜出兵对阵。论相生,该西北上武曲星、正南上廉直星救应。将青间红色令旗一面招动,金院郑禄一营军马向前。吩咐本营驻扎东南方,俱红镶青色旗、红镶青色甲,坐着火色青骢马,上按北方辅弼二星镇寨。如遇癸酉三日、辛酉三日、丁酉三日,正应休门,宜出兵对阵。论相生,该正北上文曲星、正南上廉直星救应。将白间红色令旗一面招动,制统李献一营兵马向前。吩咐本营驻扎西南方,俱白镶红旗、白镶红甲,坐着火色白点马,上按北斗禄存星镇寨。如遇辛卯三日、乙卯三日、丁卯三日,正应休门,宜出兵对阵。论相生,该西北上武曲星、东北上巨门星救应。将黄色令箭一支招动,自己主帅帐前大队人马向前。吩咐当于本营之中,俱黄衣、黄甲,坐着黄色马,上按北极紫微垣临镇中宫,按着本日的干支移换那队的旗甲,倘有疏虞,八营齐应。将赤色令箭一支招动,王子张彪所部人马向前。吩咐当于紫微垣前,东南相向,俱红间黄的旗甲,坐着青黄杂色的龙驹,从正东方起,环列至西南方止,上按太微垣,外应正东、正南、东南、西南四营的不测。将金色令箭一支招动,太子张龙所部的人马向前。吩咐当于紫微垣后,西北相向,俱黑间黄的旗甲,坐着黄黑杂色的乌骓,从正西方起,环列至东北方止,上按天市垣,外应正西、正北、西北、东北四营不测。

这些将士看张豹分拨已定,便发了三声号炮,呐了三声喊,一直的径到十里之外,登时依令屯扎了营寨。那张豹也轩轩昂昂,在后面徐徐而行。

早有哨马报与徐达得知。徐达便叫军中搭了云梯,同常遇春、沐英、郭英、朱亮祖四人仔细一看:但见各门有门,各门有将,有动有静,倏阖倏开。中间一片的浩浩荡荡,列列森森,不知藏着几十万兵马。徐达笑了一笑,对着四位说:"不想此人也有这学问,且到明晨挑战,方知他的光景。"下得云梯,恰好俞通海取了太仓并昆山、崇明、嘉定、松江等路;华云龙取了嘉兴等县,全军而回,来见主帅徐达。徐达见二将得胜,喜动颜色,吩咐筵宴,与二将节劳。

此时却是暮冬天气,瑞雪飘飘而下,虽然酒过数巡,诸将见徐达只是踌躇不快,便问说:"主帅却为什么来?"徐达对说:"方才看见张豹这厮排下那阵,甚有见识,我忧此城,恐一时促急难下,故深忧耳。"正说间,辕门外传鼓数声,传说王爷有令旨到。徐达慌忙撤席,接入看时,原来为文武廷臣,屡表劝进大位,太祖从请,自立为吴王。议以明年为吴元年,立宗庙社稷,建宫阙。令营缮官员,将宫室图画以进。命协律郎冷谦,以宗庙雅乐音律,又钟磬等器并乐舞之制以进,晓谕天下,故军中咸使闻知。徐达同诸将以手加额说:"只这几件事务,便见主公唐、虞三代之盛心了。"当晚极欢而罢。

次日黎明,探子报道:"周军骂阵。"徐达细想了一番说:"此行还用常、朱二将军走一遭。"便令常遇春、朱亮祖两将迎敌。临行之时,对二将说:"二公可先往,我当另遣将接应。但此阵甚难测度,倘得胜时.切勿轻骑追赶,防他引诱。"二将得令,便率兵一万前去,阵前摆开厮杀。

只听张豹阵上传令说:"今日的干支须是吴指挥出阵,黄千户、赵都尉接应。"吩咐才了,但见正北营门里,放了三个震天的响炮,挨挨挤挤,轰轰烈烈地拥出一万有余军马,直杀过来。遇春、亮祖见他来的势猛,便分开两路,夹攻将去。那吴镇毫无惧怕,三将正好混杀。谁想正东营里,与那正北营里,倒像约会的一般,不先不后,一声锣响,两边人马盖地而来。

第五十六回　二城隍梦告行藏

征马长嘶吴苑风，还怜平子思徒穷。

烟尘障服三春柳，世事惊心一梦中。

云暗苏台听梦角，日沉残垒见归鸿。

悬知吊古经行处，好问当年李牧功。

话说遇春、亮祖正对着吴镇厮杀，谁想一声锣响，正东营里与正西营里，两彪人马盖地里围将拢来，把遇春军马截做两处。遇春便叫道："朱将军，你去救援后军，我当保着前军，力战那厮。"亮祖拼命地撞入后阵来。那些军士看见亮祖来救，就是如鱼得水，欢天喜地的附着喊杀。两个将军分做前后对敌，自辰至午，互相杀伤，更不见一些胜负。

只见北边一队人马，恰是郭英、汤和、张兴祖、廖永忠，前来接应。张阵上见遇春兵来，便将重围散开，各自寻对头相并。前后六将，合作一处，对着黄辙、赵玠、吴镇三匹马又战了两个时辰，看看天晚，两边收了军马，明日再战，两阵上各回本营不题。

却说遇春等领军回寨，备说了他出兵的方向，并救应的事体。徐达便取过历头来看了，说："今日是壬子干支，遁甲宜该在坎方做事。但不知何以正东、正西上出来接应。"自此以后，一连相持了半月，但见他阵中甚是变幻，一时难得通晓。

恰好明日是吴元年，岁次丁未的元旦，徐达在帐中，为着一时难得取胜，十分烦恼。忽听帐外报道："伪周阵上遣使来见。"徐达因升帐问来使道："你三将军张豹，因何着你到来？"那人答道："我主帅多拜上将军说，明日系是元旦，彼此相持，未必便见分晓，且各休歇数宵，待好良辰。再下战书迎敌，特此来约。"徐达因胸中也未有决胜之策，便随口应道："这也使得。"那使者领了回音，出帐而去。

次早，徐达率众将在营中朝北拜贺毕，便与众人个个称庆。筵席中细商破敌之计，恨无长策。当晚筵罢，各散回营。徐达独坐胡床，恍惚中见一个金童，向前说："滁州城隍同姑苏城隍二位到账相访。"徐达急急披衣延入，分宾而坐，便道："草茅下士，荷蒙神圣降临，有失远迎，望乞恕罪。"滁州城隍回说："自从元帅诞生之后，一缘幽明阻隔，二以元帅时出省邑征讨，因此甚相疏阔。今主公改元，不三年间便成大统。主帅倘念及桑梓之地，乞于皇帝前赞助，褒崇赐号，以显小神护翊皇明之灵，是所望也。"

徐达便应道:"某致身王家十余年,仰荷天地眷佑,圣主洪威,所在成功。但今受命攻吴,谁料张豹布成此阵,两月以来,不收寸功,尚未知后来是何景色。适闻神明所言,三年之间,便成一统,恐不若此之易。"只见姑苏城隍说:"此阵虽是有理,不过以北斗九星八方生克,合着休、生、伤、杜、景、死、惊、开的遁甲。元帅只从克制的道理,分兵八队前去攻打,他自然救应不及。又里面他列为紫微、太微、天市三垣,分应八宫,元帅当以太极、两仪之理制之。士诚气数不上一年,元帅何必过虑。但恐攻城之时,有伤虎将,为可悲耳。"

徐达听得"有伤虎将"一句,惊得木呆了半晌,便道:"某等同来将士,俱各赤心图报朝廷,分有偏裨,情同骨肉。此时全望神明佑助;倘得一旅不伤,一将不损,城降之日,即当重修庙貌,申请褒封。"那城隍道:"今日元帅至此行军,我们便在此保护,但其中也有在劫在数的,怎么十分救应得无事?元帅既如此嘱咐,当曲图遮蔽,全他首领便了。"两神振衣而起。徐达方送得出营,却被巡哨的一击锣响,把徐达猛然惊醒,知是一梦。次早起来,吩咐各营趁间整理军器,待彼下书交战,另行调遣不题。

且说伪周无锡守将莫天祐,从小儿便习武艺,身长丈二,面如喷血,有万夫不当之勇。人都称他为莫老虎,善使一把偃月刀,屯兵十万在无锡城中,足为士诚救应。他见朱军驻扎姑苏,日间攻打,终有难保之势,心思一计,修下三封书:一封着人往陈友定处投递,一封着人往方国珍处投递,一封着人往扩廓帖木儿王保保处投递。约他趁朱兵攻苏州之时,正好趁势侵扰地方,朱兵彼此不支,必然得胜。

他三处得了天祐来书,果然友定从闽、广来到界上侵扰;国珍从台州来到界上侵扰;王保保遣左丞李贰来到陵子村,在徐州界上侵扰。三处的文书齐至,金陵太祖便令李文忠率钱塘兵八万,东敌方国珍;令胡德济、耿天璧率婺州金华兵八万,东南上敌陈友定;令傅友德率兵五万,西北上敌李贰;一面又着人到徐达账前,知会各家兵马俱动,都是莫天祐之故,可仔细提防。徐达得了信音,朝夕在帐计议。

只见张豹打下战书说道:"上元已过,十八日交战。"徐达将姑苏城隍嘱咐生克分兵相制的话,仔细思量了一夜。次早,升中军帐,看军政司打了几通趱集诸将的号鼓,吹了几声画角,那些将军依次聚在帐前。徐达便道:"明日交兵,诸将俱宜小心听令而行,以济大事;倘不遵法,罪有莫逃!"诸将齐声道:"听令!"

徐达恰取号箭一支,唤过俞通海充正西队先锋,华云龙、顾时为左右翼,领精兵五千,俱用白色旗甲,攻打伪将正东营;取号箭一支,唤过耿炳文充西北队先锋,孙兴祖、丁德兴为左右翼,领精兵五千,俱用黑色杂色旗甲,攻打伪将东南营;取号箭一支,唤过朱亮祖充正南队先锋,张兴祖、薛显为左右翼,领精兵五千,俱用红色旗甲,攻打伪将正西营;取号箭一支,唤过吴祯充正北队先锋,曹良臣、俞通源为左右翼,领精兵五千,俱用黑色旗甲,

攻打伪将正南营;取号箭一支,唤过郭英充西南队先锋,俞通渊、周德兴为左右翼,领精兵五千,俱用黄色旗甲,攻打伪将正北营;取号箭一支,唤过沐英充正东队先锋,赵庸、杨璟为左右翼,领精兵五千,俱用青色旗甲,攻打伪将西南营;取号箭一支,唤过康茂才充东南队先锋,王志、郑遇春为左右翼,领精兵五千,俱用青红杂色旗甲,攻打伪将东北营;取号箭一支,唤过廖永忠充中军左哨先锋,唐胜宗、陆仲亨为左右翼,领精兵一万,俱用黄黑杂色旗甲,从东南营杀入,攻打伪将太微垣;取号箭一支,唤过马胜充中军右哨先锋,陈德、费聚为左右翼,领精兵一万,俱用黄红杂色旗甲,从东北营杀入,攻打伪将天市垣;取号箭一支,唤过汤和充中军正先锋,郭子兴、蔡迁为左翼,韩政、黄彬为右翼,统精兵三万,俱用纯青、纯白、纯红、纯黑四色旗甲,从正北营杀入,攻打伪将紫微垣,砍倒将旗,四围放火;取号箭一枝,唤过王弼、茅成、梅思祖三将,各领兵五千,出阵迎敌,待他明日那营出兵,必有两营接应,只可佯输,诱其远赶,以便我兵乘势夺寨;取号箭一枝,唤过陆聚、吴复二将,各领本部人马,坚守老营,以防冲突;常遇春独领精兵五千,沿路冲杀,只留西北一营不去攻打,以便彼兵逃窜;自率大队从后救应。分拨已定,只等明日行事。

第五十七回　耿炳文杀贼祭父

剑色晴空映铁衣，中星夜朗彻飞翚；

天低吴寨花无色，气壮金陵草亦辉。

殿上德威寰海著，帷中神算斗星违。

国有忠良家有孝，留将青史仰巍巍。

那徐达依了苏州城隍托梦，分兵做十路攻打，调遣已定。

次早正是十八日期，只见哨子来报，东北营中平章白勇领兵一万杀过来了。我军阵上，早有王弼持刀迎敌。未及半个时辰，他正南上杨清、西北上万平世，各统兵前来接应。恰好茅成、梅思祖放马前来拦挡，六匹马搅做一团。

只见梅思祖卖个破绽，径落荒而走。杨清便勒马来追，那白勇与万平世，恐杨清得了头功，因一齐赶来。王弼、茅成也装一个救世祖的模样，将马也放来厮杀。正杀得十分热闹，只听寨中一声炮响，十路兵马都杀出来，径往张豹阵中分头的去攻打。

他营中只说朱军与阵上军马相杀，哪晓得这般神算，慌促之中，俞通海等杀入正东营内，朱亮祖等杀入正西营内，汤和率了中军，径杀入紫微垣。惊得张豹上马不及，汤和便一刀砍折了马脚，张豹只得从乱军中逃窜。郭子兴两翼兵马，就四下放起火来。中军帅旗，早被乱军砍倒。烟尘满眼，个个只是寻路而走，那一个敢来抵敌？吴祯杀入南营，谁想杨清一营，已在外边接应白勇，竟是一个空寨，便帮着耿炳文等杀入东南上。

那营中正是金院郑禄把守，他看见朱军杀入，便也率众相持。炳文大叫道："郑金院，你记得当初带了义兵，投降吕功，致我父亲追赶，撞木栅而死，你今日便碎剐万段，也只是迟，还走到哪里去！"手转一枪，正中郑禄左腿，炳文便活捉了，吩咐军士陷在囚车内，杀得营中一个也不留。吴祯对炳文说："杨清既在阵前，我自赶去杀了杨清，才完得我的事。"炳文点着头说："是，是。"吴祯也自去了。

炳文径杀入张彪垣内。那张彪正与廖永忠三将相持，炳文大喊一声杀来。张彪见不作美，便带了残兵，只往兵少的去处逃走。那朱亮祖便入西营，只见些散军一路跪着迎降，更不见有赵玠。亮祖便坐在本营厅上问道："你们赵玠走在何处？"那些小军回说："赵都尉闻知将军杀来，便登时逃走，不知去向……"说犹未了，谁想这贼躲闪在门后，把刀向

背上竟砍将来,幸得是刀背,把亮祖肩上击了一下。亮祖忍着疼痛,跳转身,急抢刀在手,就在堂上两个战了数合。那赵玠看本事难当,拖着刀向外便跑,亮祖赶上一刀,分做两段。

张兴祖、薛显起初看见营中投降,只道无事,把马在外边寻人相杀,听见营中喊声,方杀入来,那赵玠已结果了。营中一万人马,尽皆投降。亮祖仍出营来,见沐英三将已杀了李献,俞通渊三将已杀了黄辙,郭英三将已杀了吴镇,四哨人马合作一处,望那张豹的中营,且是烈焰焰的烧得好,便将马从西北上放来。听得天市营内喊声大震,沐英、郭英、朱亮祖、俞通海吩咐各哨两翼将军,俱率兵在外,不必随入相混,止四马赶入,看他光景。

只见张彪、张豹领了残兵,聚集天市营内,保着张龙,与冯胜、汤和、廖永忠、耿炳文等厮杀。沐英四将乘势赶进救应,杀得伪周尸如山积,血似河流。张彪保着张龙,拼命地向西北路奔走。张豹一人力敌众将。那阵上白勇、万平世、杨清,正与王弼等交战,忽听得朱兵分头杀入老寨,回头一看,烟障冲天,三个飞也赶回。却撞着吴祯一彪军来,手起一枪,正中着万平世的心口,立死于马下。

白勇急上前来救,那枪稍转处一带,径把白勇一只眼珠带将出来。俞通渊赶上一刀,连人和马砍做两截。杨清便勒马腾云的相似,往别路逃走去了。张彪保着张龙而行,只见林莽中叫道:"还那里走!"睁眼看时,是常遇春挡着去路。兄弟两人道:"一身气力,杀得没些儿,又撞着对头,奈何!奈何!"正投做理会,恰好张豹带了残兵逃走过来,兄弟合作一处,也不与遇春相对,径冲阵而走。遇春飞马追赶,将到城边,那城上矢石铳炮如雨的飞下来,遇春也不回兵,便令后军迎元帅大队人马到来,分头攻打苏州。

顷刻之间,诸将军毕集。吴祯把万平世首级,沐英把李献首级,朱亮祖把赵玠首级,郭英把吴镇首级,俞通渊把白勇首级,俞通海把黄辙首级,一一到账前依次献了。只有康茂才一哨人马,竟无消息。徐达令探马四下哨探消息,恰有耿炳文令军卒推过囚车上账说:"先父因金院郑禄投降伪周,追赶身死。今托虎威,活捉此贼到帐,乞主帅下令处置。"

徐达便命军中急办牲醴,把耿君用公神像中堂悬挂,自己同诸将行了四拜礼。那炳文在旁边回了四拜,即下堂朝了元帅及诸将军拜谢了,依先上堂,换着一身缟素便服,朝父亲神像,拜了哭,哭了又拜。徐元帅一边传令军校把金院郑禄活绑过来,就一刀剖出心肺,放在盘子里供养君用像前。那炳文看见摆列着清清的酒卮,香香的肴馔,活碌碌的肺心,爽朗朗的香烛,仪容空对,音响无闻,眼泪不止,一路的捶胸顿足,愈觉哀恸起来。帐前军士,没有一个不酸心含痛,声彻天地,惊得那张士诚在城里也不知为着甚的。

约有一个时辰,徐元帅同诸位将军齐来劝说:"耿公请自宽心。今日公能为父报仇,又为国出力,忠孝两全;便是尊公灵在九天,也必色喜。万勿过伤,且请治事。"炳文只得

住了哭声。一日之间，不住歔欷的在口，杯酒片肉毫不粘牙，真是难得。

话不絮烦。却说康茂才同着王志、郑遇春带了人马，杀入东北营中，只有二三百个守营的颓卒，因各转身沿路去寻白勇下落。只听人说："白平章今日当先骂阵，倒不见这般凄怆。"茂才听知，便往场上杀来，恰撞着巡哨贼将徐仁、尹晖两个，带领五千精锐，从北路而行，阻住去路。茂才心中转着："这送死贼，倒替了白勇的晦气了。"便摆开阵势，只匹马混杀了一个多时辰。后来徐仁望见中营火起，即刻同尹晖脱身。朱军阵上那个肯放他宽转。古人说的好："心慌意乱，自没个好光景做出来。"那尹晖枪法渐乱，茂才转身一刀，结果了残生。徐仁便杀条血路而走。茂才招动人马来追。

谁知杨清看吴祯杀了万平世，俞通渊杀了白勇，便领残兵而逃，正撞着徐仁，合兵做一处。那徐仁见杨清既来，茂才一哨兵又没接应，仍来迎敌。且说郑遇春看见徐仁马头将近，大叫一声说："看箭!"徐仁只道果然有箭，把头一低，遇春趁着势一刀，正把头砍将下来。茂才心知杨清又要逃走，把旗一招，朱军便密匝匝只围他在中心。茂才等三将，横来直往，把他在核中厮杀。未及半晌，被王志一枪中着马脚，那马仆地便倒，众军向前，把杨清砍做数段。茂才方得收军转来。哨马望见茂才一彪人马，飞也似报与元帅说："康将军往东路来了。"徐达听得，便同众将出帐外来望。恰好茂才下马进来，备说了前事。徐达大喜。

第五十八回　熊参政捷奏封章

中原还逐鹿，投笔事戎轩。

纵横计不就，慷慨志犹存。

策杖谒天子，驱马出关门。

请缨系南越，凭轼下东藩。

郁纡陟高岫，出没望中原。

古木鸣寒鸟，空山啼夜猿。

既伤千里目，还惊九逝魂。

岂不惮艰险，深怀国士恩。

季布无二诺，侯嬴重一言。

人生感意气，功名谁复论。

——魏徵《古风》

徐达大军驻扎在姑苏城下，只不见了康茂才一彪人马，正在狐疑，恰有哨马报道："康将军得胜，往东南路回来。"徐达不胜之喜，因令冯胜为首，协廖永忠、郭英、吴祯、赵庸、杨璟、张兴祖、薛显、吴复、何文晖九员虎将，领兵二万，围困葑门。汤和为首，协曹良臣、丁德兴、孙兴祖、杨国兴、康茂才、郭子兴、韩政、陆聚、仇成九员虎将，领兵二万，围困胥门。常遇春为首，协唐胜宗、陆仲亨、黄彬、梅思祖、王弼、华云龙、周德兴、顾时、陈德九员虎将，领兵二万，围困阊门。沐英为首，协俞通海、俞通源、俞通渊、费聚、王志、蔡迁、郑遇春、金朝兴、茅成九员虎将，领兵三万，围困娄门。朱亮祖领兵三万，屯扎城西北上。耿炳文领兵三万，屯扎东南上。筑设长围，架起木塔，竖着敌楼，四处把火炮、喷筒、鸟嘴火箭及襄阳炮，日夜攻击。徐达自统大军六万，环遶诸军之后，相机救应，防御外边来救兵马。诸将得令，各自小心攻打不题。

且说张龙、张虎、张豹领着残兵，不上万余，逃入苏城，见了父王士诚，哭诉朱兵十分厉害，无可处置。士诚正是烦恼，却见探子慌忙入朝报道："朱兵四下密布，重重地把各门围了。"士诚惊得手慌脚乱，便集民兵二十万，上城立阵，炮弩矢石，登时的发作将来，防设甚严。朱兵屡被伤折。

连有三个月日，太祖在金陵闻知难于攻打，因此使人传谕，令三军勿得轻动，使其自困。徐达承旨，对使者说："我也不敢急性行事，但虑莫天祐这厮，奸谋百出，前者以书招三处贼兵，犯我边境，东南闽、广诸路山陵阻隔，谅无他虞；所患彭城一带。彭城更无险阻，倘或天祐约渠顺黄河而下，间道由江北抵吴淞，与姑苏结为表里，便一时难为支吾耳。"那使者对道："元帅如此说，还未知傅将军近来行事哩。"徐达便说："我正在此纪念。他近日如何行事，未有消息，是以日夜不安。你且细说与我听着。"

那人道："前日主公着我来时，正在殿中给予我的路引，只见通政司一员官过来奏道：'徐州参政熊聚差人奏捷。'主公便说：'连人与表章即刻一齐进来。'说犹未了，那承差跪在殿外，备说徐州熊参政令指挥傅友德率兵三千，逆水而上，舟至吕梁洪，正遇元将左丞李贰出掠。友德率众便拨舟登岸，冲击元兵。李贰即遣裨将韩一盛引兵接战。友德手起枪落，把一盛刺死马下。元兵败走。友德揣度李贰必然广招部落来斗，即令人驰还城中，开了城门，着兵卒布列城外，皆坐地卧枪而待，以鼓声为号，一齐奋发。顷刻之间，那李贰果招上许多毛贼到来。友德望贼将近，鸣鼓三声，我师猛发，横冲过去。贼众大溃，争先渡水而逃，溺死者不计其数。现生擒李贰及其他头目二百七十余人，获马二百余匹，乞令旨发付。主公听了大喜，令把李贰在西郊外枭首，其余所俘人犯，羁候细审。重赏来差，即手书褒嘉友德，加升三级。我临行目睹来的。"徐达听了说："如此，姑苏便不足虑矣。"送使者出帐回金陵而去。

正转身回寨，忽人报水关巡军，捉得一个细作，特送到元帅帐前发付。徐达便令押至军中，问说："汝是何人，敢来越关？若从直说来，饶汝之死。"那人说："小人是无锡莫天祐手下总领官杨茂，惯能游水，特往姑苏上表的。"徐达因问："这表在何处？"杨茂站起身来，把肚兜除下，摸出一个蜡丸子，说："这表在丸子里。"

徐达将丸剖开，细看了表章，就问："你家还有何人？还是要生要死？"杨茂回报："有个老母及妻与子，望元帅活蝼蚁之命！"徐达把杨茂发去俞通海处做个水军头目。随暗地唤华云龙入账，着领聪慧小心军校二十名，潜往无锡，去诱杨茂家小。云龙得令，随见杨茂，备问了居住及儿子名字，来到营中说："莫天祐这厮，不是戏耍，他看我军攻打苏州城的，必定仔细盘诘。我们二十人，可分作六七样打扮。闻知无锡大小人家，都结蒲鞋而贩卖，我们着五个会打绍兴乡谈的，扮作贩鞋客人。县前专做好鱼面，我们可着两个买了大鱼数头，鳝鱼数斤，挑了鱼担儿，沿街货卖入城。再者三个扮作福建伪造低假乌银提扣的银匠，细巧锥凿，俱要随带备用。又将五只装盛糙酒大麦，把五人扮作乡间大户人家，籴来大麦挑进城内糖坊里用。后边即着三个挑了糖担，一头办有摇鼓儿、泥人儿、引线儿、纸糊小盒儿、灯草发贩儿，叮叮当当，跟着糖铺的人一伙儿走。都约在西门水潋街会齐。"

吩咐已定，各人整备了。

次早走到城边，那城上果然逐一查问。一伙过了，又是一伙，都被这巧计儿零星走入了城，径到水濂街。那云龙走到一个裁衣人家，便道："师父，此处总领杨茂官人在那家是？"那裁衣说："杨官人正在转弯红角子门里。"云龙问了的确，叫声起动，转过弯来，直到红角子门里撞进，连声叫道："杨名官人在家吗？"那杨名知有人叫他，便走出来，问道："客官何来？"云龙回报道："你们父亲承着官差，一路上得病未好，今已到西门外。那病十二分重，命在须臾，要见你母亲及祖母与你一面，特央我来通知。你们可急急去，倘得见你，他好永诀。"杨名走进去说了，那祖母与母亲又出来问了详细，便同云龙径出西门。

只见两个鱼担儿，三个糖担儿与五六个贩鞋面的，及五六个空手走的，说说笑笑，看着云龙道："这客官就是前面酒店里病人央来报信的，恰也又出来了。世间有这等热心人，真个难得。"那云龙把眼一睃，这些人三脚两步，四散都走前面去了。约至五里路程，只见路上有个小车，辘辘的往前面推着。云龙便叫声："推车的长官，我有两位内眷，到前面王家酒店里，探望一个病人，他们鞋弓袜小，一时赶不上路，劳你带一带在车儿上，我重重送酒钱与你。"那汉子便站定说："上来、上来，前面酒店路也不多，想你也不亏我。"云龙便扶着他祖母与母亲上了车儿，自同杨名一路的说，一路的走。那个推车的，推动这车似飞也撑将去。

云龙故意叫道："长官，长官，便慢着些儿也好，倘若先到王家酒家，千万坐坐，待我数钱送你买酒吃。"那汉子指一指道："日已西了，还迟到几时！"约莫二十余里，杨名又问道："还有多少路？"云龙笑着说："你且跟我来。"不上里许，却是个黑林子。但见十六七人叫道："杨名，你还待怎的？吾奉金陵徐元帅将令，因你父杨茂越关被获，已愿投降。徐元帅恐莫天祐害及家属，特来取你归营。你若狐疑，有剑在此。"杨名同他祖母、母亲三个都呆了，却也没得回报。

华云龙就脱下了便衣，换了盔甲，便叫杨名一起同众军上前飞马，押了车子，紧赶着上路。将及二更，已到军前不题。且看后来如何。

第五十九回　破姑苏士诚命殒

君不见吴王宫阙临江起，不卷珠帘见江水。

晓气晴来双阙间，潮声夜落千门里。

勾践城中非旧春，姑苏台下起黄尘。

只今惟有西江月，曾照吴王宫里人。

——录卫万《吴宫怨》

那华云龙用了一番心机，挈取杨茂家属，将及二鼓，才到军前。辕门上把守的禀说："元帅正在帐中相等。"云龙便进去，备数了事情一遍，且说他家属现在营外。徐达即令人送至后营，因唤杨茂说："我恐天祐害你家小，已令人挈取至营。"杨茂见了母亲、妻儿，不胜之喜，便说："殒首碎躯，莫能图报！"当晚归本账而去。

过了数日，徐达写了一个柬帖，唤取杨茂到账说："我欲你干一件事，你可去吗？"杨茂说："小人受了大恩，赴汤蹈火，甘心前往。"徐达便取柬帖递与，吩咐出营五里，可看了行事。杨茂接过在手，走至前途，开封一看，大笑道："要我去赚莫天祐，这有何难！"便放脚走入无锡城中，参见了莫天祐。天祐见杨茂回来，大喜问道："主公有何话说？"杨茂说："主公吩咐，徐达军粮屯于桃花坞，明晚是八月十八，城中当举火为号，主公领兵冲阵，传令元帅可赴桃花坞，烧毁粮草，即往东攻杀围兵，内应外合，不得误事。"天祐说："这计较极好！"遂留兵五万守城。

次早，带领精锐五万出城，径到桃花坞密林中屯住。将及二更，遥见东门火起，天祐便唤杨茂引路。将到坞边，只听一个炮响，四下伏兵齐起。天祐大惊说："吾中徐达奸计了！"连叫杨茂，不知去向，因引兵冲西而走。徐达阵上俞通海拼死赶来，身上披了四箭，头角上被有一箭，血染征袍，白练尽赤，犹是奋勇冲杀，尸横遍野。殆至黎明，才知此身带着重伤，疼痛难禁。徐达只得令本部士卒，星夜送还金陵不题。

那天祐逞着骁勇，冲阵回至无锡，唯见城上遍插的是金陵徐元帅旗号。大濠之间撞见郭英、俞通渊杀来，大叫道："莫天祐，若是早降，免得一死！"天祐纵马来敌，恰被俞通渊后心一枪，下马而死。徐达入城，抚辑了军民才去。原来十八之夜，徐达先令四将各提兵一万，前来攻杀。一夜之间，便取了无锡而回，仍引众将急攻姑苏。

忽见前军报来："军师刘基来访。"徐达迎入帐中，诉说："苏城久攻不下，全望军师指教。"次日起，刘基、徐达二人同在城下，走来走去，熟察形势。忽见一个头陀与一个金色道人，飘飘的乘风从胥门城脚而来。那头陀一跑跑到身边，叫道："刘军师、徐元帅，一向好吗？何为二人在此来往？"刘基一看就是周颠，便问说："你一向在哪里？"颠子应道："我自在这边，你自不见哩。"呵呵的只是笑。徐达因问："这位师父是谁？"颠子说："这是张金箔。就是与张三丰一班儿在铁冠道人门下的，你还不认得吗？"

军师与元帅心知也是异人，便四个交着手，走回营里来。杯酒之后，商议破城之法。张金箔说："此城竟是龟形。盘门是头，齐门是尾。龟之性，负水而出，乘风则欢。今暮秋之时，正水木相乘之会，刘军师当择水木干支的日头，借风驱击其尾，则其首必出，决当歼灭伪周矣。"元帅听了大喜。刘军师把手掌上一轮，说道："事不宜迟，明日便可动手。"急令各城于大濠外四周，筑成高台十座，每台长五十步，阔二十步，与城一般而齐，上盖敌楼，以便遮蔽，整备铳炮攻打。未及三个时辰，各营俱报高台依法齐备。

那士诚看见外面如此光景，与群臣设计抵挡。张彪奏说："不如潜夜弃城，作航海之行为上。"士诚听了，便收拾宝玩细软财物，挈领家眷，深夜开城突围而走。常遇春一见，便分兵截住。那士诚军马拼死的冲杀良久，胜负不分。此时王弼统领左军，遇春抚了王弼肩背说："军中皆称足下与朱亮祖为雄，今亮祖独屯兵于西北，不当机会，足下何不径取此贼？"王弼听了，直挥双刀奋勇向前，敌众方得少却。遇春便率众乘之。恰好亮祖也驰兵夹入，喊杀将来。士诚兵马大败，溺死沙盆潭者不计其数。士诚坐着飞龙追日千里马，也几乎坠入水中。遇春同亮祖并力追赶，一枪刺去，正中世子张龙，下马而死。士诚大哭，入城坚闭不出。

次早，周颠与张金箔作别要行，军师与徐元帅再三留住，他们回报说："后会有期，不必苦相留也。"说罢，便出帐而去。刘基看高台已筑，因令众将率军校上台攻打，只留正东台听起自用。刘基按定吉时登坛，披发仗剑弄术。不一时间，忽见雷霆霹雳交加，大雨如注，台上众军一齐放起火箭、神枪、火铳、硬弩，飞将过去，盘门果然大开。城上民军争先冒雨奔走。只听大震一声，把姑苏城攻倒三十六处。

徐达便传令四面军士，俱依队伍入城，不许越次乱杀。如有擒得张士诚者，与金千两；斩首来献者，与金五百两；斩渠妻子一人者，与金百两。那士诚看见城破，便率了子女及妻刘氏并家属，同登齐云楼，对天泣道："免为他人所辱。"四下放起火来，都皆烧死。单身走至后苑梧桐树边，大叫数声："天丧吾也！天丧吾也！"正要解下紫丝绦自缢，突然走过沐英，白袍素铠，一箭射断了丝绦，把士诚仆然堕地。沐英着军校上前捉住。徐达收了图籍并钱粮器械，即与众将起程，回到金陵，止留数将在苏镇守。

谁想那士诚拘在军中，只是闭着这双眼睛，咬着这口牙齿，军校们劝他吃粥吃饭，只是不看，只是不吃。将到金陵，徐达先遣人报捷。太祖便令丞相李善长远出款待。士诚也毫不为礼。善长戏曰："张公，你平日据土称王，智勇自大，今日何为至此！且吾之尽礼于足下者，正以王命，不欲自失其仪，足下还重己轻人乎？"顷刻已至九江，诸将把士诚缚了，送至太祖面前。士诚也只低头闭目，朝上着地而坐。太祖叱之说："你何不视我！"士诚大声道："天日照你不照我，我视何为！"太祖大怒，令人将士诚监禁，排驾回城。士诚自思赧颜，泣下如雨，至夜分，以衣带自缢而死。太祖敕命为姑苏公，具衣冠葬于苏城之下。这些高官厚禄之臣，闻知苏州城破，或投降的，或逃走的，且有替朱兵私通卖国的，更没有一个死难。后来唐伯虎有《清江引》词说：

皂罗辫儿锦扎梢，头戴方檐帽。穿领阔袖衫，坐个四人轿，又是张吴王米虫儿来到了。

太祖次日早朝，即将削平伪周诸将一一升赏有差。恰有徐达奏说："臣等攻打苏州，曾檄俞通海提兵桃花坞伤贼老营，身中流矢后，因毒甚，送还京师。闻主公亲幸第宅，问他死后嘱咐何事，通海已不能语。主公挥泪而出。次日身没，车驾复临，恸哭惨动三军，莫能仰视。臣等身在远方，闻此眷注，不胜感激。又阵中丁德兴被刀折其左股而亡，茅成被火箭透心而丧，俱乞殿下褒封，以表忠节。又前者正月朔日。臣夜梦姑苏城隍与滁州城隍同至帐中，恍惚言语，谓主公三年之间，混一大统；士诚不及一载，决至沦亡，但虎将不免陨丧。臣因求其保获。今皆得保回首领而没。全望主公敕赐褒崇，以表神爽。又今苏城天王堂东庑土地神像，俨像圣容，三军无不称赞，亦望主公裁处。"太祖便说："随吾渡江精通水战者，无如廖永安、俞通海。又丁德兴、茅成俱是虎臣，今功成而身死，深为可惜。"因令有司塑像于功臣庙中致祭。永安向死于苏州，可迎葬于钟山之侧。

第六十回　哑钟鸣疯僧颠狂

无著天亲弟与兄，嵩丘兰若一峰晴。

食随鸣磬巢鸟下，行踏空林落叶声。

逆水定侵香案湿，雨花应共石床平。

深洞长松何所有，俨然天竺一先生。

太祖下命，着有司将廖永安等塑像于功臣祠，岁时祭祀，一边迎永安灵柩葬于钟山之侧。又说："滁州城隍与姑苏城隍，军中显灵，可同和州城隍俱敕封'承天监国司命灵护王'特赐褒崇。其敕书可锦标玉轴，与各处有异。至如天王堂东庑土地神像，亦听其相貌，不可移易。"徐达领命出朝而去。

却说当初唐时有个活佛出世，言言无不灵应，甚是稀罕，人都称他做宝志大和尚。后来自日升天，把这副凡胎就葬在金陵。前者诏建宫殿，那礼、工二部官员奏请卜基，恰好在宝志长老冢边。太祖着令迁去他所埋葬，以便建立。诸臣得令，次日百计锄掘，坚不可动。太祖见工作难于下手，心中甚是不快。

回到宫中，国母马娘娘接着问说："闻志公的冢甚是难迁，妾想此段因果亦是不小，殿下还宜命史官占卜妥当，才成万年不拔之基。且志公向来灵异，冥冥之中，岂不欲保全自己凡壳？殿下如卜得吉，宜择善地与他建造寺院，设立田土，只当替他代换一般，做下文书烧化，庶几佛骨保佑，不知殿下主裁何如？"太祖应道："这说得极是。"次早便与刘基占卜。卜得上好，就着诸工作不得乱掘。太祖自做下交易文书，烧化在志公冢上。因命钟陵山之东创造一个寺院，御名灵谷寺。遍植松柏，中间盖无梁殿一座，左右设钟楼，楼上悬的是景阳钟。又唐时铸就铜钟一口，钦为殿上所用，铸成之日，任你敲击，只是不响。那时便都叫道哑钟。且有童谣说：

若要撞得哑钟鸣，除非灵谷寺中僧。

殿造无梁后有塔，志公长老耳边听。

殿成之日，寺僧因钟鼓虽设，然殿内还须有副小样钟鼓，逐日做些功果，也得便当。正在商议，忽然有个头陀上殿说："那哑钟不是好用的，何必多般商议。"这些僧人与那诸多工作拍手大笑道："你既晓得哑的，用他怎么？"那头陀回报道："而今用在这殿中，包你

不哑了。"众人也随他说,更不睬他。那头陀气将起来,大叫道:"你们不信,贫僧也自由你。若我奏过朝廷,或依了我悬挂起来,敲得旺旺的响,那时恐怕你们大众得罪不小,自悔也迟。"便把袖袄整了一整,向长安街上一路的往朝里来。

这些人也有的只说这头陀想是疯子,不来理他;也有的只说此钟多年古物,实是不响,这头陀枉自费心;也有的说我们且劝他转来,倘或触动圣怒,也在此自讨烦恼,便一直赶来劝他。那头陀说:"既是你们劝我,想你们从中也有肯依我的了,我又何苦与你们作对。"因此转身到寺里来。那些人因他到了,都不作声,开着眼看他怎么。

那头陀便向天打了一个信心,就向这钟边走了三五转,口里念了几句真言,喝声道:"起!"这钟就地内凭空立将起来。这头陀把钟上泥将帚子拂拭净了,看殿上钟架恰好端正的,便把手指道:"你自飞悬架上去罢。"那钟平地里走入殿来,端端正正挂在架子上。看的人堆千积万,止不住喝彩。头陀便从袖中取出一条杨枝与一个净瓶来,将瓶中画了一道符,那瓶内忽然现一瓶净水,便念动几句梵语,将净水向钟上周围洒了三遍,取一脉纸来焚化,在钟边把手四下里一摸,只听得铿然有声。他便取木植一株,轻轻撞将过去,那钟声真个又洪又亮,又大又清。

这千千万万人齐声道:"古怪!古怪!"合寺僧人同那善男信女,纳头拜道:"有眼不识活佛,即求师父在此住持。"那头陀道:"我自幼出家,法名宗泐,去无踪来无迹,神通变化,那个所在能束缚我这幻躯?近闻大明天子,将我师父志公的法身迁移到此,且十分尊礼,我因显这个小小法儿,你们不须在此缠扰。"正在这边指示大众,谁想在那边监造的内使,见他伎俩,飞马走报太祖。

太祖便同军师刘基及丞相李善长一行人众,齐到寺来。宗泐早已知道,向前说:"皇帝行驾到此,我宗泐有缘相遇。但今日也不必多言,如过年余,还当再面。"在人丛中一撞,再不见了。太祖看殿已造完,便择日迁起志公肉身,犹然脂香肉腻,神色宛然如生,别造金棺银椁藏贮。即发大愿说:"借他一日,供养一日。"椁上建立浮图,大十围,高十层,工费百万。再赐庄田三百六十所,日用一切之资,为志公供养。

天色将暮,太祖便同刘基等从朝天宫转微服步行而回,车驾不必随送。忽见一个妇人,穿着麻衣在路旁大笑。太祖看他来得怪异,便问:"何故大笑?"妇人回说:"吾夫为国而死,为忠臣;吾子为父而死,为孝子;夫与子忠孝两尽,吾所以大喜而笑。"太祖因问说:"汝夫曾葬吗?"那妇人用手指道:"此去数十步,即吾夫埋玉之所。"言讫不见。

次早,着令有司往视,唯见黄土一堆,草木翁郁,掘未数尺,则冢头一碑,上镌着"晋卞壶之墓"五字。棺木已朽,而面色如生,两手指爪绕手背六七寸。有司驰报,上念其忠孝,遂命仍旧掩覆,立庙致祀。正传诏令,恰好孝陵城西门之内,也掘出个碑来,是吴大帝孙

权之墓。众臣奏请毁掘行止，上微笑说："孙权亦是个汉子，便留着守门也好，其余坟墓，都要毁移。"

明日正是仲冬。一日，李善长、刘基、徐达率文武百官上表，劝即皇帝宝位。太祖看了表章，对众臣说："吾以布衣起兵，君臣相遇，得成大功。今虽抚有江南，然中原未平，正焦劳之日，岂可坐守一隅，竟忘远虑。"不听所奏。

过了五日，李善长等早朝，奏说："愿殿下早正一统之位，以慰天下之心。"太祖又对朝臣说："我思功未服，德未孚，一统之势未成，四方之途尚梗。昔笑伪汉，才得一隅，妄自尊大，迨致灭亡。贻笑于人，岂得更自蹈之？果使天命有在，又何庸汲汲乎！"善长等复以为请说："昔汉高既诛项氏，即登大宝，以慰臣民。殿下功德协天，人命之所在，诚不可违。"太祖也不回复，即下殿还宫，以手谕诸臣："始初勉从众言，已即王位。今卿等复劝即帝位，恐德薄不足以当之，姑俟再计。"乃掷笔易服，带领二三校尉，竟出西门来访民情。

迅步走到一个颓败的寺院，里面更没一个僧人。但壁间墨迹未干，画着一布袋和尚，旁边题一偈云：

大千世界浩茫茫，收入都将一袋装。

毕竟有收还有散，放些宽了又何妨。

太祖立定了身，念了几遍说："此诗是讥诮我的。"便命校尉从内呕索其人，毫无所得。

太祖怅怅而归。走到城隍庙边，只见墙上又画一个和尚顶着一个神冠，一个道士头发蓬松，顶着十个道冠，一条断桥，士民各左右分立，巴巴地望着渡船。太祖又立定了身，看了半晌，更参不透中间意思，因敕教坊司参究回报。次日，坊司奏说："僧顶一冠，有冠无法也；道士顶十冠，冠多法乱也；军民立断桥望渡船，过不得也。"太祖于是稍宽法纲。

第六十一回　顺天心位登大宝

两间淑气遍林扉，处处苍生愿不违。

一座云山无豹隐，百年天地有龙飞。

鸡声带月銮舆动，春色迎风天仗晖。

最是五湖饶钓叟，从今都许侍彤闱。

太祖微行看了两处的画壁，分明晓得是隐讽的，心中忽然做醒，因谕中书省御史台臣及刑部官定为律令，颁行四方，不许以意出入。次日早朝，李善长等复表劝进登皇帝大位。太祖说："中原未平，军旅未息。且当初朱升来见，我问天下大计，朱升复我说：'高筑墙，广积粮，缓称王。'此三语，我时时念及；尔等何为急急如此？且此事极大，尔等须一酌礼仪而行，不可草草。"

李善长等得蒙允奏，不胜之喜，便传军令，着郭英领民兵三万，于南郊筑台受禅。礼官定议，择来年戊申岁正月四日乙亥即皇帝位。三日之前，南郊坛已告成，一应礼仪具备。礼官备将行仪申奏。太祖传旨，着群臣其斋戒沐浴，至期同赴南郊。銮舆所过，远近观看的填街塞巷。

不移时，驾至南郊。怎见这坛的制度？但见：

仪遵风后，礼习轩辕。高卑上下，按着山峙川流；长短方圆，合着乾开坤辟。三才八卦，排列得整整齐齐；五行四时，摆定得端端正正。三百六十步为君坛，四百九十步为祖坛，八百一十步为将坛。一层高一层，包罗万象：上层圆象天，中层正象人，下层方象地；一级升一级，妙合支干。八方界上，立着人面盘龙宝镜，正是春前条风，春后明风，夏前清风，夏后景风，秋前凉风，秋后阊阖风，冬前不周风，冬后广漠风；周遭台内，列着廿四面绛色黄旗，总验孟春始盈，孟秋始缩，仲夏始出，仲秋始入，季春太出，季秋太入，孟夏始缓，孟冬始急，季夏德毕，季冬刑毕。中有十二盘，以应十二月；下有四个坎，以分南北东西。七十二座或大或小，上契宇宙神祇；二十八位或近或疏，印证天边星宿。

当时公侯将相诸臣，扶拥太祖高皇帝登坛。坛上列着皇天后土，日月星辰，风云雷雨，五岳四渎，名山大川之神，及伏羲三皇，少昊五帝，禹汤三代圣君之位。坛下鼓乐齐作了三通。太祖行八拜礼。太史官弘文馆学士刘基读祭文曰：

维大明洪武元年，岁次戊申正月壬申，朔越四日乙亥，天下大元帅皇帝臣朱，敢昭告于皇天后土，日月星辰，风云雷雨，天地神祇，历代圣君之灵。曰：天地之威，加于四海。日月之明，昭于八方。云雷之势，万物咸生。雨露之恩，万民咸仰。伏以上天生民，俾以司牧，是以圣贤相承，继天立极，抚临亿兆。尧舜相禅，汤武吊伐；行虽不同，受物则一。

今胡元乱世，宇宙洪荒，四海有蜂虿之夏，八方有蛇蝎之祸。群雄并起，使山河瓜分；寇盗齐生，致乾坤鼎沸。

臣生于淮甸，起自濠梁。提三尺以聚英雄，统一派而救困苦。托天之德，驱一队以破肆毒之东吴；倚天地之威，连千艘以诛枭雄之北汉。因苍生无主，为群臣所推，臣承天之基，即帝之位，忝为天吏，以治万民。今改元洪武，国号大明。

仰仗明威，扫静中原，肃清华夏，使乾坤一统，万姓咸宁。沐浴虔诚，齐心仰告，专祈协赞，永克不承。尚飨。

刘基读了祝文，坛下音乐交奏。

太祖合群臣设三十六拜。祭告之时，但见天宇澄清，风和景霁，氤氲香雾，上凝下霭，中星辉露。顿与连朝雨雪阴霾的气色迥异。人人说是景运休徵。礼毕下坛，李善长率文武百官及都城父老，扬尘舞蹈，山呼万岁，五拜三叩头毕。太祖引世子及诸王子、文武群臣，奉四代神主回城，送入太庙。追尊：

高祖考德祖玄皇帝，高祖妣玄圣太皇后；曾祖考懿祖桓皇帝，曾祖妣懿圣皇太后；祖考熙祖裕皇帝，祖妣裕圣皇太后；考仁祖淳孝皇帝，妣淳圣睿慈皇太后。

上玉玺宝册，行追荐之礼，因对群臣说："朕荷蒙先德，庆及于躬，今遵行令典，尊崇先代，对越之间，若或见之。"言讫，登辇升殿，受群臣称贺。即命刘基奉宝册，立妃马氏为皇后；且曰："朕念皇后偕起布衣，同尝甘苦。从朕在军，自忍饥饿，怀糗以饲朕，朕比之豆粥饭，其困尤甚。又朕素为郭氏所疑，皇后从中百般调停，百计庇护，得免于患。家之良妻，犹国之良相，未忍忘之。"退朝还宫，因以语皇后。后回报说："尝闻夫妇相保易，君臣相保难。望陛下今日正位以后，时时警惕，以保久安长治之业，是所愿耳。"

次日设朝，文武朝见毕，命立世子朱标为皇太子。赠李善长为银青荣禄大夫、上柱国中书左丞相、太子太师宣国公；赠刘基右丞相、太子太傅安国公。刘基再四恳辞不受，说："臣赋命浅薄，若受大爵，必折寿命。"太祖见他恳切，乃授以弘文馆大学士太史令；赠徐达上柱国中书右丞相、太子太保信国公，赠常遇春中书平章鄂国公。其李文忠、邓愈、汤和、沐英、郭英、冯胜、廖永忠、吴祯、吴良、朱亮祖、傅友德、耿炳文、华云龙等，封爵有差。群臣叩首拜谢。命改建康金陵府为南京应天府。布告天下，改元洪武。

只见翰林学士王祎出班叩头，上一篇报天下成大业，祈天永命的表章，中间要求减茶

课,免军需,轻田租,蠲边郡税粮,以顺人心等语。太祖看了大喜,赐帛五匹。便宣大元帅徐达说:"朕思胡元未克,中原未收,又闽、广、浙、东、两广等处,尚未归附,四海黎民未安,此心殊是歉然。卿宜与常遇春、冯胜、郭英、耿炳文、吴良、傅友德、华高、曹良臣、孙兴祖、唐胜宗、陆仲亨、周德兴、华云龙、赵庸、康茂才、杨璟、胡美、汪信、张兴祖、张龙等,率兵十万,北伐大元,以定中原。以汤和为元帅,领吴祯、费聚、郑遇春、蔡迁、韩政、黄彬、陆聚、梅思祖等,率兵十万,伐陈友定,取闽、广之地。李文忠为元帅,领沐英、朱亮祖、廖永忠、阮德、王志、吴复、金朝兴等,率兵十万,伐方国珍,取浙东之地。邓愈为元帅,领王弼、叶升、李新、陈恒、胡深海、张赫、谢成、张斌、曹兴、周武、朱寿、胡德济等,率兵五万,取东西两广未附州郡。"四将领命出朝,专候择日起兵前去。

次日,徐达等仍率众将入朝请旨。太祖命礼官将兴兵四讨救民伐暴的情由,做了祭文,上告天地山川之神祇。礼毕,复令众将一一向前,吩咐决不许妄行杀害,荼毒生灵。达等拜命,陆续分兵往各路进发。

先说李文忠统了诸将军马,离却金陵望浙东而行。不一日,到温州城南七里外安营。方国珍得知兵到,便与儿子方明善计较厮杀。那明善细思了半晌,对国珍说:"朱兵雄勇难当,且李文忠所统将校,个个是足智多谋之士,若待围城,必难取胜,不若乘其远来疲困之时,先出兵冲杀,或可取胜。"国珍说:"我意亦欲如此。"即日便领兵一万,前至太平寨摆开拒截。

哨马报入营来,文忠便率众将对阵。却见明善出马。文忠在旗门之下说:"今主上混一天下,指日可成,你们父子不思纳款,而区区守一隅之地,以抗天兵,将复为陈、张二姓乎?"明善大怒,骂道:"你们贪心无厌,自来寻死耳,何用多言!"便纵马杀来。恰有左哨上廖永忠抡刀向前迎敌。两下喊杀约有四十余合。右哨朱亮祖看难取胜,因提枪从旁直向明善刺来。明善力怯而走。明兵乘势赶杀,破了太平寨,追到城边。那明善领着残兵急急进城,紧闭了城门不出。

第六十二回　方国珍遁入西洋

上方楼阁海门开，万里沉香破浪来。

空中色相三千幻，个里禅机百日材。

漫说昙花天上坠，还看拇指赤城颓。

老僧诵法金龙见，日夜潮生长翠莓。

那明善领了残兵奔向城中，紧闭了城门不出。李文忠召诸将商议说："今日大败，贼众心胆俱寒，即宜四下攻打，决可拔城。"众将得令。朱亮祖就遣指挥张浚、汤克明攻西门，徐秀攻东门，柴虎率游兵为接应。城下喊声雷动。亮祖自统精锐，不避矢石，架着云梯径从西门而上，捉了员外郎刘本善及部将百余人。国珍看见城破，便带领家属出北门冲阵，径往小路直走海口，落了大洋，遂向黄岩上台州与弟方国瑛合兵一处，再图恢复不题。

那朱亮祖奉了元帅李文忠入城抚辑。即日把军情申奏金陵，太祖看了表章大喜，便令承差到殿前说："那国珍遁入海洋，必向台州与国瑛合兵据守。事不宜迟，即着中书省写敕专付朱亮祖，仍带浙江行省参政职衔，率马步舟师，向台州进讨。"差官星夜火速谕知。亮祖拜命，遂进天台。那天台县尹汤粲闻知兵到，出二十八长亭迎降。亮祖在马上安慰了黎庶，着汤粲仍领旧职，抚理本县地方，自己兼程直到台州城下。

那台城将近二十里，土色如朱，古来因曰赤城。城外有二十五里沿江岭，一人一马单骑而行，上边逼峻的高山，下边绝深的江水。这城是唐时尉迟敬德筑成的，极其坚固。城中有个紫中山，紫气氤氲，浑如巾帻。东门一湖，碧水流通海脉。过东二十里田地就是海边。海边有个白塔寺，这塔也是尉迟公发心盖造，砖上至今俱有敬德名字。寺中沉香大士甚是灵显。原来说有本寺老僧，每东方日出，诵经念佛，见海内一条金龙，听得木鱼响，便来听法，这老僧因将佛前供养饭食，日日撒泼海中，口道："金龙来吃。"一夜之间，忽梦观音说："明日庵前，当有金龙衔来一株沉香到岸，你可打捞上岸，供在佛前，关了庵门，不许一人来往。"约定百日方可开门。老僧梦中领命。

次早起来，果见金龙衔着一株大树，远远地搭到岸边。老僧见了金龙，依先施食。那龙儿把香放下，餐些饭食自去。老僧从海边拖起木儿，果是一株沉香，便同大众扛进庵

中,闭了庵门,看说果是何如光景。每日但见白燕飞去飞来,在窗櫺内出入。约将九十余日,忽见管门道人报说:"檀越王员外,拣定某日合家来庵烧香,特着管账的先来通信。"老僧回报说:"晓得了。"庵中不免打点些香烛、果饼、点心、菜蔬,至期王檀越男男女女果是合家来到。老僧依着梦中言语,嘱咐道人:"檀越来时,俱从东边方丈内迎接,不得开大殿正门。"道人得了法旨,依令而行。

谁想从中女眷,定要上殿烧香还愿,老僧十分不肯。王檀越那晓情由,竟叫从人开着殿门而入。此时恰已是九十九日,大士宝像一一都完。正开门时,只闻得一阵异样的清香,人人喷鼻。殿上毫光万道,云间仙乐齐鸣,百千个花花禽凤,拥着一个白色鹦哥,从香风中缥缈而去。人人喝彩。老僧心中只因不曾满得百日之数,便不快怀。周回在大士像边细看,恰有右手一个小拇指尚是顽香一瓣,未曾雕琢,老僧因而赞叹。那王檀越方知就里,对老僧说:"我家中恰好请有塑像巧手,可唤来雕完,以成胜事。"一边唤得来时,那匠人方才动刀,谁知这香指儿应刀而折。从今随你装塑,此指只不完成,真是奇异。

话不絮烦。恰说朱亮祖带了人马,径至台州城边搦战,一边把令牌一面,邀廖永忠入账说:"如此而行……"永忠得令去讫。再令阮德、王志、吴复、金朝兴四将,领兵二千,前至白塔寺侧,埋伏左右,来夜行事不题。

那方国珍与弟国瑛及子明善三人商议道:"赤城形势最是险阻,今我们合兵一处迎敌,必然取胜。"便放了吊桥出城对敌。未及十合,明善力不能支,转马而走。朱亮祖乘势剿杀,力气百倍。国珍父子三人,连忙驱众入城。亮祖因吩咐四下围住,只留东门,听其逃走。

约莫初更,亮祖命军中砍木伐薪,缚成三丈有余的燔燎一般,立于城外。布起云梯,纵铁甲军五千从西右而上。城中见四下火光烛天,军民没做理会,惊得国珍兄弟父子,胆战心寒,开了东门,径寻小路往海边进发。此时已是三更有余,谁想家眷带了软净什物,正好奔到白塔寺边,计到海口仅离二里,只听一声炮响,左边阮德、金朝兴,右边王志、吴

复,两下伏兵尽起,追杀而来。

国珍等拼命登得海船,吩咐水手用力撑开,未及三五里之地,早有一带兵船齐齐拦住去路。船上鸟嘴、喷筒,如雨点围将过来。火光之下,却有廖永忠绯袍金甲,高叫道:"方将军,你父子兄弟何不知时势? 我主上圣明神武,又是宽大仁慈,胡不归命来降,以图富贵,何苦甘为海岛之贼? 况此去如将军逞有雄威,得占一城一邑,亦不能外中国而别亲,惟结蛮夷。倘或不能如唐之虬髯、汉之天竺,则飘飘海上,将何底止? 且将军纵能杀出此岛,前面汤将军鼎臣(汤和之字)见受王命,遵海往讨陈友定,舟师十万,把守闽洋,亦无去路。将军悔将无及矣,请自三思!"

方国珍听了说话,便对国瑛、明善说:"吾巢已失,今朱兵莫当,便出投降,以保身家,亦是胜算。"因回复道:"廖将军言之有理。"即于船内奉表乞降。次早仍回城,见了朱亮祖。亮祖慰劳了一番,吩咐拔寨来会李文忠。此时浙东地面,处处平服。文忠使差官申奏金陵,一面与朱亮祖等计议道:"今汤元帅进征福建,未闻报捷。我们不如乘便长驱延平,合攻陈友定,令渠彼此受敌,哪怕八闽不定。"亮祖说:"主帅所见极妙。"便发兵即日起身。

且说汤和统领吴祯、费聚等八员虎将,雄兵十万,前取闽、广,直到延平地方。拒守元将正是陈友定。那元顺帝以友定败了朱将胡深,便命为福建行省平章政事。自此之后,友定益肆跋扈,遂有雄踞福建之心,兴兵取了诸郡,声势甚是张大。且命儿子陈海据守将乐,以树犄角。元帅汤和屡次以书招谕,友定说:"我这八闽,凭山负海,为八州的上游;控番引夷,为东南的岭表。进足以攻,退亦可守,你朱兵奈何我不得。"因与参政文殊海牙等商议拒敌。汤和四次骂战,友定只是坚壁固守,以老其师。恰好报说:"李文忠同沐英、朱亮祖等,率陆兵七万,前来接应。且有廖永忠统领水师三万,隔水列营,以分友定之势。"

汤和得报,喜不自胜,便令哨马传令沐英、阮德、吴复领所部径攻南门;朱亮祖、王志、金朝兴统所部径攻东门;李文忠统大队为游兵,接应东南二处。原在将校郑遇春、黄彬、陆聚统所部径攻北门;原在吴祯、费聚协同新到廖永忠,统领水军径攻水西门;自领蔡迁、韩政、梅思祖,率水陆游兵,接应西北二处,昼夜攻击。那友定在敌楼上看见明兵十分勇锐,不敢争锋。只见骁将萧院,慌慌张张向前禀说:"朱兵日夜攻打,精力必疲,倘驱兵奋力出战,必可得胜,何苦坐视其危。"友定沉思不语者久之。

第六十三回　征福建友定受戮

南北兵连势若何，双雕落月技应多。

此日四郊惭积垒，未几三辅羡投戈。

出塞卫青尤荷戟，从戎魏绛漫论和。

汉家会奏平胡绩，自有延年横吹歌。

自古道："疑人莫用，用人莫疑。"又说道："三思而行，再思可矣。"谁想这陈友定听了骁将萧院的说话，存省了半响，反说道："彼兵正锐，何谓疲竭，汝等那得乱惑军心！"便叫阶下群刀手，推出斩讫报来。不多时，那个萧院做了黄泉之鬼。自此之后，这些军将那个敢说一声？便有计多乘夜越城出来投降的。明营军中看他这等光景，四下里攻打益急。早有朱亮祖率着部军，攻破了东门，军校争呼而入。文殊海牙看势头不好，便也开水门出降。廖永忠率水军鼓噪，直杀到官衙河畔。友定仰天叹息，退入省堂，正要服毒而死，恰被官军缚住，解送到营。

次日，汤和着令部将蔡玉镇守延平。那友定儿子陈海，闻得父亲被执，也服毒而死。汤和令军中将友定送京，听旨发落。即会同李文忠所部人马，乘势径趋闽县，奄至都城。镇守元将乃郎中行省柏帖穆尔，闻大兵来到，知城不可守，便引妻妾上楼说："丈夫死国，妇人死夫，从来大义如此。今此城必陷，我亦旋亡，汝等能从之乎？"妻妾相对而泣，尽皆缢死。只有一乳媪抱幼子而立。穆尔熟视良久，叹说："父死国，母死夫，惟汝半岁儿，于义何从？留尔存柏帖一脉可也。"便收拾金宝，嘱咐乳媪说："汝可抱儿逃匿民间，倘遇不测，当以金珠买命。"乳媪受命自去。

有顷，大兵进城，穆尔从楼中放火，自焚而死。汤和闻知如此忠义，传令于灰烬中觅取骸骨，备冠带衣衾，葬于芙蓉山下。因将圣主恩德，驰谕省下群邑，诸处俱各望风纳款。恰好胡廷瑞率兵攻取兴化，那建阳守将贾俊畴、汀州守将陈国珍，也都投顺。于是泉州、漳州、潮州等处悉皆平定。

汤和见福建安妥，仍会李文忠整旅回京。未及一月，诸将解甲韬胄，午门外朝见。太祖面加旌奖，赏赉有差。这方国珍反复无常，枭首示众；这陈友定赐予胡深之子胡祯，待渠脔取血肉，以祭父亲。三军为之称快。

次日早朝，百官行礼方毕，走过中书左丞王溥，出班奏说："近奉敕督采黄木建造皇殿，却于建昌蛇古岩探取，忽见岩上有一人，身着黄衣，口中歌道：

龙盘虎踞势岧峣，赤帝重兴胜六朝。

八百余年正气复，重华从此继唐尧。

其声如雷，万众耸听。如此者三遭，歌毕忽然不见。乞付史馆，以记符瑞。"太祖听了说："此事终属诬罔，其视天书封禅者，有何差别？今后如此无证信的嘘声，一切不可申奏。"因命工人在大内图书的四壁，俱采《豳风·七月》之诗及自己历来战阵艰难之事，绘图以示后世，且说："朕家本农桑，屡世以来，皆忠厚长者，积善余庆，以及朕躬，乃荷皇天眷命，有此今日。特命尔为图，凡有流离困苦之状，悉无所讳，庶几后世子孙，知王业之兴极其艰苦，俾有做惧，毋自干淫，以思守成之道；尔等做官的，亦宜照朕立法，以俟后来，方可保有富贵，更亦不贤料，亦以克勤克俭，不至堕落家声，以致为非作歹。"群臣皆呼万岁。

正及退朝，却见两个内官，着了新靴在雨中走过。太祖大怒道："靴虽微物，然皆出自民财，且非旦夕可就，尔等何敢暴殄天物如此？朕尝闻元世祖初年，见侍臣着有花靴，便杖责说：'汝将完好之皮，为此费物劳神之事。'此意极美。大抵尝历艰难，便自然节俭；稍习富贵，便自然奢华。尔等急宜改换。"随发内旨，今后百官入朝，倘遇雨雪，皆许着油衣雨服，定为世训。

明日天晴，太祖黎明临朝，宣廖永忠、朱亮祖上殿，谕说："两广之地，远在南方，彼此割据，民困已久。定乱安民，正在今日。朕已敕邓愈等率师征取，杳无捷音。尔平章廖永忠可为征南将军，尔参政朱亮祖可为副将军，率师由海道取广东。然广东要地，唯在广州。广州一下，则循海州郡自可传檄而定，海北以次招徕，务须留兵镇守。其有归款迎降的，尔可宣布威德，慎勿乱自杀掠，阻彼向化之心。仍当与平章邓愈等协心谋事。广东一定，径取广西，肃清南服，在此一举。"永忠与亮祖衔命出朝，择日领兵前去不题。

且说徐达引大兵已至山东。镇守山东却是元将扩廓帖木儿，原是蔡罕帖木儿之子。原先癸卯年元顺帝曾着尹焕章将书币通好于我，太祖因遣都事汪可答礼。汪可去至元营，细为探访军务。这扩廓帖木儿便起疑心，拘留着汪可，不令还朝。后来太祖连修书二封问讨，那扩廓帖木儿倚着兵势，不以为然。才过一年，不意顺帝削了他的兵权，使他镇此山东，甲兵不满五万。

是日，闻徐达兵过徐州，扩廓帖木儿甚是惊恐，登时聚众商议。有平章竹贞说道："元帅麾下，虽有数万之兵，奈散在山东、河南、山西等处，一时难聚。如今徐达智勇无双，常遇春英烈盖世，还有一个叫朱亮祖，他能鬼运神输，当年曾在鹤鸣山，劈石压死陈友定许多军马，不知如今阵上，他来也不来。至如郭英、耿炳文、吴良、华云龙、傅友德、康茂才等

一班，俱是骁勇的虎将。元帅与他拒敌，只恐多输少胜。莫若权弃山东，且往山西，再聚大兵，以图恢复。"扩廓帖木儿听了竹贞许多言语，便说："这话儿极讲得有理。"潜夜领兵，径回山西太原府而去。

哨马报知徐达。徐达对众将说："扩廓帖木儿算是元朝重臣，他今退走，则各处守臣，必皆一恐无疑。料这山东、河南唾手可得，河北燕京亦指日可定矣。"便驱兵直至山东沂州驻扎军马。守将王宣闻知，即率各司官吏出城迎降。峄州地方也即投顺。大兵径到青州，那青州守将恰是普颜不花。这不花守御地方，甚是能得，向来抵挡徐寿辉并陈友谅，前后拒战三月有余，固守城池调遣军马，俱有方法，誓与此城同为存亡，真个是赤心报国的忠臣。他见大军压境，便领了三千敢死之士，当先出战。又分兵七千为后哨埋伏。我这里郭英出马，对了不花说："守将，你可知天命吗？"不花回道："我等为臣的只晓得忠义为心，至于天命去留，付之天数，何必多说！"便挥戈直取郭英。两人力战良久，未分胜败。忽听一声呐喊，那七千埋伏元兵，尽行并力杀来，把郭英困在核心，如铁桶铜墙，更无出路。郭英心中忖道："从来闻这不花手段高强，今日才见他的力量。"便吩咐三军，面不带矢者斩。三军抖擞精神，奋力地冲杀。

恰好向南一彪人马，为首大将乃是常遇春，领了三万人从外攻入。郭英又从内攻出。不花见势不好，便领着残兵急走入城，坚闭不出。徐达因令前军直至城下，四围攻打。不花退入官衙，见了母亲，说道："此城危在旦夕，儿此身决定以死报国，忠孝难以两全，如何是好？"那母亲回报道："有儿如此，虽死何恨！况你尚有二弟，我的老身自可终养。"正在抱头而哭，只见外边报道："平章李保保开门投降，朱兵已入城了。"不花即至省堂服鸩酒而死。其妾阿鲁真抱了幼子，携了幼女，俱到后院池中投水而亡。徐达命将不花及殉死家小，备齐整棺衾以礼殡葬，一面安辑人民，三军不许混离队伍。于是山东、济宁、莱州、登州诸郡，俱望风而归。

第六十四回　元兵败直取汴梁

烽火照西京，心中自不平。

牙璋辞凤阙，铁骑绕龙城。

雪暗凋旗画，风多杂鼓声。

宁为百夫长，胜作一书生。

——录古杨炯诗

元帅徐达既平定了山东诸郡，便率兵前往河南进发。不一日，来到大梁，真实好个形胜。但见：

中华间奥，九州咽喉。虎踞龙盘，从古来称为陆海；负河面洛，到今来人道天中。左孟门，右太行，沃野千里，描得上锦绣乾坤；东成皋，西渑池，平衍膏腴，赞不尽盘纡山水。中间有具茨山、白云山、黄华山、苏门山、王屋山、女几山、桐柏山、朗陵山、云梦山，簇簇堆堆，隐隐显显，都留下仙迹神踪；又有那灵岩洞、朝阳洞、水帘洞、王母洞、白鹿洞、达摩洞、空同洞、浮戈洞、灵源洞，幽幽窈窈，折折弯弯，无非是罕见奇闻。钟灵毓美，多少帝，多少王，多少豪杰；建都立国，控齐秦，跨燕赵，俯视荆吴。

唐时有韦苏州诗云：

夹水苍山路向东，东南山豁大河通。

寒树依微远天外，夕阳明灭乱流中。

孤村几岁临伊岸，一雁初晴下朔风。

为报洛桥游宦侣，扁舟不系与心同。

徐达领兵来到汴梁，与元将平章李景昌相持了二十余日。那李景昌只是紧闭上城门，昼夜提防，不敢出战。副将军常遇春向前谏道："元帅攻山东，一鼓而下；今到此日久，不能拔得一城。倘河南诸郡及元帝遣兵来援，反为不美。我思量洛阳俞胜、商嵩、虎林赤、关保这四个人，号为胡元智勇之士。可分兵五万，与神将先取洛阳，便攻河南诸郡，则汴梁自不能守。汴梁既得，据有东西二京形胜之地，虽有大元来援，不足惧矣。"徐达大喜说："元帅此言极妙。"遂令傅友德、康茂才、杨璟、任亮、耿炳文等，领兵五万，随遇春向西进发。

是日天晚，兵便到了洛阳，就令在洛阳之北列阵搦战。那元将脱因帖木儿，恰同都统俞胜、商嵩、虎林赤、关保四人，率兵五万，对阵迎敌。那虎林赤生得好条大汉，甚是丑恶难看，你道如何？真个好笑：

黑踢塔一张阔脸，狠粗疏两道浓眉。尖着雷公嘴，好挂油瓶；弯着鹦嘴鼻，挖人脑髓。两耳兜风，尽道卖田祖宗；络腮胡子，怕看刷扫髭须。睁开了双鬼眼，白多黑少，竟是那讨命的无常；洒开了两只毛拳，肉少筋多，何异那催魂的鬼判。喝一声，响索索，破锣落地；走几步，披离离，毒尘轻移。

他也不打话，径对了常遇春直杀过来。

常遇春心下想道："天生出这般毛鬼，也敢在世间无礼。"叱咤一声道："看箭！"这箭不高不低，正望着咽喉射去。那虎林赤应弦而倒。遇春便招动三军，左有任亮、耿炳文，右有杨璟、傅友德，后军又有康茂才，一齐杀奔前来，杀得元兵大败亏输，俘获的无算。那脱因帖木儿收了败兵，径走陕西去了。

遇春入城安抚百姓。那百姓扶老携幼道："我等陷没元尘，已经九十余年，岂想今朝复睹天日！"常遇春令三军秋毫无犯。百姓歌声动天。次日下令，着任亮往谕嵩州。那嵩州望风投款。遇春因令傅友德守洛阳，任亮守嵩州，自领兵攻取附近州郡不题。

且说元朝知明兵攻取中原，乃招扩廓帖木儿大元帅，经略山东等处，保守河北。李思齐为左元帅，张良弼为右元帅，会陕西八路的兵马，出潼关恢复河南。又着丞相也速领兵十万，捍御海口，以次恢复山东。那李思齐、张良弼刻日便出潼关，过了阌乡、灵宝等县，径到张毛硖石山前屯扎。大兵一连布列数里地面。两个商议道："大明将士，颇善冲击。今此地最为平坦，可以依着山崖筑立排栅，且旁现有树木，竖立营寨，把他驰突不得，然后再议迎敌为是。"

哨马备将军务报与徐达。徐达对众将说："今在此围困汴梁，徒耽月日，久无利益。今洛阳、新安、渑池等处，虽见新附，然常将军攻取颍州未还，倘他们元将仍来取复，占了形胜之地，于我反为不利。况李景昌苦守汴梁，全望河北、陕西两处来救，我们不如且弃汴梁，将兵竟去破了李思齐，则汴梁不战自服。"诸将齐声赞道："此论极妙极奇，真是神算。"徐达便令三军，即日解围，前向陕西进发。那李景昌在城不知何故，也不敢来追赶。

明兵不数日，已到陕西，与李军相近。徐达传令离州二十里安营，谨防中路元军冲突。三军且各饱饷而进。未及半路，果然元兵大至。李思齐当先出马。明阵上郭英纵马

迎敌。两将交战良久，思齐料自己气力不加，转马逃回本阵而去。徐达即着冯胜驻扎大兵，亲身便同郭英领了三千人马，乘势追杀。冯胜上前说："我闻元兵二十余万，驻在碛石山边，元帅止带三千士卒，倘有不测，何以支应？"徐达不听，挥兵而行，约有六七里之地，那些元兵俱占登了石山。徐达吩咐便也追到山上，不得退步。早见山上木石如雨的打将下来，明兵不能抵挡，被他伤残的约有二百余众。

徐达把眼仔细看了山寨，便令夺路而回。恰听一声喊叫，四下伏兵杀将拢来。东有张良臣，西有赵琦，南有张德钦，北有薛穆飞，统了五万兵马，截住去路。徐达唤令不可交战，只是奔走。明军又折了千余，走得回营。冯胜接着道："元帅今日孤军深入敌营，竟受惊厄。"徐达回说："此等小事，何忧之有！"急令帐中将奔回军士重加犒赏，以慰劳力，如有伤残的，速为调治。

徐达到晚筵宴，谈笑自若。冯胜等见他更不着急，便问："元帅今日以轻身入虎穴，必有深思，偏裨愚才，敢问其略。"徐达道："临锋对敌，岂能保得士卒不伤。然用兵者，全要察其寨之虚实。吾舍不得十人，何以破李思齐二十万之众？故我冒危前去，以探敌情。今见他依树为栅，左边积粮草，右边出军卒，于兵法大是不合。若以火攻之，其破必矣。"冯胜等深是敬服。

次日，徐达着辕门外传令各营将帅会齐，早入营中听令。只见营前不紧不慢擂了三通鼓，里面接应击了三通云板，吹了三通画角，这些将官芸芸簇簇，整整齐齐的都站立在辕门之外，只等营门开了进来。徐达听见外面打了报时鼓，已知众将齐集，随将五方旗牌，交付了旗牌官，跟随着升了中军宝帐。三声铳响，鼓乐齐鸣，辕门外东西两班的将官，鱼贯而入，排在阶下。五军提兵使，通名点过，诸将应了本名，都立在两旁下听令。

徐达传令吴良、华高二将，统领刀斧手三千，乘夜上碛石山东寨，砍倒树栅，随带火器进前攻打，孙兴祖率本部铁甲军五百接应；陆仲亨、张兴祖二将，统领刀斧手三千，乘

夜上碛石山西寨，砍倒树栅，随带火器进内攻打，赵庸率本部铁甲军五百接应；周德兴、华云龙二将，统领刀斧手三千上碛石山，砍倒南寨树栅，带着火器进内攻打，唐胜宗率本部铁甲军五百接应；薛显、曹良臣二将，统领刀手三千上碛石山，砍倒北寨树栅，带着火器进内攻打，胡美率本部铁甲军五百接应；自领中军铁骑五千，张龙为左翼，郭英为右翼，直取李思齐中营；冯胜权守兵营；汪信率本部军校为游兵，捕获逃兵，左右来往报信。分拨已定，各将出营，整备行事，只待夜间进发。

第六十五回　攻河北大梁纳款

君王行出将，书记远从征。

祖帐连河阙，军麾动洛城。

旌旗朝朔气，笳吹夜边声。

坐觉烟尘扫，秋风古北平。

——录古杜审言诗

那李思齐见徐达追赶上山，四下里将木石打将下去。徐达急令退走，又被张良臣等四路伏兵喊杀，杀伤明兵有一千余人。这思齐不胜之喜，对了张良臣等夸着大口说："如此光景，哪怕中原不复，王业不兴！"即日大开筵宴称贺，自午至夜，那些小兵卒都也熟睡，东倒西歪。也不见有摇铃击柝的，也不见有查夜巡风的。

约近二更光景，明兵衔枚疾走，各听将令分行，直至硖石山腰，四边一齐将树栅砍开，火铳、火炮处处发作，须臾之间，五七处火焰冲天，金鼓大震。元朝的兵都在睡中惊醒，刀枪器械俱被黑烟涨满，那处去寻。只是四散奔溃，被火烧死的倒有大半。逃得下山，又被路上游兵捕捉投降的，也有七千余众。

东寨张良臣正要上马接战，撞着吴良杀到面前，一枪中着面门而死。那张德钦看见烟尘陡乱，望寨外飞跑，被薛显大喊一声，吃了一惊，竟从山坡上直跌下去，撞着周德兴，手起刀落，砍做两段。赵琦、薛穆飞二人保着李思齐逃走山下，恰好徐达大兵迎住，左翼张龙，右翼郭英，冲杀将来。元将无心恋战，领着残兵前往葫芦滩而去。谁想冯胜在营，哨报明兵大胜，便令拔寨而行，已据葫芦滩，进取华州，直将兵径向潼关。李思齐料知无可潜身，弃关径往凤翔去了。

徐达鸣金收军，粮草、辎重、衣甲、头盔、器械、金鼓，所获不计其数。众将称贺说："元帅舍小败图大功，真非诸人所及。"徐达回报道："列位将军，以为李思齐雄心顿输，于我看来，今日虽胜，他此行必还聚三秦之士，为右胁之患，不可不防。"因令冯胜、唐胜宗、陆仲亨、曹良臣四将，统兵五万镇守潼关，以当思齐之兵。自家引了大队，会齐常遇春兵马，收取河南之地。冯胜等四将即日领了将令自去。

且说李景昌坚守汴梁，只道李思齐及扩廓帖木儿两人驻扎太原，前来恢复河南，到如

今闻得李思齐二十万人马，被徐达杀了大半；又闻扩廓帖木儿两人驻扎太原，公然不来接应，景昌十分畏惧，连夜引兵弃了汴梁，奔走河北地面。徐达正商攻城之策，恰有哨子报道："汴梁黎民扶老携幼，烧烛焚香，直至营前迎接入城。"徐达唤令纳款民人，进营问了来由，便领了十数骑官将，入城抚辑。路间凑巧常遇春也平定了汝南一带郡县，撤兵而回，与徐达相见。徐达便修了表章，差官前到金陵奏捷。

那官儿兼程而进，到得朝门，正值早朝时候。那个光景，有古诗为证：

绛帻鸡人报晓筹，尚衣方进翠云裘。

九天阊阖开宫殿，万国衣冠拜冕旒。

日色才临仙掌动，香烟欲傍衮龙浮。

朝罢须裁五色诏，珮声归向凤池头。

又诗：

户外昭容紫袖垂，双瞻御座引朝仪。

香飘合殿春风转，花覆千官淑景移。

昼漏稀闻高阁报，天颜有喜近臣知。

宫中每出归东省，曾送夔龙集凤池。

差官跟随着一班申奏的使臣，上了表章。

太祖看了，喜动颜色，便对李善长及合朝众官说："朕今欲幸河南，肃清北土，激励将士，共徐元帅谋取燕都，卿等以为如何？"善长等回奏说："此乃陛下神明之见，有何不可？"太祖即命新回元帅汤和、李文忠等，及原在朝文臣刘基、宋濂等，整备择日起行，留李善长等辅皇太子保守京师，且吩咐道："邓愈、朱亮祖、廖永忠平定两广而回，可令邓愈领本部兵士，暂驻京师，朱亮祖、廖永忠二人，前至汴梁，候旨调用。"善长等叩首受命。

次日，太祖领兵十万，向北往汴梁进发，不数日驾到陈州。那守将恰是元朝左君弼。当初左君弼因帮着吕珍与徐达战于牛渚渡，曾被我师追杀，奔至庐州。我师追赶入州，君弼弃州而逃。徐达拘了他的母亲与妻子，同到金陵。太祖知君弼是个豪杰之士，因厚待其家属。不期君弼降于胡元，元顺帝拜为陈州太守。太祖欲其来降，驾发之日，令军中携其家属而行，及至陈州，遣人致书曰：

大明皇帝书付将军左君弼：曩者朕师与足下为敌，不意足下竟舍亲而之异国，是皆轻信他言，以至于此。今足下奉异国之命，御彼边疆，与朕接壤，然得失成败，自可量也。且朕之国，乃足下父母之国；合肥之城，乃足下邱陇桑梓之乡，宁不思乎？天下兴兵，豪杰并起，宁独乘时以就功名哉！亦欲保亲属于乱世也。

足下以身为质，而求仕于异国，既以失察，且使垂白之母，糟糠之妻，各天一方，朝思夕望，以日为岁。足下纵不念妻子，何忍于老亲哉？

富贵可以再图，亲身不可复得。足下若能幡然而来，朕当待以故旧之礼，足下亦于天理人心，无不顺也。特修书以表朕意。君弼得书，犹豫未决。

太祖复将他的家属给还君弼。君弼感泣，出城拜降说："下愚迷谬，误抗天颜。今深荷仁恩，伏乞容宥！"太祖说："当时雍齿归刘，岑彭降汉，何尝念及旧恶？"便封君弼广西卫指挥佥事。太祖驾入陈州，抚辑百姓，仍留君弼把守，自率师前往汴梁。

早有徐达率诸将出城迎接。太祖温旨慰劳。恰好陕西哨子报道："冯胜等杀了元将薛穆飞、张良弼，

连取华阴、华州一带地面。"太祖不胜之喜，对诸将说："华阴等地，是潼关左股，今幸有此，可稍宽西顾之忧。"便令军中将金帛百端，白金五十两，黄金二十两，赍发潼关，赏赉冯胜等将有差。

次日，正值孟秋朔日，太祖行驾驻跸汴梁，受百官朝贺，即遣徐达、常遇春、张兴祖等，率兵攻取河北，并道而进，以克燕京。止留郭子兴、王志、陆聚、费聚、黄彬、韩政、蔡迁、吴美八员护驾。徐达等拜受敕旨，当日领了二十万军马出汴梁，自中滦地方渡了黄河，便令薛显、俞通源前攻卫辉、彰德、广平等地。薛显等得令，引兵到了卫辉。守将龙二弃城而走，部将杨义乡率有兵船八十余只来降。彰德、广平、顺德及东路临清、德州、沧州、长芦，以至直沽，俱望风而附，势如破竹。

明兵径到直沽海口。前面却有元丞相也速领兵十万，水陆结寨，把住海口。徐达听了哨马来报，便拘集海船，先着顾时带领水兵一万，疏通一路坝闸，以通船只。复着常遇春领骑将张兴祖、吴良、周德兴、薛显、张龙、汪信、赵庸七员，率兵五万，由左岸而行。郭英领骑将孙兴祖、华云龙、康茂才、金朝兴、华高、郑遇春、梅思祖七员，率兵五万，由右岸

而行。俞通源领水将耿炳文、俞通渊、杨璟、吴祯、吴复、阮德六员，率舟师三万，战艘二百只，随着顾时进发。李文忠率兵三万，策应左岸。沐英率兵三万，策应右岸。自同汤和率舟师从中分岸哨探，以为游兵，支应不虞。

只见海口地面，丞相也速将舟师摆开阵势，专待厮杀。徐达传令水陆三军，一齐进战，以防贼众，彼此支持。那水师正是元平章俺普达朵儿。左边岸寨是知院哈喇孙，右边岸寨是省丞相颜普达。明营军校得令，便各自统兵攻杀，这一场真实稀罕。

第六十六回　克广西剑戟辉煌

万里河梁揽辔来，海门风色望崔嵬。

营开列戟秋虹绕，幕拥双戈赤日回。

风鹤已传淝水捷，鼓铙真越汉人才。

况看妖孽元官见，应对薇垣数举材。

那三军水陆鏖战，彼此相持，在那直沽海口之上，直个好场厮杀。但见：

怒涛涨海，杀气迷天。崖上旌旗，倒映水中波浪，腾翻了梦里蛟龙；船中金鼓，敲开沙上烟尘，笃速着阵边骈骔。得志的，横冲直撞，似陆走蛟龙，水奔骏马；失魄的，东逃西窜，像龙游浅水，虎入深林。高高原上鹞儿飞，你猜我，咱忌他，认道是伏兵的号带；渺渺浪头鱼影跃，此耽惊，彼受怕，都恐是策应的艋舡。初时绿水黄沙，忽遍做骨堆血海；正是青天白日，倏然间风惨云愁。

王翰《凉州词》说得好：

葡萄美酒夜光杯，欲饮琵琶马上催。

醉卧沙场君莫笑，古来征战几人回。

又王昌龄《塞上曲》：

秦时明月汉时关，万里长征人未还。

但使龙城飞将在，不教胡马度阴山。

这三处正杀得热闹，尚未曾见输赢，谁想一声炮响，后面翻江搅海喊杀将来，恰是左翼朱亮祖、右翼廖永忠，各驾小船一百号，飞也奔杀救应。

原来朱、廖两将，前领敕旨，帮着邓愈等征进两广。他二人宣力进兵，取了两广梧州，恰遇着颜帖木儿、张翔募兵，与明兵迎战。亮祖设奇应敌，他便率党千余人前走郁林。亮祖随领兵追至郁林，斩了张翔，众等降服。因而浔州、贵州、容州等郡，以次来附。亮祖遂出府江，克平乐，又进克了横州，兵到南宁、上浪。屯田千户宋真，闻风降顺，亮祖即令宋真把守南宁。恰好元平章阿思兰，驻扎象州等地，亮祖令指挥耿天璧追至宾州。势不能支，也率所部诣军门拜降。亮祖便同廖永忠等共收银印三颗，铜印三十七颗，金牌五面，广西悉平。

且闻邓愈统兵,亦克随州、信阳、舞阳、鲁山、叶县等处,因此朱亮祖、廖永忠二将先回,来至汴梁,朝见拜复。太祖大喜,赏赉封爵有差。就于本日传令二将,星驰分兵策应北伐诸将。

二人兼程而进,径至直沽海口。只见杀气横空,烟尘盖野,便喊杀进来。那水师俺普达朵儿转着船头迎敌,正好撞着亮祖的小船从上风头溜来。亮祖趁势一跳,径跳在俺普达朵儿的船上,大喝一声,把俺普达朵儿砍做两段。那把艄的好员狠将,弯着弓径射过来。亮祖左手持刀,右手轻轻地把来箭抢住在手,叫声道:"你要怎的!"飞也跑入后艄,把那员狠将紧紧抱了道:"下去!"竟丢在水中去了。水军见杀了头脑儿,齐齐拜倒在船,都愿归附。

廖永忠因与亮祖议道:"我们便舍舟登陆,分兵杀上岸去如何?"亮祖道:"极是好!"招动水军,两边各登了岸,一直径去劫他老营,焰焰的放起火来。那元军望见营中火起,急忙各自逃回。哈喇孙恰被吴良一剑斩折了左臂,翻身落马,汪信赶上一枪,结果了残生。那颜普达领着败兵而逃。郭英勒马追及百步之内,背后一箭,直透心窝,众军乱砍做十数段。丞相也速领了残兵,夺路各自逃生,竟奔辽东去了。俘有将校二百六十三人,水陆散兵四万七千余众,辎重器械三百六十五车,粮二万八千六百余石,马三万九千六百余匹,船七百四十三只,牛羊之类,不计其数。

徐达传令诸军,陆续俱到济宁会齐。各营拔寨而行,未及两日,俱到中军帐参见。徐达对了亮祖、永忠道:"今日之捷,二位将军为最。且二位新平百粤而旋,未及解衣,复星驰而来,又是劳精瘁力,所到成功,功莫大焉,勤莫殷焉,真实难得!"朱亮祖与廖永忠谦让不胜。

当晚筵席间,徐达因问广西形胜,朱亮祖应声而起,说道:"这个广西,上应轸翼之星,古为荆州之域,为府十一,为州有八,为长官司有二;襟五岭,控南越,襟山带江,西南都会。唐曰建陵,宋曰静江,这是那桂林府。山水清旷,居岭峤之表,汉属郁林,陈曰象郡,唐曰龙城,这是那柳州府。江山峻险,为岭南要地,在汉名交趾、曰南,在唐曰粤州、龙水,这是那庆远府。山极清,水极秀,为岭表之咽喉,汉属苍梧,吴名始安,唐为昭州,周为百粤,这是那平乐府。地总百粤,山连五岭,湖湘之襟带,水陆之要冲,汉曰交州,宋曰梧镇,这是那梧州府。山水奇秀,势若游龙,梁曰桂平,唐曰浔江,这是那浔州府。内削广源,外控交趾,南濒海徼,西接溪岗,唐曰邕州,宋曰永宁,这是那南宁府。峻岭长江,接壤交趾,汉曰鹿江,唐为羁縻州,宋立五南寨,这是那太平府。石山峻立,江水潆回,唐置上石,宋置下石,这是那明府。山雄水绕,势立形奇,这是那思明军民府。峰高岭峻,环带左右,这是那镇安府。若夫山明水秀,地僻林深,汉属交趾,今叫泗城,则州之最首者也。山高

水深,为利州之胜;山环水带,是为奉议州之胜。龙盘虎踞,岭绝峰高,这是向武州。山巍江险,威生不测,这是都康州。控南交为极边之地,则为龙州。山川环秀,回顾有情,则为江州。诸峰簇秀,二水交流,则为思陵州。累峰据前,苍岭峙后,是那上林长官司。群峰耸峙,涧水环流,是那安降长官司。"

诸将把酒在手,尽皆称奖说:"朱平章真可为指顾山川,尽在掌上,敬服!敬服!"徐达又问:"何真以岭表地方投降,今主上何以待之?但不知当初何真何以据有此地?廖将军必悉知底里。"永忠对说:"他原是广州东莞人,英伟好书史,学剑术,出仕于元,后以岭海骚动,弃官保障乡里。却有邑人王成构乱,他纠集义兵,共除乱首。谁想王成筑寨自卫,坚不可破。何真立榜于市说:'有人缚得王成者,予金十斤。'不料王成有奴,缚之而出,何真大笑,对王成说:'公奈何养虎为害,此正自作之孽,天假手于奴耳。'便照数以金赏他,一面使人具汤镬,驾于车轮之上,令将王成之奴,于镬中烹之,使数人鸣鼓推车,号于众曰:'四境之内,无如奴缚主,以罹此刑也。'由是人人畏服,遂有岭南。一方之民,果蒙保障。闻我师至潮州,何真上了印章,即籍所部郡县户口、兵马、钱粮,奉册归附。主上特赐褒嘉,命其乘传入朝,宴赏甚厚。"说话之间,不觉军中漏下二鼓,诸军各回本营安歇。次早,徐达备将军情差官到汴梁申奏不题。

且说元顺帝自从受了太尉哈麻女乐,宫中日夜欢娱,又有妹婿秃鲁帖木儿等,撺哄做造魔天之舞,雕龙之船,晏安失德,四方战争的事俱不奏闻。便略有些声响,都被这些奸人遮糊过去,顺帝也不留心。忽一夜间,顺帝在宫中甚是睡不安稳,朦胧之中,见有一个大猪徘徊都城,径入宫内,把身子直扑过来。顺帝连忙逃走,躲在一个沙尘烟障去处。惊醒了,甚是忧闷,披衣而起,待得天明。正将视朝,忽有两个狐狸,黑黢黢的毛片,披披离离,若啼若哭,从内宫内殿直跑上金交椅边,咬了顺帝的袍服,拖扯出去的一般。顺帝如痴如醉,没个理会。两边宫娥、内监看了,急来救应。那两个狐狸往外边直走,顷间便不知那里去了。且看后来若何。

第六十七回　元宫中狐狸自献

河洲忽遇塞门秋，铁骑横舟咽不流。

树有鸣鸠知雨滞，井浮白晕识云留。

神圣精孚天作合，孽狐运退雾成仇。

至今朔漠烟尘满，空奏胡笳对月愁。

且说胡元满朝臣子，且不行君臣之礼，只去寻找二狸，哪知这两个孽畜，一阵烟便不知哪里去了。倏忽间转出一个官来，奏道："臣司天使者。前日癸酉，都城中红气布满，空中如火色照人，自寅至巳，此气方息，如此二日。昨者乙亥，又见黑气满天，十步之内，昏不见人，亦自辰至巳方消。占及天文，似主不吉。今夜又闻清梦不宁，朝来又有二狐啼哭，伏乞陛下修省，以禳天变。且又闻得大明之兵，已至齐宁，去此甚近。倘或不备，都城恐难于坚守。"

元帝听了，惊得魂不附体，因告众将说："记得前者有个脱脱左丞相，但有四方边警，他便在孤家面前百计商量，调遣兵马征剿，近来闻得他已没了，此处更不见有一人说及战争之事。近者朕闻大明攻取中原，已诏谕扩廓帖木儿挂元帅印，经略山西，据保河北。李思齐为左帅，张良弼为右帅，会陕西八路之兵，出潼关复河南。丞相也速领十万兵，御海口复山东、河北。诸处不闻一些信耗，反又说大明兵至济宁。不知统兵官何以提防，以至于此。"闷闷排驾回宫。

且说徐达令诸军会集济宁，一面差官到汴梁申奏军情，一面与众将定取燕都之计。仍令朱亮祖同廖永忠集水寨俞通源等八将，选战船不大不小的六百只，分为东西两路，进攻闸河。前番分岸征进的陆兵，俱合大部听遣，止拨郭英领兵二万为先锋。吴良、周德兴、薛显、张兴祖，率兵一万为左翼。华云龙、孙兴祖、康茂才、华高，率兵一万为右翼。常遇春、李文忠领铁甲军五千为右策应。汤和、沐英领铁甲军五千为左策应。徐达自己督领张龙、汪信、赵庸、金朝兴、郑遇春、梅思祖压阵而行，分拨已定。

此时正是夏去秋来，一向苦于无水，一应船只，胶不可动。朱亮祖行了火牌，令济宁知府方克勤，火速派动民兵一万；自己亦令舟师一万，星夜开浚。民与兵各分东西，量定丈数疏通，稍有迟延，依军法处斩。克勤看了火牌，欲待开浚，苦于劳民；欲待不开，苦于

违法，正在十分烦恼，那儿子叫作方孝孺上前对父亲说："军令开掘，不宜有违。然非民力之所能致。我闻圣天子行事，自有神助。父亲还宜虔诚默祷于天，早赐甘霖，以济兵行，以苏民苦，几或可两全。"

方克勤听了儿子的话，也不差派民丁开浚，只在府城市镇当心，青衣素带，率了耆老百姓，接连哀告皇天，拜了两日。亮祖的水军依令疏通东边，开有二十余里，更不见方知府差一个人儿浚掘。亮祖也不知克勤如此情由，一时着恼起来，说道："这是元帅军令，约着水陆兼程而行，那方知府何故特来怠缓！即刻提他书吏，各于军前捆打三十棍，押解下来。火速拨民疏浚！"

自古道："仕路上窄狭。"那亮祖为着王事，打了这书吏，方克勤便记毒在怀。后来他的儿子方孝孺得了进身，为王府中教授，便衬着嘴儿，把朱亮祖东征西讨、专敕剿灭国珍、独力靖安百粤这等大功尽弃，不得世封侯爵，可怜，可怜！这也不必多赘。且说天有感应，夜来大雨如注。将及黎明，水深五七尺。舟师奋力而进，遂克了河西，竟去湾头上岸。

恰好郭先锋人马也抵通州，只见大雾迷江，数步之间不识人面。郭英大喜，便对水师廖永忠、朱亮祖等十将说："天生此雾，助我皇明。公等十人可分着东西，各带兵五千埋伏道侧，我若领兵前进，只听连珠炮响，公等张两翼而出。"永忠等依计而行。郭英直至城下骂阵。拒守的正是元将五十八国公，从来号为万夫不当之勇，每常闻说起大明将校智勇，他只狠狠地对人说："只是不曾逢着敌手，天下哪有常胜的！可恨我不曾与他们对手。"如今把守通州，他便摩拳擦掌，说道："决不许朱兵驻足三十里之内！"谁想大雾弥漫，直至明军攻城，方才知觉，就同知院卜颜帖木儿率敢死士一万，开城迎敌。

郭英对敌多时，一来也觉力不能支，二来原欲诈败诱他追赶，便把马紧加一鞭，夺路而走。那五十八招动元兵，拼命地赶着。约将廿里之地，郭英把号带一招，从军便点起了连珠炮，轰天的震响。早有廖永忠、吴祯、吴复、阮德、杨璟，领着精兵从左边杀来；朱亮祖、俞通源、俞通渊、耿炳文、顾时，领着精兵从右边杀来，把元兵截做两处。杨璟一箭射去，那卜颜帖木儿应弦而倒。朱兵横来直去，斩首七千余级。五十八见势不好，不敢进城，被朱亮祖、耿炳文两将活捉过来，斩于马下。将至三更，乘势克了通州，擒了元宗室孛罗、梁王等。徐达大兵也到，遂令城外安营，次日进取燕京不题。

且说元帝闻知兵到，因命丞相庆童把守宏文门，中承蒲川守建德门，不花守安庆门，朴赛因不花守顺承门，大御署令赵弘毅守齐化门，侍制王殿仕守西宁门，枢密院黑厮宦守厚成门，左丞相失烈门守振武门，右丞相张伯康守天泰门，都总管郭允中率雄兵十万，在城外十里驻扎，防御朱兵进城攻打。左丞相于敬可率游兵五万，近城五里外策应。淮王帖木儿不花领铁甲军十万，在城上为游兵，相机御敌，日夜戒严固守都城。恰有哨子报

说:"大明兵已驻通州,不日即至大都。"顺帝甚是忧烦。群臣都说:"陛下且宽心,倘或进逼都城,城中粮草尚有十数万之积,还可坚壁而守。山、陕之间,必有勤王之师前来救应。"顺帝道:"到那地位,恐已迟了。"

正说间,但闻杀气动地,金鼓震天。顺帝带领群臣上城细看,只见郭英当先,左边吴良等四个翼着,右边华云龙等四个翼着,退后又有廖永忠、朱亮祖等十员紧紧接应。未有五里,惟是茫茫荡荡,耀日的是刀枪,飘扬的是旗帜,漫天盖地而来,那里算得若干军马!顺帝捶胸顿足,只是叫苦。

忽听得一声炮响,两阵对圆,一边郭允中,一边郭英,两马相交,战上二十余合。一个儿手高,一个儿眼快,一箭射来,恰中郭英冠上的红缨,铛的一声响。郭英心中暗想道:"这元将也有这般伎俩。"趁他弯弓未放,将画戟一转,正中在允中左胁之下。腾空的跌将下来,被乱军踏做泥酱。便招动后兵直砍过来。左丞于敬可急领精兵策应,左边周德兴正好迎着。两边张翼向前,把于敬可围在核心,更无出路。华高向前一刀砍死。这五万兵,当不得个切瓜切菜,且战且进,直抵燕都城下。

顺帝惊得木呆,做不得一声。早有九门拒守将官,各将火箭、石炮飞也打将下来。郭英传令三军,且待后面大队人马齐到,另行攻取之计。顷间,徐达统率后军到城下安营,便着哨子在城外绕转了一遍,看城中无甚动静,因同汤和、沐英、常遇春、李文忠四人,率领铁骑一千,自自在在往城外逐步而行。看了形势,复到营中对着众将说:"这等高城深池,若仅平平的照常攻打,他恃着积蓄,仓促难破。我意当趁此大胜之势,盛兵而前,使敌人心寒胆落。否则彼将老我之师,且外边必有相救之兵,那时反难理料,不如连夜乘势行事为妙。"

第六十八回　燕京破顺帝奔亡

自堪逸气佩吴钩，坐计风烟正暮秋。

一剑开辟清淑气，九关兵拨虏酋愁。

边隅树色空军垒，东北笳声断戍楼。

应美中原多猛士，人人相向话封侯。

却说徐达细看了城池，回到营中，对众将说："只宜乘势攻打才是。"即下令：安庆门，吴良、张龙领兵一万攻打；振武门，华云龙、赵庸领兵一万攻打；西宁门，康茂才、梅思祖领兵一万攻打；顺承门，朱亮祖、华高领兵一万攻打；天泰门，耿炳文、张兴祖领兵一万攻打；宏文门，薛显、吴复领兵一万攻打；齐化门，俞通渊、金朝兴领兵一万攻打；建德门，廖永忠、孙兴祖领兵一万攻打；厚成门，俞通源、周德兴领兵一万攻打。再令沐英带游兵一万，在西城策应；汤和带游兵一万，在南城策应；常遇春带游兵一万，在东城策应；李文忠带游兵一万，在北城策应，截断外边来救军马。吴祯、杨璟、郭英、顾时分率铁骑四万，随处相机布设云梯，树筑高台，与城一般相似，施放火器，使元兵城上站立不得。自领大队压阵。郑遇春、阮德分为左右二哨，各带兵三千巡逻。

调遣已定，诸将即刻分队行事，都令各带防牌，神枪手攀城而上。外边的或是云梯，或是高台，不住的将喷筒、鸟嘴、火铳、火箭打将进去。顺帝看见，知决然难守，便集三宫后妃、太子、太孙，驾着飞辇，点勇敢拼死的军士约有二万，三更之际，潜夜开了建德门，杀条血路而走。众将死命地留，决然不听。

殆及天明，淮王帖木儿不花，被郭英火炮打死。中丞满川把厚城门，正在敌楼边横枪而视，俞通源看定一箭，正中咽喉而死。不花丞相庆童，闻知顺帝脱逃，不胜悲哭，薛显飞刀砍来，把头劈做两块。安庆城楼，被吴祯火箭射来，在角上焰焰的火着。那伯颜不花急令军卒打灭，早被吴良、张龙领统卒逾城直上，那伯颜不花撞着张龙，一枪仆于地下，取了首级。

耿炳文同着张兴祖攻打天泰门，那张伯康十分凶勇，朱兵上前不得。耿炳文斩袍而誓说："不杀张伯康，队长俱各就戮。"众军冒着矢石先登，城上长枪乱槊下来，炳文乘势扭着长枪，从空一跃而上，杀倒把守垛子的统卒十有余人，叫声道："好了！"诸军相继登城。

张伯康舍命来斗,恰被死尸绊倒,耿炳文向前结果了性命。黑厮宦把守建德东门,谁想廖永忠等令强兵一时拨掘,竟攻破了十角,三军蹑级前行。黑厮宦知事不济,服鸩毒以死。王殿仕在西宁城上窥探朱兵,凑巧杨璟驾着飞天炮直打过来,把头颅击做粉齑相似。华云龙、赵庸二将发愤来攻振武门,恰好顾时筑起高台,便率众登台对杀,失烈门忽中流矢,平空的跌出城外来,朱军乱砍做泥。朴赛因不花领赢卒数千,把守顺承门,预知必不能守,因对赵弘毅说:"国事如此,有死而已。"忽报元帝已走,正要自尽,被朱亮祖捉住,终不肯屈,复送军前斩首。赵弘毅看四下军兵缭乱,即下城与妻解氏及儿子赵恭与孙女儿官奴共入中堂,穿了公服,北向拜罢,一家悬梁自缢。在城将军,俱开了城门,四边策应人马,一齐杀入。

徐达急令军士,不许扰害良民,擅离队伍。因是燕京人民安堵。徐达便入元宫,检有玉印二颗,承宗玉印一颗,就封了府库,锁了宫门,财帛、妇女,一无所取。即差官持表到汴梁奏捷,说道:"洪武元年,岁次戊申,秋八月二十庚午,平定了燕京。"太祖看了表章大喜,驰官赏赉封爵有差,改大都北平府。即令都督冯胜移镇汴梁。都统孙兴祖领燕山、骁骑、虎贲、永清、龙骧、豹韬六卫的兵,镇守居庸关,以御北平。原守潼关总管指挥使曹良臣移镇通州,以御辽东。取李文忠回汴梁,带领锦衣刀手羽林等军,护驾南还金陵。原任常遇春、汤和、沐英、朱亮祖、郭英、吴良、廖永忠、俞通源、俞通渊、耿炳文、吴祯、吴复、杨璟、阮德、顾时、华云龙、华高、康茂才、周德兴、薛显、张兴祖、张龙、赵庸、汪信、金朝兴、梅思祖、郑遇春二十七员,又新撤回傅友德,并汴梁护驾郭子兴等八员,共三十六员大将,俱随大元帅徐达攻取河北诸郡。

徐达拜受明旨,即日统兵二十万前行。所过涿州、定兴、保定、定州、易州、中山、河间等郡,不战而附。直至真定府。真定守将正是洛阳逃贼俞胜。徐达传令常遇春、朱亮祖入营,附耳说了两句话,二将得令前去。因使赵庸、王志、韩政、黄彬各率兵三千搦战。俞胜料来孤城难守,径领兵西出小北门而去。未及数里,早有常遇春在东边,朱亮祖在西边,截住去路。遇春挺枪直入阵中,活捉了俞胜到营。原来徐达谅他必走山西太原府,与扩廓帖木儿会兵,以图后举,故先着两将截路,谁知不出神机。军前把俞胜斩首,揭之竿头,一路号令去讫。次日便进攻山西。

且说驾返金陵,所过地方,备细访问民间的利病,做官的贤愚。忽见江左道中,有个孩儿充作驿卒,太祖召问:"何以充此,今年几岁?"那孩儿奏道:"今年七岁,为父亲虽死,名尚未除,因而代役。"太祖出对道:"七岁孩儿当马驿。"孩儿应声道:"万年天子坐龙廷。"龙颜不胜之喜,即令蠲恤,那孩子谢恩而去。

未及半里,远望一簇人,抬着香烛,后面扛一个台盘随着。太祖因此召问。只见台盘

中盛着一个杀死的小孩子，太祖惊说："你们是何人？将此死儿何干？"那些人道："小人辈都是江伯儿的亲戚。这个江伯儿母病之时，割下自己胁肉煎汤，来救母亲，未及痊好，他便恳祷于泰山神前，告许母好之日，杀子以祭。如今他的母亲病果脱体，他便杀这三岁的孩儿，为母亲还愿。小人们见他孝心感应，故也随着他到庙烧香。"太祖听了喝骂道："父子是天伦极重的至情，古礼原为长子服三年之服。今忍杀其子，绝伦灭礼，惨毒莫此为甚，还认是孝子！"发令刑官把伯儿重杖一百，着南海充军。这些亲戚忍心不救，各杖三十。因命礼部今后旌表孝行，须合于情理者，不许有逆理惊骇之事。

发放伯儿等才去，只见两个使臣及一个百姓，带一个女儿到驾前跪说："臣湖北蕲州知州差来进竹簟的；臣浙江金华府知府差来进香米的。"太祖笑对中书省官说："方物之贡，古亦有之。但收了竹簟，天下必争进奇巧之物。朕又闻所贡香米，俱于民间捡择圆净的，盛着黄绢囊中，封获而进，真是以口腹劳民！今后竹簟永不许献；朕用米粒，也同秋粮一体，纳在官仓，不必另贡。"使臣领旨自去。又问这百姓将此女子来见何故？那人奏道："此女年未及笄，颇谙诗律，特进宫中使用。"太祖大怒说："我取天下，岂以女色为心耶？可即选佳婿配之。你做父亲，不令练习女工，反事末务！"发刑官杖六十而去。途中许多光景，不能尽说。来至金陵，太子率百官出郊迎见。次日设朝不题。

那元帝自领亲属逃脱燕京，退居应昌府，乃下勤王之诏。以扩廓帖木儿为大元帅，会山西十八州及云中会宁之兵，改取大都，恢复中原。他便集兵三十万，出雁门关，取保定路，来攻居庸。徐达进攻山西，出了滹沱河，令前军抄井径小路，直抵泽州城外，便命安营搦战。

第六十九回　豁鼻马里应外合

朔风吹叶雁门秋,万里烟尘昏戍楼。

肥马长思青海上,胡笳夜听陇山头。

容颜岁岁老金微,沙碛年年卧铁衣。

白草城中春不入,黄花戍上雁长飞。

朔风吹雪透刀瘢,饮马长城窟更寒。

夜半火来知有敌,一时齐保贺兰山。

——右录古诗三绝

大明兵到泽州搦战,那守将就是原在山东劝扩廓帖木儿奔走山西的平章竹贞,便率兵五万,出东门对阵。徐达见了竹贞说道:"竹平章,今日之势,元室不振可知,公何不顺天而行? 我主仁圣,亦不轻待。"竹贞应道:"南北中分,从古自定。今与元帅讲和,我大元守陕西、山右、云中、应昌等处;大明守江浙、闽广、中原、河北、燕京等处,两相和好何如?"徐达说:"今日我主应天挺生,不数年间,灭汉奸吴、擒国珍、执友定,四海咸归,宁容讲和乎?"即令挥兵合战。元兵不练习,未及交锋,奔溃而走。竹贞便弃去泽州。

徐达进城,出了安民的榜文,便对众将定取山西之策。众将说:"今扩廓帖木儿进攻居庸,深恐北平难保,我兵宜先救腹心之忧,后除手足之患。"徐达说:"不然。彼率师远出,其势实孤,孙都督总六卫之师,自足捍御。我等正宜乘其不备,直抵太原,倾彼巢穴,则彼进不利战,退无所栖,此兵书所谓'推穴捣虚'之法也。"诸将称善。遂率兵前进。

太原守城的恰是都统贺宗哲,不敢出战,遣人星夜上居庸关求救。扩廓帖木儿得知信息,即统元兵来迎。徐达便令傅友德、朱亮祖、郭英、薛显领兵二千,分左右探敌虚实。四将分作四路前往,见元兵队伍不整,旗号披离,因各回营报说:"元兵虽多而不严,虽锐而无备。我们步卒未至,然骑兵已集,不若乘夜劫营,贼众一乱,主将可缚也。"徐达说:"我正有此意。"只见扩廓部将豁鼻马使人求见。徐达令门上放他进来。

那人向前禀说:"左部将豁鼻马,特着小人约降,且为内应。"徐达细问了端的,因着郭英、傅友德领铁骑一千,照依元兵装扮,随着使人混入元营,夜半举火为号。即令:朱亮祖

带部兵一万,埋伏正南方,顾时、阮德为左右翼;康茂才率部兵一万,埋伏东北方,赵庸、汪信为左右翼;常遇春率部兵一万,埋伏西南方,张龙、陆聚为左右翼;汤和率部兵一万,埋伏正东方,胡美、蔡迁为左右翼;杨璟率部兵一万,埋伏正西方,费聚、黄彬为左右翼;华云龙率部兵一万,埋伏正北方,韩政、王志为左右翼;张兴祖率部兵一万,埋伏东南方,梅思祖、郑遇春为左右翼;俞通源率部兵一万,埋伏正北方,周德兴、金朝兴为左右翼;自同沐英、吴祯等八将,统领大军,在后截杀,专候营中火起为号。众将得令而行。

那郭英、傅友德领兵随了来使,潜入元营。约至三更时分,郭英吹了一声簌篥,朱军将火器四下里一齐举发。顷刻间营中火焰冲天,喊声动地,八面伏兵在外,也同声而起。元兵大乱。扩廓帖木儿方点烛独坐帐中,听得众军扰乱,急急披甲而出,看见凶险势头,马也不及备鞍,脚也不及着靴,与十八个骑兵,冲阵向北而逃。元兵死者大半。豁鼻马率余众来降,计得六万六千七百余人,马亦如数。刀枪、剑杖、牛羊、辎重,不可胜计。

此时天已大明,徐达即令前军直逼太原城下安营。城中早有王保保领师出城相拒,常遇春当先迎敌。这王保保十分了得,朱军阵上华高、吴复、沐英、廖永忠、吴祯等相继接应,他也势大不怯。惟是郭英同着朱亮祖领二十余骑,望平原高阜之处纵马而行。在那里立定,看了半晌,方才回营。王保保也叫道:"日已将晡,各自点兵,明日再战何如?"保保领兵回营自去。朱军众将俱到大营议道:"王保保这厮,名不虚传。"徐达道:"我兵连夜攻杀,精力还是困惫的。且到明日,再作计较。"

恰有郭英、朱亮祖上前说:"我二人方才登高细望,敌营终是散漫,不如乘夜劫他的寨,才是上着。"徐达说:"有理!有理!"便令耿炳文、廖永忠、吴良、郭子兴四将,各带铁骑五千,近城埋伏,看见元兵追我军,赚开城门;吴祯、吴复、薛显、华高四将,各带本部人马,潜伏十里之外,以备我军移营时元兵追赶的救应;朱亮祖、傅友德、常遇春、郭英、俞通源、

康茂才、梅思祖、顾时八将，带领二万人马，分为四处，近伏元营，待他带兵追赶，径杀入他老营，四下放火烧荡营寨；自率大队人马，乘此月光，急急退走，诱他追杀。军令才下，朱兵纷纷逐逐，鸦飞雀乱的移营。

恰有哨马报与王保保知道。那保保大笑说："我今日力敌十将，故知朱兵退却，不如乘此追击。"便令铁骑二万，随着自己追杀，其余大队俱听大将貊高镇束，守着本营，不得乱动。吩咐才罢，便跨上了马，如云如电的杀来。朱军只是倒戈而走。约及十里境界，黑林之中，两边杀出四员将军，正是薛显、华高、吴祯、吴复带领伏兵迎敌。大队人马因而都勒转马头，裹着元兵厮杀不放。

朱亮祖等八将，看见保保领兵追杀我军，约莫有十里之远，一声号炮，四面伏兵俱杀入老营中来。元将貊高提刀来战，被傅友德一箭中着左臂，亮祖赶上一刀砍死。其余将卒杀得尸横血溅，投降的约有三万余众。日间密扎扎了多少营垒，到夜来光荡荡一般白地。耿炳文、廖永忠、郭子兴、吴良，黑暗里带了人马径到城边，叫道："快开门！快开门！"镇守的军士只道王保保回来，连忙放入。谁知却是大明士卒。

贺宗哲坐在官衙，着人探听，朱兵早已杀到衙前。他便往后堂寻条小路，逃脱六盘山去了。可怜这王保保被朱兵围杀了一夜，三万铁骑剩无十分之一。将及黎明，四下里叫道："元帅将令，着各将且暂收军，听王保保自去。"王保保冲开血路，径向旧寨而走，谁知成了一块白地。纵马放到城边，城上耀日迎风，都是大明旗帜。闷着这口气，只得往定西而逃。

徐达鸣金收军，但不见了朱亮祖、薛显两员大将，便令哨马四下探望。半日之间，更没一毫影响。因唤各寨之中，查原随朱、薛两部士卒，这些人也都在那里追寻。渐渐天色将晚，徐达垂着双泪，对众将说："朱平章、薛参使，勇智俱奇，若是被元兵杀死了，也须有个骸骨；若是追击元兵，也须带本部军校。如此一日，查无下落，何以为情，日后又何以回复圣主！"此时正是腊尽春初，当晚潇潇的下着一天春雪，越觉凄怆，越觉更长。猛想着武当山有个炼真的道人，髭髯如戟，不论寒暑，止衣一个衲衣，或处穷寂，或游市井。人问他的吉凶，无不灵验，自号张三丰，又自名为邋遢张。人如斋供他，或升或斗，无不立尽；若没人供养，便半月一月，周年半载，也只如常。登山涉岭，其行如飞。隆冬卧倒雪中，也只鼾鼾的睡。近闻得栖于五台山上，此处去彼不远。急唤请汤和、傅友德、华高、郭英四位，领马军五千，火速请来，叩问前事。

此时军中漏下，才是一更时分。他们一来是军令，一来念及同胞最好，便驾马冒雪而

行。抬头一望，正好一派五台景色。只见：

左带大河，右连恒岳。五峰高出于云汉，清凉迥异于尘寰。月色横空，疏淡的是半山松影；雪风飘漾，氤氲的是一阵梅香。初时天连山，山连雪，洒洒扬扬，还认得有雁门山、石楼山、中条山、太行山、姑射山、贺兰山，都像玉攒银砌；后来月满山，山满雪，层层密密，纵然的有玉华峰、盘秀峰、砥柱峰、过雁峰、五老峰、桃花峰，更无凸凹欹歔。征鸿嘹呖断人肠，封不定禅心枯寂；孤鹤翩跹惊客梦，抛不开佛子凄凉。向来说文殊师刹在上修行，谁知那道骨仙风从中磨炼。

孟浩然题禅房诗道：

义公习禅寂，结宇依空林。

户外一峰秀，阶前众壑深。

夕阳连雨足，空翠落庭阴。

看取莲花净，方知不染心。

四将一路上叹赏不已，不觉早已到五台山。

中华传世藏书

中国历史演义小说

英烈传

第七十回　追元兵直出咸阳

太山西去五台奇，到处峰峦最可思。

碧汉迢遥惊八目，烟沙寂寞绕千重。

舍利岂随秋草没，摩尼曾捧夜珠贻。

漫讶马首冲疑网，指点龙池灰劫时。

四将乘夜冒雪而行，天色将明，已到五台山下。正要上山求见张三丰，恰有一个小道童在门外扫雪，便对了汤和说："四位将军，莫不是大明徐元帅差来谒见三丰师父的吗？"汤和听了这话，便道："你师父真好灵异，原何得知我们到此？我四人正是来谒三丰师父的，烦你指引。"这童子道："我们师父昨日早间，在庵中与天目使者周颠、铁冠道人张景华、不坏天童张金箔三人，轮流对弈饮酒，杯中忽见火光两道，直冲西北，便对他三位说：'今日大明兵，以火攻取太原了。我们四人可即跨鹤下山，乘势引着朱亮祖、薛显追赶元兵，涉猎了潞州、汾州、崞州、沂州、朔州、代州、岚州，使这些地面望风而降，庶几三府十八州都属大明，以成一统之业，且救了多少生灵，如何？'他三人应声道：'好！'我师父跨鹤将行，吩咐我说：'明日黎明，有四位将军冒雪来此寻我，你可直以此言回复，说我保护了朱、薛两将军，随到扬州琼花观里观花，叫他们旋师之日，琼花观中便知分晓。此书一封，可付与汤、郭、傅、华四公开看。又有书一纸，即烦四公带去，付常遇春将军收看。'这书都在这里。"

四人听了消息，便知朱、薛二将军的事情，便带笑拆开前书来看。

恰是诗一首道：

琼枝玉树属仙家，未识人间有此花。

清致不沾凡雨露，高标犹带古烟霞。

历年既久何曾老，举世无双莫浪夸。

便欲载回天上去，拟从博望借灵槎。

——右咏扬州琼花观一律，请政。汤、郭、傅、华四位将军麾下。

四人看罢，也不知其中意思，便将香烛礼仪，送在童子面前说："此是徐元帅的下情。

今日不见师父道范，敬留此山，以表微忱。"那童子对四将收了，因请上山清斋供养。

四位说："军情重大，不敢迟延。"即刻辞了童子，把马紧紧地走着。一路上雪霁天晴，风和日朗，处处是堪描堪画的人世蓬莱，种种是难说难穷的幽奇景致。未及下午，已到营中，恰有常遇春也在座。四人备将前事说了一遍。徐达说："既如此，朱、薛两将军必有下落了。"四人又将书一封，递与遇春说："此书送与将军开封。"常遇春急急开来看时，也是四句诗：

一世多英武，胸中虎豹藏。

先于和里贵，后向柳中亡。

遇春见了，惊得木呆半晌，因对众说："这诗是当初老母生下不才之时，方才三日，忽有一位老儿走至堂前，说道：'你家新生令郎，大有好处，我有小诗一首，是他终身谶兆，你可收而留之。'言罢，便不见了老者。后来不才长大，老母就将此诗置在紫囊之中，付我收留。不才承命四出，也决然带之而行。今看此诗此字，与前诗字毫无两样，因此心下惊疑。"一边说，一边就在左手佩带中，取出紫囊内的诗来看，果然宛肖。众人都也惊讶。恰好营前报道："朱、薛两将军到来。"

徐达连忙出帐接道："两位将军那里去来？我等在营中寻觅不见，十分焦躁。"朱亮祖、薛显便说："我二人同诸将追逐王保保之时，意下也要收兵，忽遇一个道人将手指说：'两位将军，面前骑马的不是王保保吗？你两位趁此不捉了他，更待何时！'我二人便纵马去赶，那保保飞烟也是去，我们两马也飞烟地随着他，及至天晚，已过了潞安等府。只听路上人说：'真是神兵从天而降，那个敢不顺服。'夜间也止不住马头，唯有见一个头陀、三个道士驾鹤而行，便觉七八万人，拥护在后边随着。因此潞州、汾州、朔州、忻州、崞州、代州、岚州，所有山西地面，三府十八州，俱皆纳款。今早旋马而回，来见元帅。"徐达不胜之喜。此是洪武二年己酉春正月，平定了山西，便一面差官申奏金陵，一面设宴与朱、薛二位将军称贺。把酒之中，说起张三丰神异等事，各人神情悚然。

次日，徐达便领兵下陕西。兵至潼关，与唐胜宗、陆仲亨相会，议取陕西诸郡。诸将俱说："张思道之才，不如李思齐，且庆阳势弱，易于临洮，不如先取庆阳，后从陇西进取临洮为是。"徐达说："那庆阳城险而兵悍，未易猝破。彼临洮之地，西通番禺，北界河湟，得其人民，足以备战斗；得其地产，足以供军储。我以大军蹙之，李思齐必束手就降。临洮既克，都郡自下矣。"诸将悦服。遂进兵克了陇州、秦州及巩昌地方。因集马骑步卒，一齐直趋临洮府正东五里紫兰滩安营。

徐达对诸将说："我想思齐其势已穷，得一人谕以利害，必来投顺。"只见蔡迁欲往。徐达便令轻装，直至城下与思齐相见。蔡迁委委曲曲劝渠纳款。思齐犹豫未决，又有养子赵琦相阻说："如果不胜，尚有西番可连。"惟是诸将齐声道："还是早降，可免杀伤之厄。况今元兵百万且不能胜，纵连吐蕃，亦无用武之地，不如降为上策。"思齐便随蔡迁奉表乞降。徐达待以国士之礼。安抚了百姓，便起兵攻庆阳。

那城池是张思道同弟张良辅把守。我军阵上郭英扣城搦战。思道即欲率兵出迎。良辅向前说："大明兵势如山，李思齐尚且降伏，兄将何为！弟心不如假意献城，图个空隙，刺了徐达，以报元主，也显得我们的忠心。不然孤军出战，既无后援，弃城而走，又遗耻笑，兄请度之。"思道从计，遂开门出降，郭英引见了徐达。

徐达留下部将镇守庆阳，令张思道等，随军中向西征平凉府。在路二日，军至延陵地界，思道自恃兵精将悍，且有王保保为声援，贺宗哲为羽翼，平章姚晖为爪牙，窥见徐达前军已行，便随后杀了军卒数千人，截了粮草一半，径向北而走。哨子报知，徐达大惊说："真个是'海枯就见底，人死不知心'，不料思道兄弟如此奸毒！"即令郭英、朱亮祖、傅友德，各带马兵三千，分着三路追击。

且说思道同弟良辅杀死朱兵三千有余，抢得粮草数万，心中甚是快乐，统领向北而行。恰到泾州地面，当先一军，正是催粮骑将廖永忠，便勒马横枪来问。良辅不知情由，便道："吾乃张良辅同兄思道，近以庆阳降大明徐元帅，今奉军令上山西、河北催粮。"廖永忠心下思量："我奉令催粮，岂有用他再催之理？况从来钱粮重事，元帅断不差托新降之将，且原何更无他人同催，径用他兄弟两个？"便大叫道："你既催粮，何不往前行，反从北走？决然是降而复叛之贼，劫我粮草的。"良辅被永忠说破，无以为答，便挥戈来敌。永忠奋力抵住他兄弟二人。战未数合，恰好郭英、朱亮祖、傅友德三人追至，两势夹攻。良辅兄弟力不能支，遂逃入泾州。士卒死者过半。

　　徐达便遣四将抄他出入之路：俞通源略其西，傅友德略其东，朱亮祖略其南，顾时略其北。良辅着人夜半缒城往宁夏求救，又被巡军所拿，于是音信隔绝。城中乏食，只得煮人汁和泥食之。徐达四下着人布令说："反叛的只张良辅兄弟，其余皆是良民。如有生擒来献者，赏金千两；斩首来献者，赏金五百两；开门投降者，赏金一百两。如敢抗拒，城破之日，尽行诛戮。"良辅部下万户挥使姚晖与子姚平商议，诈称西门城垣将倾，请良辅上西城审探修葺。良辅只道是真的，果然往到西门。他父子上前一刀砍死，乘势开门纳降。徐达统兵入城。张思道因挈妻正要投井，被军士枭首来献。徐达令将首级一路号令前去，出榜安民。于是陕西八府悉皆平定。

　　次日上表奏捷。差官出得城门，恰报有圣旨到来。徐达即忙整拂香案，迎接到堂，三拜九叩首，山呼万岁礼毕，使臣宣读诏书。

第七十一回　常遇春柳州弃世

崇朝边塞净胡氛，缓带春风更不群。

铜柱只今题马氏，长缨何必借终军。

元戎幕府行休战，天子明堂坐策勋。

麟阁崔嵬千古壮，功成谈笑四方闻。

且说使臣宣着诏书道：

敕谕大元帅徐达：朕闻卿等屡次捷音，所向必克，此朕得所托也。不期元主，即今三路分兵侵我边鄙。以丞相也速为南路元帅，领兵十万，从辽东侵蓟州；以孔兴同脱列伯为西路元帅，领兵十万，从云中攻雁门；以江文靖为中路元帅，领兵十万，攻居庸：三处最急。特令李文忠前到军中，副常遇春领兵十万，以当三路之患。卿宜统率大兵，镇守山西、陕西沿边地方，以杜王保保入寇。特此诏示，万勿羁迟。

徐达得诏，即令常遇春为大元帅，李文忠为左元帅，郭英为右元帅，傅友德为前部先锋，朱亮祖为左翼先锋，吴祯为右翼先锋，华高、薛显、蔡迁、费聚、金朝兴、梅思祖、黄彬、赵庸、韩政、顾时、汪信、王志、周德兴、张龙十四员大将，率本部军校步兵十万，随行听遣，即日出延安府进发。

兵至潼关，常遇春对诸将曰："元兵三路南侵。乃虎护九谷之势，我军先救何处为是？"李文忠说："孔兴与脱列伯二人进侵山西，有徐元帅沿边镇御，必无他患。今江文靖来攻居庸，那居庸是北平主辅，乃蓟镇所控，东至辽阳，西至宣府，约有一千余里，中间古北口、石门寨、喜峰口、镇边城、黄花岭、八达岭，俱极重要，诚为紧急。兼之也速进攻辽东，以为恢复北平之计，使我兵东西受敌。元帅宜领兵径抵居庸，若擒了江文靖，则余兵自然落胆。"常遇春依计，便整肃队伍，从蒲州、河北一路来援居庸关不题。

且说元丞相也速，领兵讨蓟州、遵化、香河、宝坻，前至通州正东十里安营。朱军总管曹良臣镇守通州，闻知元兵大至，因与部将陈亨、张旭议道："我兵只有三千，何以应敌？还宜设计以破之。"因下令集民间驴、骡，不拘多少，身上缚草为人，穿戴衣甲，执着长枪、大弓，依着树木，插立鲜明旗号，于十里外高原之上屯扎下。用妇女三百，俱装扮男人，摇

鼓鸣锣，不住的呐喊。城头之上也一般装扮把守。陈亨率精锐一千，于大河左边埋伏。张旭率精锐一千，于大河右边埋伏。只看林莽中高悬红灯为号，一齐发伏追击。曹良臣自率兵一千，二十里外迎战。再选居民壮丁五百，执着五色旗号，按方而列，驻在城外深池之旁，中间设立高台，上缚草人，着了衣服虚张声势。众将得令，依法而行。

恰好也速大兵已到，曹良臣奋力来迎。自未至申，天色渐渐将晚，良臣纵着马便走，那也速乘势赶来。一路高原之上，但见军马摇旗呐喊，远望来竟有数十万之众，驻扎不动。也速正在疑心，早见绿杨之中，一盏红灯笼朗然高照，两边伏兵不知多少，横冲直撞过来。真所谓：兵在精而不在多，将在谋而不在勇。左有陈亨，右有张旭，后有曹良臣，三千兵拼死攻击，杀得元兵四散奔溃。也速只得领了败兵向辽东而走。曹良臣等，只是鼓噪追来，直到蓟州而还。

恰有元将江文靖领兵来攻居庸，也速幸得合兵一处。镇守居庸的原是都督孙兴祖，闻元兵合来侵犯，正要出兵迎敌，只见哨子报："有常遇春领兵十万，前来救应。"不胜之喜。次日，江文靖在锦川列阵搦战。常遇春自挺枪相迎，未及五七合，把也速一枪刺死。江文靖舍命而逃。遇春骤马追到，便活擒于马上。元兵踏死者不计其数，斩首一万六百七十三余。常遇春对着孙兴祖说："都督可仍镇此关，我们当提戈北往。"即日进发，克了大宁、兴和、开定，径至开平府十里外安营。

开平守将乃元骁将孙伯奴与平章王鼎。他二人便出城拒敌。遇春令左翼朱亮祖、右翼吴祯，三路分兵而进。郭英把王鼎活捉过来，送至军前枭首号令。逃脱了孙伯奴。遇春既取开平府，遂进兵到柳河川安营。

当晚遇春独坐营中，忽然得疾，精神甚是恍惚。帐中军校即时传与各营，众将都来问安。遇春说："某与诸公数年共事，期享太平，不意今日在此地与诸公永诀。"众将惊问缘故。遇春将生时老者的诗，与前者五台山张三丰送来之诗一同的事情，重新说了一遍，因说："'先于和里贵，后向柳中亡'。我于和州得遇圣主，幸而所在成功，受了显爵，今兵至柳川，其亡可知，且病体十分沉重，诸公可为我料理身后之事。"驻在营中，约莫半月，果然病笃，瞑目而逝，时年四十岁。

李文忠下令诸将且勿举哀，将衣衾、棺木备得齐正，殡殓了，即着金朝兴领兵三千，保护灵柩而回。不一日，来到龙江驿。太祖闻得信息大惊，御制祭文，亲至驿中致祭，驾诣枢前，拈香、奠酒、焚楮，长揖踊哭而还。且命葬于钟山草堂之原，追封翊运推成宣德靖远功臣、开府仪同三司、上柱国、太保、中书右丞相、开平王，谥曰忠武，配享太庙。长子常茂

袭郑国公,次子常荫袭开国公,三子常森袭武德侯。追赠祖考三代。

却说孔兴、脱列伯二人,闻知常遇春身故,进攻大同最急。太祖传旨李文忠为大元帅,汤和补左元帅,其余将佐仍旧供职,来救大同。李文忠领兵,遂过云中,出雁门,次马邑地方,遇着元兵数千突至。文忠乘其不备,挥兵一鼓而败之,捉了平章刘帖木儿及龙虎四大王。此时天下大雨雪,文忠疑有伏兵,因令哨骑出入山谷,查视彼卒往来。却见哨马回报:"我军前队已去敌五十里之地屯驻。"文忠与诸将商议说:"我军去敌五十里之遥,分明示之以弱。"即传令去敌五里,阻水为营,乘晚而进。一边传与原守大同将帅汪兴祖得知,以便彼此攻杀。

大兵驻扎才定,忽见黑云一片,压住营垒,宛如覆盖。文忠望了半晌,对诸将说:"有此云气,必主贼兵劫营。"传令傅友德率前军三万,张龙、周德兴二将接应;朱亮祖率后军三万,王志、汪信二将接应;吴祯率左军三万,顾时、韩政二将接应;郭英率右军三万,赵庸、叶彬二将接应。俱北退五十里,于白杨门四面埋伏,只候晓星将坠,东日将升,林中放震天雷为号,便发伏围剿元兵。汤和统军五万,分作十营,如连珠相似,布列平坦地面,一路接应我军。但只护行,不必相杀。自领大队三万,秣马饷军,在寨中坚壁不动,只待元兵来劫,便向北且战且走。诸将得令而去。

将及三更,果然脱列伯领着元兵,竟从西营杀入。文忠挥兵北走,脱列伯骑兵赶来,路上早有十营军马相继救应。将及天明,前至白杨门,文忠大队人马都杀深林中去。惟听轰天的一声炮响,四下伏兵一齐杀出,密密的把元兵围住了厮杀。文忠立马于高原之上,着人高叫:"元兵中擒得脱列伯来降的,从重褒赏,决不食言。"须臾之间,果有本部将士缚着脱列伯来献。文忠即令军中取过白金五百两,彩缎二十匹,重赏来将。投降士卒,约有二万多人。辎重、马匹不计其数。

孔兴闻知信息,也解了大同之围。绥德部将,乘机斩首,来到军前纳降。哨马星飞报与元主。元主晓得事都不济,从此之后越发望北而行,无复南向之心矣。西北一带地方,悉皆平定。李文忠便班师驻了汴梁,遣官奏捷。太祖见表大喜。只见太史令刘基出班奏道:"臣观北兵,今日势衰,不如乘此锐兵,四路穷追剿灭,庶几后无他患。古人云:'除恶务尽,树德务滋。'伏惟陛下圣裁,以便诸将行事。"

第七十二回　高丽国进表称臣

万方云气护蓬莱，春色苍茫紫极开。

天阔高台招骏去，风生大漠射雕来。

明时喜合江湖思，佳节欣闻鼓角回。

还美硕儒通籍笔，艰危心折请缨才。

那刘基奏称："元兵既败，正宜乘势剿击。"恰好邓愈等向承钦命，征讨广东、广西洞蛮，及唐州一带地方，也得胜而回。太祖因对刘基说："平定中原及征南诸将，尚未赏赍。朕欲赏赐之后，方议出师。"刘基回奏说："陛下英明神武，所见极好。"即命内库办取赏赍银缎，次日颁出：徐达白金五百两，文币五十表里；李文忠、廖永忠各白金二百五十两，文币二十五表里；胡廷瑞、杨璟、康茂才各白金二百五十两，文币十七表里；傅友德、薛显各白金二百两，文币十七表里；冯胜、顾时、朱亮祖、郭兴等各白金二百两，文币五十表里；其余将士俱各赏赐有差。诸臣顿首拜谢。

领赐当日，设宴殿廷，文臣刘基等在左班，武臣徐达等在右班，一一赐座。唯有丞相李善长以有病不与。太祖因命刘基侍坐本席，附耳问曰："朕向欲易相，不意去年九月，参政陶安卒于江西，今年冬，中丞章溢又丁忧回乡，谁人可代之？"刘基说："国之有相，犹国之有栋梁，若未毁坏，不宜轻去；若无大木，不可轻易。今善长系陛下勋旧，且能和辑臣民。"太祖便笑说："渠每每欲害汝，汝反为之保耶？杨宪可为相吗？"刘基应声道："宪有相才无相量。尝思为相的，宜持心若水，不得以己意衡之。今杨宪不然，恐致有败。"又问："汪广洋、胡惟庸二人若何？"刘基摇着头说："广洋懦不任事，且量又褊浅；胡惟庸小犊也，此人一用，必败辕破犁。"太祖听了言语，红着圣颜说："朕之相，当无如先生。"刘基即离席叩首说："臣福薄德浅，且多病恙。况性最刚狠，积恶太深，又才短不堪烦剧，胡能当此？"言讫，赴本位而坐。当晚极欢才罢。

次日，御文华殿，却有通政使司奏说："高丽等国遣使嘻哩嘛哈，以明日是洪武三年正月元旦，故奉表称贺。"太祖将表章看了，因宣嘻哩嘛哈问彼国风俗。他便不烦检点，口中

念出一首诗道：

国比中原国，人同上古人。

衣冠唐制度，礼乐汉君臣。

银瓮储新酒，金刀绘锦鳞。

年年二三月，桃李一般春。

太祖听了，对朝臣道："莫谓异地不生人才，只此一诗，亦觉可听。"传旨提督四夷宾馆官好生陪宴不题。

随有一个职官的内眷，满身素裳，向前行礼毕。太祖看他仪容闲整，因问："老媪为谁？"那内眷跪着奏道："臣妾系原任江西行中书省参政陶安之妻。"太祖惊说："是陶先生之嫂乎？言及陶先生，使人心怀怆然。"遂问："嫂有儿子吗？"老媪对说："妾不肖子二人，今被事伏辜论死。家丁四十人，悉补军伍。今以一丁病故，州司督妾就道补数。犬马余年，无足顾惜。惟望圣恩念先学士安一日之劳，令得保首领，以入沟壑，则妾幸矣！"太祖立召兵部官谕说："朕渡江之初，陶先生首为辅佐，涉历诸艰，功在彝鼎。方而形神，遽令子孙残落，深可悯怜。而可尽赦四十余军，还养老嫂。"再问老媪说："你今家业何如？"那老媪唯有血泪十行，愁肠一缕，那里回报得出。太祖即令内库将白金二千两，白布二百匹，赐予老媪。又说："原住舍宇，所在官司可为修葺；又记得朕前赐予门联说：'国朝谋略无双士，翰苑文章第一家。'可仍妆刻，以显褒崇之意。"那夫人辞谢出朝。

翌朝，太祖因新年万机少暇，命驾随幸多宝寺。步入大殿，见幢幡上尽写多宝如来佛号，因出对说："寺名多宝，有许多多宝如来。"学士江怀素在侧，进对曰："国号大明，无更大大明皇帝。"龙颜大喜，即刻擢为吏部侍郎。

寺中盘桓半晌，又步至方丈之侧，恰有彩笺，上书维扬陈君佐寓此。太祖因问住持说："陈君佐非能医者乎？"僧人跪对说："能医。"太祖曰："吾故友也，可即唤来相见。"陈君佐早到圣前，山呼拜舞毕。太祖带着笑问说："你当初极喜滑稽，别来虽久，谑浪如故乎？"君佐默然。太祖便问："朕今既有天下，卿当比朕似前代何君？"君佐应声说："臣见陛下龙潜之日，饭糗茹草，及奋飞淮泗，每与士卒同受甘苦，臣谓酷似神农，不然何以尝得百草？"

太祖抚掌剧欢，联手而行，命驾下人俱各远避，只有刘三吾、陈君佐随着。便入一小店微饮，奈无下酒之物，因出对云："小村店，三杯五盏，无有东西。"君佐立对说："大明君，一统万方，不分南北。"太祖谕之曰："朕与卿一个官做何如？"君佐固辞不受。刘三吾将钱

酬还了酒家。

正要出店，只见一个监生进来。太祖问道："先生何处人？亦过酒家饮乎？"那人对曰："本贯四川。雅慕德化，背主远来坐监，聊寄食耳。"太祖便与生对席同坐，即属词曰："千里为重，重水重山重庆府。"监生对道："一人是大，大邦大国大明君。"太祖便将几上片木递与监生说："方才对语颇佳，先生可为我即木赋诗。"监生便吟道：

片木原从斧削成，每于低处立功名。

他时若得台端用，还向人间治不平。

太祖私心自喜，拱手别去。回宫，即令监中查本生名字，拜受礼部郎中。次早视朝，监生朝见，方知酒肆中见的是太祖。

刘基因奏："春气将和，乞命将四出，以犁边廷。"调遣徐达为征元大将军，带领沐英、耿炳文、华云龙、郭英、周德兴、梅思祖、王志、汪信八员虎将，并将所部军兵十万，自潼关出西安以搗定西；李文忠为左副将军，带领傅友德、朱亮祖、廖永忠、赵庸、薛显、黄彬、吴复、张旭八员虎将，并所部军兵十万，由北平经万全进野狐岭直去一带地面北伐；汤和为右副将军，带领俞通源、俞通渊、胡廷瑞、蔡迁、郑遇春、朱寿、张赫、谢成八员虎将，并所部军兵十万，出雁门关北伐；邓愈为东路督总管，带领吴良、吴祯、康茂才、唐胜宗、陆仲亨、杨国兴、韩政、仇成八员虎将，并所部军兵十万，从辽东北伐，务在肃清，方许班师。再令中书省写敕，敕令汪兴祖、金朝兴守大同，孙兴祖守居庸，曹良臣守通州，郭子兴、张龙守潼关，张温守兰州，俱是切近边陲地方，宜小心提防，练习军将。又念伪夏据有西蜀，明升尚幼，都为奸臣戴寿所惑，特令都督杨璟持书，谕以祸福，开其纳款之门。叶升、李新二将，辅翼同往。分遣已毕，诸将择日取路，分头进发。

那徐达引兵前至定西界安营，早有元将扩廓帖木儿与王保保互为犄角，各列着营栅，向前拒敌。徐达传令沐英领兵三万，敌住扩廓帖木儿，耿炳文、周德兴分为左右二哨接应；郭英领兵三万，敌住王保保，华云龙、梅思祖分为左右二哨接应；自领王志、汪信压后。

两边一齐进发,杀得元兵大败,所获人马、辎重无数。生擒元将严奉先及元公主以下一百零七人,散卒六万有余。那扩廓帖木儿与王保保,竟往西北拼命地奔走去了。

且说李文忠统了将校出居庸关,前至野狐岭。只见岭上突出一彪兵来,与朱军对敌。旗号上写着:太尉蛮子佛思。未及战得五合,被傅友德一枪刺死。催动大兵,便至白海子骆驼山驻扎。这个山离应昌府七十里之程,却是应昌藩屏。元帝着太子爱猷识里达腊与丞相沙不丁及大将陈安礼、朵儿只八喇,率兵三十万,拒守此山。文忠便令于山南安营。次日,摆开阵势,在山下搦战。

第七十三回　获细作将计就计

午坐焚香索简编，香烟缥缈悟神仙。

龙拏云雾非伤猛，蜃气楼台那解玄。

直上亭亭山寨立，到处烟尘生霹雳。

此际绝景难比邻，殊是神兵天外集。

长堤高柳带平沙，无处春来不酒家。

最苦疆场血战者，更无滴水煮新茶。

长歌短筑泪徒流，烁火销金莫自由。

忽有灵驹骤清沼，天教绝寨壮皇猷。

只今沙漠有灵泉，润色都将春草妍。

还忆旧时尘土上，几多血汗洒青烟。

却说元太子知朱军山下搦战，因与众将商议，丞相沙不丁上前奏说："殿下且勿忧愁。这骆驼山势若长城，险过华岳。臣请率兵下山迎敌，胜则乘势追杀，败则列寨固守。大明兵将若或登山，只需将炮石下击，必不能当。况粮草积有五七年之资，甲兵尚有三十万之勇，彼南人不禁水草之苦、朔漠之寒，以臣计之，当保得胜。"太子道："丞相虽然如此，勿视等闲。"沙不丁遂领兵一万来战。两阵方交，元兵终是气怯，奔溃而走。

文忠便令薛显率铁甲五百，乘势上山攻杀。那山上矢石如雨的飞来，朱军伤死者七十余人，薛显只得收军回阵。次日，李文忠会集傅友德、朱亮祖、廖永忠、薛显等八将，细议说："你们八人可分兵四支，各带兵马三千，四下沿山，远哨山中虚实并峰峦夷险，回来做个计较。"各将分头去讫。恰好军前报说："军师刘基到来。"文忠慌忙迎入，具言骆驼山难克一事，刘基也没个理会。

将及半晌，四路哨军回来，都说山势甚是绵延险阻，元兵营寨密密的驻扎，军马、钱粮想都周实。况他只是坚壁不动，看来不易攻取。自此相持了二十余日。忽一日，报有巡逻的捉得细作，在帐外听元帅发落。刘基便附李文忠耳朵说："如此，如此，如何？"文忠一

边同刘基升帐，一边点着头说："甚好！甚好！"只见那细作跪在面前。刘基看了，反佯问他说："你是本营小卒，前者差你去上骆驼山打听，何故而今才回？"

那人见刘基错认，也便奸诈回说："小人奉命打探元兵，他山上把守极严，未可一时攻打。"刘基说："正是。如此，奈何，奈何！"那人未见发落，尚跪在帐前。忽有一个官儿，口称军政司来说："军粮已尽，只可应今日支用。"刘基便假意对李文忠并合账将校说："粮储大事，你这官所掌何事？且到没了才来报知，推出辕门斩讫报来！"那官儿十分哀苦求生。刘基便吩咐，着令辕门官捆打八十，就令三军今夜密地拔寨而行，回到开平，待秋深再议攻取，切不可把元兵知觉，恐其乘机追赶。因复发落那人说："你可仍到元营细探下落。我在开平驻营，倘若他们把守稍懈，即来报知。"且着军中取三两重的银牌一面赏他，以酬劳苦，待回来之日，再行奏请升职。

那人领赏暗喜，径到骆驼山见了太子，备言前事，且说："赏我银牌，如此侥幸。"太子听了大喜，便令陈安礼领兵三万为左哨，朵儿只八喇领兵三万为右哨，即同沙不丁领兵五万为中队，连夜下山追击。沙不丁说："殿下且莫轻动。待臣同朵儿只八喇各领兵三万，分左右追赶，殿下还宜同陈安礼把守老营。"太子说："这也有理，依卿所奏。"元将整备夜来追杀不题。

且说刘基把细作发付出营，便着哨子暗地随他打探，回报今晚果来追袭。因密授傅友德、朱亮祖领兵四万，分伏骆驼山左右，只听本营连珠炮响，便上山如此而行；赵庸、黄彬各领兵一万，分左右接应；胡美、吴复各率本部兵马五千，在营中乘暗迤逦而行，向开平原路走动，诱元兵追杀；廖永忠、薛显各领兵三万，在营两边深林里埋伏，待元兵来劫老寨，以赛月明在空中放起为号，便两胁夹攻而入；李文忠自同军师刘基，领着大队人马，俱饱食带甲而睡，营中并不许张点灯烛。只待元兵到来，一声炮响，四下里齐燃庭燎杀出。分拨已定，约莫二更时分。

是夜月色朦胧，烟雾四起，果见两员大将领着兵马，分左右赶杀出来。正到营边，不见文忠动静。沙不丁传令三军，趁早上前追赶。未及说完，忽听暗地营中一声炮响，四下火光烛天，大队人马东、西、南、北处处杀将出来，早有赛月明不住地放到半空中明亮。沙不丁大叫中了刘基的计了，可急取路而回。却好廖永忠、薛显两边发动伏兵，奋力夹攻过来。那沙不丁被廖永忠一枪刺着咽喉而死。朵儿只八喇舍命而回。将到骆驼山，把眼一望，但见山上星罗的营寨，俱各火焰烘天，金鼓动地，满山都是大明的旗帜。正待沿山逃走，被接应的左哨赵庸一锤飞来，把脑盖击得粉碎。

原来傅友德、朱亮祖听得老营炮响，明知元兵与我军大战，因乘机装作元兵杀输逃窜模样，把马直奔山上。那元兵黑夜中只道是自家军马回来，也不提防，竟被朱兵捣入营寨。元太子慌忙上马，仅有残兵六七百骑相随，连夜走应昌去了。元将陈安礼被乱军中砍作数十段。真个杀得斗转星移，尸山血海。天已大明，李文忠把大队人马，径抵应昌城外安营。此是刘军师施这调虎离窠之计。

且说元太子领了残兵不上一千，逃入应昌城中，来见元帝。元帝闻说大惊，向染痢疾愈加沉重。四月二十八日，身入黄泉。太子便权葬在城中玄隐山下。后来太祖因他顺天而逃，谥为顺帝。这也不必多赘。

李文忠知元帝已死，传令众将分攻应昌，约定三日之间，决然要下。诸将四围攻打。却有元平章不花，看这势头破在旦夕，便对太子说："何不弃此北去。"太子含泪，吩咐部将百家奴、胡天雄、杨铁刀、花主帖木儿等，率领所有兵马三千，开了北门，杀条血路而走。谁想东西两彪人马，烟尘陡乱杀来，截住去路。哨马探看，却是汤和带领俞通源等八将，统领十万，出雁门，一路荡除未降元兵。邓愈带领吴良等八将，统领十万，从辽东一路荡除未降元兵。恰好东西合着混杀，元兵死者过半。百家奴等保着太子爱猷识理达腊，不上万骑，落荒拼命逃去。

李文忠率师入了应昌城，抚安黎庶。获有元太孙贾里八剌并后妃、宫嫔、王子里的罕、国公苔失帖木儿，及宋、元所传玉玺、玉册、玉圭、玉斝、玉斧、图书等物。元臣达鲁花赤因此归顺。李文忠一概纳降。当日，三处统兵元帅都会齐在应昌，开筵庆叙。刘基说："元太子北走，诚为后患。汤、邓两位元帅，可领所部屯扎此城。李元帅还当剿捕余党。"即日刘基、李文忠等进兵北追，在路三日，到麻歌岭地面。

时天气暑热，三军一路烦渴，更无滴水可济。沙尘噎人，死者竟至数千。李文忠便会三军驻扎，自己下马拜告天神说："如大明圣王有福北征，诸将不至灭亡，愿天降甘霖，地开泉脉，以济三军之渴。"众将虔诚一齐下拜。恰有文忠所乘青骢捕影的龙驹，向天长鸣，把身子周围在军前，双足跑了三匝，向前跑在一个去处，撅开沙土，有五尺余深，忽见甘泉

涌流,涓涓不竭。军士真如得波罗蜜一般,个个死中复生。文忠命杀乌牛、白马,祭答天地。至今歌麻岭有跑马泉胜迹。

又行了四日,只见哨马报:"前是红罗山,元太子在此屯兵。过此山后,但见茫茫白水,渺渺烟波,也没有桥梁,也没有舟楫,一望无际,更不知什么结局,特此报知。"刘基听了哨报,沉吟一会,叹息道:"可见定数,再莫能逃,我也当付之一笑。"李文忠便问道:"军师何出此言,想来必有缘故,末将愿闻其详。"

第七十四回　现铜桥天赐奇祥

幕外闲听说使君,孤城海上倚斜曛。

千山见日天犹夜,一线虹空水自平。

眼底苍茫魂欲绝,对啼江岸霜初歇。

神开云气作铜桥,是是非非谁与说。

破剑壁间鸣怪事,山谷迎风儳黑气。

乌乌长啸似笙簧,凭谁显出凭谁去。

乾坤一瞬笑谈中,万事阴晴雨后虹。

小饮墙西邻竹暗,兰香梅雪白头翁。

到今烟火靖沙场,南北峰前数举觞。

愿教万岁欢无极,日丽长安别有光。

军师刘基听了"红罗山"三字,不胜叹息,被李文忠定要问个根底。刘基道:"敝处青田也有红罗山一座。不才当年未遇圣主之时,每爱此山幽僻,常在山中行思坐想这道理。不期一日,见山岩中响亮一声,开了一条石窦,不才挨身而入,果有些异见异闻。当日回家,夜来忽梦金甲神口吟诗句,教不才谨记在心,且云:'是你一生之事。'那诗道:

南北红罗一样名,只将神变显清声。

大明明大胡边靖,妙玄玄妙匣中兴。

刀金卯兵角蛟精,未头一角尔峥嵘。

须念机关无尽泄,角端见处一身清。

不才时常思量,只有首句与末句未有应验。今日复遇有红罗山,想此生结局只如此了。"

文忠叹息了一会,因商议攻取之计。刘基说:"必须先观山势夷阻何如,方可定策。"便令傅友德、廖永忠领兵三千,到前探望。但见林树参天,荫翳满地,密密营栅,甚是列得周匝。回来报知。文忠说:"既是这般,便有固守之意。然我兵远来,只宜急攻,不宜缓取。我意今夜若以火攻之,必然得胜。"刘基大笑道:"我心下亦欲如此。"就遣赵庸、黄彬、

吴复、胡美四将，各领铁甲五千，带着斧、锯片并火器，四面分头，夜至红罗山下埋伏。待半夜时候，炮响为号，一齐上山攻开树栅，便各处放火。朱亮祖、薛显领兵二万接应。傅友德领兵一万，直捣中营。廖永忠领兵四万，山下截杀逃兵。李文忠自率大兵随后。各将得令前去。

待至二更左右，只听得半空中一声炮响，四将登时上山，砍开树栅，火铳、火炮、火箭于处处发作。倏忽之间，火势焰天，惊得元兵在梦中醒觉，自相残杀，四散奔溃而走。百家奴被傅友德砍死。胡天雄被薛显一枪刺中当心。杨铁刀恃着凶勇，保了元太子及些残兵败卒，约有两千余众，向北而驰，被朱亮祖同廖永忠赶上。亮祖一箭射去，直中杨铁刀脑后，堕于马下。只有花主帖木儿紧随太子北行。

殆及天明，李文忠大兵在红罗山埋锅造饭。恰有一个老儿，皓首苍髯，童颜鹤骨，来见李文忠，说："某乃此地居民，有一札启上。"文忠看言貌非常，将手接他札子来看，只见有诗四句道：

兵过红罗山，须知见角端。

倘然不相信，士卒必伤残。

文忠看得完时，抬眼来看，那老儿随风冉冉地去了。即请刘基商议。刘基道："我因前者梦中神人的诗，因查得角端乃是神兽，其类有五：一曰耸孤，色青三角，口喷青烟，光如蓝靛，按东方甲乙木，见则国家有草木之妖，间生于极东日本琉球、吕宋之地；二曰炎驹，色红双鬣，项有鱼鳞光，如赤焰，按南方丙丁火，见则国家有毒火之灾，间生于极南安南古城暹罗之地；三曰素冥，色白身长，毛甚尖削，光若莹玉，按西方庚辛金，见则国家主有刀兵之惨，间生于极西罗思烈思乃竹果田之地；四曰角端，色黑声清，龟甲龙足，光若鸦青，按北方壬癸水，见则国家有水潦之灾，间生于沙漠乌撒汗之地；五曰麒麟，色杂而文中多黄色，碧腹紫肉，虎爪龙睛，按中央戊己土，见则国家丰熟，天下太平。既有此言，元帅不可不信。况茫茫沙漠之地，纵取得来，亦无益于朝廷。"李文忠应道："军师之言有理。可即在此屯兵，末将当与傅、朱二先锋领兵过山，追袭元太子，试看此老之言果有灵验否。"刘基说："这也去得。但元帅此去果见角端，可速回兵。"

文忠唯唯而行，遂率兵追过红罗山。将及五十里地面，遥望元兵无食可飧，俱从旷野中拔草为粮，看见朱兵将到，惊慌逃避。傅友德、朱亮祖奋击向前，斩获二千余级。只有三五百骑随着元太子前至乌龙江，渺渺茫茫，无船得渡。朱兵又追赶渐渐近来，那太子血泪包着双珠，下马跪在地上，望着青天祷告说："自古以来，舜有三苗，周有猃狁，秦汉有匈

奴,唐有契丹,宋有金辽,直至我世祖有中国已经百年,今大明追逐我们至此,无路可逃,全望苍天不殄灭我等,曲赐周全。"三五百人,个个嚎天哭地。忽然江中雪浪分开,狂波四裂,显出一道长虹,横截那千顷碧水上一条铜桥,待元兵一拥而渡。朱兵连忙追及,将欲上桥,谁想是空中一条白浪,何从得济。

文忠望了半晌,叹息数声,说道:"可是皇天不欲绝彼。"惆怅之间,只听响亮一声,看见红罗山上有个东西,身高六尺,色苍乌云,头上一角,碧色的一双眼睛,如笙如簧的叫响。文忠对傅、朱二人并所领士卒说:"此必是角端神兽了。"因高叫说:"角端,角端,尔乃天之神奇,物之灵异,必能识天地未来气数,倘元人此后更不复生,尔可藏形不叫;若是元人复生,尔可叫一声;若止南侵,不能进关,尔可叫两声;若复来犯边,尔可叫三声。"文忠吩咐才罢,那角端连叫三声而去。文忠心知天意,便引兵乘夜回红罗山。

天明到得本营,将铜桥渡元兵及山上见角端的事,一一对刘基说了一遍。刘基道:"真是奇异。"即日拔寨而起,回至应昌,与邓愈、汤和等将相见了。文忠具言前事,诸将叹息不已,因留将镇守应昌,抚慰军民,其余兵卒俱随文忠、邓愈、汤和等回京。恰好大将军徐达率诸将西征吐蕃,克了河州。那吐蕃元帅何镇南、普花儿等,皆纳印请降。便将兵追元豫王至西黄河,直到黑松林杀了阿撒秃子。于是河州以西甘朵乌、思藏人等部,来归者甚众。甘肃西北一带数千里,不见一兵卒,因此率兵回京。

太祖闻得胜旋师,乃率群臣出劳于江上。次日,徐达等进平沙漠表章。太祖因对朝臣说:"尔等戮力王家,著有茂绩,非有世赏,何以报功。朕已命大都督府及兵部官,录诸将功绩,吏部定勋爵,户部备礼物,礼部定礼仪,工部造铁券,翰林撰制诰。明日是仲冬丁酉之吉,诸臣各宜明听朕言。"本日退朝。

次日五鼓,太祖夙兴,御奉天殿。皇太子及诸王、文武百官,朝见礼毕,排列在丹墀左右。太祖说:"今日定行封赏,非出一己之私,皆仿古来之典。向以征讨未遑,故延至今日。如左丞相李善长,虽无汗马之劳,然供给军粮,更无缺乏;右丞相徐达,朕起兵时即从征讨,摧坚抚顺,劳勋最多,二人进列公爵,宜封大国,以示褒嘉,余悉照功加封。《书》曰:'德懋懋官,功懋懋赏。'今日若爵不称德、赏不酬功,卿等宜廷论之,毋得退后有言。"

于是封徐达为开国辅运推诚宣力武臣,进光禄大夫、左柱国、太傅、中书右丞相,进封魏国公,参军国事,食禄五千石,赐诰命铁券。因着中书官宣券文,曰:

朕闻自古帝王创业垂统,皆赖英杰之臣,削群雄,平暴乱;然非首将智勇,何能统帅而成大功,如汉、唐初兴,诸大名将是也。当时虽得中原,四夷未及宾服,以其宣谋效力之将

比之，岂有过我朝大将军之功者乎？尔徐达起兵以来，为朕首将。十有六年，廓清江汉、淮楚，电拂两浙，席卷中原，威声所振，直连塞外，其间降王缚将，不可胜数。顷令班师，星驰来赴。朕念尔勤既久，立功最大，天下已定，论功行赏，无以报尔，是用加尔爵禄，使尔之子孙世世承袭。朕本疏虞，皆遵前代之典礼。兹与尔誓：除谋逆不宥，其余若犯死罪，免尔二死，子免一死，以报尔功。呜呼！高而不危，所以常守贵也；满而不溢，所以常守富也。尔当慎守朕言，谕及子孙，世世为国之良臣，岂不伟欤？

宣读已毕。那铁券制度，宛如大瓦一片，面刻诰文，背镌免罪减死俸禄之数，字画俱用金嵌成。一片藏在内府，一片给予功臣，两边相合，因叫作铁券。这规矩依照宋时赐钱镠王的铁券造成，太祖特令使臣到浙江台州钱王的子孙取样铸造的。且看后来分解。

第七十五回　赐铁券功臣受爵

海水动天天欲晓，晓天日炙珊瑚老。

凤凰齐鸣百尺梧，总教飞上丹山岛。

胡马莫看一骑惊，浅草青黄水痕新。

丝牵小豸当空乳，沙卧膏驼不动尘。

黄河如带山如砺，松青月朗犬无吠。

日丽琉璃万瓦金，金貂绿绶英雄佩。

堪嗟西蜀迸天行，九地偏将妖雾生。

巫云不辨山河色，峡水空流天地春。

兜鍪重整羽林时，命轻人鲊瓮头催。

鬼门关外船行近，鲁直新诗最可思。

太祖赐券与徐达了，因封李善长太师、守正文臣、韩国公，食禄四千石。封常遇春子常茂郑国公，李文忠曹国公，冯胜宋国公，邓愈卫国公，并食禄三千石。封汤和信国公，耿炳文长兴侯，沐英西平侯，郭兴武定侯，吴良江阴侯，廖永忠德庆侯，傅友德颍川侯，郭英巩昌侯，朱亮祖永嘉侯，吴祯靖海侯，顾时济宁侯，赵庸南雄侯，唐胜宗延安侯，陆仲亨安吉侯，费聚平凉侯，周德兴江夏侯，陈德临江侯，华云龙淮安侯，胡廷瑞豫章侯，俞通源南安侯，俞通渊巂越侯，韩政东平侯，康茂才蕲春侯，杨璟谕蜀未还，遥封营阳侯，并食禄一千五百石。王志六安侯，郑遇春荥阳侯，曹良臣宣宁侯，黄彬宜春侯，梅思祖汝南侯，陆聚河南侯，并食禄九百石。华高广德侯，食禄六百石，并赐铁券，子孙世袭。又封孙兴祖燕山侯，张兴祖东胜侯，薛显永城侯，胡美临川侯，金朝兴宜德侯，谢成永平侯，吴复六安侯，张赫航海侯，王弼定远侯，朱寿舳舻侯，蔡迁安远侯，叶升在蜀未回，封靖宁侯，仇成安襄侯，李新在蜀未回，封崇山侯，胡德济东川侯。其余诸将，各照功升赏。又追封冯国用邓国公，俞通海虢国公，丁德兴济国公，加封耿再成泗国公。只有刘基初封上柱国、安国公，他再四拜辞不受，说："臣命轻福薄，若今日受恩，必折寿算，伏乞陛下俯从臣请。"太祖因他力辞，改封为诚意伯，食禄三千四百石。当晚筵宴而散。

过有数日，杨璟率副将李新、叶升朝见，太祖便问伪夏明升的事务。杨璟说："那明升年止一十四岁，其罪虽轻，但为丞相戴寿专权，蠹国残民，生黎极苦，况是梁王所封，是元朝余孽。前者臣受明命，将书晓谕祸福，那戴寿公然大言，说彼西川北有陈仓之险，东有瞿塘之固，南有汉洋之隘，大明幸而得志中原，何敢轻我西夏？将圣谕遂丢在地，甚是无理。伏望陛下大振神威，肃清巴蜀！"

太祖听了大怒，便沉吟了一会，说道："西川山水险阻，我军未知道路，不利进攻。奈何！奈何！"杨璟即从袖中取出一个手卷说："臣前日行时，也虑及伪夏必然抗拒，因召画工随行，暗将地理夷险处，尽行细细图画于此。他日进兵道路，尽可了然在目。"太祖含笑，就将手卷展开，果然山川形势尽可揣摩，便下令徐达以兵辅守山、陕等处，邓愈以兵镇守广、浙等处，李文忠以兵镇守山东、河南等处。汤和、傅友德二人，可率廖永忠、曹良臣、周德兴、顾时、康茂才、郭英等十八员大将随征，分道而往。先命太史择吉，然后祭告行师。太史奏说："今洪武四年辛亥，三月初二日可祭告天地，初八日可出师西行。"

至日，太祖乘銮舆，率文武群臣，直至南郊设奠行礼，读祝文曰：

大明洪武四年三月初二日，皇帝臣谨以牢醴致祭于昊天后土太岁、风云雷雨、岳镇海渎、山川城隍、旗纛之神，曰：臣起布衣，率众渡江，平汉吴，立国业、削群雄、定四方，于今十有七年。凡水陆征行，必昭告于神祇，受命上苍，赖神荫佑，天下一统。惟西蜀戴寿，假幼主之权，恣行威福；据一隅之地，戕贼生民。声教既有彼此之殊，封疆实宜中原所统。若恣其桀骜，必损我藩篱。时拜汤和为征西大将军，率杨璟、廖永忠、周德兴、曹良臣、康茂才、汪兴祖、华云龙、叶升、赵庸，从瞿塘以攻重庆；傅友德为征西前将军，率耿炳文、顾时、陈德、薛显、郭英、李新、朱寿、吴复、仇成，从阶文以趋成都。二路分行，咸祈神佑。

祭告礼毕，驾回奉天殿。命汤和挂征西大元帅金印，廖永忠为左副帅，周德兴为右副帅，康茂才为先锋，率京卫荆湘舟师一万，由瞿塘趋重庆；命傅友德挂前军元帅金印，汪兴祖为左副帅，耿炳文为右副帅，郭英为先锋，率河南、陕西步骑十万，由秦陇趋成都。因谕众将曰："今天下惟巴蜀未平，特命卿等率水陆之师，分道并进，首尾攻之，势当必克。但行师之际，在严纪律，以率士卒；用恩信，以怀降附，无肆杀掠。王全斌之事，可以为戒，卿等慎之。"诸将拜辞。

上复密谕傅友德说："蜀人闻吾西伐，必悉具精锐，东守瞿塘，北拒金牛，以拒吾师。谓恃彼地险，我兵难至也。若出其不意，直捣阶、文，门户既隳，腹心自溃。兵贵神速，尔须留心。"友德复顿首听命。是月八日，大兵分南、北二路前往。

　　且说汤和率杨璟、廖永忠等九将，从南路进发，先令赵庸分兵五千，合攻桑植芙蓉洞及罩厔茅冈寨，皆平之。因逼取龙伏隘，恰有佥事任文达迎敌。曹良臣奋马而前，把文达斩于马下，擒获五千余人，遂攻天门山。那山正是伪师张应垣及小张佥事把守。周德兴、华云龙各领兵三千，分左右冲杀。他也分两支接应。小张佥事看了华云龙凶勇，早已心寒，未及战得两合，被云龙一鞭，把腰脊打断。

　　云龙乘势赶杀，看见张应垣与周德兴两马交锋，正是放泼，大叫道："周将军，伪贼的枪杆都折了，不活捉他，再待何时？"那应垣听得枪杆折，只道果然，把头回转来看，被华云龙一箭正中左眼，翻空落马而死。朱兵大胜，便直至归州城下安营。汤和对康茂才说："归州地面去瞿塘不远，必期破敌，以震蜀人之心。"茂才回说："不必元帅劳心，末将自有方略。"即率兵三千搦战。守归州的乃蜀中虎将龚兴，便出城对杀。茂才纵马向前，如入无人之境，力气百倍，喊杀震天。龚兴哪能抵挡，不敢进城，径往瞿塘关去了。茂才杀入城中，便令哨马报知汤和，抚安百姓。留参将张铨镇守。

　　次日起行，来到大溪，离瞿塘二十里屯驻。汤和随遣杨璟、汪兴祖，康茂才领游兵五千，探取虚实。他三个出营西去，前至瞿塘头。关前是金沙江。当初诸葛武侯于此江中树立石桩铁柱，约有千余，便用铁索周遭链住，以拒东吴之师。后来蜀王孟昶，复于柱间筑成关隘，名曰瞿塘关。此处正是夏丞相戴寿、元帅吴友仁、副将邹兴、枢密使莫人寿，又有归州逃来龚兴在关把守。戴寿因看山势，南有赤甲山，北有羊角山，彼此相望，便把两山凿开石窍，用铁索千万条相连，横截关口。铁索之上，铺着大片木板，号为飞桥，以通往来。桥上备着矢石、铳炮等物，以备攻击，真所谓"一夫当关，万人莫敌"。桥下水势滔天，澎湃若立。盛夏雪消，水没着滟滪顶，不敢行船。数里之间，石割成窗，如箱子一般，因又名风箱峡。山高水深，峭壁万仞，惟是日正午时，始见日色。

　　三将细看了形势，叹羡咨嗟。只听一声响炮，早有吴友仁的虎将，一个叫作飞天张，

一个叫作铁头张，两边带领雄兵夹击而来，直取汪、康、杨三将。茂才见势头不美，挥戈迎敌。杨璟与兴祖也跃马相持，杀得伪兵大败，倒戈曳甲，拼命地走过铁索板桥。茂才同兴祖飞兵来赶，谁想桥上的矢石、箭炮横冲过来，就如飞蝗骤雨一般，可惜茂才与兴祖两个英雄，俱被飞炮所中而死。杨璟急收兵退回，亦被滚木滚来，连人和马扑入水中，幸得未受大伤，止害了坐的乌骓，只得步行，引着残兵，收了两将尸首，来见汤和，具言失陷之事。汤和与众将放声大哭，具棺椁殡葬于大溪口山坡之麓。因与廖永忠众将商议，都道"这等汹涌险峻，舟楫难施，且待秋后方可攻打"，不题。

且说太祖以诸将伐蜀，未见捷报，因复命永嘉侯朱亮祖为征西右将军，率兵往助，大会进征。亮祖得令，星夜驰发，至陕西西安府，恰好傅友德率大队暂住西安，亮祖备言上旨云久未见捷。友德说："一来粮草未足；二来诸道兵马未集，所以暂住于此。"亮祖听了便对友德附耳说道："如此，如此，何如？"

第七十六回　取四川剑阁兵降

从来巴蜀称天险，水如直立山如点。

悬崖峭壁势欲倾，唯见飞云空冉冉。

傅侯提取铁甲军，且行且止还逡巡。

宸谋恐向师中老，简命永嘉辞更殷。

永嘉承诏星驰出，拓成奇策神鬼怵。

扬言天讨下金牛，暗破阶文若秋飙。

树枝昼月千条弦，挂向酒楼檐外看。

青衫白马垆头醉，应念将军血满鞍。

朱亮祖对着傅友德说："今主将暂屯于此齐集兵粮，不如乘机就机，一面声言进取金牛，入栈道攻剑阁；一面暗地使人观青川、果阳地面虚实，以图进取，何如？"友德道："极是妙见。"便即刻差人哨听。不数日间，哨人探听回来说："青川、果阳守备空虚；阶、文地面虽有兵垒，而兵资单弱。"友德听报，就拔寨直趋陈仓。先令朱亮祖领精骑五千为先锋，攀缘山谷，昼夜兼行，两日夜竟抵阶、文之地，离城五里安营，方才整列队伍。

守阶州的是伪夏平章丁世珍，正与虎将双刀王、众多官长宴乐，席间说及朱兵，便道："戴丞相同吴友仁等守着瞿塘，何大亨将十万雄兵守着剑阁，我这阶州，料他插翅也飞不来，且可安心把盏。"忽有哨子报道："大明兵不知何处过来，现在城外五里扎营搦战。"世珍对众将说："他既远来，必然劳困，即日便当点兵出城迎杀。"

早有王子实上马，领着精兵二万挺枪杀过阵来。亮祖大怒，纵马交兵，未及二合，手起一刀，那子实的头骨碌碌滚下地去。世珍看势头不好，急叫双刀王接应。那双刀王跑马上前说："平章放心，待小将砍他首级，以报前仇。"亮祖见他来得奋猛，便放马头出阵。双刀王把刀儿舞得飞轮似转杀来。亮祖看得眼清，便一只手拿着刀，一只手展开浪索，从空中洒开，叫声："着套了！"将双刀王反缚的一般，紧紧拴住，活捉过马上，便拽开腰剑，剁下头来，乘势杀入伪夏阵内。丁世珍望风逃脱，到文州去了。

友德大队人马却好也到，遂合兵至文州，离城二十里，行到白龙江边。蜀军把吊桥拆

开，以阻明军。郭英同朱亮祖督兵乘夜将寨栅登时转移，布成水桥，顷刻而渡，直至五里关下寨。丁世珍复集兵据险而战。傅友德奋力急攻，伪兵大败。世珍只带得数骑往绵州而走。遂拔了文州，留将镇守，统大兵来攻绵州。明军威势大振。人人震恐，都弃城逃遁。不劳寸刃，又连取川、阳两城。

兵到绵州，丁世珍对着守将马雄商议交锋。马雄说："此何足虑！他们长驱得志，只是未逢敌手。且请平章同到阵前，看下官击杀来将。"原来这马雄身长不满四尺，力敌万人，手中舞一把五十斤重的铁杆钢叉，飕飕的浑如灯草，人因他身材矮小，便称他做马怪军，一向负着雄名。他也自夸着大口。世珍认是真正好汉，果然同出搦战。

朱亮祖看了马雄，便飞也杀将出来。两边一声锣响，两马合作一处，未及二合，亮祖大叫一声，把马雄一刀砍于马下。傅友德催兵涌杀，世珍大败而走。将及城门，只见城上都是大明旗号。原来傅友德先令耿炳文、顾时、薛显、陈德四将，领着雄兵一万，装作蜀军赚开城门；复令郭英领兵五千，在城东埋伏。世珍看见城池已破，果然从东路而走。当先一将截住去路。世珍也举刀来挡，恰被郭英手起一枪，正中世珍的右眼，落马而死。明军驻于绵州城外。次早，便驱兵往汉阳江岸安营。

友德要把取胜之事，报与汤和、廖永忠得知，以便彼此乘胜攻取，争奈山川悬隔，无路可通，幸得一夕水势涨大，便令军中造成木牌数千面，上备将克取阶、文等州年月写明，浮于江面。那水顺流直下，这也慢题。

且说汉阳蜀兵屯在西岸，那员大将恰是何大亨。隔江对阵，彼此相看了五日。朱亮祖说："今日之势，更不可缓，元帅尊意何如？"傅友德说："兵法有云：'察事而行。'今彼雄兵十万，阻绝汉水，我师明渡，必不能胜。我正待蜀兵少懈，然后攻之。"便令军中暗地造筏三百余扇，令郭英、李新、朱寿、吴复率领铁甲兵二万，将筏尽载火器前进，余兵随筏而行。待夜三鼓，顺流而下，直抵汉阳江右。探那汉阳军卒，果然熟睡无备。便令士卒将火器齐发，喊声震天，夏兵惊溃，四散奔走。傅友德、朱亮祖率领大兵相杀，斩首二万余级，汉水为之咽流。何大亨潜夜匹马投汉州去了。纳降的军马，计三万七千之数。友德即督兵困住汉州。

那夏主明升在重庆府设朝，闻报知大明军将明进金牛，暗渡了阶、文，三败了丁世珍，又取了青阳、绵州，今困汉州最急，便大惊讶，道："起初只听得大明攻瞿塘，因遣丞相戴寿统精兵拒敌，不料他探穴捣虚，竟从西北而来，据取剑阁汉江之险，若再失了汉州，都城必不能保。便差官星夜至瞿塘报戴寿得知，着他分兵来救汉州才是。"

不止一日，戴寿得了信息，即对诸将商议说："此事不可迟缓，可留莫仁寿、邹兴、龚兴、飞天张、铁头张五将，以三万兵固守关口；我与吴友仁元帅领兵七万，去迎傅友德相杀。"吴有仁说："吾闻傅友德昔日曾辅先王，先王不用，便从了友谅；友谅待他甚薄，后方归了大明。又文武兼全，且今又闻得大明皇帝，因久征无功，复敕朱亮祖为副。此人更是智勇足备，当年曾在鹤鸣山设奇运石，压死敌兵，今已入川，犹虎之入室也。我与丞相可分兵而进，丞相从西路，末将从东路，又约何大亨从南路，三处为犄角之势，以拒友德。只待他粮完师老，必可得胜。"戴寿说："此说亦是，但分兵则势孤。今友德领着雄骑十万，来困汉州，我等止得七万兵，不如俱从西路进发才是。"

次日，到汉州城下正西安营。明兵闻他救兵已到，便撤围在南向驻扎。城中何大亨即与黄龙、梁士达，领精兵三万出城，与戴寿合兵列寨。傅友德整肃三军，下令说："戴寿领兵远来，何大亨又一向怯弱，心中甚是慌张的，尔等各宜奋力，平蜀之功，只在今日。"便令朱亮祖统左军，陈德、薛显接应；顾时领右军，赵庸、李新接应；自与郭英等统着中军，向西南迎杀。

两阵对圆，那夏阵中吴友仁、何大亨、黄龙、梁士达、胡孔章五将，一齐分兵来战。朱亮祖、郭英、顾时三路，也各寻着对头相杀。郭英一枪刺死了黄龙。顾时刀头转外，把梁士达砍在马下。胡孔章被朱亮祖一箭射倒了坐马，转轮枪来一枪，倒在尘埃。那戴寿即要走去，傅友德早已料定，便纵马赶来，一刀直砍过去，把金盔劈得粉碎。幸得马快，逃得性命，便与何大亨脱逃，往成都走了。吴友仁也从乱军中走脱，往古城而去。傅友德招动大兵，又捉了宣谕赵秉珪及马、骡五百余匹。友仁复逃走保宁去了。大军径向成都。那余川、九龙山等寨，并平章俞思忠，率官属、军民三千余人，献良马十匹，到军前纳降。

且说夏王明升对廷臣数说："这蜀中之地，号为四川：以成都为西川，潼关为东川，利州为北川，夔州为南川。中有六个大山，是峨眉山、青城山、锦屏山、赤甲山、白盐山、巫山。其间有金沙江、白龙江、汉阳江，极为江之险阻。又如瞿塘为第一关，剑阁为第二关，阳平为第三关，葭萌为第四关，石头为第五关，百牢为第六关。从来说秦资其富，汉用其财，今如此光景，险阻去其大半，奈何！奈何！"

第七十七回　练猢狲成都大战

旗帜飘飘映日高，剑凌霜气倚天豪。

雄如虎豹离山岳，势似蛟龙出海涛。

袖里机神通紫府，胸中胆气贯青霄。

安邦多少勋劳在，尽向煌煌国史标。

且说伪夏明升对着众臣说："巴蜀的险阻已失去了一半，无可奈何。"正在忧恼，恰有哨子来报："大明兵将竟到成都府正东安营。"守成都的是戴寿、何大亨两将，又有吴友仁也从古城逃来，便商议道："今日之事，若用人力，必难取胜。此处城东七十里，有座黑支山，极多猢狲，向来游手游食的人，都将他教成拖枪舞棒，搬演杂戏。我们不如下令，凡民家所养猢狲，尽行入宫。每猢狲十头，出狱中死囚一人，率领在前厮杀，继后便以大兵相随。那猢狲随高逐低，扳援林木，逾山越岭，极是利便，朱兵料难抵挡。此计何如？"众人应声："大好！大好！"即刻拘集猢狲，接连在城中，令死囚演习了十余日，只不开城迎敌。

傅友德对众将说："他们何故如此迟延？若是待救兵来，则重庆地面是个孤城，恐我分兵攻取，必不分兵来救。瞿塘地面，去此甚远，且汤元帅等在彼攻打迫急，也难分兵来救；若要坐老我师，则内边兵粮闻得积聚不多，不知何故如此？他们必有奸计，我等须要提防。"因而下令哨子暗行打探不题。

且说太祖一日视朝，通使奏说："外有一人，自称赤脚僧，从峨眉山到此，求见陛下，言国祚的事。"太祖恐他出言惑众，不令相见。次日，忽然龙体不安，太医院官未敢造次进药。却又报道："赤脚僧说，天目尊者着他转送药方。在午门外厢待旨，毕竟要求一见。"太祖因念当年师过五台，汤和等去访张三丰，那道童借言天目尊者便是周颠。且今赤脚僧道从峨眉山而来，大军现征巴蜀，未知下落，便令一见也可。

传旨出去。那僧人见了太祖，袖中取出一件东西说："这是温良石，须以金盘盛水，磨药饮下，那病便好。"太祖看他来的奇异，即令内侍照方磨服，果然胸次即刻安好，倍觉精神。那赤脚僧即大步从外而走，太祖连忙向前问道："周颠年来未见，恰在何方？且师傅说从峨眉山来，不知近来晓得征伪夏的消息否？"那僧答道："天目尊者在庐山与张金箔、

谦牧、宗泐四人，轮番较棋，你可着人往问；若是巴蜀事务，七月中旬，可以称贺。但此时傅、朱二元帅，陆路军马，大是犹疑。我此去可同冷谦一走，指与方略。"太祖便说："冷谦我一向闻他善于仙术，至于卜课、乐律之伎，更是精工。他如今在此做官，师父既同他至军中，不知几时得有晓报哩？"那赤脚僧说："这也容易。成都得胜，便着冷谦来见。"太祖允奏。他便同冷谦登云而去。

按下云头，正是匡庐山上。赤脚僧与周颠等三人相见，备说把药医治了太祖，且说太祖要巴蜀近日攻讨的信息，因要冷谦同行。冷谦道："我一向分着化身，在金陵做个太常协律郎，近颇厌尘务，今日尘累将满，我便同你巴蜀走遭去，报与大明之主也。"便同赤脚僧飞向成都来。在云头一望，但见伪夏戴寿等在城中演练猢狲，教他拖枪舞棍，抢箭夺刀的把式。看了一会，竟从朱、傅二元帅营前歇下，走到辕门，叫辕门军校报知。

傅友德、朱亮祖听了，便着中军官迎到寨中，分宾而坐。将伪夏闭门不战，拖延时日，忧闷无处，细说二人得知。赤脚僧道："我们方才看城中百般演习猢狲，元帅可相机提防。"冷谦又道："细观气数，并按着干支，明日他决然出战。只是这些逆畜，其数属火，所以依山林岩石而生。山林岩石，俱能生火。故今在巴西，又为金方，火金相克。他们用此，虽是困苦无奈，其实倒也合此道理。明日行军，俱可用赤帜、赤甲、赤马、火炮、火铳、火箭等物，取以火胜火之义。朱元帅为前锋，傅元帅当后阵，其余将军分翼而前，必然取胜。"傅友德听计，便令军中旗甲、鞍马，俱改做赤色。但于号带之间及旗巾之上，暗分队伍，整备明日厮杀。

待至天明，只听一声炮响，成都城中果然拥出许多猴子并人马冲突将来。朱亮祖即令前军用标枪、椰棍，间着火器，密密的排列在前，施放过去。那些猢狲闻了硫黄、硝焰之气，又被杀伤，都转头望本阵而走，自相冲杀。明兵乘势攻击，夏兵踏死的约有大半。吴友仁回阵要走，被郭英大喊道："你这贼惯会逃脱，今待那里去！"一枪直透前心而死。戴寿、何大亨领了残兵，连忙进城不出，这也慢说。

只是明太祖接连三日，望着赤脚僧回报，也没有响动。恰有管内帑的奏说："臣把守内库，时常检点库中银两，每有缺失，细觅踪迹，更无回得。今日进库，忽见一张凭引，失在地下，臣意库中深密，那得有人进来。今金宝失去无踪，反有凭引一纸，伏乞圣裁。"太祖便令五城兵马司，照凭上姓名，拘拿到殿鞫审。不及半刻，那人拿到。太祖细行审问，那人道："臣幼与冷谦友善，渠怜臣亲老家贫，难以度日，即于臣寓所壁间，画有库门一座，白鹤一双，因对臣说：'若要银子，可将画门轻敲，其门自开，但进内看了钱两，无得多取。'

臣依法行事,果然开门,可以进取。昨日之间,臣见金银满库,或多取也无妨,便恣意取之而出,不觉失下凭引。臣出无奈,实是冷谦所为。"

太祖笑道:"那冷谦前日方与赤脚僧前到巴蜀去了,你何得调谎弄舌?"那人道:"臣岂敢妄言,他方才尚在家中。"太祖随令御前校尉收取冷谦。冷谦见校尉一到,便道:"圣旨所在,不得迟延。"便随校尉行至午门前,且对校尉说:"今日我死也。但是十分口渴,列位可将水一碗,略解吾渴,亦感盛情!"校尉看他哀诉,便汲水一碗把他,转得一眼,但见冷谦一个身子都在碗中,恁你拽扯,只是不起,倏然之间,连形连影一些也不看见,只有清水一瓯。校尉高声地叫道:"冷谦,冷谦,你既如此,我辈都死了!"正要啼哭,那水碗中忽成声响说:"你们都莫忧虑,将水进上御前,你们必然无害,且我也有话正要奏闻。"

那校尉只得收泪,把水盏进上,并他的言语一一申奏。太祖便说:"冷谦,你可显出见朕,朕必不杀你。"那碗中便应道:"臣有罪,绝不敢出。"龙颜大恼,将盏击碎于地,令内侍拾起,片片皆应。太祖因问巴蜀情由,他细把以火胜火的军情备说了一番,便说:"臣自此同周颠、谦牧、张金箔游于清宇之间,朝北海,暮苍梧。唯愿圣躬万寿无疆,清宁多福。臣从此辞矣!"太祖听其自匿,吩咐管库官仍旧供职。那失凭引的,追出原盗金银,然孝念可原,但行答罪去讫。

且说汤和、廖永忠等,向因江水泛涨,驻兵大溪口。一日间,巡江逻卒报说:"金沙江口得木牌数百面,恰是颍川侯傅友德把由陈仓取阶、文、青阳、锦州、汉州等日期,报与汤元帅得知的牌面。"汤和便说:"既是如此,伪将俱必胆寒,我们正宜趁势攻取。"廖永忠细筹了一会道:"今舟师既不得进,可密遣精锐千人,照像树叶的青绿之色,做成蓑衣,各带糗粮、水桶以御饥渴,只拣山崖巉险草木茂密处,鱼贯而前,且行且伏,逾山渡关,埋伏在上流。约定六月廿五日五更,在上流接应。水寨将士,可将铁包裹船头,尽置火器在船备用。元帅可带曹良臣、周德兴、仇成、叶升为左右哨,领陆兵六万去攻龚兴的陆寨;末将自带华云龙、杨璟为左右哨,领着水师,驾着小船,从黑叶渡攻邹兴的水寨。若水寨一破,便烧断了铁索,毁去了桥栅,过瞿塘,自可直驱重庆。"

汤和听计,因遣精锐千人,扮成青绿的衣裳先行,只待廿五日在上流行事。那蜀兵见明军寨中向来若此不动,也便懈怠,不甚提防。至廿五日五更,汤和领了陆兵去攻陆寨,廖永忠因令水师奋力挽水而行,把火炮、火筒一时发作,水将邹兴中着火箭而死。一边厮杀,一边将炬火烧着铁索,趁红斩断,遂焚毁了三桥。虽见上流埋伏的精锐,扬旗鼓噪,迅疾攻杀。蜀人上下抵挡不住,便活捉了有职官员蒋达等八十余人,斩首二千余级,溺死者

不计其数。莫仁寿被华云龙一刀劈死。那陆兵飞天张、铁头张同龚兴前来相迎，廖永忠在船中望得眼清，那火箭射来，正中铁头张面门，落马身死。龚兴正要逃走，周德兴赶来一刀两断。飞天张便脱了衣甲，混在众军中奔逃，被军中缚了，解送军前。汤和令同职官蒋达等斩首号令。水陆二路兵马直过了瞿塘关，仍合一处。汤和因与众将说："趁此前往，可保势如破竹。廖永忠当率曹良臣、叶升、仇成，率本部兵，从北路而行，我当同华云龙、杨璟、周德兴，率本部兵，从南路而行。"即日拔寨而往，四方州郡望风投附。

洪武四年七月初旬丙申日，大兵径抵了重庆府，离城十里正东铜锣峡安营。明升闻报大惧。右丞相刘仁劝说："且奔成都，再图后举……"未及说完，只见哨子又报道："大明傅、朱二元帅把成都攻困最急，来求救兵。"那明升与刘仁面面相看，更无计较。其母彭氏吞声饮泪，对着明升道："事已至此，不如早降，以免生灵之苦。"明升从了母亲的说话，便写表着刘仁赴大明营中谒降。汤和便知会廖永忠，陈兵于重庆府朝天门外。明升带了家属，待罪军门。

那成都城中戴寿、何大亨知本王已降，也将城出献。傅、朱二元帅入城安抚已毕。于是巴蜀地面，尽归大明。三月出兵，七月平蜀，百日之间，底定了伪夏。汤和、傅友德、朱亮祖、廖永忠择日班师回朝。在路早行暮止，于民间秋毫无犯。所得西蜀金宝、玉册、银印五十八颗，铜印六百四十颗。路府有七，元帅府有八，宣慰安抚司二十有五，州三十有七，县六十有七。所俘官吏将士，与所获牛马、辎重，俱以万计。太祖临朝，等第平蜀功绩：傅友德第一，廖永忠第二，朱亮祖、汤和第三，各赐银一千两，彩缎五十匹。其余赏赍有差。明升率众家属门外候罪。

第七十八回　帝王庙祭祀先皇

紫云如气覆苍昊，瑞气氤氲霭御宸。

穆穆春风披宇宙，融融化日满乾坤。

时看塞北清尘虏，又见川西奏凯兵。

纵有滇中兵未靖，也堪酩酊醉花荫。

那伪夏明升率了家属，在午门外戴罪来降。太祖怜他年幼无知，因封为归命侯，赐以居第，在南京城里，随廷臣行礼朝谒。若致君无道，暴虐烝民，俱是权臣戴寿，命将戴寿斩首，为权臣误国之戒。其余胁从，罪有大小，各赦除。且亲制平蜀文，命官载入吏籍，以彰诸臣忠勤王家之绩。唯有曹良臣、华高因领兵马追击夏兵，马陷坑阱，被枪而死，太祖甚是痛惜，追封安国公，且说："不意西征，伤我康茂才、汪兴祖、曹良臣、华高四员杰将！"因令所在有司，建祠岁祭。且与文臣宋濂等说："从古历代帝王，礼宜祭祀。卿等当仿旧制，参酌奏行。"

未数日间，礼官备将具奏，请每年一祀，每位帝王之前，进酒一爵。时值秋享，太祖躬临祭献。序至汉高祖前，笑曰："刘君，刘君，庙中诸公当时皆有凭借以得天下，唯我与公，不阶尺土，手提三尺，以登大宝，较之诸公，尤为难事，可供多饮三爵。"又到元世祖位前，只见面貌之间，忽成惨色，眼睁边若泪痕两条，直垂至腮。太祖笑道："世祖，你好痴也！你已作天子几及百年，亦是一个好汉。你子孙自为不道，豪杰四起，今日我列你庙宇之中，位你末席，你之灵气，亦觉有荣，反作儿女之态耶？"太祖慰谕才罢，世祖庙貌稍有光彩。至今汉高祖进酒三爵，遂为定制。至如元世祖泪痕宛然尤存，亦是奇迹，此话不题。

且说太祖出庙，信步行至历代功臣庙内，猛然回头，看见殿外有一泥人，便问："此是何人？"伯温奏道："这是三国之时赵子龙。因逼国母，死于非命，抱了阿斗逃生。"太祖听罢，说道："那时正在乱军之中，事出无奈，还该进殿才是。"话未说完，只见殿外泥人大步走进殿中。太祖又向前细看，只见一泥人站立，便问："此是何人？"伯温又道："这是伍子胥。因鞭了平王的尸，虽系有功，实为不忠，故此只塑站像。"太祖听罢，怒道："虽然杀父之仇当报，为臣岂可辱君，本该逐出庙外。"只见庙内泥人，霎时走至外边。随臣尽道

奇异。

太祖又行至一泥人面前，问曰："此是何人？"伯温奏道："这是张良。"太祖听毕，烈火生心，手指张良骂道："朕想当日汉称三杰，你何不直谏汉王，不使韩信抱恨，那蹑足封信之时，你即有阴谋不轨，不能致君为尧、舜，又不能保救功臣，使彼死不瞑目，千载遗恨。你又弃职归山，来何意去何意也？"太祖细细数说，只见泥人连将头点，腮边掉下泪来。伯温在旁，心内踌躇："我与张良俱是扶助社稷之人，皇上如此留心，只恐将来祸及满门。何不隐居山林，撤却繁华，与那苍松为伴，群竹为林，闲观麋鹿衔花，呢喃燕舞，任意遨游，以消余生？"筹划已定，本日随驾回朝。

且说太祖正在龙辇中，遍望城外诸山，皆面面朝拱金陵，直是帝王建都去处。却远望牛首山并太平门外花山，独无护卫之意。太祖怅然不乐，命刑部官带着刑具，将牛首山痛杖一百，仍于形象如牛首处凿石数孔，把铁索锁转，令伊形势向内，遂着隶属宜州，不许入江宁管辖。花山既不朝拱钟山，听太学中这些顽皮学生，肆行采樵，令山上无一茅，不许翠微生色。且论且行，不觉已进东华门殿间。正见画工周玄素承旨绘天下江山图于殿中通壁之上，其规模形势，俱依御笔挥洒所成，略加润色。太祖便问道："你曾画牛首山与花山吗？"玄素跪复说："正在此临摹。"太祖便命把二山改削。玄素顿首道："陛下山河已定，岂敢动移。"太祖微笑而罢。然圣终以二山无情，便有建都北平之意。

次日太祖设朝，刘基叩首奏曰："臣刘基今有辞表，冒犯天颜，允臣微鉴。"太祖览表，说道："先生苦心数载，疲劳万状，方今天下太平，君臣正好共乐富贵，何故推辞？"伯温又奏道："臣基犬马微躯，身有暗疾，乞放还田里，以尽天年，真是微臣侥幸，伏惟圣情谕允。"太祖不从。伯温恳求再三，太祖方准其所奏。令长子刘连，袭封诚意伯。刘伯温拜谢，辞出朝门，即日归回，自在逍遥不题。

太祖便问待制王祎等官道："朕看北平地形依山凭眺，俯视中原，天下之大势，莫伟于此。况近接陕中尧、舜、周文之脉，远树控制边外之威，较之金陵更是雄壮。朕欲奠鼎此处，卿等以为何如？"恰有修撰鲍频奏说："元主起自沙漠，故立国在燕。及今百年，地气已尽。今南京是兴王本基，且宫殿已成，何必改图？且古云：'在德不在险。'望陛下察之。"太祖变色不语，看了王祎道："还须斟酌。"王祎道："前年鼎建宫阙，刘基原卜筑前湖为正殿基址，已曾立桩水中，彼时主上嫌其逼窄，将桩移立后边。刘基奏说：'如此亦好，但后来不免有迁都之举。'今日萌此圣念，或亦天数使然。但今日四方虽是清宁，然尚有顺帝之侄把匝剌瓦尔密封授梁王，据有云、贵等地，还是元朝子侄。以臣愚见，待剪灭此种之后，再议改建之事为是。"太祖道："梁王自恃地险兵强，粮多道远，因此不来款附。朕意欲草敕一道，谕以祸福，开其自新，一向难于奉使之人，所以未曾了此一段心事。"王祎便奏："臣当不避艰险，前奉圣旨招降。"太祖大喜，即日着翰林官写敕与王祎上道，复命参政吴云副祎而行。两人在路上，顺览风景不题。

不一日前至云南，见了梁王，将敕书开读了，付与梁王尔密自家主张。梁王送王祎等在别馆室，日日供有廪饩款待。过有数日，王祎复谕说："余奉命远来，一以为朝廷，二以念云南生灵，不欲罹于锋镝耳。公独不闻元纲解纽，陈友谅据荆湖，张士诚据吴会，陈友定据闽广，明玉珍据全蜀，天兵下征，不四五年，尽膏斧钺。唯尔元君，北走而死。扩廓帖木儿辈或降或窜，此时先服的，赏以爵禄；抗违者，戮及子孙。公今自料勇悍强犷，比陈、张孰胜；土地甲兵，比中原孰胜；度德量力，比天朝孰胜；推亡固存，在天心孰胜；天之所废，谁能兴之？若是坚意不降，则我皇上卧榻之侧，岂肯容他人酣睡？必龙骧百万，全战于昆明。公等如鱼游釜中，不亡何待？"

梁王君臣听了这些说话，都各心惊胆怯，俱有投降的念头。谁想故元太子爱猷识里达腊仍集兵将立于沙漠，着侍郎雪雪从西番僻路而来，征收云贵粮饷，且约连兵以拒大明，恰好也来到。早有小卒把天使招降事情，说与雪雪得知。雪雪因责梁王说："国颠家覆而不能救，反欲远附他人，是何道理？"梁王看势瞒隐不下，便引王祎、吴云与雪雪相见。雪雪也不交谈，就把腰边剑砍将过来。王祎大骂道："你这不知进退的蛮奴！今日天亡汝元，我大明实代之。譬如爝火之余燃，尚敢与日月争光乎？我承命远来，岂为汝屈，今日只有一死。但你一杀我，我大兵不日自到，将汝碎尸万段，那时悔将不及。"梁王便也将软言苦劝，雪雪不听。王祎与吴云遂被害。

此时却是洪武六年冬尽的光景。梁王把匜剌瓦尔密心中暗想，惹起祸头不小，声声只是叫苦。因同丞相达里麻等商议，整备上好衣衾棺椁，连夜送到地藏寺左侧埋葬。又恐声闻到大明地面来，便把那抬送安葬的人，尽行杀除，以灭其口。因此，后来更没有晓得大明使臣的葬处，这也休题。

且说太祖登基，弘开一统，自从洪武六年，直至洪武十四年，这几年间，也有时改筑天地、日月、星辰、风云、雷雨的坛宇，上答乾坤的生化；也有时创四代祖宗的太庙，并同堂异室的规模；也有时教民间栽种桑麻，开衣食的本源；也有时量天时，蠲免税粮，溥无穷的惠泽。最急的设立学校，养育千人之英，万人之杰；至紧的钦定律令，爱惜蝼蚁微命，草木残生。因北平沙漠之地，冰厚雪深，加给将士的衣袄。因倭番朝贡之便，梯山航海，曲致怀

远的恩威。乐奏九章：其一曰本太初，二曰仰太明，三曰民初生，四曰品物亨，五曰御六龙，六曰泰阶平，七曰君德清，八曰圣道成，九曰乐清宁。命尚书詹同、陶凯等，革去鄙陋的淫词，雍雍和和，播出广大宽平之趣。爵列九品，则有若：正一品与从一品，正二品与从二品，正三品与从三品，正四品与从四品，正五品与从五品，正六品与从六品，正七品与从七品，正八品与从八品，正九品与从九品。命学士宋濂等，分定尊卑的服制，冠上冕冕，弘开声名文物之观，收罗天下英豪，有文、有武、有贡，并用三途。怜恤战死家丁、老亲、孤子、娇妻，赐居存养。仁政多端，说不尽洪恩等天地，万几无暇，等闲的过隙儿时光。

古诗道得好："暑往寒来春复秋，夕阳西下水东流。将军战马今何在？野草闲花满地愁。"数年来，那些功臣，如文有刘基，虽然因病致仕在家，以前者论相，说胡惟庸是败辕之犊，惟庸怀恨于心，转倩医人下毒而死。学士宋濂，以胡惟庸谋逆事泄，语侵宋濂，太祖竟欲杀他，以太后苦劝赦死，充发茂州，惊泣而亡。邓愈在河南班师路上得病而死。廖永忠以坐累而死。陈德从巴蜀回，以多饮火酒，病疽而死。吴祯以督海运，冒风寒而死。朱亮祖征蜀有功，随因浙江金华等处多贼难治，太祖特命兼程以往，镇抚两浙。亮祖方到浙省，贼众改行自新。未及一年，太祖又以广东侄僮作叛，专命亮祖移镇广东。番禺知县道同，恰是方孝孺门生，孝孺为前者父亲方克勤，以河干不浚，王师不能征进，被亮祖提他吏书责治，此耻未雪，因谕道同上疏奏其不法。太祖以其功多，且所以示信，但令罢战归京。亮祖忧愤，不久病死。太祖哀悼不休，仍以侯礼赐葬。吴良偶以痰病而死。华云龙镇守北平而死。陆仲亨也因胡惟庸事，许令致仕还家。他如徐达率李新、郭兴、周武三将，镇守山陕一带边关。薛显督理屯田北平地面。李文忠镇守山东。朱文正镇守南昌。周德兴镇抚湖南五溪。冯胜镇守汴梁，汤和镇抚两广。唐胜宗督理陕西二十二卫马政。谢成镇抚北平兼训练士卒。耿炳文训练陕西军士，兼理屯田。俞通源、俞通渊、戴守、张温督理海云粮储。杨璟训练辽东士卒。陆聚镇守徐州。胡廷瑞改名胡美，督造各王所分封的宫殿，这也不题。

且说太祖每念王神前去云、贵招谕梁王来降，何以音信杳然，更无消息？忽一日，四川地面把王祎、吴云被害的声闻申报。太祖的龙颜大怒，即刻命五军都督府及兵部官将，留京听遣的将帅，一一备开点单奏闻，以便随时任使。

次日黎明，太祖驾御戟门。文武大臣朝见礼毕，五军提点使将花名手册呈览，以便点用。却只有沐英、王弼、郭英、傅友德、金朝兴、仇成、张龙、吴复、费聚、陈桓、张赫、顾时、韩政、郑遇春、梅思祖、王志、黄彬、叶升一十八员大将。因命傅友德为征南大元帅，沐英为左副元帅，郭英为右副元帅，王弼为前部先锋，张龙统前军，陈桓、费聚为翼；吴复统后军，顾时、韩政为翼；仇成统左军，郑遇春、梅思祖为翼；金朝兴统右军，叶升、黄彬为翼；王志、张赫督理军储马料。

九月初一日黄道良辰，发兵起行。太祖出饯于龙江。但见：

旌旗蔽江，干戈映日。三十万军马，浮舳舻而上，个个虎贲龙骧；五十号楼船，载精锐而前，人人忠心烈性。尾接头，头接尾，鱼贯行来，哪敢挨挨挤挤；后照前，前照后，雁行列去，无非济济跄跄。明月映芦花，助我银戈挥碧汉；秋霜缀枫叶，使人赤胆逼丹霄。刁斗风寒，漫应渔棕轻响；军营夜肃，频看鹁翅横空。白下溯浔阳，渺渺长江，盼不到楚天遥远；荆南控滇水，茫茫图宇，数不了大地山河。正是山川扰扰战争时，浑似英雄一局棋，最好当机先一着，由他诈狠到头输。

太祖对诸将说："云南僻在遐荒，全在观其山川形势，以视进取。朕细览舆图，咨询众口，当自永宁地方，先遣骁将分兵一支，以向乌撒，然后以大军从辰沅而入普定，分据要害，才可进兵曲靖，以抗云南之咽喉。彼必并力以拒我师。审察形势，出奇制胜，正在于此。既下了曲靖，便可分兵直向乌撒，以应永宁之师。大军直捣云南，彼此牵制，彼疲于奔命，破之必矣。云南一破，又宜分兵径走大理。军声一振，势将瓦解。其余郡落，可遣人招谕，不必苦烦也。"谕旨已毕，銮驾自回。诸军奋迅而往。

第七十九回　铁道士云中助阵

从来神仙处南海，岁岁年年春不改。

一天水月带昆明，炼得灵光飞五彩。

黔中滇水南之压，忽地蛮兵逐象来。

首带利刀身负甲，烧尾腾空遍草莱。

西平沐侯侯最雄，挥戈迅扫海天穹。

凭神设险清南服，碧天银海星挂弓。

乾坤一片彻清时，阁笔吟诗何所思。

只看满前生意远，都是农蓑细雨儿。

傅友德领了大兵，一路由江而上，来至湖广地方。友德对众将军商议道："皇上英明天纵，睿审性成。前日临行所谕旨意，极是神算，我等亦须依旨行师。我同郭元帅、王先锋率费聚、顾时、黄彬、梅思祖，统兵十五万入四川永宁路去攻乌撒；沐元帅可统大队人马，由辰沅路攻贵州普定、普安、曲靖，共约在白石江会齐。"各将分兵前进。

且说沐英望辰沅前至贵州，那土酋安瓒领着土兵出城迎敌。沐英当先出阵，那蛮兵终是未经汗马，一鼓成擒，土兵都四散逃窜。安瓒上前叩头说："元帅若饶了蝼蚁的命，愿将贵州一路尽行投纳。"沐英看他出自真情，因饶他性命，便入贵州城抚慰了百姓，仍留安瓒守城。

次日起兵南行，三日内早至普安南五里安营。次日，沐英亲至城下搦战。守城的是梁王手下平章段世雄，甚是利害。听了哨马的报，便着了虎皮袍，挂上狻猊铠，跨一匹黄彪马，抢一把合扇刀，领着铁骑五万，横刀直取沐英。沐英大怒，手提铜锤，飞也打去，战有二十余合，把世雄一锤打死于马下，蛮兵大败。沐英随杀进普安城。这些人民俱各烧香燃烛，家家归顺。

沐英留下部将张铨镇守，即刻起兵南至普定城池。罗鬼苗蛮子狪铹闻知天兵来到，率众投顺。明早正欲南行，恰见西角上一路兵马冲来，沐英疑是南兵来救，令众急上迎敌。谁知傅元帅同郭副帅领兵攻破了永宁，将欲进取乌撒，因此统兵前到白石江相会。

沐英大喜说：“合兵共取云南。”不题。

且说梁王把匝剌瓦尔密闻大明兵分两路而来，心甚惊恐，遂遣大司徒达里麻为元帅，率兵十万，把住着曲靖白石江的南岸，以拒明军。大明军马离着白石江约有五十里地面，忽然一日，大雾从天而下，蔽塞四野，对面不辨形影。傅友德待要雾霁进兵，沐英沉思一会说：“彼方谓我师疲于深入，未必十分忧虑，趁其无虞，必可败之。况如此大雾，恰是皇天助我机会，正宜乘雾进兵，蛮人一鼓可破矣。”傅友德应道：“极是！极是！”便直抵江岸驻扎，与蛮兵对面安营，依山附水，十分停当。

恰好雾气开豁，蛮兵望见，报与达里麻知道，惊得舌吐头摇，脚忙手乱，说：“大明兵分明是从天而降，奈何，奈何！然事势既已如此，也须迎敌厮杀。”便分兵列阵在南岸。友德随令兵卒登舟，过江攻取。沐英说：“我看蛮兵俱用长枪、劲弩，排立江边，若我师渡水，未必得利。元帅不如先令郭副帅英、王先锋弼，各领精兵五千，从下流分岸潜渡，绕出蛮兵之后，比及彼处，各把铜角吹动于山谷林木之间，高立旗帜，以为疑兵。再分兵呐喊摇旗，从后杀来。岸边蛮兵，决然奔乱。我们舟中更将铁铳之士，并善于泅没者，长矛相向，中间再以防牌竹榴遮护前边，我师方可安然渡江。若得上岸，就把矢石、铳炮一齐发作，复用铁骑捣彼中坚，不愁蛮兵不破。”友德大笑道：“足下神算，真出万全！”因令郭、王二将，依计领兵先行，陈桓、顾时各带兵二千接应，约定次日午时，彼此前进。再令沐英统率张龙、吴复、仇成、金朝兴四将，各乘大船，领兵先渡。傅友德自领大队随后，相继而行。吩咐已毕，各将整备前往。

翌日辰刻，达里麻在岸边，望见明兵都要从舟而渡，将杀过江，因令沿岸一带精勇，俱各长枪、劲弩，与那火铳、火炮间花儿列着，拒着吾舟师。真个是密密攒攒，明兵插翅也飞不上岸。蛮兵恰要施放火器，忽听背后山林中一声炮响，铜角齐鸣，不知多多少少人马，都排立在山上，正是寒心。又见两彪精勇，俱各摇旗呐喊，往后面杀将来。达里麻欲待率兵转身迎敌，又见舟师奋起而前，顷刻之间，舟师俱上彼岸，便把火炮、火铳一齐施放。那蛮兵背后受敌，前后相攻，明军声震山谷，水陆之师互为接应。蛮兵自相残杀，尸堆似岭，血溅成河。

达里麻即欲逃脱，被郭英一枪刺死。曲靖一带地方，尽行降伏。友德下令，凡在投降者，各归本业安生，前罪并不究治。夷人老老幼幼，个个顶礼拜谢，真如时雨之至，喜其来，悲其晚。友德因对沐英说：“我当率师三万，去击乌撒。足下当领前兵，竟走云南。”沐英得令，即领神枪、火炮、精锐一万，兼程而往不题。

且说先年翰林院有个应奉官，唤作唐肃，太祖每喜他的才华。一日侍膳，自己食罢，把两手拿着箸儿，甚是恭敬。太祖问说："此是何礼？"便答说："臣幼习的俗礼。"上怒，说："俗礼可施之天子乎？"坐不敬，谪戍桂林。生子名叫之淳，文名亦重。今大兵征取贵州，傅友德闻之淳文学，因延至军中，草为露布上奏。太祖看露布做得好，随着使臣访于友德，友德把转延之淳草笔的事情，一一实报。太祖便令飞骑召之淳到京师。

使者不将旨意明谕，之淳恐以文得罪，不能自保，悚惧特甚。到得京师，嘱托姑娘说："圣威不测，姑娘可为我敛取尸首。"使者急催进朝，行至东华门，门已关闭，守门的传旨说："可将之淳把布包裹，从屋上递入。"守门官依旨奉行，把之淳如法从空累累递进，及至便殿，奏说："之淳已到。"太祖命将布解开，之淳俯伏阶下，望见殿上灯烛辉煌，龙睛阅书者久之，忽问说："尔草露布耶？"之淳奏说："臣昧死代草。"太祖命中官将几一张，放在之淳面前，几上列烛二台，因说："朕在此草封王册，尔可膝坐，少为朕加润色。"之淳叩头奏说："龙章凤篆，出自神明，臣万死不敢。"太祖笑道："尔即不敢，须为旁注之。"之淳如命改定讫，上令中侍读报。遥望烛影之下，龙颜微喜。因次第凡下十篇，每改奏，俱嘉悦。此时夜犹未央，上命仍如法递出，且着之淳明早朝谒。之淳到得姑娘家中，深相庆幸。

次早朝见，命嗣父亲官职，因与说："朕闻金华浦江有个郑家，他的匾额是'天下第一人家'。卿可星夜召渠家长来问。"唐之淳得旨，不一日，领郑家家长前到金陵朝见。太祖问道："汝何等人家，名为第一？"那人对说："本郡太守，以臣合族已居八世，内外无有闲言，因额臣家以励风俗，实非臣所敢当。"上复问："族人有几？"对曰："一千有余。"太祖亦高其义。

忽太后从屏后奏说："陛下以一人举事有天下，彼既人众，倘有异图，不尤容易耶？"上

深以为然，遂又问说："汝辈处家，亦有道乎？"那人再叩头曰："行大小事，不听妇人言。"上大笑而遣去。恰好河南进有香水梨，命赐二枚，此人叩谢，把梨顶之趋出。太祖密令校尉尾其行事。见他至家，召合族置水二缸于堂，将梨扞碎，投于水中，合族各饮梨水一杯，仍向北叩头拜谢。校尉通报，太祖因题为"郑义门"，推作粮长。屡以事入觐，上必细询近来风俗并年成丰歉。谁想有人告他家与权臣通相赈易，太祖将族长治罪。恰闻郑濂、郑湜兄弟二人，争先就吏，太祖怜之曰："朕之义门，必无是事，残人诬之耳。"且官郑湜为福建参议，诬告者依律惩治。

发放才罢，有一刑官奏说："东长安街，张校尉妻被卖菜人王二杀死，邻右捉拿究罪，蒙旨将卖菜王二抵命，及上法场，忽有一校尉出叫曰：'张妻系我手杀，不得冤枉王二，甘心就刑。'特请圣裁。"太祖听了说："此又是奇事了，快召来再审。"不多时，法官将愿死的跪在殿前。太祖一一细问。那校尉说："臣向与张校尉妻合奸，前日五更，瞰渠亲夫出去，臣因而入门同寝。不意亲夫转身回来，臣仓惶中伏于床下。其妇问他何以复回，他说道：'天色甚寒，恐你熟睡，脚露被外，特回与你盖被而去。'臣思其夫这般恩爱，此妇竟忍负情，一时愤怒，把佩刀杀死，即放步走出门外。不意卖菜王二，照常到彼卖菜，邻人因而疑送到官。今日临刑，人命关天，自作自受，臣岂敢妄累他人，故来就死。"太祖叹息了数声，说："杀一不义，生一无辜，尔亦义人也。张妻忍于背夫，罪当坐死。王二与尔，俱各赦罪。邻右妄累平民，更无实迹，法官可各笞五十。"这也不必多说。

且说梁王把匝剌瓦尔密闻达里麻战败身亡，茫然无措。早有刀斯郎、郎斯理二将上前叩头，启道："臣等向受厚恩，且敌人虽是凶勇，臣等当矢志图报。臣看殿前，现有虎贲之士五万，可用大象百只，尾上灌了焰硝、硫黄，头上身中俱各带了利刃，驱到阵前，便把火来点着，那猛兽浑身火痛难当，必然奔溃，纵是强兵，岂能抵敌？再后便以虎士相继而行，料来百战百胜。"军中设法得停停当当，只待大明兵到厮杀。

本日恰好沐英统兵径薄城边，只见：

林翳间红日西沉，林榔内震起清风。雉堞傍危峦，显得严城高爽；风铃应铁马，增添壮士凄凉。空朦河汉照天衢，灭灭明明，早催动城头鼓角；隐曤云霞澂清碧，层层密密，偏惊闻塞上茄声。

沐英看那城边悄然无声，便吩咐前军且莫惊动，只将部伍严整，待至天明，相机攻取。军中得令，个个驻扎。

沐英独坐帐中，忽见一阵清风，辕门上报道："铁冠张道人要进账中相见。"沐英倒屣

相迎，分宾而坐。沐英开口叙了寒温，便说："今日攻取云南，师傅必有指教。"道人说："我适与张三丰、宗泐及昙云长老四人，将一苇渡过西海，山中望见云南梁王数将殄灭，但明日元帅出战，恐军士亦遭刀火之伤，特来相报。"沐英应声说："昙云法师，不是先年护我圣主，后来在皇觉寺中坐化的吗？"道人说："此老正是。"沐英听有刀火之惨，便说："既有此危，万望神圣周旋。"道人口中不语，把手向袖中扯出一条如纸如网的一件东西来，约有三五寸阔，递与沐英手中说："元帅可传令军中，连夜掘成土坑，长三百六十丈，深三丈六尺，阔四十九丈。上用竹簟盖着浮土，以备蛮兵。若见畜类横行，便将此物从空罩去，必然获胜。"沐英说："谨领教诲。"即令军中连夜依法行事不题。

那梁王在城中，哨子将大明兵情火速报知。梁王便令驱象出城迎敌。将及天明，只见郎斯理领虎贲二万，驱着猛象五十只，从南门杀出来。明兵播动战鼓，正欲交锋，且见蛮兵将象尾烧着，那象满身火起，疼痛难当，飞也冲将过来。沐英看见势头凶狠，把那一条如纸的物件，从空撒去。早见铁冠道人在云中把剑一挥，蛮兵和象俱陷入土坑之内。

第八十回　定山河庆贺唐虞

短墙娇莺春未深，片云凝日青阴阴。

一弯流水荇增绿，几处深村人倚门。

此时景色十分嘉，风拂花梢月半斜。

税宽谁逐征呼吏，刑清官舍不排衙。

我曾走笔题芳草，青发那怜壮心老。

唯有疏灯鼓角沉，醉看河汉随心扫。

扫开胸次酒流涎，呼童扫径花底眠。

梦里乾坤多浩荡，却教趁众拾花钿。

古来说得好："神通广大，佛力无边。"沐英看见势头汹涌，把那条东西罩去。恰好铁冠道人也在云头，仗剑挥来，这件东西小小的不上半尺，谁知满坑把人畜陷定，那像缚住的一般，不能转动一步。只有刀斯郎领得残兵二千，逃入穴内。沐英下令，张龙、仇成率所部军士，将坑内人畜擒获，其余将帅，乘势追赶。刀斯郎勒转马头厮杀，沐英拽开劲弩，一箭飞去，正中咽喉而死。便要纵马入城，忽听一声炮响，城门左右并那城头上，飞转走石，如骤雨掷将下来。沐英大叫："云南之捷，在此一举。大小三军如有面额不带残伤者斩！"人人勇增百倍，展起神枪，施发火炮，间着防牌短剑，一齐而入。那守东门的，紧把城门坚闭。军中架起襄阳火炮，一个打去，竟开了城门。明兵蜂攒蚁聚，杀入城中。梁王知事不济，领了眷属走到滇池岛中，先把妃子缢死，便服药跳入水中而亡。后宫嫔妃投水的，亦难计数。城中父老，填街塞巷，在金马山边焚香拜迎。沐英出榜安谕士民，秋毫无犯。封锁府库，收检梁王金印并一应官吏符节，及户口田地图籍，遂大定了云南。只有金朝兴被乱箭而死。实是洪武十四年十二月廿四日也。

次日升帐，正要具表申奏，恰好傅友德前者由曲靖过格孤山，合了永宁兵马，直捣乌撒。明军鼓噪而登，元右丞实卜闻、胡升等俱各奔溃，因得了七星关。于是东川、乌蒙、芒部诸蛮皆来降服。傅友德也班师还至云南省城相会。沐英不胜之喜，令军中排筵称贺。

铁冠道人在筵头,驾着祥云一朵,对了诸将说:"道人从此相辞,烦寄语圣君,万岁千秋,享有国祚。昙云法师自元朝丁卯十二月廿四夜,与滁州城隍在天门边看玉皇圣者,吩咐金童玉女下世救民,到今一统山河,且喜亦是十二月廿四之日,灵爽不沬,惟圣主念之。张三丰并多致意。"嘱咐已毕,清风一阵,将祥云冉冉飞送而去。

傅友德、沐英同诸将不胜慨叹说:"圣人天助,有开必先。我等须即旋军,把神道显灵的事奏闻才是。"因算自九月出师,至今十二月,未及百日,底定了滇、黔两省,真是德威所播,万国咸安。择日起兵离城,望金陵进发。路途中好一派初春景色。但见:

桃杏争妍,蕙兰竞馥。无数旌旗掩映,名香朵朵;多般盔甲照耀,芳英累累。奏凯的把画鼓齐敲,一声声和着呢喃春燕;得胜处如大同递奏,响咙咙应着百啭黄鹂。和风拂面,鞍马起轻尘;霁日亲人,征袭烘弱暖。潺潺流绿水,几湾湾处漾清波;点点缀青山,高顶顶头遮翠色。真个是依依弱柳弄春晴,惹动关中万里情。幸得功成青鬓在,堪从宁宇乐平生。

不一日,前至南京,驻军于城外。

次日,傅友德、沐英、郭英、王弼率诸将入朝拜见,进了平定云南的表。太祖看罢,随降敕进封傅友德为颍国公,沐英为黔国公,其余将帅郭英、王弼、张龙、费聚、吴复、顾时、韩政、郑遇春、梅思祖、叶升、黄彬、仇成、王志、张赫,俱各论功升赏有差。金朝兴令所在有司,岁时致祭。

太祖思得南极滇中,北抵沙漠,东至闽浙,西至玉门,海隅之内,无不咸服。因改古扬州,向名金陵,吴、晋、宋、齐、梁、陈、南唐旧都之地,今复为龙飞首定之处,遂拓旧城,周广九十六里,设城门一十一处,南曰正阳,稍西曰通济,又西曰聚宝,西南曰三山,曰石城,出北曰太平,北之西曰神策,曰金川,正东曰朝阳,东之西曰清凉,西之北曰定淮,名为京师,今名为南京。直隶应天、凤阳、苏州、松江、常州、镇江、扬州、淮安、庐州、安庆、太平、宁国、池州、徽州一十四府,辖一十三州八十八县。又直隶广德、和、滁、徐四州,辖八县。东北山东界,东南大海界,西北河南界,正西湖广界,西南江西界,上属天文斗、牛、房、心之宿分野,总为里约一万三千七百四十有奇。

改古幽蓟之地,左环沧海,右拥太行,后枕居庸,前襟河济,形胜甲于天下,即金、辽、大元旧都,为名北平,今为京师,遂命为北京。拓元故城,周广四十里,设立城门九处,南曰正阳;南左曰崇文,南右曰宣武,北东曰安定,西曰得胜,东北曰东直,东南曰朝阳,西北曰西直,西南曰阜城。直隶顺天、保定、河间、真定、顺德、广平、大名、永平八府,辖一十七

州一百一十五县。又直隶延庆、保安二州，辖一县，都使司一，领十一卫，两千户所，四保。东北辽东界，东南山东界，西北山西界，西南河南界。天交尾、箕、室、壁、昴、毕之宿分野，总为里约三千二百有奇。

改古青州之地，即东齐、鲁兖之国为山东，设有济南、兖州、东昌、青州、登州、莱州六府，辖一十五州八十九县，辽东都使司一，领二十三卫、两州。东北直隶界，东南大海界，东北北直隶界，西南南京界。上属天文危、箕、虚、尾、奎、娄、室宿分野，总为里约六千四百有奇。

改古冀州之地，即晋、赵之国为山陕，设有太平、平阳、大同、潞安、汾州五府，辖一十六州七十县，又直隶州辽、沁、泽三州，辖八县。东北宣府边界，正东北直隶界，东南河南界，西北沙漠界，正西西南，俱陕西界。上属天文昴、毕、觜、井、参宿分野，总为里约四千四百四十有奇。

改古雍州之地，即秦国的分封为陕西，设有西安、凤翔、汉中、平凉、巩昌、临洮、庆阳、延安八府，辖二十一州九十六县，六卫，一行都使司。东北、西北俱沙漠界，东山西、河南界，东南河南、湖广界，西南西吐蕃界。上属天文井、鬼之宿分野，总为里约二千五百三十有奇。

改古豫州地，即周、陈、郑、宋之国为河南，设有开封、归德、彰德、卫辉、怀庆、河南、南阳、汝宁八府，辖一十一州九十二县，又直隶汝州管辖四县。东北北直隶、山东界，正东南直隶界，东南北直隶界，西北山西界，正西陕西界，西南湖广界。上属天文角、亢、氐、室、壁、柳、张宿分野，总为里约三千八百八十有奇。

改古扬州地，即吴、越之国为浙江，设有杭州、嘉兴、湖州、宁波、绍兴、台州、金华、衢州、严州、温州、处州十一府，管辖一州七十五县。北南直隶界，东南大海界，西北南直隶界，西南江西、福建界，上属天文斗、牛、女宿分野，总为里约三千八百九十有奇。

改古荆州扬州地，即吴、楚之交为江西，设有南昌、饶州、广信、南康、九江、建昌、抚州、临江、吉安、瑞州、袁州、赣州、南安一十二府，辖二州七十七县。东北南直隶界，东浙江界，东南福建界，西北正西西南俱湖广界，上属天文斗、牛分野，总为里约一千九百五十有奇。

改古荆襄地，即楚之分封为湖广，设有武昌、汉阳、襄阳、德安、黄州、荆州、岳州、长沙、宝庆、衡州、常德、辰州、永州、承天、郧阳一十五府，辖一十四州九十九县，又直隶靖、郴二州，管辖八县，又军民使司三，领州二，长官司十九，千户所一，宣抚所四，安抚司八。

东抵江西界,东南广东界,南兆陕西界,西抵四川界,西南贵州界,上属天文翼、轸分野,总为里约三千四百七十有奇。

改古梁州地,即蜀汉成都为四川,设有成都、保宁、顺庆、叙州、重庆、夔州、龙安、马湖八府,辖十四州,八十四县,又直隶潼川、眉、雅、嘉定、邛、泸六州,辖二十四县,军民府四,宣慰司一,领长官司六,宣抚司三,领长官司二,又平茶、邑梅一长官司,招讨司一,官抚司一,指挥使司一,领千户所一,安抚司四,设行都司一,管六卫州所,五长官司,设垒溪千户所一,领长官司二。东北陕西界,正东、东南俱湖广界,西北西番界,西南贵州界,上属天文觜、参、井、鬼、轸、翼分野,总为里约一千三百五十有奇。

改古扬州即闽越之域为福建,设有福州、兴化、泉州、漳州、延平、建宁、邵武、汀州八府,辖五十五县,又直隶福宁州一州,辖二县。东北、正东、东南俱大海界,西北江西界,西南广东界,上属天文牛、女分野,总为里约三千七百一十有奇。

改古扬州南境,即赵佗窃据之处为广东,设有广州、韶州、南雄、惠州、潮州、肇庆、高州、廉州、雷州、琼州十府,管七州七十三县,又直隶罗定一州,领二县。东北福建、江西界,东南、西南俱大海界,西北湖广界,上为天文牛女、翼轸分野,总为里约四千二百有奇。

改古荆州百粤交趾之地,即东汉所都为广西,设有桂林、柳州、庆远、平乐、梧州、浔州、南宁、太平、思明九府,辖三十四州四十八县,军民府二,辖县一,直隶八州,辖三县,又设长官司二。东北湖广界,东南广东界,西北贵州界,西南安南界,上属天文牛女、翼轸分野,总为里约一千一百八十有奇。

近收服滇南,正古梁州徼外,西南夷居,即楚庄蹻西所略而王。太祖说:"向者汉武帝时,彩云见南中,因名云南;胡元时称曰中庆路;今可仍为云南。"设云南、大理、福安、楚雄、澄江、蒙化、景东、广南、广西、镇沅、永宁、顺宁十二府,辖二十州二十五县,十五长官司,又设曲靖、姚安、鹤庆、武定、寻甸、丽江、元江、永昌八个军民府,领一十四州六

县，三长官司，又直隶北胜、新化二州，又设军民指挥司二，军民宣慰司六，宣抚司三。又沿元时孟定路，并从古未服，今来遵化的，设为孟定、孟艮二府，领安抚司一，威远、浔镇、向康、大候四州及者乐甸、钮元、芒市三长官司，其前十二府，系天文井、鬼分野。东北贵州界，正东广西界，东南广西界，西北吐蕃界，正西诸夷界，西南南海界，总为里约六百二十有奇。

至于黔中系荆、梁二州南境，本西南夷罗施鬼国地方，汉称为大牂牁，那后来元胡亦隶于湖广。太祖定为贵州，设贵阳、思州、思南、镇远、石阡、铜仁、黎平、都匀八府，辖七县，一个安抚司，六十个长官司，直隶普安、永宁、镇宁、安顺四州，领长官司六，宣慰司一，领长官司九，又设普安、新添、平越、龙里四军民指挥使，领长官司九，又立毕都等九卫及凯里安抚司。中间一半地面，系天文参、井分野。东北四川界，正东东南广东界，西北西番界，正西百夷界，西南大海界，总为里七十有奇。这是因天文，随地理，定为南北两直隶一十三省的疆宇。又自东海岸起，沿边一带，西至蓟镇一千余里，系虏酋土蛮等部落在外住牧，设为辽东边镇。自辽镇起，西至宜府一千余里，系老把都、青把都等部落在外住牧，设为蓟州镇。自蓟州黄花镇起，西至大同平远堡一千二百余里，系黄台吉等部落在外住牧，设为宣抚镇。自宣镇西阳移堡起，至山西丫角山六百四十余里，系顺义王并把汉那吉扯力克等部落在外住牧，设为大同镇。自大同丫角山起，西至延绥镇一千余里，系顺义王等部落在外住牧，设为山西镇。自黄南川西，至宁夏镇一千五百余里，系吉囊等部在外住牧，设为延绥镇。自延绥起，西至固原边界一千八百余里，系超胡地等部落在外住牧，设为宁夏镇。自宁夏起，西至甘肃界二百余里，系虏酋宾兔等部落在外住牧，设为固原镇。自固原起，至嘉峪关沿边一千五百余里，系丙兔把儿等部落在外住牧，设为甘肃镇。定为九边。铁甲之士，逢三六九日，个个操演武艺，无事则屯田，有事则戒严。万万雄兵，声闻响应，防范甚是严肃。

太祖规制已定。恰好徐达、郭子兴二人令裨将李新、周武署镇山陕一带边关。冯胜令裨将胡海署守汴梁。周德兴令裨将曹震署抚湖南五溪洞蛮，自进京来朝贺。薛显、谢成、杨璟三人也令裨将盛庸、李坚、孙恪署领屯田训练之职，从辽东、北平取路向金陵进发朝贺。路过山东，谒见李文忠。文忠说："我与圣主分则君臣，恩原甥男。三位在路少待。"因托都门胡显署事，同日进京。北至徐州，恰好耿炳文、唐胜宗也将督理马政训练士卒的职事，着张翌、濮玙代理，从陕西入京，同在徐州支应。把守徐州的陆聚说："我也同走一遭。"来至南京，在通政司报了朝见名姓。只见朱文正、汤和也从南昌、两广来到。次

日正是洪武十六年岁次癸亥正月元旦，各功臣齐集午门。又遇着督理海运的俞通源、俞通渊、朱寿、张温，并督造各王分封宫殿的胡美，也赶着岁旦回京，都顶着朝冠，穿着朝服，履着朝靴，执着朝笏，同征取云南新回将帅傅友德、沐英等一十七员，整整齐齐在门外同候。但见：

玉漏尚催，金钟忽响。严廊拂雾，初年景色出朝阳；门阖连云，元日晴和生太乙。玉珂龙影庆，嘉逢花事梅传；珠履雁行排，遥听晓声鸡报。看弱柳依微映，恰旌旗添瑞霭；听流莺辗转飞，将箫鼓动铿锵。郪郪的万国衣冠，列出文昭武穆；熠熠的千官辐辏，都成豹尾鹓行。鸿胪唱道班齐，舞蹈高呼，共道个千秋万岁；通政宣来奏启，马腾雀跃，都赞是圣主明君。古李登诗说得好：别馆春还淑气催，三宫路转凤凰台。云飞北阙轻阴散，春上南山积翠来。御柳遥随天仗发，林花不待晓风开。已知圣泽深无限，更喜年芳入睿才。

太祖视朝，受百官称赏，礼毕说道："今日喜是元辰，更见国泰民安。功勋聚集，前曾作册文，即日当分封诸子。"因封长子为皇太子，次子秦王都关中，晋王都太原，成祖文皇帝初封燕王，都北平，周王都开封，以上皆高太后诞生；楚王都武昌，齐王都青州，潭王国除，鲁王都兖州，蜀王都成都，湘王都荆州，代王都大同，肃王都甘肃，移简州，辽王都广宁，移荆州，庆王都宁夏，宁王都大宁，移南昌，岷王都云南，移武冈，谷王都宣州，绝，韩王都平凉，藩王都路州，安王，绝，唐王都南阳，郢王，绝，伊王都洛阳，皆诸王妃所生。诸王顿首受命，择日辞朝就国。

再命将开天起兵时御用盔甲，藏在内库；铁枪藏在五凤楼上；渡采石的龙船，复于龙沙江，护着朱阑，示后来创业艰难光景。武当建玄天宝殿，以报神府。至如归德侯陈理，是友谅的嫡男，归义侯明升，是玉珍的嫡男，留在中华，彼还不快，用船送往高丽，听其自乐。元太孙买的里八剌，以礼送归塞北。远来朝贺臣僚，俱赐金帛燕赏。将及半月，太祖仍敕各公侯、将帅分镇原有地方，加敕沐英镇云南去讫。自后：

瑞气常呈，祯祥累现。谷生三穗，年年社雨饱春膏；麦秀两歧，处处村云蒸夏泽。宅畔闲栽五柳，曾无小犬吠清霜；道旁纵有遗金，羞见涂人撄白日。文明丕显于清庙，东壁映图书之灿；豪杰挺生于盛世，泰阶欣熙皞之平。是用渥沐皇休，讴歌帝德。然而天开圣人，岂徒一手足之烈；惟是从龙伟士，汇建众桢干之奇。贞淑聚于滁和，清静贻于海宇。仰瞻莫罄，用吐长歌：

当年造化辟神奇，真龙翌起淮泗湄。

肇开宇宙还宁一，德威茂著天壤驰。

友谅士诚最叵测，潜借胡元为羽翼。

西川东浙与滇南，鼎沸玄黄无霁色。

诸豪振振鬼神谋，谈笑功名千百州。

城上秋云丽锦绣，湖边春色润箜篌。

从今清化满冠裳，麟在郊兮凤在冈。

太平无象谁能说，只有家家清酒香。